西安交通大学
本科"十三五"规划教材

文学经典与热点透视

主编 李　慧

编者 李　慧　吴小侠　姚明今

　　　张　勇　黎　荔　李　红

　　　罗军凤　张功长　王　瑶

　　　刘彦彦　翟杨莉　刘　祥

　　　许浩然　王学强

西安交通大学出版社
XI'AN JIAOTONG UNIVERSITY PRESS

图书在版编目(CIP)数据

文学经典与热点透视/李慧主编.—西安:西安交通
大学出版社,2018.3
ISBN 978 - 7 - 5693 - 0458 - 9

Ⅰ.①文… Ⅱ.①李… Ⅲ.①世界文学-文学欣赏-
高等学校-教材 Ⅳ.①I106

中国版本图书馆 CIP 数据核字(2018)第 036630 号

书　　名	文学经典与热点透视	
主　　编	李　慧	
责任编辑	牛瑞鑫　　周　翼	

出版发行　西安交通大学出版社
　　　　　　(西安市兴庆南路 10 号　邮政编码 710049)
网　　址　http://www.xjtupress.com
电　　话　(029)82668357　82667874(发行中心)
　　　　　　(029)82668315(总编办)
传　　真　(029)82668280
印　　刷　陕西宝石兰印务有限责任公司

开　　本　787 mm×1092 mm　1/16　**印张** 19　**字数** 356 千字
版次印次　2018 年 4 月第 1 版　2018 年 4 月第 1 次印刷
书　　号　ISBN 978 - 7 - 5693 - 0458 - 9
定　　价　48.00 元

读者购书、书店添货、如发现印装质量问题,请与本社发行中心联系、调换。
订购热线:(029)82665248　(029)82665249
投稿热线:(029)82664953　(029)82668525
读者信箱:xjtu_rw@163.com

版权所有　侵权必究

前　言

本教材是针对汉语言文学专业高年级的"学科前沿课程"及其他专业的通识类核心课程"文学经典与热点透视"而编写的。教材内容既涉及从宏观上介绍文学研究的前沿动态，也涉及从微观上介绍文学研究的新观点。在教学的具体方法上，本教材立足于以点带面，期望通过讲授文学经典与热点问题让学习者见微知著，并从多元化、多层次、多方位的角度对文学经典与热点问题进行讲解，开阔学生的学术视野，引领、启迪学生的创新思维。

近些年，随着新材料、新方法、新热点的不断涌现，学界关于文学经典与热点问题的讨论不断展开，批评标准、批评视角亦随之发生转向，这在很大程度上改变了以往对文学的描述与定位，迫使我们必须以"苟日新，日日新，又日新"的态度不断进行知识的更新。与此同时，文学的源远流长与牢笼百态、语言的繁复多样及与时俱进、文论的兼收并蓄和创获更新，也都促使我们不能不关注文学经典与热点问题。在此背景之下，本教材应运而生，以期对文学经典与热点问题的研究有所裨益。

就内容而言，本教材共二十章，前十六章涉及古代文学、现当代文学、外国文学；后四章为文论，涉及古代文论与西方文论。

第一章：讲授《左传》经典人物——颍考叔形象的变迁，旨在让学生理解文学经典中的人物形象会随着历史的发展而流播到社会各个阶层，而每个阶层对文学经典人物形象的接受度不同也会对原有人物形象进行改造；接受、改造的过程，体现的是该阶层的价值和意志。

第二章：讲授我国史传文学开山之作《左传》运用高超的修辞艺术创造的独具特色的文学语言风格，介绍《左传》辞令之美对后世史学、文学语言、礼仪文化以及国际交流产生的广泛深远之影响。

第三章：以司马相如《上林赋》在图像中的旅行为例，讲授大赋与图像的关系，力图多层次展现文学文本在阐释、接受过程中的生长与变化。

第四章：讲授初盛唐丝路碑志文寓盛世之气象、发英雄之意气、结山海之体势、铸浏亮之伟辞的文学成就，以期让学生领会"知变、见隆、纪大观"的文学担当。

第五章：讲授新出土的韦应物家族墓志对了解韦应物家世、生平事迹、历任官职、情感世界、心路历程、文学创作等所具有的文献价值，并借由墓志记载和解读提出对文学史重构的思考。

第六章：利用新材料讲授宋金"绍兴和议"、秦桧当权背景之下的文学生态，让学生更为真切地感受文学存在的历史场景，以有助于培养其辩证思考问题的能力。

第七章：讲授明代中晚期文学家袁宏道创作风格变化的缘由，让学生明晰其由早期"独抒性灵"的本色和生动最终一变而为尚淡重质、平允和雅的文学风尚的整体过程。

第八章：讲授乾隆帝的题画诗，让学生领会乾隆的题画诗不为画中诗意而作，而是重新阐释了"山水画"的意义。乾隆乐于从山水画中发现一个充满秩序的农耕社会，有意改写了文人笔下理想的栖身之所。由其对山水画的态度，可以见出他对中原文化传统的看法。

第九章：通过讲授戏曲的传承与创新，让学生了解戏曲这一古老艺术的自身构建与独特魅力。

第十章：讲授中国现代文学研究范式的转移，即从"革命范式"向"现代化范式"的转变，同时介绍一些新的研究方法和热点话题。

第十一章：立足于《子夜》这一文本，讲授茅盾小说创作的艺术风格及得失。

第十二章：讲授中国现代话剧史上最负盛名的作家——曹禺的话剧，让学生了解曹禺戏剧的艺术特色，理解为什么说曹禺的话剧是中国现代话剧艺术走向成熟的标志。

第十三章：从修辞艺术角度讲授当代文坛经典之作《白鹿原》的语言特色，使学生从多个维度了解《白鹿原》语言的别出炉锤。

第十四章：讲授中国科幻小说在过去一个世纪的发展，让学生初步了解中国科幻文学史上的重要作家和作品，并加深其对"中国梦"历史内涵的理解。

第十五章：法国文学在世界上举足轻重的地位主要是来自小说的贡献，本章讲授三位获诺贝尔文学奖的法国小说作家及作品，即纪德、萨特、加缪以及他们的作品。

第十六章：日本现当代文学在世界文坛占有较重地位，本章通过讲授新世纪以来我国学界对川端康成、大江健三郎、村上春树三位作家及其作品的研究，以期让学生对日本现当代文学研究的热点问题有所了解。

第十七章:依据考古发现,西方学者认为文本在其所处的礼仪环境中,不是一个主导的角色,而是一个次要的、从属的角色。本章讲授这一新的学术见解,让学生了解文本归属于一个严整有序的礼仪秩序,早期中国文化不能单纯由文本决定,而应从"礼仪"中来。

第十八章:本章通过介绍古代文论学科的几个热点话题,让学生进一步思考这一学科在中华优秀传统文化传承中应起的和能起的作用。

第十九章:通过对《直斋书录解题》的研究和解读,让学生从中了解陈振孙的文学观,进而观照陈氏对古文、骈文、唐宋诗词等文学的见解。

第二十章:讲授法兰克福学派与中国现代研究诸多问题的生成,让学生了解法兰克福学派与中国现代研究的内在关系。

就编撰体例而言,本教材的每一章内容均由五个板块组成,即引言,简要介绍该章讲授的主要内容、意图及主旨;思考,目的是让学生带着问题去学习、理解该章的内容;正文,分节讲授该章内容;注释,为学生理解本章内容以及查找原始资料提供便利;延伸阅读,结合所讲内容为学生提供课后阅读资料,拓展研究视野,加深其对相关文学经典与热点问题的理解与认识。

本教材的编撰是一个新的尝试,希望借此提升学生学习的热情,进而关注文学经典与热点问题的研究。教材编撰过程中虽几易其稿,但由于编撰者水平所限,错误之处在所难免,恳请专家学者及广大师生提出宝贵意见,以利于今后逐步完善。

李　慧
2018 年 3 月

目　录

3

第一章

颖考叔形象的变迁

【引言】

　　文学经典中的人物形象,会随着历史的发展而流播到社会各个阶层,每个阶层对文学经典人物形象的接受度不同,也会对原有人物形象进行改造。接受、改造的过程,体现的是该阶层的价值和意志。颖考叔作为史传文学《左传》的经典人物形象,后来被写进历史通俗演义小说,又成为诸多戏曲曲目的主人公。考察颖考叔形象的变迁,其实就是一部小而微的文化传播史。

　　《左传》中,颖考叔仅是"纯孝"的形象,在明代通俗历史演义小说中,颖考叔成为"忠孝两全"的形象。在此后的民间戏曲中,颖考叔"忠孝两全"的形象愈益丰满。"忠孝"两全的颖考叔体现了民间传统价值观,它与上层经学话语存在隔膜,又有一定的联系。经学话语体系中的颖考叔,因其好勇犯上,死于争斗,不能被称为"忠"。民间话语体系中颖考叔的"忠孝",指事亲孝,为国忠,"君"不具备绝对权威。促使颖考叔的形象从"孝"转变为"忠孝"的关键是明代冯梦龙的历史演义小说《东周列国志》。

【思考】

　　1.颖考叔身先士卒,是为勇,却不符合春秋时人们对"忠"的定义。在《左传》一书中,"忠"的核心内容是什么?

　　2.冯梦龙《东周列国志》中的颖考叔参考的是"亦忠亦孝"的形象设定。在颖考叔的形象塑造上,冯梦龙在哪些地方承继了《左传》,哪些地方加入了民间的思考和认识?

　　3.在现代语境中,如何看待颖考叔的"忠孝"?

第一节 《左传》中的颍考叔

颍考叔是春秋时期郑国大夫,其事迹见于《左传》的两段记载:

> (郑庄公)遂置姜氏于城颍,而誓之曰:"不及黄泉,无相见也。"既而悔之。
>
> 颍考叔为颍谷封人,闻之,有献于公。公赐之食。食舍肉。公问之,对曰:"小人有母,皆尝小人之食矣,未尝君之羹。请以遗之。"公曰:"尔有母遗,繄我独无!"颍考叔曰:"敢问何谓也?"公语之故,且告之悔。对曰:"君何患焉?若阙地及泉,隧而相见,其谁曰不然?"公从之。公入而赋:"大隧之中,其乐也融融!"姜出而赋:"大隧之外,其乐也泄泄!"遂为母子如初。
>
> 君子曰:"颍考叔,纯孝也。爱其母,施及庄公。《诗》曰:'孝子不匮,永锡尔类。'其是之谓乎?"
>
> (《左传·隐公元年》)

> 秋七月,公会齐侯、郑伯伐许。庚辰,傅于许。颍考叔取郑伯之旗蝥弧以先登,子都自下射之,颠。瑕叔盈又以蝥弧登,周麾而呼曰:"君登矣!"郑师毕登。壬午,遂入许。许庄公奔卫。
>
> (《左传·隐公十一年》)

颍考叔在《左传》中出现两次,一次是隐公元年郑伯克段之后,颍考叔劝孝,使郑庄公和母亲姜氏和好如初。另一次是在隐公十一年郑国攻打许国,他与公孙阏(郑国大夫,字子都)争车,又率先举郑庄公之旗蝥弧登上城墙,却被公孙阏放冷箭而殒命。这两段故事分别是颍考叔"孝""忠"形象得以建立的根源。但是在《左传》中,颍考叔只是"纯孝"之人,而未被称许为"忠"。

颍考叔的孝。《左传》借"君子曰"之口,称赞颍考叔是"纯孝"之人:"爱其母,施及庄公"。所谓"纯孝",即"大孝","纯孝"之人不仅自己行孝,而且将这种孝施及别人。颍考叔舍羹而庄公进于孝,颍考叔"一言而回庄公念母之心",似乎极其容易。但是在严苛的理学家眼里,颍考叔劝孝的方法是投机的,因而是有问题的。宋代学者吕祖谦的《春秋左氏博议》颇受后人重视,《春秋左氏博议》里的相关观点即代表了这种言论的典型。吕祖谦认为如果真的引庄公至孝道,应该告诉庄公勇于改过,发自内心地行孝,而颍考叔"曲为之说,俾庄公阙地及泉,陷于文过饰非之地"[1]。理学家眼里,儒家的"孝"在于身体力行,而非装饰门面,颍考叔为郑庄公与母亲姜氏会面寻找理由,并非让庄公出自内心行孝。吕祖谦批评颍考叔"文过饰非",意即为不孝的郑庄公掩饰,而郑庄公只做表面文章,不是真孝子。朱熹的学生曾经问朱熹:吕祖谦对颍考叔的评价是否公允?朱熹未置可否,只是指出当时重视"盟誓"[2]

（郑庄公曾誓姜氏：无及黄泉，无相见也）。这似乎是告诉弟子，为了破除这个盟誓，颍考叔设权宜之计（阙地及泉），未尝不可，而吕祖谦的评论过于激烈了。虽然吕祖谦对颍考叔劝孝的方式表示质疑，但颍考叔"劝孝"这件事情本身是无疑义的，亦未尝妨碍到颍考叔自身的"孝"。颍考叔"孝"的形象仍是站得住脚的。

颍考叔的忠。在《左传》中，颍考叔未被称许为"忠"。《春秋》没有记载颍考叔之卒，《左传》中的颍考叔与公孙阏争车，举旗登城，却被公孙阏射死等一系列情节，附着在"郑伯伐许"的叙事之内。经学话语体系对"郑伯伐许"有很多议论，但是此次战役中颍考叔的事迹却很少提及。孟子曰："《春秋》，王者之事也。"颍考叔和公孙阏争车，颍考叔登城未果，只不过是郑伯伐许过程中的小插曲，与战事性质、结果没有直接关联，故略之。无人谴责公孙阏，亦很少有人责怪郑庄公装聋作哑，不惩治公孙阏。颍考叔与公孙阏的矛盾，是两个大夫之间的争斗攘夺，颍考叔的死无关君臣伦理的宏旨，且远离经学"尊王"之义，即便《左传》记载了相关事件，也不足以引起注经者的重视。

《左传》作者不认为颍考叔"忠"。对于"忠"这一伦理范畴，在《左传》中出现多次，主要体现在事君之忠与事国之忠。事君即事国，当事君与事国不能统一时，则以事国为最终取舍。荀息、子产、晏婴，都是"忠"的典型。荀息所理解的"忠"是"公家之利，知无不为"；子产不计较个人的荣辱毁谤，"苟利社稷，死生以之"；晏婴自许是"忠于君，利社稷"的人，但他不为齐庄公死，因为齐庄公为己死为己亡，而非为社稷死。所以，《左传》里的"忠"最终以是否有利于社稷为最高标准。《左传》颍考叔在伐许一役中不能称之为"忠"，主要根源在于颍考叔不死于"公"（登城而伤），而死于"私"（与子都结仇，被子都暗箭射死）。未死于社稷，所以赢不了"忠"的名声。

颍考叔与公孙阏争车，无疑与他的死密切相关。宋代学者吕祖谦指责颍考叔未将劝孝时的慈祥恺悌延伸到争车之时。君子当惩忿窒欲，不能惩忿，便流为"暴"。这种议论看似深刻，其实与宋代理学家讲求的道德修养是一致的。吕祖谦认为人的品德来自天理，"理之在天下，遇亲则为孝，遇君则为忠，遇兄弟则为友，遇朋友则为义，遇宗庙则为敬，遇军旅则为肃"[3]，颍考叔不能将其"孝"推及于"争车"之事，在郑国宗庙争车，失敬肃之义。

第二节　历史演义小说中的颍考叔

颍考叔"忠孝"两全的经典形象，在冯梦龙的《东周列国志》里得以明确、成型。《东周列国志》首先改编了颍考叔劝孝的故事，设置了"携鸮劝孝"的典型情节；其次，改编了颍考叔和公孙阏的争车故事，由大夫之间的"争车"转变成为战前公平竞赛，这场竞赛以"夺旗拔车"（颍考叔将郑国的蝥弧旗舞得灵动出彩，并挟车辕而走）为典型情节。最后，增加了颍考叔死后"化鬼复仇"的故事。这三个情节中，"携鸮劝孝"增加了颍考叔劝孝的可信性和效果，"搴旗拔车"拂去了颍考叔身上的"忿"气，"化鬼复仇"则以鬼神意志宣告颍考叔事国之"忠"。正是有了这三个情节，颍考叔的"忠孝"形象方得以确立。

"携鸮劝孝"的情节增强了颍考叔劝"孝"的说服力。经学家、理学家不免认为挖地道见母不免虚伪，为加强颍考叔劝孝的效果，小说作者有意加入了"携鸮进谏"的内容。颍考叔借口进献野味"鸮鸟"，向郑庄公解释："鸮"是不孝之鸟，小时其母哺之，长成之后，反啄食其母。这令郑庄公心中惭愧，默不作声，心中已经起了波澜。待颍考叔将庄公所赐之肉藏到身上欲带回家之时，庄公终于得以发抒内心的愧疚和悔恨。

颍考叔手中的"鸮"，是劝孝的利器，它首次出现在《东周列国志》中。这个"鸮"影射的就是郑庄公。颍考叔直接批评郑庄公不奉养姜氏，"与鸮鸟何异？""鸮"，俗称猫头鹰，本无残食其母的品性，冯梦龙笔下的"鸮"融合了"枭"的特性，而变得具有传奇性。《诗·陈风》云："墓门有梅，有鸮萃止。"毛传云："恶声之鸟也。"陆机《毛诗草木鱼虫疏》称"鸮大如斑鸠，绿色，恶声之鸟也。入人家，凶。贾谊所赋鵩鸟是也。其肉甚美，……汉供御物，各随其时。"[4]这说到"鸮"叫声难听，但是肉质美味，汉人捕杀鸮鸟，供给朝廷。这没有说到"鸮"有"不孝"的特性。自汉以来，夏季捕杀鸮鸟，赐百官鸟羹便成为传统，一直延续至明清。

冯梦龙笔下鸟之不孝的特性，其实来自另一种鸟，即枭。《说文解字》："枭，食母，不孝之鸟。"其字形是鸟首在木上。"枭"又名"鴟""流离"。《尔雅》："枭，鴟。"郭璞注：鴟，土枭。《尔雅》邢昺疏："鸟之少为子而美，长食母而丑，其名为鸋鴃，犹留离。"陆机《毛诗草木鱼虫疏》云："流离，枭也。自关而西谓枭为流离。其子适长大，还食其母，故张奂云'鸋鴃食母'，许慎云'枭，不孝鸟'是也。"《大雅·瞻卬》云："为枭为鴟。"枭、鴟同类并举。如上所示，"枭"与"鴟""流离"同义，都是不孝之鸟，但都与美味无关。

由此可知，"枭"与"鸮"并非同一物。《说文解字》段注："不得因'鸮'与'枭'音近，谓为一物"[5]。民间传说中猫头鹰食其母，是不经之谈，科学家做过试验，没有发现猫头鹰有这样的习性。元陶宗仪《说郛》提到自己的亲身经历，见枭鸟将八个幼子养大，反被幼子啄食于荆棘之中[6]。这是文献记载中的所谓不孝之鸟"枭"，颇为罕见。很显然，陶宗仪没有将"枭"和"鸮"（猫头鹰）混为一谈。但明代，民间已普遍将猫头鹰与枭混为一谈，冯梦龙就是混淆了《说文解字》《诗经》《尔雅》中的"鸮"和"枭"的特点，错用一只猫头鹰来讲不孝鸟的故事。

颍考叔的"忠"，需要摆脱前代学者对颍考叔"暴""忿"的指责。《东周列国志》设置的"搴旗拔车"的比武情节，用一个公平竞争替代了两大夫之间的私争。郑庄公宣布谁能将蝥弧大旗举起，谁就可以得辂车。这个情节设置了一个公平的环境。颍考叔显示了实力以后，不等公孙阏比试，径自挟辕而走，公孙阏拔戟而追。在这个情节中,不是颍考叔,而是公孙阏体现出忿戾之气。

小说中,颍考叔的"忠",由鬼神来宣告世人。颍考叔死后,其鬼魂附在公孙阏身上,宣称自己"先登许城,何负于国? 被奸臣子都挟争车之仇,冷箭射死。"所谓"忠",是不负于国,勇于争先。颍考叔的鬼魂还说上帝要公孙阏偿命,于是公孙阏自探其喉,顿时血流如注,气绝身亡。在鬼神的信仰里,善有善报,恶有恶报。忠臣颍考叔无辜而死,公孙阏为此自己结束自己的性命,这体现了鬼神意志。

第三节　民间戏曲中的颍考叔

现代戏曲秦腔《牛脾山》[7]、京剧《伐子都》等曲目中,颍考叔在死后都被命名为"忠孝将军",其"忠孝"形象得以稳固。前者对颍考叔的两段史事都有叙述,后者则侧重颍考叔与公孙阏争斗的情节。为方便起见,聊以秦腔《牛脾山》为代表,揭示民间戏曲如何强化史传人物颍考叔的"忠孝"形象。

戏曲中,郑庄公的"不孝"是矛盾冲突的中心。《牛脾山》缺省"郑伯克段"一段史事,而将"郑庄公囚母"作为主要情节加以敷衍。戏曲删除了姜氏协助共叔段篡逆的情节,于是郑庄公囚母便失去借口。戏曲一开始,郑庄公便是反面人物,他杀掉了弟弟,几乎没有任何理由地将母亲姜氏囚于牛脾山地穴受苦。更有甚者,戏曲利用人物形象的特殊表现方式,让郑庄公自白,让其"不孝""不友"之事迹公之于众:"逼得二弟(指共叔段)君妃一死,将龙母囚在牛脾山后,打了千尺地洞,每日发给半升粗糠米,母死不要见儿,儿死不用见母。"因为郑庄公不孝,所以徐国等国攻伐郑国,以说明郑庄公触犯了天下之大不韪。

郑庄公的"不孝",是为了衬托颍考叔的"忠""孝"。庄公不孝而郑国受列国征伐,颍考叔帮助庄公解救姜氏,让他们母子相见,则国家免了灾难,这可称为"忠";免除庄公"不孝"之声名,让他们复为母子如初,则可称之为"孝"。颍考叔劝孝的情节,仍然沿用了历史演义小说《东周列国志》中出现的鸟,但改变了名字。颍考叔一出场便在路上看到"枭鸟",它口吐人言:庄公无道。颍考叔识得它就是传说中的"不义鸟"。君臣酒宴上,君臣一起观看翎毛不全的无义鸟。颍考叔介绍"不义鸟":翎毛不能长全,长全就有伤母之意。这使庄公有了心理暗示,颍考叔讲的是自己不孝。颍考叔帮助郑庄公救母,施用的方法不再是挖地洞,而是让郑庄公乔装打扮成农夫,手拿铁镢,劈山救母,将姜氏从千尺地窖中解救出来。姜氏还要求郑庄公赤脚拉车,她才能跟郑庄公回朝。郑庄公无不一一照做。

《左传》记载中庄公挖地道母子相见,以实"黄泉相见"之言,这一幕被宋代以来的许多理学家诟病,认为郑庄公难改奸诈本性,没有真心行孝。经戏曲改编,没有了"黄泉相见"的段落,却让郑庄公亲口说出自己的不孝,让他真心实意地认识到不孝,又让他亲历各种磨难苦痛以解救母亲,则大大消解了宋代以来人们对郑庄公

"机诈"的谴责。郑庄公由"不孝"变而为"孝",完全依靠颍考叔。将"孝"推及身边的人,这就是颍考叔的"纯孝""大孝"。

戏曲故事通过虚构,进一步强化了颍考叔为国效力之"忠"。首先,加强了郑国战争的正义性。徐、赵、代、宋四国"抗贡不纳",郑庄公因之征伐。《左传》中郑国伐许的情节完全改写。其次,对颍考叔的事功有了更多的描写,如虚构了他杀掉敌方四名将领的情节,以及在战场上与人正面对抗的情节。最后,通过鬼神宣告颍考叔的"忠",又通过郑庄公认证,颍考叔成为"忠孝"将军。颍考叔变成冤魂,附着在公孙阏身上,向郑庄公直言自己的功绩和冤屈:"兵行四国,是为臣劈四员战将,小儿(指公孙阏)占了南国城池。子都后边到来,为臣与他开城,我未做准备,小儿……照住为臣咽喉,就是这样一箭,可怜可伤……玉帝念我忠孝第一,封我河南忠孝将军。"这一番话重复了两遍,一遍是"念白",一遍是"滚白",都从公孙阏口里说出。所谓"念白",是颍考叔的鬼魂附着在公孙阏身上,让公孙阏代替自己说话,而"滚白"则是公孙阏加入了特殊语调的念白:自己将自己的罪恶公之于众。真相大白,颍考叔被郑庄公封为"忠孝大将军"。鬼魂不仅向公孙阏辩解(像《东周列国志》那样),而且向郑庄公诉说,于是颍考叔的"忠孝"不仅是鬼神的意志,而且得到世俗最高权力的确认。

戏曲故事中,颍考叔的"忠"没有违礼之嫌。颍考叔与公孙阏争车、"挟辕而走"的情节,一并删除。颍考叔骞旗拔车,挥动了大旗,拉动了车,于是郑庄公封他为帅,没有谁会指责他勇而犯上。戏曲故事中呈现的颍考叔摆脱了负面形象,而成为典型的"忠"臣。

戏曲《牛脾山》以郑庄公囚母于"牛脾山"而得名,因命名事大,所以不得不辩这得名的由来。《左传》中郑庄公囚母于城颍,未出现牛脾山,自《东周列国志》始,城颍与牛脾山有了联系。姜氏被囚禁在"颍"(邑),但庄公见姜氏的地方却是在洧川牛脾山。颍,即"城颍",在今河南临颍县,临颍水。而洧川,在现今河南长葛县,临洧水。二水不相接,临颍在洧川的正南面。《东周列国志》中,颍考叔想出"掘地见母"的计策之后,郑庄公即命人在洧川牛脾山下挖山及泉,筑一地室。颍考叔先奉姜氏至地室,然后才上演母子"黄泉相见"的一幕。据清雍正年间修成的《河南通志》,洧川县有牛脾山,清初学者陈厚耀称"此即庄公筑隧见母之处"[8](《春秋战国异辞》卷十三)。可见,牛脾山是真实存在的,但在牛脾山"筑隧见母",只是一个民间传说。《东周列国志》里,也并非如民间戏曲那样,让姜氏一开始便被打入牛脾山下吃糠度日。

郑庄公为什么不在城颍掘地见母,却偏要将姜氏从城颍转移到牛脾山?答案还要从《水经注》中寻找。《水经注》最早将洧川和郑庄公囚母的故事联系在一起:

(洧)水南有郑庄公望母台,庄姜恶公寤生,与段京居,段不弟,姜氏无训,庄公居夫人于城颍,誓曰:不及黄泉,无相见也。故成台以望母,用伸在心之思。感考叔之言,忻大隧之赋,洩洩之慈有嘉,融融之孝得常矣。[9]

原来民间传说中,庄公母子相见之前,曾在洧水边建台望母,以解思念之苦。望母台在洧水边,与城颍南北悬隔,正取"遥望"之意。时间一长,人们被庄公望母之心感动,于是在民间传说里,"望母"的郑庄公终于实现了"见母"的愿望,洧川便有了牛脾山下挖隧道见母的传闻,以附会史传;牛脾山下遂成为郑庄公见母的地方。冯梦龙《东周列国志》采用了民间传说,将母子见面的地点改在牛脾山下。历史演义小说固可以采用民间传说,但学者的考证若采用此说,则失信于人。陈厚耀《春秋战国异辞》谓洧川牛脾山即历史上庄公挖隧道见母处,当为考之不审。

第四节　冯梦龙:沟通经学话语与民间文学

颍考叔"忠""孝"两全的形象,是史传故事向民间传播的过程之中逐步确立起来的。这一过程,实际是大传统(精英文化)转向小传统(平民文化)的过程。在这转变过程中,沟通大传统与小传统、精英文化与平民文化的人最为重要。冯梦龙即是沟通精英文化和平民文化的人物。《东周列国志》一方面依据史传记载,保留了经学的基本人物设定,丰富、拓展了情节,另一方面改写了情节,加入了民间人物的评判标准。他塑造的历史人物的性格,符合特定的历史情境,又在民间有广泛的基础。将上层经学与民间文学、正统史学与神鬼怪诞之说融合在一起,则是他最大的成功。

冯梦龙在"鸮鸟"的设计上,体现出了他作为学者的才能。此鸟的肉质(味鲜)、品性(食母)、功用(用以进献君王),都有据可依。只不过,他有意无意混淆了鸮和枭。冯梦龙将姜氏囚禁地点设在牛脾山下,这或许是采取了"征实"(实地考察)的方法,力求做到有据可依,绝非空口无凭。冯梦龙考虑到平民百姓的接受程度,增加了民间传说中颍考叔死后化身为鬼魂惩罚公孙阏的情节,通过鬼神意志表达人们对颍考叔的爱戴,这在上层经学话语体系里,是要被视为"怪力乱神"而加以排斥的。

民间戏曲以冯梦龙的《东周列国志》为蓝本,但在史事的真实性、与上层话语的钩连方面,明显减弱很多。《牛脾山》将囚禁地点放在洧川,将鸮鸟简称为"不义鸟",颍考叔化身为鬼魂复仇,这都是直接承继了《东周列国志》的情节,戏曲通过念白重复,将以上情节加以强化。不能想象,没有《东周列国志》所设立的这些重要情节,戏曲如何自存于世。

民间戏曲中,为了突出"忠孝"的主题,不受限制地处理史事。故事可以虚构,可以删减,也可以变更,显现比历史演义更大的灵活性。《牛脾山》弃掷郑伯克段的情节,改编了郑庄公囚母杀弟的情节,删去了颍考叔"挟辕而走"的情节,虚构了颍考叔杀敌立功的情节,这么多的改动,无非是为了树立起完全符合于民间伦理的"忠孝"颍考叔形象。

　　冯梦龙原本是要将经学话语体系里的君臣伦理告知平民群体[10],最终结果是,这个"忠孝"伦理虽与上层经学话语有一致之处,但更多地超出了经学话语体系。上层经学话语体系和民间话语体系最重要的差别,体现在如何看待君王。经学"尊王",君王的权威无所不在,为"尊尊"之义甚至废"亲亲"义,有君臣而无父子(母子)兄弟。而民间文学,无论演义小说,还是戏曲,郑庄公都不是个高高在上的君王,他只不过是个"不孝"之子,是颍考叔改造的对象。在民间,与颍考叔的"纯孝"一起流行的,便是郑庄公的"不孝"。据元代陶宗仪《说郛》记载,颍考叔听闻庄公囚母的故事,感叹鸟兽尚且哺母,而庄公却做不到,很明显震惊于庄公的不孝。冯梦龙《东周列国志》采用了民间对郑庄公"不孝"的角色设定,强化了"携鸮谏孝"的情节。冯梦龙的《东周列国志》还受限于史传故事的原有格局,登城伐许的情节没有多大改变,而民间戏曲较冯梦龙的历史演义小说偏离经学话语体系更远,对史传故事增删改益,主动屏蔽了对颍考叔不利的指责,完全肯定了颍考叔,颍考叔成了"忠孝两全"的代表。在颍考叔的身上,体现了下层百姓对"忠孝"的美好想象。

　　颍考叔在后代祭祀不绝。隋大业九年在许昌县重建颍大夫庙(《太平寰宇记》卷七),即为了纪念他的孝。唐开元二十九年,中牟县立颍考叔庙碑(《宝刻类编》,卷一)。宋徽宗大兴礼乐,封河南府颍阳县神泽庙神颍考叔为"纯孝伯"(《文献通考》卷一百三),颍考叔的祭祀升级到官方层面。清代康熙皇帝在日讲《孝经》时,感叹颍考叔是个忠孝之人:"考叔舍羹遗母,感悟庄公,当时君子称其纯孝;伐许之役,率先登城,可谓明于大义矣。争车挟辀,疑于勇而犯上,其忠固不可及也。"[11]前有宋徽宗以皇帝的身份肯定颍考叔的"孝",后有康熙皇帝以天子之尊肯定颍考叔的"忠",颍考叔在官方话语体系里,得到了"忠""孝"的双重肯定。官方话语对颍考叔在民间被树立为"忠孝"之典型,无疑具有推动作用。

　　结语:颍考叔的"忠孝"脱离了"尊王"的经学话语体系,融入了民间奉行的忠孝伦理观。在这个意义上,颍考叔的"忠孝"形象脱离了具体的历史时代背景,传达了中国传统文化在家国两个层面的价值观,直到现在,颍考叔的"忠孝"形象仍具有积极意义。但毋庸讳言,脱胎于史传人物的颍考叔,其形象经过历史演义与戏曲的多次改编、重塑,与史传已偏离过之,这在一定程度上又限制了颍考叔"忠孝"形象的流播和远扬。现今多个剧种中,《伐子都》等关于颍考叔的剧目仍在上演,剧目都不约而同删去了颍考叔鬼魂附身等虚妄的情节,以适应当今文化建设的要求。不可否认的是,颍考叔的"忠孝"形象在民间戏曲中仍得以延续。

【注释】

[1] [宋]吕祖谦:《左氏博议》卷一,《吕祖谦全集》第六册,浙江古籍出版社,2008年版,第2页。

[2] [宋]朱熹:《春秋三》,《朱子五经语类》卷五十九,四库全书本。

[3] [宋]吕祖谦:《左氏博议》卷三,《吕祖谦全集》第六册,浙江古籍出版社,2008年版,第59页。

[4] 转引自《尔雅注疏》卷十,郭璞注,邢昺疏,北京大学出版社1999年版,第312、320页。转引自[晋]郭璞注,[宋]邢昺疏,《尔雅注疏》卷十,北京大学出版社1999年版,第311、312、320页。

[5] [清]段玉裁:《说文解字注》,上海古籍出版社,1981年版,第150页。

[6] [元]陶宗仪:《说郛》第六册,卷三十二,11a,中国书店1986年影印1927年涵芬楼版。

[7] 本章所用戏曲《牛脾山》,出自《甘肃传统剧目汇编·秦腔》第七集(甘肃人民出版社1963年版),丁希贵口述。秦腔《牛脾山》的整理者写作"枭鸟",系误将《东周列国志》中的"鸮鸟"写成"枭鸟"。

[8] [清]陈厚耀:《春秋战国异辞》卷十三,四库全书本。

[9] [北魏]郦道元注,陈桥驿校证:《水经注校证》,中华书局2007年版,第520页。

[10] [明]冯梦龙:《警世通言》序:"通俗演义一种,遂足以佐经书史传之穷。"中华书局2009年版。

[11] 《(康熙)御制孝经衍义》,四库全书本。

【延伸阅读】

[1] 冯梦龙:《东周列国志》,人民文学出版社,2014年版。

[2] 鲁迅:《中国小说史略》,中华书局,2016年版。

[3] 余英时:《士与中国文化》,上海人民出版社,2013年版。

第二章

《左传》辞令的语言风格与修辞艺术

【引言】

《左传》作为我国历史上第一部规模宏大、内容详实的历史巨著，以长于叙事、精于谋篇、善写辞令而被誉为"记籍之冠冕"[1]，"除了历史的价值以外，它在中国的散文史上，还有其坚固的地位"[2]。其中的辞令，是全书的精华所在。据统计，从鲁隐公四年到鲁哀公二十七年，约计有380余次外交活动中记有应答之辞。全书18万字中，记录辞令的文字多达25000字左右，约占全书总字数的1/7[3]。如《左传》僖公三十二年、三十三年的经典片段"秦晋殽之战"，略战而详言，800余字的记述中人物的语言就有近500字。

《左传》的辞令，是指对内的谏说和对外的行人酬应、答对的言辞，主要包括为朝聘修好、吊丧送葬等外交活动的朝聘吊祭辞令、诸侯举行享宴之礼的会盟享宴辞令，以及敌对双方相互间辩难、争执的战场攻防辞令等。春秋各国的大夫们在进言谏说、应答辩说活动中，凭借卓越的才华竞骋才藻，言辞委婉含蓄、典雅从容，再经《左传》作者的"琢磨润色"[4]，更为辞采华瞻，令人叹为观止，创造了中国修辞史上最为精彩的外交辞令艺术。如钱钟书所言："吾国史籍工于记言者，莫先乎《左传》，公言私言，盖无不有。"[5]

《左传》的辞令对后世史学、文学语言、礼仪文化，以及国际往来产生了广泛而深远的影响，成为后世史学家、文学家借鉴与效法的典范。"纵横家者流，盖出于行人之官"[6]。由于行人与策士所处的时代政治背景不同，奉行的道德标准不一，《左传》行人辞令和《战国策》策士说辞呈现出明显不同的语言风格：一个含蓄委婉、不卑不亢、机智沉着，一个纵横驰骋、酣畅淋漓、雄辩恣肆。但策士辞令是《左传》辞令的直接继承和发展。策士辞令继承了《左传》雄辩犀利的一面，并发展为雄辩阔论、铺张扬厉、气势磅礴的文风。例如《战国策·赵策三》中"鲁仲连义不帝秦""范睢至秦"，《战国策·赵策四》中"触龙说赵太后"，以及苏秦合纵、张仪连横的游说之辞，其论辩的方法、风格和措词，受《左传·成公十三年》"吕相绝秦"的影响显而易见。从《史记·项羽本纪》中"鸿门宴"片段对刘邦工于心计、坚忍克己、巧言辩解的记述,也可看出《史记》与《左传》在人物语言描写手法上的传承关系。《三国演义》中诸葛亮"舌战群儒"情节的"重辞令"描写,也是对《左传》行人外交辞令美的继承和发展。《资治通鉴》记有曹操给孙权的一封书信,其中"奉辞伐罪""方与将军会猎于吴"等委婉措辞,更是直接来自《左传》中的外交辞令。

【思考】

1.《左传·僖公三十年》"烛之武退秦师"中的精彩辞令,体现了《左传》行人辞令的特点,可谓古代外交史的成功范例。试析此文辞令的语言技巧,并请谈谈其辞婉而理骋的语言特点对当今社会的启示和借鉴意义。

2.战国策士在借鉴《左传》辞令时,对其崇尚礼义、委婉含蓄、雍容典雅的特点采取了比较冷淡的态度,而以极大的热情继承并发展了其雄辩阔论、词锋犀利的一面。请从论辩方法、语言风格等方面比较分析《吕相绝秦》与《鲁仲连义不帝秦》两篇文章,谈谈二者之间的联系。

3.请谈谈《左传》行人辞令中丰富谨严的称谓对后世称谓礼仪的影响。

4.《左传》的外交辞令,表现出"婉而有致,词强不激"的语体风格特征,反映了春秋时代外交活动特有的语言格调和特色。请谈谈这一特征对当今构建具有中国民族风格传统又适用于国际交往的外交语体的借鉴作用。

5.罗贯中的《三国演义》第四十三回"诸葛亮舌战群儒 鲁子敬力排众议",生动地记述了诸葛亮与东吴诸谋士的精彩论辩交锋。阅读此章并解析其对《左传》辞令的承继。

第一节 雍容典雅、委婉含蓄、辞简意深的语言风格

春秋时期社会动荡,王室衰微,大国诸侯争霸。原周王室与诸侯间的聘朝会盟制度,变成大国诸侯争霸的一种手段。《春秋》所记载的 242 年中,列国间的聘朝会盟多达 450 余次。《左传·昭公三年》载,晋文公为霸主时"令诸侯三岁而聘,五岁而朝,有事则会,不协而盟"。在这种情况下,诸侯纷争,朝聘频繁,使者往返,不绝于途。"大夫行人,尤重词命。语微婉而多切,言流靡而不淫"[7]。辞令是政治活动的需要,也直接影响政治活动的得失。"言之无文,行而不远",郑国大夫们反复修饰辞令,注重文辞之功即是例证[8]。娴于辞令,成为士大夫阶层的基本素养,他们揣摩辞令,习于演说,注重语言修辞技巧,讲究辞令的修饰之美。由此,春秋时代形成了讲究辞令、尚言尚辞的社会风尚。

对于《左传》辞令的语言风格,历来多有论述。我们知道,任何言语交际都是在

一定的交际环境中实现的。语用环境制约着语言风格和语言技巧,它包括直接制约交际语言的显性因素,如交际的话题、对象、目的、时间和场所等与间接影响交际语言的隐性因素,如社会风俗、民族心理、文化背景等社会因素和说话人的身份地位、学识、修养、经历等个人因素。由于语用因素的变化,《左传》辞令在遣词造句、说话口气、言语气势上也会有所不同,表现出多种多样的语言风格特征:有的谦下柔和,以委婉含蓄见长;有的用典赋诗,文质彬彬,以雍容典雅擅美;有的不卑不亢,屈伸有度,以刚柔相济、棉里藏针取胜;还有理直气壮,激切雄肆,以雄辩阔论、辞锋犀利服人;以及机智生动,妙趣横生,以机智幽默达意。但从总体而言,由于社会风俗、民族心理、文化背景等社会因素的作用,《左传》辞令有其基本的语言风格,即雍容典雅、委婉含蓄、辞简意深。所谓"微而显,志而晦,婉而成章""语微婉而多切""其文曲而美,其语博而奥"等[9],即是前人对这一总体风格特征的描述。

辞令这一风格的形成,有其特定的社会文化背景。春秋之世,强国称雄,"礼不再是其维护宗法统治的工具,并非是指礼作为一种文化现象的衰落,作为一种文化现象,礼仍然活跃于春秋各国,成为各国的政治指导和社会伦理"[10]。据杨伯峻统计,《左传》中"礼"字一共用了 462 次。五霸依靠武力征伐外,同时也将尊事王室作为号召诸侯的旗帜,用仁德安抚诸侯。因此,《左传》辞令的总体风貌,具有鲜明的崇礼、重礼色彩,表现为委婉含蓄、雍容典稚、辞简而意深的风格特征,显示出温文尔雅、谦和有礼的君子之风。如陈彦辉所言:"春秋时期对礼的重视和坚持,使礼不仅成为'经国家,定社稷,序民人,利后嗣'的定国治民之本,也是春秋辞令言说的原则"[11]。例如:

1)《左传·成公二年》记载齐晋鞌之战有:齐侯使请战,曰:"子以君师,辱于敝邑,不腆敝赋,诘朝请见。"对曰:"晋与鲁、卫,兄弟也。来告曰:'大国朝夕释憾于敝邑之地。'寡君不忍,使群臣请于大国,无令舆师淹于君地。能进不能退,君无所辱命。"

2)《左传·僖公二十八年》记叙晋楚城濮之战有:子玉使斗勃请战,曰:"请与君之士戏,君冯轼而观之,得臣与寓目焉。"晋侯使栾枝对曰:"寡君闻命矣。楚君之惠,未之敢忘,是以在此。为大夫退,其敢当君乎! 既不获命矣,敢烦大夫谓二三子:戒尔车乘,敬尔君事,诘朝将见。"

3)《左传·昭公二十年》"晏子对齐侯问"一段:齐侯至自田,晏子侍于遄台,子犹驰而造焉。公曰:"唯据与我和夫!"晏子对曰:"据亦同也,焉得为和?"公曰:"和与同异乎?"

例 1)、例 2)用语委婉曲折,话锋藏而不露,语态谦恭和顺。两军刀兵相见之时,双方依然温文尔雅,不失谦和的美德,是典型的外交辞令的语言风格。例 3)针对齐侯的疑问,晏子的应答之辞以厨师和羹与乐师操琴的双重比喻反复论证主旨,使人易于感知和接受,表现出委婉含蓄、曲而表意、辞简意深的特点。

因此,可以说春秋时代的社会文化环境,决定了《左传》辞令特有的上述语言风格。这种语言风格,充分展示了古代中华文明重礼的民族特色,体现了对忠、恕、信、和、让等道德准则的推崇与宣扬。

第二节 词语运用上"婉而善礼"的委婉含蓄之美

《左传》辞令独具的语言风格,源于琢磨润色、独成一手的语言修辞艺术。《左传》作者善于调动各种语言手段,以达到"言近而旨远,辞浅而义深"的修辞效果[12]。其词语运用上的修辞特点,主要表现在以下几方面。

一、谦敬称谓语的大量运用

春秋时期,西周社会的道德规范、等级观念在一定程度上仍制约着人们的心理和行为习惯。君臣上下、国别内外注重礼仪,"敬而无失,恭而有礼"。在语言的运用上,则表现为尚礼故文,讲究避讳,追求"称名之曲",敬而自谦。称谓语普遍使用礼貌委婉的谦辞、敬语,将带有挑衅刺激的语词换为委婉含蓄的讳饰性词语,避免直接称呼不敬不逊的尴尬,减少禁忌和莽撞。如称对方君为"君",称对方臣为"子",称对方的国为"上国""大国";称己方的对应称谓则为"寡君""下臣""外臣""小国""鄙邑"等。这些符合旧的道德准则,又适应现实礼仪需要的谦敬称谓词语在辞令中大量使用,从而构成了婉而善礼的修辞效果。例如,《左传·僖公二十六年》"展喜犒师"一段文字中,展喜称齐侯"君""执事""玉趾""辱",称本国国君则"寡君",本国为"鄙邑",自称为"不臣""不佞"等,具有"文辞以行礼"的表达效果。又如:

> 1)《左传·文公十二年》:宾答曰:"寡君愿徼福于周公、鲁公以事君,不腆先君之敝器,使下臣致诸执事以为瑞节,要结好命,所以藉寡君之命,结两国之好,是以敢致之。"

> 2)《左传·成公二年》:齐侯使请战,曰:"子以君师辱于敝邑,不腆敝赋,诘朝请见。"对曰:"晋与鲁、卫,兄弟也;来告曰:'大国朝夕释憾于敝邑之地。'寡君不忍,使群臣请于大国,无令舆师淹于君地;能进不能退,君无所辱命!"齐侯曰:"大夫之许,寡人之愿也;若其不许,亦将见也。"

例1)为秦国大夫蹇叔之子西乞术,作为秦使固请鲁纳玉器的一番应答之辞。例2)为齐晋鞌之战前的请战之辞。从这两例所使用的称谓来看,称对方尊为"君、子、君师、大国、大夫"等,呼己方则谦作"寡君、下臣、敝邑、寡人、敝赋(军队)"等,均用谦辞敬语。两军阵前依然是彬彬有礼、恭敬有加,表明这些称谓在当时的外交场合有一定的程式化,凡称对方毕恭毕敬,提到自己往往自谦自轻。

敬称和谦称,是为了体现自卑尊人而采用的称谓。谦称是自抑尊人、以卑达尊的称谓用语。《左传》称名、字、谥、氏规定严格,称君、王也区分明确。"君"一般用于诸侯之臣称诸侯或诸侯对外臣称外君等,一般不用于对周天子的称呼。"王"主要用于诸侯称周天子,也有少数用于楚臣或非楚人称楚王[13]。诸侯相互对话,诸侯使者与他国国君对话,常常使用的自谦称谓是自称卑贱不德的词语,也有自称其名以表谦逊的,如"不穀""寡人""孤""余一人"等。例如:

3)《左传·僖公四年》:齐侯曰:"岂不穀是为?先君之好是继,与不谷同好,如何?"

4)《左传·昭公三年》:齐侯使晏婴请继室于晋,曰:"寡君使婴曰:'寡人愿事君,朝夕不倦,将奉质币,以无失时,则国家多难,是以不获。……'"

5)《左传·庄公十一年》:孤实不敬,天降之灾,又以为君忧,拜命之辱。

例3)"不穀"指不善、寡德、不得众,这里是齐桓公自称。例4)中"寡人"乃寡德之人,是齐侯的自称,即诸侯自称之谦词。例5)"孤"的意思是不得众,这里是宋国庄公自称。

使臣、行人常用的自谦称谓有"臣""外臣""下臣""陪臣""累臣""小人""我""吾""余""子"等,以及徒称己名以表谦逊的。其中,用臣表谦称,既可自称于本国之君,亦可自称于他国君之代表,如《左传·哀公十五年》:且臣闻之曰:"事死如事生,礼也"。"下臣"为对他国国君自称之谦词,如《左传·昭公二年》:"寡君命下臣来继旧好,好合使成,臣之禄也。敢辱大馆?""外臣"是对他国之君自称或称本国其他大夫,如《左传·成公三年》:若从君之惠而免之,以赐君之外臣首。"陪臣"即隔一层之臣,本国臣子对国君自称"陪臣",对越层的上级也自称"陪臣",如《左传·成公十六年》:齐崔杼对齐侯曰:"陪臣干撮有淫者"。诸侯大夫对天子,大夫、家臣对诸侯常用自称,如《左传·成公三年》:(晋国韩厥对齐侯说)"君知厥也乎?""累臣"是被拘囚于异国的官吏对所在国家的自称,如《左传·僖公三十三年》:不以累臣衅鼓。女性表示自谦的称"婢子""妾""下妾"等,突出地位低下的特征,如《左传·僖公十五年》:穆姬谓秦伯曰:"若晋侯朝以入,则婢子夕以死"。

与自谦称谓相对的敬称,一般根据情况称对方的爵位、职衔、身份来称呼,如"天子""王""公""大夫"等。诸侯称大夫、大夫称家臣或一般对称的敬称有"君""吾子""子"等。如《左传·僖公三十年》"烛之武退秦师"的辞令中,多处出现了"君"。"吾子",表恭敬的对称代词,比"子"更显亲密。此外,《左传》中称对方的近侍,不直接称对方用"下吏""执事"等,以表示恭敬。

除谦敬称谓词语外,辞令中还有常用一些谦敬词语。表敬词语有"玉趾""拜君赐""贶""承命""唯命""获命""受命""闻命"等；表谦词语有"寡君""敝邑""敝器""敝赋""不腆""不才""不敏""不佞"等。

二、含蓄婉曲的动词运用

《左传》辞令在动词的措置上婉曲得体，词简意深，具有蕴藉含蓄的艺术效果。如表达"死亡"之意，有多个动词使用。若用"殪"，表示射杀，《左传》中共 8 例，一般用于动物或身份较低的人物被箭射死。例如：《左传·昭公二十一年》："抽矢，城射之，殪"。又如：《左传·哀公十六年》："必使先射，射三发，皆远许为。许为射之，殪"。而等级高的人物被箭所杀，则不用此词表示。臣杀君、子杀父，称作"弑"，君杀臣则为"杀"。另外，身份不同的贵族死去有不同的表述，如天子及其夫人、母后死亡，使用"崩"，而诸侯国的国君及其夫人凡符合礼仪的死亡用"薨"来表示。

辞令中在记述一些行为时，动词的选用同样别有意味。例如：《左传·僖公三十三年》："吾子淹久于敝邑，唯是脯资饩牵竭矣。"这句字面意思是"您在我们这里呆得太久了，只是干肉和粮食要枯竭了。"秦将伐郑，郑欲驱逐原秦将，以防内应。这句逐客令中的动词"淹"是"滞留"之意。"淹"一词本无特殊之意，但置于此例特定的语境中，语义缓和，避免了刺激，又藏锋其中，暗寓谴责。而"淹"还有埋没才能之意，此句便又多了一层含义：让你们这些有才能的人沉滞于此。语意滋味丰厚，耐人寻味。

辞令中如要求对阵开战，却表述为"请见"，如《左传·成公二年》："齐侯使请战，曰：'子以君师辱於敝邑，不腆敝赋，诘朝请见'。人来犯境，却道"释憾"于我，如《左传·隐公五年》："宋人取邾田。邾人告于郑曰：'请君释憾于宋，敝邑为道'。侵师入境，却说成"举玉趾"，如《左传·僖公二十六年》："齐侯未入竟，展喜从之，曰：'寡君闻君亲举玉趾，将辱于敝邑，使下臣犒执事'"。再如成公二年齐侯来请战用"释憾"，昭公五年犒师用"息师"，昭公七年将大夫公孙段的死说成"无禄"等。这些表柔内刚的动词于外交场合中，具有了特殊的表达效果。

三、婉而有致的修饰语运用

《左传》辞令，为了适应外交语体题旨情境的需要，常运用谦敬副词和其他谦敬词语作为修饰语，充当句子状语，使语意表达婉曲有致，富于弦外之音。辞令中对己方举动的修饰，常常在动词前冠以表谦副词"敢""贱""忝""不腆"等一类词语。表述对方的行为时，则往往以表敬副词"请""惠""辱"这样的词语来修饰，表示受惠于、有辱于对方做某事的意思。这样的表述婉转动听，对方易于接受。仅举几例：

1)《左传·僖公三十三年》：寡君闻吾子将步师出于敝邑，敢犒从者。

2)《左传·襄公二十二年》：不虞荐至，无日不惕，岂敢忘职？……其敢忘
君命。

3)《左传·僖公二十六年》：寡君闻君亲举玉趾，将辱于敝邑，使下臣犒
执事。

4)《左传·昭公二十二年》：君若惠保敝邑，无亡不衰，以奖乱人，孤之
望也。

例1)、例2)谦和有礼的"敢"的运用，有自言冒昧、诚恐诚惶、恭敬有加的语意，非常适合外交语体的题旨情境，因而在《左传》辞令中使用频率很高，据统计达190余次之多。例3)、例4)的"惠""辱"二字置于动词之前，极具婉曲之意。这种寓贬于褒、寓憎于爱的表达，增添了应答之辞的言外之意、弦外之音，满足了外交语体题旨情境的需要。

以上词语使用上的特点，是《左传》辞令"婉而有致、词强不激"的语言风格形成的重要语言手段。

第三节　句式运用上表情深婉的情韵之美

不同的句式，有各自的结构成分、结构方式和语调。句式作为一种语法手段，也有一定的修辞作用。句式，是表现和强化语言风格特征的重要手段之一。不同的句式，可以表达不同的语气，语气不仅可以"达意"，而且可以用于"传情"。《左传》善于运用多样的句式来传情达意，表现在以下几个方面。

一、大量使用迂回委婉的假设句式

《左传》辞令大量使用以"若""苟""则"构成的假设条件复句。据统计，仅"若"字句在辞令中使用了130余次，约占外交辞令句子总数的10.9%。这一句式的大量使用，使表意似虚似实，语气婉曲迂回、和缓从容，避免了强加于人的生硬，更有助于说服对方。例如：

1)《左传·僖公三十年》：若亡郑而有益于君，敢以烦执事。越国以鄙远，君知其难也，焉用亡郑以陪邻？邻之厚，君之薄也。若舍郑以为东道主，行李之往来，共其乏困，君亦无所害。

2)《左传·昭公二十一年》：蔡侯朱出奔楚。费无极取货于东国，而谓蔡人曰："朱不用命于楚，君王将立东国。若不先从王欲，楚必围蔡。"蔡人惧，出朱而立东国。

　　3)《左传·僖公二十三年》:及楚,楚子享之,曰:"公子若反晋国,则何以报不谷?"

　　4)《左传·昭公三年》:君若不有寡君,虽朝夕辱于敝邑,寡君猜焉。君实有心,何辱命焉?……苟有寡君,在楚犹在晋也。

　　5)《左传·昭公三年》:"郑罕虎如晋,贺夫人,且告曰:'楚人日征敝邑,以不朝立王之故。敝邑之往,则畏执事,其谓寡君而固有外心。'"

　　例1)烛之武使用"若亡郑而有益于君""若舍郑以为东道主"两个假设句,致使秦穆公撤兵而去,从而解郑之围。表意委婉的两个假设语句,是烛之武精妙的说辞论证策略和技巧的具体体现。例2)楚人费无极对蔡国施压,真实意图在于"若从王欲,楚不围蔡",蔡国使者领悟言外之意,依从了楚国"从王欲"的要求。例3)由"若"构成的假设句,出语婉转地表达了楚庄王谋求晋公子重耳返晋后有报于他的要求。例4)由"若""苟"构成两个假设句,是晋对郑的劝告。郑国介于晋、楚两大国之间,"二于楚"之意,晋不满于此,但为了避免郑更加离心,劝告之辞婉转,循循善诱。例5)"则"用于后面的分句,表示假设的结果,郑以虚拟的语气,试探晋的反应。

二、高频率地运用词强不激的疑问句式

　　疑问句式在辞令中使用广泛,据统计,约占外交辞令句子总数的25.3%,主要有无疑而问、问中有答的反问句和设问句两类句式。其中,较多使用的是反问句。疑问句的使用,有助于增强语势和说服力,更重要的作用在于使应对之辞表情深婉,避免直白。《左传》辞令善于利用无疑而问、问中有答的反问句,来表达言外之意。这种寓问于答的句式,疑问语气所要表达的意思与字面相反的意思,语义的表达曲折变幻,听话人在理解他人意图时必须反其意而取之。例如:

　　1)《左传·成公十六年》:君唯不遗德、刑,以伯诸侯,岂独遗诸敝邑?敢私布之。

　　2)《左传·僖公四年》:以此众战,谁能御之?以此攻城,何城不克?

　　3)《左传·昭公三年》:君若辱有寡君,在楚何害?修宋盟也。

　　4)《左传·昭公四年》:王曰:"诸侯其来乎?"对曰:"必来。从宋之盟,承君之欢,不惮大国,何故不来?……"

　　5)《左传·昭公十三年》:寡君有甲车四千乘在,虽以无道行之,必可畏也,况其率道,其何敌之有?牛虽瘠,偾于豚上,其畏不死?南蒯、子仲之忧,其庸可弃乎?若奉晋之众,用诸侯之师,因邾、莒、杞、鄫之怒,以讨鲁罪,间其二忧,何求而弗克?

例 1)用副词"岂独"表示反问。例 2)以排比反问的形式,咄咄逼人,气势强盛,但由于使用了反问句,迂回委婉,并未使人感到尴尬难堪。例 3)是语气婉转地劝说。例 4)以反问的语抱怨、指责对方。以上各例表示反问的方式不同,例 4)以否定的反问表达肯定的内容。例 1)、例 2)、例 3)则是以肯定的反问表达否定的内容。例 5)是反问句通篇连用的范例。晋叔向恐吓鲁国,连用四反问环环相扣,句句紧逼,问中有喻,寓理于问,极富气势,说服力强。上述寓问于答的反问形式,所要表达的深层语意与句子的表层语意相反,表意婉曲。

辞令中自问自答的设问句,则使表述委婉,语意显明。例如:

6)《左传·僖公二十六年》:岂其嗣世九年,而弃命废职? 其若先君何? 君必不然。

7)《左传·僖公三十年》:焉用亡郑以陪邻? 邻之厚,君之薄也。

例 6)自问自答的形式来正话反说,语含嘲讽。例 7)先以设问吸引对方,然后说出结论,一问一答,深入浅出,道明事理。

此外,有疑而问的询问句在辞令中也有使用。这类疑问的真实目的,仍在于使辞令表意委婉,免于直白。例如:

8)《左传·僖公四年》:楚子使与师言曰:"君处北海,寡人处南海,唯是风马牛不相及也。不虞君之涉吾地也,何故?"

9)《左传·僖公二十六年》:齐侯曰:"鲁人恐乎?"对曰:"小人恐矣,君子则否。"齐侯曰:"室如县罄,野无青草,何恃而不恐?"

例 8)楚使质问齐犯楚之由,前有"涉吾地"一语的婉曲表达,全句语调柔婉,锋芒只是潜藏于言外,可谓句婉意强。例 9)齐孝公恃强,领兵攻打鲁国,言辞咄咄,气势凌人。但其言辞以问句道出,较之直陈其强,锋芒还是有所收敛。

三、反复运用婉转从容的固定句式

使用固定句式,也是辞令常用的突出语言风格特征的择句手段。常见的固定句式有:"无(毋)乃……乎""不亦……乎"等表达反问、探询、测度或商讨等语气的固定结构,以及"君若……,X 之愿(望)也""微福于……"等表达请求语气的固定句式。例如:

1)《左传·襄公二十七年》:伯州犁曰:"合诸侯之师,以为不信,无乃不可乎? 夫诸侯望信于楚,是以来服,若不信,是弃其所以服诸侯也。"

2)《左传·成公十六年》:曹人请于晋曰:"自我先君宣公即世,国人曰:'若之何？忧犹未弭。'而又讨我寡君，以亡曹国社稷之镇公子，是大泯曹也，先君无乃有罪乎？"

　　3)《左传·昭公十九年》：(子产曰)"……今吾子以好来辱，而谓敝邑强夺商人，是教敝邑背盟誓也，毋乃不可乎？……"

　　4)《左传·哀公二十四年》：寡君欲徼福于周公，愿乞灵于臧氏。

　　5)《左传·隐公四年》：君若伐郑以除君害，君为主，敝邑以赋与陈、蔡从，则卫国之愿也。

　　6)《左传·昭公三年》：君若不弃敝邑，而辱使董振择之，以备嫔嫱，寡人之望也。

例1)、例2)固定结构"无乃……乎"表示反问，有探询的语气。例3)由"无(毋)乃……乎"构成反问，表示推测的语气。这类句式表意不直接断定而用测度，可收到委婉含蓄的表达效果，故在辞令中使用频繁。例4)使用"徼福於……"句式，例5)、例6)两例使用"君若"……，X之愿(望)也"的固定句式，都是用表达自己主观愿望来向对方提出建议或请求的婉曲表达方式。这句式所具有的句婉意强的表达效果，正是外交辞令之所需，也是强化辞令语言风格的手段。

第四节　辞格运用上"文曲而美""语博而奥"的雍容典雅之美

　　具有优雅、精致、细腻文化底蕴的春秋贵族士人，学识渊博，通晓历史，言谈举止从容冷静，典雅优美，婉转含蓄，点到即止，包藏锋芒，显示出彬彬有礼的优雅风范，体现了以《诗经》为代表的礼乐文化熏陶下的优雅和谐。也正因此，辞令语言中存在着丰富的修辞手段和技巧。其中，自然巧妙地运用各种修辞格，是形成辞令语言艺术魅力的重要因素和构成语言风格的重要手段。本文仅就几种最为常用的修辞方式做一分析。

一、旁征博引、雍容典稚的引用

　　"左氏浮夸，最喜征引"[14]。丰富多彩的引用，是辞令使用最为突出的修辞方式。《左传》中记述的大夫、行人言辞中无不引经据典、旁征博引，"以断行事""以证立言"[15]，不仅增强了言辞的说服力，也增添了辞令的艺术感染力。总体上说，引用分为两类："引经"，即引用古代圣贤的言辞、经文来说理和"稽古"，即以史为鉴，引征史实，以古人的事迹来证实自己的观点。可以说，引用方式的大量运用，是构成辞令崇尚礼义、委婉含蓄、雍容典稚总体风格的重要因素。具体而言，引用有以下几种。

(一)赋《诗》:托诗谕意,微言相感

"登高能赋,可以为大夫"[16]。春秋时代,《诗经》(亦可称《诗》)成为列国君卿交际活动中使用的重要工具。温文尔雅的用诗风尚,成为春秋时代外事活动的重要特色。《诗经》成为士大夫普遍习读的书籍。学诗赋诗,以用于出使专对,成为当时士大夫必备的能力,是衡量士大夫应对才能、机智程度和学识深浅的重要标准。由此,引用《诗经》成为辞令中最多、最频繁的语言现象。《左传》引《诗经》数量和规模是先秦其他典籍难以企及的,达270次,开创了著述引《诗经》的先河,共涉及《诗经》篇目110多篇,涵盖了《风》《雅》《颂》的许多篇章。

"征引是对经典的继承,是对经典的主动接受或者说是一种创造性的接受"[17]。在辞令中,《诗经》成为政治外交活动的媒介,引用《诗经》者将所要表达的主旨与诗中象征性的形象进行结合,断章取义来表达自己的政治需要。因《诗经》言辞华美高雅、彬彬有礼,又用意深厚,含而不露,应对中引用《诗经》,既能增加言辞的权威性与说服力,又能婉转含蓄地抒情达意,化解矛盾,收到事半功倍的效果。辞令中吟诵诗歌,用《诗经》以代言,或引《诗经》以证言,通过诗来言志、抒情和讽戒劝谏,增添了辞令的音韵美和表达效果,是产生典雅含蓄修辞效果的重要手段。例如:

  1)《左传·成公八年》:八年春,晋侯使韩穿来言汶阳之田,归之于齐。季文子饯之,私焉,曰:"大国制义以为盟主,是以诸侯怀德畏讨,无有贰心。谓汶阳之田,敝邑之旧也,而用师于齐,使归诸敝邑。今有二命曰:'归诸齐。'信以行义,义以成命,小国所望而怀也。信不可知,义无所立,四方诸侯,其谁不解体?《诗》曰:'女也不爽,士贰其行。士也罔极,二三其德。'七年之中,一与一夺,二三孰甚焉!士之二三,犹丧妃耦,而况霸主?霸主将德是以,而二三之,其何以长有诸侯乎?《诗》曰:'犹之未远,是用大简。'行父惧晋之不远犹而失诸侯也,是以敢私言之。"

  2)《左传·宣公二年》:(晋灵公)曰:"吾知所过矣,将改之。"稽首而对曰:"人谁无过?过而能改,善莫大焉。《诗》曰:'靡不有初,鲜克有终。'夫如是,则能补过者鲜矣。君能有终,则社稷之固也,岂唯群臣赖之。又曰:'衮职有阙,惟仲山甫补之。'能补过也。君能补过,衮不废矣。"

  3)《左传·襄公二十六年》:秋七月,齐侯、郑伯为卫侯故,如晋,晋侯兼享之。晋侯赋《嘉乐》。国景子相齐侯,赋《蓼萧》。子展相郑伯,赋《缁衣》。叔向命晋侯拜二君,曰:"寡君敢拜齐君之安我先君之宗祧也,敢拜郑君之不贰也。"国子使晏平仲私于叔向,曰:"晋君宣其明德于诸侯,恤其患而补其阙,正其违

而治其烦,所以为盟主也。今为臣执君,若之何?"叔向告赵文子,文子以告晋侯。晋侯言卫侯之罪,使叔向告二君。国子赋《辔之柔矣》,子展赋《将仲子兮》,晋侯乃许归卫侯。

例1)面对晋不讲信用、违背道义的出尔反尔行为,季文子引《诗经·国风·卫风·氓》和《诗经·大雅·板》予以婉讽。他将鲁比作女子,以晋比作士,女依士犹如鲁之小国依附霸主晋国,今晋不守信用,行不专一,将失去盟国,如同"士之二三,犹丧妃耦"。季文子赋诗比意,巧妙地利用了《诗经》中人物行为与晋国做法相似性,恰如其分地讽喻了晋国的做法,意味深长,妙趣横生。例2)面对不行君道的晋灵公"将改之"的承诺,士季明知晋灵公在假话敷衍却不能直言,故婉转含蓄地用引诗的方法,将逆耳的忠言劝告换作善移人情,试图达到微言相感的效果。士季先引用了《诗经·大雅·荡》的诗句,意在表达能弥补过错的人是很少的,暗含对灵公"将改之"的不信任。继而再次引《诗经·大雅·烝民》的诗句,意在"言志",表明自己是像仲山甫帮助周宣王补过一样,尽职尽责地劝谏晋灵公。这段谏言,借引《诗经》谏说国君,寥寥数语,曲折尽意。例3)襄公二十六年震动各诸侯国的事件就是晋国趁卫献公赴盟之时拘禁了卫献公,齐景公和郑简公前往晋国为被执的卫侯说情的情景。三方的言辞都是用《诗经》的诗句来表达。晋侯先赋《诗经·大雅·假乐》:"假乐君子,显显令德,宜民宜人。受禄于天,保右命之,自天申之。"意思是说喜乐的周王盛名美德,让群臣百姓享受上天的恩泽。齐景公和郑简公的陪同大夫,机敏地借此时机,也吟诵《诗经》委婉、含蓄地表达了两位诸侯前来的真实意图。国景子吟诵《诗经·小雅·蓼萧》:"蓼彼萧斯,零露湑兮。既见君子,我心写兮。燕笑语兮,是以有誉处兮。"这表现贵族宴会的乐章,寄望于晋平公能够用兄弟的情谊对待各位诸侯。子展则吟诵《诗经·国风·郑风·缁衣》:"缁衣之宜兮,敝,予又改为兮!适子之馆兮,还,予授子之粲兮!"借赞美郑武公好贤,供给贤者以朝服、馆舍和美食,恳请晋平公看在来访的齐、郑两位诸侯的面子上,表现出盟主的风范,平和地解决拘禁卫献公这一事件。然而,晋侯并未允诺。国景子又吟诵《辔之柔矣》,子展吟诵《诗经·郑风·将仲子兮》,劝说晋侯要怀柔诸侯,勿失大国风范。晋侯权衡利弊,最终答应放走卫侯。此例借引《诗经》回应问候,又巧妙婉转地抒情达意。一场外交活动,全然以《诗经》交谈交锋,可谓托诗谕意,微言相感的经典例证,堪称礼乐文化下的一种外交典范。

(二)引言:广征博引,言而有据

除引用《诗经》外,辞令中还常引典籍、古人之言、王命、谚语以及历史事实等作为说理的论据,阐明事理,增添辞令本身的意味。引用的来源主要包括以下几种。

(1)征引典籍和古人之言。辞令对典籍的征引,涉及春秋时期典籍的绝大部分，如《周志》《周易》《夏书》《商书》《郑书》等。以外，还用"古人有言"，如史佚、周任等言论的。例如：

　　1)《左传·僖公五年》:(宫之奇)对曰:"臣闻之,鬼神非人实亲,惟德是依。故《周书》曰:'皇天无亲,惟德是辅。'又曰:'黍稷非馨,明德惟馨。'又曰:'民不易物,惟德繄物。'"

　　2)《左传·僖公七年》:夏,郑杀申侯以说于齐,且用陈辕涛涂之谮也。

　　初,申侯,申出也,有宠于楚文王。文王将死,与之璧,使行,曰:"唯我知女,女专利而不厌,予取予求,不女疵瑕也。后之人将求多于女,女必不免……"既葬,出奔郑,又有宠于厉公。子文闻其死也,曰:"古人有言曰'知臣莫若君。'弗可改也已。"

例1)宫之奇引《周书》之言来反驳虞公的观点,连续三句的引用使说理精辟透彻。例2)楚令尹引用"古人有言",表达对楚文王了解申侯其人的感叹。

(2)引王室成命。外交辞令中也常引用周王室成命作为折服对方的理据。例如：

　　1)《左传·僖公四年》:管仲对曰:"昔召康公命我先君大公曰:'五侯九伯,女实征之,以夹辅周室。'赐我先君履,东至于海,西至于河,南至于穆陵,北至于无棣。尔贡包茅不入,王祭不共,无以缩酒,寡人是征。昭王南征而不复,寡人是问。"

例1)管仲以"包茅不入"为借口,说明齐师伐楚的原因,表明齐国师出有名。以王室之命为依据,说明齐有征讨四方的权利,以名正言顺来掩盖齐国争霸的真实目的。

(3)引用熟语。谚语、俗语、民谣等也常为辞令引用来作为说理的论据,使言辞具有折服人心的说服力。例如：

　　1)《左传·宣公十二年》:"河鱼腹疾,奈何?"

　　2)《左传·僖公五年》:晋侯复假道于虞以伐虢。宫之奇谏曰:"……谚所谓'辅车相依,唇亡齿寒'者,其虞、虢之谓也。"

例1)中申叔展以"河鱼腹疾"的民俗暗示还无社筹划脱险办法。

例2)中宫之奇以谚语来揭示两国关系,陈说利害。这些引用,既为辞令的立论提供了根据,又增添了语言的意味。

(4)引用史实。辞令中引用历史事实作为证据以增强言辞的说服力,即所谓举史壮论。《左传》中对古制古事的引用,常以"古者""昔""臣闻""先王之制"等为标志。例如：

1)《左传·昭公四年》：(司马侯曰)"四岳、三涂、阳城、大室、荆山、中南，九州之险也，是不一姓。冀之北土，马之所生，无兴国焉。恃险与马，不可以为固也，从古以然。是以先王务修德音以亨神人，不闻其务险与马也。邻国之难，不可虞也。或多难以固其国，启其疆土，或无难以丧其国，失其守宇，若何虞难？齐有仲孙之难而获桓公，至今赖之。晋有里、丕之难，而获文公，是以为盟主。卫、邢无难，敌亦丧之。故人之难，不可虞也。恃此三者，而不修政德，亡于不暇，又何能济？君其许之。纣作淫虐，文王惠和，殷是以陨，周是以兴，夫岂争诸侯？"

2)《左传·闵公元年》：冬，齐仲孙湫来省难。书曰"仲孙"，亦嘉之也。仲孙归曰："不去庆父，鲁难未已。"公曰："若之何而去之？"对曰："难不已，将自毙，君其待之。"公曰："鲁可取乎？"对曰："不可，犹秉周礼。周礼，所以本也。臣闻之：'国将亡，本必先颠，而后枝叶从之。'鲁不弃周礼，未可动也。君其务宁鲁难而亲之。亲有礼，因重固，间携贰，覆□乱，霸王之器也。"

3)《左传·宣公十二年》：秋，晋师归，桓子请死，晋侯欲许之。士贞子谏曰："不可。城濮之役，晋师三日谷，文公犹有忧色。左右曰：'有喜而忧，如有忧而喜乎？'公曰：'得臣犹在，忧未歇也。困兽犹斗，况国相乎！'及楚杀子玉，公喜而后可知也，曰：'莫余毒也已。'是晋再克而楚再败也。楚是以再世不竞。今天或者大警晋也，而又杀林父以重楚胜，其无乃久不竞乎？林父之事君也，进思尽忠，退思补过，社稷之卫也，若之何杀之？夫其败也，如日月之食焉，何损于明？"晋侯使复其位。

例1)楚灵王欲与晋分庭抗礼，派大夫伍举赴晋。晋平公认为"晋国国险而多马，齐、楚多难，有是三者，何乡而不济？"足以与楚相争，稳坐霸主的宝座。晋大夫司马侯谏说晋侯，指出他所倚仗的"三不殆"，恰恰是"三殆"。司马侯这段精彩的说辞，用四个史实有力地阐明了依仗客观条件而不修政德难免灭亡的结论，成功地说服了晋平公。例2)这段齐国仲孙湫与齐桓公的对话中，仲孙湫表明"国将亡，本必先颠，而后枝叶从之"，"鲁不弃周礼"秉承着国本，故"未可动也"。这里同样是以历史经验为依据来阐释问题。例3)中士贞子用"城濮之役中晋侯因楚子杀子玉而喜"之事，反谏晋侯勿杀林父。这则谏辞以史为鉴，类比两事，使士贞子所论之事利害立现，言辞更具说服力。

二、婉转含蓄、曲径通幽的婉曲

婉曲，又称作委婉、曲语、婉转、婉言等，指在特定情境下不能直陈其事，而采用含蓄婉转的词语曲折地表达思想感情的修辞方式。

　　春秋学礼、尊礼的社会文化氛围下,高度注重礼仪,社交活动中提倡"温柔敦厚",营造温和融洽的气氛,使用婉曲成为客观的需要。辞令中,谏说、应答者为了尊人或自谦,多以含蓄温婉之语,制造言外之意来暗示说话人的意图。婉曲,是形成《左传》辞令从容委婉、幽默风趣的语言特色的重要因素。如《左传·僖公四年》中,"不虞君之涉吾地也"的"涉"本指"涉水渡河",引申指"进入"。楚使故意隐去了"侵略"二字,只说"进入",委婉含蓄地暗示了齐国的侵略行为,又未当面点破,应答十分得体。"昭王之不复,君其问诸水滨",闪烁其词,顾左右而言他的答复,言外之意是楚国没有任何责任。婉曲,在《左传》辞令中运用得普遍而又巧妙,具有很高的艺术技巧。例如:

　　1)《左传·僖公十五年》:秦伯使辞焉,曰:"二三子何其戚也? 寡人之从君而西也,亦晋之妖梦是践,岂敢以至。"

　　2)《左传·昭公七年》:楚子享公于新台,使长鬣者相,好以大屈。既而悔之。蘧启强闻之,见公。公语之,拜贺。公曰:"何贺?"对曰:"齐与晋、越欲此久矣。寡君无适与也,而传诸君,君其备御三邻。慎守宝矣,敢不贺乎?"公惧,乃反之。

　　3)《左传·成公二年》:齐侯使请战,曰:"子以君师,辱于敝邑,不腆敝赋,诘朝请见。"对曰:"晋与鲁、卫,兄弟也。来告曰:'大国朝夕释憾于敝邑之地。'寡君不忍,使群臣请于大国,无令舆师淹于君地。能进不能退,君无所辱命。"齐侯曰:"大夫之许,寡人之愿也;若其不许,亦将见也。"

　　例1)中的秦伯要掳走晋惠公,却迂回曲折地说成"寡人跟随晋国国君往西去",字面上对晋君谦恭相从,隐藏着获胜而归的得意和喜悦。例2)中楚臣蘧启彊为主讨弓,未一字索要,反而拜贺,于贺语中不动声色地包藏隐患警示而使"公惧",以言于此而意在彼,巧妙地实现了目的。此例委婉方式的运用机智巧妙,可谓独出心裁。例3)中齐、晋两国间战前的这段辞令,处处使用了婉曲的修辞方式,精彩纷呈,具有极高的语言艺术水平。请战、应战均不直说"战"与"不战",而用迂曲的说法,极具礼貌温雅之风。其中,"子以君师,辱于敝邑",实际在说"你率领晋军侵入我国";"不腆敝赋,诘朝请见",真实之意是"齐国将全力以赴,明天一决高下";"大国朝夕释憾于敝邑之地",其实是说"齐国马上要进攻鲁、卫";"寡君不忍,使群臣请于大国,无令舆师淹于君地",真实之意为"晋军不忍鲁、卫受到侵略,命令群臣率师讨伐齐国,速战速胜,勿使军队久留齐国";"君无所辱命",真实之意是说"我们将不使你请战的愿望落空"。齐侯答话意为"你们应战,正合我意;即使不应战,我也要决战。"这段辞令双方相互不甘示弱,但语言的表达却是委婉而有礼貌的,是典型的绵里藏针、外柔内刚的应答之辞。

三、藏而不露、典重雅丽的讳饰

讳饰,也称作避讳,是指言辞中遇有存在不良连带意义的词语,或有隐情而不便启齿时,不直言之而以别的词语间接表述的修辞方式。春秋时期大夫行人在谏说、应答活动中,往往既要清楚表意,又需保持礼貌谦和的风度,讳饰便成为常用的手法。运用讳饰,能避免直接表达可能造成的不敬、不雅、不吉的尴尬,使言辞典重雅丽、委婉含蓄。如以"黄泉"(《左传·隐公元年》)"衅鼓"(《左传·僖公三十三年》)"不复"(《左传·僖公四年》)"不反"等表示"死亡"或"被害,死"(《左传·桓公十八年》);以"涉"表示"进攻"(《左传·僖公四年》);以"戏"表示"交战";以"观之""寓目"表示"参战"(《左传·僖公二十八年》);以"息师"表示"击退对方军队"(《左传·昭公五年》);以"无所稽首"表示"没有必要行礼"(《左传·哀公十七年》);"不得列于诸卿"表示"不当作诸侯看待"(《左传·昭公元年》)等。

辞令善于以陈述客观情况代替主观态度和意见的生硬表达,使主观态度藏而不露,口气缓和,含蓄委婉。讳饰手法的巧妙运用,展示了大夫、行人的聪明才智和文化修养。例如:

1)《左传·僖公四年》:齐侯曰:"以此众战,谁能御之? 以此攻城,何城不克?"对曰:"君若以德绥诸侯,谁敢不服? 君若以力,楚国方城以为城,汉水以为池,虽众,无所用之。"

2)《左传·僖公二十三年》:对曰:"若以君之灵,得反晋国,晋楚治兵,遇于中原,其辟君三舍。若不获命,其左执鞭弭,右属櫜鞬,以与君周旋。"

3)《左传·成公二年》:韩厥执絷马前,再拜稽首,奉觞加璧以进,曰:"寡君使群臣为鲁、卫请,曰:'无令舆师陷入君地。'下臣不幸,属当戎行,无所逃隐。且惧奔辟而忝两君,臣辱戎士,敢告不敏,摄官承乏。"

4)《僖公三十三年》:公使阳处父追之,及诸河,则在舟中矣。释左骖,以公命赠孟明。孟明稽首曰:"君之惠,不以累臣衅鼓,使归就戮于秦,寡君之以为戮,死且不朽。若从君惠而免之,三年将拜君赐。"

例1)中"无所用之"言外之意是说"不起作用,没用"。例2)为重耳作答楚子宴请时所问。"治兵"此处是战争的讳饰说法。"若不获命"是不得楚国允许的讳饰说法。例3)以"下臣不幸,属当戎行"为借口,避讳了直言交战的生硬表达。其幽默诙谐的举止,谦恭婉转的言辞实在精妙。例4)中"三年将拜君赐"是避讳修辞,真实语意是"三年以后我必报此仇"。

四、平中求曲、婉约其辞的比喻

比喻是用浅近而相类的事物作比进行叙事和说理的修辞方式。它常以生活中习见的事物、现象为喻体陈说事理，以实现形象具体、浅明易解的修辞功效。如《左传·襄公三十一年》对"郑人游于乡校，以论执政"而提出"毁乡校"的主张，郑子产以"然犹防川"这一常识性的自然现象和做法作比，阐明了深刻的哲理。

《左传》辞令善用比喻，长于取譬明理达意。辞令中比喻的使用，或因囿于语境，不便直言而以事为喻，委婉陈辞；或需曲笔释理而取譬设喻，婉约其辞，但无论明喻、暗喻，都贴切巧妙，婉而有致，造成平中见曲、意在言外的表达效果。例如：

> 1)《左传·僖公五年》：晋侯复假道于虞以伐虢。宫之奇谏曰："虢，虞之表也。虢亡，虞必从之。晋不可启，寇不可玩。一之谓甚，其可再乎？谚所谓'辅车相依，唇亡齿寒'者，其虞、虢之谓也。"
>
> 2)《左传·僖公四年》：楚子使与师言曰："君处北海，寡人处南海，唯是风马牛不相及也。不虞君之涉吾地也，何故？"
>
> 3)《左传·昭公十三年》：叔向曰："寡君有甲车四千乘在，虽以无道行之，必可畏也，况其率道，其何敌之有？牛虽瘠，偾于豚上，其畏不死？"
>
> 4)《左传·哀公·哀公十一年》：吴将伐齐，越子率其众以朝焉，王及列士，皆有馈赂。吴人皆喜，惟子胥惧，曰："是豢吴也夫！"谏曰："越在我，心腹之疾也。壤地同，而有欲于我。夫其柔服，求济其欲也，不如早从事焉。得志于齐，犹获石田也，无所用之。越不为沼，吴其泯矣，使医除疾，而曰：'必遗类焉'者，未之有也……"

例1)中宫之奇用了谚语"辅车相依，唇亡齿寒"为喻体，以辅车、唇齿比虞、虢的依存关系，比喻贴切形象。例2)中楚使者质问齐率诸侯之师来犯原由，不便直斥，以"风马牛不相及"作比，表明两国相距遥远，齐师没有任何理由入侵楚国。这一比喻诙谐生动，婉而有致。例3)中出现了两个喻体，叔向用牛比喻晋国，用豚比喻鲁国。牛再瘦小，扑到猪身上猪也会死去。晋与鲁亦如此。这一比喻形象生动地表现了两国力量的悬殊差别。例4)中短短一段话，伍子胥用了三则比喻：将越人馈赂吴人比喻为"是豢吴也夫"，"越之在吴，犹人之有腹心之疾也"则将越国比作吴国的"腹心之疾"，"得志于齐，犹获石田也，无所用之"把得齐比作"获得有石子的耕地"，表明没有任何价值。短短一段话，连续使用比喻，形象透彻地阐明了时局。

五、骈行偶句、端庄雅正的对偶

对偶，或称对仗，是指并列两个字数相等、结构相同的语句，表达相反或相近意思的修辞方式。《左传》辞令中大量使用了对偶句式，使语辞整齐均匀，既给人以齐整的美感，又音节和谐、铿锵悦耳、朗朗上口，便于记忆传诵，增强了语言的音韵美。如《左传·襄公三十一年》中有："司空以时平易道路，圬人以时塓馆宫室""车马有所，宾从有代""隶人牧圉，各瞻其事；百官之属各展其物"等句。

辞令中使用的对偶形式有多种，有上下句意思上相似、相近、相补、相衬的正对、上下句意思上相反或相对的反对和上下句意思上具有承接、递进、因果、假设、条件等关系的流水对等。例如：

1)《左传·昭公十四年》："且抚其民，分贫振穷，长孤幼，养老疾，收介特。"

2)《左传·宣公十二年》：载晋国随武子赞赏楚庄王："其君之举也，内姓选于亲，外姓选于旧；举不失德，赏不失劳；老有加惠，旅有施舍；君子小人，物有服章，贵有常尊，贱有等威；礼不逆矣。"

3)《左传·成公九年》：文子曰："楚囚，君子也。言称先职，不背本也。乐操土风，不忘旧也。称大子，抑无私也。名其二卿，尊君也。不背本，仁也。不忘旧，信也。无私，忠也。尊君，敏也。仁以接事，信以守之，忠以成之，敏以行之。事虽大，必济。君盍归之，使合晋、楚之成。"公从之。重为之礼，使归求成。

例1)"长""养"相对，"幼孤""老疾"相对，且与"收介特"字数相等，结构相同，构成排比，语意相互补充、承接，语势贯通，言辞简约而表达精确。例2)"内姓"与"外姓"、"亲"与"旧"、"举"与"赏"、"君子"与"小人"、"贵"与"贱"等均两两相对，从正反两个方面说明了阐述道理，论证严密。例3)"言称先职，不背本也"与"乐操土风，不忘旧也"，"不背本，仁也"与"不忘旧，信也"均两两相对，对仗工整，又相互承接，意义连贯。"仁以接事，信以守之，忠以成之，敏以行之"是对偶和排比两种辞格兼用的"排偶对"，表述简洁凝练，语气一气呵成。

除上述几种修辞方式外，辞令中常用的修辞方式还有很多，如运用"今昔对比"来劝谏、应答的对比(例如《左传·僖公二十四年》中周襄王"将以狄伐郑"，富辰以昔"周公吊二叔之不咸"与周襄王以狄伐、"四德"与"四奸"的对比来劝谏)；旨在加强说理说服力和言辞文气势的排比(例如《左传·隐公五年》的"臧僖伯谏观鱼")；加强语言形式技巧的顶真(例如《左传·隐公三年》"夫宠而不骄，骄而能降，降而不憾，憾而能珍者鲜矣")；令言辞刚柔相济、绵里藏针的反语(例如《左传·僖公五年》"宫之奇谏假道")；使言辞简约凝练、形象生动并创造新词的借代(例如《左传·庄公十年》"曹刿论战"中"肉食者"），以及层递、比拟、夸张、衬托、层叠、摹状、拟声等，都在大夫、行人谏说应答的言辞中大量运用。

　　结语：我国史传文学的开山之作《左传》，以其高超的修辞艺术，创造了独具特色的文学语言风格和辞令之美，为后世文学语言树立了光辉的典范。

【注释】

[1] 周振甫：《文心雕龙今译》，中华书局 1986 年版，第 138 页。

[2] 刘大杰：《中国文学发展史》，百花文艺出版社 2007 年版，第 34 页。

[3] 武惠华：《〈左传〉外交辞令探析》，《中国人民大学学报》1999(4)。

[4] 对于《左传》的辞令美，朱自清认为："这固然是当时风气如此，但不经《左传》著者的润饰工夫，也决不会那样在纸上活跃的。"（朱自清：《经典常谈》，北京大学出版社 2009 年 09 月，第 49 页）。袁行霈指出：《左传》作者的忖度想象之辞，"谅非经营草创"，且经过了"琢磨润色。"（袁行霈：《中国文学史》，高等教育出版社 1999 年版，第 95 页）

[5] 钱钟书：《管锥编》第一册，中华书局 1986 版，第 16 页。

[6] 班固：《汉书·艺文志·诸子略》，中华书局 1962，第 1740 页。

[7] 蒋伯潜：《左传释义》，上海古籍出版社 2003 年版，第 149 页。

[8] 《左传·襄公二十五年》载有：仲尼曰《志》有之：'言以足志，文以足言'。不言，谁知其志？言之无文，行而不远。晋为伯，郑入陈，非文辞不为功。慎辞哉！"《论语·宪问》中，（孔子曰）：（郑国）"为命，裨谌草创之，世叔讨论之，行人子羽修饰之，东里子产润色之。"

[9] 清代刘熙载评价："微而显，志而晦，婉而成章，尽而不污，惩恶而劝善：左氏释经由此五体。其实左氏叙事，亦处处皆此意。"（刘熙载：《艺概》，上海古籍出版社，1978 年第 1 页）。刘知己："春秋之世，有识之士莫不微婉其辞，隐晦其说"（《史通·惑经》），"语微婉而多切"（《史通·言语》），"寻左氏载诸大夫词令，行人应答，其文曲而美，其语博而奥。述远古则委曲如存，征近代则循环可覆。必料其功用厚薄，指意深浅，谅非草创，出自一时，琢磨润色，独成一手。斯盖当时国史已有成文，丘明但编而次之，配经称传而行也。"（刘知己：《史通》，上海古籍出版社 1982 年版，第 67 页。）

[10] 陈春会：《春秋礼制思想略论》，西北大学学报 2004(1)。

[11] 陈彦辉：《春秋辞令研究》，中华书局 2006 年版，第 48 页。

[12] 刘知几：《史通·叙事》："言近而旨远，辞浅而义深。虽发语已殚，而含意未尽。使夫读者望表而知里，扪毛而辨骨，睹一事于句中，反三隅于字外。"引自《史通·通释》，上海古籍出版社 1978 版，第 174 页。

[13] 夏先培：《左传交际称谓研究》，湖南师范大学出版社，1999 年版，第 175 页。

［14］罗根泽：《古史辨》四，《战国前无私家著作说》，上海古籍出版社 1982 年版，第
　　　30 页。

［15］陈骙："《诗》《书》而降，传记籍籍，援引之言，不可具载。且左氏采诸国之事以
　　　为经传……援引《诗》《书》，莫不有法。退而论之，盖有二端：一以断行事，二
　　　以证立言。"（南宋）陈骙著，王利器校点《文则》，人民文学出版社 1960 年版，
　　　第 15 页。

［16］班固《汉书·艺文志》："登高能赋，可以为大夫。"在论及"诗赋"时有："古者诸
　　　侯卿大夫交接邻国，以微言相感，当揖让之时，必称《诗》以谕其志，盖以别贤
　　　不肖而观盛衰焉。故孔子曰：不学《诗》，无以言也。"

［17］潘万木：《〈左传〉叙事模式论》，华中师范大学出版社 2004 年版，第 61 页。

【延伸阅读】

［1］杨伯峻：《春秋左传注》，中华书局 1990 年版。

［2］陈彦辉：《春秋辞令研究》，中华书局 2006 年版。

［3］王立：《先秦外交辞令探究》，世界知识出版社 2008 年版。

［4］童书业：《春秋左传研究》，中华书局 2006 年版。

［5］周山河：《论〈左传〉的外交辞令》，《渝州大学学报》1997(4)。

［6］刘生良：《春秋赋诗的文化透视》，《陕西师范大学学报》2004(6)。

第三章

《上林赋》的图像之旅

【引言】

　　汉大赋是中国独有的文学样式,焦循《易余籥录》提出文学"一代有一代之所胜"的观点,将赋作为汉代代表性文体,大体符合文学发展规律。历来文学史书写皆将大赋作为汉代文学的重点,关注视角囊括创作背景、艺术风格、思想倾向等各方面,唯独对汉赋的影响与接受讨论欠缺,尤其是汉赋的图像再现,涉及文学与艺术的交叉,更属于有待开拓的新领域。

　　本章以司马相如《上林赋》在图像中的旅行为例,探讨大赋与图像的关系,力图多层次展现文学文本在阐释接受中的生长与变化。本章立足《上林赋》的文本,从相如"赋家之心"与宇宙万物的共鸣入手,讲解汉赋与图像在"观物"层面上的融通。越是内涵丰富的作品,本身所具有的阐释空间越广阔,能够渗透的领域越宽广,《上林赋》便凭借经天纬地的内涵、"品物毕图"(《文心雕龙·诠赋》)的风格,成为画家取法的资源。在此基础上,本章着重把握《上林赋》进入图像的历史节点,赵伯驹《上林图》产生的时代背景,追问赵氏之所以用青绿山水刻画上林游猎的原因。再由赵伯驹讨论到仇英,将现存仇英《上林图》与《上林赋》对读,探讨绘画对《上林赋》的继承与转变。最后分析题跋对《上林赋》与《上林图》的综合接受,从读者的角度打开赋、图关系的密钥,透视《上林赋》由物象到文字,由文字到图像,再由图像到文字的历史之旅。

【思考】

　　1.辞赋与图像有哪些共同特质?

　　2.因赋作图与题图作赋的区别?

　　3.怎样看待图画伪作的学术价值?

　　4.仇英《上林图》如何改造《上林赋》?

第一节 上林入赋：上林苑的文学化

上林苑之所以进入图画之中，成为赵伯驹、仇英等名家笔下绘画作品，首先是从单纯的自然景观，进入赋家关注视野，成为文学意象。其次，《上林赋》重物象描绘、画面感强，具有与绘画相通的艺术特质，是由赋入图的关键因素。

上林苑最早出现在秦朝，本是众多皇家苑囿中的一所，它在同类苑囿中脱颖而出，始自汉武帝建元三年（公元前 138 年）的扩建。武帝将上林苑变成地跨今天的长安、咸阳、周至、户县、蓝田五县的庞大苑囿，上林苑到底有多大呢？扬雄在《羽猎赋》中介绍说："武帝广开上林，南至宜春、鼎湖、御宿、昆吾；旁南山西，至长杨、五柞，北绕黄山，滨渭而东。周袤数百里。"[1]纵横数百里，长安八水出入其中，又修筑有广袤的昆明池。作为自然与人文景观的上林具备了被纳入大赋书写的条件，正在此时司马相如来到了京城长安，与上林苑历史性地相遇。司马相如，字长卿，蜀人。景帝时曾为武骑常侍，非其所好，离开中央王朝来到梁国，参与梁孝王文学集团，受枚乘等前辈的影响，辞赋创作更为成熟，《子虚赋》便作于此时，也是这篇作品让远在京城的汉武帝大为欣赏。

> 蜀人杨得意为狗监，侍上。上读《子虚赋》而善之，曰："朕独不得与此人同时哉！"得意曰："臣邑人司马相如自言为此赋。"上惊，乃召问相如。相如曰："有是。然此乃诸侯之事，未足观也。请为天子游猎赋，赋成奏之。"上许，令尚书给笔札。[2]

汉武帝读到《子虚赋》而赞叹，司马相如却告诉他《子虚赋》只是在描写诸侯之事，他想写天子游猎赋，遂有《上林赋》，可见《上林赋》的写作本身就是文学天才司马相如对汉武帝新政有意识地反应。相如将武帝作为前置阅读对象，选择最为壮观的上林游猎以压倒齐、楚诸侯，有其合理性与必然性。上林苑遇见了雄才大略的汉武帝得以扩建，又有幸与伟大赋家司马相如相逢，被永远地留在中国文学史中。上林苑的扩建与《上林赋》的书写，都是大汉王朝强盛国力的表现，充斥着丰富的物象。司马相如在创作《上林赋》时"意思萧散，不复与外事相关。控引天地，错综古今。忽然如睡，焕然而兴，几百日而后成"（《西京杂记》）。他的创作摆脱了外事干扰，脱离了现实中上林苑的束缚，而通过丰富的想象与文学加工，创作了属于司马相如的上林世界。《西京杂记》又记载盛览问作赋之法，相如答道：

> 合纂组以成文，列锦绣而为质，一经一纬，一宫一商，此赋之迹也。赋家之心，包括宇宙，总览人物，斯乃得之于内，不可得而传览。[3]

纂组、锦绣皆是华美的物象，司马相如以之为喻，揭示大赋对辞藻与物象的重视，宇宙万物在赋家笔下奔涌呈现，"观物"成为赋家与读者心理上的结合点。孔子论诗曰"诗可以观",所观为风俗;汉宣帝说辞赋"尚有仁义风谕,鸟兽草木多闻之观",所观为草木鸟兽等物象。《上林赋》在主客问答的体式框架下,引出上林苑之巨丽,而以之为中心展开物态描绘。

> 左苍梧,右西极。丹水更其南,紫渊径其北。终始灞浐,出入泾渭。酆镐潦潏,纡馀委蛇,经营乎其内。……于是乎崇山矗矗,龍嵸崔巍。深林巨木,崭岩参差。九嵕嶻嶭,南山峨峨。岩陁甗锜,摧崣崛崎。振溪通谷,寒产沟渎,谽呀豁閜。……于是乎离宫别馆,弥山跨谷……于是乎卢橘夏熟,黄甘橙楱……于是乎玄猿素雌,蜼玃飞鸓,蛭蜩蠼猱,螹胡豰蛫,栖息乎其间。

赋文将上林苑周围山川、草木、鸟兽、宫馆一一详细铺陈,每一段文字里面都蕴含着众多以类相从的物象,这些物象都在赋家包括宇宙的视角里有条不紊地呈现,体现出赋中物态静止的一面。赋中物态动的一面出现在天子校猎中,天子车驾规模庞大,狩猎场面节奏急促,充满动感。《上林赋》对诸多物态的描绘可与汉代画像砖相互映照,王思豪、许结先生《圣域的图写:从〈上林赋〉到〈上林图〉》一文从《上林赋》文本图案化的描绘性特征入手,将之与汉画像相佐证,从而打开文学"上林"到图绘"上林"的转变通道。他们引用的两块汉代画像砖很能说明汉代物质图写与汉赋之间的艺术相似性。[4]

将赋文与画像两相比较我们可以发现,《上林赋》所描绘的物象比之汉代画像石气势更为恢宏、场面更为阔达,比如"于是乎游戏懈怠,置酒乎颢天之台,张乐乎胶葛之宇。撞千石之钟,立万石之虡,建翠华之旗,树灵鼍之鼓。奏陶唐氏之舞,听葛天氏之歌,千人唱,万人和,山陵为之震动,川谷为之荡波"。千人唱万人和的场景,就非汉代画像砖中的音乐表现所能比拟。正是这种基于物质描绘、而带有充分想象的描写方式,使得《上林赋》超越了地理意义上的上林苑,进入画像世界。

第二节　由赋入图:《上林赋》的图像化

现知最早将上林苑画入图中的是卫协。王毓贤《绘事备考》:"卫协与张墨并为'画圣',顾恺之论画云《上林苑图》,协最得意笔也,同时作者亦自以为不可及。"孙畅《述画迹》也说"《上林苑图》,卫协之迹最妙"。上述两条文献中透露出两个重要问题:一、早在西晋,以上林苑为绘画题材便颇为普遍,卫协图只是其中最为有名的一幅;二、这一批以上林为题材的图画名为"上林苑图",其关注的焦点在上林苑这一地理意义上的上林。西晋距离西汉武帝才四百余年,武帝上林旧事相距未远,现实上林仍在当时人的记忆之中,这与后来赵伯驹、仇英《上林图》有一定区别。如果说卫协等人《上林苑图》受现实上林苑影响,那么赵、仇等人又为何专以《上林赋》为题,且采用青绿山水作画呢?

仇英是明代中期江苏太仓人,创作《上林图》的目的比较显豁,他寄身于吴地富人家中,享受他们在物质上的资助,画作在题材上、趣味上都受到雇主影响,画作的所有权也属于雇主,情形类似于文艺复兴时期意大利画家为佛罗伦萨贵族服务。清褚人穫《坚瓠集》:

> 周六观,吴中富人,聘仇十洲主其家凡六年,画《子虚上林图》为其母庆九十岁,奉千金,饮馔之半逾于上方,月必张灯集女伶歌宴数次。

文中记载明确,《上林图》的直接创作目的是祝寿,他采用青绿山水,也是为了营造喜庆氛围。除此之外,也应注意仇英的审美追求,主要是他对宋代赵伯驹《上林图》的模仿意识。仇英画作有文士之气,是"士气画"的典型代表,《上林图》从内容到风格都是对赵伯驹的历史回应,王弘《山志》说:"仇十洲《上林图》一卷,临赵千里笔也。"由此可见,已经亡佚的赵伯驹《上林图》才是《上林赋》入图的关键,决定了宋以后《上林图》的审美趋向。

赵伯驹生活在两宋之际,为赵匡胤七世孙。庄肃《画继补遗》:

> 赵伯驹,字千里,宋太祖七世孙。建炎随驾南渡,流寓钱塘。善青绿山水,图写人物,似其为人,雅洁异常。予与其曾孙学士交友颇稔,备道千里尝与士友画一扇头,偶流入厢士之手,适为中官张太尉所见,奏呈高宗。时高宗虽天下俶忧,犹孜孜于书画间,一见大喜,访画人姓名,则千里也。上怜其为太祖诸孙,幸逃北迁之难,遂并其弟晞远召见,每称为王侄,仕至浙东兵马钤辖,而享寿不永,终于是官。故其遗迹,于世绝少。予尝见高宗题其横卷《长江六月图》,真有董北苑、王都尉气格。[5]

赵伯驹在北宋的事迹散落无考,南渡后受到高宗赏识,是宫廷画家的典型代表,其创作一定程度上代表了南宋初年宫廷画风。赵伯驹原作即为青绿山水,元人柯九思《题赵千里〈上林图〉》评价赵千里图:"不惟独得精工之妙,而超出古人之意趣。其楼阁、人物、花鸟,皆摹小李将军。其树石、蹊径、布景,悉自成一家,萃前拔古。其设色,最得旨奥。"[6]"精工"是董其昌对李昭道、赵伯驹、仇英一派山水整体风格的评价,而赵伯驹的设色特点除了延续李昭道一派画风外,则与宋代宫廷画家重视青绿山水有关。陈丹青《陌生的经验》评价王希孟《千里江山图》:"五代北宋的山水,格局扩大,气势雄浑,用墨趋于老熟,隋唐山水画这位少年,渐渐长大了,但是宫廷仍然热衷青绿山水,青绿山水的源头与画脉,起自隋唐,延绵数百年,忽然遇到十八岁的王希孟,又少年了一下子,出人意表,光华灿烂。"[7]他将北宋末年作为青绿山水的中兴。不过,这个时代能够诞生王希孟,并非只是他个人才华卓绝,而是宫廷对画风的引导,一大批优秀画家仍以青绿山水为用功方向,并在南宋宫廷画家中继续流行,一直到明代崇尚古典的画家仇英手里,又一次被发扬光大。如果说,王希孟用青绿山水叙述了一个阔远的当代山川世界,那么赵伯驹、仇十洲则是刻画了一个挺拔的汉代政治理想。具体而言,赵伯驹的《上林图》在技法上受到《千里江山图》的影响,皆是先画水墨,后积染成青绿色,而《上林图》更进一步,增加了对墨的运用,在《千里江山图》的富丽堂皇之外,加入了清丽的风格。

《子虚赋》《上林赋》又名《天子游猎赋》,它所描绘的天子苑囿之富,皇家仪仗之盛,与青绿山水富丽堂皇的风格正相符合。而且赵伯驹画《上林图》还有一层深刻的含义在,赵伯驹是赵宋皇室,深得高宗赏识,他主要活动在两宋之际,正值国破家亡、朝廷南迁之时,这种深刻的社会背景对于《上林赋》有两层重要意义。

第一、与汉代赋家创作情境相似,迎合君王喜好,偏向重大历史题材选择。赵伯驹尚有《光武渡河图》《汉宫图》等,对大汉帝国颇为钟情,对光武渡河的描绘,既是对光武帝复兴汉室的颂扬,似乎也暗含着对高宗兴复亡宋的感叹。从这个角度讲,张扬大一统盛世的《上林赋》意义尤为特殊,比照南朝萧统编辑《文选》尤为重视京都、游猎大赋,可见偏安王朝对大汉盛世的向往,以及对国家统一的期待。赵伯驹在偏安朝廷里面创作《上林图》,与司马相如在一统国家里写作《上林赋》,虽然国势强弱不同,然而创作情境却有着惊人的相似,都是将君王作为观看者或者阅读者,通过极力夸饰天子游猎之盛,凸显天子权威,使他们获得审美与心理上的双重满足。这也是赵伯驹选择《上林赋》,且用青绿山水表现《上林赋》的深层原因:二者拥有宫廷文化的同构性,宫廷赋家与宫廷画师在赋与图的转换中,得到了精神上的沟通。汉代赋家,摇身一变,成了宋代宫廷文人画家中的一员。

第二、《上林赋》中秦地雄伟山川本地化,带有江南山川秀丽风格。赵伯驹图已经不存,只能以仇英《上林图》为借鉴(辽宁美术出版社藏,绢本手卷,46.5×1400cm)。具体而言,有三个南方地貌的痕迹:一、山体风貌,秦山高大巍峨,而《上林图》中多平坦土坡,且土坡之间云气缭绕,在北方比较罕见;二、图中所绘水波浩淼,不见尽头,波浪翻腾,冲击山石,帆船在水面中的比例也可见水面之广阔,这与长安八水实际不同,却与南方大江、大湖相类;三、图中在描绘天子车驾出行时,画面上方小山之上有一树山花,色彩明丽,以及画中随处可见的蓊郁树木,皆与赋中北方"经秋入冬"的时令不合,而只能在南方山林中有可能出现。陈锋《癸巳诗稿·中秋有感》:"一岁春秋一荣枯,梦里犹见上林图。仇英多当年好手笔,权把咸阳作姑苏。"[8]咸阳到姑苏的转变,与画家生活地域密切相连。综上可知,《上林图》虽然描绘的是地处关中的上林苑,实则赵伯驹、仇英多目睹南方的生活场景,而不自觉加入了江南特有的地理因素,从而在《上林赋》雄奇风格之外,加入了明秀的特征。

第三节　赋图对读:《上林图》的承与变

《上林图》中的上林已非地理意义的"上林",而是《上林赋》中的上林,它的具体描绘无不与赋文息息相关,以继承为基调,也有一定新变。清人胡敬《西清札记》也指出仇英《上林图》是在描写上林校猎："绢本，青绿画，洪波巨浸，层峦叠嶂，瑶林琪树，杰阁飞楼，其间士卒车旗，分写校猎上林始终次第。"[9]并对每一幅画面描绘的场景有所分析，我们依照他的划分，将赋、图一一对照。

图 1

"首写岩松碉屋中，坐子虚、乌有、亡是公三人，为斯赋缘起。"图中子虚、乌有、亡是公三人在一处厅堂之中对坐，除此三人外，尚有一童子立于屋角，厅前立有一人，似在聆听，头向右偏，目光与一白马相对。这栋建筑在群山环绕之中，周围全是高大松树，画面右上角隐隐有一大片建筑。《子虚赋》《上林赋》中只有子虚、乌有、亡是公对答，以及对答中的少许表情、动作，而没有对这三人详细描绘，更没有涉及论辩环境。仇英在图中凭借想象，构筑起来论说环境，而且将此环境与对上林苑的整体描绘融合起来，画中高士、童子、松林皆体现出浓厚的文人审美趣味，隔绝世外，是对魏晋以来清谈、隐逸之风的呼应。

"次写紫渊丹水，跳沫腾波，鳞族则蛟龙赤螭，羽族则驾鹅属玉之伦，游翔乎上下。"图中由一片白云缭绕的小山开始，白色的浪花翻腾激荡，冲击着岸边，远处的天空上，翱翔着一群水鸟，水面继续向远处延伸，遇见远山阻隔，绕过群山继续向画面外部蔓延，广阔无际。《上林赋》中说："荡荡乎八川分流，相背而异态。东西南北，驰骛往来。出乎椒丘之阙，行乎洲淤之浦。径乎桂林之中，过乎泱漭之野。"极力夸饰长安八水的辽阔，又铺陈水波的各种形态："触穹石，激堆埼，沸乎暴怒，汹涌彭湃。滭弗宓汨，偪侧泌瀄。横流逆折，转腾潎洌，滂濞沆溉。穹隆云桡，宛潬胶戾。瑜波趋浥，涖涖下濑。批岩冲拥，奔扬滞沛。临坻注壑，瀺灂陨坠。沈沈隐隐，砰磅訇礚。潏潏淈淈，湁潗鼎沸。"这在画中全部以起伏跌宕的波浪所替代，这是绘画艺术在表达上的局限性，它只能展现某种画面，而不能如赋做全方位、立体化地描绘八水盛况。杂多的鸟类描写，在画中也被简笔画出的飞鸟所代替，为画面留出空白，以作为想象的空间。

图 2

图 3

　　"次写离宫别馆,弥山跨谷,紫茎翠叶,缘陂丛生。"图中的离宫别馆在山水之间,从前一部分岸边开始,到另外一片水面截止,隐藏在群山之中,时时能看到水边山上飘扬的旗帜,宫馆远处的平芜也在若隐若现之间。《上林赋》写离宫别馆:"弥山跨谷,高廊四注,重坐曲阁。华榱璧珰,辇道纚属。步檐周流,长途中宿。夷嵕筑堂,累台增成,岩突洞房,俯杳眇而无见,仰攀橑而扪天。奔星更于闺闼,宛虹拖于楯轩。青龙蚴蟉于东箱,象舆婉僤于西清。灵圄燕于闲馆,偓佺之伦暴于南荣。醴泉涌于清室,通川过于中庭。"这一段为近距离刻画,与画中远距离描绘有所不同。

"次写蜺旌云旗,天子校猎,奉辔参乘,千官景从。"仇英画天子法驾大体按照赋文创作,不过也加入了自己新的理解。《上林赋》曰:"于是乎背秋涉冬,天子校猎。乘镂象,六玉虬。拖蜺旌,靡云旗。前皮轩,后道游。孙叔奉辔,卫公参乘,扈从横行,出乎四校之中。鼓严簿,纵猎者,河江为陎,泰山为橹,车骑雷起,殷天动地。"图画前方是举着旗帜的两列兵卫,后面是骑在马上的高级官员,皇帝的乘舆紧跟其后,乘舆巨大,六马拉车,乘舆两侧也都是骑马护卫之人,乘舆后面则是看不到尽头的旗帜,逐渐消失出现在山的后面。大体将赋文中天子法驾的规模描绘出来,其中一个细节值得推敲,赋文中有奉辔、参乘之人的描写,而在仇英画中,只能看见端坐在车中的皇帝。之所以有这种区别,是因为西汉中期天子出行尚且沿袭春秋古制,车驾出行,有主将、驾车之人、车右等人,而非如后世皇权昭彰,无人能与皇帝车中并座,连必不可少的车夫也未曾直接刻画。

"次写七校纷陈,易舆而骑,骑射之士,撞钟伐鼓,角走射飞。"这一部分皇帝骑在白马上,身体明显比他人大一圈,作为画面主角,出现在画面右上方,一副观看者的姿态。钟在图画中间开阔处,鼓在右下方,分别有一人作击打状,右侧站立之人都在观看,左侧骑马者一部分已经出发,另一部分驻立原处,整装待发。画面继续向左边延伸,早先出发的人已经开始射猎,群山之中,猎手纵马狂奔,其中一幅画面为四五个猎手骑马张弓追射一只野兽。整个画面右静左动,动静结合,描绘出射猎的热闹场景。《上林赋》描写这一段道:"径峻赴险,越壑厉水。……箭不苟害,解脰陷脑,弓不虚发,应声而倒。于是乘舆弭节徘徊,翱翔往来,睨部曲之进退,览将帅之变态。……然后扬节而上浮,凌惊风,历骇猋,乘虚无,与神俱。蹴玄鹤,乱昆鸡,遒孔鸾,促鹒蚁,拂翳鸟,捎凤凰,捷鸳鶵,揞焦明。"与仇英画中有所区别的在于,皇帝对射猎活动的参与度描写不同。汉武帝勇武,热爱射猎,司马相如曾上书谏猎,所以赋中描写"乘舆",也就是武帝的射猎行为。这与明人认识中的天子有很大差别。

"次写张乐层台,青琴宓妃之徒,靓妆便嬛,更侍迭奏。"这一幅登高临远,极有意境,《上林赋》中说:"于是乎游戏懈怠,置酒乎颢天之台,张乐乎膠葛之宇。"又详细描绘音乐,"荆、吴、郑、卫之声,《韶》《濩》《武》《象》之乐,阴淫案衍之音,鄢郢缤纷,《激楚》《结风》,俳优侏儒,狄鞮之倡,所以娱耳目乐心意者,丽靡烂漫于前,靡曼美色于后。"美人,"若夫青琴、宓妃之徒,绝殊离俗,妖冶娴都,靓妆刻饰……皓齿粲烂,宜笑的皪。长眉连娟,微睇绵藐。色授魂与,心愉于侧。"一副热闹、盛大的场景。仇英在画中对登高望远意境的营造,甚至超过了赋作原意。留在画面右侧的从行人员、登上阶梯的献祭者、高台与附属楼宇中的人物都井然有序,而最为突出的地方在于他将台上观者眼中的苍茫浩淼之气一并刻画出来,云雾缭绕之下,是千里悠悠的烟波,观画之人仿佛也与画中人一起沉入寂寥、辽远的境界中,这与赋作中音乐震天、美女成列的喧杂描绘有一定距离,在帝国典礼之外,掺杂了个人的人生体验。

　　"次写解酒罢猎,返旆平皋,农郊耕牧,方兴原隰,龙鳞方田,如野白云,回合红橱,碧树缥缈,在溪山烟霭之间。"与这一幅相关者《上林赋》只写道"于是乎乃解酒罢猎"云云,后面则是政策的颁布等行为,仇英则将宛如江南水乡的情景画入,水面澄净、树木森森、园田鳞次,就连远处山丘也颜色较淡,展现出疏淡的画风。画面之后有文征明楷书《上林赋》附后,也属于画面的有机组成部分,乃是书法艺术对《上林赋》的接受。

图 4

　　通过以上绘画与赋的逐一对比,我们可以确定仇英《上林图》,一方面尽量符合相如《上林赋》的描写,高度还原赋作情景;另一方面以赵伯驹图为取法对象,充分吸取前人画作的艺术精华,取得了极高的艺术成就。所以胡敬《西清札记》赞其道:"千乘万骑,位置精严,不失赋中一语。"张丑《清河书画舫》则说:"所画人物、鸟兽、山林、台观、旗辇、军容,皆臆写古贤名笔,斟酌而成,可谓图画之绝境,艺林之胜事也。"前者是对仇英还原赋作的肯定,后者则是对他取法古贤的赞美。不过,《上林图》虽是对《上林赋》的绘画艺术之再现,却不等于简单的由辞赋到图像的简单复制,而是经过仇英匠心独运,并且受到明代中晚期社会环境的制约,出现了赋与画的几个较大不同。

首先,二者最为明显的不同是观看视角的差异。《上林图》是散点透视的画法,读者的目光保持在一定高度,并随着画卷移动作水平位移。柯九思《题赵千里〈上林图〉》曰:

> 余初展时惟知娱目快心而已,既玩之久,觉得山林村落,若我身履其境,渐渐如阅其队队行伍,马如走,人如行,如相与语言,如获诸羽物。阅至卷尾,见人物、台榭渐小,如隔遥远作眺望状。惟知娱目观猎玩山水,历诸境界,忽不知予今观绘图也。故美千里公之画家三昧。[10]

柯九思评价赵伯驹《上林图》,观看方式依次展开卷轴,所以会有"初展时""渐渐""阅至卷尾",这样一个渐至佳境的观看过程,而不是像今天将一巨幅山水,毫无保留地铺展开来。卷起来的画轴在观看之时,需要一点点打开,观者所看到的是与赋文相应的一个个画面,赋中故事在画中依次呈现,类似于持剧本而观戏,对每个即将上场的画面有所期待,也在意料之中。无论图中的视角如何变动,观者总还有一个安放目光的支点,而《上林赋》则是全方位、立体式的描绘,整个赋作仿佛存在上帝之眼,将世间万物尽收眼底,纤毫毕现。从这个角度上讲,图中的艺术表达更具有直观性与冲击力,而赋中的表达更有全面性与层次感。

其次,二者所处的时代环境不同,对帝王形象的理解存在差异。汉武帝时,中央集权国家建立不久,尚未形成后世严密的等级制度,董仲舒等汉儒还在极力发挥公羊学说,利用天人感应约束君王。而到了宋、明,理学渐次昌盛,皇权被无限放大,画家在处理帝王题材时更为谨慎。在《上林赋》中天子被包裹在"乘舆"之中、法驾之内,更多的是作为帝国政治的符号出现,天子车队代表的就是大汉帝国的声威;而在《上林图》中帝王无论坐在车上、骑在马上,还是站在地上,都通过比其他人更大的身躯成为整幅图画的中心,帝王个人得到凸显。最为明显的例证,就是上文提及的"乘舆"中"参乘""奉辔"之人在《上林图》中的流失,以及画家刻画出的是仪态端庄的文弱天子,而非充满霸气的个性化皇帝。

再次,二者区别反映了不同时代审美趣味的差异。汉武帝时士大夫尚未形成一个群体,相如等赋家多为言语侍从之臣,没有属于本阶层的审美趣味,赋作的审美趋向与君主需求直接相关。《上林赋》包括天地,反映大汉王朝的物质文明,而除了赋末表达的政治态度之外,基本没有内心情感的表达。而到了宋、明,士大夫阶层势力强大,与国君共执朝政,形成一套完整的审美趣味,文人画兴盛便是这一趣味的体现,代表宫廷画风的青绿山水,也在赵伯驹、仇英手中揉入士人之气,加入了文人画的画法。元人钱选最早提出"士气画"的说法,至明人屠隆论曰:"盖士气画者,乃士林中能做隶家,画品全法气韵生动,不求物趣以得天趣为高。"(笪重光《画筌》)士气画超越了物态描摹层面,而在此之外得到了"天趣",也就是画纸之中布满画家的高尚情怀与闲远意态。董其昌《画禅室随笔》用"士气"来论赵伯驹、仇英曰:

"李昭道一派为赵伯驹、赵伯啸,精工之极又有士气,后人仿之者,得其工不能得其雅……盖五百年而有仇实父。"将赵、仇二人皆放置到李昭道所开创的画派之中,这一画派兼得"工""雅",既有专业画家的求真求似,又有业余文人画家的闲情逸致。仇、赵《上林图》与《上林赋》相比,最大的不同便是士大夫情怀的体现,画中无论是深林闲坐、远山迷蒙、烟波浩渺,还是高台怅望、平畴远波皆是对这一情怀的具体体现。

最后,二者对"象"与"义"的侧重不同。王思豪、许结两位先生在《圣域的图写:从〈上林赋〉到〈上林图〉》一文中认为:画家不同于诗赋家对辞赋的接受偏重于语义,而对物象比较偏重,"画师的接受则不然,首取在'象'而非'义',所以常忽略(或不可表现)赋家铺扬张厉之辞章内在的情与理,而更关注赋家对自然景物的关注,并借助其语象再转译为图像。"这是赋与画两种艺术题材,在表达上的根本区别。《上林图》比之《上林赋》更重"语象","语义"有很大程度上的流失。读者直击图画中的物象,对画作的理解产生一定倾向性,《上林赋》的讽谏意旨便退到画作之外。比如《上林图》对《上林赋》曲终奏雅之"雅"便缺少表达,画面的最后一幅止于归途所见,而没有《上林赋》天子命有司之语:"地可垦辟,悉为农郊,以赡萌隶,隤墙填堑,使山泽之人得至焉。实陂池而勿禁,虚宫馆而勿仞,发仓廪以救贫穷,补不足,恤鳏寡,存孤独,出德号,省刑罚,改制度,易服色,革正朔,与天下为更始。"戒奢侈、改制度这些政治理想退居画面之外。对于武帝崇儒的描写也无法在图画中呈现。不过,值得注意的是,文人墨客在观览《上林图》之时,《上林赋》是大部分人所具备的知识背景,所以对《上林图》的理解,又不仅仅局限在画面之中,而是冲破纸张的束缚,走进更为宽广的阐释领域。

第四节　图画之外:没有终点的旅行

《上林赋》的图像之旅并未止于图画,图画产生之后,既与辞赋密不可分,又成为艺术传播的另外一个源头,大量序跋、题图诗赋的出现便是图像艺术的进一步延伸。除了评价《上林赋》的艺术价值之外,图像所不能承载的"义"在图像衍生文字中重获重视。比如翁方纲《仇十洲〈上林苑图〉》曰:"弄田亦假钩盾意,水衡租出内府充。诏于有司赡氓隶,安得尽人登眺中。司马赋所不到处,置酒叹息思何穷。"他在诗中指出相如赋中"诏有司"之语,不能在《上林图》登眺远望中呈现,即便如"巨丽之中寓规讽"的《上林赋》,也有很多民间疾苦未能涉及。需要注意的是,翁诗题在一幅赝品之上,在绘画传播困难的古代,伪作的意义并不能只看到以假乱真的一面,也要注意到它对于原作流传所起到的积极作用,它本身也是《上林赋》图像之旅的重要一环。

曾燠《仇实父〈上林图〉歌》是重视"语意"的另一个典型代表,他在诗中劈头便问仇英:你觉得当朝天子明武宗跟汉武帝比起来怎么样？汉武帝能容许相如作《上林赋》以谏猎,明武宗却杖杀进谏之人。所以"实父心伤之,丹青写出赋中语。丹青著纸何太华,上林景物原穷奢",不仅承认仇英在观物的层面上与相如赋一致,并且赋予了《上林图》讽谏内涵,从而在精神层面靠近相如赋。依照《上林图》衍生题图诗,重将《上林赋》从绘画描绘的单纯物象中解放出来,回归到无限阐释的意域。

《上林赋》之所以图像化既是因为它与图像在"重物象"层面上有相通的一面,也是因为它在特定的历史环境中,走进了赵伯驹、仇英等人的关注视野。《上林赋》的宏大叙事与汉家气象,是赵伯驹选择青绿山水来表达这一题材的重要原因,汉代的宫廷赋家与宋代的宫廷画师在艺术层面上达成了某种微妙的共识。仇英创作《上林图》,虽然有现实祝寿目的,却也是对相如赋作的推崇与赵伯驹经典作品的模拟,而又独出机杼,具备了新的创作内涵。将仇英《上林图》与《上林赋》对读,则会发现,《上林图》在极力展现《上林赋》的原貌,人物、环境、山川、楼台、鸟兽,都从赋作中取材,然而时代环境的差异,仍然赋予了《上林图》许多新的特质,它的观看视角相对固定,图中体现出强烈的忠君观念与文人化的审美趣味,在艺术表达时更重物象,而非语义,这些与赋的不同,都是它在绘画领域开拓《上林赋》接受空间的表现。

汉赋在自然万物、赋家创作、画家重塑、读者多层次阅读(观看)之中,与绘画之间形成了自足的存在意域,可阐释性增强,带给读者(观者)多样化的审美体验。由自然走向文学,由文学转为绘画,再由围绕绘画产生出新的文学作品,最终在读者心中融会交织,形成赋、画的交融与重塑。汉赋完美地诠释了包括宇宙的赋心与经纬交织的赋迹,《上林赋》与青绿山水的融合,也是汉赋体国经野品质的另类体验。《上林图》扩大了《上林赋》的阐释空间,将《上林赋》置入丰富多彩的图像世界。辞赋的图像之旅也是审美之旅,在图像之中,《上林赋》获得了崭新的艺术生命。

结语:文学作品的发生与阐释是一个既开放又相对闭合的过程,开放性体现在每个阐释环节都会生成新的枝蔓,带来更为广阔的意域空间,正如绘画对辞赋重新阐释;闭合性在于阐释的基本原则,仍然根植在文学原典的深层结构之中,这也就是赋与画的内在相通之处,亦可用来解释为何仇英要极力摹写《上林赋》之原貌。

【注释】

[1] 班固:《汉书》,中华书局,1962年版,第3541页。

[2] 司马迁:《史记》,中华书局,2013年版,第3616页。

[2] 葛洪:《西京杂记》,中华书局,1985年版,第12页。

[4] 王思豪、许结:《圣域的图写:从〈上林赋〉到〈上林图〉》,《复旦学报(社会科学版)》,2015年第5期。第一块是1992年陕西省榆林市红石桥乡古城界村出土东汉墓门楣画像,画面为狩猎图,画中动物奔逃、猎手张弓、车骑相从,皆可与

《上林赋》中的射猎场景对读。校猎是汉画像中常见的表现主题,如郑州出土的东汉早期画像砖,表达主题是斗虎、骑射,从上到下共十二幅画面,其中十一幅为持戈斗虎,武士一脚抬起,一臂后挥,长戈向虎脑,老虎张嘴大吼,头朝后偏,与戈的力量争斗;一幅为马上骑射,骏马飞奔,武士身转向后,将弓张满,随时就要发出手中箭。另一块是1959—1960年发掘于山东安丘董家庄汉墓中室室顶北坡西段画像,画中刻有百戏图,可与《上林赋》中天子娱戏场景相对看。

[5] 庄肃:《画继补遗》,人民美术出版社1963年版,第3-4页。同书同卷载伯驹弟赵伯骕(希远),亦善绘画,与乃兄齐名,山水不及伯驹,花卉、蜂蝶过之。官至观察室,曾出使金国。

[6] [10] 柯九思:《丹邱生集》卷二,清光绪三十四年刻本。

[7] 陈丹青:《陌生的经验》,广西师范大学出版社,2015年版,第5页。陈丹青对青绿山水的论述很有见地,他将这种画法与宫廷喜好紧密联结起来,宫廷趣味也是我们分析赵伯驹《上林图》的一个关键。

[8] 陈锋:《癸巳诗稿》,华中科技大学出版社,2014年版,第124页。

[9] 胡敬:《胡氏书画考三种》之《西清札记》卷二,清嘉庆刻本。以下段首引文皆见《西清札记》,通过此书详细、精到的分析,可见时人对绘画作品及其背后文学原典的重视。

【延伸阅读】

[1] 司马迁:《史记·司马相如列传》,中华书局2013年版。

[2] 班固:《汉书·司马相如传》,中华书局1962年版。

[3] 陈丹青:《陌生的经验》,广西师范大学出版社2015年版。

[4] 高居翰:《图说中国绘画史》,李渝译,三联书店2014年版。

[5] 王思豪、许结:《圣域的图写:从〈上林赋〉到〈上林图〉》,《复旦学报(社会科学版)》2015(5)。

第四章

初盛唐丝路碑志文的文学成就

【引言】

　　碑志文是刻在石碑上的文辞，古人认为"物不朽者莫不朽于金石"[1]，所以树碑铭志实在是本民族的一种集体心理意识；而撰为碑志，既要"资乎史才"，又必须"标序盛德""昭纪鸿懿"以"写实追虚"[2]。因此，我们几乎可以说，碑志承载、传续的乃是古人的精神意志。原因有三：一是因碑主人的个体生命独立之存在价值，二是因撰碑者之著于当世、镂以金石、传乎后人的文学精神，三是以历史鉴于往事并启后来之国家意志、民族气度。所以秦汉之碑古以拙，魏晋之碑谨而法，隋唐之碑质重且威，大抵都因时代之精神、一时之风流、举世之懿德，恢恢郁郁，靡不毕见。而丝绸之路自"张骞凿空"以来，就一直是沟通中外交流的重要通道，商驼军旅络绎不绝，因而流传下来了大批古代碑刻；这些丝路碑刻，或记事，或铭功，或颂德，在一定程度上反映了当时的社会情貌、异域风物、中外交流以及丝路盛况，这其中尤以碑志文较为突出。在这些丝路碑志文[3]中，由张说等初盛唐文人所撰写的碑志文既不同于秦汉的深沉、内敛、朴拙，也不同于魏晋南北朝的谨严、精致、繁缛，显示着初盛唐文人独特的文学意识、英雄情怀和时代精神。初盛唐文人以高标之文思、时代之精神、殊方绝域之故事，兼并一体，撰碑铭志。其特点：思精体大，博采于秦汉魏晋，从容乎风雅经典，神完气备，浩浩汤汤，明大唐之气象；辞被壮怀，金石宫商唯以施，四声平仄是以用，骈然似海，风华异代，蕴高岑之风致；事兼忠烈，身并许国之高志，非抱谋身之私衷，负气轻生，壮心落落，彰英雄之威名。这三个特点，正是初盛唐丝路碑志文可以为后世文学借鉴的地方，也正体现了这一时期文人企求知变、见隆、纪大观的文学意识和求新于鼎革的文学精神。所谓"知变"，是说它上承庾信碑志文讲究事典、精于摘藻、句式整饬、运散入骈的优长，下启韩愈碑志文"出奇变样"、工于叙事、形神毕肖、意挚情真、恢宏雄阔的体征，处在古代碑志文转折的关键时期；所谓"见隆"，是说它无论就碑之材质而言还是就文之结构体势而论，乃至于碑主人昂扬不灭的时代精神和英雄气质，都明显地向世人昭示着有唐一代的盛世气象；所谓"纪大观"，是说撰写这些碑志的初盛唐文人，以生死以国的家国情怀，运如山如海之文思，成如诗如赋之文章，为中国古典文学筑就了一道靓丽的文化风景。

【思考】

　　1.初盛唐碑志文纳时代风度,挟风雷气势,体被赋之浏亮,辞缘诗之壮美,"委委佗佗,如山如河",得"边塞诗"之风神情韵。这一文学现象背后的原因是什么?

　　2.初盛唐碑志文"摧枯百余战,拓地远三千",事兼忠烈之贞,名并英雄之威,朔气纵横,廉顽立懦,播时代风姿于殊方绝域。碑志文与传记文学有相通之处,谈谈二者在人物塑造上的异同?

　　3."从来思博望,许国不谋身",雄笔宝刀,玉门何必生入;圣手文章,治隆思垂懿德,负义轻身,初盛唐丝路碑志文显示出文人的家国情怀。产生这种文化现象的深层社会因素是什么?

第一节　初盛唐丝路碑志文有"边塞诗"的风骨神韵

　　碑志自三代秦汉以降,一因时代的兴替,二缘风俗的移易,三以文学的鼎革,四由经济的阜弊,五视国家的治乱,六观人文的教化,七涉民族的自豪,因此,一代自有一代的文章,一代亦自有一代的碑志。

　　初盛唐时期,国家日益强盛,威名日益远播,"自高宗晚节以来,天下文章道盛"[4],所以这一时期树碑铭功志德之风自上而下勃然蔚兴;而西域丝路自汉"张骞凿空"以降,在经历了南北四百年大分裂的时断时续之后,此时也因为大一统国家的经营而重归畅通繁盛。至汉以降,丝绸之路是否畅通也就标志着国家是否强盛。故而,这一时期关涉西域丝绸之路的碑志殊为众多,内容涉及铭功、述德、记事等。

　　唐代初始,百废始兴,但边患仍然不绝如缕,这关系到中国的安危、西域的畅通,因此才有了贞观之征、二圣之役、开元之讨伐、天宝之战争[5]。而丝绸之路也成为显示国威、国家意志及民族精神的前沿阵地。西域千里,铁骑络绎不绝于尘埃;关河百年,边警连绵不熄于甘泉。而这些西域事迹都被初盛唐人写进了丝路碑志,于是就有铭战功之碑,欲远大唐声威,如《姜行本纪功碑》[6]《裴行俭纪功碑》;有颂事功之碑,以申大唐制度,如《大唐开元十三年陇右监牧颂德碑》(《监牧颂》)《岐邠泾宁四州八马坊颂碑》(《八马坊颂》)。

　　《姜行本纪功碑》是丝绸之路上的名碑,碑记侯君集、薛万均、姜行本等统率三军、营造攻具平高昌麹文泰事。碑起首以汉代的窦宪、马援"振英风于绝域,申壮节于异方"的典故,形容姜行本诸将的丰功伟绩,这是以汉代唐;而以汉代唐,是有唐一代边塞诗惯用的手段,即以"秦月汉关"[7]代唐之关、唐之月,以"汉家""汉将""李将军""卫霍"[8]代唐庭诸名将,以"匈奴单于""楼兰"[9]代突厥可汗等。由此可见,初盛唐碑志文与同时期"边塞诗"虽然是两种迥异的文体,然而在事典、修辞等方面到底有着一致之思。其后又申大唐威仪礼制于西域,欲以此招徕震吓未附之远人,所以碑载:

> 大唐德合二仪,道高五帝。握金镜以朝万国,调玉烛以驭兆民。济济衣冠,煌煌礼乐。车书顺轨,扶桑之表俱同;治化所沾,濊泲之乡咸暨。苑天山而池瀚海,内比户以静幽都,莫不解辫发于槖街,改左衽于夷陌。

唐朝的鸿懿盛德、大国气度以及文治武功竟使胡人俯首系颈,其行文之缜密整饬,饰辞之恢宏从容,无不彰显着初唐人非凡的制度自信和无比的文化自信。相比较于汉人"虽远必诛"的杀伐口号,唐人少了些许暴戾之气而多了几分宽容之心,这不能不说与唐太宗"自古皆贵中华,贱夷、狄,朕独爱之如一"[10]的政治远见以及唐人兼收并蓄、包罗万象的时代精神有着密切关系。又如:

> ……并率骁雄,鼓行而进。以贞观十四年五月十日,师次伊吾时罗漫山,北登里绀所。未盈旬月,克成奇功。伐木则山林殚尽,叱咤则川谷荡薄,冲梯暂整,百橹冰碎,机会一发,千石云飞,墨翟之拒无施,公输之妙讵比。大总管运筹帷幄,继以中军。铁骑亘原野,金鼓动天地,高旗蔽日月,长戟彗云霓。自秦汉出师,未有如斯之盛也。班定远之通西域,故迹罕存;郑都护之灭车师,空闻前史。雄图世著,彼独何人?

一以贯之的气势,正如同百川灌大海,竟有银浪翻天直逼平鉴之渺茫;又仿佛狂飙落天际,乃至紫电穿云划过青冥之浩瀚。其挟风挟雷的气势,昂扬愤激的斗志,虽被飞矢犹一往无前的意气,直可与杨炯"牙帐辞凤阙,铁骑绕龙城。雪暗凋旗画,风多杂鼓声",骆宾王"野日分戈影,天星合剑文。弓弦抱汉月,马足践胡尘。不求生入塞,唯当死报君",以及刘希夷"剑气射云天,鼓声振原隰。黄尘塞路起,走马追兵急。弯弓从此去,飞箭如雨集。截围一百里,斩首五千级"共一比高。览其文而想见其碑,假令见其碑则必俯仰于碑之高大质重,而浩然蓬勃有勒马阴山、取功塞外的意气。贞观的风云气象、初唐的文治武功,由此可见一斑。

唐代在巩固国防、平定边事上可谓武功强盛,这虽得益于政治修明、民力富厚、上下齐心、内外戮力,但不可忽视的是战马的繁殖,所谓"出师之要,全资马力"[11]。战马作为古代王朝重要的战备物资,关系到边陲的巩固、中原的安危,甚至国家的强盛与否。而战马的繁殖,必待制度的规范,这就是所谓的马政。汉唐所以强于四夷、名播海外,马政的规范有效不能不为一功;而唐兴以来,自贞观至麟德,延及开元,太宗、高宗、玄宗都特别重视马政制度的建设和完善,这体现于初盛唐丝路碑志,有《监牧颂》《八马坊颂》记这一时期战马繁殖之盛。这二通碑都叙述了丝路马政的盛况。

张说撰写的《监牧颂》和郐昂所作的《八马坊颂》,都是记述丝路事功的名碑;前者撰于开元十三年,后者写在开元廿五载。张说是盛唐文坛巨擘,自景云以至开元,掌文学之任凡二十年[12];万岁通天元年始出玉门,为节度管记,一生数镇边陲;

后积功封燕国公,在当时与许国公苏颋齐名,二人号为"燕许大手笔"[13]。张说秉一代文宗事业,"长于碑志,世所不逮"[14],况且他"为文俊丽,用思精密",[15]殊不失风雅教化之醇旨,犹能发经典幽微之精妙;加上他数临边陲,雄笔宝刀,两不相违,风物异代,时瞻目下,故而能够出入于文质而有间,所谓披文相质,独振于开元、天宝年间。其文则思精体大,结构万端;既工于析辞,乃练乎风骨;求壮丽于天然,融精微于质实;效徐庾之格调,兼四杰之体势,乃至"逸势标起,奇情新拔"[16],恢恢然游刃于盛唐文学之大观。知其人,览斯颂,而想见其碑,则可以知道"雄辞逸气,耸动群听"[17],并非过誉之辞。而郗昂与李华等人在开元二十三年同登进士第,后二年撰《八马坊颂》于走马春风之际,其意气洋洋,犹恨不能一日看尽长安之花。《监牧颂》和《八马坊颂》这两篇碑文可以比量齐观的,是它们所共通的精壮之文、细密之思以及一贯之气势。

《监牧颂》歌功颂德的是张万岁之肇始、王毛仲之中兴、唐玄宗之明德、盛唐气象之恢宏;而肇始的艰难,中废的惨淡,中兴的经营,文行一波三折的参差,势见跌宕回环的错落,徘徊纡徐,如山如海,可谓夺时代之先声,有治隆之气韵。如碑记:

> 汉孝武当文景俭约之积,雄卫霍张皇之势,勒兵塞上,厩马有四十万匹;及东汉魏晋,国马陵夷,不可复逮武帝时矣;后魏以胡马入洛,蹴踏千里,军阵之容虽壮,和銮之仪亦阙;大唐接周隋乱离之后,承天下征战之弊,鸠括残烬,仅得牝牡三千。从赤岸泽徙之陇右,始命太仆张万岁茸其政焉。而奕代载德,纂修其绪,肇自贞观,成于麟德。四十年间,马至七十万六千匹,置八使以董之,设四十八监以掌之,跨陇西、金城、平凉、天水四郡之地,幅员千里,犹为隘狭,更析八监,布于河曲丰旷之野,乃能容之。于斯之时,天下以一缣易一马,秦汉之盛,未始闻也。张氏中废,马官乱职,或夷狄外攻,或师围内寇,垂拱之后,二十馀年,潜耗大半,所存盖寡。开元神武皇帝登大宝,受灵符,水瑞感而河龙出,星精应而天驷下。二年春,帝乃简心腑善畜之将,卜福祐宜生之长,俾领内外闲厩使焉,即开府霍国公其人也。

文折意曲,仿佛水之随物赋形[18];气备神完,恍若岚之缘峰聚象,是以壮美出于天然,奇情拔乎流丽。又如:

> 夫其处身,则立无跂,正也;视无还,端也;听无耸,诚也;言无远,慎也。国有忧,未尝不戚;国有庆,未尝不怡。其御下,则明利害之乡,阜财求之务,使之趋善而避恶,怀德而畏威;身不离于阙庭,令远行于峒牧。

言参二三之错落,韵成缓促之张弛,咏之和律,听之协音,其逸动神飞,如诗如赋。再如:

别其种类，则有妍蹄繁鬣，小领远志，曰龙曰騋，曰戎曰骤；差其毛物，则有苍白骊黄，骍紫骝皇，雏駓驛骆，駰駴骊雒，骊驳骘骓，骝骐骝骙，豪骭马足，狼尾鱼目。宗庙齐豪，戎事齐力，田猎齐足，罔不毕有。

皇帝东巡狩，封岱岳，辇辂既陈，羽卫贤备，大驾百里，烟尘一色。其外又有闲人万夫，散马千队，骨必殊貌，毛不离群，行如动地，止若屯云，百蛮震詟，四方抃跃，威怀纷纭，壮观挥霍。

行文之气韵，竟似水之畅荡而流下，砅崖激石；又如烟之飘飘而直上，刺云贯日，终于势成山海，巍巍然，洋洋然，迩不见涯之有无，远不明岸之起伏，于是有文思如海、行之如山的感叹，可谓思精体大、雄辞逸动。《监牧颂》，"其叙事也该而要，其缀辞也雅而泽"，宜乎其"雅有典则"[19]。这是说，以其文辞雅洁，无废醇正之教化；事典垂范，不离经典之规矩；端直赅丰，典丽宏赡，皆有所自。

《监牧颂》里有一段对话：

> 上顾谓太仆少卿兼秦州都督监牧都副使张景顺曰："吾马几何其蕃育？卿之力也。"对曰："帝之福也，仲之令也，臣何力之有？"因具上其状，帝用嘉焉。

君臣的答对，行文以散而置于骈偶之间，乃使骈散相辅，声情并茂；由此碑散体句式的运用，则可知初盛唐之碑志、文章，实乃古文由骈趋散、由齐梁之工偶精对而渐臻韩柳欧苏之阃中肆外之一大关键、大转捩，此虽非张说一人之功，但也是其主文坛的一个重大职责，可谓当仁不让。

总体看，《姜行本纪功碑》的一贯气势、《监牧颂》的思精体大、《八马坊颂》的从容气度，和而兼备初盛唐文章的气象、时代的风流。其为文，或如赋，体被浏亮，读之使人飘然而生冯太虚御清风，俯仰山海之逸兴；其饰辞，或如诗，思唯壮丽，咏之令人浩然而有驭西极驾天马，折冲玉门之志气；其势挟风雷，蕴"大漠风尘日色昏，红旗半卷出辕门。前军夜战洮河北，已报生擒吐谷浑"之蓄积勃发；其气度从容，有"万骑争歌杨柳春，千场对舞绣骐驎。到处尽逢欢洽事，相看总是太平人"之时代自信。正因为如此，他们所撰碑志才能够行文似海，结构如山，观之浩渺如无涯际，瞻之沉稳仿佛岿然；雍容自得，气吞风云，赋盛世之气象，秉异代之风华，而兼"边塞诗"的风神情韵。

第二节　初盛唐丝路碑志文有传记文学的审美含量

贞观之时，"伊吾之右，波斯以东，职贡不绝，商旅相继"[20]，而历高宗、武则天、中宗、睿宗诸朝之兴替，至玄宗开元、天宝年间，西域的交通、丝路的往来，可以说是盛况空前。丝绸之路的畅通，这既得益于大一统的唐王朝国力的空前强盛，又为唐王朝的发展开辟了更为广阔的地理空间。我们基本上可以这样断言,丝路的繁荣昌盛在一定程度上既可以作为古代中原王朝隆治兴亡的时代标志,又能够合各民族的优秀文明成果促进中原王朝乃至周边地区的向前发展。于是,为了开拓并保障此一横亘东亚、中亚、西亚乃至于欧洲的商路的交通无碍,历代大一统的中原王朝如汉、唐,都特别重视对西域的经营。而唐肇国以来,自贞观以至天宝,前仆后继,涌现出了一大批"奋身行阵""被于金石"的丝路英雄。他们或"振英风于绝域,申壮节于殊方",如大唐卫公李靖隳灭东突厥、英公李勣残破薛延陀;或"吞沙石而贾勇,召风雨而成枭"[21],如程知节鏖战葱岭、王方翼建城碎叶、李无亏死守沙州、王忠嗣数战吐蕃,王君㚟独击回纥;又或"运娄敬之良筹,摛郑众之雄辩"[22],如唐俭仗节于突厥、崔敦礼出使薛延陀、郭元振折冲于吐蕃;或者像那些籍籍无名之壮士,赳赳昂扬之武夫,边警骤起,遂成大军,他们都可以称得上英雄这一名号。

唐代丝路上的英雄,他们秉忠烈奉国的贞节,怀生死以国的意气,而兼功名垂于千古之时代气质;他们勒马西域,雄视中外,乃使夷狄未敢轻觑我华夏,而令中原之士民自信于天下;同时他们又能够襟怀宇宙,吞吐风云,不废人之所以长,不避己之所不足,虚怀若谷,进退裕如,正体现了唐帝国所独具的盛世气象、时代精神。其身虽死,而名可书于竹帛;其人虽殁,而能"德音与颂石,传不朽于人间"[23]。所以李靖、李勣的碑序,程知节的墓志,歌之颂之,悲之悼之;至于那些无名英雄,碑潜其事,事隐其情,竟使千古之下,后人犹能想见其精神。

《李靖碑》,许敬宗所作;《李勣碑》,唐高宗御制御书;《李勣墓志》,刘祎之敕撰,这三通碑志[24],均述及二公之开西域、通丝路、卫边塞、保国家的丰功伟绩,兼颂其经文纬武的雄才、贞仁义勇的懿德。

《李靖碑》追述:卫公战则"轻赍毕景,随飞雪而长驱;勒骑通宵,蹑遗风而远袭。奄逾高阙,势若飙驰",其疾如风,侵掠如火,合于孙武之兵法;而夙夜掩敌,出其不意,攻其不备,实乃兵家之精髓。而卫公以三千轻骑袭突厥,诚可匹于霍骠姚以八百羽林震匈奴、李陵以五千步卒逼单于,这都是英雄的事业、千古的威名;这三人之所以敢以寡击众,既有奉国的威灵,又得助于其人不世出的英才,而兼无名壮士的效死以命。碑记"遗迹雄伟,见之者无不想其英概,能以功名始终,真一代之名臣也"。他们的盛世懿德,史家赞其"临戎出师,凛然威断;位重能避,功成益谦"。因此身殁之日,太宗准其"陪葬昭陵","坟制如卫、霍故事","冢为三山之状"。唐传奇《虬髯客传》中的红尘三侠之一,就是李卫公。

再如《李勣碑》《李勣墓志》所记:

> (英公)扬旌紫塞,非劳结燧之谋;振旅朱鸢,何假沉沙之术。残云断盖,碎几阵于龙庭;落月亏轮,摧数城于玄菟。加以入陪帷幄,出总戎麾。道驾八元,荣高三杰。

灭迹扫尘,追奔逐北,……参墟奥壤,王迹所基。傍控宝符之乡,近对金庭之域。眷言枢要,绥抚特难。穷雁海而倾巢,就狼台以探穴。遂使地空塞北,侯静漠南。汉将勒燕然之铭,胡骑动阴山之哭。

李勣的功劳可与汉之卫、霍、班、窦比肩,唐太宗弥留之际,将太子勤勤托付与他,李勣"啮指流血,铭肌为记",由是高宗嘉其"忠贞之操,振古莫俦;金石之心,唯公而已"。其为友,"抽刀割股以啖"单雄信,"收其孤嗣,爱同己子","义于交也"。英公的威名,一如英雄卫公。这二位,出则将,入则相;而宰相"代天秩物,燮化人神"[25],唯有德者能居之。二公出入将相、白首平戎,他们二人的武功兵法、嘉德懿行,确实超逸绝伦、高出凡人,而这些正符合盛唐气象、时代精神的要求,也正是初盛唐丝路碑志所要歌功纪德之处。

再看《程知节墓志》《程知节碑》及其子《程处侠墓志》[26],程知节实悲壮之英雄。显庆初年,程知节"拜使持节、葱山道行军大总管,击贺鲁于塞表",然而"顷之,坐裨将失律,免职归第"。此战唐军虽然有苏定方五百破阵之奇功,但是副大总管王文度矫诏阻挠,竟致唐军未能全功凯旋;而程知节"坐逗留追贼不及、减死免官",还军途中,其子处侠"卒于会州之黄沙镇,春秋廿有八",他身负贻误战机之罪、心怀老年丧子之痛,殊为悲壮。通过这三通碑志,我们可以窥见初盛唐之人为开拓西域、畅通丝路而蹈死不惜、忘身许国的坚强意志,这大抵正是那个时代人人所追求的人生价值。

英雄有名,功业懿德垂于文章、镂以金石、传乎后世,乃使千载之下,后之人想见其风范;至于那些籍籍无名的战士,披风卧雪,身冒矢石,一旦身死,默默不闻。所以英雄之谓,非但有百战之大将,亦必有驰驱之战士。初盛唐丝路碑志,不仅为我们塑造了一大批勋业彪炳的虎臣名将,而且通过它我们还可以想见那些无名英雄奋战沙场的激昂腾跃之姿。"将军三箭定天山,战士长歌入汉关"[27],那一个个曾经为历史的尘沙所掩埋的英雄人物,借着丝路碑志的斑驳沧桑鲜活了起来,终于在后人的面前定格成一幅盛世英雄群像之图画。"永隆二年诏曰:'武夫出讨,战胜则赏隆;良将守边,功多则禄厚。'"[28]可见初盛唐的统治者对边将武功的重视,也许正因为如此,才使得那一时期英雄辈出。除前述碑志外,尚有"积甲齐山,中岳由其咸定;封尸筑观,王城于是乂安"之尉迟敬德,他为人"忠义之节,历夷险而不渝;仁勇之风,虽造次而必践"[29];有"剿叛徒三千于麾下,走乌鹊十万于域外"[30]之王方翼,他筑城碎叶,拓边远逾中亚;有"操烈松筠,志凌铁石,奋不顾命,甘赴国忧"的沙州刺史李无亏,他虽身被巨创,犹能斩将搴旗,以致"绥复之祸忽臻,马革之悲俄及",春秋五十有八[31];有进不求名、退不避罪之王忠嗣,他料机于先、见危于后,乃使"安禄山保奸伺变,忌公宿名;李林甫居逼示专,嫌公不附"[32];有"胶折息萧关之骑,月满绝甘泉之烽"[33]之崔敦礼,他言为纵横,折冲西域而能不辱使命,其他则不胜枚举。

总之,初盛唐丝路碑志所载之英雄,或宠极哀荣,或极尽悲壮,或殉国以身,或骋辩异域,虽然事业有所迥别,但是功盖日月、德范千古,这可以说恰是他们一致的精神追求。观乎其碑,则知盛世之气象,得灌溉于群英雄之热血;而群英雄之勋绩,亦得益于国家的隆治,此之谓相得益彰。览乎斯文,则可知初盛唐丝路碑志所讴歌的英雄,虽无毕肖之形容,实有神似的刻画,并在一定程度上为后世志人的文学诸如传奇、戏剧、小说等提供了形象素材;而其功业匹于德行的价值追求,亦倍增此类文学的审美涵盖量。因此,重温初盛唐丝路碑志文,可以廉顽立懦,可以正心修身,可以自信于万方。

第三节　初盛唐丝路碑志文融入文人的情志情怀

文人出塞,非始于唐而盛于唐,是以初盛唐不少文人有过出塞、入边幕的经历。这些出塞入幕的文人,由于他们亲身体验过"寒沙四面平,飞雪千里惊"的大漠碛地,也近距离接触过那些"一身转战三千里,一剑曾当百万师"的浴血卫国的戍边将士,而国家的强盛于他们而言实在是一种自觉的心理企求,因而他们有着与一般文人迥别的生命感悟。以之行文,文特情挚意切,所以初盛唐碑志文,尤其是那些出自出塞入幕文人之手的碑志,颇能够"英辞鼓天下之动"[34],而娄师德、张说正是其中的典范。

娄师德以进士出身,后又以文官应募从军,数战吐蕃于西域,即使仗节出使,亦能宣大唐威仪于殊俗,不辱使命。他久在河陇,前后四十余年,屡为镇边大使,故能谙熟西域之风俗地理,且能悉知边将之行军布阵,乃至兵士之艰苦、征人之思念,皆能了然于胸。他的碑志文,雄浑而不失拳拳之心,这是因为其常践边塞、久履风霜缘故。他所撰写的《契苾明碑》[35],述契苾明以功改任燕然道镇守大使,甫闻命即"俶装遵远,望赤水而前驱;劲骑腾空,指白兰而长骛。左萦右拂,八校于是争先;斩将搴旗,三军以之作气",他不辞远涉,风餐露宿,拳拳之忠心乃令壮士激节;及其远赴西域之瓜沙,则能"度玉关而去张掖,弃置一生;瞰弱水而望沙场,横行万里",内赋贞气,外宣威仪,飒沓龙马,沙氛是张,遂令人有唯当出塞死,何必入关生之落落壮心,这虽然是写契苾明的意气腾骧,亦是娄师德往岁镇边陲、击吐蕃的雄姿英发;"操履冰霜,固亦心符筠玉;名高一代,气逸九霄者矣",德配日月者,其必有英雄之名,契苾明、娄师德的懿德懿行皆能称之。

张说作为初盛唐文坛最有影响的"一代词宗",其文章成就不仅得益于自身才力,亦颇得益于其数次出塞镇边的经历。尤其是他所撰写的丝路碑志,或记碑主开拓西域、保卫丝路的辛苦,叙戍边战斗之惨烈,殊为真实感人;或描写壮士殉身的忠贞以从容,或抒发将军许国的意气以情挚。这些都可以通过他的丝路碑志文窥见一斑,如《郭知运碑》[36]《杨执一碑》[37]《拔川君王碑奉敕撰》[38]《唐故夏州都督太原王公神道碑》[39]《赠太尉裴公神道碑》[40]等。

《郭知运碑》记其厕身行伍,寄身锋刃,许国以追北逐亡,虽蹈死而不念其身,终于在开元九年以五十五之龄病殁于军。碑述郭知运家世,赞其先祖"启莫京之绦,福不在于其身;积无声之善,庆必流于后嗣",这正是为下文郭知运的功业德行张目,以显示其秉将帅之才,效忠贞之节,而继之以死,这些作为都并非空穴来风而无所依据。对郭知运的外形,碑文这样描写:

> 太白之精,雷泉之灵,膺家之祯,为国而生。身长七尺,力能扛鼎,猿臂虎口,虬髯鹊瞵,射穿七札,剑敌万人。

这正是前文所说的无毕肖之形容,有神似之刻画,所以形容显其忠贞,以武力张其意气,大抵有德之人,非灵即异,将帅之才,常若敌国。这种方法,前人的传记、碑志时时有之,文人的因袭,乃成故事,而显忠贞、张意气实开新意,这恐怕与张说的出塞经历不无关系。因为只有亲睹域外的风物,方能豁然其胸臆,而灵异必出于忠臣。这确实可以说是本民族的一个普遍的心理意识,由此也可以窥见初盛唐文人鄙夷凡庸、崇拜英雄的时代自觉。及其敌默啜,"奔命解围,军声大振";胜吐蕃,"积甲山齐而有余,收马谷量而未尽",不愧"镇西陲信国之藩屏,坐北落亦王之爪牙"得声誉,这些都是郭知运生而为国、秉灵异之造化应有之英雄事业,所依赖者唯公之武功英才,奋勇以智,用兵以奇,可谓不负将帅之英。张燕公铺叙其事迹,不仅仅是显著其功业,而是发挥行文之前承后继的关系,蓄积文势,其意在于后文之情绪勃发。还有"公统陇右之骑,济河曲之师,锋镝争先,玉石俱碎",悲壮寓其中;而"匈奴未灭,宿志不申,生也有涯,死而犹视",肝胆以裂,是有灵异不长久、英雄不永寿之感喟。参之史记,可知郭知运病殁于开元九年讨突厥康待宾之功成班师途中,而此一役正由张说统率指挥,可知"血面椎心,悲惨风云,号动山谷",非惟饰词,实在是知己之悲,初盛唐文人之惜英雄,可见一斑;而又知非惟惜英雄,实亦悲其许国之壮志未尽遂而年命已极;而又可以知非惟悲其许国之壮志未尽遂而年命已极,实亦叹己之功名不成而时不我待,这大抵也正是千百年来中国古代文人所共同感慨的人生主题。继郭知运之后,其子郭英奇踵其遗志,转战西域以卫丝路,以天宝十二载终于官,有韦述的《郭英奇墓志》[41]为之佐;子郭英乂亦能战吐蕃于西河,有元载的《故定襄王郭英乂神道碑》[42]为之证。郭知运一门三父子,列阵行伍,为丝路之干城,实乃壮烈。

张说撰《杨执一碑》,赞其虽身遭贬谪,而"能推分荣□,忘怀生死,人不堪其忧,公不改其操",正可谓"不以物喜,不以己悲"之仁人君子。及至国家有命:

> 诏征为凉州都督兼左卫将□河西诸军州节度督察九姓赤水军等大使。公富以农政,和以师律,章信蕃部,赫怒军容。断匈奴之臂,碛路安而不警;张汉

家之掖,雪山开而无寇。

　　既以此来显示杨执一忠贞报国的操守、执干戈以卫丝路的武功,也以此来彰明自己"重气轻生知许国"的雄心壮志。而像裴行俭、论弓仁、王方翼,他们生死以国,跋涉于绝域,振威于殊方,都称得上一时之英雄,这也正是张燕公称许他们的地方。

　　苏颋所撰《唐休璟碑》[43]、颜真卿所撰《郭虚己墓志》[44],也是丝路名碑。《唐休璟碑》言其"初髫而孤,入则孝,出则悌,承于母兄之旨;及冠而立,学以聚,问以辨,从于师党之言焉",赞郭虚己"孝悌发于岐嶷,德行沦于骨髓。幼怀开济之心,长有将明之望",之所以如此,可能是因为二公皆文臣镇边,务求柔服抚远;也可能是因为苏颋、颜真卿非出塞文人,撰作文章碑志,不显于武功之铺陈,而重在德行之教化。虽然如此,若以此二碑比较于娄师德《契苾明碑》、张说《郭知运碑》,则可以知道,这四通碑虽然侧重点各异,但是家国之虑、英雄之志,其实是一致的。

　　初盛唐文人,出则欲建功于"异域阴山外,孤城雪海边",仗雄笔宝刀,昂然有生不愿再入玉门关的豪情壮志;入则能辅弼明君、点缀盛世,文章出于圣手,懿范垂乎后世,并以此来纪隆治气象、时代大观,而这也正是那个时代文人的自觉意识。他们的这种意识,体现在初盛唐丝路碑志上,诸如《姜行本纪功碑》之势贯长虹,《监牧颂》《八马坊颂》之气象恢恢,《李靖碑》《李勣碑》《程知节碑》之朔气纵横,《契苾明碑》《郭知运碑》《唐休璟碑》《郭虚己墓志》之盛德鸿懿。其为碑志,则都质重且威,挟雷挟电,盛世之气象,固应如此;其为文章,则都贞词浏亮,如山如海,彼代之精神,皆能毕见。千年之后,初盛唐丝路碑志文所展示的那个时代之风流、举世之懿德仿佛还能呼之欲出。

　　结语:初盛唐碑志文,以其为转掠,上承汉魏之古拙、法度,以其为关键,下启韩欧之闳肆、自由,故而三代以下,文章数变,初盛唐为不可不注意之时期,而那时丝路碑志之盛,与此变其实有助推之功,这是不能忽视的[45];而初盛唐国运日盛,那时文人受时代感染而形成强烈的英雄意识[46],加以文人出塞经历的助益,而在其作为碑志、文章之时常能寓盛世之气象,发英雄之意气,结山海之体势,铸浏亮之伟辞,竟使后人观碑则能情肆于外,览文则能意蕴于内,即:知变、见隆、纪大观。所谓盛世文章,非唯歌功颂德,实亦可以鉴往昭来;一个国家、一个时代若能敬畏英雄、萦念民艰,那么盛世文章就不单单是一种可有可无的奢华点缀。

【注释】

[1] 见蔡邕《铭论》,《全后汉文》卷74,严可均辑《全上古三代秦汉三国六朝文》,中华书局1985年影印版,第876页。

[2] 范文澜:《文心雕龙注》卷3,人民文学出版社1962年版,第214-215页。

[3] 关于"丝路碑志文",笔者将其界定为地域上属丝绸之路而碑文内容关涉丝路

的政治、经济、军事、文化、历史、外交、民族、宗教等诸多方面;而初盛唐丝路碑志文的时间上限以武德元年唐高祖肇唐为滥觞,下限则截止于唐玄宗天宝十四年"安史之乱"爆发。

[4] 钱穆:《国史大纲》,商务印书馆 2008 年版,第 395 页。

[5] 贞观之征,如李靖贞观二年战突厥于马邑,四年击颉利于定襄;李勣贞观十五年讨薛延陀,二十年灭之;姜行本等贞观十四年灭高昌;郭孝恪贞观十八年破焉耆;阿史那社尔贞观二十三年平龟兹。二圣(高宗、武则天)之役,如程知节永徽六年讨西突厥,显庆元年鏖战鹰娑川;苏定方显庆二年灭西突厥;娄师德永淳元年八败吐蕃于白水涧;王孝杰长寿元年收复安西四镇;唐休璟久视元年六胜吐蕃于凉州。开元之讨伐、天宝之战争,如王晙开元二年战吐蕃于武街驿;张说开元九年击突厥康待宾,十年平康愿子;王忠嗣开元十八年袭吐蕃于玉川,天宝元年施反间于突厥、回纥,五年伐吐谷浑于墨离;哥舒翰天宝八年拔吐蕃石堡城。自贞观至天宝,唐立国百余年间,西域战事频繁,事皆见于《旧唐书》《新唐书》《资治通鉴》。

[6] 《姜行本纪功碑》刻立于贞观十四年(640),由河内人、瓜州司法参军司马太贞撰,现存新疆维吾尔自治区博物馆。

[7] 卢照邻《雨雪曲》:"雪似胡沙暗,冰如汉月明。"王昌龄《出塞》:"秦时明月汉时关,万里长征人未还。"李白《塞下曲》:"弯弓辞汉月,插羽破天骄。"岑参《碛西头送李判官入京》:"汉月垂乡泪,胡沙费马蹄。"严武《军城早秋》:"昨夜秋风入汉关,朔云边月满西山。"(《全唐诗》卷 42、143、164、200、261,中华书局 1979 年版,第 523、1444、1700、2067、2908 页)

[8] 王维《老将行》:"卫青不败由天幸,李广无功缘数奇。"《出塞》:"玉靶角弓珠勒马,汉家将赐霍嫖姚。"《少年行》:"汉家君臣欢宴终,高议云台论战功。"李颀《古从军行》:"年战骨埋荒外,空见蒲桃入汉家。"高适《燕歌行》:"汉家烟尘在东北,汉将辞家破残贼。"李益《塞下曲》:"伏波惟愿裹尸还,定远何须生入关。"(《全唐诗》卷 125、128、128、133、213、283,中华书局 1979 年版,第 1257、1297、1306、1348、2217、3231 页)

[9] 陈子昂《送魏大从军》:"匈奴犹未灭,魏绛复从戎。"崔颢《送单于裴都护赴西河》:"单于莫近塞,都护欲临边。汉驿通烟火,胡沙乏井泉。"王昌龄《从军行》:"三面黄金甲,单于破胆还。"李白《塞下曲》:"愿将腰下剑,直为斩楼兰。"(《全唐诗》卷 84、130、143、164,中华书局 1979 年版,第 905、1328、1442、1700 页)

[10] 《资治通鉴》卷 198,中华书局 1976 年版,第 6247 页。

[11] 《资治通鉴》卷 202,中华书局 1976 年版,第 6388 页。

[12] 《旧唐书·张说传》:"前后三秉大政,掌文学之任凡三十年。"(《旧唐书》卷 97,中华书局 1975 年版,第 3057 页)而林大志认为:"若从景云元年算起,至开元

十八年止,张说掌文学之任前后共计二十年",其辨甚详,本文从"二十年"之观点。(林大志:《苏颋张说研究》,齐鲁书社2007年版,第43—47页)

[13]《新唐书》卷125,中华书局1975年版,第4087页。

[14] 同上,第4410页。

[15]《旧唐书》卷97,中华书局1975年版,第3057页。

[16]《全唐文》卷22,中华书局1983年影印,第2276页。

[17] 姚铉《〈唐文粹〉序》:"洎张燕公以辅相之才,专撰述之任,雄辞逸气,耸动群听。"(叶盛:《水东日记》卷12,《文渊阁四库全书》第1041册,台湾商务印书馆1986年影印版,第74页。)

[18] 苏轼《自评文》:"吾文如万斛泉源,不择地皆可出。在平地,滔滔汨汨,虽一日千里无难。及其与山石曲折,随物赋形,而不可知也。所可知者,常行于所当行,常止于不可不止,如是而已矣。其他,虽吾亦不能知也。"(《苏轼文集》卷66,中华书局1986年版,第2069页。)

[19] 刘肃:《大唐新语》卷6,《笔记小说大观》(第1册),广陵古籍刻印社1983年影印版,第45页。

[20] 宋敏求:《唐大诏令集》卷130,《文渊阁四库全书》第426册,台湾商务印书馆1986年影印版,第953页。

[21]《全唐文》卷11,中华书局1983年影印版,第132页。

[22] 张沛:《昭陵碑石》,三秦出版社1993年版,第204页。

[23]《全唐文》卷229,中华书局1983年影印版,第2317页。

[24]《李靖碑》全称《大唐故尚书右仆射特进开府仪同三司上柱国赠司徒并州都督卫景武公之碑并序》《李勣碑》全称《大唐故司空太子太师上柱国赠太尉扬州大都督英贞武公李公之碑》《李勣墓志》全称《大唐故司空太子太师赠太尉扬州大都督上柱国英国公勣墓志铭并序》,录文见张沛:《昭陵碑石》,三秦出版社1993年版,第136—138页、第172—173页、第192—193页。这三通碑志,今皆藏于陕西昭陵博物馆。

[25]《新唐书》卷110,中华书局1975年版,第4157页。

[26]《程知节墓志》全称《大唐骠骑大将军益州大都督上柱国卢国公程使君墓志铭并序》,录文见《昭陵碑石》,三秦出版社1993年版,第157—158页;《程知节碑》录文见《昭陵碑石》,三秦出版社1993年版,第159页、《程处侠墓志》全称《大唐故东宫通事舍人程君之墓志铭并序》,录文见樊波、李举纲:《新出唐墓志所见西域史事二题》,《西域研究》2009年第4期,第43—47页。

[27]《新唐书》卷110,中华书局1975年版,第4141页。

[28] 李慧、曹发展:《咸阳碑刻》下册,三秦出版社2003年版,第430页。

[29] 张沛:《昭陵碑石》,三秦出版社1993年版,第145页。

［30］《全唐文》卷228，中华书局年1983年影印版，第2303页。

［31］李慧、曹发展：《咸阳碑刻》下册，三秦出版社2003年版，第434页。

［32］《全唐文》卷369，中华书局1983年影印，第3749页。

［33］张沛：《昭陵碑石》，三秦出版社1993年版，第204页。

［34］《旧唐书》卷97，中华书局1975年版，第3056页。

［35］《契苾明碑》全称《大周故镇军大将军行左鹰扬卫大将军兼贺兰州都督上柱国凉国公契苾府君之碑铭并序》，录文见《全唐文》卷187，中华书局1983年影印版，第1897—1900页。

［36］《郭知运碑》全称《赠凉州都督上柱国太原郡开国公郭君碑奉敕撰》，录文见《全唐文》卷227，中华书局1983年影印版，第2294—2296页。

［37］《杨执一碑》全称《唐杨执一神道碑》，录文见李小勇：《〈唐杨执一神道碑〉考释》，《文博》2014年第2期，第59—61页。

［38］《拔川君王碑奉敕撰》，录文见《全唐文》卷227，中华书局1983年影印版，第2297—2298页。

［39］《唐故夏州都督太原王公神道碑》录文见《全唐文》卷228，中华书局1983年影印版，第2302—2304页。

［40］《赠太尉裴公神道碑》录文见《全唐文》卷228，中华书局1983年影印版，第2304—2308页。

［41］《郭英奇墓志》全称《大唐故壮武将军守左威卫大将军兼五原太守郭府君墓志铭》，录文见吴钢：《全唐文补遗·第六辑》，三秦出版社1999年版，第83—84页。

［42］《全唐文》卷369，中华书局1983年影印版，第3743—3745页。

［43］《唐休璟碑》全称《右仆射太子少师唐璿神道碑》，录文见《全唐文》卷257，中华书局1983年影印，第2605—2607页。

［44］《郭虚己墓志》全称《唐工部尚书赠太子太师郭公墓志铭并序》，录文见吴钢：《全唐文补遗·第八辑》，三秦出版社1999年版，第56—57页。

［45］张说、苏颋在文体文风演变过程中的贡献以及他们的碑志文的成就，历来为学界所关注。《新唐书·文艺传序》："唐有天下三百年，文章无虑三变。高祖、太宗，大难始夷，沿江左余风，缀句绘章，揣合低卬，故王、杨为之伯。玄宗好经术，群臣稍厌雕琢，索理致，崇雅黜浮，气益雄浑，则燕、许擅其宗。是时，唐兴已百年，诸儒争自名家。大历、正元间，美才辈出，擩哜道真，涵泳圣涯，于是韩愈倡之，柳宗元、李翱、皇甫湜等和之，排逐百家，法度森严，抵轹晋、魏，上轧汉、周，唐之文完然为一王法，此其极也。"（《新唐书》卷201，中华书局1975年版，第5725—5726页）南宋魏了翁曾言："使文章之变，非燕、许诸人为之先，则一韩愈岂能以一发挽千钧哉！"（魏了翁：《鹤山集》卷101，《文渊

阁四库全书》第 1173 册,台湾商务印书馆 1986 年影印版,第 464 页)

[46] 阎福玲认为,唐人"以侠士自命,嘲弄皓首穷经的文士,崇尚英雄气质,企羡惊天动地的奇功伟业",而"慷慨激昂崇尚功名的时代精神",也促使他们"在重视科举入仕的同时,把从军边塞视为获取功名、实现自身价值的通衢捷径"。(阎福玲:《汉唐边塞诗研究》,中华书局 2014 年版,第 94、102 页)

【延伸阅读】

[1] 刘师培:《汉魏六朝专家文研究》,《中国中古文学史讲义》,凤凰出版社 2011 年版。

[2] 刘师培:《〈文心雕龙〉讲录二种》,《中国中古文学史讲义》附录,凤凰出版社 2011 年版。

[3] 钱基博:《中国文学史》,中华书局 1996 年版。

[4] 毛远明:《碑刻文献学通论》,中华书局 2010 年版。

[5] 阎福玲:《汉唐边塞诗研究》,中华书局 2014 年版。

[6] 林大志:《苏颋张说研究》,齐鲁书社 2007 年版。

第五章

《韦应物家族墓志》对文学史的重构

【引言】

　　韦应物(737—792)是盛唐向中唐过渡时期——大历、贞元年间的著名诗人，以五言诗成就最高，上追陶渊明，近逼王维、孟浩然，又自成一体，诗家有以"陶韦"或"王孟韦柳(宗元)"并称者。白居易评价："其五言诗又高雅闲淡，自成一家之体，今之秉笔者谁能及之?"[1]苏东坡也说："乐天长短三千首，却爱韦郎五字诗。"有《韦苏州集》十卷存世。他的家族唐人称之"城南韦、杜，去天尺五"，是关中显赫世家。仅唐代，杜氏家族就出了12位宰相，韦氏家族出了14位宰相，其中包括韦应物的曾祖父韦待价。关于韦应物的生平记载，传世文献并不多，两《唐书》未为立传，《旧唐书》更是无一字提及。2007年韦应物家族四方墓志[2]出土，引起学界极大关注。韦应物家族四方墓志对了解其家世、生平事迹、历任官职、情感世界、心路历程、文学创作等提供了十分珍贵的文学史料，并对文学史的重构提供了可能性。

【思考】

　　1.在大历诗人中，韦应物的成就最高，身世与经历也最为特殊，以往文学史对韦应物是如何定位的?

　　2.韦应物创作风格的演变与其人生经历、情感世界及家庭环境的关系?

　　3.新发现的《韦应物家族墓志》对再读韦诗能否开辟新的路径?对重构文学史能否提供可能性?

第一节　文学史对韦诗的传统定位

　　韦应物是大历、贞元年间诗坛上的一位重要诗人，大历、贞元是盛唐走向中唐的过渡期，相对来说也是唐代诗坛上的低潮期。安史之乱来得太突兀，它像一股猛烈突起的刺骨寒风，将人们的盛唐热情霎时降到冰点，文坛上产生了"冷漠寂寥"的

大历诗风,像刘长卿、大历十才子,都是这一时期的代表诗人,正如文学史所说:

> 战乱毁掉了这代士人青年时期意气风发的生活,带来希望幻灭的黯淡现实。盛唐那种昂扬奋发的精神、乐观情绪和慷慨气势,已成为遥远而不绝如缕的余响;而平心静气的孤寂、冷漠和散淡,弥漫于整个诗坛。[3]

在大历诗人中,韦应物的成就最高。透过他的作品,历代评论者都看到了他前期创作与后期创作的不同。文学史评价:

作为大历时期能自成一家的著名诗人,韦应物诗歌创作风格的变化颇能说明问题的。……在他早期所写的一部分作品里,不乏昂扬开朗的人生意气……在他后期的作品里,慷慨为国的昂扬意气消失了,代之以看破世情的无奈和散淡。[4]

我们来看看韦应物前期的诗。《骊山行》是《韦应物诗集》收录的第一篇,作于代宗广德二年(764),这一年韦应物 28 岁;他是在 27 岁,即广德元年秋冬时出任河南府洛阳丞;这首诗是他从京城赶回洛阳途中路过骊山而作。文如下:

> 君不见开元至化垂衣裳,厌坐明堂朝万方。
> 访道灵山降圣祖,沐浴华池集百祥。
> 千乘万骑被原野,云霞草木相辉光。
> 禁仗围山晓霜切,离宫积翠夜漏长。
> ⋯⋯⋯⋯⋯⋯
> 干戈一起文武乖,欢娱已极人事变。
> 圣皇弓剑坠幽泉,古木苍山闭宫殿。
> 缵承鸿业圣明君,威震六合驱妖氛。
> 太平游幸今可待,汤泉岚岭还氤氲。[5]

从内容上看这首诗有三层意思,第一,回忆开元盛世的气象以及玄宗的文韬武略,也赞美了李杨爱情;第二,安史之乱带来的世事巨变;第三,希望大唐能够复兴。从"千乘万骑被原野,云霞草木相辉光"、"缵承鸿业圣明君,威震六合驱妖氛"等句式来看,确实"不乏昂扬开朗的人生意气"。韦应物生于玄宗开元二十五年(737),天宝九年(750)14 岁的他"以门荫补右千牛","左右千牛"都是皇帝内围的贴身卫兵,韦应物"以门荫补右千牛",显然是沾了曾祖父韦待价的光,用今天的话来说他是"官四代"。15 岁就作了玄宗的侍卫,伴随在皇帝身旁,可以想象他那时是何等的春风得意、意气风发。

作为前期代表作,文学史大都提到了《饯雍聿之潞州谒李中丞》和《寄畅当》这两首诗。《饯雍聿之潞州谒李中丞》文如下:

> 郁郁雨相遇,出门草青青。酒酣拔剑舞,慷慨送子行。
> 驱马涉大河,日暮怀洛京。前登太行路,志士亦未平。
> 薄游五府都,高步振英声。主人才且贤,重士百金轻。
> 丝竹促飞觞,夜宴达晨星。娱乐易淹暮,谅在执高情。

这首诗作于广德二年(764)至大历四年(769)期间,韦应物在洛阳丞任上。诗中的"酒酣拔剑舞,慷慨送子行。驱马涉大河,日暮怀洛京。前登太行路,志士亦未平",被公认为是"气势壮大的诗作,明显地带有刚健明朗的盛唐余韵"[6]。

再看《寄畅当》:

> 寇贼起东山,英俊方未闲。闻君新应募,籍籍动京关。
> 出身文翰场,高步不可攀。青袍未及解,白羽插腰间。
> 昔为琼树枝,今有风霜颜。秋郊细柳道,走马一夕还。
> 丈夫当为国,破敌如摧山。何必事州府,坐使鬓毛斑。

这首诗约作于大历十年(775)秋,时年韦应物39岁,在京兆府任职,由"丈夫当为国,破敌如摧山。何必事州府,坐使鬓毛斑"可以看出,盛唐余热还在韦应物的生命里燃烧。

在新发现的墓志中,除《韦应物家族墓志》外,还有广德二年(764)韦应物为其好友李澣的父亲迁葬时所作的《李璀墓志》,时年他28岁,作洛阳丞。墓志对李璀为民做主的为官行为大加褒扬:

> 岁凶,哀其鳏寡,发廪擅贷,朝廷贤汲黯之仁政,寝有司之简书,其后吏有不谨于法,公当青师之罪,贬武陵郡武陵县丞。发自司御,达于钜野。政随官易,在所有闻,且率以清简,素末荣利,故秩不进而道自居,可谓远名亲身,祇丞圣祖之教;和光挫锐,犹勖世人之观。器而不任,知者为恨……

为了及时赈济百姓,李璀不惜违反灾情奏报制度,不待朝廷敕令而先行开仓赈济,这在古代虽非个案,但仍然需要极大勇气。韦应物在墓志里不仅称道李璀挺身为民的行为,更为他"贬武陵郡武陵县丞"打抱不平,认为李璀德行应该居更高职位;对李璀遭到的不公正待遇,韦应物发出愤愤不平之声,"器而不任,知者为恨",由此也可看到他当时的用世精神。

再看看他后期的诗,如:

夜闻独鸟啼

失侣度山觅,投林舍北啼。今将独夜意,偏知对影栖。

作于大历十三年(778),这年韦应物42岁,作户县令。两年前的大历十一年(776)

夫人元蘋去世,年仅 36 岁,韦应物 40 岁。这首诗充满了孤独、苦涩的意味。

还有久负盛名的《滁州西涧》:

> 独怜幽草涧边生,上有黄鹂深树鸣。
>
> 春潮带雨晚来急,野渡无人舟自横。

这首诗作于唐德宗建中二年(781)韦应物任滁州刺史期间,这年他 45 岁。滁州即今安徽滁县,西涧在滁州城西。韦应物通过对景物似乎不经意的点染,凸显了自己"独怜"涧边生长之"幽草"的深沉情怀与雅淡情操,由诗境可以看出其人品格之高洁与深邃。

再如:

同褒子秋斋独宿

山月皎如烛,风霜时动竹。夜半鸟惊栖,窗间人独宿。

作于建中四年(783),这年他 47 岁,仍在滁州刺史任上。全诗充满了历练、沉淀、漂洗后的"恬淡"和"宁静"。

在韦应物的诗里,还有相当一些篇幅是关怀现实、批评时弊、同情民生疾苦和追求传统理想的诗,如《睢阳感怀》《长安道》《贵游行》《采玉歌》等。对此,白居易在《与元九书》中说:"如近岁韦苏州歌行,才丽之外,颇近兴讽。"文学史也作了中肯的评价:

他出生贵族,一生仕途也比较顺利,所以,虽然他也受佛道思想影响,仰慕一种淡泊脱俗、远离尘世的生活,但他毕竟官位不卑,生活优越,传统价值观念还比较坚定,也比较注意自己的社会角色和社会责任。因此,他还是写了一些关心国家安危、社会之乱及下层百姓疾苦的诗篇。[7]

不难看出,文学史对韦诗的评价,大都是把他放在社会或家族的文化大背景下审视的,因而认为造成他诗歌风格前后差异的主要原因是社会大背景和家族因素。那么,《韦应物家族墓志》的出土能否让我们更全面、更细微地了解韦应物,从而更精准、更多元地解读他的作品呢?

第二节　用"了解之同情"走进韦应物

依据传世资料、研究资料、新出土墓志,我们梳理一下韦应物家族世袭情况。韦应物的高祖韦挺,太宗朝历任尚书右丞、吏部侍郎、黄门侍郎、御史大夫、扶阳县公,太宗还纳韦挺女儿为齐王李佑王妃。韦挺后因运送军粮延误时间被谪为象州刺史,去世时 58 岁;曾祖韦待价,垂拱元年拜相,金紫光禄大夫、尚书右仆射、同中书门下三品、扶阳郡开国公;祖父韦令仪,皇梁州都督;父亲韦銮,皇宣州司法参军。

据傅璇琮先生考证,韦銮在当时是一位善画花鸟、山水松石的知名画家,韦应物伯父韦鉴也是有名画家,《全唐文》还收有其高祖韦挺文 3 篇。可见,韦应物从小生长的环境不仅是官宦人家,而且富有文艺氛围。

《韦应物墓志》对其历任官职作了详细记载:荫补右千牛、改左羽林仓曹、授高陵尉、廷评、洛阳丞、河南功曹、京兆府功曹、除户县、栎阳二县令、迁比部郎、领滁州刺史、加朝散大夫、寻迁江州刺史、赐封扶风县开国男食邑三百户、征邦左司郎中、寻领苏州刺史。志文总结为"历官一十三政,三领大藩","三领大藩"即指担任滁州、江州、苏州刺史。

由墓志可知,韦应物 20 岁与门当户对的河南元氏家族尚书吏部员外郎元挹之长女元蘋结婚,元蘋出嫁时 16 岁,婚后夫妻感情甚笃。大历十年(775)长子韦庆复出生,大历十一年(776)九月元蘋因病去世,享年 36 岁,韦应物刚满 40 岁,长女未出嫁,次女只有 5 岁,儿子韦庆复才几个月。《元蘋墓志》里,韦应物有一段文字专门叙述小女儿的情况,"又可悲者,有小女年始五岁,以其惠淑,偏所恩爱,尝手教书札,口授《千文》。见余哀泣,亦复涕咽。试问知有所失,益不能胜。天乎忍此,夺去如弃。"从小就重情的次女,不幸在德宗贞元七年(791)"因父之丧,同月而逝",即随韦应物同月去世,据墓志推算,年仅 20 岁,还未出嫁,墓志称"可谓孝矣"!韦庆复在母亲去世时(776)未满周岁,父亲去世时年方 15,他本人于贞元十七年(801)26岁举进士及第,元和二年(809)七月病逝于渭南县灵岩寺,享年 34 岁。"生二子未童,其长者后公十六日而不胜丧"[8],即韦庆复尚未童年的长子在其去世后 16 天也相继死亡。韦庆复的夫人裴棣去世时享年 63 岁,她去世前曾对儿子韦退之说:"吾是年前三岁周甲子,亦不谓无寿。况廿年骨肉间,如吾类不啻十辈,与吾及者几希矣,今没无恨。"[9]可见,韦应物的直系亲属活到 60 以上的人不多。另外,《韦应物墓志》记"君司法之第二子也",也就是说韦应物上面有两个兄长,韦诗里有他约作于 37 岁的《喜于广陵拜觐家兄奉送发还池州》和约作于 47 岁的《发广陵留上家兄兼寄上长沙》两首诗,都是写给兄长的。

于广陵拜觐家兄奉送发还池州

青青连枝树,苒苒久别离。客游广陵中,俱到若有期。
俯仰叙存殁,哀肠发酸悲。收情且为欢,累日不知饥。
凤驾多所迫,复当还归池。长安三千里,岁晏独何为。
南出登阊门,惊飙左右吹。所别谅非远,要令心不怡。

发广陵留上家兄兼寄上长沙

将违安可怀,宿恋复一方。家贫无旧业,薄宦各飘扬。
执板身有属,淹时心恐惶。拜言不得留,声结泪满裳。
漾漾动行舫,亭亭远相望。离晨苦须臾,独往道路长。

萧条风雨过，得此海气凉。感秋意已违，况自结中肠。

推道固当遣，及情岂所忘。何时共还归，举翼鸣春阳。

从“俯仰叙存殁，哀肠发酸悲”“家贫无旧业，薄宦各飘扬”“拜言不得留，声结泪满裳”等句，可看出兄弟[10]二人感时伤旧、怀念亲人的心酸悲叹，从“收情且为欢，累日不知饥”“何时共还归，举翼鸣春阳”，可看出兄弟二人感情深厚、情意绵长。令人不解的是，《韦应物墓志》未提及其兄长之名讳，反而对他的堂弟端、武二人不仅记载名讳，还述及官职，其中个由难解。另外，据“女适前进士于球，不幸无与偕老”[11]可知，韦庆复还有一女儿，虽然已出嫁，但也早早离世。据传世资料我们仅知道高祖韦挺去世时58岁，韦待阶、韦令仪、韦銮的去世年龄均未载。当然不能妄断韦应物家族有短寿基因之结论，但从新出土的这四方墓志来看韦应物的直系亲属的确有感时伤生的性命之忧，这让人不由得想起李商隐家族父系短寿基因对他的严酷打击与心灵创伤。

《韦应物墓志》仅记其妻元蘋情况，没有出现续弦记载，而子女也都是元蘋所生[12]。从40岁到55岁去世，在这长达15年里他不续弦的理由是什么？除信奉佛道并与发妻感情深厚这些理由外，由墓志还可推断一个原因，即次女与其父女情深。妻子去世时，次女才5岁，她是由父亲与姐姐一手照顾大，直到韦应物去世次女都未嫁人。唐代女孩婚龄为15—20岁，20岁未嫁必有缘由，况且还经不起丧父之痛而随父而去，是病亡还是他因，这里面又有多少隐情？

据墓志可知韦应物家庭的经济状况：元蘋去世时“生处贫约，殁无第宅”，陪葬品是“送以瓦器数口”；他的悼亡诗《伤势》中也说“一旦入闺门，四屋满尘埃”。《韦庆复墓志》亦记“少孤终丧，家贫甚，所居之墙，其堵□坏，中无宿舂，困饥寒伏。”可见他的经济情况并不富足顺遂。

据墓志还可进一步了解韦应物之子韦庆复情况：韦庆复在家贫母丧的境况中发奋励志，“编简三年，通经传子史而成文章。贞元十七年，举进士及第，时以为宜。二十年会选，明年以书词尤异，受集贤殿校书郎。顺宗皇帝元年召天下士，今上元年试会府，时文当上心者十八人，公在其间，诏授京兆府渭南县主簿。”“殁之日，族姻悲，友人恸出涕。士君子识与不识，莫不失声。德不成，不能使人如此。”[13]《全唐文》卷七一八收有韦庆复《凤翔鼓角楼记》[14]一文，从中可以看出其深厚的家学渊源，其中如“栋之梁之，小大攸宜，材不遗也；壁垒完坚，圬涂缜密，人不偷也；绳墨修整，苦窳不用，法至行也；丹雘铺彩，光辉烛人，照至明也”，句式整饬谨严，语颇典雅，思极密丽。由此可见，韦应物对培育儿子浸透了多少心血；韦应物去世时庆复只有15岁，他的成长又浸透着长姊多少心血；而长姊能以姊代母，抚育弟妹成长，又浸透着韦应物培育的多少心血；韦庆复从几个月失去母亲，到他成婚、及第、去世，韦应物的长女一直在操劳费心[15]。另外，韦应物的儿媳裴棣[16]在同时失去丈夫与长子的情况下,依然"勤劳昼夜","食不求甘,衣不重茧,孜孜不怠,以成就门户为念",以至于"他人及旁侍者一观,无不垂涕"。更可贵的是,"抚育小子,濡煦以节,训诱以义。故小子以明经换进士第,受业皆不出门内。"韦庆复34岁去世时裴棣才26岁,直至63岁去世,终于将儿子培养成才,这固然有"求释氏济苦之道,假桑门之诵读"的信仰,但更有家族精神的支撑。

由此可见,韦应物的家庭自妻子去世后一直笼罩着浓厚的悲剧色彩,且家庭成员大都是至情至性之人,这对我们较全面地把握韦诗不同人生阶段的创作情感及内蕴可提供帮助。对待古人、古代作家及作品,陈寅恪先生曾提倡应该用"了解之同情"走进他们,也就是说,在理解他们之后,研究、阐释、感悟他们的作品会更确切。

第三节　韦诗风格演变的文学史重构

在《韦应物家族墓志》出土以前,由于韦应物的生平事迹史载寥寥,后人在审视其作品时,很难走进他的生活及心路历程,必然会给解读其作品带来局限。而《韦应物家族墓志》的出土,使我们可以把宏观与微观结合起来,去更全面、更深入、更多元地解读韦诗、感悟韦诗,从而重构韦诗在文学史中的地位。

韦应物15岁就因曾祖韦待价品秩而"门荫入卫",选为少年郎,作为玄宗皇帝侍卫中的亲卫,曾是何等风光;门当户对、知书达理的贤妻,又使他的人生锦上添花。而之后发生的国难家悲使他的生活发生了很大变化,国难消磨了他昂扬向上的意志,家悲让他经历了人生大悲后参透了生死。而他的生活也并不像以往人们想象的那么优越顺遂,他也有仕途的坎坷、生计的困顿,更有至亲离去的悲苦、儿女情感的煎熬,带着这些因素夫读他向往隐逸宁静、渲染孤苦寂寞、折射冷漠遁世的诗,也许会多一份深入,多一份碰撞。

我们再来读读《寄李儋元锡》这首诗:

去年花里逢君别,今日花开又一年。世事茫茫难自料,春愁黯黯独成眠。

身多疾病思田里,邑有流亡愧俸钱。闻道欲来相问讯,西楼望月几回圆。

李儋,是韦应物在长安的好友,二人唱和很多。对这首诗,后世都感悟到了诗人内心深重的愁绪,即一个清廉正直的封建官员的思想矛盾和苦闷,对"身多疾病思田里,邑有流亡愧俸钱"两句,范仲淹叹为"仁者之言",朱熹盛称"贤矣",这些评论是从思想性着眼,赞美韦应物的品德人格。德宗建中四年(783)夏,韦应物由前任领滁州刺史,秋到任,时年47岁;这首诗写作于德宗兴元元年(784),时年48岁,他仍在滁州刺史任上,这年冬他罢任。是因为身体疾病的缘故,还是官场上的烦恼,亦或还有儿女的担忧? 总之,在了解这点点滴滴后,再读这首诗,对他心有余而力不足的痛苦心境和处境会感同身受。

再读他的《送杨氏女》：

> 永日方戚戚，出行复悠悠。女子今有行，大江溯轻舟。
> 尔辈苦无恃，抚念益慈柔。幼为长所育，两别泣不休。
> 对此结中肠，义往难复留。自小阙内训，事姑贻我忧。
> 赖兹托令门，任恤庶无尤。贫俭诚所尚，资从岂待周。
> 孝恭遵妇道，容止顺其猷。别离在今晨，见尔当何秋。
> 居闲始自遣，临感忽难收。归来视幼女，零泪缘缨流。

由墓志我们知道"长女适大理评事杨凌"，杨凌是关中望族弘农杨氏后代，"少以篇什著声于时，其炳耀尤异之词，讽诵于文人，盈满于江湖，达于京师。晚节遍悟文体，尤邃叙述。学富识达，才涌未已，其雄杰老成之风，与时增加。"[17]韦应物曾几次赠诗给杨凌，并与杨凌互有唱和。这首《送杨氏女》一直为后人所称道，诗中作者自注"幼女为杨氏女所抚育"，墓志出土后，确证"杨氏女"即韦应物长女，因嫁给杨凌，故称"杨氏女"。韦应物家族墓志未出土前，人们解读这首诗，只是把它作为千千万万父亲送女出嫁前的不舍解读，但读了韦应物家族墓志就会对字字句句有更深刻的理解。诗中的"尔辈苦无恃"让人一下就想到幼年丧母的人间悲剧；幼女与长女的"两别泣不休"，让人一下看到从小失去母亲被姐姐抚育长大的小女孩与姐姐离别的悲苦；担心心儿"自小阙内训"，既当爹又当娘的韦应物在女儿出嫁时百般叮咛、千般嘱咐，这里既能看到他对女儿的不舍，又能读到他对妻子的刻骨思念；他谆谆告诫女儿要"贫俭诚所尚，资从岂待周"，这是作为嫁妆的千秋典范，亦是韦应物人格魅力的折射。

韦应物的18首悼亡诗，一直以来为后世所称道，读了韦应物给妻子写得墓志，就会对他的悼亡诗有更深切的理解，如《伤逝》：

> 染白一为黑，焚木尽成灰。念我室中人，逝去亦不回。
> 结发二十载，宾敬如始来。提携属时屯，契阔忧患灾。
> 柔素亮为表，礼章夙所该。仕公不及私，百事委令才。
> 一旦入闺门，四屋满尘埃。斯人既已矣，触物但伤摧。
> 单居移时节，泣涕抚婴孩。知妄谓当遣，临感要难裁。
> 梦想忽如睹，惊起复徘徊。此心良无已，绕屋生蒿莱。

其中"梦想忽如睹，惊起复徘徊。此心良无已，绕屋生蒿莱"，上承潘岳"望庐思其人，入室想所历。……寝息何时忘，沈忧日盈积"，下起元稹"惟将终夜长开眼，报答平生未展眉"，又独辟新径，因妻子去世给他心灵造成的"荒芜"，使得他看到的是"绕屋生蒿莱"，似乎满世界都变得荒芜起来。他在《元蘋墓志》中写道：

> 余年过强仕，晚而易伤。每望昏入门，寒席无主，手泽衣腻，尚识平生，香奁粉囊，犹置故处，器用百物，不忍复视。又况生处贫约，殁无第宅，永以为负。

可见其悼亡诗用情之真、运笔之深。

由此可见，国难家悲，是造成大历著名诗人韦应物前后诗风明显不同的主要原因。韦应物家族墓志的出土，使千年后的人们能较全面地了解这位诗人的生活与心路历程，从而较准确地把握韦诗的内涵及情韵。

丘丹在《韦应物墓志》里这样评价他的诗："公诗原于曹刘，参于鲍谢，加以变态，意凌丹霄，忽造佳境，别开户牖。"丘丹是诗人丘为之弟，他本人也是一位诗人，《全唐诗》收其诗 11 首，其中有 4 首是与韦应物的互动。《韦苏州集》卷三、四中有 7 首诗是赠予丘丹的，如《秋夜寄丘二十二员外》《赠丘员外二首》《复理西斋寄丘员外》《送丘员外还山》《重送丘二十二还临平山居》《送丘员外归山居》。丘丹曾官仓部员外郎，故韦诗称丘员外，二十二为其在本家兄弟中的排行。这些诗从内容上看，大都是韦应物在苏州时所作，可见二人情谊甚笃。丘丹在志文中也说："余，吴士也，尝忝州牧之旧，又辱诗人之目，登临酬和，动盈卷轴。"《全唐诗》卷三〇七对丘丹的介绍："丘丹，苏州嘉兴人，诸暨令，历尚书郎，隐临平山，与韦应物、鲍防、吕渭诸牧守往返，存诗十一首。"丘丹为韦应物撰写志文时署衔"守尚书祠部员外郎、骑都尉、赐绯鱼袋"。韦应物在《秋夜寄丘二十二员外》中这样写道：怀君属秋夜，散步咏凉天。山空松子落，幽人应未眠。"他以即景兴情之笔，写出与丘丹人分两地、情同一心的深厚情谊。

韦应物的五言绝句，一向为诗论家所推崇。胡应麟在《诗薮》中说："中唐五言绝，苏州最古，可继王、孟。"沈德潜在《说诗晬语》中说："五言绝句，右丞之自然、太白之高妙、苏州之古淡，并入化境。"丘丹既是同时代人，又是挚友，他对韦诗的评价应当是准确可信的。"原于曹刘"之"曹刘"，当指曹植与刘桢，二人皆为建安作家中成就最高者。曹植诗的明显倾向，即早期诗歌的激昂之气与后期诗歌的悲哀情调；韦诗亦是早期不乏昂扬开朗的人生意气，后期是看破世情的无奈和散淡。刘桢是当时的五言高手，语言简洁，"壮而不密"[18]，注重气势，钟嵘《诗品》赞其"真骨凌霜，高风跨俗"。"参于鲍谢"之"鲍谢"，当指南朝刘宋时期的代表诗人鲍照和谢灵运。鲍照的诗以五言古体和五言乐府著称，谢灵运是山水诗派的创始人。纵观韦诗，确有这些诗人的意脉相承，而他大彻大悟后的恬淡、平静，又独步于这些诗人。另外，作为盛唐向中唐过渡时期的诗人，韦诗中的平常语、奇异语、精巧语，对其后的韩愈、李贺、元稹、白居易、刘禹锡、柳宗元等都有一定影响，这也证实了文体文风演变的循序渐进。

结语：在大历诗人中，韦应物的奇特无人与其比肩，奇特的经历、奇特的情感世界、奇特的心路历程，都造就了他诗歌创作的推群独步。在盛唐向中唐过渡期间，韦应物的诗像细雨润物一样,在文学史上留下独特的印痕。

【注释】

[1] 白居易《与元九书》。

[2] 2007年韦应物家族四方墓志出土于西安市长安区韦曲镇东北原上,马骥学者在"纪念西安碑林九百二十周年华诞国际学术研讨会"上首次公布,马骥:《新发现的唐韦应物夫妇及子韦庆复夫妇墓志考》,见《纪念西安碑林九百二十周年华诞国际学术研讨会论文集》,文物出版社2008年版,第299－314页。这四方墓志分别为:《唐故尚书左司郎中苏州刺史京兆韦君墓志铭并序》(《韦应物墓志》)、韦应物妻《故夫人河南元氏墓志铭》(《元蘋墓志》)、韦应物子《唐故监察御史里行河东节度判官赐绯鱼袋韦府君墓志》(《韦庆复墓志》)、韦应物儿媳《唐故河东节度判官监察御史京兆韦府君夫人闻喜县太君玄堂志》(《裴棣志》)。在文学史上韦应物以诗人享誉,他的散文《全唐文》仅收《冰赋》1篇,新发现的墓志中其妻《元蘋墓志》为韦应物撰写并书丹,另外,《千唐志斋藏志》收有韦应物撰写的《大唐故东平郡钜野县令顿丘李府君墓志铭并序》(《李璀墓志》)。

[3][4][6] 袁行霈:《中国文学史》(第二卷),高等教育出版社1999年版,第298页。

[5] 据孙望《韦应物诗集系年校笺》,中华书局2002年版,以下引用韦诗皆据此书,不另注。

[7] 章培恒、骆玉明:《中国文学史》(中),复旦大学出版社1996年版,第131页。

[8] 见《韦庆复墓志》。

[9] 见《裴棣墓志》。

[10]《新表》只记韦应物一人,并无兄弟,而志记其为"司法之第三子也",可知其上有二兄。由诗文"薄宦各飘扬"可推测韦氏兄弟游宦飘零,并不在一处,而这两首诗均是韦应物过广陵而作,则其一兄当在广陵游宦,即二诗所谓"家兄",另一兄既不见于史、表,亦不见于韦应物诗文、墓志,则很有可能先于二人早夭,这大抵也正是韦氏二兄弟"俯仰叙存殁"的一个重要原因。

[11] 见《裴棣墓志》。

[12]《新表》载韦应物有两个儿子,另一子名厚复,据《新表》韦厚复是韦庄的曾祖父,如果韦厚复非韦应物之子,那么,晚唐著名诗人韦庄的世系就又有待于研究;如果韦厚复是韦应物之子,作为他的好友丘丹为什么在墓志中不写?况且《韦庆复墓志》《裴棣墓志》也都未提及。韦应物去世时长子庆复才15岁,厚复应该更小,不论是续弦出还是妾出,都没有理由不记载他;况且元蘋去世时,韦应物只有40岁,再婚或纳妾都在情理中,为什么三方墓志都不记载呢?

故此,韦应物只有庆复一子似应可信。

[13] 见《韦庆复墓志》。

[14] 韦庆复《凤翔鼓角楼记》见《全唐文》卷718,此文写于元和二年十二月十七日,记载了李鄘出任凤翔陇右节度使时修建鼓角楼的情况,文记:"今我江夏公七月下车,首乎谋;八月虑事,鸠乎材;九月恩恰,得乎众;十月劳农,兴乎役……"与墓志记"二年,今兵部尚书、江夏公李鄘镇凤翔。四年,移镇于太原。二年,奏公为里行御史,掌其文词。四年,奏公以本官加绯,参其节度。其年,江夏公罢镇归,公亦归"相吻合,据志可推知,《凤翔鼓角楼记》撰写时韦庆复32岁,两年后去世。《全唐文》仅记:"庆复,苏州刺史应物子",志可补《全唐文》阙载。

[15] 《韦庆复墓志》记:"公尝以为不得自尽其道於皇妣,以杨氏伯姊长且仁,用申其孝,孝与仁相往来,谋成其家,不幸如此。故伯姊之痛又不可忍,不可忍亦有词于天。"可见,韦庆复视姊如母,而其姊是以姊代母,一家人都是至情至性之人,这与韦应物的精心培育是分不开的。

[16] 裴棣5岁失去母亲,《裴棣墓志》记:"未五岁而失所恃,河南府君再娶同郡薛氏。后夫人治家以严见惮,太君承顺颜色,无毫发过失,以是遂移爱如己子。年十六而归于先君。"

[17] 柳宗元《大理评事杨君文集后序》,见《全唐文》卷577,中华书局1983年影印版,第5832页。

[18] 《典论·论文》

【延伸阅读】

[1] 孙望:《韦应物诗集系年校笺》,中华书局2002年版。

[2] 陶敏、王友胜:《韦应物诗选》,中华书局2005年版。

第六章

"绍兴和议"的文学生态与
《八相图卷》的秦桧画像

【引言】

　　大多数文学史的教科书着重阐述文学进程之中积极的因素与现象,致力于评介对于后世文学产生有益影响的卓越思潮与理念,这种撰述作为一种主流,值得肯定。不过,拓宽阅读的视野,我们就会发现,在文学的发展进程之中,同样也有许多并不积极甚至非常负面的因素与现象存在。在一定程度之上注意这些内容,有助于更为真切地感受文学存在的历史场景,也有助于培养辩证思考问题的能力。本章将叙述的内容设置于南宋初期的文学史,介绍宋金"绍兴和议"、秦桧当权背景之下的文学生态。这一时期文学的主流是南宋朝野上下对于秦桧的阿谀逢迎的诗文之风大行于世,可以作为文学史中负面现象的典型视之。这种负面现象与欧阳修、苏轼所引领的宋代士大夫文学精神背道而驰,其中差异之大足可以使我们切实地感受历史上宋代文学的风貌具有多么不同的面相。在叙述"绍兴和议"文学生态的同时,本章注意结合本书使用新材料的特色,将较为详细地介绍近年学术界所发现的现藏于北京故宫博物院的一幅绍兴年间的秦桧画像,该像绘于一幅叫作"八相图卷"的绘画长卷之上,附有对秦桧逢迎的赞词、跋语,是反映当时文学生态一则难得的文物证据。余论部分则阐述"绍兴和议"文学生态之下积极的一面,即当时与秦桧政权不合作的士大夫群体退居山林,致力于创作"山林文学",他们以这种的方式对抗政治的黑暗。

【思考】

　　1．"绍兴和议"的文学生态对于南宋文学的发展有何影响?

　　2．文学史中的负面现象对我们认识文学的进程发展有何意义?

　　3．如何看待文学研究中传世文献与文物证据的结合运用?

第一节 "绍兴和议"的文学生态

靖康之乱(1126—1127)以后,北宋灭亡,宋廷政权南移。以后十数年间,宋金双方一直处于战争状态,直至缔结"绍兴和议"为止。"绍兴和议"开始于绍兴八年(1138),完成于绍兴十一年(1141)。宋高宗赵构、宰相秦桧在"绍兴和议"中固持对金屈服的投降路线,他们为扫除和议障碍,解除了主战派将领韩世忠、张俊、岳飞的兵权,并以"莫须有"的罪名杀害了岳飞。最终,宋金达成议和,条件是:双方以淮河至大散关一线为界;南宋每年向金国贡银 25 万两、绢 25 万匹;宋帝向金主称臣。这就是令南宋人民深感屈辱的"绍兴和议"。

秦桧在"绍兴和议"中赚取了雄厚的政治资本,他得到了高宗的信任,拉开了其相党擅权的序幕。为了擅权,秦桧极力迫害政治异己,在舆论上大兴文字狱,实行文禁。如绍兴八年(1138),忠义之士胡铨因谴责秦桧而获罪,被贬谪远地。当时士大夫畏惧秦桧的权势,不敢与胡铨接谈。唯有胡铨的友人王庭珪慨然作诗为胡铨送行。数年以后,秦桧得知此事,命令官府捉拿王庭珪下狱,并实行连坐,处分了当时未予上报此事的官员。在秦桧的高压政治之下,南宋朝野人人自危,避谈时弊。据说,当时士林中有一位以"大骂剧谈"著称于世的狂狷之士,旁人对他说:"君素号敢言,不知秦太师如何?"他听后大骇不已,掩耳疾走而去,追之不及。[1]可见其畏惧秦桧之深。

在这样的局面下,宋代士大夫"开口揽时事,论议争煌煌"的政治性格与文学精神失去了生存的空间,取而代之的是一批又一批的逢迎者极力向秦桧进献阿谀诗文,掀起一浪又一浪歌功颂德的热潮,这就是"绍兴和议"高压政治背景之下文学生态环境的典型特征。对此,学界已著述详细论及,这里依照现有的学术成果作一介绍。

"绍兴和议"文学生态之下的逢迎者,利用一切可以利用的时机,运用一切可资利用的诗文文体,狂热地歌颂秦桧。时至今日,这类诗文大多已经亡轶,不过目前传世的宋人文集中依然存有相当数量的这类作品。考察这类作品,可以发现秦桧的生日(十二月二十五日)是当时奉迎者进献诗文的一个好题目。"绍兴和议"完成以后的第二年即绍兴十二年,当年秦桧生日之时,高宗特意赐宴于其府邸,并专门下达了一封《赐太师秦桧生日诏》,对秦桧褒赞有加,称"宣王拨乱,岳降甫申,炎德复辉,勋高冠邓。稽诸载籍,岂若师臣,独幹化枢,再安王室。明谟高世,成绩格天。属兹载诞之辰,特厚匪颁之宠。"[2]诏书之中,高宗将自己比作周代中兴之主宣王,称道秦桧为"再安王室"的功臣。自此以后,年复一年的秦桧生日,一批又一批的逢迎者竞相投献诗文,按照高宗所定的基调,大肆吹捧秦桧。当时"献投书启者,以皋、陶稷、契为不足比拟(秦桧),必曰'元圣'或曰'大圣'。"[3]"元圣"就是对高宗诏书的概括引申，因为称辅助王室的秦桧为"元圣"，那么王室之主高宗自然就是"元帝"了。

在此，我们可以列举当时热衷歌颂秦桧的一个典型例子，即周紫芝。周紫芝(1082—1155)，字少隐，号竹坡居士，曾在朝担任过枢密院编修官。现存周紫芝文集《太仓稊米集》存有九组共59首为秦桧生日写作的诗歌，这是其人从绍兴十二年至二十一年(1142—1151)九年时间里，一年一度为秦桧的贺寿之诗。其第一组《时宰生日乐府四首》序文云：

> 岁十有二月二十有五日，太师魏国公(按：即秦桧)之寿日也。凡缙绅大夫之在有位者，莫不相与作为歌诗，以纪盛德而归成功。篇什之富，烂然如云，至于汗牛充宇，不可纪极。所以祈赞寿龄，无所不至，猗欤盛哉，昔未有也。[4]

这篇序文叙述了秦桧生日之时，士大夫进献诗文的"盛况"。我们摘录《时宰生日乐府四首》第一首《御燕曲》：

> 新阳入谷春欲回，瑶池春早桃花开。黄金三尺瑞兽暖，云横雾绕珠帘垂。
> 碧腴分香自紫府，百壶流泉酒如许。御厨排燕罗八珍，更饬梨园赐歌舞。
> 黄门宣诏天上来，欢喜时闻传帝语。红銮画幕密护遮，参差吹竹凌丹霞。
> 双成持觞莩绿劝，五云遥望群仙家。仙家日月真长久，地久天长圣恩厚。
> 愿公岁岁复年年，长带宫花饮宫酒。[5]

该乐府诗所叙述的就是秦桧生日时的情形，描写了秦府景致的富丽堂皇、高宗赏赐的丰厚、酒宴的美味、歌舞的精彩，最后祝愿秦桧"岁岁复年年"都能享此尊荣，该诗充满了对秦桧的阿谀之态。紫芝除去上述59首诗作之外，尚存多篇阿谀秦桧的诗文，其人品在后世遭到严厉的贬斥。清代馆阁臣僚编修《四库全书》，在《四库全书总目》中指斥周紫"殊为老而无耻，贻玷汗青"。[6]从这段记叙描述的"盛况"推测，每年以秦桧生日为题创作的诗歌数量当不下千首，那么从绍兴十二年到秦桧卒年绍兴二十五年，这类诗歌的总数远在万首以上。

如果说周紫芝因为人品低劣而极力阿附秦桧，那么在南宋历史上还有不少道德文章颇受推崇的人物同样也写过类似的诗文。如朱熹的启蒙老师张峣曾上《绍兴圣孝感通诗》《贺秦内翰启》等诗文给秦桧；理学重要传人刘子翚撰《代贺秦太师启》，称秦桧"如天所授，何谋不成"[7]；"湖湘学派"的重要人物胡寅有《代张子期上秦太师启》，称秦桧"命世大贤，兴邦元佐"、"一登揆路，大振邦荣"[8]。这些人物堪称是正人君子，他们尚且如此迎合秦桧，当时趋利之徒对于秦桧的趋之若鹜即可想而知了。

还有一些人物持首鼠两端的立场，他们一方面敬佩在政治上与秦桧势力的对立者，另一方面也难以免俗，从众加入了歌颂秦桧的队伍。例如张元幹，他的《芦川词》中有《贺新郎·寄李伯纪丞相》、同调《送胡邦衡待制》两首词,寄赠遭到秦桧权势排斥的李纲与胡铨,体现了与秦桧主和路线异调的主张,历代得到高度赞赏。我们征引后一首词:

> 梦绕神州路。怅秋风、连营画角,故宫离黍。底事昆仑倾砥柱。九地黄流乱注。聚万落、千村狐兔。天意从来高难问,况人情、老易悲如许。更南浦,送君去。
>
> 凉生岸柳催残暑。耿斜河、疏星淡月,断云微度。万里江山知何处。回首对床夜语。雁不到、书成谁与。目尽青天怀今古,肯儿曹恩怨相尔汝。举大白,听金缕。[9]

这首词以"连营画角,故宫离黍"叙述了对国家境内战火频仍、中原故地沦丧的痛苦;以"九地黄流乱注",暗喻了秦桧势力的恣肆蔓延,表达了词人对于政治现状的不满。

然而,令人意想不到的是,张元幹除了这些积极意义的词作,其实还有献给秦桧的逢迎词作,其词《瑶台第一层》云:

> 宝历祥开飞练上,青冥万里光。石城形胜,秦淮风景,威凤来翔。腊余春色早,兆钓璜、贤佐兴王。对熙旦,正格天同德,全魏分疆。
>
> 荧煌。五云深处,化钓独运斗魁旁。绣裳龙尾,千官师表,万事平章。景钟文瑞世,醉尚方、难老金浆。庆垂芳。看云屏间坐,象笏堆床。[10]

该词即是为秦桧祝寿的寿词,词中以"千官师表"、"万事平章"点明了秦桧的宰相身份,以"石城形胜,秦淮风景"点明了秦桧的籍贯是江宁,以"腊余春色早"点明秦桧生日在十二月。整首词极力渲染秦桧的功勋、富贵,充满了逢迎的气息。张元幹的这种两面性显示出士人在那个时代背景之下的尴尬境遇,他们一方面希望实现克复中原的理想,另一方面又不得不屈从于现实,向主和一派的政治权势低头。

除了在秦桧的生日进献诗文,尚未进入仕途的举子还通过科举考试的机会向秦桧进献诗文,歌颂和议,当时科考的风气是"科场尚谀佞,试题问中兴歌颂"[11]。从和议确立到秦桧去世,共有五榜正奏名进士,约两千人。这些人皆是撰写歌颂降金政策的文章而得以科举过关。另外还有特奏名进士,亦撰写了大量歌颂文字,却仍未登科。这里可以举张孝祥的策论为例:

> 往者数厄阳九,国步艰棘,陛下宵衣旰食,思欲底定。上天佑之,畀以一德元老,志同气合,不动声色,致兹升平,四方协和,百度具举,虽尧、舜、三代无以过矣。……今朝廷之上,盖有大风动地,不移存赵之心;白刃在前,独奋安刘之略,忠义凛凛,易危为安者,固已论道经邦,燮和天下矣。臣辈委质事君,愿视

此为标准。[12]

"一德元老"出自高宗为秦桧私宅的题词"一德格天之阁","盖有"四句摘自时人进献秦桧的骈文,该文为秦桧特别称赏。"不移存赵之心"是指靖康年间秦桧所上的"请存赵氏"的议状;"独奋安刘之略"将秦桧比作安刘汉王朝的周勃与陈平。整篇文章充满了对秦桧的歌颂之词。此文应是张孝祥当时的违心之言,后世流传的张孝祥文集《于湖居士文集》弃之不收。

对于连篇累牍的颂美诗文,秦桧并非一概笑纳,而是亲自批阅投献之作,以自身审美趣味做出选择。宋人笔记记载高宗曾经以御书"一德格天之阁"的牌匾赏赐秦桧,当时文人士大夫就此事多献诗相贺。秦桧独独欣赏其中一诗中的一联:"名向阿衡篇里得,书从复古殿中来"。又记载秦桧对于自己生日的众多贺诗亦多有评鉴,他特别欣赏其中三联:"建邺三公今始有,靖康一节古来无"、"友邦争问年今几,天子恨无官可酬"、"朝回不入歌姬院,夜半犹看寒士文"。[13]这些诗句依次是歌颂秦桧曾在靖康之乱中被俘北地,后来回归朝廷的事迹、在绍兴年间与金和议的举措,以及所谓提携寒门后进的事迹。可谓侍从不同角度对秦桧进行了颂扬。

"绍兴和议"的背景之下,南宋的士大夫或是迫于秦桧权势的压力,或是有意逢迎阿谀,竞相写作诗文歌颂秦桧。这种文学生态,在文学史的发展脉络之下,明显属于负面的文学因素与现象。中国古代儒家诗学历来有所谓"美刺"的理论主张。北宋欧阳修《诗本义》强调作诗"善则美,恶则刺,所谓诗人之意者本也"、"今夫学诗者,知前事之善恶,知诗人之美刺,知圣人之劝诫,是谓知学之本而得其要,其学足矣,又何求焉"。[14]在"美刺"的理论之中,"刺"的一面显示出更为可贵的文学精神,代表着不畏权势、讽谕时政、针砭时弊的讽谏勇气。"绍兴和议"的文学生态完全丧失了这种精神,其将"美"的一面,即对于权臣的赞美放大到极致,丝毫不存讽劝的意味。这一现象是当时士大夫阶层之的主流风气。可以说这一时期的文学风貌是典型的阿谀之文,是缺乏风骨的文学。

第二节　《八相图卷》的秦桧画像

以上就传世的文献资料叙述了"绍兴和议"下的文学生态。时至今日,秦桧因其投降路线以及迫害忠良的罪行,早已被钉在了历史的耻辱柱上。杭州岳王庙前秦桧的跪像就是对历代人们对于秦桧形象最典型的想象。近年以来,学界更发现了宋画之中的秦桧——一幅南宋绍兴年间的秦桧画像。该画像作于秦桧的有生之年,附有赞辞、跋语。该画像曾经作为寿礼进献给秦桧,其像应与秦桧原貌较为接近。该画可谓是在书画文物的意义上补充了"绍兴和议"文学生态的研究,具有不可低估的史料价值,这里作一较为详细的介绍。

北京故宫博物院藏有一幅南宋时期的画作。该画为绘画长卷,作者姓名已佚,绢本,设色,纵 36.5 厘米,横 246.2 厘米。该画绘有八位人物立像,未书榜题标注人物的身份,但前七人像后各有无题赞辞一篇,第八人像前有有题赞辞一篇,题为"太师公相画像赞",尾纸有跋语一篇。由故宫博物院学者编纂、出版于 2005 年的《故宫博物院藏文物珍品大系》(下简称《大系》)之《晋唐两宋绘画·人物风俗》著录了这幅画作。编纂者对赞辞、跋语进行了标点整理。根据这些文字内容,编纂者认为画中所绘之人是周汉唐宋的八位宰相,依次是姬旦、张良、魏征、狄仁杰、郭子仪、韩琦、司马光、周必大,遂将之命名为"八相图卷"。[15]多年以来学界对此未曾发表任何异议。

《八相图卷》

近年,宋代文史研究领域的学者重新考察了《八相图卷》,经过仔细研读其画的文字内容,研究者认为《大系》编纂者对于画中前七人身份的指认正确,但对第八人的指认却有错误:其人并非周必大,而是秦桧。这幅画作绘于"绍兴和议"的时代背景中,曾作为寿礼进献给秦桧。该画绝非普通意义上思慕名臣的贤相列图,而是秦桧当权之时,其门下之人对之阿谀逢迎的产物。为说明清楚这些,我们可以将第八人像前的赞辞及像后的跋语录之于下:

《八相图卷》秦桧像

太师公相画像赞

天之苍苍，其命灼然，将兴太平，必生真贤。堂堂益公，起江之东。
受天间气，出建大功。节气凛然，归秉国均。建万世策，交欢宝邻。
长乐正位，清朝偃兵。四时协和，万邦咸宁。道大不器，德全难名。
高勋巍巍，日月并明。皇帝神圣，师臣赞襄。多历年所，相得益彰。
图形凌烟，褒赞有光。其永相予，雍容庙堂。风采德威，外传四方。
真汉相矣，岂惟王商。南山之高，岩岩其石。民怀姬公，师保之德。
千载具瞻，与山无极。

□尝观周宣王，得申、甫之徒，以致中兴，董仲舒称之曰："天祐周宣，为生贤佐。"唐明皇得姚、宋之贤，以成至治。史臣赞之曰："天以姚、宋佐唐中兴。"夫人君得人，以济大业。论者必归之于天者，何哉？愚知之矣。天欲启太平之运，则必兴大有为之君；辅大有为之君，则必有不世出之臣。故商宗之得于梦，周王之应于卜。凡古之圣贤，得君行道，建功立名，卓冠今古，究其所以□□□也。□家藏周室汉唐以至我宋重臣画像凡八人，是皆道德之尊，才略之远，功业之高，使百世之下，望其风采，耸然畏而仰之，有不可企及。自非天降大任，命之以济天下畴克尔哉！然则周宣唐宗之得贤佐，论者归之于天，为可信矣！恭惟太师公相，心传大道之微，身任天下之重，位为帝王之师，则全太公、留侯（按：即张良）之大略。上以尧舜其君则，体郑公（按：即魏征）之直道。远谋以安社稷，有狄梁公（按：即狄仁杰）之忠。重望之得人心，有司马温公（按：即司马光）之德。至于立大勋业，坐致太平，享福寿之隆，延世数之远，固将度越汾阳（按：即郭子仪），而与周公（按：即姬旦）、韩忠献（按：韩琦）并驱者焉。仰惟盛德□□□□□□□□□如此。盖天实生之，以光辅□□□庆□□□□□□□□□庆原川增，固未有艾，皆上帝有以阴之。献仰祝庄椿之寿。□□□□□□十二月　门人右朝奉大夫谨□□……

上引赞辞的标题与内容有"太师"、"益公"之称。周必大(1126—1204),字子充,又字洪道,是南宋孝宗年间的一位宰相,历任右丞相、左丞相,淳熙十六年(1189)进封益国公,宁宗嘉泰四年(1204)薨,赠太师。[16]《大系》的编纂者依据这些信息判定此人为周必大。但是,赞辞之中有"起江之东"一语与周必大籍贯不符,周氏家族原出河南郑州,北宋徽宗宣和年间,周必大的祖父至江西庐陵任职,周氏家族遂在此定居。[17]如果要言及周必大的渊源出处,显然与江东之地无涉。考察有宋一代身任宰相、得封太师并益国公,同时又为江东之人的人物,舍秦桧以外别无他人:秦桧是江宁人,南宋高宗朝两度为相,绍兴十二年(1142)加太师衔,十七年(1147)三月封益国公[18],与以上身份信息一一吻合。赞辞所谓"节气凛然,归秉国均",正对应秦桧曾在靖康之乱中被金军俘虏,后来回归宋廷担任宰相的经历。又所谓"交欢宝邻"、"清朝偃兵",正是鼓吹秦桧与金媾和的政策。由此可见,《八相图卷》中第八人为秦桧无疑。

考察清楚画中第八人为秦桧,那么《八相图卷》所作时间及其性质又是怎样的呢?赞辞称秦桧为"益公",显然该画当作于绍兴十七年三月以后。又跋语中有"仰祝庄椿之寿"以及"十二月"的字样,前文已经提及,秦桧生日为十二月二十五日,就此可以推断,该画应是其某次生日时拜寿之人进献的寿礼,由此可知该画作于秦桧在世之日。秦桧卒于绍兴二十五年(1155)十月,那么可以推定,该画所作的时段当是绍兴十七年至二十四年(1147—1154)。这正是"绍兴和议"以后秦桧权势日隆的时期。跋语中还有"门人右朝奉大夫"的字样,此当即是献画者的自称之语。可见此人是秦桧门下之客,并且领受右朝奉大夫的职衔。右朝奉大夫仅是散官之衔,就此信息,尚难以断定此人究竟为谁。不过《建炎以来系年要录》记载秦桧的内弟王会曾经领受过右朝奉大夫之衔[19],与以上信息有符合之处。所以据此可以推测,王会有可能是献画之人。不过,要落实这一推测,尚有待于找到更多的史料来佐证。

由以上的叙述,学界确定《八相图卷》是秦桧在世之时,其门下之客对之阿谀奉迎的一则文物证据。画中七位贤相虽然位列秦桧之前,但其实只是作为秦桧的陪衬而存在:考察该幅画作的布局,前七人面向是一致的,唯有秦桧不同,与他们是相对而立的,这一布局隐然是在凸显秦桧的特殊地位;跋语的内容则更是公然称述秦桧兼具前七人的才德操识,显有笼罩囊括之意。赞辞、跋语中充斥着对秦桧的谄媚之言,可以与前文所录绍兴年间吹捧秦桧的传世文献互为参照。

以上叙述对《八相图卷》所作时间及性质问题作出了大致的推定,而要抉发该画更为具体的时事背景,这里可以征引一则史料:

> (绍兴十九年九月)戊申,上(按:即高宗)命绘秦桧像,自为赞曰:"惟师益公,识量渊冲。尽辟异议,决策和戎。长乐温清,寰宇阜丰。其永相予,凌烟元

功。"寻出示群臣,藏于秘阁。[20]

　　绍兴十九年(1149)处于上文推定的时段之中,此年秦桧六十岁,在其当年生日的三个月之前,高宗曾命人为他绘像,并亲自题写赞辞,以示荣宠。以高宗的赞辞与《八相图卷》中的《太师公相画像赞》内容相互比照,可以发现二者内容皆鼓吹和议,另外二者更于短短篇幅之中颇有相同文词,如"益公"、"长乐"、"其永相予"、"凌烟"等。由这些内容、文词相互印证的迹象,可以推想,进献《八相图卷》之事当是模仿高宗之举而为。当时高宗将秦桧画像、赞辞"出示群臣",想必会有阿谀之人立即附和,追随高宗之举而夸大增饰其行事,进而将秦桧与历朝贤相绘于一副画像之中,在随后秦桧生日的时候,作为寿礼进献。由此学界推测,该画所作更为具体的时事背景颇有可能就是秦桧的六十生辰。

　　我们来观察画中秦桧的形象:画中秦桧未着官服,而是穿戴士大夫平居之时的幅巾鹤氅,学界认为该画之所以这样描绘秦桧的穿着,是要与之前高宗命人所绘的秦桧之像有所区别,那一幅画像展示于朝堂之上,收藏于馆阁之中,必然是全副朝服的装饰;这一幅画像则为秦桧门人进献的寿礼,更多地是要表达私人的友谊,所以绘以平居之装。画中秦桧是中年之人,留短髭,体型偏胖,形象显然与概念化的奸邪之人有很大差别。我们当然并不否认该像会有美饰之处,但考虑到这是秦桧在世时的画像,又是进献其本人,恐怕还是在相当程度上保留了其相貌的真实成分。其实如果我们仔细端详画中秦桧的眉目神态,还是能够察觉出其人的城府深沉,此或许就是秦桧阴鸷气质的另一种诠释。宋代有一则史料谈到秦桧的风度,可与画中人物形象相与参照:"桧性阴密,乘轿马,或默坐,常嚼齿动腮,为之马唤。相家谓:'得此相者,可以杀人。'内深阻如崖窜,世不可测。"[21]我们可以想象,如果画中这样相貌的人物时常作嚼齿动腮之态,每每谋划阴险诡诈的计策,多半很令人畏惧。

　　元代士人姚桐寿的笔记记载有一则关于秦桧画像的轶事,颇可与《八相图卷》相互参照。这则轶事说元代时有一户常姓的人家,祖先在南宋时担任过参知政事。这户常姓人家曾经得到一副人物画像,他们认为是自己祖先的画像而珍藏有加。有一天姚桐寿至常家做客,看到了这幅画像,他描述画上的人物头戴貂蝉冠,形象"瘦恶而髯"。画上题有赞辞,称:"佑时生甫,同德暨汤。治格一隆,力成再造。长乐温清,遂明王孝理之心;海宇阜丰,跻斯民仁寿之域。公功棐迪,帝庸作歌。列辟具瞻,谓相君之形惟肖;睿辞敦奖,见王者之制坦明。郁郁乎其文哉,篇篇不可尚已。"姚桐寿感到非常疑惑,他玩味赞辞内容,觉得语意似乎是褒赞宰相一类人物的。而这位常姓人家的祖先只是官至参知政事,并未升到宰相的地位。后来姚桐寿阅读宋代士人范浚的文集,文集中有《代贺秦太师画像启》一文,姚桐寿发现常家画像的赞辞是摘录这篇书启文中数语而作。由此看来,这幅画像所绘者应该是秦桧,而不是常家的那位祖先。[22]

以上是元代士人发现秦桧画像的情形,与近年学界发现《八相图卷》中秦桧画像的情形颇有相似之处,古今之事能够如此巧合,也是令人惊叹的。这幅画像的赞词所谓"长乐温清,遂明王孝理之心,海宇阜丰,跻斯民仁寿之域"之语,明显是前文所引绍兴十九年高宗赞词"长乐温清,寰宇阜丰"的引申延展之语。可见这幅画像是高宗为秦桧绘像题赞事件的又一则附和之作。另外,值得一谈的是姚桐寿描述这幅画像之中秦桧的形象,画中秦桧头戴貂蝉冠,貂蝉冠是高级官员参与正式朝会时的礼冠,可以推想,画中秦桧穿着的是朝服,与《八相图卷》中的幅巾鹤氅不同。姚桐寿描述秦桧"瘦恶而髯","恶"为其主观观感,可以不论,不过瘦而髯的形象与《八相图卷》中的胖而髭颇有出入。思考其中差异,学界推测这幅画与《八相图卷》或是两幅表现秦桧不同时期形象的画作,故而有别。

第三节　积极之声:绍兴时代的"山林文学"

以上所述是"绍兴和议"背景之下阿谀秦桧的主流文学风貌,并加以介绍了当时相关的书画文物资料《八相图卷》。这一风貌能够概括当时士人社会风尚的大致情形,但并不能反映全部的情况。事实上,与当时流行的阿谀文风相对立的,还有"山林文学"。这里的"山林文学"主要是指当时在政治上与秦桧不合作的士大夫被排挤出朝堂,他们回归地方社会,在山川水泽之中进行诗文创作,以抒解忧闷,陶冶情操,保持自身的气节,对抗政治的黑暗。当时之人如此描述这样的情形:"自秦桧误国以来,奸臣相继专党擅权,……遂令天下之忠臣义士抚膺扼腕,相视切齿,高举远引,甘心自弃于南山之南,北山之北。或佯狂于闾阎,或飘蓬于江海,或慷慨而悲歌,或如痴而似醉。"[23]这些走向山林的士人大多分散在福建、江西、浙江、广东(包括今海南)等地。代表人物如曾几在上饶(今江西上饶)、李弥逊在连江(今福建连江)、张九成在南安军(今江西大余县),又如赵鼎、胡铨等人,辗转于福建、广东等地,还曾在海南岛居住。

这些士人在政治上不与秦桧合作,退居山林以后,获得了内心的宁静。如赵鼎,他的贬谪之所从潮州到吉阳军(今海南),一处比一处荒凉,但他却能保持宁静高远的安详态度。如他在贬谪中有《山中书事》诗云:"心远身闲眼界清,潇然回首万缘轻。更将满耳是非语,换作松风溪水声。"[24]他在山林情怀的涤荡之下,毁誉是非的言语一皆洗净,获得的是松风溪水的清爽之感。再如曾几《横碧轩》诗云:"道山心已灰,但有爱山癖。移家过溪住,政为数峰碧。空蒙梅子雨,了不见颜色。朝来忽献状,欣若对佳客。晴窗卷书坐,葱翠长在侧。似为神所怜,持用慰岑寂。会登此山头,却望水南北。烟树有无间,吾庐应可识。"[25]曾几该诗描写了自己居住山侧溪边,晴窗读书、暇日登高的生活,很有几分陶渊明的闲适之趣。又如张九成《读书》诗云:"伊余生三吴,窜逐落荒外。大目试环顾,四海等一芥。谁能于其间,清浊分泾渭。含菽亦饱满,食藜有余味。……大哉黄卷中,日与圣贤对。"[26]张九成流落荒僻之所,他以阅读圣贤之书对抗孤寂、对抗黑暗,获得了内心的充实,深切地感到了充实与喜悦。

秦桧当权的时代,与他不合作的士人多退居山林,他们所创作的"山林文学"虽非当时文学的主流,但于平淡闲远之中,保留了自身的节操及文学的风骨,这一点在当时的政治背景之下是非常难能可贵的,他们的诗文传递了文学史中的积极之声。

结语:"绍兴和议"之下的文学生态是文学史之中的负面现象,当时士林在秦桧相党专权的高压之下,竞相进献阿谀诗文,以取悦秦桧,这些诗文的相当部分在传世的文献中保留了下来。时至近年,学界发现北京故宫博物院中藏有一幅南宋绍兴年间的秦桧画像,更为这一文学生态提供了一则难得的文物证据。当然,阿谀秦桧的诗文之风并不能反映绍兴时代文学的全部情况,当时在政治上不攀附秦桧的士大夫回归地方社会,他们创作的"山林文学"传递了灰暗时代里的积极之声。

【注释】

[1] 陆游:《老学庵笔记》卷一,中华书局 1979 年版,第 11－12 页。

[2] 刘才邵:《檆溪居士集》卷六,《景印文渊阁四库全书》第 1130 册,第 501 页。

[3] 徐梦莘:《三朝北盟会编》卷二二　,上海古籍出版社 1987 年版,第 1580 页。

[4] 周紫芝:《太仓稊米集》卷二五,《景印文渊阁四库全书》第 1141 册,第 168－169 页。

[5]《太仓稊米集》卷二五,《景印文渊阁四库全书》第 1141 册,第 170 页。

[6] 永瑢等:《四库全书总目》,中华书局 1963 年版,第 1366 页。

[7] 曾枣庄、刘琳主编:《全宋文》,上海辞书出版社、安徽教育出版社 2006 年版,第 193 册,第 151 页。

[8] 胡寅:《斐然集》卷八,《景印文渊阁四库全书》第 1137 册,第 383 页。

[9] 唐圭璋编纂,王仲闻参订,孔凡礼补辑:《全宋词》,中华书局 1999 年版,第 1393 页。

[10]《全宋词》,第 1423 页。

[11] 脱脱等:《宋史》卷四五九《徐中行传》附《徐筹传》,中华书局 1977 年版,第 13458 页。

[12] 李心传:《建炎以来系年要录》卷一六六,《景印文渊阁四库全书》第 327 册,第 326 页。

[13] 吴曾:《能改斋漫录》卷一一,上海古籍出版社 1979 年版,第 338 页。

[14] 欧阳修:《诗本义》卷一四,《景印文渊阁四库全书》第 70 册,第 291 页。

［15］余辉主编:《晋唐两宋绘画·人物风俗》,上海科学技术出版社、商务印书馆（香港）有限公司 2005 年版,第 184 - 187、284 - 285 页。

［16］《宋史》卷三九一《周必大传》,第 11965 - 11971 页。

［17］周纶:《周益国文忠公年谱》,《宋编宋人年谱选刊》,巴蜀书社 1995 年版,第 210 - 211 页。

［18］《宋史》卷四七三《奸臣传·秦桧》,第 13747 - 13761 页。

［19］《建炎以来系年要录》卷一七〇,《景印文渊阁四库全书》第 327 册,第 391 - 392 页。

［20］《建炎以来系年要录》卷一六〇,《景印文渊阁四库全书》第 327 册,第 235 - 236 页。

［21］《三朝北盟会编》卷二二〇,第 1580 页。

［22］姚桐寿:《乐郊私语》,《景印文渊阁四库全书》1040 册,第 405 - 406 页。

［23］《三朝北盟会编》卷二二七,第 1630 页。

［24］赵鼎:《忠正德文集》卷六,《景印文渊阁四库全书》第 1128 册,第 714 页。

［25］曾几:《茶山集》卷二,《景印文渊阁四库全书》第 1136 册,第 487 页。

［26］张九成:《横浦集》卷一,《景印文渊阁四库全书》第 1138 册,第 300 页。

【延伸阅读】

［1］脱脱等:《宋史》卷四七三《奸臣传·秦桧》,中华书局 1977 年版。

［2］沈松勤:《从高压政治到"文丐奔竞"——论"绍兴和议"期间的文学生态》,《文学遗产》2003(3)。

［3］余辉主编:《晋唐两宋绘画·人物风俗》,上海科学技术出版社、商务印书馆（香港）有限公司 2005 年版。

［4］许浩然:《一幅南宋绍兴年间的秦桧画像——故宫博物院藏〈八相图卷〉考辨》,《中华文史论丛》2015(3)。

［5］王建生:《"文丐奔竞"之外——也论"绍兴和议"期间的文学生态》,《文学遗产》2011(5)。

第七章

明代晚期袁宏道禅儒思想对文学的影响

【引言】

　　明代中晚期,在王门后学的继承和发展下,心学与禅学相互援引影响,促进了明代晚期非儒非禅的狂禅思想的张拓和风靡。袁宏道自幼受家父影响习儒修文,虽然受教于理学,但是对佛学的悟性非常锐敏,青年时期就已有《金屑编》《西方合论》《德山麈谭》等多部佛学专论。之后又深受李贽狂禅思想的影响,提出了"性灵说",在诗文创作上追求真性情以及自然浅俗的艺术风格。但是随着来自于家庭的变故和社会的压力,他对禅学的观念逐渐转向了"禅净双修",佛学思想的变化影响了他的诗文创作,不再一空依傍,而是开始学习古人文法,并一改前期不假藻饰追求俚浅的风格而追求奇境妙语。随着禅修境界的提升和对佛理的觉悟,袁宏道以禅诠儒,将禅学落实于日常实践中,将政坛视为修禅的道场,性情愈发沉着内敛,学问愈发平易稳实,诗文则更加圆融纡徐。尚淡重质、平允和雅成为袁宏道最终呈现出的文学风格,再无早期"独抒性灵"的本色和生动。

【思考】

　　1."狂禅"对袁宏道的"性灵说"主要产生了哪些影响?

　　2.袁宏道佛学思想的变化对其诗文创作产生了怎样的影响?

　　3.袁宏道在"以禅诠儒"之后,文学创作发生了怎样的变化?

第一节　狂禅思想对袁宏道"独抒性灵"的启悟

　　晚明,禅学在士人中得到空前的普及流行,袁宏道"弱冠即留意禅宗"[1],作为悦禅之士,分别于万历十八年(1590)、万历十九年(1591)、万历二十一年(1593),与伯修、小修一起三次登门拜访李贽。李贽继泰州之学"赤手以搏龙蛇"及"非复名教之所能羁络"[2]之狂放之后,将"狂禅"发展到了极致,李贽激烈地鼓倡狂禅对当时文人思想产生巨大影响,"楚人从者甚众,风习为之一变"。当时"学者靡然从风",

高旷豪举之晚生后学更是向风靡然。狂禅究竟有何魅力而致如此？据邹颖泉语录记载："人心谁不欲为圣贤，顾无奈圣贤碍手耳。今渠谓酒色财气一切不碍菩提路。有此便宜事，谁不从之。"[3]可见李贽惊世骇俗的狂禅精神绝非循规蹈矩渐修渐悟的禅学，更与"存天理，灭人欲"的程朱理学冰炭不相容。

拜访李贽对年轻的袁宏道来说无异于空谷之音令其快然顿悟如脱缠缚，尤其是万历二十一年（1593）访龙湖，从启程到挥别，袁宏道作近二十首诗不吝赞誉之辞以抒发对李贽的敬仰和尊崇。直至万历二十三年（1595），袁宏道在吴中任县令，抱怨吴中无知己，但是："幸床头有《焚书》一部，愁可以破颜，病可以健脾，昏可以醒目，甚得力。"（《李宏甫》）而《焚书》的著成与李贽和耿定向论争有必然的关系，谨守"人伦之至"的耿定向指责李贽对耿定理的"无忌惮"负有直接的责任，李贽出于激愤的心态发表了很多振聋发聩的观点，尤其是蔑仁义弃礼乐，"不以孔子之是非为是非"的离经叛道之论，令他自己也深感"所言颇切近世学者膏肓，既中其痼疾，则必欲杀我矣，故欲焚之，言当焚而弃之，不可留也"[4]。李贽被道学家们视为败坏风气的洪水猛兽，他的作品被当权者视为"背弃孔、孟，非毁朱、程"[5]的谬论，但是袁宏道却深深地沉浸在李贽狂放激进的思想中为之着迷。

袁宏道内心非常清楚，李贽所倡导的狂禅乃叛离禅学矩矱之异端："以为禅也，戒行不足；以为儒，口不道尧舜周孔之学，身不行羞恶辞让之事，于业不擅一能，于世不堪一务，最天下不紧要人。虽于世所忤违，而贤人君子则斥之惟恐不远矣。"言下之意，狂禅似禅，无禅的戒行；似儒，无儒的"粘带"，无视佛门清规戒律且不受儒家礼教的束缚，完全重视主观感受，张扬个性，以心性自适为指归，与名教羁络相悖异。狂禅无需粘带和担负儒者的责任，只需满足自我的人生欲望，在道学家眼中被视为"无当于圣贤之本旨"[6]的"异端"，但却被袁宏道"以为自适之极，心窃慕之"，由此可见在袁宏道心目中宋儒理学与狂禅之学是完全矛盾对立的。

作为新儒学的程朱理学被专权者视为封建政权维持社会秩序和现存制度的哲学权威，讲求治身、操守、修养、道德等崇高至上的人文精神，反对乃至于泯灭人性中的各种物质和生理的欲望，漠视人的主体性，强调天理的绝对性，这显然有悖于"自然天则"的性灵。狂禅之学与禅学显然也是有所区别的，在袁宏道看来"今之慕禅者，其方寸洁净，戒行精严，义学通解，自不乏人"，对于此"禅"，袁宏道坚称"皆不取，我只要个英灵汉担当此事"，所谓"英灵汉"，李贽曾评价泰州学派创始人王艮是王守仁先生门徒之中最英灵者，并称王艮乃"真英雄"。袁宏道以"英灵汉"自称，可见对王艮的推崇，而狂禅作风正是滥觞于王艮泰州学派。因此袁宏道所追慕狂禅的正是出于"其行有不掩，虽是受病处，然其心事，光明超脱，不做些子盖藏回护"[7]的英豪之气。狂禅在士人间风靡可见文人在长期宋儒理学压抑之下精神的爆发和对"阳为道学，阴为富贵，被服儒雅，行若狗彘"[8]的虚伪道学的反抗。

"颠狂"几乎成了年轻的袁宏道崇尚的精神状态和举止风范，他屡次提及"不颠不狂,其名不彰""颠狂二字甚好""夫颠狂二字,岂可轻易奉承人者?"在袁宏道看来,"颠狂"就是真实的性情表现,而狂禅精神的主旨就是淋漓尽致地表现光明超脱的真实个性,而这种真实的个性在道学家看来不啻为非理性的颠狂。就连袁宏道自己也承认"儒者借禅学一切圆融之见,以为发前贤所未发,而儒遂为无忌惮之儒"。王学右派唐鹤征在批判狂禅时指出:"无忌惮者为反中庸之小人,而狂禅且滥于其中矣。"狂禅精神中的肆无忌惮和任情恣性显然与儒家思想相悖,但袁宏道不屑束缚思想和行径的清规戒律,旨在追求解放思想,疏沦心灵和不拘绳墨的狂放洒脱,他认为狂禅可以起到发蒙解缚,开悟心窍的作用,"无忌惮"才是"真人""真性""真情",狂禅思想构成了青年时期的袁宏道人格发展的哲学基础。

他的文学创作也呈现出狂禅思想沾溉后的卓荦超群,袁中道回顾道:"先生既见龙湖,始知一向掇拾陈言,株守俗见,死于古人语下,一段精光不得披露。至是浩浩焉如鸿毛之遇顺风,巨鱼之纵大壑。能为心师,不师于心;能转古人,不为古转。发为语言,——从胸襟流出,盖天盖地,如象截急流,雷开蛰户。浸浸乎其未有涯也。"钱谦益也称袁宏道因学禅李龙湖而"读书论诗,横说竖说,心眼明而胆力放,于是昌言击排,大放厥辞"[9]。可见狂禅之旨即在自得于心之狂,在于心的张扬和无碍,只要勇于突破理家思想的束缚,消解圣贤权威的迷信,才能呈现活泼泼的绝妙文心,性灵文字才能脱腕而成信口而出。

纵观袁宏道早期的诗文,尽显其不拘传统礼法,一心追慕放诞任真的狂放。览读《锦帆》《解脱》,全无理学对文学的桎梏,文学不是载道之器,而具有抒发主体精神和情趣的独立性,袁宏道大量诗作中潇洒畅快的疏野性情与诗情相交融,完全是自然流走、脱口而出的"本色独造语"。诸如:

> 昨来益自喜,信口野狐禅。(《漫兴·其二》)
>
> 红亭拼一醉,留着斗寒威。(《卢沟道中》)
>
> 喜怒性情真,缓急肝肠热。(《答江进之别诗》)
>
> 浮生早被微名误,迟向人间醉五年。(《遊惠山作》)
>
> 每笑儒生禅,颠倒若狂醉。除却袁中郎,天下尽儿戏。(《别石篑》其五)
>
> 且佛亦人也,岂有三头六臂乎,何用相慕哉?(《曹鲁川》)

其诗句率性而为,纯任自然,谐词谑语性灵毕现。江盈科是追慕袁宏道一生的忠实拥趸,对袁宏道的诗笔才情佩服至极,他不无感慨:"余每读一章,未尝不欣然颐解,甚或跳跃叫啸不自持。"[10]"大端机自己出,思从底抽,摅景眼前,运精象外,取而读之,言言字字,无不欲飞,真令人手舞足蹈而不觉者"。袁宏道的诗歌之所以产生如此强烈的阅读效果,用袁中道的话解释即:"意在破人执缚,间有率意游戏之语,或快爽之极,浮而不沉,情景太真,近而不远,要亦出自灵窍,吐于慧舌,写于铦颖,足以荡涤尘坌,消除热恼。"[11]可见性灵之文旷若发蒙,不仅能够使读者思想解缚,同时能带来阅读的快感,令人如痴如狂不能自制。

狂禅的特点就是任性而为,顺其自然,不受束缚,追求自由。袁宏道作诗不遵循任何传统诗家戒律,所谓才高胆大,无心于世之毁誉,为抒怀而畅所欲言,不拘格套,无定法可守,完全凭着性情信手而就,其中不乏游戏之语。袁宏道屡次言及"至于诗,则不肖聊戏笔耳,信心而出,信口而谈",处于不为闻见道理和书籍义理所遮蔽的自由自在的创作心态。李贽称之为"童心",即"绝假纯真,最初一念之本心",自然不是正经严肃做文章,而是表现出轻松愉快、随心所欲的游戏心态之辞。一言以蔽之,即追求"趣"的美学风格。诸如:

> 明月渐渐高,青山渐渐卑;花枝渐渐红,春色渐渐亏;
> 禄食渐渐多,牙齿渐渐稀;姬妾渐渐广,颜色渐渐衰。(《渐渐诗戏题壁上》)

> 朝看一瓶花,暮看一瓶花,花枝虽浅淡,幸可托贫家。
> 一枝两枝正,三枝四枝斜;宜直不宜曲,斗清不斗奢。(《戏题黄道元瓶花斋》)

> 天门即前阁,石桥即后户,两门去几何,五五二十五。(《石桥岩》)

袁宏道毫不犹豫地打破了传统文艺观所提倡的"诗言志""温柔敦厚"等成规,用诗的形式呈现戏笔的趣味,追求诗歌"宁今宁俗"的娱乐性和愉悦性。以上诗句顺滑浅易似打油诗,明显带有浓厚的民歌趣味性,袁宏道认为"趣得之自然者深,得之学问者浅",学问反而是束缚思想和性灵发挥的钩棘。同样具有狂禅思想的泰州学者王艮曾指出:"天性之体,本自活泼,鸢飞鱼跃,便是此体",无文无识的民间闾阎百姓不尚学术,不受儒家传统美学思想的束缚,任性而发故展示出一派"从自己胸臆流出"的一点灵光,因此袁宏道毫不忌讳地声称:"当代无文字,闾巷有真诗"(《答李子髯》),"野语街谈随意取,懒将文字拟先秦"(《斋中偶题》)。可见袁宏道为了追求浑然天成的质率诗句极其排斥对古人诗文的修习,只取"田父老语农桑,土音而已"以俗入诗。狂禅思想蕴含泰州学派"百姓日用即道",百姓原生态的生活状态即呈现出"道"的圆满,所以不人为雕琢的俗语常言对真性情毫不掩饰地直接表达,直指人心。袁宏道一些带有禅趣色彩的狂禅化的诗文更能够看到这种放荡不羁,各穷其趣的特点。诸如:

> 告君古佛无多子,着了边旁亦是人。(《徧虚》)

> 菩萨与凡庸,不知谁正倒。牛马若率真,形貌亦自好。

独有知见人,不食本分草。拾他粪扫堆,秘作无价宝。(《天目书所见》)

每到僧房索布衣,更向佛头种葱韭。读书十年未识字,持戒三生不断酒。怎有一般可笑人,逢着师尼便解纽。(《过云楼见莲池上人有狗丑韭酒纽诗戏作》)

没有雅驯高华的辞采,活泼的语言俚率浅俗,并且狂傲不逊的口气中充斥着讥祖讪佛的戏谑嘲笑,强调佛在心中求,自性具足圆满心外无佛,不必向心外远求。只要任情恣性即道法自然,运笔随心即明心见性。才华横溢的袁宏道一空依傍,自出机杼,诗文风格恣纵狂放,这与他在《记药师殿》中将"狂僻"与"诳诗"视为"贡高使气,目无诸佛,莲公不以为妄"的悟彻如出一辙。

第二节　禅净双修对其诗风的转型

狂禅讲求解放个性和张扬个性,因此信奉狂禅的士人都被视为与众不同的"异人""狂人",而在秉持程朱理学的道学家看来更是离经叛道的"异端"。这一点对于袁氏家族所秉持的经世致用的传统儒家理想的追求显然乖悖逆叛。而"无佛可成,无道可得,无法可取,无法可舍"[12],简便易行的狂禅思潮非常契合那些疏狂绝俗有个性的士人而得到一时的推崇,但负面影响则是禅门一时戒律荡然,禅徒混迹世俗,无论是否顿悟,只需做出个背离经教,突破戒律,呵佛骂祖的姿态似乎就成了鄙弃传统的革新派,面对狂禅习气流于狂滑的时风,当时的学术界开始对这种"狂禅之滥"产生强烈不满。

袁宗道是三兄弟中最早对于当时谈佛学者多不修行的现状表现不满的。作为袁家长兄的袁宗道铨选入翰林,位居清华之职,秉性愈发稳实内敛,早期青睐狂禅的思想渐趋发生了改变,经历了屡悟屡疑的实证过程而最终皈依佛教净土宗,而文学思想也随之趋于遵守规范和传统。传统思想的回归使袁宗道对当时社会上狂禅的嚣风遂行提出了严厉的批评和指责,"当是时,海内谈妙悟之学者日众,多不修行。先生深恶圆顿之学为无忌惮之所托,宿益泯解为修同学者矫枉之过"[13]。圆顿之学即为狂禅,当初青年士子们所钦慕的狂禅"无忌惮"的特点此时又成了该学的致命弱点,对于出身儒学世家的袁氏三兄弟都蒙以养正,青年时代他们对狂禅这一时新思想手追心慕可以说是出于青春期叛逆精神对传统守旧的反抗,其实在他们的潜意识中从未彻底泯灭过传统儒学思想对他们的渗透,一旦对旁逸斜出的新思潮有所质疑就会立即启动并归附潜隐在内心深处契合集体意识且又稳妥笃雅的传统思想。显然佛教净土宗崇尚念佛坐禅等精进沉潜方式的修习,比起狂禅的无忌惮要显得稳实成熟得多。袁宗道殷殷规劝袁宏道弃狂禅皈依净土,他对袁宏道的"独造本色语"也提出了"然自家本色,时时露出,毕竟不是历下一流人"的批评。

此时的袁宏道在仕途上也循次渐进:万历二十六年(1598)袁宏道先后被任命为京兆校官、顺天府教授;万历二十七年(1599)又擢升国子监助教;次年擢升礼部仪制清吏司主事。服务于官方教育系统岂能偏离主流意识形态以狂禅离经慢教的姿态去教习皇子和胄子?

而以往的狂纵不羁也使袁宏道遭遇了横祸飞灾,他曾在《西方合论》的引言中有所暗示:"余十年学道,堕此狂病,后因触机,薄有省发。遂简尘劳,归心净土,……既深信净土,复悟诸大菩萨差别之行。"言下之意诉病狂禅褒赞净土,对狂禅的质疑在于"全不修行""我慢贡高""轻狂傲慢,贡高恣睢,口无择言,身无择行"不修行持戒的禅风,而自己显然也因受到了牵连才"触机"而悟。此"机"虽难以具体考实,但是我们不妨从系列事件中寻觅端倪:万历二十五年(1597),刑部侍郎吕坤针对这个逐渐失序的时代给皇上呈《忧危疏》言天下安危,指出今天下大势,乱象已形,而乱势未动;天下之人,乱心已萌,而乱人未倡;今日之政,皆播乱机使之动,助乱人使之倡也。这种忧患意识,既是现实社会的真实反映,更是时代将变的敏感信号。特别是思想文化方面,文化保守主义重新抬头,并借助政治权威来对新思潮进行反攻。万历二十七年(1599),李贽在南京刊行《藏书》,政治上很敏感的袁宗道即预料到"祸在是矣",果然不久李贽遭捕。同年袁氏兄弟主持的葡桃社在京城引起浙党执政沈一贯的注意,"己亥、庚子间,楚中袁玉蟠太史(袁宗道)同弟中郎(袁宏道)与皖上吴本如、蜀中黄慎轩,最后则浙中陶石篑以起家继至,相与聚谈禅学,旬月必有会,高明士大夫翕然从之。时沈四明柄政,闻而憎之,其憎黄尤切"[14]。因此黄辉在李贽被捕之后,被迫辞职隐居数年,后来明神宗复思起用黄辉而弹状纷至沓来,"其弹状大约为其结社谈禅也"[15],可见当时京城攻禅运动的激烈,黄辉的遭际也意味着公安派深处险恶时局受到了威胁。而《西方合论》恰作于万历二十七年,由此可见,因李贽、黄辉事件,袁宏道自然身处咎患之中。

万历二十八年(1600)他在给友人的尺牍中提到:"弟往在邸,尝语伯修曰:'今时作官,遭横口横事者甚多,安知独不到我等也?今日吊同乡,明日吊同年,又明日吊某大老,鬼多于人,哭倍于贺,又安知不到我等也?'以是无会不极口劝伯修归,及警策身心事,盖深虑朝露之无常,石火之不待。"(《答黄无净祠部》)言语间仍然透露出之前李、黄事件的忧栗。官场上的谨慎缜密是自保的必要条件,袁宏道深感狂禅的轻狂放纵对于官场中人是致命的秉情。

万历二十七年,袁宏道作《广庄》,其中就如何处世而大谈如何消除"我见",言及:

> 天下之患,莫大乎见长于人,而据我于局。我之为我,其伏甚细,其害甚大。聪明,我之伏于诸根者也;道理,我之伏于见闻者也;知解见觉,我之伏于

识种者也。古之圣人，能出世者，方能住世，我见不尽，而欲住世，辟如有人自缚其手，欲解彼缚，终不能得。……我见不尽，戮身之患且不保，何况治世？……我根在，即见山林亦显，何也？有可得而见者也。我根尽，即遁朝廷亦隐，何也？无可得而见者也。无可得而见，是故亲之不得，疏之不得，名之不得，毁之不得，尚无有福，何有于祸？处人间世之诀，微矣微矣。

言语间无处不浸染着灰身灭智，沉空守寂的修禅心境，早期张扬自我的个性荡然无存，此时的袁宏道已经非常明白狂禅就是罹罪殒身的大忌。

对于狂禅思想本身教理上的缺陷，袁宏道也做了深刻的分析，他指出狂禅之行："日久月深，迷而不返，道力而不能胜业力，魔得其便，定为魔所摄持，临命终时，亦不得力。"[16]袁宏道觉得狂禅思想欠稳实就在于"不修行"而广造业力深陷魔道，致使身后不得被接引超度。因此在他看来悟理与修持如车之两毂，不可或缺，遣弃伦物，倜背绳墨，纵放习气，就是膏肓之病。针对当时社会上狂禅者不务修行，而修行者又只诵经念佛没有悟性，袁宏道混融禅净二宗大谈"西方合论"，指出"若不力学，皆是添业之日。程途有分，资粮早办，便为得计，去之迟速，勿可论也"。这一思想跟袁宗道同出一辙，袁宗道也提出："纵使志在参禅，不妨兼以念佛。世间作官作家，犹云不碍，况早晚礼拜念佛乎？且借念佛之警切，可以提醒参禅之心；借参禅之洞彻，可以全固净土之信。适两相资，最为稳实。"此时袁氏兄弟都因狂禅的浮躁和简俗而转变了佛学思想，强调禅净双修。

袁宏道自省"从前尽不是，而今要求个是处"，于是着力于净土宗的静修"自律甚严，自检甚密，以澹守之，以静凝之"[17]，又"实参究，广诵读，多会人"。袁宏道在对净土宗的研修中一方面意识到学殖培养的重要性，开始研读《准提》《杂华》《宗镜》诸经，"取龙树、天台、长者、永明等论，细心披读"，通过"博观经论，始知此门原摄一乘，悟与未悟，皆宜修习"；另一方面求稳实参禅之学，时常至二圣寺禅室晏坐，对净土修行中的念佛静心也有了实证的体悟，"以不思议第一义为宗，以悟为导，以十二时中持佛名号，一心不乱，念念相续为行持，以六度万行为助因，以深信因果为入门"[18]。而且汇纳多种方式参禅，其中尤其崇信看话禅，即熟记古德高僧的话头"撞发关捩子"而心悟神解，袁宏道在修行持戒中努力改变前期过于直露的弊习，并借净土以发明宗乘，撰写了净土宗专论《西方合论》。在这篇就净土思想的专论中，袁宏道以华严的圆融精神，含摄五教，通贯六阶，融通佛学内部诸宗派教理以论净土诸境。

佛学思想上的精进随之带来了文学观念的改变，袁宏道开始强调"学问"对诗文的重要性。首先，他对后学大谈学问与为文的关系：提到"余谓文之不正，在于士不知学。圣贤之学惟心与性""既不知学，于是圣贤立言本旨，晦而不章，影猜响觅，有如射覆"，由于不知学，为文则会陷入"险""衷""贷"三种弊病，"故士当教之知圣学耳,知学则知文矣,禁何益哉!"并赞赏留心学问的弟子"其为文根理而发,无浮词险语,是可喜也"。其次,开始注重学养对创作的作用。袁氏兄弟认为:拟古派摹拟剿袭的病源不在于尚理假情与模拟,根本在于"无识",缺乏学问。袁宏道为官京师闭门苦读司马迁、班固、李白、杜甫以及唐宋大家之作,批点韩、柳、欧、苏四大家文集,尤其对欧阳修和苏轼称赏不已,认为二人"于物无所不收,于法无所不有,于情无所不畅,于境无所不取,滔滔莽莽,有如江河"。

而在早期,袁宏道因不慕古法"不效颦于汉、魏,不学步于盛唐,任性而法"而狂傲自得。他曾不无矜才使气地自称"见从己出,不曾依傍半个古人",甚至曾因张幼于评价其诗似唐人大为不快,云:"幼于所取者,皆仆似唐之诗,非仆得意诗也。……仆求自得而已,他则何敢知。近日湖上诸作,尤觉秽杂,去唐愈远,然愈自得意。"如今则在苦读古人诗文中钻研其文法,并得出"文心与水机,一种而异形"的妙见。把汉唐宋诸公诗文,比作"或束而为峡,或回而为澜,或鸣而为泉,或放而为海,或狂而为瀑,或汇而为泽。蜿蜒曲折,无之非水。故余所见之文,皆水也",以水态比拟为文的不同风格。这样的评论显然是受佛教的影响,宋代僧惠洪在一篇题跋中说:"其文涣然如水之质,漫衍浩荡,则其波亦自然成文,盖非语言文字也,皆理故也。自非从般若中来,其何以臻此。"袁宏道深悟水乃天下至奇至变者,其神韵在于"变化",他以水喻文,旨在说明作文要"不拘格套"、不拘成法,"句法字法调法,一一从自己胸中流出"。

袁宏道归心净土,终日偕诸衲谈佛论道,畅游山水萧然忘羁,诗中的禅意愈发浓厚,禅意启迪作诗之法,再融会贯通古人创作之法,遂成新奇新变之文格而逐渐蜕濯初期猛锐凌厉和俗语常言。例如:

> 云老蛟迁窟,窗晴雨洗峰。文心喻烟水,吞吐几重重。(《登平山阁同江浦诸友论文》)
>
> 怒蛤排帆立,神鱼掣练行。山僧精观忍,一倍发光明。(《中秋偕诸衲泛舟洞庭》)
>
> 淡与奇相值,幽艳忽无比。鬼斧凿天真,刻意出新诡。(《穿石》)

虽然此期的诗作没有了前期信口而出的简俗和狂厉,但灵光依然有迹可循。语言呈现出雅与俗,淡与奇的交叉错落,情感的表达也表现出弘博放旷、从容兼合的审美风格。曹藩在《〈桃源咏〉跋》中品评其诗曰:

> 其诗语翩翩欲仙,大脱楚歌猛厉气习,令愁者读之而快,愤者读之而舒,泣途穷、悲路歧者读之,如履康庄而就平陆,宁止愈头痛已邪。[19]

袁中道也慨叹其兄诗歌风格的变化:

自花源以后诗,字字鲜活,语语生动,新而老,奇而正,又进一格矣。[20]

袁宏道中期作诗善学唐人神韵,袁中道曾评赞唐诗:"览之有色,扣之有声,而嗅之若有香。"[21]而袁宏道花源以后的诗则是:

倩冶秀媚之极,不惟读之有声,览之有色,而且嗅之有香。较前诸作,更进一步。盖花源以前诗,间伤俚质;此后,神理粉泽,合并而出,文词亦然。[22]

对于佛教来说,"色""香""声"此三境均乃因缘所生之法,华严宗认为,"悉见一切无有真实,而不坏所行"[23],即于诸法而无所住得大自在才是至高的修行。袁宏道对《华严经》圆融无碍的思想深有感悟,又受到《华严经》以丰富的想象力和文学性的夸张来描绘佛菩萨的无限神威和诸佛境界的广大无涯而不碍其万法皆空的教旨之影响,因而对于唐诗的流韵颇能心领神会。"神理粉泽,合并而出",这与袁宏道受华严论的影响有很大关系。钱谦益曾以"华严法界"来概括苏轼诗文"如万斛水银随地涌出"的审美感受,可见既精通《华严》又熟读苏轼的袁宏道觉悟出世界一切无不周遍圆融的华严精神,因而能够一改前期不假藻饰追求俚浅的风格而刻意追求奇境妙语。

第三节 "以禅诠儒"之后的诗风又变

人生大事莫过于生死,尤其是遭遇亲人离世的巨大变故往往能令生者的内心和思想发生很大的冲击和变化。袁宏道受此打击可谓接连不断,他的祖母余氏、舅父惟长、叔父士玉、哥嫂相继离世,使他深感人生之无常与苦楚。特别是万历二十八年(1600)伯修病逝,令本身羸疾的袁宏道"一恸倒地,病势遂极""肝肠荼毒,望死如乡,悲惨之极,病始不支"。沉浸在巨大悲痛中的袁宏道离开北京,解散葡桃社回到故乡公安栖隐六年,亲友倏然长逝的噩耗频繁传来,万历三十年(1602)之后短短四年时间里,他撰写的墓志多达9篇,悼亡诗7首。同道挚友王官谷、潘雪松、刘晋川、周隆之、江盈科等相继离世,被袁宏道视为生母的詹大姑、妻子李安人、女儿禅那也都相继溘然而逝。亲友的亡逝,生活的磨砺,广泛的阅读学习使他心态上渐趋老成稳重,潜心佛学,参究生死,认识到"生死催人,出息难保,早寻归路,免致忙乱"[24],因而礼拜念佛,接引往生成为袁宏道对痛苦内心的抚慰和对死亡恐惧规避的唯一途径。生命无常所带来的忧患意识令袁宏道以庄严肃穆的态度重新审视自己的内心,他不仅懊悔年轻时豪放矫激的盛气狂态,而且追悔诗品的刻露之病。他对以往的理论和创作实践开始有了频繁的审视和反思,在给同道友人的尺牍以及文序中也多次敷显这种观念和看法。

万历三十二年(1604)给黄辉的尺牍中有:

凡事只平常去,不必惊群动众,才有丝毫奇特心,便是名根,便是无忌惮之小人,反不若好名利人,真实稳安,无遮拦,无委曲,于名利场中作大自在人也。诗文是吾辈一件正事,去此无可度日者,穷工极变,舍兄不极力造就,谁人可与此道者?如白、苏二公,岂非大菩萨?然诗文之工,决非以草率得者,望兄勿以信手为近道也。(《黄平倩》)

万历三十三年(1605)江盈科过逝,袁宏道为失去的挚友痛不欲生,但是对这位坚守"独抒性灵,不拘格套"的拥趸者,他却自我检讨:

进之才俊逸爽朗,务为新切,嘉、隆以来所称大家者,未见其比。但其中尚有矫枉之过,为薄俗所检点者。往时曾欲与进之言,而竟未及,是余之不忠也。(《哭江进之有序》)

万历三十四年(1606),在给陶周望的信中也忏悔道:

大都世间自有一种平易质实,与道相近者,而自视庸庸,以道为高而不敢学。清士名流,自以为非吾不能学道也,而矫厉太甚,终成自欺,与道背驰而不可学。……弟少时亦微见及此,然毕竟徇外之根,盘据已深,故再变而为苦寂。"(《答陶周望》)

从尺牍的言语中间,我们可以感受到袁宏道在诗学思想上深刻的反思,他不仅检讨自身以往追时谐俗的矫枉之过,而且对公安派其他成员也恳切地教诲劝导。后期的袁宏道趋向平易和顺的文化心理,他从日常实践中认识到三教无分别且圆融会通,在他看来:"一切人皆具三教。饥则餐,倦则眠,炎则风,寒则衣,此仙之摄生也。小民往复,亦有揖让,尊尊亲亲,截然不紊,此儒之礼教也。唤着即应,引者即行,此禅之无住也。触类旁通,三教之学,尽在我矣。(《德山麈谭》)"贯通三教无疑强调了佛教的世间性,"以儒为佛事,借孔续瞿昙"(《秋日幻影庵同汪师中、龚散木、董竹石、弟小修,儿子彭年送死心,得三字》)援佛解儒,为儒政渗透禅理的内涵,这一点可以从他对贵州巡抚郭青螺的夸赞中窥见。

贵州这个地方地理、气候等环境非常恶劣,民情民风逞蛮鄙陋,他夸赞郭巡抚治理贵州有方,"其犹菩萨之行异道乎?"并称其治理的地方为"常寂光",即净土宗所谓的西方极乐世界中诸佛所居的净土,也是最高境界。又说郭青螺具有"无生忍",是"大菩萨之用心"(《答郭青螺中丞》),这里袁宏道评价郭青螺执政全部使用佛教语,将儒释贯通,以释阐儒,对于这种禅心儒服的功业称为"作举业",即净业,即菩萨行。这种以禅诠儒的思想源于他的自省:"我辈少时,在京师与诸缙绅学道,自谓吾侪不与世争名争利,只学自己之道,亦有何碍?然此正是少不更事。自今观之,学道不能潜行密证,乃大病也。"(《德山麈谭》)袁宏道申析以往小隐于山的浅薄之见,提出学道潜行密证乃大病,言下之意,大修行恰恰要整躬率物,在为官守政的实证中作净业、菩萨行。王守仁讲"知行合一"也曾提倡实地经验:"簿书讼狱之间,无非实学。若离了事物为学,却是着空。"(《传习录》下)可见袁宏道除了汲取禅宗能入世能出世,随遇而安任运随缘,无可无不可的处世态度和人生哲学之外,王学思想对他也影响深远,故此虽身居官场却恪勤匪懈,劳而不怨,这与他早期冷漠宦途,居官为虐不啻贰端。袁中道对袁宏道的才华和能力钦佩有加,终生服膺中郎,是其文学思想最真诚的支持者和宣传者,也认同"与其舍尘劳求净业,此等见识真井蛙也"[25],还以功勋卓著的大官僚王阳明为例,以为这位"南征北剿"的大人物,乃是"乘大愿力之菩萨",这种儒释融混贯通的人生哲学显然受袁宏道的影响。

袁宏道修禅但未逃禅,鉴于居官身份,他巧妙地打通儒释之间的关系,将政坛视为修禅的道场。在袁宏道最后的九年中,他分别在京都任职礼部仪曹主事、吏部验封主事。礼部掌吉凶礼制的主管尽管并不是多么重要的官阶,但毕竟需要自身的言行举止稳重端庄符合儒家礼仪规范才算克尽厥职。万历三十五年(1607),袁宏道擢升为吏部验封主事,据《明史·职官志》,验封司掌封爵、袭荫、褒赠、吏算之事,同时袁宏道还"摄选曹事",即兼管"选曹",即吏部文选司,协助尚书掌官吏班秩迁升、改调之事,显然是个权力部门。作为监督考核朝廷官吏政绩和工作表现的部门主管,就食京华,所遇皆贵人,因此袁宏道更加自律且端重自守。佛学的修为令他"不论世情、学问、烦恼、欢喜,退得一步,即为稳实,多少受用。退之一字,实安乐法门也"(《龚惟长先生》)。能退即能忍,能忍则见性情的沉着内敛,袁宏道参禅到平实,性情与文风不再似往昔的"大披露,少蕴藉",学问愈发平易稳实。

万历三十七年(1609),袁宏道主陕西乡试,科举考试的最终目的是选拔符合并维护封建统治思想的官员,儒家思想文化严谨正统,身为主考官的袁宏道自然不能摆脱儒家正统观,他在教导考生的言辞中直言指斥对"异端"思想和风气的批判,对人心不古的痛斥,尤其提到:

> 嗟夫,汉之衰也以意气,晋之衰也以清虚,宋之衰也以议论。夫意气、清虚、议论,三者皆非致衰之道也。然意气不已则为标目(显扬),标目不已则为悍激,是故有戈矛剑戟之象焉。清虚不已则为任诞,任诞不已则为弃蔑,是故有被髮左衽之象焉。议论不已则为分竞,分竞不已则为牵制,是故有削弱局促之象焉。(《策 第一问》)

字里行间都充满对分寸和尺度的把握是作文之道,在袁宏道看来"不已"是造成"戈矛剑戟之象""被发左衽之象""削弱局促之象"的导因,推而论之能够"适可而止"才是为文的奥旨。这里看似是维护儒家文艺观的教导,但实际上恰恰是袁宏道多年修佛的觉悟,言下之意,"适可而止"的菩提智慧更是修心的径要。他在给友人信中提及:"若以疏之下不下滞心,事之可不可系念,即此便是毒药,比之纵欲,犹加数倍。"(《与于念东开府》)言语中旨在强调主体心念的重要性。

后期的袁宏道常对小修曰："吾觉向来精神，未免泼散。近日一意收敛，楼成，每日坐三炷香，收息静坐"，焚香参禅静心，袁宏道的性情愈发沉稳而含蓄，年轻时的率意直露打磨得愈发减退，论学常云须以敬持，以澹守。受佛学禅净思想的影响，袁宏道在文学思想上开始融摄禅净佛学思想与传统诗教之间的契合点，刻意追求清淡平实、潜光匿曜的诗歌风格，"平易质实与道相近"。积学守正，尚淡重质成了袁宏道后期诗文的归趣。

"质"相对于"文"而言，孔子的"文质论"，人们多以形式和内容加以诠释，但是也有人诘究本末，认为是指两种不同的审美风格，即华丽与质朴相对应。袁宏道后期一改行文主"性灵"的观点，大谈主"质"。而在他的观念中，"质"似乎又与儒家的"质朴"美学风格截然不同。他认为："一变而去辞，再变而去理，三变而吾为文之意忽尽，如水之极于澹，而芭蕉之极于空，机境偶触，文忽生焉。风高响作，月动影随，天下翕然而文之，而古之人不自以为文也，曰是质之至焉者矣。大都人之愈深，则其言愈质，言之愈质，则其传愈远。"(《行素园存稿引》)袁宏道声称"去辞""去理""尽意"，实际上来自禅宗的启迪，禅宗否定语言文字的作用，主张"不立文字，直指人心"。佛教认为，在本质上世界的一切事物都是"空"，排斥眼耳鼻舌身意六观对心的迷惑。他以佛学"空"的本体论出发观照作文，认为执着追求辞、理和意不仅不能再现真实的物象，反而掩盖了宇宙原初的"空"的生态。佛教讲"空"常以水、芭蕉、响、影等自然现象作为譬喻，"风高响作，月动影随"就是诗人所理解的禅宗静、空精神境界的写照，静照下呈现出于自然俱化的境界顺手拈来超然成诗，即"质之至焉者"。可见，袁宏道所谓的"质"，实际上就是指"韵"。"学道有致，韵是也。学道无韵则老学究而已"(《寿存斋张公七十序》)。儒服禅心，学道不着具象而求韵，显然有不同于中期的佛学境界，这种贯通儒禅的圆融无碍的境界在袁宏道后期的诗文中表现得淋漓尽致。

纵观袁宏道后期的诗文集《破砚集》《华嵩游草》，其中着重于写景与意境的构建，再现自然境就是一种禅境，他笔下有了留白和藏收，入诗的意象不再浸染之前那种勃发的动态抑或跌宕的色彩，而是营造了一种静寂、空旷、淡雅、超然的境界，往往给人平允和雅之感，诸如：

　　莫损莓苔壁，长留翠倚空。云能供点缀，石自解玲珑。
　　泉落当窗远，香生渡涧风。楼台杳何许，树影有无中。
　　(《夏日同顾朗哉居士、王遗狂遊谢公岩，主人于野宗侯留饮，共赋得途字中字·其二》)
　　落日澹秋容，游云忽自重。斜披四五树，乱点两三峰。
　　马顾横桥水，僧归别路松。岩深不见寺，烟里忽闻钟。(《书所见》)

　　留白之处清幽旷远,给人"言有尽而意无穷"的深厚韵味,表现出典型的禅家意境。正如袁宏道自己所妙悟的"清风发虚窍,其中有性灵"(《秦中杂咏·和曹远生》),山水风光蕴含般若、法身,在诗人看来美丽的自然本色中蕴含着极其独特的禅世界,诗人心中的禅世界有王维的幽静空寂,有白居易的闲散洒脱,有李贺的幽奇绚烂,"学以年变,笔随岁老,故自《破砚》以后,无一字无来历,无一语不生动,无一篇不警策,健若没石之羽,秀若出水之花",融汇众家之长又彰显出个人特质,"至《华嵩》诸作,布格造语,巧夺造化,真非人力也"[26]。

　　袁宏道诗品的巨大转变源于佛学长期的浸染,源于心灵深处的宁静与和谐,源于出佛入儒、禅儒会通的不露痕迹。在他主试秦中归来后曾说过:"我近日始知作诗,如前所作,禅家谓之语忌十成不足贵也。"尚淡重质,清音幽韵正是他随着佛学精进对其诗歌美学风格的重新定位。袁宏道后期这种渐至圆熟的诗学风格使得公安派文学的特色已经不甚明显了,而这种转变也直接开启了公安派走向衰退的先声。

　　结语:袁中道在《中郎先生全集序》中描述"性灵说"对天下慧人才士的影响,使得当时文坛出现了一大批表现真面目、真性情、真情感的奇文。但是当公安末流争相学步宏道,恣肆无忌,效颦学语以求"疏沦心灵,搜剔慧性"之句时,当年崇尚狂禅且"极喜其疵处"的袁宏道则已悔叹早年诗文"多刻露之病"而追求稳实淡雅的文学风格。纵观袁宏道一生,几乎就是以自我生命解脱为核心,所以无论是人生观还是文学观都受到佛教的深刻影响,尽管在他人生后期儒服禅心,既能入世随俗又能超然物外,但毕竟只是修证了佛教的人天乘抑或声缘乘,仅仅实现了自我的皈依,难以开拓大的格局,因此最终不得不回归到诗学的传统道路上来。他在后期所提出的尚淡尚质、以学为文等都是传统诗学中的老话题。袁宏道的溘然长逝终使"性灵"归于凌夷熠熄。

【注释】

[1] 袁宏道著,钱伯城笺校:《袁宏道集笺校》,上海古籍出版社,1979 年版,第253 页。

[2] 黄宗羲,沈芝盈点校:《明儒学案》卷三二,中华书局 1985 年版,第 703 页。

[3]《明儒学案》卷一六,第 347 页。

[4] 李贽:《焚书·续焚书》,岳麓书社 1990 年版,第 1 页。

[5] 顾炎武:《日知录》卷一八《科场禁约》,上海古籍出版社 2006 年版,第 818 页。

[6]《四库全书总目提要》卷三四《垄阳草堂说书提要》,第 189 页。

[7] 王畿著,吴震编校:《王畿集》卷一《与梅存甫问答》,凤凰出版社 2007 年版,第 4 页。

[8]《焚书·续焚书》,第 356 页。

[9] 钱谦益:《列朝诗集小传》,上海古籍出版社 1983 年版,第 567 页。

[10] 江盈科:《解脱集序二》,《袁宏道集笺校》,第 1691 页。

[11] 袁中道:《论中郎遗著》,《袁宏道集笺校》,第 1670 页。

[12] 普济著,苏渊雷点校:《五灯会元》,中华书局 1997 年版,第 292 页。

[13] 袁宗道:《白苏斋类集》,上海古籍出版社 1989 年版,第 500 页。

[14] 沈德符:《万历野获编》,中华书局 1959 年版,第 690 页。

[15] 袁中道著,钱伯城点校:《珂雪斋集》,上海古籍出版社 1989 年版,第 979 页。

[16] 袁宏道:《黄檗无念禅师复问》,台北新文丰出版公司 1993 年版,第 151 页上。

[17] 袁中郎:《吏部验封司郎中中郎先生行状》,《袁宏道集笺校》,第 1653 页。

[18] 袁宏道:《黄檗无念禅师复问》,台北新文丰出版公司 1993 年版,第 151 页上。

[19] 曹蕃:《桃源咏跋》,《袁宏道集笺校》,第 1698 页。

[20] 袁中道:《吏部验封司郎中中郎先生行状》,《袁宏道集笺校》,第 1653 页。

[21] 袁中道:《宋元诗序》,参见沈启无编选《近代散文抄》,东方出版社 2005 年版,第 30 页。

[22] 袁中道:《书雪照存中郎花源诗草册后》,《袁宏道集笺校》,第 1698 页。

[23] 英武:《华严宗简说》,巴蜀书社 2004 年版,第 23 页。

[24] 袁宗道:《西方合论叙》,《袁宏道集笺校》,第 1706 页。

[25] 袁中道著,钱伯城点校:《珂雪斋集》,上海古籍出版社 1989 年版,第 974 页。

[26] 袁中道《论中郎遗著》,《袁宏道集笺校》,第 1670 页。

【延伸阅读】

[1] 袁宏道著、钱伯城笺校:《袁宏道集笺校》,上海古籍出版社 1979 年版。

[2] 周群:《袁宏道评传(附袁宗道袁中道评传)》,南京大学出版社 2011 年版。

[3] 贾宗普:《公安派文学思想研究》,中国社会科学出版社 2011 年版。

[4] 戴红贤:《袁宏道与晚明性灵文学思潮研究》,武汉大学出版社 2012 年版。

第八章

乾隆帝的题画诗

【引言】

　　中国古代文人喜在画的空白处题诗,诗与画相辅相成,融合成一个完整的意境。诗与画是不可分割的,这样的诗不是我们要讲的题画诗。题画诗,顾名思义,为画而题诗,一般是为他人画作题诗。诗可以写在他人画作之上,但大多数时候不会,以免破坏画的意境。对于题画诗来说,诗与画分属不同的艺术体裁,是各自独立的。一般人写题画诗,是为画中美景所打动,很少有人会对画吹毛求疵。乾隆皇帝的题画诗,一般径直将诗题写在画面之上,而且总是以封建帝王的心态,对文人画作一番重新解读,并对画中人物多有非议。乾隆帝题画诗中展现出的清代帝王的文化心态颇耐人寻味。

　　乾隆帝爱收藏和鉴赏,最喜在画上题诗、钤印,原紫禁城所藏历代古画,大部分都留下了乾隆帝的墨迹。乾隆帝的题画诗,也许并不具备多么高超的艺术水准,但却是考察乾隆帝思想与情感的有效途径。与一般题画诗关注画作者的精神不同,乾隆帝的题画诗有很强的代入感,他的题画诗不关心作画者的意图,而多借他人画幅表达自己的思想与观点。

　　乾隆帝在山水画上的题诗与原画的主题相去甚远。乾隆帝读画时,其思想、观点与原画作形成巨大反差的,莫过于山水画。而乾隆帝对文人山水画"隐逸"主题的改易,集中体现在文徵明山水画的"御制"题画诗中[1]。乾隆帝不喜传统文人山水画中的隐逸思想,他的题画诗中,文人山水画变而为风景画,隐逸的高人转变为富足的百姓,乾隆帝乐于在山水画中满足自己对太平盛世、百姓小康的想象。乾隆帝对于文人山水画的态度,与他推崇满人娴习弓马的生活方式、刻意与汉文化保持距离有必然的联系。

【思考】

　　1. 中国文人山水画在宋代成熟,一般用来表达士人高蹈隐逸的情怀,清乾隆帝是如何看待文人山水画的?

2.乾隆帝喜欢收藏山水画,但并不认同士人的山水隐逸情怀,乾隆帝的题画诗在哪些方面改写了山水画的原有格调?

3.乾隆帝的题画诗是对原画的重新阐释,他的题画诗能从一个侧面看出他对汉文化的态度。他是如何看待文人山水画的?

第一节　文徵明山水画创作与文人传统

文徵明(1470—1559),原名壁,以字行,号衡山居士,明末著名画家。出生于官宦世家,本有意循常人路径,踏入仕途。乡试屡试不中,四十三岁被举荐,以贡生入职翰林院待诏,居官三年之后辞归。官场与文徵明的理想相去甚远,也与文徵明淡泊名利的个性冲突。文徵明自云:"古之高人逸士,往往喜弄笔,作山水以自娱",以寄其孤高拔俗之意(文徵明《关山积雪图》自题)。文徵明创作山水画,即追踪古人行事,聊以寄情山水,其山水画的主题即"隐逸",表明其与城市、官场隔离的志趣。

文徵明所创作的山水画沿袭宋以来文人山水画的主题,即在山水中寻找精神寄托,表达超逸高蹈的隐逸情趣。山水不仅可以怡情,而且是文人脱尘拔俗的精神世界的象征,遗世独立,神清隽永。文人山水画里的世界,与俗世的生活形成对比,也是俗世生活的反面。文人山水画,可以是公务旁午之时的精神寄托,也可以是仕途失意的慰藉,表达的是中国文人"儒道互补"的精神需求和人生选择。

明嘉靖甲申(1524)二月,文徵明来京第二年,作《燕山春色图》。此画在中心位置设简陋的茅屋,屋内两人对谈。远山脚下,画幅的边角位置,隐隐露出红色的楼阁。文徵明《燕山春色图》用以表达远离城市喧嚣、回归山林的"市隐"情趣。文徵明自题:"屋角疏红花自好,相看终不似江南",道出自己不胜朝廷应对、向往江南的惆怅之情,已有"不如归去"的情愫,这是文徵明的人生选择。乾隆帝显然不赞同文徵明的人生选择:来到京城,即摆脱平民身份;他责怪文徵明,既已"待诏金马门",何以还要梦回江南("东华尘爱软红酣,待诏金门衣脱蓝。既忆江乡莼味好,何来鹏翼此图南。")乾隆帝的题画诗,对"燕山春色"不置一词,却对士人的归隐观念提出质疑。

第二节　乾隆帝题诗:不一样的山水和人

从乾隆帝题写文徵明山水画的题画诗可以知道,画中山水成了具体实指的居处,文人山水画变而为风景画;山水中的高人逸士,被百姓、贵族等各色身份人等取代,文人山水画中"隐逸"的旨趣被消解了。当隐逸的高人转变为富足的百姓,乾隆帝乐于山水画中满足了自己对太平盛世、百姓小康的想象。

山水画中的山水是远离城市喧嚣的所在,山水本用以寄兴托怀,但是在乾隆帝的题诗里,山水仅是一个居住场所,山水画成为风景画。文徵明《琴鹤图》中,主人山中隐居,门前白鹤驻足,友人携琴来访,文徵明自题:"流水高山堪寄兴,何须城市觅知音。"已点明知己相会的地点在山水之中,乾隆帝径将两人会面的地点改为私人庭院,且将山中白鹤牢笼进庭院:"萧齐绿树盖重阴,家事无他鹤与琴"。宾主寄托在高山流水的"雅趣"被"家事"取代了。"家中"有鹤有琴,乾隆帝因之夸耀主人优裕的物质生活。这种情形似曾相识,仿佛汉乐府《长安有狭斜行》等民歌内容具象化于山水画中。"山水"不再是士人精神世界中的理想之地,"山水"成了富足人家的居住之地,"山水画"变而为世俗生活图景的写照。

山水本是离开城市的清静之地,但是在乾隆帝的题诗里,山水承载了农耕生活,山水画变成世俗生活画。文徵明曾经为好友张恺作别号图,名之曰《一川图》。张恺,字惟德,号一川,生卒年不详。文徵明曾经为之作诗传。《一川图》画面的中心是一川河流由远及近,江上帆影往来,暗示"回归"之意。江岸是绵延低缓的山,山上是错落的绿树,临江绿树之下,是整齐的茅屋,三三两两的人出现在茅屋之中,茅屋是隐居士人的辐凑之地。远处,是城墙的一角,浓密而又模糊的树影之中耸立着红色的高楼。城墙与高楼构成的城市景象处于画幅左端的边角位置,是画中人物离违之地。文徵明借此构图表达好友张一川远离城楼朱阙、放任江湖的意愿。《一川图》王稚登跋:"入目多污浊,怜君操自清。""独有鱼龙隐,更无风浪摆。"道出了张一川保持操守,选择归隐的用意。乾隆帝理应看到这个题款,但是他显然不受其影响,径自将自己的题画诗加于城墙朱阙之上:"三篙新涨雨初足,一川春水萦浅绿。夹溪几树吐绯桃,隐约人家在岩曲。老翁课子事始耕,幸有数顷良田沃。韶华遍布泽及时,比户已兆盈菽粟。披图恍睹太平风,卧游神往心相属。"文徵明山水画的美景让乾隆帝"卧游神往",但原作"山水隐逸"的主题却被他"太平风光"的想象遮蔽了。画中"山水"用来和"城市"作对立,即此而弃彼,但乾隆帝的题画诗里,画中闲坐的士人被阐释为乡居的百姓,"山水"成为真实意义的"村居"之所,"高人逸士"不涉世事的谈话被注解为父子相传的"农事"讲授。根据这样的情境,乾隆帝凭空想象出一片良田,完全超出画幅之外,由此扩展了"乡野村居"的范围,且用"农耕"生活取代了观山观水的隐逸之情。

明张丑《清河书画舫》记载,有明一代,盛行"别号图"[2]。明晚以来,士人喜用别号,以彰显个人情怀,与传统伦理道德疏离。别号图,即根据别号的用意作图。别号图一般应朋友之邀,作画相赠。画作紧扣受赠者的"别号",强调受赠者的情怀,表达彼此意趣的相知、相通。别号图或虚构山水,或在实景之上加以适当虚造,有实有虚,亦实亦虚,以"隐居"的旨趣为主要内容。不喜隐逸的乾隆帝在题画诗中完全更改了别号图的隐逸主题。

山水已变,山水之中人也跟着变。乾隆帝的题诗中,没有了隐者,只有生活在山中的百姓。文徵明《绿荫草堂图》中,林峦苍翠,一道飞瀑似白练,倾泻而下。文徵明说明"幽人"居此山中,看花看瀑,自有一段"闲情"("幽人早晚看花去,应负山中一段云……白头点笔闲情在,莫道聪明不及前")。这样的"闲情",文徵明怀抱着欣赏和追慕的态度。乾隆帝也被山中美景打动,但他解释画中"策杖老人"因为山中美景吸引,结茅山中;问其家私,虽比不上富贵,但也是小康之家("杖策常看隔岸青,结茅为爱平林绿","生计何须二顷存,家私颇喜千编织")。文氏画中隐居的"幽人"被替换为一名"老人",士人隐居山林的意趣降格为普通百姓的寻芳访胜。隐逸山中的"幽人"不见了,山水画变而为"风景画"。在乾隆帝的题画诗中,山林和老人的居处"隔岸"相对,老人因"隔岸"的风景走入山中,乾隆帝还为他考虑结茅山中的物质基础。与其说乾隆帝关注山水画中隐者的精神追求,不如说乾隆帝关心着寻常百姓的衣食住行。在乾隆帝的眼里,山水画中没有独立于俗世之外的"高人",只有生活富足而享有悠闲生活的百姓。

山水既已改变其定位,画中的主人公——那些听泉听瀑、看花看山的"山中叟"、"幽人"注定被重新安排事务,这些事务与"隐逸"无关。文徵明《溪亭客话》题云:"何人得似山中叟,对语溪亭五月凉。"山中人在飞瀑之下闲坐,文徵明对此不禁向往之至,而乾隆帝对山中人坐论"溪亭五月凉"存有异议:"剧谈想是羲皇上,哪管人间炎与凉。"山中叟不以人间冷暖为念,"隐逸"不是一个明智的选择。乾隆帝题《文徵明松阴听瀑图》:"为爱泉声涤垢思,不簪不履坐厜防。山庄曾学斯人听,却愧中涓供奉随。"(《御制诗》三集卷十二)在他看来,朝廷官员若有人学画中人听瀑,是要愧对朝廷供奉的。山中人闲坐、剧谈,不妨将世俗人情带上。乾隆帝《题文徵明茂松清泉图》:"茂树嘉阴默相对,肯谈俗事拟班荆。""班荆"指班固投笔从戎、荆轲刺秦王的典故。山中闲坐的人与其默然相对,不如讲习武事。

第三节　乾隆帝改易山水画主题的原因

因为身份的原因,乾隆帝对于山水的情怀与文人不一样。山中听瀑,乾隆帝只是赏析美景,得诗遣兴,即可言归。身为皇帝,乾隆帝认为自己不能像"无事人"那样,终日对着一挂瀑布流连勿返。他解释自己不愿意耗费时间在山中,因为他心中还装有百姓。乾隆帝作《听瀑》诗,云:"安得无事人,对之究无始。得句即言归,勤民而已耳。"(《御制诗》三集卷二十八)因为有俗世的事务(勤民),所以不能做隐居之人。这也是乾隆帝不赞同文人山水画隐逸主题的一个原因。

作为入主中原的统治者,正如欧立德先生所说,乾隆帝和他的皇室成员需要"优雅"的汉文化,但是不甘心受汉文化同化[3]。在实体上占有皇宫内大量古画收藏的同时,乾隆帝把自己的意愿加于这些画上。这些画原本蕴涵的士人精神,让位于皇帝一己之喜好。凡皇帝所题之画,甚至成为宣扬皇帝旨意的载体。

不仅仅是对别号图中的山水隐逸主题无动于衷,乾隆帝甚至对明以来文人之间盛行的"别号"很反感。乾隆帝众皇子中有人以书斋名为号,见之图章,叫乾隆帝看到。乾隆三十一年,他曾下谕皇子不能自起别号,诗画落款亦禁用别号,因为别号是"师傅辈书生习气",意即皇子起"别号",是受皇子的儒学老师的影响,但这只是"书生习气"。在他看来,"别号"以虚名相尚,浮伪鄙俗,无裨实用。他自称从未私取别号,只是雍正帝在他二十二岁时给他取号"长春居士"[4],他自己从未用以署款题识。乾隆帝说出了一个不容否认的事实:"别号"之风自晚明一直延续到清乾隆时期,皇帝及皇室均受其影响。反对"别号",只是乾隆帝一己之好恶,但这足以影响到他对山水画的认识和评价。山中风景虽好,但皇帝不能隐逸,朝廷官员不能隐逸。山林是富贵人家闲居的庭院,山水画其实是农耕社会的写照,这都是太平盛世的缩影。欣赏文人山水画,或许可以亲身体验天子泽被万物的欣喜,满足自己对百姓生活悠裕、民风淳朴的想象。这种想象和画作的作者及其时代无关,它消解了原作的"隐逸"主题,且重新规范了山中人的道德行为准则。

　　乾隆帝对于文人山水画的态度,与他推崇满人娴习弓马的生活方式、刻意与汉文化保持距离有必然的联系。乾隆时期,皇宫卫士亦以脱剑学书为"风雅"。摒弃"书生习气"的乾隆帝,推崇弓马骑射的教育。乾隆帝下谕,娴习弓马,才是务本之举[5]。乾隆帝看到了汉文化对满人的吸引力,但他惧怕改易衣冠,变更旧俗。所以,当他赏读诗画,追崇汉文化的"风雅"的同时,总是与汉文化保持一定距离。这使他在传统的山水画中加入自己的阐释,题诗、钤印,以使自己的解读代替山水画原作的旨趣。随着乾隆帝的题画诗被录入《御制诗》,并在全国范围内不加限制地刊行,乾隆帝对山水隐逸的态度直接影响了文人臣子的诗画创作,这是毋庸讳言的。

　　结语:乾隆帝的题画诗不为画中诗意而作,他的题画诗重新阐释了"山水画"的意义。山水,不再是文人寄兴之所,而是帝国版图的一部分。山水中的人,不再是高人、隐士,而是封建帝国的子民。故乾隆帝乐于在山水画中看到一个充满秩序的农耕社会,有意改写了文人笔下理想的栖身之所,从乾隆帝对山水画的态度,可以看到他对中原文化传统的看法。

【注释】

[1] 本文所用乾隆帝的题画诗,除特殊标明之外,均为乾隆帝题写于文徵明画作上的诗作。本文所用文徵明画作的题跋,均录自原画,并参考吴诵芬、童文娥、谭怡令编《明四大家特展:文徵明》,台北故宫博物院,2014 年版。

[2] 张丑:《清河书画舫》,卷十二,四库全书本。

[3] 贾建飞:《欧立德教授谈清史研究》,《国外社会科学杂志》(中文版),2009 年第2 期,第 65 页。

[4] [5]《清高宗实录》,卷七百六十,中华书局,1985 年版。

【延伸阅读】

[1] 高居翰:《不朽的林泉:中国古代园林绘画》,黄晓、刘珊珊译,三联书店 2012
年版。

[2] 高居翰:《山外山:晚明绘画》,王嘉骥译,三联书店 2009 年版。

[3] 吴企明编:《清代题画诗类》,国家图书馆出版社 2016 年版。

第九章

中国戏曲的继承与创新

【引言】

　　中国戏曲作为一门既古老又现代的艺术，一直受到人们特别的关注。在影视艺术没有出现的时候，它一枝独秀，深受追捧。在剧本创作领域，佳作如林；在舞台表演方面，名家辈出。许多具有里程碑意义的作品和标杆性的人物至今还是人们学习效仿的榜样。戏曲还能否再次取得元明清时期的辉煌成就？能否积蓄力量，认清形势，再达到一个新高度？这是当今所有戏曲从业者及爱好者共同关心的问题。

　　戏曲艺术遵循其自身独特的发展规律，而非新陈代谢的自然规律。优胜劣汰适者生存，但艺术上的"优"或"劣"并非以时间的先后来划分。既具天赋又努力钻研因而取得了不凡成就的艺术大师，令后人望其项背、努力追赶的事例有很多，后来者走弯路的情况也并不少见。

　　戏曲艺术因为它漫长的孕育期，因为它综合性极强的特征，它对每一种艺术形式的吸纳与融合都不是偶然的添加，而是有着深广的历史文化原因。因而，对戏曲的学习和研究应有全局观念，而不能将目光盯在某一个阶段或戏曲的某一方面。

　　戏曲艺术古老，因为它有一千多年的悠久历史；戏曲艺术厚重，因为有众多德艺双馨、受人爱戴的表演艺术家和潜心钻研、精准评判的戏曲理论大师。时代的发展会带来许多新事物，也会淘洗掉一批旧东西。对于戏曲工作者而言，既应看到生活内容的变幻发展，也应该清楚表现生活手段的相对稳定。戏曲艺术不应该像新闻报道一样紧跟时代的步伐，而是应该放缓脚步，让自己沉淀下来，对收入眼帘的东西加以过滤、选择和提炼。

　　千余年的戏曲发展史就是戏曲的传承和创新史。传承本身就意味着创新。因为，如果缺少了创新，戏曲艺术（包括所有艺术形式）就会停滞不前；而创新，也是在继承基础上的创新。在戏曲发展面临新挑战的现阶段，人们对这个问题格外关注起来。

【思考】

1.戏曲题材多历史故事和传说,戏曲表演具有严格完备的程式化特点,据此,有人认为戏曲不适合表演现代生活。怎样看待这一问题?

2.中国戏曲在元明清时期极为兴盛,深受追捧,而现在却遭遇冷落。如何理性看待这一问题?

第一节　关于剧本的几个问题

剧本的重要性,不仅仅在于故事内容本身,更在于故事中渗透的传统文化内容及时代精神。

剧本以其表现内容和产生的年代为标准,一般分为传统戏、新编戏、现代戏。其中,传统戏和新编戏无论从质量、数量还是对观众的影响都远远胜过现代戏。传统戏和新编戏的内容多改编自前人笔记小说、史传演义之类的作品,人们对剧中的人物及其故事并不陌生。人们熟知的一些著名剧作,如《西厢记》《牡丹亭》《汉宫秋》等,都不是王实甫、汤显祖、马致远们的原创,而是剧作家在前人小说或传说基础上的改造加工,也就是说,这些优秀剧作都是在继承基础上的创新。

一、剧本的地位

通常,我们对剧本的认识是:剧本是一剧之本。这个说法无疑将剧本的地位排在戏曲活动的首位,其重要性不言而喻。但是,如果我们仔细梳理一遍中国戏曲史,同时对不同时期舞台表演的情况也加以关注和研究,就会发现,"剧本是一剧之本"的说法是不严密的。考察一下中国戏曲史,会发现一部戏曲史主要是以剧目的演出为核心构成的。而"戏曲剧目"的存在形态有两种,一是以演出的形态出现;二是以写成文字的剧本形式出现。[2]

以演出形式存在的剧目,是指通过表演、演出来创造的剧目。即由演员或演员与书会才人合作,用口述或加文字记录的形式制定"条纲",即设定主要关目、关键情节、上下场场口,或再加上重点的唱词、念白。其余则由演员临场去创造发挥。演出之后,如若不成为保留剧目,则不再有任何形式的剧本存在。

以写成文字的剧本形式出现的剧目,是指前述第一种演出成为保留剧目后,用文字加以记录或整理而成;还有以剧作者的剧本为基础排演的剧目。

戏曲理论家也非常重视场上演出的重要性:"盖戏剧本为上演而设,非奏之场上不为功,不比其他文体,仅供案头欣赏而已足。"[3]认为戏剧最主要的目的为登场扮演,其间的衍变,应当比无论哪方面都要来得重要。舞台上的事物,是整个戏剧的外形,戏剧既为表演而设,则舞台部分实比声调文词更为重要,更可看出戏剧的史的演进。

　　总之,剧本与演出的关系是相互促进的。有了高质量的剧本,才会有高水平的演出;而高水平的演出,必定会促使剧作家创作出更好的剧本。虽然剧本和演出之间不成正比,但它们一定是互相促进的、不可分割的。

　　不同时期的剧本情况也各有不同。元杂剧的舞台演出情况已不可知,但大量的优秀剧本却流传了下来。杂剧的作者大多是知识分子。后人在这些剧本的基础上做了大量改编和再创作。明清杂剧及传奇也是戏曲史上值得大书特书的一笔,他们的创作主体也是知识分子。无论是元杂剧还是明清杂剧及传奇,剧本的文学性和故事情节的曲折性均引人注目,它们既可以作为案头阅读的文本,也可以作为场上扮演的底本。其价值不可抹煞。清后期的花雅之争以及花部的占上风,戏曲的创作队伍也发生了变化,由文人为主而变为市民、农民、工商业者为主体,其风头盖过了文人。剧本和演出的关系也变得更为复杂,或者所谓剧本只是一个故事的大概框架,演出时在不断地加以调整;或者经过多次演出后定下的剧本,又在后来继续流传开来。现在舞台上许多流传久远的剧目,如《打渔杀家》《四郎探母》《贵妃醉酒》等,均属这种情况。

　　由此可见,一个剧目是否受欢迎,是否有市场,不是剧作者或者表演者任何一方决定,而是综合水平的呈现。一次创作和二次创作均不可偏废。

二、剧本的特点

　　1.剧本中多历史故事。纵观千余年的中国戏曲史,绝大部分故事是来源于笔记或小说,或神话传说,或历史演义,剧作者原创性作品少之又少。这一点连意大利传教士利玛窦都觉察到了。利玛窦在明代万历年间来到中国,在观赏了中国戏曲的表演之后,说:“几乎他们所有的戏曲都起源于古老的历史或小说,直到现在也很少有新戏创作出来。”事实的确如此。对于戏曲的取材特点,戏曲界有一种说法:“唐三千,宋八百,唱不尽的三(国)列国。”其他三百多种地方戏暂且不谈,单说京剧的传统剧目就极为丰富。1957年出版、1963年增订的《京剧剧目初探》,收入剧目1383出,而1989年出版的《京剧剧目辞典》中,则多达5300余出,减去同剧异名的重复剧目,大致还有4000余出。如此丰富的传统京剧剧目,实为中外剧种所罕见。早在20世纪50年代初,上海京剧界对传统京剧剧目就有一个比较详细的统计:在155个先秦剧目中,有31个出自《封神榜》,109个出自《列国志》;176个三国剧目,全部出自《三国演义》;186个隋唐剧目中,139个出自各种小说演义,其中《隋唐演义》53个,《西游记》42个;278个宋代剧目中,有248个出自各种演义小说,其中《水浒传》《后水浒》《荡寇志》84个,《杨家将》《呼家将》等47个;28个元代剧目中,有27个出自《英烈传》。

虽说"中国历史全在戏曲舞台上",但我们不能将舞台上的历史故事、历史人物等同于曾经出现过的历史故事和人物,至少不能认为舞台演出是对历史的复制与摹写。

中国戏曲具有强烈的象征性和寓言意义。如李渔所说:"传奇无实,大半皆寓言耳。欲劝人为孝,则举一孝子出名,但有一行可纪,则不必尽有其事,凡属孝亲所应有者,悉取而加之,亦犹纣之不善,不如是之甚也。一居下流,天下之恶皆归焉。其余表忠、表节,与种种劝人为善之剧,率同于此。"[4]李渔虽然说的是传奇,但这种编剧手法其实是传奇之前和之后的剧作家们乐此不疲而使用的,剧作家要把他对生活的观察和对事理的思考通过一定的形象表现出来,因而不可避免地就会有一些移花接木、张冠李戴的事情的发生。

熟悉中国戏曲的人都会同意这样一种说法,舞台上经常会出现一些似曾相识的故事:恋爱剧,多是"私订终身后花园,落难公子中状元";婚变剧,多"书生负心附高门,冤女阴间来索魂";宫廷剧,多"白脸奸臣害忠良,抄斩遗孤大报仇";神话剧,则是"上天飞降思凡女,贫贱夫妻乐相守";侠义剧,则"见色强霸花公子,拔刀相助拜义兄";公案剧,则"贪财害命陷无辜,公堂铁面断是非";功名剧,则"高堂逼考别荆妻,一门旌表大团圆";家庭剧,则"嫌贫爱富兄与嫂,苦读书生衣锦归",等等,不一而足。

剧作家世事洞悉,人情练达,在充分了解观众结构和心理的基础上,他们在一个个看似"重复""缺少新意"的故事中,表达自己的艺术构思和审美理想,并希望这样的作品能唤起观众相应的反应,创造出相应的解释或由那些解释而得到相应的审美感受。从观众一方来说,人总是按照种种动机关心着种种情报和信息的。他们在观赏时,通过已有的生活阅历和知识同旧材料的相互作用,可以创造出一种新的东西,或一种全新的体验。谁能说张生与崔莺莺的故事只是对恋爱中的人们有所触动,而让其他观众或读者无动于衷呢?谁能说秦香莲的遭遇只让具有类似经历的女性感同身受,而没有让其他观众产生情感的共鸣和理性的评判呢?

戏曲之所以偏爱历史故事,或许是由于:

其一,戏曲发展过程中,不时遭到种种禁演令的限制,剧作家创作上失去了自由,对某些题材不能触碰,无奈之下只好转回头去在古人古事中寻找创作灵感。当然,以古人古事为题材,并不等于剧作家是在毫无意识的传达一个故事,而是在故事中融入了自己的思想和倾向。这也是古代题材作品至今盛演不衰的一个重要原因。

其二,是剧作家对观众心理的透彻了解和对艺术创作规律的精准把握。艺术品的价值体现在创作者的独创性和欣赏者的可理解性之间,如果二者达到一个恰当的程度,就是最好的状态;如果一件艺术品完全是独创的以至于其独创性超出了欣赏者的理解范围,或者说艺术品完全没有独创性以至于没有丝毫新意而使得欣赏者失去了兴趣,那都达不到艺术欣赏或者审美的目的。在审美信息中存在着已知和未知、预料和未料到、新的和旧的相互作用的关系。剧作家早已经洞悉观众看戏的心理,于是多在历史人物身上编织故事,让观众们在观看时既觉得熟悉亲切,又觉得新奇有趣。

其三,是在戏曲长期发展过程中由戏曲工作者和观众双方决定的,是经过自然选择的结果,它符合观赏者对事物认识、接受的规律。人们对事物的认识总是遵循一个循序渐进的过程,对艺术品的欣赏尤其如此。让一个从来没有赏画经验的人来欣赏梵高的画作,恐怕他会头脑一片空白,得不出任何客观、准确、合理的结论。因为他缺少欣赏能力,他头脑中没有一点关于绘画的知识,不知该从哪里开始去欣赏一幅画作,自然即使面对再好的作品也不会欣赏。所以说,一件艺术品是否具有可欣赏性、可认识性,取决于认识者和艺术品本身两个方面:认识者应具备一定的认识能力,即要储备、积累一定的关于此类艺术品的知识。艺术品本身既要有创新性,又要具备可理解性。

戏曲作品的选材,大多为前代故事或流传已久的故事传说,这些故事对当时的人们来说,既不是一无所知,也不是了无新意。或许他们通过其他渠道了解过此类故事,对故事情节及人物关系有了或清晰或朦胧的认识。当用戏曲的形式再次演绎这些故事时,观众一方面以头脑中先已存在的知识预测舞台上将要发生的故事,另一方面又从目前正在观看的这种唱念做打并重的综合表演形式中获得了更多的审美感受。古代题材的戏曲之所以受欢迎,一个重要原因就是它符合观众认识事物、接受新知识的心理规律,观众在已知和未知、预料到和未料到、旧的和新的信息的互相作用中获取更多的审美信息。

2.剧本价值的决定因素。包括戏曲在内的艺术作品是美学信息的源泉。从这些作品里我们能够得到一些关于世界、人生、风俗、道德、作者的世界观和兴趣等的消息,甚至关于某一时代的经济和政治生活的消息。当然,对每一个人来说,由于个人爱好、习惯、兴趣、需要、修养等的不同,不会对所有信息都感兴趣,尤其是不一定对所有信息都能够识辨并接收得到。

人在选择、接收信息时是存在着一定的目的性和创意性的,加之对信息本身的解读要受种种条件限制,因此,同样的信息在不同的人那里的实现程度是不一样的。

(1)时代因素。古代题材的戏或者说曾经让古代人深深沉迷的戏未必会让现代观众感兴趣。由于观众兴趣的改变和新的洞见,对于故事的特征的强调发生了变化,过去令人深感兴趣的东西到了今天会变得让人难以忍受。

在近千年的戏曲史上,有些曾经轰动一时的名剧到今日湮没无闻,有些众口传唱的故事在今日不再被人提起。虽然没有一个具体数字说明这种现象,但可以肯定的是,中国古代戏曲流传下来的只是其中一小部分,大量剧本由于种种原因而失传:战争、天灾、统治者的禁令、古代落后的传播手段及简陋的储存条件、剧本上演过程中优胜劣汰的竞争机制……此外,剧本所表现的生活与现代观众之间距离过大,或者说过去的剧本所表现生活的手法也已经大大落后,因而使观众失去了兴趣。

(2)语言因素。语言是随着社会生活的发展而发展的,在某一阶段,语言的内涵和外延是相对稳定的,但它们却又是时时刻刻在变化着。同一词语在不同时期的语意信息是不同的。戏曲多演绎古人古事的特点,决定了其语言表达与现代人的理解之间存在一定的距离。既要让现代观众看懂听懂,又要保持古人的语言风格,是一个需要认真对待的问题。

著名剧评家丁秉鐩先生在其所著《孟小冬与言高谭马》一书中,讲过谭鑫培改编《珠帘寨》一剧中唱词的故事。京剧《珠帘寨》是传统剧目。取材于杂剧《紫泥宣》和《残唐五代史演义》。讲黄巢起义,唐僖宗逃至美良川,派程敬思到沙陀李克用处搬救兵的故事。谭鑫培演李克用。谭鑫培在演唱时,经常换用新词儿。比如,在二皇娘传令发兵以后,李克用对程敬思唱的[摇版]最后四句是:"贤弟不必笑吟吟,休笑愚兄我怕、怕、怕夫人。沙陀国内访一访来问一问,怕老婆的人儿孤是头一名。"原来他一直都是这么唱。清末时把末一句改为"怕老婆的人儿,又加级,又晋禄,还要赏戴花翎"。花翎是清代达到一定级别的武职、文职官员的冠饰,当时的人们都不陌生,因而谭鑫培这样临时抓哏,卖噱头,很受台下欢迎。进入民国以后,袁世凯当总统,常常给文武大员或外宾授"宝星勋章",于是谭鑫培又将唱词中的"花翎"改为"宝星",这样唱:"怕老婆的人儿,又加级,又晋禄,还要赏戴宝星。"后来的谭派传人也都照唱"赏戴宝星"。如果说,民国初年时唱"宝星",大家都可以听懂,那么到1928年北伐成功后,"宝星"这一事物随着该政府的不存在而不存在了,此时再唱"宝星"恐怕就会令人莫名所以了。更不用说到了20世纪的四五十年代还有人这么唱,台底下的观众大多听不懂了。戏曲语言也有时效性。考虑到戏曲观众的接受能力,还是老词"孤是头一名"表达准确,且上口易懂。所幸,现在舞台上的李克用已经又唱回原词了。

黄梅戏《天仙配》,董永"我身在磨坊心在机房"一句,其中"机房"一词的语义变迁;评剧《花为媒》中,李月娥的"瞧见了小轿车就在门外停"一句中的"小轿车",也不是指机动车,而是骡子拉的车。这种情况还有很多,例如舞台上把老年妇人包括媒婆统统叫作"妈妈",把年轻女子都叫作"大姐"等。因为很多传统戏上演了有一两个世纪了,因此语言的内涵也会有所变化。这也提醒了从事戏曲整理、改编工作的同志,在尊重前人作品的基础上,也应适当考虑为现代人编写更好的剧本。语言是一种符号,是人们用以承载信息的工具。戏曲艺术首先是由语言构成的,接受者通过语言来认识并接受作品。一个剧本所涵纳的思想容量,并非语言本身,而是语言所承载的信息。

(3)剧本的稳定性与可变性。剧本是场上演出之本,由语言文字的形式组成并以文字的形式确定下来,从历时的角度看,它具有稳定性。但由于剧本信息的接收者即演员具有集体性特点,因而即使不对剧本做任何改动,场上的演出也会呈现出各不相同的样貌。不同的表演者在把握情节和理解人物时会有所不同;即便对人物的体验相同,在表演时还会有技术手段上的差异。因而,舞台演出总是会给剧本额外增加一些内容。另一方面,文本信息的传递要靠多种媒介,包括剧场环境、灯光、音响,还包括演员自身条件——体型、嗓音、语速等,这些都属于不稳定因素,即使同一演员在同一地点上演同一个剧作,对文本的表现也不尽相同。

一般的文学作品一经完成就不太改动,剧本则不同。剧本是为场上演出而准备的。场上演出的过程是与观众交流互动的过程。观众对演出状况的反馈,会影响到剧本的创作及修改。以京剧《珠帘寨》为例:《珠帘寨》的主角李克用最早是由大花脸扮演,故事情节和唱词都比较简单。后来余三胜演此戏,情节词句都添了许多,且将李克用改为靠把老生。谭鑫培在学习并模仿余三胜的基础上,对唱词和情节又改了不少,使得情节更加紧凑火炽,整部戏文武并重。现在我们看到的《珠帘寨》基本上是谭鑫培的定本。但在演出过程中,不同演员根据自身条件又做了不同程度的修改:王瑶卿演二皇娘时,又为该角色增加了许多小情节,使得二皇娘的戏份较前有所增加,人物形象自然得以突出并更加丰满。梅兰芳演二皇娘时,他在模仿王瑶卿的基础上,又加了一段唱工、两场把子,仍然很受观众欢迎。因为梅先生嗓子好,又会唱,他添的唱工自然会为角色增彩。至于那两场把子,加得也是有道理的,戏中二皇娘掌握兵权,她当然就有武才,既有武才当然就应该上阵表现出来,这样既有利于塑造人物,又为观众带来了审美享受。

可见,剧本文字形式的稳定性是相对的,其内容的可变性是绝对的。一个剧本即便编得再精心,情节及文字再无可挑剔,演员排演的时候也会根据所处环境的不同而作相应的改动:或是因为时代风俗的变化,要改动具体词句及表演风格;或是因为大多数观众听着对胃口,要改动唱腔。从观众的角度论,有时候爱听唱工,有时候爱看情节,有时候喜欢高腔,有时候喜欢长腔,还有人爱看武把子,所以旧本子重排,一定是排一次改一次。

(4)剧本的通俗易懂性。戏曲观赏的集体性质决定了个别人不能影响演出的节奏和速度,也不能因为某一部分未曾理解而要求重复。

既然戏曲观赏不存在反复"求解"的可能(重复观看除外),照顾大多数观众的欣赏习惯及接受能力就成为剧作家首先要考虑的问题,对剧作也提出了相应的要求。

首先,剧本的容量和篇幅。考虑到剧本是为演出提供脚本,而演出是受时间和空间因素限制的,所以编写剧本不能像写长篇小说一样,也不能像写连续剧底本一样。中国戏曲在长期的发展过程中,无论是剧作家还是评论家都总结出了许多宝贵的经验,以供后来的创作人员借鉴。其中,清代剧作家和戏曲理论家李渔提出的编剧"一人一事"说,尤其受到重视。回顾戏曲史上那些经典作品,几乎都是尊奉"一人一事"的创作理念;即使是改编自长篇小说的剧作,也只是从小说中取出一个故事或以一个主要人物为中心来创作。实践证明,那些无视舞台演出规律和忽略观众看戏心理的作品,终究会遭到淘汰。如清代宫廷编写的240出的连台本大戏"水浒戏"《忠义璇图》和240折的"三国戏"《鼎峙春秋》,由于篇幅冗长,在当时就很少作全本演出,后来更是失去了舞台演出的价值。

其次,剧作风格的简约和语言的明朗。为了保证剧场中交流的顺畅,一个剧本在做到内容组织合理、人物塑造突出的前提下,还要注意一些看似"细节"的问题,如人物语言的个性化问题,整篇剧作风格一致的问题等。

再次,剧作者要具有"融化原作"的力量。因为戏曲故事多是改编自前代故事和他人作品,而前人作品本已属优秀之作,如果不注意,就会不知不觉地将别人的作品照搬到舞台上。比如从前演《黛玉葬花》时,让黛玉唱整段的《葬花词》,《文姬归汉》中蔡文姬唱整段《胡笳十八拍》原词,"聊斋"故事中的《胭脂》故事念整段的《胭脂》原判词,等等。这些剧作的改编者或许认为原词生动传神,故而照搬。然而却忽略了文学作品与戏曲艺术的区别;把文学作品改写成剧本,就要考虑到是面对由各色人等组成的观众,而未必所有观众都能听得懂那么高雅的文人词,更何况看戏还不像看小说,如果一遍看不懂可以看第二遍,看戏的过程是不可逆的。为了让观众轻松愉快地欣赏戏曲表演,最好的办法就是把故事交待得清楚易懂,把戏词处理得浅显明白,必要的时候,化用原作语言而成为人物性格化的语言。

第二节　中国戏曲表演的独特范式

对戏曲前途命运的关注与担忧,主要表现在围绕着戏曲的内容与形式问题展开的一系列讨论。

综合各方意见,主要为两大类:一种认为需要改变的是戏曲的形式。理由是:处在一个变革的新时代,文艺的表现对象——现实生活在变化,文艺的服务对象——广大观众的审美趣味、文化素养和心理节奏也在发展,因而传统戏曲旧有的表现手法已远远与之不相适应。另一种观点认为:戏曲有自己的艺术规律和独特的表演体系,每个剧种都有不同的风格。戏曲是综合艺术,优势在于无所不包,无所不用,技术性因素都与剧情和人物结合起来。吸收、借鉴其他艺术形式的长处,也应立足于丰富戏曲自身特有的功能,而不是取消戏曲的特点。

(一)表演者与符号的重要性

戏曲不同于其他艺术形式的特殊性在于它必须经过演员的二度创作才能展现

在红氍毹之上，它是作者和演员共同创造的结果。戏曲创作的特殊审美心理规律同样也在戏曲表演中得到体现，对于戏曲作者的要求同样也适用于戏曲演员。一旦戏曲演员进入炉火纯青之境，他在舞台上的表演就会表现出明显的无目的性、不自觉性和不确定性。戏曲艺术价值的实现，有赖于演员对文学剧本的理解，并以极为相称的、精湛的表演技巧，将剧本的思想、主题和内容传达给观众。

戏曲表演是二度创作，演员通过对角色的悉心体验和显示于外的唱念做打等艺术手段，形象地完成剧作者的艺术构思。当演员以自己的艺术修养、追求目标及对角色的独特理解去塑造某个人物时，剧本和剧作家的作用就远远小于表演和演员的作用了，戏曲的重心就明显从文本转移到演技，演员顺理成章地成为戏曲传播的主体。

由于演员自身艺术素养和追求的不同，即使对同一出戏的同一个人物的塑造，也会因人而异。有的演员唱得嗓音婉转，潇洒动听，有的念得斩钉截铁，铿锵有力。当观众认准了某一流派或某一演员对某个角色的塑造，而随着时间流逝，当该流派或该演员离开了舞台，其后继者未能给观众带来从前那种刻骨铭心的艺术效果时，这部作品或人物就面临着从人们视野中消失的危险。戏曲史上很多剧目的佚失，除了时代的原因使得观众改变了欣赏趣味，还有一个重要原因就是演出的质量问题。

戏曲是一种现场交流的艺术，创作者和接受者在同时同地出现，二者之间赖以交流的中介物就是符号。对于接受者而言，符号的重要性不亚于它所代表的现象和物体，如果能既重视符号的作用，又了解它所意指的事物，那么就能够最大程度获取有益信息，得到审美愉悦。

实践往往走在理论前面。中国戏曲的从业者头脑中还没有"符号"这一概念时，就已经充分地表现出对符号的重视和热爱。本着"好听，好看"、娱乐观众的目的，舞台上处处都是令人赏心悦目的符号：从演员的各式服装、各种化妆，到高低粗细不一的嗓音，从开合度、幅度不一的动作，到夸张度、庄谐度不一的表情……无一不是承载着丰富信息的各种符号。从服装的色彩、图案、款式上，观众看到了人物的地位、身份；从面部色彩不一的化妆上，观众看到了人物的性情、气质；从演员的声音、动作上，又看到了人物的年龄、性格……大幕拉开之前，只要音乐响起，人们从音乐是轻松的还是沉闷的，节奏是欢快的还是压抑的，就能判断出即将上演的是武戏还是文戏，即将出场的是武将还是文臣。因为答案都蕴含在音乐符号中。此外，舞台上演员的一举一动，武戏招式的你来我往，人物的一颦一笑，无不是在现实生活基础上的对生活中动作的提炼和加工而形成的各种各样的符号。

这些符号的出现和应用，美化了舞台，提炼了生活，升华了情感，净化了心灵。它们是观演之间长期交流基础上的默契，是人们的主观约定。人们对各种符号的了解和掌握也需要一个逐渐适应和学习接受的过程。掌握尽可能多的戏曲符号，就意味着在观赏戏曲过程中减少认识上的不确定性,获得更多的艺术享受。

二、二次创作的超越性

在中国戏曲表演中,凡一切"形之于外"的动作,无论它们是从生活动作中直接取来的,还是从自然、生物等形象借鉴来的,都必须经过不同程度的提炼、筛选、夸张、变形、美化和规整,使之充分地歌舞化和节奏化,从而磨炼、沉淀成为一种赏心悦目的程式动作。演员以这些动作程式塑造人物、表演剧情的过程就是二次创作的过程。

二次创作具有一定的不确定性。创作者的素养及技术手段不同,决定了二次创作时目标实现程度的不同。大部分的二次创作属锦上添花,使原作越唱越响;但偶尔也会有乌云蔽日的时候,场上的演出没能充分展现出原作的光芒和精粹。

对戏曲艺术来说,二次创作的重要性要远远超过剧作者的作用。且不说在这一环节对受众影响的范围之广,仅就舞台演出给观众带来的艺术享受和审美体验,其程度就是阅读剧本所难以达到的。观众所体验的真正的赏心悦目,只有在演员的二次创作中可以看到。

戏曲史上大部分经典剧作的传世,也是得益于演员的二次创作,甚至有些剧作会直接令人想到它的创作者。比如,提到京剧《贵妃醉酒》《霸王别姬》,人们就会想起梅兰芳先生;提到《锁麟囊》《荒山泪》,人们会想到程砚秋先生;提到《定军山》《珠帘寨》,人们想到谭鑫培先生,等等。从这个意义上说,二次创作的重要性远远胜过剧本创作,它使得剧作者真正成了"幕后英雄",以至于观众只记住了演员的表演而忽略了剧本的编写者;其次,二次创作的重要性在于它可以弥补剧作的不足,激发剧本的潜在能量,让一个看似极为一般的剧本通过演员的表演而焕发出光彩。这样的事例在戏曲史上并不少见。如当年齐如山先生为梅兰芳先生编写的《嫦娥奔月》,这本是一出八月十五的应节戏。剧情很简单,讲嫦娥吃了仙丹后飞升到月宫的故事。当时齐先生周围的人看了剧本后,都很不以为然,也没对该戏抱有多大希望,包括主演梅兰芳先生。但齐先生更富远见,他认为只要安上些身段,好好排排,就可以大有看头。于是在"采花酿酒""醉后思凡"等场次,安排了花镰舞、水袖舞等舞式,又给梅先生特别创制了一种古装,果然,该剧演出大受欢迎。《嫦娥奔月》的演出成功,说明舞蹈动作的重要性,它在美化舞台形象、抒发人物情感、营造戏剧意境等方面都发挥了积极的作用,而且也是对中国戏曲唱做并重、歌舞合一的美学特色的一次有益实践。剧本看似缺少亮点,但演员的创作可以触发亮点,为剧作增辉添彩。

戏曲作为一种综合艺术,由于所涉及的艺术门类多且杂,这就对演员提出了更高的要求,不仅要善于在台上表现,而且要加强在台下的学习积累,真正做到"达词句中之义""传词句中之情"，在表演时做到"唱必字正腔圆；做工必合其人之身份；神气必合其事之形容；腔调必合其人之语气"。

三、舞台上"无"中生"有"

中国戏曲舞台的特点是：看似一无所有，实则应有尽有。这个"有"和"无"是一种辩证关系，是"有"还是"无"，由剧情决定，由演员的表演决定，更由观众的接受能力来判别。

不同于现代西方戏剧舞台的写实主义风格，中国戏曲的表演跟古希腊时期的戏剧表演有几分相似，这种相似表现在某种程度的假定性上，比如古希腊戏剧表演过程中，对人物的上下场是有规定的：来自乡下的人物从观众的左方上，来自城市的人物从观众右方上，下场也是如此；剧情比较简单，布景也简单，等等。中国戏曲舞台受到戏曲形成时期物质条件的限制，一切从简；又受到中国传统文化的影响，不求形似而追求神似，不重写形而重写意，久而久之便形成了舞台上几乎一无所有的场面。最典型的舞台是一桌二椅的搭配，而这一桌二椅并没有固定的意义，视剧情而定：如果演的是宫廷戏，则它们是龙案；如果演的是县衙判案，它们是公案；如果演的是宴饮场面，它们又成了酒席……一切皆有可能。如果对中国戏曲舞台的特点不熟悉不了解，就难以欣赏全剧完整的表演。

观众随着演员的唱念做打而展开自由的想象，想象中融入自己的体验。在戏曲观众看来，舞台上没有布景但不等于没有"景"，相反，这种"景"还会随着演员的唱念做打而改变，观众们理解并认可"人在景在，景随人移"的规律。京剧《白蛇传》中，白素贞唱："离却了峨眉到江南，人世间竟有这美丽的湖山。这一旁保俶塔倒映在波光里面，那一旁好楼台紧傍着三潭；苏堤上杨柳丝把船儿轻挽，颤风中桃李花似怯春寒。"一方面交待了故事发生地西子湖畔的美丽景致，一方面表现了人物喜悦的内心，并预示了即将要发生的美好的故事，让观众也随之进入到一种春风拂面、桃红柳绿的江南美景中。

其次，以念白写景。戏曲中，念白的分量要小于唱，但它仍是一种重要的表现手段。念白的重要性表现在衔接剧情上，如当剧中人物初次相遇时，当情节需要转换时，或者一方要想引起另一方注意时，均需用到念白。京剧《太真外传》中，杨玉环来到长生殿前，对李隆基说："你看，新月如规，双星隔水，好一派清秋光景！"通过念白渲染秋夜天空的环境气氛，并引起观众注意此时此地的情景。

再次，舞台上可以通过以演员的动作表情来表现时间、地点等要素。如《拾玉镯》中的开门、关门，观众就可以明白人物此时所处的具体环境；《三岔口》中，演员在明晃晃的舞台上通过一系列试探性的动作竟然可以表现出漆黑一片、伸手不见五指的感觉，既交待了时间是在黑夜，也告诉了地点的不安全，以至于让观众也有了屏息凝气、紧张心跳的感觉。

另外,还可以通过武打或舞蹈来描绘景物。如《林冲夜奔》中林冲通过一系列的舞蹈动作,配合唱词,将他夜奔梁山的沿路景况表现出来;《挑滑车》中高宠通过跃马挥枪向山顶冲锋被滑车阻了下来的表演动作,既表现出高宠的英雄气概、坐骑的疲劳致死,又表现出了山路的险峻、滑车的沉重;《打渔杀家》中,演员通过挥动手中的船桨,可以表现出船的行进状态,是进入了激流险滩,还是到了水势平缓之地,等等。中国戏曲舞台几乎一无所有的特点,恰好为演员的表演提供了条件,留下了空间,可以让演员尽情施展自己的技艺,深入刻画人物,有力渲染剧情。

话剧是布景里面出表演,京剧是表演里面出布景。这句话概括了两种表演方式的本质区别。没有停滞不动的艺术形式,不同的艺术形式可以在交流中互相借鉴,但前提是保留自己独特的风格,而不能在借鉴中失去自己的特色。

四、角色行当的意义

戏曲是一种程式化的表演艺术。戏曲的生、旦、净、丑四大行当是程式化在人物身份设置上的体现。每一行当都有自己的规范和要求。一个戏曲演员在学习全部的唱念做打基本功的基础上,还需精深钻研自己所属行当的表演技艺。

信息理论告诉我们,信息的形态分为自在信息、自为信息和再生信息三类。舞台上的艺术形象属于再生信息,他们是剧作家在分解组合众多感性认识对象的基础上通过形象思维而加工创造出来的。再生信息又分概象信息和符号信息两种基本形式。

戏曲行当的特殊性在于它们既属于概象信息,又属于符号信息。

因为概象信息是对诸多同类认识对象共同本质特征的形象反映,而戏曲行当,无论生旦净丑,都是对在年龄、性别、性格、气质、地位等方面有着相似之处的人的概括,每一大类中又可细分出许多小类,而每一小类的划分也是按照一定的标准。比如,旦行中的正旦,如果问"正旦是谁",则难以回答,因为正旦不是哪一个人的称呼,而是一类人物的统称;如果问"谁是正旦",则有很多答案,我们可以回答:赵艳容、白素贞、赵五娘、秦香莲、王宝钏……都属于正旦行当。一般说来,人们这样界定正旦:正旦,旦行的一支。原为北杂剧行当名,泛指旦行中主角。近代戏曲中的正旦已成为概括一定类型的独立行当,主要扮演娴静庄重的中青年妇女。重唱功,多用韵白。因常穿青素褶子,故又名"青衣"。青衣演员在塑造女性形象时,能够做到行动稳重、动作较小、唱功过硬,只是掌握了塑造这一类人物的共同本质,即只掌握了"同"的一面。"异"的一面,则需要根据人物的具体境地加以体现。戏曲虽是程式化表演,但它同时又特别强调演员的感情流露,要求通过一系列表演手段实现人物情感而非再现意象。也就是说,它要求将表演者对审美客体的反应、感受、情绪统统经过外在的动作而表达出来,使观众看后能够清楚地知道舞台上的人物是"这一个"而非"另一个"。《宇宙锋》中的赵艳容为了装疯,动作幅度就要比一般人的大,甚至有些夸张,这样一方面是为了表示金殿的空间比较大,更重要的是为了表示赵艳容不畏强权的性格。《武家坡》中的王宝钏即使身处寒窑,也身段轻柔,步履飘逸,不失相府千金、大家闺秀的气质风度。《铡美案》中的秦香莲则性格刚烈、举止端庄。

戏曲行当又属于符号信息。符号信息是在概象信息的基础上的进一步发展,分语言、文字、图像等简单符号信息和概念、判断、推理等复合符号信息。符号本身作为一种信息,可以被我们的感官所接收;符号既是信息,又是信息的载体,提供它所代表对象的信息。在这里我们只强调信息本身的性质而非载体的性质。如,戏曲行当的符号"生",它带给我们的信息与符号"生"的年龄大小、模样俊丑,是京剧的"生"还是豫剧的"生",全无关系。"生"这一符号作为信息的载体,它本身提供的信息是其符号含义所表示的信息,即它是"戏曲表演行当的主要类型之一,扮演男性人物"。

符号与它所表达的信息应该是一一对应的,而不应该一个符号代表多种信息。将这一要求用于舞台表演,就是希望演员在不同的故事中,在同一个故事的不同情节中,在同一个情节的不同情境下,会有不同的表现。尽管他只是一个"小生"或"老旦"的符号,但当他在表达"吕布"或"周瑜"的信息时,在表达"佘太君"或"姜桂枝"的信息时,应该是互不相同的,这叫作"演角色不演行当"。

第三节　观众对表演艺术的作用

作为一种来自民间、来自大众的艺术,戏曲的形成和发展都离不开观众的支持,没有观众就没有戏曲。历来优秀的戏曲工作者从编剧、导演,到演员,都把与观众的交流看作是戏曲工作中不可缺少的环节。在不谄媚不盲目迎合观众的前提下,剧作者下笔时处处以观众为念,每构思一个情节,都会想到此处会令观众喜悦还是伤心,该让观众作何理解;在戏剧表演环节,观众的重要性更加明显,他们是演出的终极目的,也是促使演员演艺水平提高的不可缺少的一环。斯坦尼斯拉夫斯基说:"没有伟大的思想和伟大的观众,就不可能有伟大的艺术。"

戏曲欣赏是由创作者和观众共同完成的一项活动。评判一部戏曲优劣,很大一部分主动权是在观众手里的。而任何一个剧种的发展与变化,也一定是在它不断与观众的互动交流中完成。

一、观众对演出风格的影响

在戏曲欣赏环节,观众是主体,而演员是客体。主客体的互动关系甚至可以潜在地影响戏曲艺术的大致走向。一个剧种是兴盛还是衰落,主要原因在于是否拥有观众的支持。以京剧为例:京剧在二百多年的发展过程中,出现了几次高峰,而每一次高峰的出现都是由观众影响并决定的:

第一个高峰出现在 19 世纪末,形成于徽腔、汉剧基础上的京剧,一开始本重旦角,因为徽腔、汉剧都是南方的戏曲,适应南方柔美婉转的审美情趣,因而各个戏班中旦角演员都很多。但是当徽班进京后,周围观众都是注重雄壮开阔的审美情趣的北方人,于是,戏班为适应北方观众的偏好而积极改革,大力发展生角的演技,各个戏班中很快出现了生角为主的现象,如京剧史上有名的"前三甲"程长庚、余三胜、张二奎及"后三甲"谭鑫培、孙菊仙、汪桂芬等都是著名的生角,并各自有一批富有影响力的代表性剧作。

20 世纪初,大批女观众涌入戏园,改变了以前女人不进戏园的旧习,同时引起了京剧艺术的变化发展。审美主体的变化,自然对于审美客体——演员的表演,在审美品评的尺度上发生了变化。大批旦角演员及旦角戏出现,形成了京剧的第二个高峰。

20 世纪 50 年代,面对着刚刚解放、百废待兴的新中国,文艺如何更好地发挥其宣传教育的功能,也成为一个急需解决的问题。在毛主席"百花齐放,推陈出新"文艺方针的指引下,文艺工作者做了大量工作,改编整理旧戏,剔除糟粕,发掘精华,同时创编新戏。这是京剧史上的第三个高峰。

除了戏曲纵向的发展受观众因素的影响,横向看来也是如此。众所周知,我们国家现在还有三百多种地方戏,这些地方戏得以形成并流传,就是因为它们有各自的固定观众群。观众的需要决定了一个剧种的生存。而有些剧种之所以消失不再,就是因为它们失去了观众。没有了市场,也就没有了产品存在的必要。

演员与观众的交流互动,还表现在各个剧种的不同风格上。因为不同剧种所面对的观众群不同,因而长此以往便在表演风格上形成了各自的特色。如,同样是梁祝的故事,越剧演来突出其温柔缠绵的特点,川剧则强调梁祝身上的书卷气,突出其斯文、儒雅、风流、潇洒的性格特点。在西南少数民族地区的讲述中,梁祝都被改造成了劳动者,因而在讲述他们的求爱方式时,少了些含蓄曲折,多了些直率大胆。用湖南花鼓戏的形式上演,则又是一种情形。花鼓戏以反映民间生活为主,多以生产劳动、男女爱情、家庭生活为主要题材,语言生动,幽默诙谐,通俗易懂,富有浓厚的乡土气息,表演起来泼辣粗犷,即使像梁、祝这样的读书人,也有了更多的"泥土气息"。这也是观演之间的一种交流,这种交流是建立在演员对观众充分了解的基础上，是一种更加直接、更高一层的交流。

不同的观众甚至会影响到演员对角色的处理和表现，有时可以不顾剧中人物的身份、性格及剧作者的原意，将观众的欣赏能力和审美需要放在第一位。齐如山先生曾在《北平皮簧史·自民国元年到十六年》一文中谈到同样的问题：齐先生分析为什么梆子戏演员的一切表情动作都乡间气味太重，是因为他们大多来自陕西、山东、河北等省而非北京城，且他们多成名于乡间。而在乡间演戏自然要迎合乡间人的眼光及心理。如果演一个官宦人家的女子，就不能完全按照书上所写的情形来演，因为乡村中的观众没有见过这样的女子，他们自然也不了解官员家女子的言语动作神情等。于是演员就要做一些适当的改动，尽量表现出一个乡间人能够理解并接受的官员家的女子。齐先生以《闹学》的主角春香的表演为例，说："比方吾乡昆弋班中演《闹学》之春香，他所有的表情身段，当然是由老角按老规矩一辈一辈地传下来的，但是这些年所演的可就去老规矩很远了，这就是因为在乡间演的日久，他一切的举止动作近于乡间味的很多。近十余年来在北平演唱仍是如此，所以有许多昆曲家批评说，他绝对不像一个知府衙门中大家主的丫鬟。他所以如此者，也是因为倘只模仿大家主之丫鬟，动作自然须较文雅，可是乡间人看不惯，以为不够调皮，观众不易欢迎，所以演者不能不稍稍迎合观众心理，就此一迎合则所有身段自然就有了变动，而日趋近于乡间气味了。不但一种如此，所有各角各戏都是如此。这种情形北方人看着尚可，因为北方人知道北方乡间女子的情形及意味。若南方人，没有到北方乡间住久了的，看着便觉土野了。"演员的表演的确不能一意孤行，而是要时刻记住自己所面对的观众，要让观众接受自己的表演，就要适当地调整表演风格。从这个意义上说，观众是上帝，他们引导着演员表演风格和审美取向的形成。

二、观众对表演技艺的影响

观众是戏曲表演的观赏者，是演出的终极目的，更是对演出质量最有发言权的评判者。观众对表演技艺的影响有现场交流和场下交流两种形式。

现场交流多指演员与观众的面对面交流，又分两种情况：一是演员在表演过程中直接与观众交流；二是观众对演员的表演当场表态评判。无论哪种情况，都属于观演之间直接的信息交流，并且，这两种交流方式又往往是同时进行。

除了在观赏过程中的现场评判外，场下与演员的交流作用也不可小觑。如梅兰芳先生早年演出《汾河湾》时与齐如山先生的相识相知，程艳秋先生演出时与封至模先生的相遇相知，清末举人叶肖斋以观众的身份为京剧《法门寺》中贾桂亲拟状子的美谈……

戏曲艺术始终处在不断与观众交流的过程之中，这是一个完全开放的系统，不断吸纳有效信息,排除赘余信息,总在演,总在改,长年累月,日精月华,自然演出效果越来越好。如果哪天演员和观众之间没有了交流,则戏曲从内容到形式都凝固不变,那么它也就没有发展、进步的余地了,其处境也就岌岌可危了。

戏曲作为中国传统文化的重要代表,理应受到人们的珍视和保护。在娱乐形式和传播手段日益多样化的今天,戏曲艺术面临挑战和机遇。戏曲何去何从,与每一个戏曲人相关,也与每一个普通观众相关。

结语:中国戏曲的本质和综合性特征决定了对它的继承不能化整为零,不能人为分割,而应将戏曲作为一个有机整体来对待。为了研究的便利,可以根据主体角色的不同,将其分为剧本写作、舞台演出、观众欣赏三个阶段,且注意把握全面、客观、适宜的原则。所谓全面,即要了解戏曲从孕育到形成的全过程;把握戏曲一次创作和二次创作的情况及特点。不要将戏曲割裂开来:或只研究剧本,不了解舞台演出情况;或只观看舞台表演,缺少对演出故事背景知识的了解。否则难以得出科学、公正、有说服力的结论。客观,即保持中正的立场,考虑多数观众的意见,不能单从自己的好恶出发去谈论戏曲。适宜,即正确定位戏曲,既不能乐观地希望戏曲再现过去那种场面火爆、观者如堵的阵势,也不能盲目地预言戏曲将来衰败消亡、无以为继的可悲,而是应将戏曲发展与时代发展结合起来,认清快节奏的生活与抒情写意为特征的戏曲的"不合拍"的必然性,接受现代人对戏曲的热爱和投入有所减弱的现实,并努力做好戏曲自身的事情以吸引更多的观众回归戏曲、热爱戏曲。

【注释】

[1] 宋俊华:非物质文化遗产与戏曲研究的新路向,文艺研究,2007(2)。

[2] 陈多:说"剧本,剧本,一剧之本",戏剧艺术,2000(1)。

[3] 周贻白:中国戏剧史长编·自序,上海书店出版社 2007 年版,第 1 页。

[4] [清]李渔:闲情偶寄.江巨容,卢守荣校注.上海古籍出版社 2000 年版,第 31 页。

【延伸阅读】

[1] 李霞:创新与消解的碰撞——电视化对戏曲本体的影响,《当代电视》,2015 (11)。

[2] 阿甲:阿甲论戏曲表导演艺术.文化艺术出版社,2014 年版。

[3] 梁燕编选:齐如山论京剧艺术.上海文艺出版社,2014 年版。

第十章

中国现代文学研究范式的转移

【引言】

　　中国现代文学研究几乎是与中国现代文学同时发生的文学现象。在现代作品产生之后，围绕作品形成的评论、争鸣既深化了对于作品的理解，也奠定了解读作品的主要方向。比如郁达夫的《沉沦》出版之后，在社会上引起了关于"文艺与道德"的论争，周作人发表文章为《沉沦》辩护，认为《沉沦》是"受戒者的文学"，从而将其与低俗的色情文学区别开来。[1]在中国现代文学发展的过程中，产生了迄今为止仍然具有生命力的作家、作品批评，如沈雁冰的作家论、李长之的《鲁迅批判》等，李长之的《鲁迅批判》甚至影响了日本的鲁迅研究，在日本以"竹内鲁迅"著称的竹内好的鲁迅研究即受李长之启发颇多，而"竹内鲁迅"则直接开启了日本鲁迅研究的新篇章。

　　除了作家、作品批评，现代文学批评还包括关于文学现象、思潮、流派等的丰富论述。现代文学的起点通常被设定为胡适1917年刊发于《新青年》上的《文学改良刍议》，这是一篇批评文字而非作品。中国现代文学发生期的一个特点，即是理论、翻译先于创作，后来的"革命文学"、左翼文学的产生，某种程度上仍然表现出了类似的特点。以《文学改良刍议》为开端，陈独秀的《文学革命论》、周作人的《人的文学》《平民文学》、成仿吾的《从文学革命到革命文学》以及毛泽东的《在延安文艺座谈会上的讲话》都体现甚至决定了不同时期现代文学的主流趋势。因此，可以说没有现代文学的理论与批评，就没有现代文学。这些与现代文学同时发生的理论、批评，不只是后来现代文学研究的对象，它们理应成为现代文学研究的先声和不可割裂的组成部分。

　　正如韦勒克（René Wellek）所指出的，为了研究的方便，可以把"文学研究"区分为"文学理论、文学批评和文学史"，但是三者之间实际上是互相交叉渗透无法割裂的，"将文学批评与文学史二者分离的一般做法对两者都是不利的"。[2]在中国现代文学发生的过程中，以文学批评的发展为基础，系统地总结、梳理新文学发展成就与轨迹的研究也应运而生，如胡适《五十年来之中国文学》（1923）、陈子展《最近三十年中国文学史》(1932)、周作人《中国新文学的源流》(1933)，1935年出版的《中国新文学大系》则是对1917—1927年间新文学发展最为系统的一次总结；文学史和文学思潮方面的研究专著也产生了，如被称为"我国最早的一部现代文学史著作"的《中国新文学运动史》[3]以及李何林所著的《近二十年中国文艺思潮论》[4]等。

　　1929年春季，朱自清在清华大学讲授"中国新文学研究"，标志着"新文学"最早作为大学课程进入大学课堂。这对于后来现代文学学科在文学学科中占据一席之地，"成为一门独立的学科"，具有"开创性"的意义。[5]朱自清、李何林、唐弢等人在现代文学学科的建立、完善过程中，具有筚路蓝缕之功。唐弢主编的三卷本《中国现代文学史》(第三卷与严家炎合编)是新时期中最早通行的一部现代文学史教材，对于新时期以来现代文学的研究与教学产生了深刻的影响。1980年代后期，伴随着西方文学理论、文学研究方法及相关人文社科研究著作被大量地译介到中国，更为重要的是中国社会、文化方面的发展变化，文学观念和文学研究范式发生了重要的转移。现代文学研究亦复如此，大体而言，其范式经历了类似于阿里夫·德里克(Arif Dirlik)所观察到的中国现代史研究范式的转移，即从"革命范式"向"现代化范式"的转变。[6]本章将择其大端，对一些新的研究方法和热点话题展开讨论。

【思考】

　　1.在现代文学研究中，阅读原始报刊有哪些优势？如何通过阅读原始报刊回到历史现场？

　　2."场域"理论对于现代文学研究有哪些启发？

　　3."20世纪中国文学"与"民国文学"的提法各有何利弊？

　　4.文化研究和新文化史的视野会不会削弱文学研究对于文学性的关注？

　　5.在中国大陆的现代文学研究中，有哪些热点问题的兴起与海外汉学有关？

第一节　回到历史现场：报刊研究

一、报刊研究的重要性

报刊是现代文学发生的主要载体。今天，从现代报刊入手、重视报刊已成为现代文学研究者的共识。报刊的重要性表现在以下几个方面：

首先，报刊提供了现代文学研究的第一手文献。在浩如烟海的现代报刊中，仍然埋藏着不少有待发现的新文献、新史料。这些新文献的发现可以填补、完善甚至于颠覆原先的研究图景。例如，裴春芳在香港《大风》半月刊上发现了署名"李綦周"的两篇小说——《梦与现实》和《摘星录》，推断出它们是沈从文以笔名发表的作品。两篇作品均为迄今为止最全面的《沈从文全集》[7]中所失收的佚文，其中《梦与现实》"后来又被沈从文改名为《新摘星录》刊发于昆明《当代评论》，复被改名为《摘星录》刊发于桂林《新文学》"[8]。《沈从文全集》中所收的名为《摘星录》的作品，事实上是《梦与现实》的修改版本，而初刊于《大风》半月刊的《摘星录》则未收入全集中。裴春芳推测，沈从文通过反复修改、发表《梦与现实》，"从而隐去了昆明桂林等地文学界对沈从文此类'类色情'文本批评的主要目标"[9]。她不仅还原了沈从文40年代拟出版的《看虹摘星录》一书（是否出版存疑）的大致面貌，而且据此大胆推测两篇小说或影射了沈从文与自己小姨子张充和之间的隐秘"恋情"。[10]虽然裴春芳的推测未必能成立，也引起了资深的沈从文研究专家的质疑，[11]从方法论的角度来说，将作品情节与作家经历之间画上等号也欠妥当，但是两篇佚作无疑丰富了我们对于沈从文的理解，进而提供了重新审视沈从文创作历程的新视角。

其次，报刊提供了作品的初版本或修改版本，可以与作家文集或全集中的版本互相参考、校正。在现代文学中，作家修改自己的作品比较常见，因此常常会造成现今通行的版本与原初发表时版本文字不一的地方。通过比较各种版本，我们可以看到作家的修改意图，有时也能从中窥测作家的思想变迁。另一种情形是，在作品结集出版或搜集出版作家文集、全集时，由于中间环节的错误导致个别文字的错讹；类似的情形还有作品在发表过程中，排印时造成了文字的脱落、讹误。如果脱落的恰巧是否定性的文字，如"不"、"未"、"没"等，就会导致文意截然相反。因此，作品不同版本间的校勘还有必要引入作品的手稿作为参照。[12]日本鲁迅研究学者佐藤明久发现，鲁迅的名篇《藤野先生》手稿中篇名做过修改，他通过查看该手稿原稿并辅以科技手段，考证出鲁迅原先拟定的篇名为"吾师藤野先生"。[13]这一发现尽管细微，但却佐证了鲁迅对于藤野先生的特别的感情。

最后，报刊不只提供了作品的原初版本，更为重要的是，它们呈现了文学发生的历史现场。其中有作品之间的对话关系，有言论界、知识界共同关心的问题域，综合性的报刊同时还包括了政治、经济、文化等各方面的文章，以及图片、广告甚至纸张、印刷等方面的信息。广义上看，这些同时出现的信息都可以看作是一种"互文"关系。报刊是现代文学生产过程中最不同于古典文学的因素，也规约了现代文学的一些重要特性，比如说文体特征、及时性、与读者的互动关系等，背后则对应着文学观念——文学的描写对象、阅读对象，文学与社会、政治的关系、文学在社会生活中的地位等等方面的根本变革。陈平原用"以'报章'为中心的文学时代"概括现代中国文学，可谓是准确地抓住了其"生产机制及传播方式"的核心特质。[14]

报刊固然是原始文献的载体，但是作为媒介这个载体本身也是值得高度重视的。媒介不能仅仅被看作是中性的、透明的,它自身即传达了特定的讯息。正如麦克卢汉(Marshall McLuhan)所说,"媒介即是讯息":"任何媒介(即人的任何延伸)对个人和社会的任何影响,都是由于新的尺度产生的;我们的任何一种延伸(或曰任何一种新的技术),都要在我们的事务中引进一种新的尺度"。[15]即使不去看具体的内容,综合性报刊的形态——社会、政治、经济、文化各类文章同时呈现的方式,也预示了现代文学的一个特性:现代文学是作为现代进程的一个部门而出现的,并试图作用于这一进程,而不是一个孤立的发展过程。这对于从本质上把握现代文学有着重要的启示意义。

二、报刊研究的基本途径

现代期刊种类繁多,单纯的文学类报刊的数量也不在少数。期刊目录汇编类的工具书可以提供基本的入门途径,比如《中国现代文学期刊目录汇编》,[16]收录了现代文学史上创刊于1915—1948年间、有影响有代表性的期刊目录276种,其中绝大部分是文学期刊,也选收了一部分与中国现代文学关系密切的综合性文化刊物。该目录汇编同时附有"期刊作者索引"和"期刊馆藏索引",方便读者查找。再如《中国现代文学期刊目录新编》,[17]收录中国现代文学及相关期刊目录657种,是迄今为止规模最大、收录数量最多、编制最全的一部现代文学期刊目录索引工具书。以上两种工具书在每种期刊目录前均有简要的期刊介绍,供读者整体上把握刊物的倾向、特色、作者构成及沿革、流变过程。由于现代作家经常使用、更换笔名,因此,在查阅这些目录汇编和原刊时,往往需要借助现代作家笔名辞典类的工具书。

按照期刊目录汇编工具书上提供的信息,可以了解某些现代文学期刊的基本馆藏情况。大体而言,目前国内馆藏比较丰富的有国家图书馆、上海图书馆及一些重要的大学、科研机构如北京大学、清华大学、中国科学院、中央编译局等的图书馆。不少重要期刊已经被重新影印出版,如《新青年》《新潮》《现代》等,更方便读者翻阅、使用。近现代期刊方面的数据库则可以让读者足不出户即可阅读到各种旧期刊。[18]

近些年来,硕士、博士研究生论文选题中涉及报刊研究的为数不少,从侧面反映了现代文学研究和教学中对于报刊的重视。据秦弓(张中良)统计,1984—2007年间,在已知的811篇中国现代文学博士论文中,直接以报刊研究为题的有40余篇。[19]陈平原在北京大学博士、硕士研究生毕业论文选题中看到了相似的情形。[20]关于现代报刊研究的学术专著也屡见不鲜,基本上重要的现代报刊如《新青年》《现代》《良友画报》等均有涉及,甚至向来不为人注意的小报也进入了研究者的视野,产生了如《晚清、民国时期上海小报研究》《中国近代小报史》等重要的学术著作。[21]这是仅就直接以报刊研究为题的学位论文和专著而言的,以爬梳报刊原始文献为基础做出新的文学史论述的就更多了,重要的如解志熙近些年的收获,结集为多部专著出版,如《考文叙事录:中国现代文学文献校读论丛》《文学史的"诗与真":中国现代文学文献校读论集》《文本的隐与显:中国现代文学文献校论稿》。[22]事实上,无论是否直接以报刊研究为题,阅读原始报刊都已经成为现代文学研究的基本要求,其目的正在于通过报刊回到历史现场。

第二节　"文学场":文学生产机制研究

一、"文学场"

文学生产机制研究的兴起,是报刊研究发展、深入的结果,报刊也在现代文学生产与传播中扮演了重要的角色。报刊之外,诸如文学社团、书局、出版社、稿费制度、教科书、文学教育、印刷技术、文化政策等等,但凡影响文学的生产与传播的因素,都可以归入此类研究。显然,文学生产机制研究将文学研究的重心从内容转向了文学得以产生和传播的条件,它的对象是作为场域的整体性的文学。这类研究与以往的文学的政治、社会、文化分析有几分相似,不过,它所重视的往往是以往的研究中被忽略的因素。还有一个根本的不同在于,它把文学当成一个有待完成的过程,文学如何发生、如何完成的过程恰恰是它追问的问题。

"场域"的概念源自布尔迪厄(Pierre Bourdieu),"是指商品、服务、知识或社会地位以及竞争性位置的生产、流通与挪用的领域。行动者在为了积累、垄断不同的资本类型而展开的斗争中进行这种生产、流通与挪用。场域可以被视作是一个围绕特定的资本类型或资本组合而组织的结构化空间"。[23]"文学场"自然就是围绕着文学资本而组织起来的结构化空间,它与其他场域如艺术场、科学场、文化生产场、知识场、权力场等有着复杂的交叉关系。传统的文学的社会文化分析往往在文学中寻找政治、经济、科技等因素的"有效性的直接表现",布尔迪厄则认为,"这些外部因素,如经济危机、科技变革、政治革命,或简而言之,一类特定合作者的社会需要的有效性,只能通过这些因素能够决定的场的结构的变化发挥作用"。"作品科学不仅应考虑作品在物质上的直接生产者(艺术家,作家,等等),还要考虑全体行动者和制度,后者通过生产关于一般艺术作品价值和这部或那部艺术作品特有价值的信仰,参加艺术品的生产",比如批评家、艺术史学家、出版商、画廊经理、商人、博物馆馆长、赞助人、收藏家、认可机构的成员、学士院、沙龙、评审委员会、主管艺术的政治和行政机构、文学艺术的教育机构等等。[24]

显然,所谓的"文学生产机制研究",准确地说其实是关于"文学场"的研究。这里的"生产"是一个宽泛的概念,不仅包括文学作品的生产,还包括其价值的生产。后一方面的生产常为人忽视,它事实上仍在进行之中,处于永远未完成的状态,这便是我们今天以及将来人们对于文学作品的持续生产,包括出版、阅读、阐释、教学、评价等等。举例来说,比如现代第一篇白话文小说——鲁迅的《狂人日记》,它的生产远远不是到鲁迅写完作品为止,而是与一系列的过程或者布尔迪厄所说的作为"结构化空间"的"场域"联系在一起的。这个文学场决定了《狂人日记》能够产生影响、能够被以某种特定的方式去解读,而不是按照传统小说的读法,读成某段逸事、事实的影射或黑幕,决定了"狂人"是觉醒者而不是精神病患者。这背后有小说观念的变革,有小说成为文学之大宗的结构性转变。其实,现代时期的古典作品也是在这个文学场中被重新生产出来的,被赋予了明显的现代意涵。没有这个文学场,《狂人日记》不可能成为经典,所谓的"四大名著"也不可能成为经典。通常将"经典"归诸于作品自身特定价值和属性的做法,忽视了"经典"被生产出来的过程。如果说之前的现代文学研究关心的是"是什么"——关于作家作品的评价与定位问题,那么,文学生产机制研究要处理则是更为原初的"为什么"的问题。

二、文学生产机制研究的主要视角

在中国现代文学发展的过程中,与文学生产最密切相关的因素,报刊之外就要数出版机构了。商务印书馆、开明书店、中华书局、世界书局、大东书局、北新书局、泰东书局、现代书局、生活书店、新潮书局、良友图书印刷公司等等,都在现代文学出版方面做出过重要贡献。它们与中国现代文学的关系也得到了很好的梳理。如杨杨的《商务印书馆与中国现代文学》,分析了商务印书馆"在 20 世纪中国现代文化和文学形成和发展中的重要作用及地位";[25] 叶彤的《新文学传播中的开明书店》从开明书店出版的教科书对于语体文及新文学作品的重视、开明书店出版的新文学书籍方面,总结了该书店在新文学"经典化"过程中所发挥的作用;[26] 温儒敏的《论〈中国新文学大系〉的学科史价值》"从学科史的角度,探讨《大系》作为一种资料性与研究性的经典出版物的特色与价值,重温新文学先驱者对初期新文学的总结评价,以及其中所体现的文学史研究方法、角度与眼光"。[27] 出版史料方面,则有吴永贵主编的《民国时期出版史料汇编》,[28] 系统收录了民国时期各种出版史料120 种,涉及出版机构、出版概况、出版法规与管理、书业公会、印刷及纸业、出版类刊物、出版物目录七类史料。

教科书使用国语并选择新文学作品,通过中学的国文教育和大学的文学教育,对白话文运动的成功及新文学的"经典化"起到了至关重要的作用。李斌的《民国时期中学国文教科书研究》是这方面最为系统的一本专著,其中考察了新文化运动对于国文教科书的影响、新思潮及新文学向文科教科书的渗透以及不同力量对于教科书内容的争夺。[29]大学文学教育方面,则有季剑青的《北平的大学教育与文学生产:1928—1937》。该著作全面考察了北大、清华等校"文学课程的设置及其所表达的文学想象"、"学院背景下的文学批评"、大学学者的学术研究与新文学的"对话关系"、大学中的文学青年的文学活动,以及寓居在北平各大学附近公寓中的外省文艺青年文学活动。中心问题则是围绕着新文学的生产与再生产:"作为知识生产的场所,大学通过学术研究和课程设置,生产着有关新文学的各种知识、观念和历史叙述;而作为由教师和学生组成的'文化共同体',大学又为新文学再生产创造了诸如文学社团、刊物、师生关系、人际网络等制度性条件"。[30]

稿费、版税制度的建立与完善,也是新文学得以发生的必要条件之一。栾梅健的《稿费制度的确立与职业作家的出现——二十世纪中国文学发生论之一》探讨的便是二者关系问题。稿费在晚清时期即已出现,1907 年《小说林》杂志刊登的"募集小说启事"是迄今所发现的"最早一份小说杂志稿酬标准",到"五四"时期,"'以字计酬'、'以版纳税'则已经相当流行"。1905 年,科举制度废除,稿费制度恰逢其时地出现,造就了面向市场的职业作家。[31]这为新文学的发生及发展奠定了重要的基础,也决定了新文学不同于旧文学的特质。叶中强的《稿费、版税制度的建立与近现代文人的生成》从稿费、版税制度建立的角度,分析了中国文学的近现代转型。"近代稿费、版税制度的建立,为文人独立、自由人格之养成,提供了必要的社会经济土壤"。它"不仅在催生所谓'鸳鸯蝴蝶'式的市民文学,也在催生以'国家、民族、阶级、人生'或'纯文艺'为精神旨归的现代精英文学"。[32]

民国时期国民党的文艺政策也对现代文学的发展产生了重要影响。倪伟的《"民族"想象与国家统制》对 1928—1948 年间国民党的文艺政策和文学运动做了详细的梳理:国民党通过提倡民族主义文学并制定相应的文艺政策,试图达到文化统制的目的,从而实现国家统制。[33]牟泽雄的《民族主义与国家文艺体制的形成》,从意识形态的建构与民族国家观念的培育、文艺政策与文艺运动、文学社团与作家的组织化、文艺媒介的建立与实践、文艺审查制度的形成与影响五个方面,还原了国民党南京政府时期(1927—1937)的文艺统制政策及实践的历史面貌。[34]这些研究勾稽了以往不太为人重视的国民党的民族主义文学实践,不过,南京政府的文艺政策及文艺审查制度与其他文学生产比如 20 世纪 30 年代消费文学之间的关系,尚有待进一步的研究。

文学社团和文艺、文化圈子向来受研究者重视,它们也是新文学不同于传统文学的一个重要特征。当然,这些方面的研究也不全然属于文学生产机制研究,不过,在文学生产机制研究形成某种热潮之后,社团研究被赋予了新的内容。比如李秀萍关于文学研究会的研究,即突出其与文学制度的关系,对其组织制度、创作制度、编辑体制与传播制度、文学论争与批评制度几个方面做了详细的分析。[35]2006年,由陈思和、丁帆主持的教育部哲学社会科学研究重大项目"中国现代文学社团史研究",出版了《中国现代文学社团史研究书系》。[36] 这是迄今为止最全面的中国现代文学社团史研究书系,其中有些社团之前尚未有系统的研究。研究视角也颇为新颖,如刘群的《饭局·书局·时局:新月社研究》既考察新月社主要报刊阵地,也考察新月书店的经营策略与业绩,从私人交往、文化趣味和政治倾向方面分析了新月社这一团体的始末及其文学产品的形态。[37]

当然,以上视角在具体的研究中并不是截然分开的,而是交叉融合的。为了阐明一个对象,往往也需要综合运用以上的视角。文学生产机制研究的创新性在于突出了文学及其价值生产的复杂过程,即便是极其个人性的创作,也与广阔的社会、经济、文化产生了直接的、无法割裂的联系。

第三节　文学史图景:从"20 世纪中国文学" 到"民国文学"

一、"20 世纪中国文学"

在 1985 年 5 月召开的"中国现代文学研究创新座谈会"上,钱理群、黄子平、陈平原三人首先提出了"20 世纪中国文学"概念,三人谈随后以《论"20 世纪中国文学"》为题发表在《文学评论》上。所谓的"20 世纪中国文学"即是"把 20 世纪中国文学作为一个不可分割的有机整体来把握",其主要内容包括"走向'世界文学'的中国文学"、"以'改造民族的灵魂'为总主题的文学"、"以'悲凉'为基本核心的现代美感特征"、"由文学语言结构表现出来的艺术思维的现代化进程"以及"由这一概念涉及的文学史研究的方法论问题"。在方法论方面,"20 世纪中国文学"强调"整体意识"和"宏观的时空尺度——世界历史的尺度",把现代文学置于两个背景之中把握:"一个纵向的大背景是两千多年的中国古典文学传统","一个横向的大背景是 20 世纪的世界文学总体格局"。[38]

"20 世纪中国文学"可以说是新时期以来现代文学研究领域中影响最大的一个提法。表面上看,它似乎只涉及新的文学分期的问题,背后却是如何整体上看待中国 20 世纪文学的问题,从而与如何看待中国现代历史进程的问题联系在一起。之前的文学史及分期基本上遵循现代史、革命史、政治史的划分标准,20 世纪的文学被分割为近代、现代及当代三部分,突出了"五四"、建国等政治运动、历史事件对于文学的影响。这与毛泽东在《新民主主义论》中以"五四"为界将"中国文化战线或思想战线"划分为"两个不同的历史时期"——"旧民主主义性质的文化"和"新民主主义性质的文化",是一致的。[39] 如果说传统的现代文学分界强调的是历史的断裂性,那么"20 世纪中国文学"则试图勾勒作为现代化进程的 20 世纪的整体性。这种变化显然呼应了本章"引言"中提到的文学研究范式的转移——从"革命范式"转向"现代化范式"。

与以往的现代文学研究重视"五四"新文化运动相比,在"20世纪中国文学"整体观的影响下,晚清文学越来越受到青睐,已成为现代文学的一个组成部分。这不仅仅是探寻现代文学起源的尝试,同时体现了某种新的现代性认知。"革命"的现代性让位于社会的、日常生活方面的渐进变革,这可以说是新时期以来的拨乱反正思潮——主要是对过去极左思潮和运动特别是"文革"的反思的一个必然发展结果。

在"20世纪中国文学"的概念提出之后,陆续出现了多部以"20世纪文学"作为研究对象的教材和专著。文学史方面,最为重要的有黄修己主编的《20世纪中国文学史》以及严家炎主编的《20世纪中国文学史》。[40]前者并不严格按照时间的线索叙述,同时综合运用主题、文类等线索,如第四章至第七章分文类叙述了现代时期新诗、小说、散文、戏剧的成就。它与一般的现代、当代文学史的最大不同之处在于,增加了"'前五四时期'的文学(1900—1916)"一章,并涵括了20世纪通俗文学、少数民族文学和港澳台文学的内容。这显示了编著者重新建立一种20世纪文学史观和结构的雄心,但也不可避免地带来了体例、结构上的混乱。后者将现代文学的起点确定在19世纪80年代末、90年代初,空间上同样纳入了港台文学。线索上主要根据时间顺序,章节内容上则突出重点作品,以点带面,或体现专题研究的特征,带有较强的学术性。

其他以"20世纪中国文学"字样命名的著作或教材也数不胜数,如陈思和的《中国新文学整体观》及《新文学整体观续编》、王晓明等编选的《20世纪中国文学史论》、朱晓进等的《非文学的世纪:20世纪中国文学与政治文化关系史论》、范伯群、汤哲声和孔庆东的《20世纪通俗文学史》、杨义主编的《20世纪中国翻译文学史》、郭久麟的《中国20世纪传记文学史》、黄曼君主编的《中国20世纪文学理论批评教程》、曹新伟、顾玮和张宗蓝的《20世纪中国女性文学史》、徐志啸的《20世纪中国比较文学简史》等等。[41]

"20世纪中国文学"的视野表现出了相当的优越性:它突出了文学整体观,在宏大的世界文学的架构中看待20世纪中国文学,拒绝将文学还原为社会政治史,强调文学自身的发展轨迹,使现代文学更具开放性,既与晚清文学也与当代文学关联起来,并打破了文学史、文学理论、文学批评三部分割裂的局限性。不过,它也有自身的一些缺陷。正如韩国学者全炯俊所指出的,"20世纪中国文学"的命名体现了时间范畴,缺乏具体的内容规定。它将现代文学看作是一个正在进行中的、过渡性的阶段,实际上是"想象一个有缺陷的实际的现代文学走向无缺陷的理念型的现代文学的进程"。这种命名中"无意识中隐蔽着对于现代及现代性的下面省察回避的意图",表现出对于现代化的单纯的乐观,在"世界文学"的架构时也忽视了其背后的权力关系。[42]

二、"民国文学"

"民国文学"是近些年现代文学研究领域中才兴起的一个话题，不少著名的研究者都参与其中。2003年，张福贵著文质疑"中国现代文学"的概念，提出应该将"现代文学"从其意义框架中解放出来，还原为时间概念，可以将1949年前的文学称为"中华民国文学"，而将1949年之后的文学称为"中华人民共和国文学"。[43]此后，张福贵再次撰文讨论以"民国文学"代替"现代文学"的必要性："现代文学"是"用一种单一的价值尺度，或者说是用一种当时的主流价值尺度来定位文学史"，这造成了对于"一时代的文学的丰富性、对于多数读者群的阅读权利和审美观的限定和轻视"。"即使是从意义的概念出发，也不能只有一种标准，不能只有一类文学史，哪怕是'反'现代的文学也应该入史"。"中华民国"作为"标准的时间概念"，"要远比'现代'这一意义概念的内涵更广阔更具包容性"。"把'中国现代文学'称之为'中华民国文学'是一个关于学术前提和文学史观的变化，它便于我们对20世纪中国文学的本质及其阶段性、差异性的准确理解和把握"。[44]

李怡认为，"无论是近代——现代——当代的演化程序还是'20世纪'的计时概念，都主要是取自外来文化体系的命名方式"，"中国历史需要在民国的框架中获得新的生机"，"重新清理中国文化与中国精神自己的应变机制与调整过程"，"'从旧民主主义革命到新民主主义革命'的历史表述，这显然无法准确解释其中的复杂变化，尤其是文化精神与艺术精神的微妙而复杂的变化"。[45]现代中国文学产生于"民国机制"，"民国机制"不是"民国政权的专制独裁者"，"而是植根于近代以来成长起来的现代知识分子群体，植根于这一群体对共和国文化环境与国家体制的种种开创和建设，植根于孙中山等民主革命先贤的现代理想，通过对民国机制的梳理考察，将可能揭示中国现代文学发生发展的本土规律"。[46]

丁帆指出，"民国文学"并不是到1949年即告中断，"它在大陆突变成了'共和国文学'，但其在台湾，则仍在延续"。[47]陈国恩认为，"民国文学中的'民国'也并非单纯的时间概念而不带任何的价值倾向"，"民国文学"概念的提出固然"可以从一个新的角度、按照别样的思路来研究某些相同的对象"，但它还无法替代"现代文学"的概念。一是两者的关注重点不同，"现代文学研究要还原中国文学从古代到现代的发展过程，揭示其中的现代化规律，在此基础上对相关的作家作品和文学现象做出评价。民国文学研究则是要在民国文学的时间框架里评品作家作品，考察不同文学现象之间的联系，更多地体现研究者个人的立场、观点和趣味"；二是两者的起止点也不同，尽管有所重叠，但不完全一致。陈国恩的建议是，"不妨让两者并存"。[48]

"民国文学"的提法同样也遭遇了一些质疑。张中良归纳了主要的质疑与批评声音："一是认为现代文学研究经过六十年的耕耘，已是比较成熟的学科，概念与体系基本成型,何必另起炉灶? 二是怀疑倡导与从事民国文学研究,似有为民国'评功摆好'的意味,难避'政治不正确'之嫌。三是担心民国文学研究可能导致好不容易从过度的政治依赖中解脱出来的文学史研究重新回到政治框架里去,那样的话,岂不是学术上倒退? 四是担心把文学史研究简化为主题与题材研究,失却文学的审美本质"。张中良回应了这些质疑,并提出了民国文学历史化的必要性及其空间。[49]

　　"民国文学"的概念是对"20世纪中国文学"及"现代文学"概念的反拨,是对这些概念背后的现代观念反思的结果。"20世纪中国文学"观念的提出引发了对于文学现代性的深入探寻,但是很多时候,现代性往往被赋予了正面意涵,这与同一时期现代化的主流话语是一致的,如"四个现代化"在相当长的一段时期甚至直到今天仍然是中国社会的奋斗目标。然而,伴随着90年代后现代主义的兴起,许多检省现代性及其后果的西方学说被译介进来,如安东尼·吉登斯(Anthony Giddens)的《现代性的后果》、查尔斯·泰勒(Charles Taylor)的《现代性之隐忧》、齐格蒙特·鲍曼(Zygmunt Bauman)的《现代性与矛盾性》等等,[50]特别是中国现代化进程中所暴露出来的一系列问题如社会平等问题、生态问题等等,都促生了对于现代性的反思。

　　在历史(文学史亦然)研究方法的层面上质疑现代化范式,并非新鲜事物。美国历史学者柯文(Paul A. Cohen)介绍"中国中心观"的著作在19世纪80年代末期即为中国学者所知,其中批判了以往美国学界研究中国近现代史的三种取向——冲击—回应模式、近代化取向和帝国主义取向,认为它们都"坚持认为19及20世纪中国发生的任何重要变化只可能是由西方冲击造成的变化,或者是对它的回应所导致的变化",从而"排除了真正以中国为中心,从中国内部观察中国近世史的一切可能"。[51]从张福贵、李怡等人提倡"民国文学"的言论中,也能看出它们与柯文观点的某些重叠之处。然而,并非所有的近代化取向都是西方式的,中国现代包括现代文学独特之处在于,它立足于中国现实探索了自己的道路。"现代"的问题当然是需要反省的,但是如果这种拆解变成无中心的、甚至是放逐价值判断式的狂欢,其实也是极易变成某些未经检省的力量(比如资本)的附庸,质疑者所担心的文学史线索以至于文学史本身的瓦解也并非不可能。

第四节　文化研究及新文化史的视野

一、文化研究的兴起

　　新时期以来,"文化热"时有发生。"文化研究"(cultural studies)在中国也往往被宽泛地理解为所有关于文化的研究。实际上,"文化研究"当然是关于文化的研究,但却并非所有关于文化的研究都属于文化研究。简而言之,"文化研究"中的"文化"主要是指亚文化、边缘文化,比如青年亚文化。如果依照严格的"文化研究"来界定的话,许多标题带有"文化"字样的现代文学研究其实并非是文化研究。不过,为了切合中国现代文学研究发展的实际,本节仍然在宽泛的意义上使用"文化研究"这一概念。

"文化热"反映了新时期社会生活方面的重要变化,反映了中国社会走出政治狂热年代之后的某种集体焦虑。它早期是与当代文学创作联系在一起的,比如20世纪80年代前中期出现的"寻根文学"潮流,便是试图寻找中国文化的"根",无论是劣根还是优秀的根,它们一样预设了"根"的存在,并将其与现实匮乏联系在一起:要么是被用来解释现实匮乏或历史悲剧(如"文革")的文化根源,要么被作为拯救现实的秘方。因此,"文化"也标志着一种新的认识模式,即从长久的、累积的人类实践的角度去观察和解释个别对象的方式。现代文学研究对于"文化热"的响应,表明了它从政治"传声筒"的桎梏中摆脱出来的迫切愿望。这赋予了现代文学研究以新的生命力,也是符合新文学产生的实际情形的,现代文学中的很多主题和创作现象都是与文化息息相关的,如国民性批判、老舍的"京味"小说、沈从文的湘西抒情诗、新感觉派的都市小说等等。广义上的"文化研究"更多地只是一种方法,包含的内容相当庞杂,无法一一细述,只能择其要者,尤其是之前现代文学研究中注意不够的方面,略加介绍。

从地域文化的角度观照现代文学创作,尤其是某个地域作家创作的共性,是现代文学的文化研究的一个重要维度。如李怡对现代四川作家李劼人、周文、罗淑等人笔下的"强势人物"的文化解读,分析了这些人物的"蛮"性与四川"远离'王化'的传统和现实"、"移民文化"之间的关系,[52]丰富了我们对于这些作品、人物及四川地域文化的认识。陈方竞的《鲁迅与浙东文化》认为,"鲁迅对浙东民间文化颇富浪漫色彩的感悟,吸取的越文化风骨,构成了他艺术个性的深层内涵"。"故乡文化"在鲁迅那里存在"现实文化"与"历史文化"两个层面,鲁迅选择了后者。[53]此类研究不胜枚举,地域文化同样也是观照古典文学、当代文学的重要视角。应该说,从作家成长及教育环境、作家运用的语言和题材等方面来说,地域文化确实与作家、作品有着密切的关联,也提供了令人信服的阐释。

都市文化也是现代文学的文化研究中较受关注的领域。在这方面,海派作家因为产生于上海这一都市环境中而备受青睐,一度形成了研究热潮。吴福辉的《都市漩流中的海派小说》从外来文化、商业文化、现代都市文明、"五四"新文化等四个角度界定了"海派的现代质",勾绘了海派小说的复杂性。[54]李今的《海派小说与现代都市文化》考察了二三十年代上海物质文化及新的生活方式,特别是电影与海派小说之间的深度关联,以及现代市民阶层的兴起、"日常生活意识"、"都市市民哲学"等在海派小说中所留下的烙印。[55]李永东提出了"租界文化"的概念,即"19世纪 40 年代中期以来,随着上海、天津、武汉等地外国租界的相继开辟,在以上海租界为主的租界区域逐渐形成的殖民性、商业性、现代化、都市化、市民化的中西杂糅的文化形态,是与中国传统文化、海派文化、都市文化既有着一定联系,又有着明显区别的一种新型文化,其本质和特征体现在与租界现象相联系的独特的市政制度、文化体制、城市空间、市民体验和审美风尚等多个文化层面"。他从"租界文化"的角度对 30 年代文学而非仅仅是海派文学做出了新的解读。[56]张勇的《摩登主义:1927—1937 上海文化与文学研究》探讨了 30 年代上海的"摩登主义"文学与文化现象,即"把最新的社会思潮、外来文化当作时髦加以模仿和趋附"的现象,从海派文学生产、文化消费、现代想象、摩登与反摩登的博弈等角度,分析了这类现象在中国现代的表现及其产生的根源,并进而将其与中国现代进程中的特定现代性实践联系起来。[57]可以看出,都市文化研究往往包含着消费文化、物质文化、市民文化以及文学机制研究部分中提到过的印刷技术、书籍出版等方面的研究。

现代文学的发生、发展也离不开民间文化的滋养。有论者认为,现代文学中存在着"三种民间理念":一是"'五四'启蒙文化视角下的'民间'观,二是"从政治革命的立场上,强调运用民间艺术形式传播革命观念"的"民间观",三是"以老舍、沈从文、赵树理等作家为代表的民间观","把民间文化的价值原则作为自己判断是非的基本标准"。[58]无论是哪种"民间观",都说明了民间文化与现代文学的密切关系,这三个方面也是二者关系研究中常见的维度。陈思和则赋予了"民间"以较为特别的内涵,一定程度吸纳了西方关于"市民社会"(civil society)的论述,将"民间"塑造为"与国家相对的一个概念","民间文化形态是指在国家权力中心控制范围的边缘区域形成的文化空间"。陈思和尝试通过"民间文化形态"去重新审视抗战至 20 世纪 70 年代"文革"期间的文学史,他发现:这段文学"发展的过程也是民间文化形态随战争而起,随"文革"而衰的过程,但在另一方面,它又以无孔不入的精神融汇在文学创作中,成为一种隐性的文本结构,甚至可以说,它充塞了这一历史时期的最辉煌的文学创作空间"。[59]陈思和同时还尝试将 20 世纪 70 年代后文学史的走向概括为"民间的还原",[60]也是出于相同的思路。

二、新文化史的视野

"新文化史"是西方自 20 世纪 70 年代所兴起的一种史学思潮,又称"社会文化史"。它在方法上不是从宏大的理念出发,而是强调普通民众日常生活的具体事实;在研究主题上,则不单单从政治、经济或法国年鉴学派所说的"心态"角度出发,而是探讨各因素之间的互动过程。它将触角伸向以往史学中所忽视的领域,如物质文化(食物、服装等)、政治文化、身体和性别、记忆、形象等,这些内容尽管过去的史学也处理过,可以划归到政治史、文化史、心态史、妇女史等类别之中,但是新文化史将它们融汇到事件、人物、观念等的叙述之中。美国历史学家林·亨特(Lynn Hunt)指出,“文化史的重点是仔细检视文本、图画和行为,并对检视的结果持开放的态度,而不是去详尽阐述一些新的主流大叙述或社会理论以取代马克思主义的物质简约主义(materialist reductionism)和年鉴学派”。[61]

新文化史将文本、图画等引入历史研究领域,不可避免地触及了“再现”(representation)的问题,而“再现”正是文学研究中的核心问题。这表明文学研究与新文化的视野有不谋而合之处,也为文学研究借重新文化史的研究方法奠定了基础。如果说文化研究的出现曾经给文学研究带来了某种焦虑——担心文学性的失去以及因此而造成的文学价值判断的放逐,那么,新文化史的方法可能会把这种担心推向极端:文学文本可能会没有差别地被当成社会史的研究材料。这当然也带来了某些革命,最重要的便是将那些原来根本无法进入文学研究视野的材料,如广告、图画、封面设计、版面设计、字体、非文学者的作品、未曾刊发过的作品、书信、日记等等,变成文学研究的对象。

高秀川指出,视觉文化的力量如绘画、摄影、电影、雕塑甚至于服装、建筑等艺术形式也“参与了中国新文学变迁过程”。他将这些统称为“文化图影”,认为是新文学研究中不可忽略的一个组成部分。[62]“文化图影”也确实引起了现代文学研究界的重视,画报如《良友》《玲珑妇女杂志》《点石斋画报》《北洋画报》《文艺画报》等成为直接的研究对象,甚至是博士论文选题,如陈艳的《〈北洋画报〉研究》即是在其博士论文基础上修改而成。[63]由杨义主笔,杨义、中井政喜、张中良合著的《中国新文学图志》则是较早的一部文学史著作,精选560余幅照片,以图文并茂的形式“探索写文学史的一种新的形式”,“从一个特殊的视角,透过装帧插图,看取作家或隐或显的心灵世界,看取他们个人的修养和趣味,看取民族命运和中西文化冲突在他们心灵中的投射和引起的骚动”。[64]此外还有陈平原、夏晓虹编著的《图像晚清:〈点石斋画报〉》、陈平原的《左图右史与西学东渐:晚清画报研究》、原小平的《中国现代文学图像论》等。[65]

封面设计方面,李至的《中国现代文学书籍封面设计探析》概括了中国现代文学书籍封面设计的艺术特色:注重文字设计、简练概括的色彩搭配以及以图解意地引导读者。[66]杨剑龙的《论〈新青年〉的封面与插图的文化韵味》分析了《新青年》杂志封面设计的“四种不同的版式”,以及封面图案(照片)与内容间的关系,反映了其“为求社会进化而抛弃旧观念创造新观念的姿态”。[67]

文学广告方面,最重要的收获是《中国现代文学编年史——以文学广告为中心》。[68]这套著作以中国现代文学史上历年在不同媒体上刊登的文学艺术类广告为核心线索,将其按照编年的方式呈现出来,并通过这些广告,分析广告背后的社会、历史、文化及文学信息,构成了一部以广告为中心的文学史。胡明宇的《中国现代文学广告研究述评》总结了现代文学广告研究的代表性成果："对广告文字和广告式样的系统收集和整理"、"以文学广告史料为研究对象,对作家(特别是名人)所拟文学广告(书籍广告)进行考证研究"、"以文学广告史料为切入点,对某一时期的文学事件进行分析,力图通过文学广告来还原文学事件原貌"、"从文学书话和现代文学版本的角度来研究文学广告"。[69]彭林祥的《中国现代文学广告的价值》认为,文学广告作为一种"副文本","营造了一种引导阅读的氛围和空间,促进读者'期待视阈'和审美心理的形成,甚至成为作品经典化的起点"。"另外,中国现代文学广告也是有关作品的微型评论,与作品构成了一种阐释与被阐释的关系。中国现代文学广告实现了广告与文学、艺术的联姻,可将之视为现代文学'副文学'之一种"。[70]可以看出,广告等"副文本"或"副文学"进入现代文学研究领域,正是新文化史视野使然。

第五节　海外中国现代文学研究

一、美国的中国现代文学研究

海外中国现代文学研究是海外汉学(sinology)的组成部分,它时常影响着中国的现代文学研究,有时甚至是促生了研究范式的转移。有些海外中国现代文学研究著作尽管产生的年代较早,但由于历史和其他方面的原因,迟迟未能为一般的研究者所见,近些年才被译介进来并产生影响,因此,也需要在当下的语境中去界定它们的意义,比如夏志清的《中国现代小说史》。[71]考虑到本书的读者对象,这部分内容也只涉及被译介为简体中文、在大陆出版的海外中国现代文学著作。[72]

同海外汉学一样,海外中国现代文学研究目前最活跃的地区是在美国。夏志清的《中国现代小说史》与国内的小说史著作如杨义的《中国现代小说史》[73]相比,其特色在于中西作家的比较视野,以及对现代小说作家评价上的变化,比如对张爱玲、沈从文、钱钟书等人的高度评价,虽然作者对于左翼文学和共产主义实践抱有偏见,但是也尚能肯定鲁迅、张天翼、吴组缃等作家的成就。夏志清的问题在于,虽然他将自己的工作界定为"优美作品之发现和评审",[74]但是他未能充分注意作品艺术价值与政治性之间的关联,正如他自己也不可避免地带有政治倾向性一样。

李欧梵的多部著作如《中国现代作家的浪漫一代》《铁屋中的呐喊》《上海摩登》都被译介进来,其中影响最大的是《上海摩登——一种新都市文化在中国1930—1945》。《上海摩登》从上海物质文化、印刷文化、电影、《现代》杂志等角度,全面描绘了三四十年代上海的物质空间和文化实践,在此基础上对新感觉派作家、邵洵美、叶灵凤、张爱玲的作品进行了出色的分析。这种明显具有文化研究特点的方法也深刻地影响了国内对于海派文化和文学的研究，不过，它的争议性在于，李欧梵"把这种景象——上海租界里的中国作家热烈拥抱西方文化——视为是一种中国世界主义的表现"。李欧梵看到了这种"中国世界主义"是"中国现代性的另一侧面"，及其作为"殖民主义的副产品"的特征，[75]但是他在实际的论述中又往往不自觉地赞颂、欢呼这种"世界主义"，而缺少对其的批判和反省。

《上海摩登》背后其实隐藏着一种特定的关于现代性的看法，用叶文心的话来说就是，"现代性关联着个人事务要胜于政治，关联着企求一种好的生活要胜于企求一个正义的社会，关联着一些私有企业的变革能力要胜于集体行动。现代性的形成不是由少数几个觉醒者策动革命政治而与过去断裂达致的，而是源于普通人日常实践的积累，源于他们作为出版商和读者、广告人和消费者、创新者和企业家等等角色所从事的个人事务。现代性关联着无数人日常生活的物质转变，胜于少数几个精英为了某个精心描绘的目标而从事的有组织的动员"。[76]这种对于现代性的理解在新时期以来的中国也逐渐成为主流，在对过去以政治为纲和个人崇拜的反拨方面，它显示了其进步性，但是也存在着刻意回避政治和大的社会规划的问题，从而影响了对于现代文学的准确把握。

王德威对于中国现代文学研究影响最大的著作是《被压抑的现代性——晚清小说新论》。他不仅仅是将现代文学起点提前到了晚清，而且更进一步，认为"晚清小说并不只是中国'现代'文学的前奏，它其实是'现代'之前最为活跃的一个阶段"。与通常文学史的线性进步观念不同，王德威将中国文学从晚清到"五四"的发展描述为现代性"被压抑"的过程。这种"被压抑的现代性"（repressed modernity）包括三个方面：一是"中国文学传统之内一种生生不息的创造力"；二是"指向操控作家思考、谈论'现代'的心理与意识形态的机制"；三是"指对文学史的反思。在晚清文学中所见诸的现代性，并未像'五四'以降的文人共同相信的，遵循着某种单一、无可规避的进化或革命图式"。[77]可以看出，王德威所理解的现代性与李欧梵、叶文心界定的现代性是一致的，都表现出了对于革命现代性、精英现代性的怀疑。这更像是从"革命"的后果逆推而来的结论，与世界形势的变化如冷战的结束和社会主义阵营的瓦解等也是契合的。晚清小说也许如王德威所呈现的那样，确实表现出了丰富的可能性，但是同样值得思考的问题是：从晚清到"五四"，文学为何选择了特定的发展道路？如果说30年代左翼文学、40年代的解放区文学背后有政治力量的牵制，那么并未受到多少政治力量牵制的"五四"文学为何也"压抑"着晚清文学的"现代性"？从这个角度看，毋宁说从文学和文化运动中自然地产生了革命的诉求，而不是革命政治产生后规约了文学的发展。

刘剑梅的《革命与情爱》从中国现代"革命加恋爱"的创作模式出发，"强调中国现代作家的分裂性，强调他们在现代与传统、理想与现实、个人情爱与集体愿望之间的挣扎与彷徨"。"'革命加恋爱'公式的一再重复,正是中国现代知识分子的一种人性困境。他们在个体内心的矛盾与挣扎,一次次地体验着现代分裂人的痛苦,即使最终认同了奋斗的集体,仍然不能掩饰内心的焦虑"。同时从女性批评的角度,以"女性身体"为中介,分析了"政治与革命权力对女性身体的控制、利用、分割、扭曲和异化,可是同时也看到女性身体自身的游离性和丰富性"。[78]颜海平的《中国现代女性作家与中国革命,1905—1948》追溯了秋瑾、冰心、白薇、袁昌英、丁玲等中国现代女性作家的"文学活动和生活轨迹","将其视为交织互构的、她们变革性的努力的场所,这是一种在历史暴力之势力场中航行,渴望和争取女性社会赋权(women's empowerment)的奋斗"。[79]颜海平的研究与通常的女性主义视角不同,讲述的是"弱女子"的"大故事",即将自身的命运与创造新世界、与中国革命联系起来的过程。

此外,洪长泰的《到民间去:中国知识分子与民间文学,1917—1938》[80]从文化思想史的角度,使用民间文学和民俗学资料,探讨 20 世纪五四运动前后至抗战前的民间文学运动及其影响,认为这场民间文学运动为后来中国共产党在延安时期的"文化下乡"运动开启了先河。舒允中的《内线号手:七月派的战时文学活动》[81]在具体的历史语境中全面考察了七月派形成的始末、七月派作品的演变,以及七月派所受到的迫害。傅葆石的《灰色上海,1937—1945:中国文人的隐退、反抗与合作》[82]以王统照、李健吾和《古今》作者群为代表,分析了抗战时期身处"灰色上海"的中国文人或隐退、或反抗、或合作的相互纠结的生存形态,细致逼真地还原出他们所经历的残酷精神拷问和无情的道德审判,为理解这段时期知识分子的内心世界提供了窗口。耿德华的《被冷落的缪斯:中国沦陷区文学史(1937—1945)》[83]试图将沦陷区文学纳入到中国现代文学史之中,填补了以往文学史论述中对沦陷区文学关注的不足。

整体上看,美国的中国现代文学研究的译介,为国内的研究提供了新的视角和新的方法,以及不少新见解。但是,这些研究也不可避免地受到论者所处的学术语境的制约,特别是对于中国革命、中国现实、中国道路有所隔阂,有时不能充分注意中国现代文学的政治性与现实性。这也是国内研究者在借鉴这些研究成果时需要特别注意的。

二、其他国家的中国现代文学研究

欧洲中国现代文学研究的重镇是布拉格汉学派,该派兴起于二战胜利之时,但是有的重要的著述也只是近些年才被译为中文出版。相比于美国的中国现代文学研究学者,布拉格汉学派似乎更同情中国的革命,这种分歧充分表现在该派开创者普实克(Jaroslav Pršek)对夏志清《中国现代小说史》的批评以及两人的争论之中,也是由捷克斯洛伐克的社会主义历史道路所决定的。

布拉格汉学派的成员米列娜（Milena Doleželová-Velingerová）曾经以"历史观和艺术观"去概括该派的开创者普实克及整个布拉格汉学派的"学术研究特点"。"历史观"是指"历史地看待中国现代文学"，寻求现代文学与中国文学传统之间的联系；"艺术观"则是不仅将现代文学"放入社会环境中理解"，同时重视它作为文学"本身的艺术原则"。关于后者，米列娜注意到普实克所面临的一个困惑，"即中国现代文学究竟是文学内部发展的必然结果还是激进的社会变革导致的量变"。[84]普实克的矛盾与其说限制了他的研究，不如说成就了他，使得他没有局限于文学结构之中去考察中国现代文学。普实克认为，"以一九一九年五四运动发展至高潮的文学革命始，到一九三七年抗日战争的爆发，整个中国文学史可以说基本上就是一场争取直面现实，征服最广阔的现实领域的斗争。当然，我所谓的'现实'，并不仅仅是'外在的'现实，同时也包括了人类整个的精神世界"。[85]中国现代文学的根本特质之一便是与中国现代社会现实之间的息息相关，它不仅仅是反映社会现实，同时也谋求对社会现实的变革。从这个意义上来说，普实克把握了中国现代文学的核心。

米列娜最引人注目的成就是在晚清小说领域，她通过对晚清小说的情节结构类型和叙事模式的研究，发现"晚清小说可以被视为五四时代中国现代小说的先驱"。米列娜在中国传统小说自身的发展中看待晚清小说的变化，它实际上源于中国"文言与白话小说长期而复杂的相互影响"。"西方影响并未在中国文学现代化的运动中起到应有的重要作用"，它要么不成功，要么被"中国化"了。米列娜从中国文学传统内部寻找其变革的动力，并在这一传统内部划分出两个基本的线索——她命名为"高级文学与通俗文学"或"白话文学与文言文学"。[86]这一研究也影响了国内现代文学研究向晚清的延伸，以及在中国文学传统中把握其变革的尝试。

高利克（MariánGálik）运用"系统—结构研究"方法，在中西文学乃至更大的视野中审视现代文学，将现代文学视为这些不同文学和文化间相互关系的产物。高利克倾向于使用作家或某部作品作为他著作的章节，这透露出他希望在具体的关系包括作家与中西文学文化传统、作家与现实的关系中去揭示作家文学观的成因及变化、作品形成的动因。中国现代文学的发生这类宏大问题必须被替换为对于具体作家作品的研究，不同的对象会给出不同的答案，作家与中西文学、文化以及现实具体发生作用的实际形态，这是他在研究时最为看重的方面，要远远比大而无当的统括性论述重要得多。[87]这种思路也体现在高利克的中西文学比较研究之中。他将比较文学中通常使用的"影响"概念置换为"对抗"（confrontation），"强调接受—创造过程中民族文学的接受语境的选择作用"。[88]高利克对"文学艺术所必须承担的社会义务"抱有深刻的同情，但是他反对抹杀文学艺术的艺术特性，从而使其沦落为社会、政治、阶级的附庸。他希望在文学的"艺术特性"和"社会义务"之间寻求一种平衡,鲁迅和茅盾的文学观念因此被他树立为标尺。

亚洲方面,日本的中国现代文学研究最为突出,其中尤以日本的鲁迅研究影响深远。日本的鲁迅研究中有三人开辟了鲁迅研究的新局面——分别是"竹内鲁迅""丸山鲁迅""伊藤鲁迅",无论是在日本还是在中国的鲁迅研究界都产生了深刻的影响。

"竹内鲁迅"指竹内好的鲁迅研究。竹内好的小册子《鲁迅》完成于1943年作者出征前夕,也正是日本正在进行的侵略战争构成了竹内好的问题域:文学研究者与战争、民族的关系问题,文学与政治的关系问题等等。从这些问题出发,竹内好发现了鲁迅;这些问题进而赋予了"竹内鲁迅"的品质。《鲁迅》早在1986年即被翻译成中文(李心峰译)由浙江文艺出版社出版,但它真正引发轰动和讨论则迟至2005年,李冬木的译本与竹内好的其他一些文章合集为《近代的超克》由三联书店出版。这个时间恰好是与中国学界热衷于现代性的讨论重合。《鲁迅》并没有多少关于东亚现代性的直接讨论,但是东亚现代性问题确实构成了它背后的一个核心问题。特别是日本在二战失败之后,日本知识分子重新反思日本的现代性道路,鲁迅和中国无形之中常常被当成这种反思的一个坐标。竹内好认为,"日本文化在类型上是转向文化,中国文化则是回心型文化。日本文化没有经历过革命这样的历史断裂,也不曾有过割断过去以新生,旧的东西重新复苏再生这样的历史变动。就是说,不曾有过重写历史的经历。因此,新的人不曾诞生"。[89]

"回心"也是竹内好论述鲁迅的一个重要概念,指的是"通过内在的自我否定而达到自觉或觉醒"。正是这种"根本上的自觉"成就了"鲁迅的文学",这种文学在根本上是一种"赎罪文学"。[90]竹内好勾勒出的鲁迅像与以往的启蒙者、革命家和思想家的鲁迅构成了很大的不同,"赎罪文学"也成为日本后来的鲁迅研究学者继续探讨的话题,如丸尾常喜的《耻辱与恢复——〈呐喊〉与〈野草〉》。[91]不过,竹内好的鲁迅观的最大缺失是忽略了政治、社会等方面的内容。出于对当时日本文学政治化的警惕,竹内好多少有点刻意地排斥了政治事件在鲁迅回心过程中的作用。在这方面有所弥补的是丸山升的鲁迅研究。

丸山升的鲁迅研究被尊称为"丸山鲁迅"。丸山升从鲁迅回国后的个人经历中发现了一个核心的问题——"革命",诸如鲁迅回国买假辫子、"照旧礼俗默默地完满主持了祖母的葬礼"、好友范爱农的非正常死亡、教育部临时教育会议删除美育等等鲁迅切身感受的事件,无不与"革命"联系在一起,鲁迅从期待革命到欢呼革命再到对革命的失望乃至绝望。"鲁迅从未在政治革命之外思考人的革命,对他而言,政治革命从一开始就与人的革命作为一体而存在。……鲁迅作为一位个体在面对整个革命时的方式是精神式的、文学性的,这在性质上异于部分地只将革命中的文学、精神领域当作问题的做法"。[92]

"伊藤鲁迅"是指伊藤虎丸的鲁迅研究。伊藤的贡献在于对鲁迅早期思想——"原鲁迅"的研究,通过将鲁迅与晚清知识界及"明治文学"的比较、梳理鲁迅思想中的"个人主义"、进化论思想的特征,他准确地把握了鲁迅的独特性。比如说,鲁迅的"根柢在人"的说法并非鲁迅所独有,晚清知识分子如梁启超也时常论及,但是"不同之处在于,梁启超提出的是调和性伦理体系,注重教育,而鲁迅提出的是个性与精神"。在进化论方面,鲁迅不同于严复之倾向于斯宾塞的"任天说",他倾向于赫胥黎的"胜天说",而且鲁迅从"弱者的视点"思考"退化"的问题。[93]关于鲁迅与"明治文学",伊藤虎丸发现,鲁迅与明治三十年代文学具有"同时代性",但是二者"不久便分道扬镳,而且分别造就了完全不同的'近代文学'"。伊藤虎丸还尝试从整体上把握鲁迅的文学活动:"作为翻译者,是介绍西方近代,作为学者,是研究中国古代,而作为作家,鲁迅的工作,则是以翻译和研究为基础,展开'夹击'黑暗现实的韧性战斗"。[94]

日本的鲁迅研究除以上三家之外,还有木山英雄、丸尾常喜、竹内实、北冈正子等人,也都有精彩的论述和发现。日本关于中国现代文学的研究可以说也是以鲁迅为中心而生发出来的。亚洲别的国家也有关于中国现代文学的研究,如新加坡的张钊贻、韩国的朴宰雨、李旭渊、全炯俊等,都提供了观察中国现代文学的独特视角。

结语:当下中国现代文学研究范式的形成,显然是后现代主义、女性主义、后殖民主义、解构主义、文化研究等等新兴理论和思潮影响下的产物。这些"主义"并不是孤立地产生影响和作用的,而是汇合在一起,奏出了现代文学研究的新乐章。这种范式转移并不限于现代文学学科,某种程度上也体现了所有人文社会学科的共同变化趋势;不过,就中国文学学科而言,现代文学作为与中国现代化进程、与现实密切关联的学科,其变化也许更为显著。历史地看,现代文学研究新兴范式的确立开拓了新的研究格局,但是,与社会现实的转变一样,它自身的盲点和局限性也是需要检省的。因此,"要取得有科学性的研究成果,就一定要有材料,有分析,有理论;做到讲事实,讲真话,讲道理"。[95]

【注释】

[1] 周作人:《沉沦》,《自己的园地》,北京十月文艺出版社 2011 年版,第 71 - 75 页。

[2] (美)勒内·韦勒克、奥斯汀·沃伦:《文学理论(修订版)》,刘象愚、邢培明、陈圣生、李哲明译,江苏教育出版社 2005 年版,第 31 - 39 页。

[3] 王哲甫:《中国新文学运动史》,北平杰成印书局 1933 年版。

[4] 李何林编著:《近二十年中国文艺思潮论》,生活书店 1947 年版。

[5] 王瑶:《念朱自清先生》,《中国现代文学史论集》,北京大学出版社,1998 年版,

第 388－389 页。

[6] 参见黄宗智主编:《中国研究的范式问题讨论》,社会科学文献出版社,2003 年版,第 28 页。

[7]《沈从文全集》,北岳文艺出版社,2002—2003 年出版,全 32 卷。

[8][9][10]裴春芳:《"虹影星光或可证"》,《经典的诞生:叙事话语、文本发现及田野调查》,社会科学文献出版社,2014 年版,第 201－213 页。

[11] 参见商金林:《关于〈摘星录〉考释的若干商榷》,《中国现代文学研究丛刊》2010 年第 3 期;《沈从文果曾"恋上自己的姨妹"?》,《中华读书报》2010 年 3 月 3 日。

[12] 2012 年,以资深鲁迅研究专家王锡荣为首席专家的研究团队申报的"《鲁迅手稿全集》文献整理与研究"获国家社科基金重大课题资助,显示了学界对于作家手稿的重视。

[13] 佐藤明久、瞿斌:《发现被涂去的文字"吾师藤野"之后》,上海交通大学、上海鲁迅纪念馆:《中国现代作家手稿及文献国际学术研讨会论文集》,2014 年 8 月 14 日。

[14] 陈平原:《现代中国文学的生产机制及传播方式——以 1890 年代至 1930 年代的报章为中心》,《"新文化"的崛起与流播》,北京大学出版社,2015 年版,第 1－21 页。

[15](加)马歇尔·麦克卢汉:《理解媒介——论人的延伸》,何道宽译,商务印书馆,2000 年版第 33 页。

[16] 唐沅等主编:《中国现代文学期刊目录汇编》,天津人民出版社,1988 年版;知识产权出版社,2010 年版。

[17] 吴俊、李今、刘晓丽主编:《中国现代文学期刊目录新编》,上海人民出版社,2010 年版。

[18] 比较常用的数据库有:"大学数字图书馆国际合作计划"(China Academic Digital Associative Library,CADAL),其中收录了海量的民国期刊,网址为 http://www.cadal.zju.edu.cn/index;中国国家图书馆的民国期刊数据库,目前提供 4351 种期刊电子影像的全文阅读,网址为 http://mylib.nlc.cn/web/guest/minguoqikan;上海图书馆"全国报刊索引"中的"民国时期期刊全文数据库(1911～1949)",计划收录民国时期出版的期刊 25000 余种,近 1000 万篇文献,网址为 http://www.cnbksy.net/home;"大成老旧期刊全文数据库",收录清末及民国时期出版的期刊 7000 余种,网址为 http://laokan.dachengdata.com/tuijian/showTuijianList.action?type＝1。除此之外,也有一些网站论坛,网友交流、共享免费的民国期刊电子资源,如国学数典论坛中的"民国期刊"版块,网址为 http://bbs.gxsd.com.cn/forum.php?mod＝

forumdisplay&fid=156;爱如生论坛中的"近代报刊"版块,网址为 http://forum. er07. com/forum. php? mod=forumdisplay&fid=134&page=1。

[19] 秦弓:《1984—2007 中国现代文学博士论文选题分析》,《人民政协报》2008 年 4 月 21 日。

[20] 陈平原:《文学史视野中的"报刊研究"——近二十年北大中文系有关"大众传媒"的博士及硕士学位论文》,《"新文化"的崛起与流播》,北京大学出版社,2015 年版,第 55 页。

[21] 参见李楠:《晚清、民国时期上海小报研究》,人民文学出版社,2005 年版;孟兆臣:《中国近代小报史》,社会科学文献出版社,2005 年版。

[22] 解志熙这方面的著作有:《考文叙事录:中国现代文学文献校读论丛》,中华书局,2009 年版;《文学史的"诗与真":中国现代文学文献校读论集》,北京大学出版社,2013 年版;《文本的隐与显:中国现代文学文献校论稿》,北京大学出版社,2016 年版。

[23] (美)戴维·斯沃茨:《文化与权力:布尔迪厄的社会学》,陶东风译,上海译文出版社,2012 年版,第 136 页。

[24] (法)皮埃尔·布尔迪厄:《艺术的法则:文学场的生成与结构(新修订本)》,刘晖译,中央编译出版社,2011 年版,第 175、205 页。

[25] 杨杨:《商务印书馆与中国现代文学》,《中国现代文学研究丛刊》1999 年第 1 期。

[26] 叶桐:《新文学传播中的开明书店》,《中国现代文学研究丛刊》1999 年第 1 期。

[27] 温儒敏:《论〈中国新文学大系〉的学科史价值》,《文学评论》2001 年第 3 期。

[28] 吴永贵主编:《民国时期出版史料汇编》(全 22 册),国家图书馆出版社,2013 年版。

[29] 李斌:《民国时期中学国文教科书研究》,北京大学出版社,2016 年版。

[30] 季剑青:《北平的大学教育与文学生产:1928—1937》,北京大学出版社,2011 年版,第 9 - 11 页。

[31] 栾梅健:《稿费制度的确立与职业作家的出现——二十世纪中国文学发生论之一》,《中国现代文学研究丛刊》1993 年第 2 期。

[32] 叶中强:《稿费、版税制度的建立与近现代文人的生成》,《上海大学学报(社会科学版)》2006 年第 5 期。

[33] 倪伟:《"民族"想象与国家统制:1928—1948 年南京政府的文艺政策及文学运动》,上海教育出版社,2003 年版。

[34] 牟泽雄:《民族主义与国家文艺体制的形成——国民党南京政府时期(1927—1937)的文艺政策研究》,云南人民出版社,2013 年版。

[35] 李秀萍:《文学研究会与中国现代文学制度》,中国传媒大学出版社,2010

年版。

[36] 该丛书第一辑七种,分别涉及以《新青年》为核心的文学团体、文学研究会、创造社、语丝社、南社、栎社以及以施蛰存为核心的文学团体。第二辑八种是关于新月社、狂飙社、以《七月》《希望》为中心的胡风派文艺社团、延安地区的文艺社团、台湾创世纪社、台湾—厦门的菽庄诗社等。

[37] 刘群:《饭局·书局·时局:新月社研究》,武汉出版社,2011 年版。

[38] 黄子平、陈平原、钱理群:《论"二十世纪中国文学"》,《文学评论》1985 年第5 期。

[39] 毛泽东:《新民主主义论》,《毛泽东选集(第二卷)》,人民出版社,1991 年第 2版,第 698 页。

[40] 参见黄修己主编:《20 世纪中国文学史》,中山大学出版社,2004 年版;严家炎主编:《二十世纪中国文学史》,高等教育出版社,2010 年版。

[41] 参见陈思和:《中国新文学整体观》,上海文艺出版社,1987 年版;陈思和:《新文学整体观续编》,山东教育出版社,2010 年版);王晓明等编选:《二十世纪中国文学史论》,东方出版中心,2003 年版;朱晓进等:《非文学的世纪:20 世纪中国文学与政治文化关系史论》,南京师范大学出版社,2004 年版;范伯群、汤哲声、孔庆东:《20 世纪通俗文学史》,高等教育出版社,2006 年版;杨义主编:《二十世纪中国翻译文学史》,百花文艺出版社,2009 年版;郭久麟:《中国二十世纪传记文学史》,山西人民出版社,2009 年版;黄曼君主编:《中国 20世纪文学理论批评教程》,华中师范大学出版社,2010 年版;曹新伟、顾玮、张宗蓝:《20 世纪中国女性文学史》,北京大学出版社,2012 年版;徐志啸:《20世纪中国比较文学简史》,复旦大学出版社,2016 年版。

[42] 全炯俊:《"二十世纪中国文学论"批判》,《文艺理论研究》1999 年第 3 期。

[43] 张福贵:《从意义概念返回到时间概念:关于中国现代文学的命名问题》,《文学世纪》(香港)2003 年第 4 期。

[44] 张福贵:《从"现代文学"到"民国文学"——再谈中国现代文学的命名问题》,《文艺争鸣》2011 年第 13 期。

[45] 李怡:《"民国文学史"框架与"大后方文学"》,《重庆师范大学学报(哲学社会科学版)》2009 年第 1 期。

[46] 李怡:《民国机制:中国现代文学的一种阐释框架》,《广东社会科学》2010 年第 6 期。

[47] 丁帆:《给新文学史重新断代的理由——关于"民国文学"构想及其它的几点补充意见》,《中国现代文学研究丛刊》2011 年第 3 期。

[48] 陈国恩:《民国文学与现代文学》,《郑州大学学报(哲学社会科学版)》2011 年第 5 期。

［49］张中良:《民国文学历史化的必要与空间》,《文艺争鸣》2016年第6期。

［50］参见:安东尼·吉登斯:《现代性的后果》,译林出版社,2000年版;查尔斯·泰勒:《现代性之隐忧》,中央编译出版社,2001年版;齐格蒙特·鲍曼:《现代性与矛盾性》,商务印书馆,2003年版。

［51］(美)柯文:《在中国发现历史——中国中心观在美国的兴起》,林同奇译,中华书局,2002年版,第169页。

［52］李怡:《现代四川文学中强势人物形象的地域文化内涵》,《成都大学学报(社科版)》1998年第1期。

［53］陈方竞:《鲁迅与浙东文化》,吉林大学出版社,1999年版。

［54］吴福辉:《都市漩涡中的海派小说》,湖南教育出版社,1995年版。

［55］李今:《海派小说与现代都市文化》,安徽教育出版社,2000年版。

［56］李永东:《租界文化与30年代文学》,上海三联书店,2006年版。

［57］张勇:《摩登主义:1927—1937上海文化与文学研究》,人间出版社(台北),2010年版。

［58］王光东:《"民间"的现代价值——中国现代文学与民间文化形态》,《中国社会科学》2003年第6期。

［59］陈思和:《民间的浮沉——对抗战到文革文学史的一个尝试性解释》,《上海文学》1994年第1期。

［60］陈思和:《民间的还原——文革后文学史某种走向的解释》,《文艺争鸣》1994年第1期。

［61］(美)林·亨特主编:《新文化史》,姜进译,华东师范大学出版社,2011年版,第20页。

［62］高秀川:《文化图影与中国现代文学变迁》,《文艺评论》2016年第3期。

［63］参见陈艳:《〈北洋画报〉研究》,百花文艺出版社,2012年版。

［64］杨义(主笔)、中井政喜、张中良:《中国新文学图志》,人民文学出版社,1996年版。

［65］参见陈平原、夏晓虹编:《图像晚清:〈点石斋画报〉》,百花文艺出版社,2001年版;陈平原:《左图右史与西学东渐:晚清画报研究》,香港三联书店有限公司,2008年版;原小平:《中国现代文学图像论》,新华出版社,2016年版。

［66］李至:《中国现代文学书籍封面设计探析》,《大众文艺(理论)》2008年第12期。

［67］杨剑龙:《论〈新青年〉的封面与插图的文化韵味》,《江汉论坛》2006年第1期。

［68］《中国现代文学编年史——以文学广告为中心》共三册,1915—1927年由钱理群主编,1928—1937年由吴福辉主编,1937—1949年由陈子善主编,北京大学出版社2013年出版。

[69] 胡明宇:《中国现代文学广告研究述评》,《中国现代文学研究丛刊》2014 年第 2 期。

[70] 彭林祥:《中国现代文学广告的价值》,《中国社会科学》2016 年第 4 期。

[71] 夏志清的《中国现代小说史》,英文初版 1961 年由耶鲁大学出版,繁体字版最早由香港友联出版社 1979 年出版,香港中文大学出版社 2001 年重新印行,大陆简体字版则迟至 2005 年才由复旦大学出版社出版。

[72] 这些著作也大多可以纳入到之前四节的内容中,但是为了突出海外中国现代文学研究这一主题,我们择其要者放在这里集中介绍。

[73] 参见杨义:《中国现代小说史》,人民文学出版社,1998 年版。

[74] (美)夏志清:《中译本序》,《中国现代小说史》,刘绍铭等译,香港中文大学出版社,2001 年版。

[75] (美)李欧梵:《上海摩登——一种新都市文化在中国 1930—1945》,毛尖译,北京大学出版社,2001 年版,第 327 页。

[76] Wen-hsin Yeh, Introduction: Interpreting Chinese Modernity, 1900—1950. See: Wen-hsin Yeh ed., *Becoming Chinese: Passages to Modernity and Beyond*. Berkley and Los Angeles: University of California Press, 2000. P7。

[77] (美)王德威:《被压抑的现代性——晚清小说新论》,宋伟杰译,北京大学出版社,2005 年版,第 23 - 28 页。

[78] (美)刘剑梅:《中文版自序》,《革命与情爱:二十世纪中国小说史中的女性身体与主题重述》,郭冰茹译,上海三联书店,2009 年版。

[79] 颜海平:《中国现代女性作家与中国革命,1905—1948》,季剑青译,北京大学出版社,2011 年版,第 2 页。

[80] 洪长泰的《到民间去:中国知识分子与民间文学,1917—1938》(董晓萍译,中国人民大学出版社,2015 年版)

[81] 舒允中的《内线号手:七月派的战时文学活动》(上海三联书店,2010 年版)

[82] 傅葆石的《灰色上海,1937—1945:中国文人的隐退、反抗与合作》(张霖译,刘辉校,三联书店,2012 年版)

[83] 耿德华的《被冷落的缪斯:中国沦陷区文学史(1937—1945)》(张泉译,新星出版社,2006 年版)

[84] (捷克)米列娜:《欧洲的中国现代文学研究》,戴国华译,《国际汉学(第 15 辑)》,大象出版社,2007 年版,第 205 - 206 页。

[85] (捷克)亚罗斯拉夫·普实克:《抒情与史诗:现代中国文学论集》,郭建玲译,上海三联书店,2010 年版,第 85 页。

[86] (捷克)米列娜编:《从传统到现代——19 至 20 世纪转折时期的中国小说》,伍晓明译,北京大学出版社,1991 年版,第 1、14 页。

[87]（斯洛伐克）玛利安·高利克:《中国现代文学批评发生史（1917—1930）》,社会科学文献出版社,1997年版。

[88]（斯洛伐克）马立安·高利克:《中西文学关系的里程碑（1898—1979）》,伍晓明、张文定等译,北京大学出版社,1990年版（2008年重排）,第4页。

[89]（日）竹内好:《何谓近代——以日本与中国为例》,《近代的超克》,三联书店,2005年版,第213页。

[90]（日）竹内好:《鲁迅》,《近代的超克》,三联书店,2005年版,第45、58页。

[91]参见丸尾常喜:《耻辱与恢复——〈呐喊〉与〈野草〉》,秦弓、孙丽华编译,北京大学出版社,2009年版。

[92]（日）丸山升:《辛亥革命与其挫折》,《鲁迅·革命·历史——丸山升现代中国文学论集》,王俊文译,北京大学出版社,2005年版,第24-40页。

[93]（日）伊藤虎丸:《鲁迅与终末论:近代现实主义的成立》,李冬木译,三联书店,2008年版,第60、146页。

[94]（日）伊藤虎丸:《鲁迅与日本人——亚洲的近代与"个"的思想》,李冬木译,河北教育出版社,2000年版,第11-49、130-131页。

[95]王瑶:《关于现代文学研究工作的随想》,《中国现代文学史论集》,北京大学出版社,1998年版,第301-302页。

【延伸阅读】

[1]黄宗智主编:《中国研究的范式问题讨论》,社会科学文献出版社2003年版。

[2]陈平原:《"新文化"的崛起与流播》,北京大学出版社2015年版。

[3]杨义、中井政喜、张中良:《中国新文学图志》,人民文学出版社1996年版。

[4]李欧梵:《上海摩登——一种新都市文化在中国1930—1945》,毛尖译,北京大学出版社2001年版。

[5]林·亨特主编:《新文化史》,姜进译,华东师范大学出版社2011年版。

第十一章

从《子夜》看茅盾的艺术风格

【引言】

　　茅盾原名沈德鸿,字雁冰。"茅盾"是他 1928 年发表第一部长篇小说《蚀》时开始使用的笔名。当年起这样一个笔名,是暗含作者在大革命失败后的彷徨苦闷心情。《蚀》描写了一些小资产阶级知识分子在大革命洪流中幻灭、动摇和奋起追求的曲折经历,可以说"矛盾"就是《蚀》三部曲贯穿始终的基调。20 世纪 20 年代后期,沈雁冰在"经验了动乱中国的最复杂的人生的一幕"后,通过小说创作也调整了心态,从低谷中振起,从而完成了从文艺理论家、批评家到作家的身份转移。他用"矛盾"作为自身形象和其处女作主题的定位,以此折射被抛入历史文化过渡时代的知识分子的尴尬处境和复杂心理,既是极富内省精神的自况,也是对社会现实进行精确观察所得出的结论。"矛盾"是茅盾一生洗不去的标识,他的政治生涯、文学生涯以及在作品中交织的诸多悖论,至今仍是众多研究者争论不休的话题。我们必须透过历史烟尘去理解一个相当陌生的复杂年代,理解一个内涵丰富复杂的历史人物本身及其一系列作为历史产物的作品。茅盾创作的贡献主要是长篇小说,其中《蚀》和《子夜》尤为突出。所谓经典,就是经过时间的考验已经被沉淀、稳固在文化传统里的东西,其价值已经被普遍认同的东西。在大批作家中,成为经典作家的是少数,在大量作品中,成为经典作品的也是少数。《蚀》和《子夜》都是当之无愧的经典,是后人挖掘不尽的矿藏。不过,被誉为"二十世纪的巴尔扎克"和"二十世纪的别林斯基"的小说大师和理论批评家茅盾,在新时期并未能继续巩固扩大自己的读者范围,不仅如此,在学界"重写文学史"的热潮中甚至还遭到了严峻的诘难。本章正是立足于《子夜》这一文本,以此来探讨茅盾小说创作的艺术风格及得失。

【思考】

　　1.如何理解茅盾在《子夜》创作中的风格特征及其艺术得失?

2.茅盾在其文学活动和具体作品中,如何处置政治与艺术这一对矛盾?

3.文学史研究中的历史感与审美评判如何统一?

第一节　茅盾的文学主张

要理解茅盾在《子夜》创作中的风格转变及其艺术得失,必须从茅盾的文艺思想变化入手。20世纪30年代,世界范围内掀起红色革命风潮。国内外急剧动荡的社会政治思潮向文学提出了更为严峻的挑战。茅盾是使命感很强的作家,身处其中他无法不受"红色30年代"文艺思潮的浸染,其明显标志是对"五四"的重新思考和"检讨"。无产阶级革命文学论争时期茅盾曾发出"没有'五四',未必会有'五卅'罢"的质疑。后来他做了修正,认为"'五四'的一切思想及其口号都成了时代落伍"[1]。他的这种变化显然与当时无产阶级文学运动的"风向"相关,而且也有迹可寻,例如,1929年茅盾《读〈倪焕之〉》一文关于"时代性"的阐述已经开始接受"新写实主义"的概念;1931年,茅盾所做的《中国苏维埃革命与普罗文学之建设》一文中也可以看出作者受"唯物辩证法创作方法"的影响。这是一个十分复杂的时代,对茅盾来说,也是一个较为混乱与矛盾的时期。外界的巨大干扰与影响,自身在"左联"的身份与角色,都使他必然地与时代思潮相联系,他无法超越时代。这种明显受外来干扰的概念化的文学风潮,直到文坛对"拉普"理论进行清算,"左"的空气消退时才得以澄清。不过值得注意的是,即使在那个极端重政治功利的、概念化的时期,茅盾也还是没有忘记"最最主要的还是充实的生活"与"亲身体验",认为文学应"感性地影响读者"[2],表现了对文学本体的重视。

茅盾于1928年登上文坛,这期间文艺圈内的重大事件就是关于"革命文学"的论争,在此背景下《蚀》三部曲受到创造社、太阳社左翼批评家的指责。茅盾卷入论争并与鲁迅等被当作"旧写实主义"的代表受到批评攻击。为了证明自己并不落伍,茅盾在此后的创作中增强了对时代严峻的政治思考,文学倾向开始产生较大的转移。本来,在茅盾的艺术观念乃至感觉深处,就很少或压根就没有"为艺术而艺术"之类空灵玄妙的成分,他对社会问题的关注是一贯的。加上所处时代和社会的要求,茅盾越来越趋于理性化,甚至不惜以理性的偏颇去修正乃至牺牲自己的艺术直觉。这是问题的一方面。另一方面,也应看到,尽管茅盾重视文学的政治功能,但他又始终未彻底放弃自己敏感精细的艺术领悟力。政治理性和艺术天性之间既交缠又抵牾、既依托又背离,这种"矛盾"时时浮现在他的创作中,使他的作品也的确留下了某些拼贴的痕迹。这里,我们不妨借用30年代一位评论家对茅盾与巴金的比较评论。他说,读茅盾像上山,沿途有的是瑰丽的奇景,然而脚下也有的是绊脚的石头;读巴金像泛舟,顺流而下,有时连你收帆停驶的工夫也不给。茅盾给字句装了过多的事物,长处在结实,短处在缺乏行文的自然,疙里疙瘩地刺眼[3]。这样看来,茅盾小说的确存在理念过重而失之凝滞的毛病。新时期以来一些批评茅盾小说弊病的意见,是有一定根据的。

问题是我们对茅盾的这些"矛盾"如何做出有历史感的解析,而不只是从当下的某一立场出发,加以痛快的否定。在中外文学中,不容忽视地存在着这样一类作品,用卢那察尔斯基的话来说,它们大多出于"思想家兼艺术家"之手,它们"首先是思想性的作品,它的主要价值,就在于可以用来充实读者的那些新的思想"[4]。这种"首先是思想性的作品"往往出现在大变动大过渡的时代,它们表现出时代前进的趋向。艺术家与思想家的思维方式是存在区别的,所以在同一部作品中,艺术力量很难与思想力量并驾齐驱、达到同样的高度。虽然"首先是思想性的作品"在艺术上成功的例子也不少,但毕竟用力点不同,其艺术感染力往往比不上论辩的说服力,在特定时代的阅读背景过去后,这类作品在文学史册上可能仍占据着纪念碑式的地位,可由于其艺术性的稀薄,已难以历久常新地保持对读者的吸引力了。

20世纪二三十年代的中国,政治强烈地要求着文学,改变着文学的品格,许多作家的政治热情也远远高出艺术冲动。对于那些极大地伸展自己的社会视野、担当历史使命的作家,我们应该给予尊重。在民族解放高于一切的年代,文学对于政治的偏至有其历史的理由。对于这种"理由"之下的某些文学的弊病与不足,同样要做出有历史同情的解析。茅盾虽然接受过西方人文主义思潮的影响,但面对"人"的问题,他关心的是群体的"人",社会的"人"。1920年,茅盾就在《现在文艺家的责任是什么》一文中,郑重地、宣言般地提出了"文学社会化"[5]的概念,此后又不断丰富、深化这一思想。茅盾所追求的是"大规模地描写中国社会现象"的目标,力图展现的是与社会相对应的"整个社会的历史"。他在新文学史上第一个公开宣称:文学应当反映社会的"全般面貌""全般机构"。1921年,他用纵、横坐标给文学作了明确定位:纵——时代的文学;横——国民文学。为了给这种定位找依据,茅盾分析了世界文学的进化史实,进而判定:文学仅在太古时代才是属于个人的,现代文学不应再属于个人,而应属于"民众"。这就是茅盾当时给"人的文学——真的文学"内涵做出的界说[6]。

茅盾一生,不论早期从泰纳的文艺社会学,还是后期从马克思主义文艺理论出发,他都在不知疲倦地要求文学做"诅咒反抗的工具"[7],要求作家"担当起唤起民众从而给他们力量的重大责任"[8]要求文学家理解"文学之趋于政治的与社会的,不是漫无原因的"[9]道理,因而"要抓住了被压迫民族与阶级的革命运动的精神,用深刻伟大的文学表现出来,使这种精神普遍到民间……并且感召起更伟大更热烈的革命运动来"[10]。正因为茅盾注重文学的倾向性,主张文学应对社会改革予以积极的影响,所以对外来文学借重选择性很强。他看重"新浪漫主义"的是罗曼·罗兰式的理想性和尼采式的反抗性;他倡导"自然主义",目的在于直面人生。在20世纪30年代,这种倾向性则发展到自觉地为被压迫阶级而呐喊。茅盾是以历史代言人的姿态进入创作的,必然注重文学的时代表现。如果说,在"五四"时期他还只是笼统地主张文学是"时代的反映"[11]——包括"时代的思潮,社会情形等"。那么,20 世纪到 30 年代他关于文学的"时代性"观念则更为明确:即要把总的"时代情形表现出来",并特别注重反映社会变革阶段的重大事件和斗争。

茅盾所主张的文学"表现人生"具有明显的政治功利性。他对"为人生"做过多方面的解释。他相信"文学不仅是供给烦闷的人们去解闷,逃避现实的人们去陶醉;文学是有激励人心的积极性的。尤其在我们这时代,我们希望文学能够担当唤醒民众而给他们力量的重大责任"。他甚至直截了当地声称:"我们是功利主义者","我们的作品一定不能仅仅是一支吗啡针,给工农大众一时的兴奋刺激,我们的作品一定要成为工农大众的教科书。"[12]当然,茅盾功利目的的小说观念与"革命文学"风行时期"文学等于宣传"的偏狭观念还是有质的区别。茅盾一方面主张小说的政治功利性,认为小说应担当起唤醒民众的重大责任,另一方面他又主张小说应该真实地挥写人生情理,反对把小说写成"宣传大纲"。他认为"'美''好'是真实","文艺亦以求真的唯一目的"[13]。他赞许伊本纳兹的《风波》对鱼市的描写令人闻到了鱼腥味。《倪焕之》之所以被他称之为新文学史上的"扛鼎之作"[14],就是由于它真实地描写了人物的内心世界。他要求作家描写人物时,除了描写其"职业特性、阶级特性、性的特性、民族与地方的特性等等"共性外,还要写出"他个人特有的个性"[15]。茅盾关于真实地描写环境、人物性格的立体结构以及人物性格的形成是个曲折过程的理论,与现代化小说观念中的侧重描写人的情理、挖掘人性心理奥妙的主张是一脉相承的,但在某种程度上与文学的政治功利倾向性却是相悖的。这也就是说,茅盾一方面主张小说必须有鲜明的政治倾向性,另一方面又主张真实地描写人的情感世界,这常常使茅盾处于"矛盾"之中。前面一些论者对茅盾的批评不无中肯之处,但在提出这些批评时,还应当有更全面的历史的评价。因为文学史研究也必须讲究科学性。

第二节　《子夜》的成就

《子夜》作为茅盾"细心研究"的力作,很能代表他的创作个性;作为"真能表现时代"[16]的"中国第一部写实主义的成功的长篇小说"[17],是中国现代文学史上的瑰宝。在茅盾 60 多年的文学生涯中,《子夜》具有里程碑式的地位。就小说显示的社会概括的广度和深度、艺术结构的宏大与繁复、人物创造的多姿与传神、文学语言的华赡、劲健和爽利而言,它都足以使茅盾和一般作家拉开一大段距离。茅盾所具有的经营较大规模作品的才情、功力和耐性,在现代文学史上是少人比肩的。

《子夜》所概括的社会生活现象纷繁万状,展读《子夜》,事件如波,此伏彼起;场面如链,交叉出现;人物如星,忽闪忽逝,但整个人物事态的展开又条贯井然、纷而不乱。《子夜》蛛网式的密集结构,适合用来表现社会变迁的复杂内容,这种庞大结构所展示的组织人物与事件的办法之多,叙事角度的变化之繁,足以证明茅盾丰富的创作经验与对素材的驾驭能力。《子夜》有五条重要线索贯穿始终:即以买办资本家赵伯韬、金融资本家杜竹斋、民族工业资本家吴荪甫等人为代表的公债交易所中"多头"和"空头"的投机活动;在世界经济危机、帝国主义经济侵略以及军阀混战等影响下的民族工业的兴办、挣扎和最后的彻底破产;工人阶级的悲惨生活以及他们反抗资本家残酷剥削的怠工、罢工斗争;如火如荼的农村革命运动,使吴老太爷仓皇出逃、曾沧海暴死街头、吴荪甫"双桥王国"美梦彻底破灭;依附于资产阶级的"新儒林外史"人物的空虚庸俗的日常生活和寻求刺激的变态心理以及苦闷抑郁的精神状态等。通过这五条重要线索,《子夜》试图概括中国30年代社会生活的完整面貌,即囊括城乡、工商、军政、劳资、新儒林人物及大家庭主仆关系等各个社会层面的生活图景。

对于《子夜》的结构,有许多研究者认为茅盾的处理是相当成功的,各条线索既齐头并进,又中心突出,既相对独立,又纵横交织,使无比丰富的现实生活内容和众多的人物、事件,有机地、完整地、清晰地结合在一起,成为一个艺术整体,像一座纵横交错又浑然一体的建筑群。但有研究者对此提出了异议,例如王富仁就认为《子夜》至少有三条线索没有有效地组织进小说的有机联系中去。茅盾把大量的人物和情节仅依靠外部的联系网罗进小说,而并没有有效地纳入小说内部的矛盾斗争中,这使《子夜》结构的和谐性受到损害,小说在整体上的推进速度变得笨重迟缓;其次,非主线上的人物和情节无法与主线上的人物与情节构成彼此推动的连环关系,小说的各条线索成了时断时续的不相连的孤立线段,这使小说变得沉闷、沉滞。王富仁认为,《子夜》之所以缺少紧紧抓住读者的思想艺术力量,结构笨重是一个重要的原因[18]。这个观点指出了《子夜》结构艺术上的某些毛病,可以参考。

对《子夜》的不同评价恰恰证明这部作品内涵丰富复杂,不是一次性探索便可穷其奥秘。《子夜》的艺术成就是多方面的,下面谈其中几个主要特点。

一、完整概括中国现代革命史的宏伟构思

茅盾是写历史画卷的大手笔,概括历史完整画卷的巨匠。他的创作是艺术化的历史,历史化的艺术。他总是明确地、自觉地写历史,完整地描摹社会生活的全景图。这就使他的艺术创作表现出构思恢宏、阔大,具有深重的历史感的鲜明特征。通观茅盾的全部作品,我们几乎可以窥见中国现代革命史的全部复杂斗争,寻觅到各个阶级、各个阶层、各种倾向、各种代表人物的音容笑貌。茅盾创作《子夜》时,明确地提出要"大规模地描写中国社会",要以农村与都市的对比,反映中国革命的"整个面貌"。正是出于对社会面貌整体把握的需要,他把吴荪甫设计成纱厂

老板,因为这一角色地位便于"联系农村与都市"。虽然《子夜》完稿时最终偏重于都市描写,并明显使人感到反映农村阶级斗争的第四章游离于主要情节,却始终不愿割舍,这当然是出于再现社会"整个面貌"的总体考虑的结果。《子夜》不仅重视社会空间上的全景展现,而且更注重社会结构的全景式表层模拟。他把每一个人都作为他所属的阶级的"标本"来塑造,写出他们所具有的社会角色特性。像吴荪甫、赵伯韬、杜竹斋等不同类型的资本家,像吴老太爷、曾沧海、冯云卿等不同特点的地主,像李玉亭、范博文、杜新箨等不同模式的知识分子,既是"单个人"、"这一个",又都是带有特指意义的社会角色,代表着不同的阶层、群类。他们个人的命运,事实上反映了某一社会群类的基本状况。茅盾在笔下铺开如此众多的社会角色或人物所结成的社会关系,也就实现了对当时整个社会结构的直接性的表层模拟。

在进行大规模的全景式描写时,茅盾注意在具体的情节安排上虚实结合、远近结合,因为这样才能显示出作品的色彩与波澜,也才符合生活的实际。茅盾原定的计划是准备采取双近景(对城市和农村的斗争都作直接描写),后来改为以城市为近景、以农村为远景的布局,以光怪陆离的城市为主要的生活舞台,通过作品中人物的谈论或政治形势的变化,起伏不断地引出农村这一条线索。这种手法可以用较少的笔墨反映极大的生活面,在兼顾广度的同时,又聚焦于深度的挖掘。在围绕吴荪甫这个中心人物引出各种经济斗争和阶级斗争(即表现吴荪甫的"三大火线")时,茅盾也注意采用不同的方法安排各条情节线索,形成虚实结合、疏密相间的布局。如吴荪甫与赵伯韬斗法的这一条线是先虚后实,与工人斗争的一条线是一实到底,与农民矛盾斗争一条线则是以虚为主。三条线浓淡相间地起伏前进,又互相映照和互相补充。这种对总体布局的强有力的把握,无疑得益于茅盾创作时写提纲的习惯。茅盾在《〈子夜〉是怎样写成的》一文中,谈到他"一两万字一章的小说,常写一两千字的大纲"[19]。在这里,我们可以看出,茅盾与那些提笔直书一泻千里的作家有很大的不同,他具有严谨的"社会科学家的气质"。也只有他这样阔大的构思,才能为我们贡献出《子夜》这样一部概括中国 30 年代社会生活的完整面貌的百科全书。

二、"典型环境"中"典型性格"的塑造

茅盾在人物创造中,重点关注的不是人物的性格、命运、精神状态、癖好等,而主要是他们所体现的时代特色,是时代、阶级和政治思想斗争在人物身上所铭刻的烙印,是他们所具有的社会意识形态性。他笔下的人物,既不是某种个人欲望的代表和某种命运的象征,也不是某种性格和精神状态的体现者,更不是某种品质和"人性"的化身,而是"一定的阶级和倾向的代表,因而也是他们时代的一定思想的

代表"。强烈的时代色彩,鲜明的意识形态性,是茅盾创造人物的根本原则。通过茅盾创造的人物,我们不但看到了他们所代表的政治的、意识形态的倾向性,而且认识了他们所属的时代。这是茅盾创造人物的最显著的特色,是茅盾作品中人物的最重要的艺术特色。《子夜》之所以一发表就引起轰动、成为 1933 年出版史上的重要事件,关键在于它成功地塑造了吴荪甫这个中国文学史上从未塑造过的民族资本家的人物典型,并以他为中心照亮了 20 世纪 30 年代整个上海的社会生活,照亮了在这里活动的社会各阶级、各阶层的人的思想、性格、心理和命运,以及他们与历史纠葛的方方面面。吴荪甫生不逢时,在中国半殖民地的现实环境中雄心勃勃地企图发展民族工业,结果以破产的悲剧而告终。茅盾一方面从政治上对这个人物的阶级属性进行了深刻解剖,注意写出他作为民族资产阶级的软弱性和两面性,毫不掩饰他在思想上的反动性,如骂共产党、搬兵镇压农民暴动等,包括写出他在穷途末路时所干的下流无耻之事;但另一方面,茅盾对自己笔下的男主角的赞赏几乎不加掩饰,这个工业资本家吴荪甫即使倒台崩溃,也落得像个巨人,并因此而透出某种悲剧感。吴荪甫身上固然有鲜明的阶级烙印,但观其全人并非是那种只有"反动性与爱国进步性"的扁平式形象,而是一个血肉丰富性格复杂的立体化的现代民族企业家的典型,在他身上一扫老中国儿女们的萎靡气息而充满了生命活力。魄力与学识、铁腕与野性集于一身的吴荪甫,被茅盾称之为"20 世纪机械工业时代的英雄、骑士和王子"。总的来说,似强实弱、外强中干是吴荪甫的基本性格特征,他的所有行为,所有动机,都是从他所处的历史潮流而来的,在那样一个时代,他出色地实践了一个现代民族企业家的历史使命,也充分展示了一个具有现代意识的企业家的巨大能量和惊人的才干,他的悲剧是中国现代企业家生不逢时、壮志难酬的悲剧,甚至是带有某些悲壮的意味的。吴荪甫是在中国工业现代化进程中第一代企业家的代表,是现代文学史上为数不多的资产阶级形象中出现得最早、塑造得最为成功的一个。

这个人物形象在新时期的研究中曾引起热烈的争论,这也说明了吴荪甫形象的复杂性是一个研究难点,不能"非此即彼"地简单对待,本来,"反动资本家"与"失败的英雄人物"这两面就是茅盾立体塑造吴荪甫的两手,偏执于任何一面都不能得出一个完整的吴荪甫形象。还有研究者认为,茅盾在《子夜》中,尽管试图客观地对待吴荪甫,但他仍然无法掩盖他对这样一个资本家的崇拜,因为吴荪甫身上体现的是现代大工业的力量,现代城市的力量,这种对现代大工业的向往体现了茅盾的现代主义性质。《子夜》将吴荪甫写成一个光彩照人的"英雄",按照"社会分析"的眼光,显然是不够"科学"的,同时也有违于作者原先的创作意图。然而,在写这个人物的过程中,茅盾的笔锋已被感性经验强有力地控制了,他不得不偏离最初激起他创作冲动的那个抽象命题,让人物循着生活的常规走完自己应走的途程,他也不能不将同情的天平向这个人物身上倾斜,于是吴荪甫也就有了另一番面目。茅盾创造的人物,既是时代的、阶级的和一定思想倾向的代表,同时又是一定的单个人。他笔下的其他人物,如静女士、方罗兰、梅女士、赵惠明、赵伯韬、林老板、老通宝等,都是不朽的艺术典型,而不是时代精神、某种阶级属性和某种思想倾向的简单的、贫乏的、肤浅的图解品。在他们身上,既有着强烈的、厚重的时代气息和历史深度,体现了历史潮流的骚动与趋势,也以自身鲜明的个性构成了一个独立而完整的艺术世界。

三、拥抱真实

茅盾执著于现实人生,倾心于艺术的真实,在他的文学观中,"真实"永远是他最为珍爱的一条准则。在茅盾文学活动早期,他抱着文学以求"真"为唯一目的的审美观念,发现自然主义最大的目标是真,左拉的描写方法"最大的好处是真实与细致",因而对自然主义大加弘扬与倡导,并对与之相近的现实主义怀着虔诚的捍卫热情。茅盾所强调的真实,指作品要合乎生活逻辑,作家善于捕捉现实和传达现实的特征,在这个意义上,他认为作家积累生活经验特别重要与必要。茅盾虽有自己的理性追求,但这种追求是尽量与自身情感和生活实际贴合在一起的,因而在一定程度上能够摆脱"左倾"的影响,较少表现出当时流行的公式化、概念化的偏执。

茅盾在坚持生活真实这一点上,有较高的自觉性,他力图避免当年文坛上的左倾机械论的通病。在分析批评"革命文学"的概念化风气时他一针见血地指出:"我们看了蒋光慈的作品,总觉得其来源不是'革命生活实感',而是想象。"这"生活实感"正是茅盾最为关切的一点,在他看来,充实的生活,比正确的观念和纯熟的技术更重要,"与其写那种'既不能表现无产阶级的意识,也不能让无产阶级看得懂'"的标语口号式作品,还不如拣自己最熟悉的来写!"[20]《子夜》原来的计划是通过农村与城市革命发展的对比,反映出这个时期中国革命的整个面貌,即写一部"白色的都市与赤色的农村的交响曲",但后来因为生活积累的不足,茅盾断然地对这个大规模地描写 20 世纪 30 年代初中国革命完整面貌的宏伟构思做了重大的修改,对作品的规模做了几次大幅度的缩小,如把红军的活动基本上隐入幕后,压缩关于工厂生活的描写,弱化了关于农村革命斗争的线索。很明显,茅盾做这些压缩的主要依据就是他的生活体验,他对这些部分不熟悉,"连第二手材料也没有",又"不愿凭空杜撰",所以只有"弃之不写"了,这体现了他对自己情感体验的尊重。尽管茅盾本人也曾不无偏颇地把文艺当做宣传新思想的工具来鼓吹,然而一旦他发现这种文学倾向性的过分强调损害到现实主义的另一重要原则,即它的真实性时,他就立即转过来对真实性加以弘扬,以求恢复现实主义内部二者的平衡和统一。以蒋光慈《短裤党》等作品为标志的早期革命小说,尽管试图运用马克思主义来分析社会、理解社会,然而,他们往往把理性当教条,将活生生的生活简化为死板的公式,由于他们没有充分重视文学是艺术这一根本属性，未能在艺术上精雕细琢，所以，他们这一类作品中活生生的生活往往停留在抽象的概念上。对他们这类作品表现出来的公式化、概念化的不良倾向，茅盾曾尖锐而又不乏诚意地批评过。在他自己下笔时，则充分注意了生活的复杂性，尤其注意了人及其关系的复杂性。在《子夜》的构思和素材搜集过程中，茅盾几乎每天都在"东西奔走"。他除了亲访现代都市各种身份的人物外，并且实地考察了现代工业如丝厂和火柴厂，还亲自考察了现代交易市场如工商证券交易所；甚至连吴荪甫坐什么样牌号的汽车这种小细节也反复调查研究过：原先想让吴荪甫坐福特牌小汽车，因为当时上海"流行福特"，后来经研究又改坐雪铁龙，因为"像吴荪甫那样的大资本家应当坐更高级的轿车"。通过实地调查，茅盾对产业界、金融界的情况了然于胸，这使他能于无形中消解自己的政治意识和理论思维，因而《子夜》能以生动的形象真实、细致地再现生活，在同一品类作品中得以独领风骚。由此看来，前述那种把《子夜》指为概念化的"高级社会文件"的批评，显然是过火的，并不完全符合茅盾的创作实际，也缺少文学史研究中所必需的历史感。

第三节　茅盾的艺术风格

茅盾具有强烈的"编年"意识，这使他的创作明显带有"史诗"的性质，力图全面展现中国现代历史的变迁。将茅盾的全部作品依所描写的时代顺序排列起来，就是一部生动而深刻的现代中国社会的"编年史"，形象地记录了"一个民族和一个时代本身完整的世界"。早在1921年，茅盾就指出，新文学初创以来，虽然已取得了可喜的成就，然而遗憾的是"没有描写广阔气魄深厚的作品"[21]，后来他又明确表示："我喜欢规模宏大、文笔恣肆绚烂的作品。"[22]我国新文学史上最能弥补这一缺憾的杰出代表不是别人，正是茅盾自己。茅盾小说正是自觉追求"巨大的思想深度"与"广阔的历史内容"，以反映时代全貌和发展的史诗性为基本特征的。

史诗性应该从"史"和"诗"两方面来理解。中国是一个"史书"大国，我们拥有卷帙繁多的二十四史，中国也是一个诗歌大国，我们民族文化的天空上无数诗人星光灿烂。因此，中国小说历来受到"史传"传统和"诗骚"传统的深刻影响与渗透，"史传"传统的影响主要体现在以写实的春秋笔法营造"历史化"的文学，作家出于"补正史之阙"的写作目的，自觉不自觉地承担解说意识形态的使命；"诗骚"传统的影响则主要体现在突出作家的主观情绪，在叙事中着重言志抒情。这两大传统在历代中国小说的创作中绵绵不绝地交织着，成为具体作品中不同的组成部分或不同的结构层面。我们看到，茅盾的《子夜》依然处在这两大传统互动的框架之中，一方面，茅盾出于"史"的功能而自觉、直接地为意识形态化的历史观念提供鲜明的、形象化的历史图景，深入解释了20世纪30年代国内经济斗争、阶级斗争的现实,这是对 20 世纪 30 年代中国社会性质论战所交的一份以感性图景来论说的答卷,得出的是符合无产阶级意识形态的历史结论。因为《子夜》的这种"史"的基本立场,意味着它一开始就突出观念,按照观念的制约对事实材料进行处理。但另一方面,茅盾也没有忘记"言志抒情"的"诗"的功能,他将个人的、感性化的历史经验编织在对具体人物的塑造中,他在作品中寄予的人文反思、人道批判、人性悲悯是处处可见的。

史诗性的现实主义创作,比之其他作品应当以更大的规模与气势,反映一个历史时期更为广阔、更为复杂的社会面貌,因而更能显示这个时代的本质特征。茅盾怀着"大规模地描写中国社会现实"的艺术"野心",集中主要精力描写时代的重大题材,把最能体现这个时代动向的政治、经济现象和事件直接引进自己的作品,这就为他的创作赢得史诗气魄提供了较好的前提。著名的批评家卢卡契指出:史诗应当具有"事物的整体性"[23]。茅盾作品的史诗性首先来自于他顽强的"整体"观念。他强调,文学作品反映的不应当是社会的一角,而应当是"社会全貌"。无论是事件还是人物,切忌孤立,而应当写出其上下左右的广阔联系。他那些分量重、成就高、影响大的作品都有一个广阔的社会背景,主人公则处于复杂社会关系网的中心位置。在茅盾心目中,社会是个有机整体,城市、集镇、农村、战场、工厂、商界、学校、机关等等,都是社会的某一方位。他许多作品尽管正面着笔于某一方位,但并不会置于整个社会之外,他总是想方设法引进全社会的信息,有时甚至腾出部分篇幅,正面描写与此方位密切相关的其他方位。所以,他的大部分作品常常具有全社会、全方位的"交响曲"的特点。艺术野心和对史诗气魄的追求,导致了他在文体上特别钟爱中长篇小说,甚至曾构思过几部多卷本的长篇小说,因为一般来说,重大题材与主题,宏大的规模,要求较大的篇幅。茅盾即使写短篇,也不仅仅是表现了生活的一个横断面,而是具有极大的信息量和延展性,像压缩了的中篇。

茅盾自觉充当中国现代革命史的书记和传记作者,从而使他的作品带有极其鲜明的时事性、纪实性、传记性的特征。他总是把自己的艺术注意力放在那些具有重大意义的事件上,捕捉和传达那些新近发生的重大事实。茅盾紧密地、经常地、直接地以当代重要的政治经济事件作为自己的描写对象,在这些事件尚未从当代人的印象中消退时,便将它们纳入和熔铸在自己的艺术作品中。他的许多不朽作品可以说是中国现代革命史的艺术的大事记,是纪实的文学报告,是中国现代革命的编年史。记录第一次国内革命战争经验教训的《蚀》的第一部,是在蒋介石发动反革命政变,对共产党人和革命者进行血腥大屠杀的四个月后便动笔写成的,第二部是在同年 11 至 12 月间写成,第三部写成于 1928 年 4—6 月。仅仅在事件发生一年之后就完成了对大革命历史经验的记录和艺术概括。他的第二部史诗性的巨著《子夜》,也是直接记录和概括 1930 年春夏间在我国发生的经济和政治斗争,写作的时间是 1931 年 11 月至 1932 年 12 月,距事件发生的时间相隔也只一年有余。

未完成的长篇小说《虹》，是写"五四"到 1927 年这近十年的"壮剧"，展示了这一历史时代的面貌和青年思想发展的历程。发表于 1941 年的《腐蚀》，以"皖南事变"前后国民党反共卖国的丑恶行径为背景，描写了 1940 年 9 月中旬到 1941 年 2 月初国民党统治区最肮脏、最黑暗的一个角落，其时事性、纪实性也十分突出。他的短篇小说和散文也大多追踪时代风云，概括现实生活事件。《林家铺子》以"一·二八"前后江浙一带农村为背景，真实记录了在帝国主义的侵略和国民党新军阀压迫下农村经济和小城镇商人破产的历史图景。《农村三部曲》(《春蚕》《秋收》《残冬》)真实反映了 20 世纪 30 年代初中国农村"丰收成灾"的现实和农民的觉醒、反抗的过程。

茅盾小说的这种强烈的时代感，记录历史事件的热情和真诚，追踪生活的及时性都是根植于他高度的使命感，根植于他的自觉地为现代革命立史的创作激情。通观茅盾的文学创作，我们会发现，他总是为回答中国现代革命史提出的问题而立意，而谋篇，总是与中国现代革命史保持着最直接、最密切的联系。茅盾在作品中刻意探索中国社会的性质，回答一代人对"中国向何处去"的思考，这是研究近代中国社会所要回答的最根本的问题。《子夜》第一章特意通过人物的议论开宗明义："我们这个社会到底是怎样的社会？""这小客厅就是中国社会的缩影。"《霜叶红似二月花》结尾处，让钱良材与张恂如对王伯申与赵守义经过一番斗争终于牺牲农民利益而握手言欢大发感慨，实际上同样是在揭示中国社会的性质。茅盾不是离生活很远很远，而是靠生活很近很近；他不是热衷于表现自我的感情和思绪，而是努力追踪历史事件，反映时代的脉搏，捕捉和表现崭新的典型性格；他不是以一个纯文学家的身份而创作，而是热诚为现代革命史立传而创作。这就使他的艺术创作具有鲜明而强烈的服务意识，具有直接参与中国现代革命史斗争的倾向性。这是茅盾创作的一个显著特征，也是茅盾对中国现代革命史和现代文学史的一个重大贡献。

茅盾的作品呈现出鲜明、独特的品格，尤其是以《子夜》为起点"大规模地描写中国社会现象"[24]这个系统工程中的大部分作品，形成了相当稳定的创作模式，即从典型环境来解释并塑造典型人物，依靠理性分析来开拓形象思维的深广度，在戏剧性较强的情节中表现人物性格及其成长史的写法。在茅盾的引领下，在 20 世纪 40 年代，相当一批作家开始认同和尝试这种创作模式，他们以极大的兴趣关注社会现实，正面描写社会的主要矛盾；他们十分注意社会经济的衰败及其对社会变革、社会观念的影响；他们所写的一切都试图揭示中国社会的特点和性质；为此，他们着眼于社会全貌，表现整体社会，追求反映生活的广阔性、复杂性；他们的作品严肃、冷静、客观，是文学家和社会学家相结合的精神产品，既有扎实的艺术功力，又有明显的社会分析的色彩。所以，人们称之为社会剖析小说。20 世纪 30 年代后，由茅盾所开创的这一种形态的现实主义小说传统逐渐上升为主流，并在五六十年代达到了最高峰。社会剖析派的作品,涉及的生活内容广阔而繁多,强烈的社会意识支配着作家的创作情绪,使他们经常越出自己特定的生活经验,投向自己所不熟悉的题材,依赖于理性进行逻辑演绎。但是,文学毕竟是塑造形象和抒发情感的艺术,不能只靠理性驾驭,将审美价值等同于实用功利,这就容易导致作品公式化、概念化,出现某种程度的失落创作主体性的缺陷。这种缺陷是社会剖析派的固有特点,是交错着巨大优点的缺陷,我们不能责之过严,做违背历史具体环境特点的苛求。就作品从宏观角度对于历史方向的把握能力,以及由此而产生的艺术气魄来说,以茅盾为代表的社会剖析派无疑是独树一帜的,而且影响也比其他流派大得多。

茅盾是中国现代文学的巨匠,指出茅盾创作中存在的某些带历史特征的缺陷,并不会改变这一基本的文学史定位。现代中国的文学生存环境艰难而复杂,文学自身的发展错综多变,似乎注定了茅盾的文学追求也不能不是一种"艰难的选择"。他必须不断地随社会发展的实际状况而调整文学的价值轴心,以最大限度地发挥文学的时代价值,同时又力保文学不因此而丧失其艺术特质。茅盾和许多有社会责任感的作家一样,往往面对两难。茅盾的可贵在于他的文学思想前后屡次变化,而变化中又有着一以贯之的原则:对文学的本体艺术追求与社会功用双重重视,并尽可能将两者结合。茅盾一向关注社会运行的动向,并以此为参照,适时地使自己的文学主张接受"社会的选择"。20世纪上半叶的中国历史,是一部多灾多难、血泪交织的历史。现代文学与社会变革之间存在"剪不断,理还乱"的关系。茅盾文学思想的变化,顺应了社会变革的需求;"尽时代所赋予的使命",是他全部文学活动的出发点和归宿。茅盾的一生不仅以一个热情的作家身份参与了新文学的进程,而且以一个冷峻的批评家身份推动了新文学的进程。有关文学批评的文章,尤其是对作家作品的评价,在他的全部文论中占了很大比重。他是新文学的文艺批评的开创者,这一工作贯穿了他的一生,即使是新中国成立后在繁忙的文化行政事务之余,他也没有停止过文学批评的工作。他的文学批评内容丰富,视野开阔,具有真知灼见和长久的生命力,曾扶植了不止一代作家。从这个意义上讲,吴组缃称他为"中国新文学的老长年和老保姆"[25]是十分恰当的。

茅盾的作品,以冷静的社会分析的色彩,巨大的规模和气势,在我国现代文学史上独树一帜。在文学与政治、社会的关系问题上,茅盾走的是巴尔扎克、托尔斯泰之路。他的作品以特别强烈的政治意味和社会色彩而有别于其他现代作家。茅盾笔下的各类人物大多有自己独特的个性,又都是所属阶级在特定历史条件下的"标本",作者通过他们所要表现的是他们阶级的属性和共同命运。茅盾所有的中长篇小说和大部分其他作品,都毫无例外地为表现时代而"有意为之"。茅盾的创作努力适应时代的需要,甚至具有明显的应时性。这不仅表现在内容、主题的确定上,也表现在形式、手法的选择上。茅盾的小说如冷峻的社会学家为读者一丝不苟地叙述社会生活的情景和一桩桩重大事件,严肃地揭示社会的重大问题、社会的性质和社会的前途。

　　结语:在茅盾的文学活动中,乃至他的具体作品中,确实存在政治与艺术的矛盾。但是,我们并不赞成因为这些矛盾的存在,在论及他的作品时就感情用事,失去公允,更不主张因此而从根本上贬低甚至否定茅盾的文学成就。

【注释】

[1] 茅盾:《"五四"运动的检讨——马克思主义文艺理论研究会报告》,《文学导报》1931 年第 1 卷第 2 期。

[2] 见茅盾:《关于"创作"》,《茅盾文艺杂论集》(上),上海文艺出版社 1981 年版,第 310 页。《〈地泉〉读后感》,《茅盾论中国现代作家作品》,北京大学出版社 1980 年版,第 168 页。

[3] 李健吾:《李健吾文学评论选》,宁夏人民出版社 1983 年版,第 99 页。

[4] 卢那察尔斯基:《论文学》,人民文学出版社 1978 年版,第 332 页。

[5] 茅盾:《现在文学家的责任是什么?》,《东方杂志》第 17 卷第 1 期。

[6] 茅盾:《文学和人的关系及中国古来对于文学者身份的误认》,《小说月报》第 12 卷第 1 期,《茅盾全集》第 18 卷,人民文学出版社 1989 年版,第 61 页。

[7] 茅盾:《文学与人生》,松江暑期演讲会《学术讲演录》第 1 期,《茅盾全集》第 18 卷,人民文学出版社 1989 年版,第 271 页。

[8] 见茅盾:《社会背景与创作》,《小说月报》第 12 卷第 7 期;《大转变时期何日来呢?》,《文学周报》第 103 期,1923 年 12 月 31 日。

[9] 茅盾:《文学与政治社会》,《小说月报》第 13 卷第 9 期。

[10] 茅盾:《作文学者的新使命》,《文学周报》1925 年 9 月,第 190 期。

[11] 茅盾:《茅盾文艺杂论集》(上),上海文艺出版社 1981 年版,第 52 页。

[12] 茅盾:《茅盾文艺杂论集》(上),上海文艺出版社 1981 年版,第 52 页。

[13] 茅盾:《文学与人生》,《茅盾研究资料集》,山东大学资料室编,1979 年版,第 145 页。

[14] 茅盾:《读〈倪焕之〉》,《文学周报》第 8 卷第 20 期。

[15] 茅盾:《茅盾文艺杂论集》(上),上海文艺出版社 1981 年版,第 151 页。

[16] 朱佩弦:《子夜》,见《文学季刊》第 1 卷第 2 期。

[17] 瞿秋白:《〈子夜〉与国货年》,原载 1933 年 3 月 12 日《申报·自由谈》,见《瞿秋白文集》第 1 卷,人民文学出版社,1986 年版,第 71 页。

[18] 王富仁:《两种形态的现实主义小说——鲁迅小说和茅盾小说的比较之一》,《中国现代文学研究丛刊》1989 年第 1 期。

[19] 茅盾:《〈子夜〉是怎样写成的》,载于《新疆日报》1939 年 6 月 1 日副刊《绿洲》,

　　　转引自巴人《文学初步》,新文艺出版社 1952 年版,第 223—228 页。

[20] 茅盾:《读〈倪焕之〉》,《茅盾全集》第 19 卷,人民文学出版社,1991 年版,第
　　　209—210 页。

[21] 茅盾:《社会背景与创作》,《小说月报》第 12 卷第 7 号。

[22] 茅盾:《我阅读的中外文学作品》,转引自庄钟庆:《茅盾史实发微》,湖南人民
　　　出版社.1985 年版,第 2 页。

[23] 卢卡契:《托尔斯泰和现实主义的发展》,《卢卡契文学论文集》(二)中国社会
　　　科学出版社 1981 年版,第 452 页。

[24] 茅盾:《〈子夜〉后记》,见《茅盾研究资料集》,山东大学资料室编,1979 年版,
　　　第 46 页。

[25] 吴组缃:《雁冰先生印象记》,见唐金海、孔海珠等编茅盾专集》(第一卷 下
　　　册),福建人民出版社 1983 年版,第 76 页。

【延伸阅读】

[1] 邵伯周:《茅盾评传》,四川人民出版社,1987 年。

[2] 叶子铭:《茅盾漫评》,百花文艺出版社,1983 年。

[3] 庄钟庆:《茅盾研究论集》,天津人民出版社,1984 年。

[4] 孙中田:《〈子夜〉的艺术世界》,上海文艺出版社,1990 年。

[5] 王嘉良:《茅盾与 20 世纪中国文化》,天津人民出版社,1997 年。

第十二章

曹禺与现代话剧艺术的成熟

【引言】

　　从 20 世纪 30 年代中期开始，曹禺陆续向剧坛奉献了几部剧作精品，促使话剧这种舶来品真正开始赢得了观众，从而实现了话剧艺术的突破与飞跃。曹禺话剧融会了西方戏剧的优点，使这种外来的戏剧形式第一次在较大的思想容量和深刻性上表现了中国的民族生活。《雷雨》等剧作的诞生成了现代话剧艺术成熟的标志。在漫长的创作历程中，曹禺的戏剧数量并不多，就是把独幕剧和电影加在一起，也不过 14 部。但作为中国现代话剧史上最负盛名的作家，曹禺的创作就像挖不尽的宝藏一样，给后人留下了不尽的话题。从 1934 年曹禺的第一部作品《雷雨》问世至今，曹禺及其创作始终处在不断的争议和再认识之中。一方面，由于曹禺剧作内蕴的丰厚，其艺术魅力历久不衰；另一方面，作为 20 世纪中国现代文学史上一个特殊的文学景观，曹禺本人的创作经历也同样激发人们的兴趣。本章仅从话剧审美特征入手，讲解一下曹禺戏剧艺术特色，以及为什么曹禺代表了中国现代话剧艺术走向成熟。

【思考】

　　1. 为什么说曹禺的成功标志着中国现代话剧由此走向成熟？

　　2. 曹禺戏剧艺术具有什么显著特色？以及如何理解这些戏剧艺术特色？

　　3. 曹禺剧作中常有的悲剧意味与曹禺的人格心理有何关系？曹禺的创作个性与他戏剧创作的成功及后来创造力的衰退，又有什么千丝万缕的联系？

第一节　曹禺话剧的诗意特征

　　曹禺这个本来在文坛没有名声的年轻作者，20 世纪 30 年代刚出道就一鸣惊人，本是话剧文学发展顺理成章的结果。新文学的话剧艺术探索几经艰难，到曹禺这里才终于结出了硕果。与二三十年代的戏剧相比，曹禺戏剧的特别之处，是注意塑造人物、精心安排戏剧场面、讲求台词口语化和文学化的结合，把西方悲剧观念有选择、有改造地引进本土，提高了戏剧表达生活的范围和能力。曹禺戏剧的突破不是个别的、局部的，而是整体性的、综合性的。正是从《雷雨》开始，作为舶来品的话剧，才表现出纯熟的本地风光，在广大社会中成为引人入胜的戏剧。当年中国旅行剧团演《雷雨》轰动一时。剧团的创始人唐槐秋先生曾当面对曹禺说："万先生，《雷雨》这个戏真叫座，我演了不少新戏，再没有《雷雨》这样咬住观众的。"[1]一个"咬"字，十分通俗而准确地说出了曹禺剧作的重要地位。

曹禺代表中国话剧文学的成熟，不仅是指戏剧结构、人物塑造、语言提炼等方面接近和达到了完美，更是指戏剧创作方法上的突破与创新。曹禺学习和借鉴西方戏剧的艺术表现手段，而且把这一借鉴充分中国化，使之适于表现中国人的生活和精神气质，既与本土观众的审美习惯拉开一些距离，有审美的"落差"，有创新感，又能为中国的观众所接受，不再视这话剧为"洋玩意"。这的确就是了不起的创造。曹禺的创作方法其实很难以一种什么"主义"简单地命名。如果一定要概括，可以说是以现实主义为主导，糅合了表现主义、象征主义、浪漫主义等多种手法，并与中国传统文学韵味血脉相通。曹禺的创作方法已经具有自家的独特面貌，创作个性非常明显。

如何欣赏曹禺剧作？门路很多，这里我们可以重点探讨一下大家读《雷雨》时所经常能感到的"诗意"现象，这也是文体风格问题，是对曹禺剧作从艺术上整体把握的关键之一，显然跟创作状态也有关。了解和分析这种创作状态，可能比用什么"方法"的概括更容易进入作品的艺术世界。1935年4月，《雷雨》东京首演之前，导演吴天、杜宣致信曹禺，谈到对剧本的理解和演出处理问题，表示要删去序幕和尾声。曹禺在回信中明确表示：我写的是一首诗，一首叙事诗，……这诗不一定是美丽的，但是必须给读诗的·个不断的新的感觉[2]。在写于1936年1月的《雷雨·序》中，曹禺再次表示：保留"序幕"和"尾声"的用意，在于让观众看完戏后，心中还流荡着一种"诗样的情怀"，使"观众的情绪人于更宽阔的沉思的海"[3]。在1983年5月致蒋牧丛的信中，曹禺写道：《原野》是讲人与人的极爱和极恨的感情，它是抒发一个青年作者情感的一首诗[4]。可见，诗意是曹禺创作的有意的追求，或者说是审美目标。

曹禺为什么一直强调自己写的是"诗"呢？田本相在《曹禺评传》中就抓住这一点来做文章，并明确提出曹禺剧作具有"诗化现实主义"的特征。能否做如此的概括还可以讨论，但不可否认，发现曹禺剧作的"诗化"特征的确是一个重要的突破。在现实主义比较时兴的年代里，为了证明曹禺的地位，而径直把曹禺的创作归纳为现实主义，这样的论点很多见。但曹禺本人早就说过他与现实主义者茅盾走的是两条路子，他虽然作为戏剧家，却又以诗人的热情拥抱现实。从《雷雨》到《王昭君》，他都在追求诗与戏剧的融合，都在追求着戏剧的诗的境界。曹禺总是带着极其丰富的想象和理想的情绪去观察和描写生活,剧情与现实的联系并不紧密,生活表现的逻辑也不严密,还常带偶然性或传奇色彩。因此,大家读曹禺剧作,往往有一种朦胧的不确定的时空感,特别是《雷雨》和《原野》,故事的发生时间和地点虽然有一个大致的范围,但情节大起大落,人物的性格激烈而趋于极端,背景设计富于象征性,整体氛围的营造是更近于诗的。

那么诗意是怎么来的?联系创作姿态和过程,我们会发现,曹禺写戏并不同于同一时代的其他大多数作家。他一般不是先有一个明确的主题然后进入写作,而是有了某种莫名的冲动或灵感时,在近似朦胧的、诗歌或音乐旋律般的感受与想象中,开始他的戏剧构思。这种写作状态,显然有利于造成作品的诗的氛围。这一特点在曹禺前期的创作中尤为明显。比如《雷雨》的创作,最初引发曹禺写作兴趣的,并没有什么明确的主题或整体构思,有的"只是一两段情节,几个人物,一种复杂而又原始的情绪"。这在作者脑海中构成了《雷雨》最初的"模糊的影像"[5]。进入写作之后,曹禺也不是"一幕一幕顺着写的,而是对哪一段最有感情就先写"[6]。曹禺创作过程中有现实的批判情绪和神秘的冥想交织的情况。他说写作时"在发泄着被抑压的愤懑,毁谤着中国的家庭和社会"[7];然而,他同时又说,"《雷雨》对于我是个诱惑,与雷雨俱来的情绪蕴成我对于宇宙间许多神秘的事物一种不可言喻的憧憬。"[8]曹禺写其他剧作时也有类似的情况。这显然并不同于那种冷静、理性的作家,曹禺创作剧本时的状态类似于诗人写诗,是主要依仗灵感、情绪、想象,甚至冥想的。这种状态下的作品往往富于"诗意"。据曹禺1981年和田本相的谈话,写作《日出》之前萦绕在作者心头的,是剧中人物诵读的那几句诗:"太阳升起来了。黑暗留在后面。但是太阳不是我们的,我们要睡了。"其后才倒过来逐渐酝酿演化出全剧的具体故事情节和人物形象。那几句诗也可以说是写作的冲动和灵感,对最终形成《日出》至为重要。这一点当年就有人看出来了。还在1937年《日出》发表后不久,叶圣陶便撰写了题为《其实也是诗》的文章,指出《日出》能将这种诗意的内涵隐藏在文字形象之后,让读者自己在阅读过程中感悟出来,"具有这样效果的,它的体裁虽是戏剧,其实也是诗"[9]。是否可以这样来理解:曹禺剧作(主要是《雷雨》等前期剧本)好就好在这种思想的相对模糊与不确定性,没有接受任何一种抽象固定的思想概念的约束与规范,因此反而容易造成诗意与美感,给观众读者留下了回味与想象的余地。曹禺写戏当然有现实批判的情绪指向,但这情绪也往往是"诗化"了的,他不在意义发掘上费力气,而用心创造有诗意能引发无限想象的艺术氛围;不是从主题出发,而是从体验、感觉和印象出发,可能这正是成就他的特色之关键。

由于曹禺是基于他的深切的体验去想象和表现他所熟悉的生活,结果虽然作品的主题可能有多义性,也还是反映出了生活的某些本质。曹禺后来对中青年剧作者所说的一段话正说明了这一点,他说:"作品的思想性是作家在生活中的真实感受并通过艺术形象展示出来的。只要你真正地生活了,对人、对生活有真切的感受,把人写透、写深,在艺术形象中自然就蕴藏着思想性。思想性是个活的东西,如同生命和灵魂在人体内一样。凡是活人都有灵魂,艺术形象都含有一定的思想性。"[10]这样,我们就能够理解,尽管《雷雨》《原野》等剧作的思想主题都是后来作者才"追认"的,我们也不应简单地被这些思想主题牵着鼻子走,因为曹禺更侧重的是对人的心理、感情和命运的关注。他的创作是为"情感的汹涌的流"推动和左右,对复杂多变的生活现象所做的一种混沌的把握,将丰富的剧作内涵仅归结为某些思想主题,无异于将一个海洋萎缩为一条小溪流。

由于没有明确的理念指导创作,曹禺写戏也很难说他用的是哪一种创作方法,是现实主义、浪漫主义,还是象征主义、神秘主义?是继承中国传统还是易卜生、奥尼尔、契诃夫?大概都有那么一点,在这方面,曹禺确实是一位名副其实的拿来主义者,凡是用得上的他都拿来,而且总是得心应手,颇为巧妙,这大概也与天赋有关吧。曹禺创作《雷雨》时借鉴了易卜生的巧凑剧《群鬼》的构思,接受了讲究强烈的剧场效果的戏剧技巧;之后,契诃夫现实主义的创作精神震撼了他的心灵,于是用"片断的方法","人生的零碎"来"阐明一个观念"[11],创作了《日出》。他发展了契诃夫的客观主义,在尊重客观现实的基础上,持有一种客观态度,将主观认识通过反映客观现实展现出来,形成自己的观点。比起巧凑剧,更具悲剧效果和艺术魅力;第三部作品《原野》则借鉴了奥尼尔《琼斯皇帝》的一些艺术表现手法,并有创新和突破。从《雷雨》《日出》到《原野》,外国戏剧文学对曹禺的影响是很明显的。曹禺不断地学习和运用各种表现方法,在中西文化丰厚的艺术滋养中,创作出一系列个性独异的作品。

第二节 曹禺话剧艺术的其他几个特征

以上我们从话剧的诗意角度谈论了如何理解与欣赏曹禺的作品。这是比较整体性的评述。如果要更细腻的分析,还应当注意到其他几个艺术特征,也可以引导我们更好地领略曹禺戏剧的精髓。

一、浓郁的情感色彩和主观因素

这跟前面说的"诗意"特征有密切关联。读曹禺的剧作,很少有人会忽视其强烈的抒情特征。对此曹禺本人也是肯定的。他在《雷雨·序》便称"写《雷雨》是一种情感的迫切需要",《雷雨》所着力表现的,是那种"不是恨便是爱,不是爱便是恨"的极端的情感。在剧本着力最多的人物蘩漪身上,便集中了"最残酷的爱和最不忍的恨","极端"和"矛盾"乃是《雷雨》蒸热的氛围里这种自然的基调,剧情的调整多半以它为转移"。关于《原野》,曹禺说得更为明确:"《原野》是讲人与人的极爱和极恨的感情",这在主人公仇虎和花金子两个人物身上得到了充分的表现。说实在的,曹禺笔下的人物很少不是情感型的,不论其在具体表现方式上是外露还是内敛。从轰轰烈烈爱恨燃烧的《雷雨》,到强烈浓重、充满野性呐喊的《原野》,到情感的激流转入了地下,但依然如岩浆运行、随时可能爆发的《北京人》《家》,曹禺为我们表现了一个个色彩斑斓的戏剧情感世界,那其中有种种难以解脱的情感冲突,人与人之间心理抗衡形成的持久张力。可以说,曹禺所有成功的剧作,都是他的强烈情感的自然流露。

二、象征性意象

象征性意象在曹禺剧作中大量存在,除了有利于营造"诗意",还可以拓展戏剧表现的想象力与意蕴含量,使作品更具有艺术上的超拔感。大概而言,有三种情况:一种是以场景、道具的方式呈现的象征性意象,如《雷雨》中死气沉沉、充满压抑感的周公馆,《原野》中的黑林子和向远方延伸的铁轨,《日出》中陈白露居住的饭店,以及《北京人》中曾皓的棺材等等;二是以人物性格的方式呈现的象征性意象,《北京人》中的机器匠是一种类型,而更为普遍的则是剧作家赋予人物以某种象征意义,从而人物本身即是一个象征性意象。例如具有"最雷雨性格"的繁漪,她那种极端和矛盾的性格,与狂躁郁热的"雷雨"的象征意蕴是如此吻合;三是由作品命名构成的象征性意象,如"雷雨""日出""原野""北京人"等,既是一个实存之物,同时又是某种观念的象征。这些象征性意象从不同层面烘托、渲染了戏剧的诗意氛围,就像一层厚重的天幕,笼罩着作品的一切事件与人物心态,从而成为戏剧有机的组成部分,以至于一旦缺少了它们,演出就可能会失去生命的灵动。

三、超越客观真实的表现性和多义性

为了更充分地表现自己对现实的审美感受,曹禺并不满足于仅仅按照生活的本来面目去进行描摹。在曹禺剧作中明显存在一些违反客观真实标准的安排,如《雷雨》和《原野》中便有不少经不起认真推敲的细节(如仇虎的反常行为)。曹禺本来就不曾有意追求细节真实,甚至有意超越客观真实。这又是跟诗意的追求有关的。他在1935年的一封致吴天等人的信中明确表示:"因为这是诗,我可以随便应用我的幻想,因为同时又是剧的形式,所以在许多幻想不能叫实际的观众接受的时候,(现在的观众是非常聪明的,有多少剧中的巧合……又如希腊剧中的命运,这都是不能使观众接受的)我的方法仍不能不把这件事推溯,推到非常辽远时候,叫观众如听神话似的,听故事似的,来看这个剧。"在这里,曹禺强调他的"幻想",暗示了

《雷雨》剧本的非写实成分。1980年,曹禺在和田本相的一次谈话中,又一再表示:"现实主义的东西,不可能那么现实。"[12]。曹禺坚持自己的创作与一般说的现实主义不完全相同。应该说这是事实,这种区别在曹禺前期的创作中特别显著,尤其是《雷雨》和《原野》,借鉴了内心独白、梦境、幻觉、潜台词等表现手法,颇有表现主义的色彩。例如《原野》第三幕,不从外部而是从内部去刻画仇虎的恐怖、惊惧,并且用幽寂可怖的背景描写来加以衬托,以无边无际的黑森林的幻象将仇虎的精神危机表现得惊心动魄。我们感觉到,似乎有一种强大的冥想力牵动着曹禺笔下的戏剧世界。在戏剧情节的起伏和冲突中,我们可以感受到以各种形式表现出来的那种冥想力。所有的人和物似乎都处在相互渗透着的某种关系织成的世界中。这股无所不在的力量的来源,那个伏在终极之处的庞大黑影是什么?是"命运""情欲"还是"天地间的残忍"?如果说在《雷雨》和《原野》中有某种让人不可解又惊怖的东西的话,那么就是这个冥冥中操纵一切的巨手之存在。正如曹禺所说"宇宙正像一口残酷的井,落在里面,怎样呼号也难逃脱这黑暗的坑"。他对人不能把握的某种不可知力量充满了无名的恐惧,这种恐惧与神灵主宰万物的观点是相通的,在某种意义上说甚至是原始宗教式的。《雷雨》中的"命运观"问题是批评家李健吾在30年代首先发现的。他说"这出长剧里面,最有力量的一个隐而不见的力量,却是处处令我们感到的一个命运观念"[13]。但他认为这种观念并不体现一种"天意"。而是"藏在人物错综的社会关系和人物错综心理作用里"的,也就是说"决定而且隐隐推动全剧的"是人物之间的社会关系和人物本身的性格。经李健吾指出后,《雷雨》的"命运观"问题就引起了学术界的讨论,至今还难说有统一的意见。在中国现代戏剧史上,很难再找到一个剧作家,对世界背后的奥秘表现出那么执拗的追索,对人生的终极意义显示出那么深切的关注。曹禺在《雷雨·序》中曾用极其感性化的语言告诉过我们,他想在暧昧不明的生存状态中寻找一点"人为什么而活"的真谛,他说:"《雷雨》对我是个诱惑,与《雷雨》俱来的情绪,蕴成我对宇宙间许多神秘的事物一种不可言喻的憧憬。……所以《雷雨》的降生,是一种心情在作祟,一种情感的发酵。说它为宇宙做一隐秘的解释,乃是狂妄的夸张,但以它代表个人一种性情的趋止,对那些不可理解的'莫名'的爱好。"曹禺这番话显示了他对人的境遇的关注,对人的命运的思考。这种对人的生存困境的形而上的探索,落实到他的创作中,我们可以看出,剧中人无论是有罪还是无辜,总是悲欢无常、生死无据,他们在人世间的际遇根本没有绝对的理由可言,也许正是这种不确定性和神秘性,才构成了曹禺剧作的丰富与生动。对一个当代读者来说,曹禺前期剧作更令他怦然心动的可能已不是对中国现代历史的复制,而是曹禺笔下命运对人的无情主宰和人对命运的无尽抗争,因为这一切依然和我们现在的生活息息相关。

第三节　曹禺话剧的悲剧意味

接下来,我们再探讨一下曹禺剧作中常有的悲剧意味,并且会讨论曹禺创作的成功及其后来创造力的衰退,到底与曹禺的人格心理有何关系。这也有助于理解他的创作个性。

曹禺对生活中的悲剧性事件特别敏感,可以说是这位悲剧性剧作家的天赋,当然又跟他的人生阅历和体验相关。曹禺早年生活的经历是不幸的,他生下来三天,母亲就去世,父亲是一个日渐潦倒的封建官僚,脾气暴躁,在家里动辄发火骂人,整个家庭气氛极其沉闷压抑。在这种环境下成长的曹禺,自小就充满恐惧心理,处处谨慎小心,非常孤独寂寞。成年以后的他依然如此,不爱讲话,耽于幻想,对外界的议论特别敏感,自我保护意识很强。有意思的是,作为一个天性脆弱的知识分子,曹禺却在《雷雨》《原野》《北京人》中一再礼赞“蛮性”的原始力量。蘩漪、仇虎、金子等性情激烈、充满强大的心理能量的人物,都是他最花心力去塑造的。这也许就是文学创作中常见的所谓补偿心理。曹禺之所以特别向往“蛮”力,其实正是出于他自身的生存欠缺。

然而,剧中人物的力量并不能引渡到曹禺自己身上,现实中的曹禺依旧谦卑、低姿态地生活。从传记材料中可以发现,新中国成立后,曹禺的名声地位高了,却更加在意别人的评论,尤其重视领导对自己的看法与态度。戏剧创作上的自信心衰减了,写戏更多是为了配合形势或完成领导交给的任务。1951年,曹禺主动提出要写知识分子思想改造的剧本,得到领导的赞许,于是他花了九牛二虎之力写了《明朗的天》,结果是明显的失败。原因就在于他放弃了自己的创作个性与适合自己的创作方法,完全按照主题先行的路子去“深入”生活,选择人物,设计情节,如履薄冰地唯恐“歪曲了生活”,“违反了政策”,写出来的东西还经过多次审查反复修改,结果成了思想的传声筒,昔日作品中常见的诗意与美感也就荡然无存。曹禺与别人合作写了历史剧《胆剑篇》,也是为了适应政治形势的需要。结果如周恩来所说:“《胆剑篇》有它的好处,主要方面是好的,但我没有那样受感动,作者好像受了某种束缚,是新的迷信造成的。”[14]“文革”后,曹禺花费大量心血写成《王昭君》,虽然靠他的深厚功底与才华,使这个戏有较高的观赏性,但毕竟是缺少个人体验的应制之作,缺乏感染力,有的评论者说曹禺笔下的王昭君“可敬而不可信”,可谓一针见血。我们这里较多评说了曹禺创作中的败笔,并试图从作者自身找一些原因,是为了说明文学评价固然要考虑创作可能受时代的影响,但更重要的,是关注作家创作个性的发挥情状。

曹禺是现代文学的骄傲,他的影响绵延不绝,其传世之作《雷雨》《日出》《原野》《北京人》在中国戏剧史上创造了光辉的纪录:演出的地区最广泛,时间最长,场次最多,还不断地被改编成多种地方戏曲和电影电视。在中国现代戏剧史上曹禺的作品拥有最多的观众,在世界戏剧史上也占有一席之地。曹禺对人类自身和人性的关注是现代中国文坛所罕见的,他用一种悲悯的心情来写剧中人物的生存挣扎,以细腻的笔触描摹人物的灵魂,深入到人物内心情感世界的底层,挖掘和揭示人物心灵深处的秘密。曹禺说:"我当时常常看到周围的人,看他们苦着,扭曲着,在沉下去","当时我有一种愿望,人应当像人一样活着,……必须在黑暗中找出一条路子来"。他用戏剧来表现他对张扬人的生命力的渴望,以及对侵蚀、毁灭、消磨人的生命力的一切恶势力的痛恨。曹禺以全新的视角探讨着国人几千年遗传下来的劣根性,真实而又抒情地表现了乱世中的国人,深入到他们的灵魂深处,以中国人的目光来认识他们,同情他们,并把一些受着煎熬的灵魂定格在历史的烟尘中,给后人以警醒和深思。曹禺的功绩在于,他真正地发掘出在历史文化的重负下挣扎的"国人的灵魂"。曹禺超越了政治,超越了历史,超越了短暂的时代,将眼光投到更远大的天地间,追问人类的根本命运。从《雷雨》到《原野》,曹禺始终对"宇宙间许多神秘的事物"表现出一种"不可言喻的憧憬",这种对无底之谜的辽远的思索,是很难用一种色彩或一种思想去界定的,因此他那些具有很强的艺术力度的作品往往也都蒙上了一层浓厚的神秘色彩。神秘是曹禺积极思考命运之谜的产物,也给我们留下了更为旷远的思想和艺术的思维空间。这或许正是《雷雨》等剧作永远迷人的地方。

结语:在某种意义上讲,曹禺是中国现代戏剧史上最卓越的开拓者,是中国话剧的奠基人,是他奠定了中国话剧由引入发展到走向成熟的基业。现代的话剧作为一种移植的艺术品种,在新文学中起步并不晚,经过胡适、田汉、洪深、欧阳予倩这四位奠基人的积极努力,一直在推动着话剧的发展;现代话剧的发展,一直没有得到高度的认同,一直没有真正感受到话剧的真正魅力。曹禺的出现,《雷雨》《日出》的问世,中国的读者和观众才真正为话剧所震撼、所倾倒,中国现代话剧真正走向成熟,严格地讲是从曹禺的剧作问世后才开始的。

【注释】

[1] 甘竞存:《曹禺的贡献、失误及其最后的觉悟》,《江淮论坛》1998 年第 5 期。

[2] 曹禺:《〈雷雨〉的写作》,原载《杂文(质文)》月刊 1935 年第 2 号。

[3] 曹禺:《〈雷雨〉序》,《曹禺文集》1 卷,中国戏剧出版社 1988 年版,第 211 页。

[4] 曹禺:《给蒋牧丛的信》,转引自田本相:《曹禺传》,十月文艺出版社,1988 年 8 月版.第 464 页。

[5] 曹禺:《〈雷雨〉序》,《曹禺文集》1 卷,中国戏剧出版社 1988 年版,第 211 页。

[6] 夏竹:《创作的回顾——曹禺谈自己的创作》,原载《语文学习》,1981 年第 5 期。

[7] 曹禺:《〈雷雨〉的写作》,原载《杂文(质文)》月刊 1935 年第 2 号。

[8] 曹禺:《〈雷雨〉序》,《曹禺文集》1 卷,中国戏剧出版社 1988 年版,第 211 页。

[9] 原载 1937 年 1 月 1 日《大公报》,此处引田本相:《曹禺评传》,重庆出版社,1991 年版,第 90 页。

[10] 曹禺:《和剧作家们谈读书与写作》,《剧本》1982 年 10 月号。

[11] 曹禺:《〈日出〉跋》,《曹禺文集》1 卷.第 456 页。

[12] 曹禺:《谈〈北京人〉》,见《曹禺全集》5 卷,第 76 页。

[13] 刘西渭:《雷雨》,原载 1935 年 8 月 31 日天津《大公报》。

[14] 文化部主编:《周恩来论文艺》,人民文学出版社 1979 年版,第 106 页。

【延伸阅读】

[1] 钱理群:《大小舞台之间》,北京大学出版社 2007 年版。

[2] 曹树钧:《走向世界的曹禺》,天地出版社 1995 年版。

[3] 田本相:《曹禺剧作论》,广西师范大学出版社 2010 年版。

[4] 辛宪锡:《曹禺的戏剧艺术》,上海文艺出版社 1984 年版。

[5] 朱栋霖:《论曹禺的戏剧创作》,人民文学出版社 1986 年版。

[6] 孙庆升:《曹禺论》,北京大学出版社 1986 年版。

[7] 马俊山:《曹禺:历史的突进与回旋》,中国工人出版社 1992 年版。

第十三章

《白鹿原》的修辞艺术

【引言】

《白鹿原》[1]是当代文坛的经典之作,它之所以能获得当代小说前所未有的巨大声誉,在很大程度上得益于它的语言[2]。关于《白鹿原》的语言,评论界多有赞誉,本章仅从修辞艺术角度,讲解一下《白鹿原》的语言特色。

文学是语言的艺术,文学家要表述精神的情绪,倾诉心灵的感受,就要最大限度地挖掘语言的潜能,包括语言的活用和创新。爱因斯坦曾说:"我们为了求得更深广的理解所做的努力,其本质就在于:人一方面企图包罗大量的、各种各样的人类经验;而另一方面,他又总是在追求基本假定中的简单和经济。"[3]《白鹿原》也面临这两个问题,即:"如何把半个多世纪里发生的较为错综复杂的故事和较多的人物既能淋漓尽致地表达出来,又不致弄得太长,为此必须找到一种适宜的语言形式和语言感觉。"[4]作者所谓的"找",实质上是在进行修辞运作,因为修辞就是"教人以极有效极经济之言辞,求达其所欲达之思想感情想象之学科。"[5]修辞的目的就是精确而生动地表达作者的情思,从而调动读者的情思,使之产生共鸣。《白鹿原》叙述的那段历史不但宏阔且新中国几代最优秀的作家反复耕耘过,陈忠实想在有限的篇幅里重新言说这段历史,展现自己的丰富情思,使创作带有强烈的本我性和时代性,就必然要在修辞上研深覃精。"修辞"由"词语的锤炼""句式的选择""辞格的运用"三大板块构成。陈忠实在这三大板块里为《白鹿原》苦心打造了自己的平台,最终使其语言穷工极巧,别出机杼。[6]

【思考】

1.现代语与传统语水乳交融、书面语与秦方言完美结合是《白鹿原》词语锤炼上的最大亮点,你能否发现《白鹿原》这一修辞艺术对其引人入胜的情节、精巧严谨的结构、摄人魂魄的人物、独到深邃的思想发挥了怎样的作用?

2.高密度、大容量、有节奏的长句运用是《白鹿原》句型选择上的最大收获,这是陈忠实对自己以往创作的超越,你是否认可?为什么?

3.繁丰壮丽的辞格运用为《白鹿原》增添了神奇的艺术魅力,你最欣赏陈忠实调用的哪几类辞格？举例说说理由。

第一节 现代语与传统语交融、书面语与秦方言结合

《白鹿原》创作的 20 世纪 80 年代末 90 年代初,正值文学界思想大解放。在这种变革的背景下,陈忠实要写五十年前的一段五十年历史,且要推陈出新,这首先就要进行语言革命,因为"语言革命即思想革命"[7]。陈忠实以往的语言比较朴素,而在《白鹿原》里仅靠朴素的语言是不够的。因为《白鹿原》要建构的是民族灵魂,这个民族具有强烈的特征,要准确、客观地表现其特征,且要让新时期的大众所接受,就要寻找到一种适宜的、精当的语言。德国语言学家洪堡特指出:"在所有可以说明民族精神和民族特性的现象中,只有语言才适合于表述民族精神和民族特性最隐蔽的秘密。"[8]《白鹿原》在词语锤炼上的最大成功就是选用了一种具有汉民族特征的语言来写汉民族的精魂,并在这种语言里融入了时代气息,故使得语言有张力、有韵味,淡中藏美,拙中寓奇。具体地说:就是现代语与传统语水乳交融,书面语与秦方言完美结合。

由于诗是中国文学的主导,故而追求均衡与对称是汉民族在使用汉字过程中的传统圭臬。虽然五四新文化运动确立了新诗和散体语言,但传统诗学的神奇魅力,千百年来一直被无数文士交口称赞。遗憾的是,新时期的当代文学没有在自己民族语言里挖掘出多少宝藏,而是要么采取欧化语言和西方现代叙述艺术,要么索性用方言构筑起与都市文化别类的另一种文化,终使得大众不能满意。《白鹿原》揣摸到了大众的心曲,创造性地将喷薄的现代语与典雅的传统语惟妙惟肖地结合起来,使语言在千变万化中汇成一种对称、饱满、均衡、潮润的语流;既造成节奏鲜明、音律和谐、悦耳动听的音乐美,又闪射着光荧、润泽和灵性,令读者可视可听,赏心悦目,回味无穷,达到了淋漓如泻、出神入化的境界。如第一章叙述冷先生的出场:

> 冷先生是白鹿原上的名医,穿着做工精细的米黄色蚕丝绸衫,黑色绸裤,一抬足一摆手那绸衫绸裤就忽悠悠地抖;四十多岁年纪,头发黑如墨染油亮如同打蜡,脸色红润,双目清明,他坐堂就诊,门庭红火。

在这段叙述里,作者用了一连串非常工整典雅的四字格词句,这种从日常生活中提炼出来的具有美质的语言,无疑带有诗的音乐感,形成了一种诗化语言,沁人心脾,使人产生"整齐的美""抑扬的美"和"回环的美"[9];而"头发黑如墨染油亮如同打蜡"还有骈文的韵味。作者在锤炼工整的同时,还注入了色彩与声音的搭配,从而使语言流风余韵、动人娱目。这种均衡对称、具有美质、浸透灵性、拥有崭新样

态的语言在《白鹿原》里随处可见,大放异彩。第八章里白嘉轩欣赏女儿书法的语言:

> 白嘉轩端着水烟壶远远站着,久久赏玩,粗看似柳,细观像欧,再三品味,非柳非欧,既有柳的骨架,又有欧的柔韧,完全是自成一格的潇洒独到的天性,根本不像一个女子的手笔,字里划间,透出一股豪放不羁的气度。

这些文字是按音乐的符号和节奏来排列的,它们有音乐感、流动感、节奏感,会使人产生朗诵诗歌时的亢奋和激越,令人心如汤沸,久久神望。《白鹿原》不仅把大批量的典雅句子用到了叙述中,甚至在口语中也频频出现,如黑娃骂退出农运的人:你是个熊包,你是个软蛋,你是蜡枪,你是白铁矛子见碰就折了。可见作者对他所要调用的一切语言都进行"锤炼"和"提纯",去粗杂,取精华,再按典雅流动的形式进行组合,从而形成一种美妙的声音节奏。这种节奏有新时期的时代感,它即急促,又美丽,能起到先声夺人之效应。这种效应在小说的长句型中也很突出,如:"万木枯谢百草冻死遍山遍野也看不见一丝绿色的三九寒冬季节里",这句话共 28 字,作者将其中 20 字打造成了四字格词语,读起来铿铿锵锵,有不可阻挡之势。

《白鹿原》将现代语与传统语糅和到一起的同时,也把书面语与关中方言糅在了一起。关中方言在我国七大方言区里,属北方方言,而方言的最大区别在于声调上的区别。北方话听起来硬,直来直去,是因为它声调少;南方话听起来柔,抑扬顿挫,是因为声调多。北方话大都是 4 个声调,有少数 5 个声调,南方话最少的是 5 个声调,最多的有 10 个声调。关中话和普通话都是 4 个声调,但关中话的声调比普通话还直,除"阳平"二者一样外,"阴平调"普通话调值是 55,关中话是 21,"上声调"普通话调值是 214,关中话是 53,"去声调"普通话调值是 51,关中话是 55,可见关中话质地里的"直"和"硬"超过了普通话,而这"直"和"硬"正是秦人风格的体现。我们知道,语言与一个民族的精神文化有密切关系,而方言与这个地域的人文精神息息相关。关中这块土地,浸润了浓浓的民族传统文化的液汁,这块土地上的人们讲礼仪,重承诺,厚重而不木讷,刚烈而不暴戾,浓缩进语言里,既显示出"直""硬"的特征。这种特征为人物形象的塑造,增添了荡气回肠之魅力。白嘉轩形象的塑造,在很大程度上得力于关中方言"直""硬"的精髓。如白灵违背他的意志抗婚离家参加革命后,他对所有问及白灵的亲戚或友人都只有一句话:"死了。甭再问了。""死"在普通话里读 214 调,但在关中话里读 53 调,虽然都是仄声,但 53 调比 214 调疾重。按常理,关中方言说亲人死了一般不出现"死"这个字,会说"咽气""殁啦""老百年""倒下头""老啦"等,若说年轻人,大多会用"殁啦"。这里白嘉轩违背常理地用了一个"死",这个字用秦声甩出来是硬邦邦的,可见其愤恨的程度。白灵是他的掌上明珠,是他唯一的女儿,可一旦与他所遵循的礼仪相抵触,他就翻脸无情,足见其咬钉嚼铁的个性。而面对即将被瘟疫夺走的妻子,他心急如焚,敞开嗓子说："天杀我到这一步,受不了也得咬着牙承受。现在你说话,你要吃啥你想喝啥,你还有啥事需要我办,除了摘星星我办不到,任啥事你都说出来……我也好尽一份心!"这段话不仅凄楚悲切,而且直接用了方言词"任啥事",即普通话的"不论什么事",相比还是方言简洁,也符合这段话的语境。可见将关中方言恰当地糅到书面语里,不仅使语言精炼而富有弹性,更能增添活力,形成一股强劲的语感,从而突出秦人刚毅不屈之性格。有评论家说读《白鹿原》有听秦腔的感觉,秦腔的风格即:粗犷高亢,慷慨悲壮。"秦腔的风格又基本上表现为我们中华民族的民族风格和民族性格。"[10]再如:"秉德老汉刚躺下就滋滋润润的迷糊了。""滋润"是"舒服"的关中方言,这里作者没有照搬方言,而是创造性的使用了方言,使方言有了书面语的味道,焕发出自身新鲜的生命力。第二十五章鹿三劝解仙草喝药时说:"你这人明明白白的嘛,咋着忽儿就麻迷了?"

"麻迷"即普通话的"糊涂",但它比"糊涂"更有质感,它能精确地体现鹿三又急又痛又悲又怜的心情。还有:"怎么了",关中方言称"咋了";"做什么"称"做啥";"挑毛病"叫"弹嫌";"讽刺你""挖苦你"是"让(53调)";"说闲话"是"谝闲传"等在小说中时常出现,但并不是每处都用。用方言时作者注意了语境和前后语音的搭配,使之形成一种和谐美。如田小娥遭受刺刷惩罚后,鹿子霖去看她,鹿子霖双手捧着她的脸说:"记得我说的话吗?白嘉轩把你的尻蛋子当作我的脸蛋子打哩刷哩!你说这仇咋报……"这里"尻蛋子"是"屁股"的方言,为了与"脸蛋子"对称,作者用了方言,即和谐又诙谐,真是妙不可言。

大量典雅的双音节词语和具有活力的关中方言的使用,使得《白鹿原》的语言具有民族特性和地方特性,产生出历史与现实的共鸣,从而形成厚重、凝炼、含蓄、强劲、蓬勃的语言风格。

第二节　高密度、大容量、有节奏的长句运用

陈忠实在《白鹿原》的句式选择上超越了自己,即大量采用高密度、大容量、有节奏的长句,这种长句的修辞效果是周密、严谨、精确、有张力,构成了大开大阖、大起大落的艺术手笔,产生出雄浑厚重、咄咄逼人之气势。这种长句在他以往的作品中并不多见,称得上是句式选择上的一匹黑马。如:父亲的死亡给他留下了永久性的记忆,那种记忆非但不因年深日久而暗淡而磨灭,反倒像一块铜镜因不断地擦拭而愈加明光可鉴。这段话共54字,仅用了一个单句,一个复句,前面一个是单句,后面两个分句构成一个递进复句,在这两个长句里,作者浓缩了白嘉轩对父亲暴死的悲痛、对父亲的挚爱,以及刻骨铭心的敬仰,表达异常深刻,富有哲理,使读者在无法喘息的激荡中迸发心田的潮水。又如:"订婚这五个女人花费的粮食、棉花、骡子和银元合计起来顶得小半个家当且在其次,关键是心绪太坏了。"这个长句不但

非常有分量,且很巧妙。从话语的落脚处看,好像着重要说白嘉轩心绪太坏了,因为他的土坑接纳过五个姿态各异的女人,又抬走了五具同样僵硬的尸体。但句式的重心却落在了所谓的"其次"上,作者用这个极概括的长句旨在补充说明娶这五房女人的花费,展示白嘉轩人财两空的坎坷命运。再如:

第六个女人胡氏被揭开盖头红帕的时候,嘉轩不禁一震,拥进新房来看热闹的男人和女人也都一齐被震得哑了嘻嘻哈哈的哄闹。作者没有用类似"桃腮杏眼""羞花闭月"等修饰词,而仅用了一个侧面描写的长句,写尽了胡氏的美丽。这与汉乐府《陌上桑》描写人们见了罗敷以后的种种失态来间接地表现罗敷的美的手法有异曲同工之妙。还有:

冰糖给黑娃留下了难以磨灭的美好而又痛苦的向往和记忆。
麻绳穿过鞋底的�噌噌声响是令人心地踏实的动人的乐曲。
她没有料到那晚抛掷铜元的游戏,揭开了她和他走向各自人生历程中精神和心灵连续裂变的一个序幕。
白家老大败家和老二兴业发家的故事最后凝炼为一个有进口无出口的木匣儿,被村村寨寨一代一代富富穷穷庄稼人咀嚼着品味着删改着充实着传给自己的后代,成为本原无可企及的经典性的乡土教材。

这种极缜密极饱和的长句,从头至尾弥漫在《白鹿原》里,或悲壮或高昂或欢快或凄凉或蕴藉哲理、或展示情感,读它时必须屏住呼吸一气读完,方能深深地舒坦地喘口气。陈忠实说他"整个写作期能聚住一锅气"[11],这锅气确实聚住了,尤其是在这些波澜壮阔、排山倒海的长句中,这股"气"聚得特别紧。

《白鹿原》的长句大多用于叙述,激情处紧锣密鼓、浩浩荡荡,深情处静谧辽阔、入木三分。有的像火山喷发的岩浆不可阻挡,有的像大珠小珠落玉盘不可收拾,有的像叮咚作响的山泉令人渴望,有的像高低起伏的乐曲叫人心旌摇动。读它激越高昂之句,犹如置身穿云裂石的秦腔之中;读它沉静如铁之语,好像跌入圣贤哲人的怀抱。这些长句极具概括力、张力和厚重感,使作品形成撼人心魄、沉雄苍劲的气韵。

第三节　繁丰壮丽的辞格运用

修辞格历来都是修辞艺术的重要组成部分,纵观世界上伟大的艺术作品,没有一部不动用修辞格的。修辞格能充分挖掘语言美的潜能,能最大限度地表现语言的美质,因而文学家对其更是情有独钟。《白鹿原》磁石般的可读性,在很大程度上得力于修辞格的成功运用。

《白鹿原》不仅在艺术描写手法上运用了数以千计的辞格,而且在谋篇布局以及构思上也运用了修辞格,最为突出的是对比辞格的运用。作者以白鹿原上白、鹿两个家族的兴衰史为缩影,展示了一幅清末以降中国五十多年沧海桑田、风云变幻的巨幅历史画卷。在这幅画卷里谁美、谁丑、谁优、谁劣、谁输、谁赢,一直是拽着读者的悬念。小说一开始就从写两家的脸部特征拉开了对比序幕:白家兄弟都像父亲嘉轩,也像死去的爷爷秉德,整个面部器官都努力鼓出来,鼓出的鼻梁儿,鼓出的嘴巴,鼓出的眼球以及鼓出的眉骨……而鹿兆鹏一双深眼睛上罩着很长很黑的眼睫毛,使人感到亲近。他的弟弟鹿兆海也是这种深眼睛和长睫毛。他爸鹿子霖,他爷鹿泰恒都是这种长条脸深眼窝长睫毛。黑娃就是在把白、鹿两兄弟的眼睛做了对比后,才无法摆脱那个深眼窝里溢出的魅力,而和鹿家兄弟更亲近,后来和兆鹏成为至交。但作者对这一鼓一陷的眼睛并没有表示出偏好。按理性说,"鼓"是张扬的标志,"陷"是内敛的标志,但两家并不是以各自的特征作为标志行进的。白、鹿两家的祖孙三代斗了五十年,比了五十年,若从财富、社会地位以及智慧上看,很难说个伯仲。若从人格上较量,白秉德胜过鹿泰恒,白嘉轩超过鹿子霖,但白孝文、孝武、孝义三兄弟不抵鹿兆鹏、兆海二兄弟。白灵是两个家族中最完美的,可她是白家的女儿,是鹿家的媳妇,把她划在哪个阵营都不合适。由此可见,作者真正比的不是白、鹿两家,而是民族文化的正、负两面。用这正、付两面作阵营划分,只能把白、鹿两家分的七零八落,很难归类,而这正是作者的苦心孤诣所在。作者在这一虚一实的两条对比线中,给新时期的人们留下了极大的思考空间。在这个空间里,人们也许会被白嘉轩的精神所感奋,立志成为一个顶天立地的男人;也许会在心里崇敬白嘉轩,但身不由己地走鹿子霖的路,抑或心甘情愿的走鹿子霖的路。读者在这强烈的对比中,感受心灵的拉锯、断层、痛苦、震颤、洗礼、顿悟,从而深刻地反思我们的民族文化,找准自己的人生定位。对比辞格在语言描写上也非常出色。如:鹿兆鹏嗫了嗫嘴唇说:"我过去在你手里标价是一千块大洋,你而今在我手里连一个麻钱都不值。"鹿兆鹏与国民党滋水县党组书记岳维山交手争斗了二十年,二十年的血雨腥风,随着岳维山与他效忠的那个政权完蛋而了结,兆鹏觉得对这个人实施怎样的报复都难解心头之恨,因而用"一千块"与"一个麻钱"做了鲜明的对比,痛快淋漓地阐明"你比我贱"这个理,给了岳维山致命的打击。

　　比喻修辞格在《白鹿原》中的运用繁丰壮丽、炉火纯青。它不仅仅局限于一种语言技巧,而是与小说的主旨水乳交融,从而大大增强了小说思想内涵的指向性与包容性。《白鹿原》里有两个石破天惊的比喻,一个是"白鹿",一个是"鏊子"。这两个比喻集视觉表象、听觉表象、触觉表象于一身,极富创造力,想象力,不愧"是天才的标识"[12]。"白鹿"是中华民族精魂的象征,她洁白纯净的颜色,欢欢蹦蹦的跳动声,柔若无骨的身姿,会让人们从视觉、听觉、触觉的各个脉络涌动仁义、安宁、祥和、幸福、美好的溪流。这个比喻是作者的喜爱、向往和理想,更是小说的主导。朱先生显然是白鹿,他身上体现出的崇高人格精神是作者竭力推荐的;白灵也是白鹿,她身上体现出的纯洁与纯净,是作者梦寐以求的。这两只白鹿虽然都死了,但他们的精魂仍然让一代一代的中华儿女咀嚼。《白鹿原》出版后,曾掀起了一股巨大的文化反思潮流,曾激发了人们心灵的强烈震荡,这不正是很好的说明吗?"鏊子"这个比喻简洁而形象地概括了我们民族错综繁纷的争斗史,它从视觉、听觉、触觉上与"白鹿"形成巨大的反差,它的颜色通体漆黑,烙馍时炭火在底下烧得噼吧作响,使人望而生畏。我们知道,比喻是在类比联想的基础上构成的。当作者揭开民族的苦难、斗争、折腾画面以后,他的感知世界叠出的是鏊子这个令人怕、令人痛、令人悲、令人叹的东西,足见其丰富的生活内蕴和睿智的生活感觉。在五十年的岁月里,有白鹿出没的地方,就有鏊子的身影,即使白鹿已死去,而鏊子还在烙锅盏烙葱花大饼烙饦饦馍。痛定思痛后,我们会惊出冷汗,会震颤,会厌恶鏊子,唾弃争斗,会寻找白鹿,回归人性。这两个比喻不仅蕴意深邃,而且色彩分明。瑞士色彩美学专家约翰内斯·伊顿曾说:"犹如声音赋予语言以情感的色彩那样,色彩也就从精神上赋予形状以决定性的调子。"作者赋予白鹿明色,鏊子暗色,在这明暗两色强烈的对比中,使小说主旨得到进一步升华。在第二十六章白嘉轩面对被瘟疫夺走的妻子,得出了"死人如断轴"的超人结论,也是借助比喻修辞描述的。他已经从具体的诸如年馑、瘟疫、农协这些单一事件上超脱出来,进入一种对生活和人的规律性的思考。死去的人不管因为怎样的灾祸死去,其实都如同跌入坑洼颠断了的车轴;活着的人不能总是惋惜那根断轴的好处,因为再好也没用了,必须换上新的车轴,让牛车爬过坑洼继续上路。这个比喻奇妙新颖、耐人回味,闪耀着震慑人的哲理光芒,既反映了白嘉轩沉潜刚克之品性,又体现出作者对生活的深刻体验与丰富情感。

《白鹿原》的语言耐得住咀嚼,常出现化腐朽为神奇的生命力,它会用表面的"柔"铸造内在的"刚",用内在的"奇"化解表面上的"淡",使语言产生不可抗拒的张力,这在很大程度上得力于双关、婉曲辞格的运用。如第七章长工鹿三在情急中替白嘉轩完成"交农事件"后,鹿三回到白鹿村,白嘉轩在街门口迎接他,深深地向他鞠了一躬:"三哥! 你是人!"这句掷地有声、意味深长的话,就采用了双关辞格。表面上看是说一个通常意义上的"人",实质上指的是讲仁义、重人伦、尊礼法、行天命、具有人格的"人"。鹿三和白嘉轩虽是主仆关系,但却生死与共,肝胆相照。他们谱写的可歌可泣的友谊之歌,就是建立在这个真正意义的"人"上的。又如:

> 白鹿镇逢集,围观的人津津乐道,走了一个死(史)人,换了一个活(何)人;死的到死也没维持(维华)得下,活得治得住(德治)治不住还难说。

这是典型的谐音双关,并借助了关中方言,巧妙地利用汉字音义上的特点,把不顾百姓死活逼迫纳税交粮、因而下台的滋水县县长史维华称为"死人",而走马上任的活人——县长何德志,也不被百姓看好,能不能治住乱摊牌、乱收费也值得怀疑。

这个双关造成语言幽默、讽刺的色彩,暗含了百姓对当局的怨愤、不满、失望,充满了智慧和活力,使读者产生会心的碰撞。在第二章里有这么一段话,朱先生因才华出众孝道闻名而深受陕西巡抚方升厚爱,既而委以重任,不料朱先生婉言谢绝,公文往返六七次,仍坚辞不就。直至巡抚亲自登门,朱先生说:"你视我如手足!可是你知道不知道?你害的是浑身麻痹的病症!充其量我这只手会摆或者这只脚会走也是枉然。如果我不做你的一只手或一只脚,而是为你求仙拜神乞求灵丹妙药,使你浑身自如起来,手和脚也都灵活起来,那么你是要我做你的一只手或一只脚,还是要我为你去求那一剂灵丹妙药呢?你肯定会选取后者,这样子的话你就明白了。"方巡抚再不勉强。这段话用了婉曲辞格。一个堂堂的陕西巡抚,亲临一介书生寒舍,书生还是不赏脸,这是让巡抚尴尬的事,但书生的话委婉而有礼貌,含蓄而动听,即避免了冲突,又让听者不知不觉接受了,这就是婉曲的魅力。这段话,不仅打动了巡抚,还会使读者掩卷长叹:朱先生想寻一剂灵丹妙药救治病入膏肓的清政府,终不能如愿;更可悲的是即之而起的军阀执政、民国政权也得了浑身麻痹的病症,这就不能不使朱先生最终痛苦地死去。

另外,不少排比、层递、顶真、回环等辞格,节奏和谐,气势磅礴,为小说整体风格上的大气恢宏增添了气韵;还有衬托、通感、移就、对偶、借代、警策等辞格,为小说整体风格的厚重、凝炼增添了底蕴。而多种辞格的整合运用,更显作者驾驭语言的非凡能力。如第四章有一段写景物的话:

> 秋天的淫雨季节已告结束,长久弥漫在河川和村庄上空的阴霾和沉闷已全部廓清。大地简洁而素雅,天空开阔而深远。清晨的冷气使人精神抖擞。

这段话表面上是绘景,实际上是衬托白嘉轩连娶六房女人连死六房女人的厄运已经结束,他的妻子仙草集漂亮、贤惠、能干、识礼于一身,不但没有成为第七个冤鬼,而且还稳稳地怀揣上了他们爱情的果实。作者在使用衬托手法的同时,还套用了大地简洁而素雅,天空开阔而深远这个对偶句,使语言参差错落,凝练整齐,形式上具有语言的均衡美和音乐美,内容上具有很强的概括力和深刻含义。它喻示着白嘉轩揭开了人生新的一页,能否绘出壮丽耀眼的图画还要看他的能耐;也昭示了白嘉轩的人生历程刚刚启航,难以预测的狂风恶浪还在前面等待他。再如:火焰像瞬息万变的群山,时而千仞齐发,时而独峰突起;火焰像威严的森林,时而呼啸怒吼,时而缠绵呢喃;火焰像恣意狂舞着的万千猕猴万千精灵。这是比喻、对偶、排比套用,这段文字描写了兆鹏和黑娃烧了乌鸦兵的粮仓,白鹿村男女老少看到大火的情景,不仅形式美观,内容上极富激情和煽动力。

结语:《白鹿原》因其语言的民族特性和地方特性,因其大气磅礴的长句型,因其击节称赏的辞格运用,使得其修辞艺术别出炉锤,成为现代汉语的成功典范。

【注释】

[1]《白鹿原》是陈忠实(1942.6—2016.4.29)的代表作,获第四届茅盾文学奖,相继被译成日文、韩文、蒙古文、越文等;《白鹿原》自 1993 年问世以来,先后被改编成话剧、舞剧、电影、电视剧等搬上舞台,经久不衰。

[2]关于《白鹿原》的语言,陈忠实曾坦言:"唯一可以自信的是文字语言,唯一遗憾的也是文字语言。"见人民文学出版社编辑部:《〈白鹿原〉评论集》,人民文学出版社 2000 年版,第 414 页。

[3]爱因斯坦:爱因斯坦文集(增补本)第 3 卷,商务印书馆 2009 年版,第 336 页。

[4]人民文学出版社编辑部:《〈白鹿原〉评论集》,人民文学出版社,2000 年版,第 408 页。

[5]金兆梓:《实用国文修辞学》,中华书局 1932 年版,第 3 页。

[6]李慧:《〈白鹿原〉的修辞艺术》,《小说评论》2003(2)。

[7]高玉:《语言变革与中国现代文学转型》,《文艺研究》2000(4)。

[8]洪堡特:《论人类语言结构的差异及其对人类精神发展的影响》,商务印书馆,1997 年版,第 52 页。

[9]王力语。

[10]焦文彬:《秦腔史稿》,陕西人民出版社 1987 年版,第 45 页。

[11]人民文学出版社编辑部:《〈白鹿原〉评论集》,人民文学出版社 2000 年版,第 403 页。

[12]亚里士多德语。

【延伸阅读】

[1]陈忠实:《白鹿原》,人民文学出版社 1993 年版。

[2]人民文学出版社编辑部:《〈白鹿原〉评论集》,人民文学出版社 2000 年版。

[3]洪堡特:《论人类语言结构的差异及其对人类精神发展的影响》,商务印书馆 1997 年版。

[4]冯希哲、赵润民《说不尽的〈白鹿原〉——〈白鹿原〉评论选》,陕西人民出版社 2006 年版。

第十四章

百年科幻"中国梦"

【引言】

　　在 2012 年夏天芝加哥召开的世界科幻大会上,一位美国科幻研究者,向前来参会的中国科幻作家们提出这样一个问题:"何谓中国科幻的'中国性'?"(What makes Chinese Science Fiction Chinese?)这种提问方式,似乎预设了某个不言自明的前提:"中国科幻"是某一种特殊的科幻,跟人们平常不加限定语所说的"科幻",彼此之间存在着可被辨识的差异性。甚至于,当"中国"与"科幻"这两个词组被放置在一起时,本身就会让人联想起一系列二元对立:东方与西方、传统与现代、神话与科学、黄土地与大都会……

　　一个在历史和文化上都如此独特的国家,会如何想象未来,想象世界末日或外星人入侵,这个问题不仅引起了其他国家读者的广泛兴趣,也值得每一位当代中国人去关注和思考。回顾中国科幻在过去一个世纪的发展,我们会发现,所谓的"中国性",不仅根植于 20 世纪中国革命及现代化历程之中,更与实现中华民族伟大复兴的"中国梦"紧密相连。通过本章学习,同学们不仅可以初步了解中国科幻文学史上的重要作家和作品,更能够对"中国梦"的历史内涵加深理解。

【思考】

　　1.你读过哪些中国科幻作家的作品? 在你看来,这些作品的"中国性"体现在哪里?

　　2.如何理解鲁迅在《〈月界旅行〉辩言》中对于"科学小说"的描述和分析? 鲁迅之后发表了《呐喊》《彷徨》和《故事新编》等作品,却没有从事"科学小说"的创作,你认为原因是什么?

　　3.你认为科幻小说中"科学"与"幻想"的关系是什么?"科学幻想"与魔法一类"非科学幻想"之间有何区别?

　　4.叶永烈曾在 1999 年《小灵通漫游未来》再版时写道:"现在重读《小灵通漫游未来》,最大的缺憾是书中没有写及电脑。电脑如今已经无处不在,到处引发智力革命。就连我的这篇文章,也是用电脑写出来的。但是,小灵通居然在'未来市'没有见到电脑,这不能不说是极大的'失职'。"你认为科学小说和想象未来之间的关系是什么? 在你读过的科幻小说中,有哪些对于未来的构想已经实现? 又有哪些与现实出入很大?

5.想象一下,如果你一觉睡到十年后醒来,会看到哪些让你惊奇的人和事?

第一节　晚清:新纪元、新中国

中国科幻最早是从晚清时译介外国作品开始的。1891 年,一位在中国活动的英国传教士李提摩太,将美国作家爱德华·贝拉米(Edward Bellamy)的《回顾》(*Looking Backward*:2000—1887)翻译为中文,以《回头看纪略》为标题,在《万国公报》上连载。[1]这部作品讲述一个生活于 19 世纪末的青年一觉睡醒,来到一百多年后的世界,在一位科学家的陪同下参观游玩。看到所有曾经困扰人类的苦难与不公,都随着技术的发展和社会体制的改革而得到完美解决。类似这样的作品,恰正应和了当时中国呼唤社会变革的迫切需求,并对一批青年文人产生了深远影响。

1900 年,法国科幻作家儒勒·凡尔纳(Jules Verne)的《八十日环游记》(*Le tour du monde en quatre-vingts jours*)被翻译出版。[2]此后大批凡尔纳译作相继涌现,形成长达数年的"凡尔纳热"。这些译者中,不乏我们今天耳熟能详的名字。譬如梁启超就曾于 1901 年将森田思轩的日译版《十五少年》译为《十五小豪杰》,今天译作《十五少年历险记》(*Beux ans de vacances*)。而彼时正在日本留学的青年学生周树人,则先后将两本日译凡尔纳小说翻译为中文。这两部作品的名字,分别是《月界旅行》和《地底旅行》,也就是我们今天所熟知的《从地球到月球》(*De la terre a la lune*)和《地心游记》(*Voyage au centre de la terre*)。

在译介外国作品同时,一批中国文人亦纷纷开始尝试科幻创作。晚清科幻创作数量颇丰,与政论时评、国内外要闻、以及"大力丸"、"补脑汁"等广告一起,登载于各类报刊。不过,这一时期小说的名目繁多而混乱,其中与今天"科幻小说"相关的名目有科学小说、哲理科学小说、理想小说、寓言小说、工艺实业小说、冒险小说、奇情小说、奇幻小说等。譬如吴趼人的《光绪万年》发表时,即标为"理想科学寓言讥讽诙谐小说"。[3]

1902 年,梁启超在《新小说》上开始连载《新中国未来记》,但只登到第五回就再无下文。[4]小说开篇以 1962 年作为叙事起点,通过"全国教育会会长文学大博士孔觉民老先生"在"上海大博览会"上关于"中国近六十年近代史"的演讲,勾勒出 1902—1962 年间长达 60 年的"历史/未来"。虽然发表时标为"政治小说",但这种以"未来完成式"来畅想"现代中国"的手法,却被此后一批科幻创作所沿用。1904 年,一位笔名荒江钓叟的文人在《绣像小说》上连载《月球殖民地小说》,讲述主人公龙孟华与日本旅行家玉太郎乘坐气球周游世界的经历,从中可以明显看出受到凡尔纳的影响。这部并未写完的作品,通常被认为是迄今为止所能看到最早的中国科幻。[5]

从创作形式来看,晚清科幻可大致划分为"未来记"和"历险记"两类,前者多以未来的中国与世界想象为背景,包括碧荷馆主人的《新纪元》(1908)、春飙的《未来世界》(1908)、陆士谔的《新中国》(1910)、吴趼人的《光绪万年》(1908)、包天笑的《空中战争未来记》(1908)、高阳不才子(许指严)的《电世界》(1909)等等;后者则多仿照旅行小说写法,想象主人公上天入地乃至漫游太空的奇遇,除《月球殖民地小说》外,还包括海天独啸子的《女娲石》(1904)、东海觉我(徐念慈)的《新法螺先生谭》(1905)、吴趼人的《新石头记》(1905)、中国老骥氏的《大人国》(1907)等等。

今天来看,这些作品中有许多荒诞不经的成分,因而被美国学者王德威冠以"科幻奇谭"(Science Fantasy)的名称。在《被压抑的现代性:晚清小说新论》一书中,王德威写道:

> 这一类作品的出现,当然有西方科幻小说的影响,但传统神怪小说的许多特性依然发生作用。晚清科幻奇谭最引人入胜之处是,它统合了两种似乎不能相容的话语:一种是有关知识与真理的话语,另一种则是梦想与传奇的话语。"[6]

有趣的是,王德威的这段话,似乎恰与百年前周树人对于"科学小说"的解读遥相呼应。在《〈月界旅行〉辩言》(1903)中,青年周树人大力称赞了此类作品启迪民智、推动进化的功用,并写下这样一段重要的话:

> 盖胪陈科学,常人厌之,阅不终篇,辄欲睡去,强人所难,势必然矣。惟假小说之能力,被优孟之衣冠,则虽析理谭玄,亦能浸淫脑筋,不生厌倦。彼纤儿俗子,《山海经》《三国志》诸书,未尝梦见,而亦能津津然识长股、奇肱之域,道周郎、葛亮之名者,实《镜花缘》及《三国演义》之赐也。故撷取学理,去庄而谐,使读者触目会心,不劳思索,则必能于不知不觉间,获一斑之智识,破遗传之迷信,改良思想,补助文明,势力之伟,有如此者!我国说部,若言情谈故刺时志怪者,架栋汗牛,而独于科学小说,乃如麟角。智识荒隘,此实一端。故苟欲弥今日译界之缺点,导中国人群以进行,必自科学小说始。[7]

如果说晚清科幻的意义在于让中国人从一个怪力乱神的传奇世界里醒来,进入科学与真理的现代世界,那么所谓的"Science Fantasy"则以其混杂性,完成了从"梦"到"现实"的转换。所以在周树人看来,"科学"与"科幻"之间的关系,正如《山海经》与《镜花缘》,或者《三国志》与《三国演义》之间的关系一样——"科学"取代"神话"的前提,在于科学首先要以近乎"演义"的方式,被包装为另一种令人耳目一新的神话。

在晚清科幻中,最新奇的科学技术往往与魔法无异。譬如,在陆士谔发表于1910年的《新中国》中,主人公陆云翔一觉睡醒,来到1950年的上海,目睹中国富强进步的景象。[8]随即他听人告知,多亏一位"南洋公学医科专院"留学归来的"苏汉民博士",发明了"医心药"和"催醒术"这两项技术,使得中国人从过去浑浑噩噩,沉迷于赌博鸦片的落后状态,变为文明开化的现代国民,"国势民风,顷刻都转变过来",而政治改革与经济建设也就由此突飞猛进。依靠现代科技的发明医治人心,不仅令中华民族重获新生,甚至得以超越并克服西方现代文明自身无法解决的弊端。因为在作者看来,"欧洲人创业,纯是利己主义。只要一个人享着利益,别人饿煞冻煞,都不干他事。所以,要激起均贫富党来。"而自从"医心药"发明之后,中国人个个大公无私,"纯是利群主义。福则同福,祸则同祸,差不多已行着社会主义了,怎么还会有均贫富风潮?"

类似这样的叙述,令人不禁联想到鲁迅作品中"药"的意象。在此意义上,晚清"科学幻想",本身便可视作一种改良群治的工具,是包治百病的"大力丸",也是化腐朽为神奇的"补脑汁"。

第二节　民国:在空想与现实之间

与晚清相比,民国科幻的面貌又有了些许变化。以往研究多认为民国科幻发展缓慢,只有寥寥几篇作品,并且"科学幻想"的水平亦不高。但近年来的研究却揭示出民国科幻的丰富性。[9]一方面,政治局势的紧张催化了"科学救国"的急迫意识,从五四新文化运动的"民主"与"科学"口号,到三十年代"科学下嫁"与"科学大众化运动",用浅显易懂的文艺形式向大众普及科学常识,逐渐成为广泛的社会需求。各种科学期刊兴盛一时,而创刊于1934年的《太白》杂志更掀起一股"科学小品热"。这些科普作品取代了晚清"科学小说",成为科学传播的主要载体。另一方面,由于政局动荡、战乱频繁,文人知识分子不再对中国的未来抱有天真的幻想,彼时文坛主流亦以"为人生"和"偏向写实"为其价值取向,幻想小说遭到贬斥。这一时期,"凡尔纳热"逐渐消退,H. G. 威尔斯的科幻小说则被大量译介,这些作品被认为具有"丰富的想象力与精密的推理力",可以"准确的预测未来世界将要发生的事情",因此值得国人关注效仿。

总体来看,民国科幻创作可以分为三条不同的脉络。其一为"科普科幻",代表作家为顾均正。[10]他的创作宗旨是以小说形式普及科学知识,因而经常在故事中插入大段解释科学原理的文字,甚至附上相关公式图表以突出其"科学性"。其二为包天笑、徐卓呆等"鸳蝴派"文人所创作的"狂想科幻",其中科普启蒙色彩淡薄,而多借"消灭机"、"不老泉"等神奇的超自然元素编造离奇故事,或展开对社会现状的讽刺调侃。其三为政治色彩较浓厚的"社会科幻",多套用异域游记的形式,影射政局、针砭时弊,其中既有对社会主义或无政府主义的乌托邦想象,也有批判黑暗现实的恶托邦作品,譬如老舍创作的《猫城记》(1932)即属于后者。

1932年底,一百多位中国知识界的文化名流们,以"梦想的中国"为征文题目,在报刊上先后发表几十到千字不等的短文。从这些文章中可以看出,彼时学者文人们对于未来中国的预想,大多相当悲观。[12]在这样一种"梦"与"现实"渐行渐远的社会氛围中,"科学"与"幻想"之间的关系,也就变得愈发纠缠。譬如,一位署名"劲风"作家,于1923年发表了《十年后的中国》。[13]故事中的"我"通过潜心学习科学,研发出一种"十二倍于X光"的"wwww"光波,将十年之后进犯我国的"啊哪哒"国(影射日本)军舰尽数烧毁。然而小说结尾处,却揭示出这不过是一个写于"现在"的科幻故事,而正在写故事的"我"亦遭到女友的嘲笑:"就凭你这么一个人,也想发明什么发射器来……兴国强种原是要大家打伙儿齐心努力,研究学问的研究学问,发展实业的发展实业,这样才能把中国弄得富强起来。"而在许地山所创作的《铁鱼底鳃》中,爱国科学家雷先生发明了能够从水中获取氧气的"铁鱼底鳃",想将这一技术应用于国防,却因时局动荡而报国无门。最终他在逃难中,失手将"铁鱼底鳃"掉落海中,自己也跟着跳了下去。作者叹息道:"那铁鱼底鳃,也许是不应当发明得太早,所以要潜在水底。"[14]

在《我为什么写科幻小说——〈在北极底下〉序》中,顾均正曾谈到,他最初因为读美国科幻杂志而对这类作品产生了兴趣,却"总觉得其中空想的成分太多,科学的成分太少"。尽管如此,考虑到科幻小说的社会影响力,他仍希望"利用这一类小说来多装一点科学的东西,以做普及科学教育的一助。"[15]他的小说《和平的梦》以世界大战为背景,讲述名为"极东国"的邪恶帝国利用无线电台发射催眠电波,令美国人民不知不觉间接受了与极东国友好的思想。[16]尽管作者为了普及科学知识,在文后专门加入了"催眠术原理"、"无线电定向法"等文字,并配以若干幅电磁感应示意图,但若以今天的科学常识来判断,小说中的"催眠电波"无疑属于非科学的"空想"。然而,从另一方面看,这一"空想"又传递出彼时人们对于科技与战争之间关系的某种真实感受。譬如顾均正本人在文章中这样谈道:

> 用无线电来做群众催眠,现在虽然还没有实现,但是它的希望是极大的。当然像故事中的那种催眠效果也许是夸张得过分了一点,可是强力的暗示确能使人发生一种不自知的信仰。有一位心理学家曾经说过,希特勒的演讲,暗示的力量远胜于他以理服人的力量,这话大概是可靠的。所谓近朱则赤,近墨则黑,凡观念习惯之受暗示而转变同化,都是不自觉的。最近报载,香港和菲律宾等地,都接到一种不知名的怪电台的播音,这可说是将来秘密的催眠式的电波战的先声。

数年之后,当现代科技大规模投入第二次世界大战,并彻底改写了世界格局之时,类似于"wwww 光波"这样杀人如麻的科学幻想,也就在"空想"之中显出了几分令人恐慌的真实。

第三节　20 世纪 50—70 年代:向太空进军

新中国成立之初,由于工农业建设需要,科学技术和科普教育得到国家自上而下的重视。在全国科普工作热潮中,以文学艺术形式向读者传递科学知识与科学精神的"科学文艺"受到鼓励,科幻小说则被归入科学文艺之中,是"科普队伍的一支轻骑"。由于这一时期的科普创作大多是面向少年儿童的,使得科幻亦被打上鲜明的儿童文学印记。其创作者多来自少儿科普工作队伍,发表阵地则多为《中学生》《少年文艺》《儿童时代》等少儿科普期刊。

此外,1949 年后中国科普与科幻创作还深受苏联影响。从 1949 到 1966 年,中国翻译引进的科幻小说约有 100 篇左右,其中苏联作品占了绝大多数,剩下的则以凡尔纳小说为主。一些苏联科幻理论,譬如《论苏联科学幻想读物》(1956)、《技术最新成就与苏联科学幻想读物》(1959)等也相继出版,其中谈到科幻文学应该为科学工作者提供对于未来的想象,应该根据马克思对社会发展的看法去研究如何描写未来的人。这些理论同样指导了这一时期的中国科幻创作。

可以说,建国之后的中国科幻,除了科普教育的职能之外,另外一个重要的社会文化功能,在于以描绘美好蓝图远景的方式,赋予当下时刻以前进的动力。在这个意义上,彼时中国科幻中所描绘的未来,与所谓"社会主义现实主义文学"中的"现实",两者勾勒出的是同一种具有潜在性的历史发展规律。对此,科幻作家郑文光曾经在一篇发表于 1983 年的文章中谈道:

"科幻小说的现实主义不同于其他文学的现实主义,它充满革命的理想主义,因为它的对象是青少年。"[17]问题在于,"革命的理想主义"理应描绘革命成功之后的美好生活,但在那样一个消灭了一切阶级冲突的未来世界中,人们又应该如何继续保持理想,这对作家们的想象力提出了挑战。

从 1949 到 1966 年,这一时期发表的科幻小说约有 100 篇左右,基本上都是短篇。有影响力的科幻作家,则包括郑文光、童恩正、迟叔昌、王国忠、萧建亨、刘兴诗、于止(叶至善)、鲁克、嵇鸿等。他们的创作可大致划分为两个阶段。第一阶段为 1949—1956 年,作品以"探险参观"模式为主,尤其以宇宙探险为多。通过主人公(多为儿童)的见闻和教导者(多为老师、父亲或科学家)的解说,向读者传递天文或地理知识。其代表作有张然的《梦游太阳系》(1950)、郑文光的《从地球到火星》(1954)、于止的《到人造月亮上去》(1956)等。第二阶段为 1956—1966 年,作品多为"发明发现"模式,即通过参观者和解说者的互动问答,展现工农业与国防交通等领域的科技发明与繁荣景象。这一类代表作有迟叔昌的《割掉鼻子的大象》(1956)、《庄稼金字塔》(1958)、鲁克的《海底鱼厂》(1960)、《鸡蛋般大的谷粒》(1963)等。其中许多对于巨大农作物的描绘,依稀呼应着"大跃进"期间各种民歌、宣传画和新闻报道中所渲染的生产奇迹。[18]

这些作品为读者带去了新鲜有趣的科技想象,但同时也因为叙事模式的单一而容易给人以僵化教条之感。对于"新人"的刻画只停留在少年儿童身上,对于未来的"畅想",则大多停留在生产力提高这样的物质层面上,而未能展现"社会主义新文化"的样貌。对此,作家萧建亨曾在发表于1981年的一篇文章中这样总结道:

> 无论哪一篇作品,总逃脱不了这么一关:白发苍苍的老教授,或戴着眼镜的年轻的工程师,或者是一位无事不晓、无事不知的老爷爷给孩子们上起课来了。于是,误会——然后谜底终于揭开;奇遇——然后来个参观;或者干脆就是一个从头到尾的参观记——一个毫无知识的"小傻瓜",或是一位对样样都表示好奇的记者,和一个无事不晓的老教授一问一答地讲起科学来了。参观记、误会法、揭开谜底的办法,就成了我们大家都想躲开,但却无法躲开的创作套子。[19]

1958年,随着"革命现实主义与革命浪漫主义相结合"的提出,文艺创作中出现大量对于共产主义未来的美好畅想。譬如郑文光的《共产主义畅想曲》,在1958年第23期《中国青年》上开始连载,但只登载了《三十周年国庆节》和《不断革命》两章便再无下文。小说第一章描绘了国庆三十周年的天安门广场上,"共产主义建设者"们在国庆节典礼上组成游行队伍,用各自的科技成果向祖国献礼:"火星一号"宇宙航船、亩产万斤的麦子、全自动化的钢铁厂模型、把海南岛和大陆连在一起的琼州海峡大堤、火山发电站、将海水变成各种工业产品的海洋工厂,气象学家消灭了寒潮和台风,藏北高原的荒漠上年产小麦三十五万斤,"人造小太阳"将天山冰川融化,使沙漠变良田……甚至队伍中还有"散花的仙女","捧着桂花酒的吴刚和月中嫦娥",以及"在云端里上下翻腾的龙",当然,这些奇观的背后都有着"飞车"和"无线电控制"之类高科技作为支撑。作者不禁感慨:"噢,科学技术的发展,把人引到什么样的神话境界里啊。"这一感慨恰恰道出了彼时"科学幻想"所扮演的神话功能。

多年之后,郑文光本人反思道:"从我自身的角度讲,我觉得《共产主义畅想曲》是一个彻底失败的作品,它其中没有幻想。……因为当时的任何一个农民,都知道一亩地可以产粮两万斤的神话;任何一个城市居民,都了解10年内中国一定赶上英国,15年赶上美国的预言。面对这样的想象,我的科幻小说又算得了什么呢?"[20]

第四节　20 世纪 80 年代：从复苏到衰落

从 1966 年到 1976 年，中国科幻创作基本停滞。1976 年 5 月，《少年科学》创刊号上登载了叶永烈的《石油蛋白》，标志着科幻在"新时期"的复苏。根据饶中华主编《中国科幻大全》的统计，1976—1978 年间共发表了 40 余篇科幻小说，其中有许多是此前无法发表的旧稿，题材与风格也基本延续 50—70 年代的创作模式。

1978 年 3 月 24 日，全国科学大会在北京召开，邓小平在大会讲话中强调了"四个现代化，关键是科学技术的现代化"。5 月 23 日，全国科普创作座谈会在上海召开，郭沫若在闭幕式上发表讲话《科学的春天》，其中谈到"科学是讲究实际的。……同时，科学也需要创造，需要幻想才能打破传统的束缚，才能发展科学。"[21] 在彼时的政治语境中，"科学"一方面联系着现代化建设，另一方面则与"解放思想，实事求是"的话语配合，借"科学真理-封建迷信"这样的对立，完成对此前政治路线的否定。正是这样的"科学热"，为科幻提供了进一步繁荣发展的空间。

1978 年 8 月，少年儿童出版社出版了叶永烈的小说《小灵通漫游未来》，据说首印就有 150 万册，并且引发了一股科幻小说的出版热潮。今天看来，这部作品中对于工业化和城市化的美好畅想，其实依旧延续了晚清"未来记"中"乡土中国"与"现代中国"的二元对立。小灵通乘坐一只气垫船前往未来市，又乘坐火箭返回。"未来"在这里与其说是一种时间概念，不如说更像是一个位于现实之外的异次元世界。在未来市中，人们吃的各种农副产品，是从"农厂"的流水线上制造出来的，"人造大米"和"人造蛋白质"不仅安全无害，而且口味以假乱真。更为重要的是，通过将农业生产工业化，"农村"形象亦不知不觉从"未来市"的地图中被抹去了。未来市的人们戴着"电视手表"，开着"飘行车"，住着一两百层高的"塑料房子"，从事着记者、教师、工程师一类体面的脑力劳动，从而彻底告别了泥土里刨食的生活，这种愿景恰好应和了改革开放之初人们对于"四个现代化"的热情。

另一方面，伴随着面向西方世界的"对外开放"，一大批 20 世纪以来的欧美科幻小说被译介到中国，令中国科幻迷的视野与欣赏趣味得以逐渐与国际接轨。除小说之外，欧美的科幻理论、科幻史与科幻资讯也不断被译介引入。1981 年，叶永烈、郑文光、童恩正、刘兴诗、萧建亨等五位作家受邀成为世界科幻协会（WSF）的第一批中国会员，从而首次与国际同行们建立了联系。[22] 通过国际交流，中国科幻作家开始认识到彼时中外科幻之间的差异与差距，并在某种"落后"和"赶超"的文化自觉之下，开始进一步深入探讨科幻自身的文学与文化特质。他们希望能够突破此前"为科普而科幻"的创作观念，从而使中国科幻从一种被压抑的"欠发达"状态，一种落后且不成熟的儿童文学，迅速"成长"（或者说"进化"）为一种属于成年人的、现代化的文学形式。在这样的国际互动之中，科幻小说从此前"少儿科普"的附庸之下走出,逐渐获得相对独立的文化空间。

在此过程中,随着科幻小说社会影响力扩大,相关争议也开始涌现。1978年,童恩正的《珊瑚岛上的死光》登上第8期《人民文学》杂志,并荣获"1978年全国优秀短篇小说奖"。1979年第6期《人民文学》上登出了童恩正《谈谈我对科学文艺的认识》一文,明确提出要将"科学文艺"与"科普作品"分开,认为科幻小说属于文学,不应该承担科普的政治任务,而应该"宣扬一种科学的人生观"。这篇文章开启了科普界与科幻作家之间关于"何谓科幻"的激烈争论。在这场持续数年的论战中,一些来自科普届的意见认为科幻姓"科",科幻小说若不传递准确的科学知识,属于"灵魂出窍",而这类指责后来更进一步发展为对科幻小说中"精神污染"的抨击。与之相反,以叶永烈、郑文光为代表的一批科幻作家,则强调科幻中的"文学"与"幻想"因素,并希望以此打破科学话语对于科幻创作的限制。

与此同时,科幻作家亦尝试在创作模式方面有所突破,譬如郑文光所提倡的"社会派科幻",和叶永烈的"惊险科幻小说",都引发了广泛关注和讨论。所谓"社会派科幻",即是指以科幻构思作为故事展开的背景,用故事情节和人物命运来揭露或影射现实社会中的弊端,其代表作有郑文光的《地球的镜像》《命运夜总会》,魏亚华的《温柔之乡的梦》,金涛的《月光岛》等。所谓"惊险科幻小说",则受到当时大量翻译引入的西方侦探小说的影响,强调悬念和情节曲折,以叶永烈创作的"科学神探金明"系列为代表。[23]

七八十年代之交,中国科幻的创作和出版,正是在这样一种复杂的格局中走向繁荣。除各种科幻选集与丛书之外,还出现了《科学文艺》《智慧树》《科幻海洋》《科幻世界》和《科幻小说报》等以科幻为主要内容的报刊。1981年,中国科幻创作达到一个高峰,根据饶忠华、林耀琛所做的统计,"这一年(1981年)发表的作品有300多篇,约为1976年到1980年这5年的总和,是我国科幻小说发展最快的一年;科幻作者的队伍也从1978年的30多人,扩大到200多人,写作的力量有了可观的发展。"[24]这一时期有影响力的作家,有叶永烈、郑文光、童恩正、刘兴诗、萧建亨、金涛、王晓达、魏雅华、尤异、宋宜昌、王川、王亚法、迟方、缪士等。

从1982年开始,科幻热潮开始逐年减退,一批科幻作家纷纷停笔或改行,中国科幻陷入长达十余年的低谷,被称为舞会上悄然退场的"灰姑娘"。总体来看,这一衰落过程是一系列政治、经济、社会与文化因素共同造成的。譬如叶永烈就曾将"中国科幻小说跌入低谷"的原因归结为五条,分别是"商业气氛日浓""来自科学界的过苛的批评""文学界的不重视""中国科幻小说缺乏力作""过多的行政干预"。[25]但另一方面,如果仔细阅读这一时期发表的科幻小说,我们似乎亦能够从中把握到一种更加内在的转变:伴随着社会、文化与思想转型,"科技万能"的乐观精神与乌托邦理想,正逐渐被种种复杂的"现实"所冲淡。

1987年,叶永烈在《科学文艺》上发表了一篇名叫《五更寒梦》的短篇小说。故事主人公"我"是一名科幻作家,因为在寒冷的上海冬夜难以入眠,不禁展开一连串天马行空的"科学幻想",想利用地热,或"将地球倒一个个儿",或制造一个人造小太阳,或"用大玻璃罩将上海罩起来",从而让上海的冬天变得温暖如春。然而,工程是否能被批准,能源和材料从何而来,是否会引起国际纠纷,诸如此类的种种"现实问题",使得所有幻想都遭遇无情否决。于是"我"不禁哀叹:"岂止是'戴着草帽亲嘴——离得远',现实小伙跟幻想姑娘之间隔着十万八千里哩!"这种遥不可及的距离感,展现出的是一个中国人正在从"共产主义畅想"中醒转来时的不安与不适。

第五节 世纪之交:走向新纪元

经历了 80 年代中后期的萧条与沉寂,中国科幻于 20 世纪 90 年代之后又迎来新的繁荣。1991 年,四川省科协旗下的《科学文艺》杂志更名为《科幻世界》,并通过对读者定位和市场运营策略的一系列调整,逐步将"科幻"打造为一个响亮的文化品牌,从而为中国科幻再度走向繁荣奠定了基础。这一时期,无论是国外作品的译介和国际交流,还是本土的创作、出版、理论研究、科幻迷文化,都达到前所未有的丰富与多元。科幻作家们亦在这样的氛围中,不断对新的题材、形式、主题与风格,进行百花齐放式的探索。这样的格局一直延续到新世纪之后,并且伴随新元素、新作家、新市场的不断涌现,焕发出勃勃生机。

20 世纪 90 年代,一批被称为"新生代"的作家相继在《科幻世界》上发表作品,成为科幻创作的主力军。所谓"新",是相对于此前 80 年代的创作格局而言,但与此同时,这批作家无论在年龄、身份、教育背景、作品风格、创作理念等各个方面,都存在极大差异。对此,科幻研究者吴岩曾在《中国科幻新生代精品集》一书的序言中这样表达他的观察与困惑:

> 我仍然置疑"新生代"作为一个统一的科幻文学运动或流派的证据。首先,"新生代"作品没有统一的文本构造方式。再者,作家也没有统一的主张。一些人以为他们正在主流文学的领地中拓展空间,而另一些人则强烈反对去接近主流文学。
>
> 多数情况下,他们能说出自己"不是什么",却说不出自己到底"是什么"。[26]

总体来看,这一时期的创作中存在三种截然不同的方向:第一种大多围绕个体与环境之间的冲突展开,从人道主义角度对现代文明和都市生活提出质疑,并往往带有青春期的反叛或感伤怀旧色彩,其代表人物包括星河、杨平、凌晨、赵海虹、苏学军、柳文扬、刘维佳、潘海天等 70 后作家;第二种则重新走向感时忧国的救世情结,尝试将个人的生存意义与属于人类集体的历史目标联系在一起,同时呼唤某种道德责任感与英雄主义激情,其代表人物主要是何夕、王晋康、刘慈欣这三位所谓的"核心科幻"[27]作家;除这些人之外,还有常年在新华社从事新闻工作的韩松,运用其风格化的文字与叙事手段,走出了一条以科幻小说进行文化批判的另类创作道路。

新世纪之后,一批被命名为"更新代"的80后科幻作家开始陆续发表作品,包括陈楸帆、飞氘、长铗、拉拉、江波、宝树、张冉、钱莉芳、程婧波、迟卉、郝景芳、夏笳、陈茜等等。在《科幻世界》副主编姚海军看来,这些作家与"新生代"相比,创作理念与风格更加复杂多变,难以简单概括。与此同时,也正是因为这些多元化的尝试,令新世纪科幻小说的丰富性得到进一步强化。[28]

在这一时期的科幻作品中,"进化/选择"是一组异常重要的关键词:迫于"种群进化"的压力,一切智慧物种(人类、机器人、"人造人"、外星人)都不得不为了生存竞争而做出残酷的选择。而这类以"物竞天择"为名的大叙事,则将全球资本主义的市场法则,呈现为人力不可撼动的"自然规律"。在这"唯一的游戏规则"中,个人或集体,"我"或者"我们",究竟应该如何做出抉择,构成故事中最为核心的矛盾。

这种纠结和矛盾,在刘维佳的短篇小说《高塔下的小镇》中得到极为形象的表现。[29]在小说开头,作者为我们刻画了一座田园牧歌般安详和平的小镇,镇中央的高塔是宛如神迹一般的高科技防御武器,可以放射出死光,将一切企图进入小镇的生物当场击毙。在高塔的保护范围之外,则是一个弱肉强食的荒蛮世界,不同文明为了争当世界霸主而征战不休。故事男主角"阿梓"是一个在小镇上长大,满足于平凡生活的青年农民。然而他所暗恋多年的女孩"水晶"却对外面的世界充满好奇。在大量查阅小镇图书馆中的藏书之后,水晶告诉阿梓一个惊人的发现:由于高塔的保护,小镇上的生产力水平在过去三百年中都毫无变化,宛如一颗被"进化"的世界所遗弃的小石子,而这样看似完满的生活,实则既没有意义也没有希望。小说结尾处,水晶下定决心走出小镇,去追寻不一样的生活。而阿梓虽然内心中充满纠结,却依旧不敢走出高塔的防御圈之外,只能目送水晶独自离开小镇一去不复返。

小说中的"小镇"和"世界",向我们勾勒出当代中国科幻中最具代表性的一种空间结构:一个代表着家园和栖居之所的"人"的世界,在一个巨大而冷酷的"非人"世界面前的脆弱无力。由于"进化/进步"的历史阶梯,已先在决定了二者之间的等级秩序和发展方向,因而前者不论如何也无法避免被后者击溃和侵吞的命运。这幅历史图景,其实早在马克思与恩格斯的《共产党宣言》中即已得到生动的描绘:"资产阶级使农村屈服于城市的统治。……它使未开化和半开化的国家从属于文明的国家,使农民的民族从属于资产阶级的民族,使东方从属于西方。"[30]

在当代中国科幻中,不同作者会以不同方式去展现这种"没有选择的选择",而这些故事背后的逻辑其实都如出一辙。譬如在刘慈欣笔下,"生存竞争"与"进化"常常被描述为普遍的"宇宙公理",因而越是"高级文明",其行为越是野蛮。在一篇名为《吞食者》的小说中,刘慈欣设想了一种靠不断吞食其他星球而维持自身延续的外星文明,而地球则不幸地沦为牺牲品。一个幸存下来的地球人悲愤地质问道:"难道生存竞争是宇宙间生命和文明进化的唯一法则? 难道不能建立起一个自给自足的、内省的、多种生命共生的文明吗?"而吞食者则回答:"关键是谁先走出第一步呢? 自己生存是以征服和消灭别人为基础的,这是这个宇宙中生命和文明生存的铁的法则,谁要首先不遵从它而自省起来,就必死无疑。"[31]

　　从这个角度来看,无论刘维佳笔下被"丛林"所包围的"小镇",或者刘慈欣《三体》中所描绘的在"零道德"宇宙中艰难求生的地球人类,都可以被理解为某种全球化时代关于中国自身命运的民族寓言。尽管在刘慈欣、王晋康等科幻作家看来,科幻应该"以人类整体为主角",从而超越民族与文化的界限,然而,在他们的作品中,那些天真而善良,在科技水平上处于"欠发达"状态,却同时拥有悠久的历史、丰富的文化传承以及高度集体认同感的"种族形象",与其说是描绘人类命运,不如说是中国在全球化时代对于自我与他者关系的想象性再现。正如王晋康曾在一篇文章中谈到,"科幻作家应该以上帝的视角来看世界,这种目光当然是超越世俗、超越民族或国别的。"然而与此同时,在许多当代中国科幻作家(包括他本人在内)的作品中,依然呈现出鲜明的民族立场。"在这些作品里,作者们其实仍是以上帝的视角来看世界,只不过上帝并非白皮肤,而是一位曾饱受苦难、满面沧桑的黄皮肤中国老人"。[32]

　　进一步来说,如果我们将 70 后作家的作品,与"核心科幻"放在一起对比,就会发现二者之间最大差别恐怕不在于"科学成分"的多寡,而在于主人公的形象和精神气质。如果说前者表现了不能适应"进化"的"多余人"们彷徨于无地的迷茫与纠结,后者则续写着个人以一己之力承担起人类集体命运的宏大叙事,并在这样的图景中赞颂主体的崇高之美。二者之间的区别,就像《高塔下的小镇》中的"阿梓"与"水晶"。正如安东尼・吉登斯所指出:"个人的无意义感,也即是那种生活没有提供任何价值的感觉,成为晚期现代性背景下最基本的心理问题。……'生存的孤立'并不是说个人与其他人分离,而是与一种实践完满而惬意的生存所需的道德源泉的分离"。[33]尽管像阿梓那样的青年渴望在超越个人生存的崇高理想中,获得对未来的希望和完整的人生意义,但因为将个人与历史总体性联系起来的那种集体认同的缺失,令他不知道自己该去往何方。因而在"70 后"青年科幻作家笔下,我们看到的往往是个体如何在残酷的生存环境里经历迷茫、纠结与幻灭。

　　与之不同的是,在"核心科幻"中,主人公的选择则清晰地体现出个人对于集体与历史的责任感,并通过承担起这一历史使命,而实践某种有意义的行动。在此,或许可以暂且用一种略显简单化的类比,来对三位"核心科幻"作者笔下主人公的特点进行概括:

　　在何夕看来,科技必会释放出野心家心中的贪欲,从而将人类推向毁灭和罪恶的深渊,因而英雄的职责便是封住地狱闸门,守护现世安稳。因此如果由他来写《高塔下的小镇》,那么性格孤僻的主人公将敏锐地察觉到,所谓高塔,其实是某个野心勃勃的科技官僚借以统治小镇的阴谋,最终主人公凭借天赋异禀打倒反派,为被压迫的小镇居民带来拯救。

在刘慈欣眼中,科学技术永远与人类文明进步的信念联系在一起,今天的科幻之梦将会是明天的现实,为此可以牺牲一切,"不择手段地前进"。因此在他笔下,男主角将发动小镇上有进取精神的科学青年们集体出走,最终建造飞船飞向星空,以实现人类的伟大梦想,以及精神层面的超越。

而对王晋康而言,由于"进化"是某种高于个人意志的"天命",因此无论科学先知们是捍卫传统还是推进变革,人类都将"沿着造物主划定之路不可逆转地前进,不管是走向天堂还是地狱"。因此在他笔下,主人公将会分裂为一对同样孤僻且悲情的科学狂人,其中一人独自守护高塔的秘密,以维护小镇上脆弱的现世安稳,另一人则出于对于集体的深切责任感,怀着纠结痛苦亲手摧毁高塔,令镇上的人们不得不离开家园,去残酷血腥的生存竞争中赢取新的发展机会。

以上三位"核心科幻"作家的共同之处则在于:在他们的作品中,清晰地描绘出关于历史的方向感,以及英雄对于这一历史目标的信仰,也即是坚定不移地相信,自己当下的选择是在以正确的方式对人类文明负责。因此,通过科学认知所洞察到的"历史发展规律"或者"终极真理",便成为这份信仰得以建构的基石。而"英雄"的形象,亦在一个历史纵深被再度打开的叙事空间中得以重建。正是出于对自己所占有真理的信仰,使得这些英雄们在一个有关"人"的主体性神话日益破碎的后现代世界里,孤独而执着地,朝向他们心中那遥远却并非不可抵达的历史终极目标,一步一步走去。

与"核心科幻"作家相比,韩松的独特之处,正在于他质疑这种建立在进化观念上的终极目标。在韩松笔下,时间是混沌的,"历史"与"记忆"如同幽暗的迷宫,个体在其中彷徨迷茫,永远找不到一条光明的救赎之路。在他丰富而晦涩的作品中,依稀有某一贯穿始终的元叙事:那是一种不断回到原点的"环舞",是围绕同一意象的两种反向运动,并最终形成闭合的圆环。

在一个名叫《受控环》的短篇故事中,韩松描写了一幅寓言般的历史图景:人类王国与机器王国交替出现,如同钟摆周而复始。每次变化发生之后,全体国民们都丧失了记忆,忘记自己从哪里来,要往哪里去。前来这里试图拯救这个王国的"控制论专家"向"海洋王"指出:"你们随时间而变化,却不能随时间而进化"。[34]"不能进化"正是韩松作品中一个挥之不去的、幽灵般的意象。没有方向,没有救赎,没有彼岸,没有乌托邦,有的只是周而复始,一次又一次回到原点的循环。正是这种噩梦般的恐怖,让韩松对现实中一切看似欣欣向荣的"进步"都充满焦虑,并以一种卡夫卡式的寓言书写,呈现着对于现代性悖论的反思。

结语：马歇尔·伯曼(Marshall Berman)曾通过比较波德莱尔和陀思妥耶夫斯基，指出世界历史上现代主义的"两极性"："在一极，我们看到的是先进民族国家的现代主义，直接建立在经济与政治现代化的基础上，从已经现代化的现实中描绘风俗世态景象、获得创作的能量"。与之对立的，则是一种"起源于落后与欠发达的现代主义"，即"在相对落后的国家，现代化的进程还没有进入正轨，它所孕育的现代主义便呈现出一种幻想的特征，因为它被迫不是在社会现实而是在幻想、幻象和梦境里养育自己"。"但是，孕育这种现代主义成长的奇异的现实，以及这种现代主义的运行和生存所面临的无法承受的压力——既有社会的、政治的各种压力，也有各种精神的压力——给这种现代主义灌注了无所顾忌的炽热激情。这种炽热的激情是西方现代主义在自己的世界里所达到的程度很少能够望其项背的"。[35]

参照伯曼所勾勒的这幅生动图景，我们或许可以为"中国科幻的中国性"这一问题找到某种有效的分析路径。一方面，西方科幻小说诞生于现代资本主义所开启的工业化、城市化与全球化进程，反映的是现代人在其中所产生的恐惧和希望，而科幻中最为常见的那些创作素材(大机器、交通工具、环球旅行、太空探险)也往往直接来自于这一真实的历史过程。另一方面，当这种文学形式在二十世纪初被译介到中国时，它则更多时候是作为一种与"现代"有关的幻想与梦境，以督促"东方睡狮"从五千年文明古国的旧梦中醒来，转而梦想一个民主、独立、富强的现代民族国家。为了达到民族复兴的宏大目标，文人知识分子们看中了科幻小说，相信这种看似天马行空的文学形式，能够"改良思想，补助文明"，从而"导中国人群以进行"。这一"进行"的动作，建立在"乡土中国"与"现代中国"这两个世界之间的二元对立之上。在一种进化主义的时空观之下，野蛮与文明，传统与现代，神话与科学，中国与"世界"，被想象为截然二分的两重天地。而科幻小说，则以"科学"与"启蒙"的现代性神话，在"现实"与"梦"之间，搭建起一架想象的天梯。

另一方面，如果我们从关于"中国"与"科幻"的本质主义理解中跳脱出来，并从一种历史和文化变革的角度去重新审视的时候，我们将会意识到：所谓"科幻"，反映的是现代资本主义所开启的工业化、城市化与全球化进程，对于人类情感、价值、生活方式及文化传统的冲击；而所谓"中国性"，则是中国在这一进程中与其他外来文化对话、互动以及自我重建的产物。正是这一过程，造成了"中国科幻"的复杂、多元与变动不居，而这也或许正是其不同于"西方科幻"的价值所在。

【注释】

[1] 载《万国公报》第 35－39 册；该作于 1894 年由广学会出版成书，更名为《百年一觉》，又于 1904 年在《绣像小说》连载，更名《回头看》，并标为"政治小说"。

[2] 经世文社出版，署"(法)朱力士房著，逸儒译，秀玉笔记"。

[3] 这一时期科幻作品发表详情，可参见林建群、李广益、梁华等编《近现代科幻小

说书目(1870—1949)》,收入吴岩所著《科幻文学论纲》,重庆出版集团 2011 年版,第 237－302 页。

[4] 载《新小说》第一、二、三、七号,共五回,未完,署"饮冰室主人著"。

[5] 载《绣像小说》第 21~24 期,26~40 期,42 期,59~62 期,共三十五回,未完。

[6] [美]王德威:《被压抑的现代性:晚清小说新论》,宋伟杰译,北京大学出版社 2005 年版,第 292 页。引文中黑体字为本章著者所加,下同。

[7] 鲁迅:《〈月界旅行〉辩言》,《鲁迅全集》第十卷,人民文学出版社 2005 年版,第 164 页。

[8] 改良小说社出版,共十二回,一名《立宪四十年后之新中国》,标"理想小说"。

[9] 参见任冬梅:《幻想文化与现代中国的文学形象》,羊城晚报出版社 2016 年版。

[10] 顾均正(1902.11.26—1980.12.16),出生于浙江嘉兴,逝世于北京。自 1928 年起在开明书店工作,历任编校部主任、编辑部主任。顾钧正一生翻译并创作了大量童话和科普作品,其中包括五篇科幻小说。《和平的梦》《伦敦奇疫》《在北极底下》三篇收入小说集《在北极底下》,由上海文化生活出版社于 1940 年 1 月出版。

[12] 参见《梦想的中国》,刘仰东编,西苑出版社 1998 年版。

[13] 载《小说世界》第 1 卷第 1 期,1923 年 1 月 5 日。

[14] 载香港《大风》半月刊第 84 期,1941 年 2 月 20 日,署"落华生"。1947 年 4 月上海商务印书馆初版《危巢坠简》,收《铁鱼底鳃》,署"许地山著"。

[15] 振之:《我为什么写科幻小说——〈在北极底下〉序》,《科学趣味》,第 1 卷第 6 期,1939 年 11 月 1 日。

[16] 1939 年于《中学生活》第 3~5 期连载,标"科学小说",署"振之"。

[17] 郑文光:《谈儿童科学文艺》,《作家谈儿童文学》,刘杰英编,湖南少年儿童出版社 1983 年版。

[18] 这一时期科幻作品创作与发表详情,可参见饶忠华主编《中国科幻小说大全》(上),海洋出版社 1982 年版。

[19] 萧建亨:《试谈我国科学幻想小说的发展——兼论我国科学幻想小说的一些争论》,《论科学幻想小说》,黄伊编,科学普及出版社 1981 年版,第 24－25 页。

[20] 吴岩:《论郑文光的科幻文学创作》,见《郑文光 70 寿辰暨从事文学创作 59 周年纪念文集》,第 213 页。

[21] 见《向科学技术现代化进军——全国科学大会文件汇编》,人民出版社 1978 年版,第 87 页。

[22] "世界科幻协会"(WSF)的全称为"World SF,an International Association of Science Fiction Professionals"。该协会是由国际上一批科幻专业人士组成

的专业人员协会,大约于 70 年代成立,是冷战时期在科幻界形成的一个左派组织,在意识形态上亲近以苏联为主的社会主义阵营,组织很松散,成员也不多,多为非美国的科幻作家、编辑等。从 1979 年开始,在一些来华访学的欧美学者引介下,叶永烈等中国科幻作家与 WSF 建立了联系,此后一直陆续有访问交流活动。苏联解体之后,这一组织的活动已基本终结。

[23] 相关讨论可参见饶中华、林耀琛:《中国科幻在探索中前进》(序),《中国科幻小说年鉴·科学神话(三)》,饶忠华编,海洋出版社 1983 年版。

[24] 同上。

[25] 叶永烈:《中国科幻小说的低潮及其原因》,《科学 24 小时》,1989 年第 3 期。

[26] 吴岩:《杂乱中是否存在着秩序》,《中国科幻新生代精品集》序言,山东教育出版社 2001 年版,第 2 - 4 页。

[27] 关于"核心科幻"的定义及特征,参见王晋康:《漫谈核心科幻》,《科普研究》,2010 年第 6 期。

[28] 参见姚海军:《姚海军答〈星云 VII〉问》,http://www.sfw.com.cn/html/zix-un/zazhitushu/2009/1218/1814.html。

[29] 载《科幻世界》,《科幻世界》,1998 年第 12 期。

[30] 马克思、恩格斯:《共产党宣言》,《马克思恩格斯选集》(第一卷),人民出版社 1995 年版,第 162 页。

[31] 载《科幻世界》,2002 年第 11 期。

[32] 王晋康:《科幻作品中民族主义情绪的渲泄和超越》,http://wang.jin.kang.blog.163.com/blog/static/38503696200883771737985/

[33] 安东尼·吉登斯:《现代性与自我认同》,赵旭东、方文译,三联书店 1998 年版,第 9 页。

[34] 韩松:《红色海洋》,上海科学普及出版社 2004 年版,第 280 - 281 页。

[35] (美)马歇尔·伯曼:《一切坚固的东西都烟消云散了》,徐大建、张辑,译,商务印书馆 2003 年版,第 304 - 309 页。

【延伸阅读】

[1] (美)王德威:《被压抑的现代性:晚清小说新论》,宋伟杰译,北京大学出版社 2005 年版。

[2] 吴岩:《科幻文学论纲》,重庆出版集团 2011 年版。

[3] 王泉根:《现代中国科幻文学主潮》,重庆出版社 2011 年版。

[4] 星河:《中国科幻新生代精品集》,山东教育出版社 2001 年版。

第十五章

20世纪法国小说研究的几个热点作家及作品

【引言】

　　法国自中世纪建国以来,一直领导着西方文学艺术创新的潮流。进入20世纪,当曾经秩序井然的文学界变得错综复杂、流派纷起之时,法国文学中各种素材的交叉、不同文体的渗透、对人生种种问题的思考……显示出法国文学持久的活力和蓬勃的创造力。

　　进入20世纪的现代文学,其魅力不再表现为对客观世界的模仿与反映,而是转向对作家内心世界的表现与对潜意识的流露。法国的作家们,从波德莱尔和福楼拜开始,热衷于在文艺思想和创作领域进行各种尝试,其经久不衰的创造力始终影响着后来的法国作家。这种影响产生的最大成果或者说最显著的标志就是——在整个20世纪,法国有10位作家获得了诺贝尔文学奖,他们分别是罗曼·罗兰,1915年;法郎士,1921年;柏格森,1927年;杜加尔,1937年;安德烈·纪德,1947年;莫里亚克,1952年;加缪,1957年;圣-琼·佩斯,1960年;萨特,1964年;皮埃尔-亨利·西蒙,1985年。如果再加上爱尔兰作家贝克特——先用英语后改为法语写作,获1969年诺贝尔文学奖,获奖作家有11位之多。诺奖的获得,是对作家们创作成就的最高奖励。

　　法国文学的魅力"可以说主要是法国小说的魅力",法国文学在世界上举足轻重的地位也主要是来自小说的贡献。本章主要讨论三位小说作家及作品,他们分别是:纪德、萨特、加缪。

【思考】

　　1.纪德的小说具有强烈的反叛意识,同时又具有十分浓厚的宗教意识。怎样看待纪德小说中反叛与赎罪这两个主题的关系?

　　2.存在主义文学是存在主义哲学在文学上的反映。作为一种文学流派,它出现于第二次世界大战后,主要在法国文学中。萨特作为存在主义哲学家、文学家的代表,其文学作品与哲学思想具有密不可分的关系。体会萨特存在主义哲学与存在主义文学之间的关系。

　　3.加缪曾被认为是存在主义哲学家和文学家,后来又被看作是荒诞派文学的代表人物。通过阅读作品,怎样理解他难以与自己的作品"融为一体"之说?

第一节　纪德:努力探索人生与社会的奥秘

　　安德烈·纪德(1869—1951),是法国20世纪上半叶最重要的小说家之一,在这一时期的文学界起过举足轻重的作用。他出生在巴黎一个富有的资产者家庭,父母都是新教徒,家庭生活中充满浓厚的宗教气氛和严格的道德教育,使得纪德从小形成了敏感内向的性格,形成了复杂的心理状态和内省的习惯。纪德少年时就博闻强记,才华横溢,很早就立志写作。90年代初期,在朋友的影响下,纪德参加了象征主义文学集团的活动并在象征派文艺刊物上发表文章。20世纪初,由于他的小说触犯了传统观念而引起人们的注意;20年代,他的小说的反宗教倾向再次引起轩然大波。1947年,纪德因为"内容广博和艺术意味深长的作品——这些作品以对真理的大无畏的热爱和敏锐的洞察力,表现了人类的问题和处境",而获得诺贝尔文学奖。此时,他的荣誉达到了顶峰。他被称为大师,这个荣誉有两方面的含义,一是他作为一个艺术家,运用了完善的表现方法;二是他作为一个精神导师,不屈服于传统道德,成为年轻人崇拜的对象。

　　纪德的创作,从早期的《安德烈·瓦尔特手记》,到成熟时期的《地粮》《背德者》《窄门》,再到充满创新精神的《伪币制造者》,读者可以看到纪德思想的转变和发展;其他还有自传体小说《如果种子不死》,及游记《刚果游记》《乍得归来》《苏联归来》等。

　　纪德对人的现状十分关注,他的作品表达了20世纪上半叶的某些重大问题,因而引起了强烈的社会反响。就小说创作而言,纪德至少触及到三个重要问题:一是家庭和社会对青年发展的束缚,二是宗教对人的精神束缚,三是批判社会上盛行的伪善风气。

　　纪德的创作具有一定的复杂性,他将自己的经历、感受、思考等都写进了作品中,而在这些经历、感受和思考中,又可以感受到他对生活、对自由、对真理的热爱与坚守。

　　1897年,纪德发表了第一部小说《地粮》,这是一部结构松散、语言优美的堪称散文诗般的作品。其中,作者借假想中的导师梅纳克(这是古罗马诗人维吉尔的牧歌中一位牧羊人的名字)之口表达了这样的思想:人生来就是自由的,他应该摒弃一切来自家庭和社会的清规戒律,一切道德说教和精神引导,一切既定的思想习惯;他应该是自由地感受自然,尽情地享受人生,在充分感受自然和随意享受人生的过程中,不断摆脱旧的自我,发现独立的、与众不同的新自我,修正自己对世界的认识。《地粮》中表现的这种"不受约束"的思想成了纪德后来所有作品不断重复和强调的主题,且影响广泛,尤其在青年人当中,起到了生活"启示录"的作用。纪德由此博得了青年们的喜爱,被他们尊为导师。

一、《背德者》与《窄门》

《背德者》与《窄门》,往往被人们当作纪德文学创作中两部相对称的作品,因为,两部作品各自的主人公在道德问题上体现了不同的对称的倾向。前者的主人公为了追求感官享受而背弃了道德,后者的主人公为了完美纯洁的德行而拒绝尘世的欢乐与幸福。还有人认为这两部作品体现了纪德思想中尖锐深刻的矛盾。

《背德者》是一部植根于纪德自身生活的作品。主人公米歇尔原本是个循规蹈矩的学究式人物,后来却变成了无所顾忌的"非道德主义者"。一次大病后,他侥幸从死亡线上逃脱,重新回到生活中,但他从精神到肉体都发生了根本性的转变。

在传统观点中,《背德者》既是资本主义条件下人性沉沦的一份形象的资料,也是资本主义条件下精神文明危机的一份真实的纪录。这一观点认为,主人公的沉沦并不是一种简单化的堕落,它混杂着复杂的矛盾与哲理的内涵,甚至还具有某种合理的因素,它最初是以正常人性的发展与复归作为起点的。米歇尔曾经表述了这样一种关于人的认识:世上本来存在着"真正的人",他保持着自然的形态与原始的力量,而宗教却弃绝他,书籍、教育、文明也力图取消他,竭力要以其积淀在他身上,糊上厚厚的文明的涂层,使他丧失本来的面貌,使他的血肉之躯完全覆盖在如同脂粉一样的涂层之下。婚后的一场大病,成为他转变的契机。为了与死亡斗争,他被迫改变了生活方式,投入大自然的怀抱,沐浴阳光,呼吸新鲜空气,锻炼身体,这样,他又恢复了生机与健康,成为一个强壮的人。随之,他开始追求官能的享受,也开始了他人性的沉沦。"他恢复了健康,却开始追求官能的享乐,不久,就产生了一种恶癖——同性恋,并且不能自拔。他放荡无行,缺德自私,使贤淑温良的妻子玛丝琳积郁成疾,又得不到必要的照顾,最后凄然逝去。在米歇尔的这个故事里,邪恶的癖好同性恋与作为人的缺德自私,构成了他人性沉沦的两个内容。"

先说同性恋,传统观点认为,"这是一种违反人性的病态的习癖,是资本主义条件下人性沉沦的表现,虽然西方世界的同性恋者公开地力图证明这种癖好是自然的,要为它争取合法的地位,但仅就它已成为 20 世纪可怕的瘟疫艾滋病广为传播的温床一事而言,就可看出它的危害性了。……文学映照社会现实,文学现象是社会现象的反映,同性恋成为普遍的社会现象与文学内容,正标志着资本主义精神文明的危机,也暴露出资产阶级生活方式腐朽的一面。""在《背德者》中,米歇尔就是不止一次用钱为手段来换取这种邪恶的享乐的,而且,他所损害的对象,往往是出身贫贱而不得不受人指使的纯洁的少年。他的行径与资产阶级仗其权势玷污良家妇女或用其金钱嫖娼妓的性质没有本质的不同。"

再说米歇尔的"背德"。道德问题是一个具有很大的相对性的范畴,对于道德问题理应作具体的分析,在道德之中,有很大一部分是社会阶级的伦理规范,特别是适应统治阶级需要的规范,当然不能把这些规范视为神圣不可侵犯,不能把违反者视为大逆不道。米歇尔……他并不反对那个社会的制度法规,他也并不愤世嫉俗、与自己的阶级为敌,他无损于上流社会、统治阶级分毫,他所损害的是自己那个温柔善良的妻子。他所触犯的不是本阶级本社会的政治法律、道德伦理规范,如果他真能那样做,那对他倒是件好事,可以把他提升到文学中常见的那些叛逆性反抗性的人物的行列中。可惜的是,他所违反的是一种范围更大、适用于更广泛的人与人关系的基本准则,即人道的准则,他以自己的冷酷、欺骗、背叛与自私,把自己那个可怜的妻子折磨得日渐衰弱,最后,还拖着身患重病的她,在明显有损于她健康的地区旅行,终使她一病不起。他的行径中有着极端的个人主义,可怕的离异主义,他是一个违反了人的准则、人的道义与人的责任的缺德的人,一个在人的意义上的背德者。

随着研究的深入,人们发现,《背德者》是一部植根于纪德自身生活的作品。从简单的生活环境到几次旅行,从人物的家庭教育背景到人物的思想蜕变过程,作品中各种重要因素的设置都是依照作者本人的生活来完成的。《背德者》真实地反映了纪德自己的生活形态。纪德从小在严格的新教规范中长大,福音书是他心中时刻存在的道德制约。长久以来,纪德一直将自己身上相互对立的两种行为倾向归因于两种力量的相互作用,一方面是上帝和福音书所代表的规范性力量,另一方面是自己的生命本能所引起的解放性力量。它们共同作用于纪德的思想,使其内心时时充满内在的矛盾冲突,使他不断地思索着两种力量之间的关系,以求摆脱自己的精神重负。

在创作《背德者》之前,纪德恰好在思索"人的目标是上帝"和"人的目标是人"这两个命题,难以做出抉择。此时,尼采哲学帮助了他。尼采认为,资本主义社会走向成熟期后,人渐渐处于被压迫和被束缚的地位。要想使人得到彻底的解放,就必须从根本上改变现有的道德规范。尼采首先将批判的矛头指向宗教道德,认为这是一种"奴隶道德",它妨碍着人类的现在和未来。为了彻底抛弃这种道德,尼采提出了"超人"理论。"超人"即指具有战斗力和自由精神的人,他为一种极端的权利意志所驱使,行动中充满了纯粹自我主义的精神。纪德从尼采的"超人"理论中觉察到了"自由"这一核心因素,并且意识到,人的本质具有无限发展和无限多的可能性,因为有了这样的可能性,人才有实现绝对自由和自主的可能性。最终他认定,人的目标只能是人本身。

小说展现的前提是,主人公米歇尔遵从母命,和一个自己不爱的女子结婚。尽管妻子在他生病时无微不至地照顾过他,但他觉得自己还是有行动的自由。他要

"自由地发现自我",他要解放自己的活力和本能,充分享受欲望的冲动,他要摆脱一切肉体或精神的禁忌。他要获得充分自由的愿望,将他心中升起的一点对妻子的爱淹没了,他甚至希望她死掉,因为这样一来他便得到解脱了,这种"解放"发展到要体验同性恋。应该说,在这样做的过程中,这种自私自利的幸福观与残存的道德意识之间是有冲突的,而且这种冲突在不断进行中。纪德在小说中并没有做出明确的解答,但是,从小说的描写能够看出作者是倾向于人可以任凭本能的驱使而自由行动的,尽管小说将米歇尔称为背德者,而且在小说结尾,作者写道:"我自由了,是的,可这又有什么用呢? 这种无所事事的自由使我痛苦。"这句话只写出主人公的惶惑心情,他带着一种多少有点忏悔的心情叙述往事。然而作者并没有对这个背德者给予谴责,相反,他谴责的是家庭、社会和宗教的约束给人性带来的损害。主人公的所做所为是对一切束缚和禁忌的冲破。

还有评论者认为纪德通过米歇尔的表现描写了人性的沉沦,认为作者对米歇尔是此持反对态度。也许小说客观上描写了这种社会现象,可是,纪德丝毫不认为这是一种人性的沉沦,相反,他对米歇表示了同情,甚至更多的是原谅,对他的行为做出辩解,认为这不是一种犯罪的迷误,而只不过是一种过度的做法。纪德对主人公的同性恋行为表面上只是客观叙述,实际上是不反对的,因为他本人也有这样的癖好。我们还不清楚纪德生活的时代生理学和心理学的是否发展到了能够对同性恋予以科学公正评价的程度,但显然,公众对这一现象的接受和理解是比较迟缓的。也许有人认为,纪德在《背德者》中的描写是在为自己的行为辩解,也有人认为这是一部"模棱两可的作品",无论如何,纪德对主人公的态度还是褒大于贬。

出版于1909年的《窄门》虽说从时间上比《背德者》晚了7年,但其实这两部作品是同时被作者构思、酝酿的。如果说《背德者》表达的是"人的目标是人"这样的命题,那么《窄门》则是以否定"人的目标是上帝"的观点从反面表达了"人的目标是人"这一观点。

《窄门》是一个充满了宗教情绪的爱情悲剧。阿莉莎和杰罗姆这对恋人,尤其是女主人公阿莉莎,为了通过"窄门"进入天堂,情愿扼杀爱欲及人世间的幸福,最终失去生命。这个故事看似简单,但作者对宗教批判的意图极为明显。阿莉莎正是因为对宗教的极度迷恋,才把"上帝"当作了自己的最终目标,以"神的法则"代替了"人的法则",最终陷入困境。"能融合美德和爱情的心灵,该有多么幸福啊!……唉! 在我看来,美德与爱情完全相抵触了。"阿莉莎的选择也是自主选择,但她选了一条道德上的窄路,这条路容不下人性中的欲望,容不下世俗的幸福。这部作品中,作者关注的仍是人究竟应该怎样生存的问题,主人公阿莉莎是个与《背德者》中的米歇尔截然相反的形象,她为了来世的幸福而牺牲了现世的爱情,为了天堂的幸福而牺牲了人间的幸福。这里,纪德探讨的仍是灵与肉的统一的问题,主人公身上融有纪德自己的生活经验,阿莉莎的道德困境也是纪德曾经深陷的道德困境。

二、《伪币制造者》

《伪币制造者》创作于 1921—1926 年,是纪德全部创作中篇幅最长的一部作品,也是被认为开"新小说"创作先河的一部作品。在纪德全部作品中占据非常特殊的地位:在日记中,纪德称他用毕生积累而写成这部作品,是他最重要的使命,写成以后,死而无憾。因此,可以说它代表了作为思想家与艺术家的纪德的最高、最综合性的表现。该书内容宏大,描绘了较为广泛的社会现实。它既是一部成长小说、伦理小说,也是一部心理小说,甚至还是一部表现如何提炼生活、进行艺术创作的"元小说",在文学史上具有里程碑意义。

小说的基本情节是斯托洛维鲁和他表弟日里大尼索拉拢一些出身有门第的中学生,教唆他们去贩卖伪币。后来,这个伪币制造组织受到暗中警告,才暂时停止活动。纪德借这些"伪币制造者",形象地再现了法国第一次世界大战后一批不守安分的青少年,他们在大战结束时刚刚十五六岁,他们不满正在权位的父辈,信奉犬儒主义和无政府主义,蔑视道德和宗教,否定价值观念,反对陈规旧俗,他们在冒险的神话中寻找自我拯救的道路。

这部小说最为人们称道的有两点:一是它全新的观念和创作技巧,二是小说丰富的寓意。

习惯了传统小说阅读方式的读者,初读《伪币制造者》会感到极为惶惑:繁复交叉的情节,无头无尾的故事,转瞬即逝的人物,变幻不定的时空……重要的线索不少于 10 个,每一章都像是一个新的开端,小说号称"没有主题",或说"没有一个唯一的主题",但又包含了诸多的主题:中产阶级的家庭生活,青少年的生存状态与精神状态,文坛活动、教育状况、法院内外等,这众多的线索和主题的表现,既靠作者全新的叙述方式来分散实现,也要靠全书一个关键人物——爱德华将它们集中起来。

这部小说叙述上的特点是,同一个故事由不同的叙述者讲述出来。每个人只讲了某个片断,而且,他们讲故事时的语气、风格、侧重也各不相同,因此同一故事在每个人的叙事中都受到一定的扭曲,带有强烈的主观色彩,读者在其中根本找不到一个纯客观的故事,看到的只是叙述者本人的个性特征,加之这些故事片断又被叙述其他事件的叙事打断,因而整个故事看起来支离破碎。读者根据以往的阅读经验,认为小说必须有一个相对完整的故事,有发生、发展、高潮和结局,而现在这种叙事打破了阅读陈规,迫使读者改变过去被动阅读的方式,不再被小说家们牵着鼻子走,而是自己重新构建故事。对此,纪德这样解释:"在描绘他人、讨论他人时,一种个性会充分表现出来,这基于这样一个原则,即每个人只能理解他人身上自己能够产生的感情。"通过这样的叙事,作者不仅让人知道发生了怎样的故事,而且让人了解到同一个故事在不同人眼里的不同反映以及故事对这些人造成的不同影响,从而产生一种丰富、立体的效果。同一个故事存在着众多的叙述者,意味着故事并没有一个决定性的声音,这样便给小说创造出多种可能性。

作家爱德华作为全书的一个关键人物,他占全部篇幅三分之一的日记起到了统摄线索、表达观点的作用。日记里既有对事件的叙述,也有对众多问题的理论思考,诸如作家的任务、小说的主题、小说的美学思想等。爱德华光谈"纯小说"的理论,却写不成小说。纪德可以一边阐述自己的理论,一边又假装根本不相信爱德华的理论;一边让人看到作品的产生,一边又暗示作品是另外一副样貌;更重要的是他通过采取"唯一可能的美学手法:向他写作的非纯小说中注入他不可能写作的纯小说理论",自己解决了"纯小说"与生活的冲突。从这个意义上说,

《伪币制造者》成了一部自我否定、自我解构的小说。

"伪币"是一个隐喻,它有多重含义:第一层指社会、家庭、团体强加于人的一种违背人的本能的传统价值观念。如果人的本能被视为真的标准,那么凡是违背人的本能的价值观念、道德准则都被视为虚假的、伪造的。从这个观点出发,传统的理性是"伪币",因为社会的理性往往束缚社会成员的自由,违背人的本能。真理是相对的,因为"任何事物只能对某一部分人、而绝不能对人人都是有益的。任何事物,除了相信者自己以外,绝不能让人人都认为是对的;也没有任何方法或理论可以笼统地应用在每一个人身上。"纪德用"伪币"象征传统价值观念、造德规范。在这个价值混乱的世界,人辨不出好与坏、真与假,每个人都在孤立地、徒劳地发展自身,努力达到真实。但一切都归于失败,一切都重返到毫无价值的社会秩序中去。在这个世界上,几乎没有什么是真实的,一切都是"伪币",人人都在弄虚作假,欺蒙舞弊。人要生存在这个空间中,你就不得不使用"伪币",你无法超凡脱俗,你不得不参与"伪币"的交易,毫无例外地成为"伪币制造者"。纪德在小说中描绘的正是一个"人人欺蒙的社会"。在作者看来,社会的道德、家庭的伦理、宗教的教育都是"伪币"。

"伪币"的第二层意思转喻着伪文学。以巴萨房为首的一群颓废文人、作家是真正的伪币制造者,他们欺世盗名,招摇撞骗。他们主张否定一切,打倒一切,摧毁一切,是带有极大破坏性的文学虚无主义者。然而,他们只破不立,因而,只是"伪造反"。作者故意用法语"Passavant"(意为:非学者)来称呼巴萨房,讽刺他是伪学者。他们视艺术为手段而非目的的做法,使得他们成为文坛上的"伪币制造者"。

"伪币"的第三层意思暗喻着上帝也是虚伪的。作者以拉贝鲁斯晚年的痛苦和蒙昧的表现说明:上帝是残忍的,新教宣传的清苦克己是压抑个性解放。他觉得自己年轻时"每次我克制自己,战胜自己,徒使我自己多加上一重枷锁",他认清了上帝的真面目,认为上帝是在"捉弄"和"报复"人类;人这一生只是上帝的"傀儡",上帝操纵着不幸人的命运,它不是给人幸福,而是增加人的痛苦。魔鬼同样如此,魔

鬼利用道德为工具,让人成为它掌握下的傀儡;天使同样诱惑人,使人因循守旧,尊重传统的价值观念。

总之,这部内容广博、寓意深刻的作品,揭露了资本主义社会的精神危机和传统价值观念的崩溃,展现了一个"人人都在弄虚作假"的世界,反映了第一次世界大战后青少年一代的不安和苦闷以及对资产阶级社会的怀疑。

第二节　萨特:以创作干预生活

让-保尔·萨特(1905—1980),是20世纪法国思想文化界最引人注目的人物之一,他一身兼有戏剧家、小说家、哲学家、社会活动家等多重身份。作为文学家的萨特,作品数量不是很多,小说只包括一部中篇小说《恶心》,由5个短篇组成的小说集《墙》,长篇小说《自由之路》,传记体小说《文字生涯》;创作和改编剧本11个。

我国对萨特作品的译介,经历了三个阶段。第一阶段是在20世纪40年代。人们把萨特的作品视为反法西斯题材的作品。就萨特已经完成的短篇小说《墙》,翻译者和评论者深入挖掘这部作品的"反法西斯"因素,寻找"救亡"题材:戴望舒认为萨特是法国沦陷时期的"一位有力的抵抗作家",并指出《墙》"已经深深地渗透着他后来提倡的'生存主义'的思想了"。用译作配合国情,是中国近代以来在文学译介实践中一条贯穿始终的主线。尤其是笼罩在国难阴影中的中国人都自觉遵守并强化这一趋向,使其成为主导意识。第二阶段是1949—1966年这17年,为配合政治斗争的需要,选择性地将其他国家批判萨特的一些文章译介进来,如梁香翻译的苏联学者迦克的文章《"存在主义"的哲学批判》,是对萨特哲学的批判,对存在先于本质、干预、选择、自由、绝望等逐一批判。第三阶段始于20世纪80年代,萨特的大部分著作被大规模、系统化地翻译出版,包括文学、文论、哲学著作,以及专门研究萨特和存在主义的著作,也都被翻译到国内来,自此,我们才有机会认识一个真正的萨特。

20世纪40年代萨特刚刚被介绍到国内的时候,评论家们就发现了他创作的最主要特点,那就是介绍萨特的文学作品,不能不提他的哲学思想,而介绍他的哲学思想,又离不开他的文学表达,即"他们(还包括加缪、波伏娃)不但把哲学思想写成哲学书,还把他们的思想表现在小说和戏剧里,因为存在主义是一种人生哲学,小说和戏剧是最适合于表现人生的文艺作品。"[1]罗大冈:"存在主义即使没有解答全人类出路问题的野心,至少在思想上、道德上,都似乎希望有新的贡献。这是一件值得注意的新事实。"[2]陈石湘从正面肯定人的新形象:"在他出现以前,世界上没有为他制定的规律,在他的存在意义中没有外界的必然性做他行为的准则。连近世哲学中公开或暗示中承认的宇宙间自有的自然律或必然性,在唯存在主义看起来,都是'有神论'蜕化而来的,而常会被狭义化。萨特所强调的'存在先于本质'

就是要否定宇宙自身安排着任何目的，或人的质性中先有要服从的什么外在规律或必然性。人的存在先于一切，是一切的前提。"陈石湘还说："在你这样自由自主的每一步行动中，你把自己造成什么，你都自己负着责任，而且你这样不但实现你自己，并且，因为没有上帝，你的每一自由行动，都在创造着人的新形象。"[3]他们的评价都比较客观。

对于中国学者而言，萨特主要兼具文学家和哲学家的双重身份。作为一位杰出的文学家，他喜欢用小说、戏剧等文学体裁阐述他的存在主义哲学思想，可称其为"形象的哲学"。他的文学作品因其凭借深刻而坚实的存在主义哲理而得到了提升，成为评论者最喜欢挖掘，也是最具争议性的一座宝藏。

一、罗冈丹的"恶心"从何而来？

《恶心》是一部中篇哲理小说，也是萨特的代表作。这是一部日记体小说，它以第一人称"我"（罗冈丹）的口吻叙述："我"被"恶心"所袭击。于是，"我"发现，周围原本熟悉的人和事件突然变得陌生和奇怪起来，已经从事三年之久的罗尔邦侯爵研究也失去了意义，进而对自己作为一个历史学家的社会身份产生了怀疑。面对生活在自己周围的人群和事物，"我"产生了一种无法抑制的"恶心感"。不知是周围的人和事物变了，还是自己变了。为了想看清楚自己，"我"养成了记日记的习惯。从此，"我"一天天在图书馆、咖啡馆、旅馆和马路上徘徊和感受，等着"恶心"的感觉来袭击"我"，体验着存在的恶心感觉。

罗冈丹从对一个客观存在的装墨水瓶的纸盒的思考，开始产生了恶心感。于是，他"从长达六年的睡眠中苏醒"过来，开始思考人与物体的关系、时间、奇遇、自我的存在甚至思考本身等问题。一经思考，罗冈丹认识到，原本以为这一切都是自己人生在世的意义所在，其实恰恰是它们限制了自己的自由。梦醒后的罗冈丹，被恶心感如影随形地跟随着，无路可逃。"恶心"像梦魇般追随着他。他也曾想用梦想、爱情去抵御它，可都被他否决了。最终，他离开了生活了三年之久的布维尔市，准备动身去巴黎。

萨特说："从纯文学观点来看，这是我写得最好的书。"可是，这部作品于1965年首次被译介到中国时，并没有被展开真正的研究，而只是被粗暴地扣上"反动""腐朽""病态作品"等帽子。后来当人们从学术研究的角度来对待这部作品时，也存在着研究视角和观点的不同。有人认为，萨特在《恶心》中流露出的"悲观失望情绪"，产生了不可低估的腐蚀作用，它使人丧失生活的信心，涣散人们追求光明的斗志，丝毫没有要对这种使人恶心的社会认真地进行改革的决心，这也可以说是存在主义文学的一个致命伤。还有人认为，《恶心》是一部渲染小资产阶级"悲观、彷徨情绪"的病态作品。还有人认为它"通篇格调低沉，色彩灰暗，客观上给人们造成一种悲观失望的沉重的窒息感"。这些观点或许都有其得以成立的理由或依据,但其实又都偏离了作者的本意。或许,我们应该从造成主人公罗冈丹恶心的原因上去着手分析。

罗冈丹的恶心是如何产生的呢?

——应从"自在"和"自为"说起。緱广飞在《"恶心":自在包围之中的自为》一文中认为,人有"自在的人"和"自为的人"之分。自为的人具有自为意识,如罗冈丹;自在的人混混沌沌,意识不到自己的存在,如小说中的学者、吕西、老板娘、咖啡馆主管等。那些自在的人都是自欺者,他们按照自己的身份、地位、所扮演的角色要求行事,从未否定过自我,更不用说改变自我了,他们用幻想制造假象,掩蔽存在的真实状态,他们与自在之物没有差别,因而和谐一致。觉醒后的罗冈丹发现自己处在自在的包围之中,便感到恶心。

——存在被揭示的结果。徐真华,张弛在《20世纪法国小说的"存在"关照》一书中认为,萨特通过这部作品想要表达的是"自在存在"和"自为存在"的范畴及其关系。萨特认为,"自在存在"是意识之外的东西,它具有三个特点:第一,存在是自在的。自在的存在既无法用创造来解释,也无法用非创造来解释;既不是能动的,也不是被动的。它就是它自己。第二,存在是其所是。存在本身是不透明的,它是自身充实的。它是完全的肯定性,不包含任何否定,即自在存在不知道相异性。第三,自在的存在。它没有存在的理由和依据,它跟别的存在也没有任何关系,因此自在存在永远是多余的。而自为的存在恰恰相反。自为的存在是指人的意识活动。自为存在本身并没有存在,而是通过显现自在,从自在那里获得存在。它是自由的,不确定的:自为存在自身缺乏,但总想要趋向于什么东西,它通过对自身的不断否定和超越而趋向于对目的的寻求。因此,自为存在是一种虚无,它永远是变动不居却又具有否定作用的存在。

自在存在和自为存在在性质上是相反的,但它们却又是统一的。在萨特看来,外部世界是自在的存在,意识活动是自为的存在。当自为的存在与自在的存在相接触,即与外部世界相遇时,就会产生某种不适的情感即恶心。

如果不用《存在与虚无》来为《恶心》做一个注解,我们就很难理解《恶心》。萨特在《存在与虚无》中,这样描述恶心:"一种隐蔽的不可克服的恶心永远对我的意识揭示我的身体:我可能有时会遇到愉快的事或肉体的痛苦以使我们从中解脱出来,但是,一旦痛苦和愉快通过意识被存在,它们就反过来表露了意识的人为性和偶然性,并且它们正是在恶心的基础上被揭示出来的。我们远不应该把恶心这个词理解为我们生理的厌恶中引出的隐喻,相反正是在它的基础上,产生了所有引起我们呕吐的具体的和经验的恶心(面对腐肉、鲜血、粪便等的恶心)。

二、"他人就是地狱"

"他人就是地狱"语出萨特1943年创作的独幕剧《禁闭》。人们对这部剧作的研究要远远超出对萨特其他作品的关注。很大程度上是基于人们对这句话的兴趣。

对这句话的理解主要表现为下面几点：

第一、认为这是萨特对资本主义社会现实中人与人关系的高度概括。人与人之间的厌恶、恐惧之感是由于社会的世态炎凉、人情淡薄、以邻为壑，人与人之间互相猜忌、互相作践，互相折磨等。对这句话的简单理解，遮蔽了作品的真正价值和艺术魅力。

第二、源于我们用他人的判断来评价自己。

萨特在1965年1月，以"他人就是地狱"为题发表了讲话：

人们以为我想说我们跟他人的关系总是很坏的，始终关系恶劣。然而我想说的完全不是这么回事。我的意思是说，如果跟他人的关系起了疙瘩，变坏了，那么他人只能是地狱……当我们捉摸自己，当我们试图了解自己，所用的其实是他人对我们的认识，我们运用他人掌握的手段，运用他人判断我们的手段来判断自己。不管我对自己怎么想，反正他人对我的感觉已经在我身上扎根。这就是说，我跟他人的关系之所以不好，是因为我自己完全依附于他人，于是我当然犹如处在地狱里。世界上有大量的人处在地狱的境地，因为他们太依附他人的判断。

我想说的第二层意思是，这些人跟我们是不相同的，我们在《禁闭》中听到的三个人跟我们没有相似之处，因为我们是活人，他们是死人。当然，这里"死人"有某种象征的意义。我想指出的是，确实有很多人囿于陈规陋习，苦恼于他人对自己的定见，但是根本不想改变。这样的人如同死人，从这个意义上讲，他们不可能冲破框框，超越他们的忧虑、他们的定见和他们的习惯，因而他们常常是他人对自己定见的受害者……我想通过荒诞的形式指明自由对我们的重要性，即以行动改变行动的重要性。不管我们处在怎么样的地狱圈里，我想我们有砸碎地狱圈的自由……综上所述，跟他人的关系，禁锢和自由，通向彼岸的自由，这就是该剧的三个题材。[4]

据此，这句话包含三层意思：首先，如果你不能正确地对待他人，那么，他人便是你的地狱。就是说，倘若自己是恶化和败坏与他人关系的原因，那么自己就得承担遭受地狱之苦的责任。其次，如果你不能正确对待他人的判断，那么，他人的判断就是你的地狱。再次，如果你不能正确对待自己，那么，你自己也是自己的地狱。

第三、将这句话放到萨特的整个存在主义哲学体系中去理解。它包含了三个相互联系的含义：人我之间的主奴关系、超越关系、认同关系。[5]

主奴关系：萨特在有关人的存在学说中，认为"人是指一个一个的个人，而且主要是指个人的意识"。由于"意识是根本无法直接感知另一个意识的"，因此，从理论上无法推证"我的意识之外还有他人（别的意识）存在"。我是在被他人"注视"的情况下直接体验到他人的存在的。在他人的注视下，自为的主体地位失落，被异化为客体，由此在心理上产生一种羞耻感。为了恢复自己的主体地位，自我用同样的注视来反击他人的注视，使他人客体化。这样，自我与他人的关系就是一种"主客体的从属关系"——主奴关系。

超越关系：作为自为存在的人，具有自由性和超越性的特点，能在不断的自由选择和自为超越中否定"某种预定本质"。"每个人都是自由的，但只在自己的世界里，你无法给他创造一个他的观点下的世界；每个人都可以自我超越，否认自己固有的本质，但无法制止他人用固定的本质来看待你"。

认同关系：指每个人都"不能不接纳他人对自己的评价"。因为，"人是在他人出场的时候才反省自己的，并且反省就是站在他人的立场上观察自己，用他人的观点评价自己，而且无法完全摆脱得出的结论，尽管可能不服气"。

在人与人的关系中，人陷入了一个恶性循环，我取决于他人，他人也取决于我，他人是我的地狱，我也是他人的地狱——这是真正令萨特无可奈何的选择：做一个纯粹的无神论者就可以了吗？不，除了上帝，还有他人。也就是说，即便上帝的眼光不存在，没有这样一个至高无上的判断者，还有他人的眼光。我永远是他人眼里的一个客体，就像他人是我眼里的一个客体一样。

三、俄瑞斯特斯的选择

《苍蝇》是一部取材于神话、隐喻现实的三幕哲理剧。它取材于古希腊神话传说：阿尔戈斯国王阿伽门农远征特洛亚凯旋归来后，被王后克吕泰墨斯特拉和她的情人埃癸斯托斯谋杀，其子俄瑞斯特斯流亡他乡十五年后回归故土，在姐姐厄勒克特拉的帮助下手刃生母和埃癸斯托斯，为父复了仇。古希腊悲剧家埃斯库罗斯曾以此为题材，创作了《俄瑞斯特斯》三部曲，"用艺术的形式来描写没落的母权制跟发生于英雄时代并获得胜利的父权制之间的斗争"，[6]俄瑞斯特斯听从神示做出了复仇举动。

萨特对这个故事做了大量改变，设对立方为古罗马神话中的众神之王朱庇特，让他成为先制造祸端、后阻止俄瑞斯特斯复仇的死亡之神，俄瑞斯特斯则勇敢地反抗神意、做出了自由选择并承担了选择的后果。

有论者将俄瑞斯特斯定性为存在主义英雄，但这似乎并不符合萨特对俄瑞斯特斯的定性。萨特说："在我看来，俄瑞斯特斯在任何时候都不是一个英雄。"[7]萨特认为俄瑞斯特斯只是一个做了自由选择、不后悔自己行为的普通人，而不是英雄。

在这个前提下,看俄瑞斯特斯这个普通人做了怎样的自由选择。摆在俄瑞斯特斯面前有两种选择:一是"像游丝般随风飘荡,对万事无所牵挂";二是"接受不可避免的选择,义不容辞地承担起自己的职责"。[8]萨特让他的主人公做出了后一种选择,即手刃了自己的生母及其情人,勇敢地复了仇,伸张了正义,并且勇敢地承担起责任,承受着邪恶之神的报复,把复仇女神从祖国引走。

《苍蝇》一剧完成于 1942 年。由于萨特此时正处于自由观转变的时期,主张以处境中的自由取代过去想象中的自由、内心的自由。认为真正的自由绝不是遗世独立,对世事漠不关心,而是意味着积极干预生活,自由地选择正义事业,承担应当承担的神圣职责。在自由与境况的关系中,萨特将人的自由看作"总是境况中的自由",境况不是自由的限制,而是自由实现的场所。因此,具有自由意识的人需要展开积极的行动去实现自由。

萨特说:"作家处在自己时代的情境之中,他说的每一句话都会引起反响。他的每一次沉默也会引起反响。作家肩负着一种使命:给予自己的时代一种意义,促进必要的改变。社会介入达到了绝对必要的程度。"[9]萨特断言:作家的每一篇散文,甚至小说,都是"功利主义的",每一篇散文都是一种表态。

"巨人萨特"统领了 20 世纪,他的思想和主张会源源不断地影响到后来的人们。

第三节　加缪:小说的本质就在于永远纠正现实世界

阿尔贝·加缪(1913—1960),法国小说家、戏剧家、哲学家,出生于当时还是法国殖民地的阿尔及利亚的阿尔及尔。在他一岁时父亲在战场上负伤身亡。母亲带领加缪兄弟两人艰难维生。加缪靠校外兼职、助学金及亲友资助完成了学业。1957 年获得诺贝尔文学奖,时年加缪 44 岁,成为法国最年轻的获奖者。1960 年遇车祸身亡。

加缪的重要作品有哲学随笔《西绪福斯的神话》(1942),小说《局外人》(1942)、《鼠疫》(1947)、《堕落》(1956),剧本《戒严》(1948)、《正义者》(1950)等。

加缪在人们的印象中是一个地道的存在主义作家,人们总是把他和萨特联系在一起,提到萨特,就想到加缪;提到加缪,自然想起萨特。在以往许多教材及文学理论作品中,加缪也是作为一个存在主义作家出现的。然而,加缪却始终认为他被误解了。当人们将加缪的剧作《卡里古拉》(1945 年 9 月上演)看作是"为了证实萨特先生的存在主义原则"时,他则公开表示并非如此。甚至还说他的《西绪福斯的神话》是反对存在主义哲学的。1952 年 2 月他写道:"我不是一个哲学家,我也从来没有这样自称过。"他甚至还说过这样的话:"我对过于大名鼎鼎的存在主义哲学没多少兴趣，老实说，我相信它的各种结论是错的；但它们至少代表了一场伟大的智识冒险。"

一、难以与自己的作品"融为一体"的作家

加缪一直把自己定性为"作家""艺术家"，对于战后初年他的高曝光率及做一个公共人物，他觉得"仅仅是出于环境的压力"。他不赞成知识分子走上街头，在对待艺术家和他的时代的问题上，他认为作家不能无视其时代，但为了恪守本真，他就必须与时代保持一定的距离。生当两次世界大战及战后亟待恢复整顿社会秩序之时，加缪反对当时流行的知识界为革命恐怖辩护的常规做法，他认为法国大革命时期雅各宾派的恐怖和暴力行为，为后来的革命者带来不好的影响，因而，他质疑法国大革命及"革命"这一概念本身。他明确表示："我们必须拒绝一切对暴力的合法化，不管是以国家利益还是以极权主义哲学为名。暴力既不可避免，又不可正当化。"他不赞同那些对人生的悲观态度，"有一类写作的错误在于相信这一点：生命是不幸的，所以生命可悲……宣告存在的荒谬性不能成为目的，它仅仅是一个起点而已。"[10]

他和职业环境不协调，始终在创作中探寻自己的家乡——或者说，如果说加缪有一个完全属于自己的家园的话，它就是阿尔及利亚，特别是阿尔及尔城——他的出生地。

加缪最持久、最痛苦的流亡感来自与自我的格格不入。首先，他是个身处巴黎的异乡人——是真正意义上的"局外人"。他精神上的家园是阿尔及利亚的阿尔及尔，他在作品中多角度地描写自己的流亡感。冯汉津这样介绍加缪："他所有的作品都充满了惶惑不安和自感有罪的情绪、酷热的窒息以及弃绝尘世的念头。"

他永远向往阿尔及尔那片熟悉的地域，长期无法适应巴黎的环境。他不认可自己的哲学家、介入知识分子、巴黎人等身份，但他却是一个真正的道德主义者。所谓道德主义者，是说一个人与社会权威领域或权力者阶层保持距离，使得他公正地思考人类的状况及荒谬和真实，借此获得一种极特殊的权威，一种一般归宗教社团中的教士精英所保有的权威。在法国，一个道德主义者能说出真理。真正的道德主义者还应具备一个重要特征：不仅要让别人坐立不安，至少还得让自己陷入同等程度的焦虑。当一名道德主义者意味着过焦虑的人生，正是这一点把道德主义者和知识分子区分开来。萨特在悼念加缪的讣文中说："他站在历史的对立面，是历史上长长一列道德主义者在20世纪的当代传人——他们的作品或许构成了法国文学中最独特的一部分。"

或许从这个角度，我们才能真正理解加缪的作品及其中的主人公形象。

二、加缪作品中的主人公形象

(一)莫尔索：没参与游戏的主人公

莫尔索的母亲在养老院去世了，他却没有流泪，在举行完葬礼的第二天，他与一位昔日女友重逢，就和她一起去游泳、看喜剧片、同居；老板给他提供一个去巴黎任职的机会，他却表现出漠不关心的样子；女友提出结婚，他也觉得没兴趣。莫尔索对一切都无所谓，是巴黎还是阿尔及尔，是结婚还是同居，他不觉得这些能把他的生活变个样。他和邻居在沙滩散步时，邻居与两个阿拉伯人发生了冲突，莫尔索并没有参与打斗。后来，他看到一个阿拉伯人躺在岩石的阴影里休息，当他不经意地向前迈了一步时，阿拉伯人迅速起身并拔出了刀。"太阳几乎是折射在沙滩上，海面上闪着光，刺得人睁不开眼睛。"他朝阿拉伯人开了枪，没有理由，没有预谋，他杀了人。

法庭以固有的方式对莫尔索生活中微不足道的行为做出诠释。莫尔索本该被判无罪的，但是在法庭看来，他的过去已经对他的命运做出了真正解释：莫尔索生来有罪！他没有为自己辩护，就好像整件事与他无关，他甚至没有意识到自己犯了罪。他所感受到的不是恐慌和后悔，而是麻木，因此，他表现出异于常人的冷漠。莫尔索好像一个机器人，对法庭做出的对他生活中微不足道的行为的阐释没有任何抗议，对不公正的法庭没有任何绝望的情绪。什么也不想，什么也不说，只是满足于记录和忍受法庭中所发生的一切，偶尔记录一下内心的感觉。可见，莫尔索"怪异"的行为不能用世俗的观点来解释。

小说《局外人》序言中，加缪说道："在我们的社会里，任何在母亲下葬时不哭的人都有被判死刑的危险。我想说的只是书中的主人公之所以被判死刑，仅仅因为他没有参与游戏。从这个意义上来说，他是他所生活的这个社会的局外人，他在流浪，在边缘，在私人生活之镇上，独自一人，只听从身体的需要。……莫尔索究竟为什么不参与这个游戏……答案很简单，他拒绝撒谎。"加缪这样定性他的作品：这是一个为真实而死的人的故事。这种近乎可笑的说法隐藏着一个十分严酷的逻辑：任何违反社会的基本法则的人必将受到社会的惩罚。

莫尔索为什么要遭受惩罚？——冷漠。对待母亲的态度，显得与众不同：不知道母亲的年龄，不知道母亲去世的时间，为母亲守灵时的漫不经心及抽烟喝咖啡，参加葬礼时的没有眼泪，葬礼第二天的吃喝玩乐……对待爱情婚姻的模棱两可，对待朋友的"怎么都行"，对待被判死刑的"我无所谓"……都让人觉得他与众不同。

虽然，每个人都是一个独立的个体，只要他的所作所为不妨碍别人，别人或者说社会是没有资格对他说三道四的。但是，马克思说过，"人是社会关系的总和"，这就意味着,人除了生物意义上的各种"需要"之外,还需遵守种种社会"规范"和秩序。而后者的重要性要远远超出前者。在一个对各种社会规范和秩序都习以为常的社会里,在"大家都这样"的认知和行动中,一个人只要顺从大多数人的意思,就不会给自己带来麻烦与危险。而一旦有人敢冒天下之大不韪,与多数人的意愿和做法不一样,则会引起人们格外的注意和侧目,甚至会引起人们的恐慌。——莫尔索就是这样一个人。他以自己的随情任性及与众不同,引起了整个社会的恐慌:母亲去世了,莫尔索没有哭,也没有表现出适当的伤心和悲痛。这件事情,让我们发现他与常人之间有很大区别;他不要见母亲最后一面,送葬的时候也没有流泪,对于自己和母亲之间的关系没有做过多的解释。用加缪自己的话说:在这个世界上,一个人仅仅因为在母亲的葬礼上没有哭,就有被判处死刑的危险。因为他影响到的,是这个社会的某种约定俗成和靠约定俗成所建立的道德、秩序。于是社会受到了威胁。莫尔索以他的方式嘲弄了人类社会,嘲弄了人类社会赖以存在的种种情感的假象,嘲弄了价值、准则和代表评判标准的社会机构。

(二)里厄:担负起反抗恶的责任

小说《鼠疫》记述了北非一个叫奥兰的小城发生的一次鼠疫灾难以及人们反抗鼠疫的过程。鼠疫蔓延,城市成了检疫隔离区。鼠疫发生前,医生里厄将生病的妻子送到山区疗养院治疗。他们分隔两地,无法联系,忍受着思念之苦。鼠疫发生后,他作为医生,要责无旁贷地救死扶伤,为病人治疗、开刀、看门诊、晚上再去出诊,直到深夜回家。鼠疫解除时,里厄接到他妻子不幸去世的电报,他沉默无语,忍受着巨大、沉重的打击。最后,望着大街上庆贺胜利的欢乐的人群,他陷入深深的思考——思考人生、死亡以及将来还可能发生的"鼠疫之灾"。

加缪曾明确表示:"我希望人们从几种意义上来阅读《鼠疫》。"[11]

这是一本寓言性的小说,在现实的政治意义上,它隐喻二战期间加缪所参加的反法西斯的抵抗运动。在生存、形而上的概念上,它隐喻人们在荒诞境遇面前的选择与抗争。

(1)从故事本身的意义来看,小说中的人物,包括医生里厄、志愿者塔鲁、神甫帕纳鲁、记者朗贝尔、小职员格朗以及罪犯柯塔尔等,面对鼠疫这一极限境遇,纷纷做出了自己的选择,或苟且偷生,或冷漠无视,或积极面对。加缪通过里厄与塔鲁这两个重要人物,表达自己的观点。在反抗鼠疫的过程中,里厄与塔鲁起到了举足轻重的作用。里厄始终关注疫情的发展,日夜救治病人,塔鲁则积极奔走呼号,建立了卫生防疫志愿组织。两人都为反抗鼠疫付出了沉重代价,里厄不停地奔忙以致在妻子临死之前都无法与其见面;塔鲁因染上鼠疫而献出了自己年轻的生命。

二人的重要性既表现在他们对鼠疫的共同抵抗上,也表现在对小说情节的叙述上。无疑,亲历了整个鼠疫事件的里厄医生是小说的叙述者,而在叙述过程中,他不断地引用塔鲁的笔记来描述鼠疫事件,由此可以将塔鲁看作是另一个叙述者。

(2)从现实的政治意义上看,这部小说隐喻了欧洲在抵抗纳粹时的选择:它通过"荒诞"与"反抗"之间的辨证转换,体现了从"个人反抗"到"集体反抗"的意识演变。鼠疫的残酷已经不仅仅属于个人,而是所有人的命运,是我们共同的历史。"原本属于个人的感情,比如,和心爱之人的离情别绪,从最初几周开始,都突然变成了整城居民的共同感情,而且还夹带着担惊受怕。"这种在灾难面前对个人与集体关系的重新认识,不由得使人想起萨特亲历战争后的思想转变:战争也是萨特的生活和思想的转折点,即"从纯粹的个人转向社会",个人对社会应该承担一定的责任。小说中,里厄医生在鼠疫发生后选择了投身抗疫、积极斗争的态度,就是对这种关系的诠释。

(3)从更为深广的"存在"意义上看,它诠释了存在主义的自由选择论。存在主义认为:世界是荒谬的,无理性的。但是,人的处境无论多么恶劣,人的意识总是自由的,思想总是由自己支配的,人毕竟可以按自己的意志选择行为走向。通过自由选择,进行自我创造,实现和证明自己的存在。"人是自由的,懦夫使自己懦弱,英雄使自己变成英雄。"小说中众多人物的不同选择,分别实现了其不同的人生价值。在作者带有较强主观色彩的叙述中,读者可以对其做出或褒或贬的评价,并从中得到独特的审美体验,实现对人生诸多问题的超然思考或积极面对。

(三)幸福的西绪福斯

《西绪福斯的神话》是部哲学随笔,发表于 1942 年。据希腊神话记载,柯林斯国王西绪福斯由于生前的罪过(一说劫掠旅行者,一说他泄露了宙斯的一桩艳遇,一说西绪福斯捆住了带他去地狱的死神),在地狱中受到神的惩罚:把一块巨石推上山顶,石头因自身的重量又从山顶滚落下来,屡推屡落,屡落屡推。西绪福斯陷入这种既无用又无望的周而复始的苦役之中。

在加缪的笔下,受罚中的西绪福斯是这样的:"……一个人全身绷紧竭力推起一块巨石,令其滚动,爬上成百的陡坡;人们看见皱紧的面孔,脸颊抵住石头,一个肩承受着满是泥土的庞然大物,一只脚垫于其下,用两臂撑住,沾满泥土的双手显示出人的稳当。经过漫长的、用没有天空的空间和没有纵深的时间来度量的努力,目的终于达到了。这时,西绪福斯看见巨石一会儿工夫滚到下面的世界中去,他又得再把它推上山顶。他朝平原走下去。"在这幅悲壮、激动人心的画面中,人们只看到西绪福斯的努力和平静的情绪,看不到当巨石滚下后他的愤怒或失望。"他朝平原走下去",多么安然地接受了神示的命运!

"用尽全部心力而一无所成。"这是真正的惩罚。然而,西绪弗斯轻蔑地接受了每一次失败,又用尽全力迎接下一次挑战。

这种让人看不到希望的苦役和折磨也同样折磨着读者的神经,让人自然将西绪弗斯的遭遇和自己的人生联系起来。加缪把西绪福斯的命运当作了人类的命运,把西绪福斯的态度当作了人类应该采取的态度。他的结论是:"征服顶峰的斗争本身足以充实人的心灵。应该设想,西绪福斯是幸福的。"这就是说,人必须认识到他的命运的荒诞性并且以轻蔑相对待,这不仅是苦难中的人的唯一出路,而且是可能带来幸福的唯一出路。

小说的副标题是"论荒诞"。加缪认为,荒诞是建立在人生、命运等客观存在之上的一种人的主观情感,它是一种主客观的结合体。一方面是传统的理性,另一方面是世界本身的非理性,二者的对立、不协调就是荒诞。"荒诞既取决于人,也取决于世界",它把它们联系在一起。而领悟到荒诞,试图拒绝这种生存状态,就是觉醒的开始。在《西绪福斯的神话》里有这样一段话:"一个可用理性解释的世界,不管用来解释的理由是什么,仍然是人们熟知的世界。但是在一个突然被剥夺了幻想和光明的世界里,人感到自己是陌生人。这样的流放是无可挽回的,因为他忘却了所有对失去家园的回忆,也丧失了对未来乐园的期望。这一人和生活的分离、演员和舞台的分离真正地构成了荒诞感。"

加缪不赞成为了逃避荒诞而采取的或是陷入永恒的理性、或是主张绝对的非理性的极端做法。加缪说:"我感兴趣的不是荒诞的发现,而是其后果。"发现人生在世的荒诞不是加缪的目的,他要解决的是人如何面对荒诞。他认为,要解决人和世界之间的矛盾,不可能依靠人的自弃或弃世,加缪推论出三种后果:反抗,自由,激情。这三种后果最终导致一种行为的准则,即:"重要的不是生活得最好,而是生活得最多。"此处加缪所指的"生活得最多",是要人们"感觉到他的生活、他的反抗、他的自由,而且要尽其可能"。以此观点看来,西绪弗斯是一个既领悟到荒诞又充分反抗了荒诞的人,所以加缪说:"应该设想,西绪福斯是幸福的。"

《西绪弗斯的神话》给予读者心灵的震撼和生活的启迪,且让人鼓起生活的勇气,更加清醒地认识人生:没有希望并不等同于绝望,清醒也不导致顺从,人应该而且能够在这个世界中获得生存的勇气,甚至幸福。

结语:以上所谈的三个作家及其作品,只是 20 世纪法国文学中的一部分。就对现实题材的开掘广度和深度,对现实主义和现代主义流派的继承和创新而言,法国文学尤其是法国小说的辉煌,是所有的法国作家们共同努力和创造的结果。

【注释】

[1] 吴达元:名著评介《局外人》,《大公报·星期文艺》1947.6.30。

[2] 罗大冈:两次大战间的法国文学,《文学杂志》1947 年 2 卷 5 期。

[3] 陈石湘:法国唯存在主义运动的哲学背景,《文学杂志》1948 年 3 卷 1 期。

[4] 萨特:萨特谈"萨特戏剧",《萨特戏剧集》,沈志明译,人民文学出版社 1985 年版第 974 - 975 页。

[5] 张国珍:"他人就是地狱"伦理意义释析,湖南师范大学学报.(社科版)1993
(2)。

[6] 恩格斯:家庭、私有制和国家的起源.第四卷序言,灵珠译,上海译文出版社
1983年版,第4页。

[7] 萨特:萨特谈"萨特戏剧".《萨特戏剧集》,沈志明译,人民文学出版社1985年
版,第970页。

[8] 陈慧:"恢复人的尊严是正义的事"——萨特的《苍蝇》,《文学知识》1987年第
5期。

[9] (法)米歇尔·维诺克:法国知识分子的世纪——萨特时代,江苏教育出版社
2007年版,第13页。

[10]《阿尔及尔共和报》,1938.10.20。

[11] 张容:形而上的反抗:加缪思想研究,社会科学文献出版社1998年版,第
148页。

【延伸阅读】

[1] (美)考卜莱斯顿著,《存在主义导论》,陈鼓应译。商务印书馆1987年版。

[2] (英)伍尔夫著,《普通读者》中的《论现代小说》,瞿世镜译,霍加斯出版社1925
年版。

[3] 郑克鲁:社会的批判者——纪德小说的思想内容,《外国文学研究》1996(4)。

第十六章

日本现当代文学研究的几个热点作家及作品

【引言】

　　日本现当代文学在世界文坛上占有重要地位，涌现出了多位才华横溢的作家，有两位获得了诺贝尔文学奖。新世纪以来，我国学术界对日本现当代作家及其作品有了更深入和广泛的研究，特别是对川端康成、大江健三郎、村上春树三位作家及其作品的研究形成了若干热点，取得了不少成果。

　　川端康成是日本第一位获得诺贝尔文学奖的作家。《雪国》是他创作的第一部中篇小说，也是他唯美主义的代表作，从1935年起以短篇的形式，分别以《暮景的镜》《白昼的镜》等题名，断断续续地发表在《文艺春秋》《改造》等杂志上，相互之间并没有紧密相连的情节，直至全部完成并经认真修改后，才冠以《雪国》之名于1948年汇集出版单行本。小说中描绘的虚无之美、洁净之美与悲哀之美达到极致，令人怦然心动，又惆怅不已。作品中唯美的意象描写融入人物情感的表达之中，往往带着淡淡的哀思，表现了川端康成的物哀思想。自新世纪以来，我国学术界对《雪国》的研究在创作论、禅宗文化、人物形象等方面有了进一步的深入和拓展。此外探析川端康成小说中两性情爱关系的变迁及其原因也是新的研究热点之一。

　　大江健三郎是日本第二位获得诺贝尔文学奖的作家。《个人的体验》是他的代表作之一。这部作品展现了战后日本年轻知识分子迷惘、彷徨的心态。作者通过对鸟这一个体的心理描写，展现了他在残疾儿出生后的复杂矛盾心理，鸟在经过一番两难的权衡之后，最终选择了与残疾儿共生，以此获得精神的拯救。作品充满了强烈的自传色彩和人道主义关怀。进入新世纪以来，对《个人的体验》研究的热点主要集中于从存在主义理论出发分析人物形象以及文本中的人道主义关怀。

　　村上春树是当代日本最具国际影响力的作家，他创作于1987年的小说《挪威的森林》风靡全世界，引发了世界范围的村上文学热潮，也吸引了众多研究者的注目。《挪威的森林》以第一人称"我"作为统领全篇的叙述者，以一种近乎乡愁般的情绪向读者讲述了一则爱情的悲剧，具有很强的透明感和写实性。进入新世纪，我国学术界对《挪威的森林》在叙事时间、叙事视角、生死观方面有了新的研究。

　　本章我们将对这三位作家及作品的研究热点作一探讨。

【思考】

1. 川端康成在他的第一部中篇小说《雪国》里刻意塑造了两个人物,一个是驹子,一个是叶子。有学者认为驹子和叶子是"一体两面"的关系,你如何理解?

2. 大江健三郎的代表作《个人的体验》实质上揭示了人的整体特性,从存在主义理论出发怎样理解文本中的人物形象及人道主义关怀?

3. 村上春树的代表作《挪威的森林》在叙事策略上有何独到之处,其效果如何?

第一节　川端康成的《雪国》

一、《雪国》与新感觉派

日本"新感觉派"是 20 世纪初日本文坛的一个以小说创作为主的文学流派,由 1924 年创办的《文艺时代》的同仁形成。一部分受西方现代派文学影响的日本小说家不满足于传统的现实主义,希冀开展一场文学革命;主张通过主观的变形转化来反映客观现实,摹写病态的心理和超现实的体验,而不是认识客观世界;抬高艺术的地位,否定现实中存在美和艺术的可能性,要在想象中追求美的幻影。尽管《雪国》是川端康成远离新感觉派、探索文学创作新方法的标志,但这并不意味着他彻底放弃和否定了新感觉派。《雪国》吸收了新感觉派强调主观感受的理论;抛弃了奇诡的比喻、别出心裁的文体和构思。

早在新感觉派的阶段,川端康成就曾经表示过不认同自然主义和客观主义,提出主客一如,即将自身主观感受放入被摹写的对象里,达到立体和鲜明的目的;反对客观地摹写世界。《雪国》里,川端康成仍然采用了这种方法,这主要表现在男主角岛村上。

在《雪国》中,处于中心地位的不是岛村,而是女主人公驹子。这种情况不但能从文本得出,还能从作者本人的叙述里得到证实:"与其以岛村为中心把驹子和叶子放在两边,似乎不如以驹子为中心把岛村和叶子放在两边好。"[1]那么,岛村的作用又在何处呢?川端康成在《雪国·后记》中又写道:"岛村当然不是我,归根到底不过是衬托驹子的道具而已。这是作品的失败之处,但或许又是成功之处。"[2]这话耐人寻味。尽管岛村只是用来衬托驹子的道具,但却是一件必不可少的道具;尽管岛村比不上驹子那么有魅力,但却是令人无法忽视的存在。因为所有的人物和内容,都是通过岛村的感觉摹写出来的;他不是摹写的主体,但却是感觉的主体。如驹子的面貌"玲珑而悬直的鼻梁,虽嫌单薄些,但在下方搭配着的小巧的紧闭的柔唇,却宛如美极了的水蛭环节……两只眼睛,眼梢不翘起也不垂下,简直像有意描直了似的,虽逗人发笑,却恰到好处地镶嵌在两道微微下弯的浓密的短眉毛下。颧骨稍耸的圆脸,轮廓一般,但肤色恰似在白瓷上抹了一层淡淡的胭脂。脖颈底下的肌肉尚未丰满。她虽算不上是个美人,但比谁都要显得洁净。"[3] 这些都是在岛村的观察下表现的,融合了他的主观感受,而不是冷冰冰的客观写实;岛村对驹子总的感觉:洁净,就给人留下了深刻的印象。

小说中作者需要表现某个人物细致入微的心理,有时不会直接去描写那个人物的心理活动,而是先写人物的表情、神态和语言,然后再描写他人对这些行动的感受这种间接的途径表现。比如,有天晚上岛村夸赞驹子是好姑娘,驹子不理解,问岛村又没有得到回答,于是"驹子涨红着脸,瞪眼盯住岛村责问。她气得双肩直打战,脸色倏地变成了铁青,眼泪簌簌地滚落下来"[4]。第二天一早,岛村醒来发现:"驹子的肌肤像刚洗过一样洁净。简直难以相信她为了岛村一句无意中的话,竟产生了这样的误解。她这样反而显出了一种无法排解的悲哀"[5]。仅仅几句话,就能让人清晰地感受到驹子好胜的性格、痛苦的内心。她因生活所迫做了艺伎,内心压抑痛苦,最怕有人瞧不起自己、嘲笑自己,才对岛村的话做出了敏感强烈的反映。

二、《雪国》与意识流小说

"意识流"是西方现代派小说的一个重要类型,最早出现在第一次世界大战之后,以人物的意识活动为结构中心,展示人物持续流动的思想感官,通常通过自由联想来转换叙事内容。正是由于这样的文体特征,意识流小说常常会打破正常的时空次序,出现时空上大幅度的跳跃。《雪国》与意识流小说的关系同《雪国》与新感觉派文学的关系有些类似,它并没有与意识流小说方法一刀两断。《雪国》对意识流小说的方法也是部分吸收,部分抛弃;它利用自由联想的途径来表现人物和作者的主观感受,又抛弃了过分散漫的自由联想。

在《雪国》开头,川端康成就运用了意识流小说的方法。主角岛村坐在开往雪国的列车上,眺望窗外景色。暮色降临大地,车外一片苍茫,电灯亮起,所有车窗玻璃变成一面似透明非透明的镜子。在这个镜面上,车外的苍茫景色和车内一个姑娘——叶子的美丽面影——奇妙地重合在一起,前者成为背景,后者浮现在它的上面,构成一幅美妙无比的图画。在这里,作者没有直接描写叶子的美貌,而是通过列车的窗户、岛村的双眼、感受和心理活动间接表现出来的。这样的手法使得她的形象变得虚幻朦胧,充满了神秘的美感。

小说也通过这种手法将两个女主角联系起来。比如,岛村一边想着驹子,一边在窗户上用手指画了一道线,上面照见一个女人的眼睛。岛村误以为这是即将相会的驹子的眼睛,定睛一看,才发现是对面座位上姑娘(即叶子)的眼睛。应该说,这里已经暗示了两个女人的关系。在火车上，"岛村不知怎的，内心在想：凭着指头触感记住的女人，与眼睛里灯火闪映的女人，她们之间会有什么联系，可能会发生什么事情呢？"[6]

其后，岛村也不断由驹子联想到叶子，或由叶子联想到驹子。在小说结尾，作者又描写驹子怀里抱着不省人事的叶子，发狂似地叫着。这可能想要说明，以前联系密切而又充满矛盾的两个女人，如今终于合为一体了。因此，有的学者认为，驹子和叶子可以视为一个女人的两个分身。

《雪国》虽然使用了意识流小说的方法，但并不能让人产生杂乱的感觉。这是因为，川端康成在《雪国》里所使用的意识流小说方法是有节制的和有限度的，就《雪国》全篇而论，使用意识流小说的方法主要集中在开头和结尾这两段上，其余大部分篇幅基本上采用平铺直叙的方式，大体上保持客观事物发展的自然顺序（包括时间顺序和空间顺序）。就开头和结尾这两段而论，岛村的意识活动和自由联想始终紧紧围绕驹子和叶子这两个女性形象展开，并且将二者交织在一起，没有无限制地扩展开去。正因为如此，《雪国》在结构上避免了由意识随意活动和联想自由而显得杂乱无章的毛病，又在叙述上避免了从头到尾平铺直叙而显得呆板死气的弊端，是意识流手法与传统叙述相结合的成功范例。

三、从日本禅学角度看《雪国》的人物关系

禅是梵文"禅那"的简称，其本意为"弃恶""静虑"等，是修炼佛学的一种方法，自禅宗祖师达摩传至我国后，形成了佛学的一个宗派。禅宗是对中国文化渗透最广、影响最深的佛教教派，后传至日本，成为日本佛学的一大宗，对日本文化有极大的影响。

1968年诺贝尔文学奖颁奖典礼中，川端康成作了题为《我在美丽的日本》的演讲，他不仅引用了日本古代多位禅师、和尚与上人的充满禅味的和歌，还大段引用了《明惠传》："西行法师常来晤谈，说我咏的歌完全异乎寻常。虽是寄兴于花、杜鹃、月、雪以及自然万物，但是我大多把这些耳闻目睹的东西看成是虚妄的。而且所咏的句都不是真挚的。虽然歌颂的是花，但实际上并不觉得它是花；尽管咏月，实际上也不认为它是月。只是当席尽兴去吟诵罢了。像一道彩虹悬挂在虚空，五彩缤纷，又似日光当空辉照，万丈光芒。然而，虚空本来是无光，又是无色的。就在类似虚空的心，着上种种风趣的色彩，然而却没有留下一丝痕迹。这种诗歌就是如来的真正的形体"。西行在这段话里，把日本或东方的"虚空"或"无"，都说得恰到好处。有的评论家说我的作品是虚无的，不过这不等于西方所说的虚无主义。我觉得这在"心灵"上，根本是不相同的，道元的四季歌命题为《本来面目》，一方面歌颂四季的美，另一方面强烈地反映了禅宗的哲理。"[7] 这些言论是分析川端康成作

品的文化依据,也是解读《雪国》的参考文化依据。

(一)岛村本人

岛村无法在红尘中找到自我,所以选择了外出云游。云游本身就是岛村的目的(无为之为,无心之为),因为这种云游就是对于现世的反抗(流转不居,不落俗境);云游中有诸般色相(诸行无常),象征着人生人世的虚幻不实,如果人有慧根,你就能在禅悟中将万事万物看空,化大千世界为镜花水月,同时又能对镜花水月滋生出万种风情,岛村向慕禅悟之境,所以他眷恋雪国、驹子和叶子。禅悟有三个境界:第一境:看山是山、看水是水,任凭万象纷呈,诸景流转,我自无心无情、无欲、寂然不动;第二境:看山不是山,看水不是水,真实的大千世界却只当虚幻之象赏之;第三境:看山依然是山,看水依然是水,心如脱尘,境是虚灵,两者纵情相合,了无挂碍。

但岛村只恋慕这种镜花水月的色相,还没有达到彻悟之境,面对诸般色相,寂然不动;有时也能与之相和,但终究没有达到明心见性,理解这镜花水月皆是心相,以色相悟空静,证得菩提的层次。川端康成摹写的正是这一人物心灵挣扎的历程。

(二)岛村对驹子

学术界对岛村与驹子的关系有多种研究和解读。岛村对驹子是怎样的态度呢? 是单纯的消遣情感、精神的寄托、洁净心灵的途径、回归自然的方式还是性工具? 这些疑问,也许从禅学角度能够得到解决。

初识驹子,岛村觉得“女子给人的印象洁净得出奇,甚至令人想到她的脚趾弯里大概也是干净的”[8]。与其说这洁净是客观存在的,不如说是岛村本人的主观感受,甚至他将驹子想象成洁净的化身,他对驹子说:“因为我把你当作朋友嘛,以朋友相待,不向你求欢。”[9]“我想跟你交个朋友,清清白白地,才不向你求欢呢”。[10]但“欲洁何曾洁”,驹子充满尘世情欲的身体又引动了岛村的肉欲,使得他和驹子有了肉体关系。但他又不甘心于沉溺色相,于是就有了挣扎犹疑,优柔寡断。这种心态实际上就是在虚与实、相与非相之间摇摆,由此就产生了岛村对待驹子的行为和心态模式:若即若离,不即不离。

岛村身上有一种“徒劳”情结。这是很有禅学意味的一种心态:心外无境,万法唯识。然而驹子却是活在红尘里的,并没有所有一切都会归于徒劳的心态。仅仅是岛村自己沉浸在徒劳中,还将主观感受投射在驹子身上,把她看成悲哀的形象。

岛村对于驹子是非常了解的,但对“驹子为什么闯进自己的生活中来呢? 岛村是难以解释的。岛村了解驹子的一切,可是驹子却似乎一点也不了解岛村。驹子撞击墙壁的空虚回声,岛村听起来有如雪花落在自己的心田里”[11]。驹子的痛苦在他看来反而是绝妙的景色和禅悟体验。而驹子在他看来恐怕只能说五蕴皆迷,愚痴不改罢了。对终陷淖泥中的可怜雪国女,岛村也曾经自责过,但却不是感到自己辜负了驹子,而是觉得自己被俗物浸染,没有保持禅悟的境界。

正是由于岛村越来越觉得自己的禅学境界在丧失,他心目中洁净的女子形象也走向消解而转向一个红尘中的充满性意味的女人,他才决定离去,结束和驹子的关系。但他又感到犹豫不忍。"她之所以能把岛村从老远吸引到这儿来,乃是因为她身上蕴藏着令人深深同情的东西"[12]。这令人深深同情的东西是什么?是徒劳在驹子身上的降临显现,还是她丰美的性感?不管是什么,这都是吸引岛村去而又回的缘由。

(三)岛村对叶子

对于岛村来说,叶子是一个神秘空灵的形象。她在文中没有出现任何和性欲联系的情况,也没有对她的日常生活做任何描写,与其说她是一个人,不如说是一个仙化的非人。考察我们之前对驹子的分析,既然尘世意味浓重的驹子都能够被岛村想象为洁净的化身,叶子被岛村崇高化也是很正常的。所以,叶子的声音在岛村听来也是"优美而又近乎悲凄。那嘹亮的声音久久地在雪夜里回荡"[13]。

叶子见到岛村时,"叶子只尖利地瞅了岛村一眼,就一声不吭地走过了土间。岛村走到外面,可是叶子的眼神依然在他的眼睛里闪耀。宛如远处的灯光,冷凄凄的"[14]。这深深地影响了他,"一想起叶子在这家客栈里,不知为什么,对找驹子也就有点拘束了"[15]。应该说,这种畏惧是同时具备尘世和神秘的双重性的;岛村当然畏惧叶子对两人肉欲关系的斥责,但岛村同时也因为自己在代表禅悟神秘的叶子前暴露出俗物一面而烦恼。毕竟岛村不是一个彻头彻尾的世俗色鬼,这点可以在叶子试探岛村的片段中得知,同时他又未达到禅者的彻悟之境,所以他才会觉得拘束,因为"尽管驹子是爱他的,但他自己有一种空虚感,总把她的爱情看作是一种美的徒劳。即使那样,驹子对生存的渴望反而像赤裸的肌肤,触到了他的身上。他可怜驹子,也可怜自己。他似乎觉得叶子的慧眼放射出了一种像是看透了这种情况的光芒"[16]。

小说结尾处,叶子魂归西天时,岛村发现了那无边的银河与无瑕的叶子似乎有一种神秘的对应。当岛村终于看清在熊熊火光映照下叶子那苍白而美丽的遗容时,叶子就是银河,银河就是叶子,二者都是至真的佛性象征。她是融入了银河,回归了佛天乐土。当岛村与银河融而为一的时候,他的灵魂似乎是从堕落中得到了拯救。

四、《雪国》的女性拯救主题

日本学者长谷川泉认为:"我们每个人无论谁,都是富有恶业和原罪的,对此,人们依据佛教和基督教努力向彼岸进发。但是救济的办法就在身边,靠艺术救济和靠女性救济。艺术作品以其美、女性以其爱,可以拭去横亘在人类存在深处的罪恶感"[17]。小说《雪国》就描写了无所事事、坐食祖产的主人公岛村被驹子与叶子两位女性所拯救的历程。

(一)驹子的拯救

驹子主要象征着充沛的生命力的肉体。从总体上看来,这一形象是笼罩在热烈的红色调之中的。驹子红扑扑的脸颊在小说中不时地闪现。这鲜艳的红色,正是驹子的本色。

驹子坚持认真而执著的生活态度。日常生活中,驹子总是勤快地打扫房间,她把这些生活细节上的习惯称作自己的"天性"。外表的洁净象征着心灵的洁净,正如她自己对岛村说:"只要环境许可,我还是想生活的干净些"[18]。不仅如此,"洁净"还是指她的生存姿态和内心世界。驹子明知与岛村的恋情是徒劳的,但还是依然爱着他,这种爱,不是肉体的交换,而是爱的无私奉献,是不掺有任何杂念的、女性的自我牺牲。

这与"对什么都无所谓"的岛村大不相同。孤独、冷漠和虚无是岛村人生观的根底,对他来说一切都是徒劳,世间一切都是徒劳,没有什么能够激起他的热情。但随着岛村与驹子交往的深入,驹子在苦难中的坚强,对爱情的执著,对恩主的情义,对生活的热爱等等,不断触动着岛村麻木而冷漠的心,使他逐渐有所感悟和自省。所以说,《雪国》中岛村的形象是发展变化的,而改变岛村内心世界最重要的因素,就是驹子以及生活在雪国的普通人的生命追求,正是驹子执著的生命意志感化了岛村,他从驹子的生存方式中发现了自己的弱点,驹子身上的闪光之处,正是岛村所缺乏甚至是潜意识中所憧憬的东西。可以说,《雪国》中岛村对驹子的了解过程就是岛村自我观照、自我醒悟的过程,正是在这一过程使岛村在空虚中感受到了实在和拯救。

(二)叶子的拯救

叶子形象主要象征彼岸"灵"的境界,体现出一种恒远的审美意识。在作品中叶子与驹子都同样留给了读者"洁净"的印象,但叶子的"洁净"是更为完美、纯粹、未掺杂任何瑕疵的,她不仅有着"纯粹的肉体",而且还具有"纯粹的声音"。

构成叶子形象的首先是她那"优美而又近乎悲凄"的声音,让人觉得叶子是一个飘忽而来的、带有梦幻般色彩的存在。除了声音,叶子留给读者深刻印象的就是她那美丽而冷峻的眼睛。川端在叶子身上着墨最多的是她"雪中火事"的结局,"火"在宗教,特别是基督教中有精神净化和永恒的惩罚的概念。《圣经·以赛亚书》6章5—7节中,撒拉弗用火剪从坛上取下红炭来洁净以赛亚嘴唇不洁之罪,

"这炭沾了你的嘴,你的罪孽便除掉,你的罪恶就赦免了。"[19]小说结尾的大火几乎包蕴了火的所有象征意义,它不仅毁灭了美丽清纯的叶子,也毁灭了驹子的理想和希望。因为,叶子体现着驹子超越现实困境的理想,她在火中丧身象征着驹子理想的破灭,所以作品中写驹子抱着临终的叶子时"仿佛抱着自己的牺牲和罪孽一样"。小说就在这一纯净的瞬间结束了,叶子就如凤凰涅槃,回归到了空灵、超越的世界;驹子和岛村的情念也在此刻得到了惩罚和净化。岛村,一个曾对什么都无所谓的男人,"仿佛这一瞬间,火光也照亮了他同驹子共同度过的岁月。这当中也充满一种说不出的苦痛和悲哀。"[20]

第二节　川端康成小说中两性情爱关系的变化及其原因

川端康成创作了大量反映男女两性情爱关系的小说,在其小说中两性情爱关系有一个鲜明的转变过程:初期,《千代》和《伊豆的舞女》中展现出来的是纯洁平等的爱情;中期,《雪国》中的情爱沾染上欲望色彩;后期,《千只鹤》和《山音》中被乱伦般的欲望和男性主宰;晚期,《睡美人》和《一只胳膊》中则完全是男性变态的情欲。在这四个时期的作品中,男主人公的非道德欲望因素不断加重,女性形象却逐渐被弱化甚至异化,从而使原本平等纯洁的两性情爱关系最终达到不平等甚至变态的地步。

一、男性非道德欲望因素的逐渐增加

叙事学中有一个术语叫作"行动元",即在叙事过程中的叙事视角和叙事动作进行的主体。在川端康成反映两性情爱关系的小说中,充当这一角色的往往都是男性。通过男性行动元的活动,逐步展示其他人物和故事本身。从四个时期的四部代表作《伊豆的舞女》《雪国》《千只鹤》和《睡美人》中的男主人公来看,男性非道德的欲望因素在逐步增加,从而直接导致两性情爱关系由情感向欲望甚至变态方向发展。

早期代表作之一《伊豆的舞女》发表于1926年,讲述的是身为学生的"我"在汤岛旅行途中结识舞女一行并对舞女薰子产生朦胧情愫的故事。作品中的"我"是一个年约20岁情窦初开的少男,为了在单人外出旅行中和舞女相处,找尽借口和舞女一行同路。虽然在听到老婆婆轻蔑的言语时产生过邪念——"既然如此,今天晚上就让那位舞女到我房间里来吧"[21]——但在看到舞女对自己羞涩温柔的表情和听到舞女也对自己有恋情时便"戛然中断";在给舞女朗读《水户黄门漫游记》时,文中写道"我怀着期待的心情,把说书本子拿起来。舞女果然轻快地靠近我"[22]。"期待"和"果然"两个词,恰如其分地把"我"心中小小的"企图"展现出来,让人觉得更加纯洁美好；即使是看见了舞女洗澡时的裸体，也是"仿佛有一股清泉荡涤"而毫无情欲的遐想。在这里，男性的感情是十分纯洁的，这对少男少女微风般的恋情也是纯真而美好的。

《雪国》于1935—1937年间以相对独立的短篇形式陆续发表，直到1937年6月才汇集出版，作品讲述的是已有妻室的岛村三次到雪国与艺妓驹子相会的故事。岛村多次与驹子相会，虽然知道驹子渴望安定的生活，却仍然只将二者的关系停留在肉体上。岛村的这种行为，表明了川端描写两性情爱关系的小说开始由纯洁的情感向情欲转变。到了《千只鹤》中，这种转变就更明显了。《千只鹤》创作于1949—1951年间，是川端在日本战败后的代表作之一，主要描述了男主人公菊治与太田夫人及太田夫人之女文子之间错乱的情爱关系。这种扭曲的情感完全远离了"我"和舞女的爱慕和怜惜，也不再是岛村和驹子的相互吸引。在太田夫人自杀后，菊治对她生前所用的茶碗恋物癖般的依恋和把玩，更是体现出将女性作为物品般占有和玩弄的倾向。菊治对已故太田夫人的幻想和看到茶碗上仿佛渗着太田夫人的口红的色泽，不由得"感到使人迷迷糊糊的诱惑"。这种"病态的官能"的频频出现，表明了男性非道德欲望的急剧上升，两性情爱关系越来越向情欲发展，并有乱伦变态的倾向。

这种变态的情欲在《睡美人》中表现得淋漓尽致。《睡美人》创作于1960—1961年间，是川端晚期的代表作之一，讲述的是六十多岁的丧失性能力的江口老人五次访问一间秘密俱乐部，玩弄那些因药物而昏迷的女子的经历。江口第一次去"睡美人俱乐部"还颇为犹豫，他担心姑娘会不会醒过来，看到药丸时担心她们吃了会不会有不良反应，在爱抚姑娘时也小心翼翼生怕弄疼了她。然而随着次数的增多，这种担心和犹豫也消失了。作品中还穿插着大量江口的追忆和梦境，他对乳臭味的迷恋，与有夫之妇的偷情，梦见与四条腿的女子缠绵以及女儿生下的畸形婴儿等一系列丑恶变态的事物，在此，男性非道德的欲望因素发展到了极点。

二、女性形象的逐渐弱化和异化

川端小说中刻画得最为成功的是千姿百态的女性形象。诺贝尔文学奖评选委员会主席安德斯·奥斯特林也曾特地评价说："川端先生作为擅长细腻地观察女性心理的作家，特别受到赞赏。"[23]然而在川端笔下，随着男性非道德欲望因素的增强，女性形象却被逐渐弱化甚至异化，在两性情爱关系中女性越来越处于弱势，甚至到了被玩弄的地步。

早期的《伊豆的舞女》中那个十四岁的天真无邪的舞女薰子，已经成为川端作品中纯真美好的女性形象代表。这个融合了日本传统所推崇的女性最纯洁美好特征的舞女，梳着古典而又奇特的叫不上名字的大发髻，有着玲珑小巧而又十分匀称的鹅蛋形脸庞。除了展示舞女的外在秀美，作品还通过很多细节来展示薰子纯洁真挚的内在美。这位纯真秀美的少女深深打动了当时心底"忧郁"的"我"，而"我"对舞女一行毫无鄙视的态度也使得舞女由衷称赞"我""是个好人"。码头上挥动着白色手巾送行的舞女，牵动了"我"的所有情思，更为这份感情添上了纯真平等的色彩。

作为《雪国》中的女主人公，驹子在一定程度上也保留着外在美和内在美的统一。驹子是一个"洁净"的女子，驹子的洁净和美丽，弹琴时的神情，对岛村真挚的感情，也吸引和打动了岛村，使他多次感慨驹子"是个好姑娘"。然而驹子终究不是一个如薰子般天真烂漫的少女，她所要面对的是比薰子更为无奈的困境。驹子明知岛村有妻室，是个"靠不住的人"，但还是不顾自己的得失，将身心都托付给对方；驹子一心想要过正常女人的生活，却常常在深夜醉酒后跌跌撞撞地跑到岛村的房间里。在此，女性形象开始弱化并被置于两性情爱关系中被动的一方，两性情爱关系也显示出不平等的倾向。叶子是岛村所倾慕的另一个女子，这个女子与薰子一样洁净纯真，但这种纯洁的美在叶子身上却是以一种缥缈而冰冷的感觉表现出来。虽然叶子"那种无法形容的美，使岛村的心都几乎为之颤动"，但最终和岛村惺惺相惜的却不是这个代表着纯真的女子，而是沾染着世俗的尘埃和情欲的驹子。

《千只鹤》中的太田夫人在丈夫死后成为菊治父亲的情人，而在菊治父亲去世后的某次茶道会与菊治会面的当晚便坠入欲望的沟壑。太田夫人在得知菊治和雪子相亲的事后，连外在美都丧失了。太田夫人的女儿文子和母亲一样"有着修长的脖子和圆圆的肩膀"，有着带着几分哀愁的眼睛，以及因为羞涩和困惑飞上脸的红潮。美丽的文子也曾极力阻止母亲陷入与菊治的乱伦之欢中。然而就是这样一个女子，却也陷入与菊治的情感纠葛中，最终只能以逃离的方式面对这种感情。太田夫人以肉欲的方式无法获得菊治的感情而走上绝路，文子因在与菊治的接触中对其产生的感情不知所措而选择逃离，母女两人的感情均以失败告终，这也体现了女性在两性情爱关系中的被动地位和无力处境。

雪子是与薰子、叶子一样代表着纯真美好的女性形象，然而她的地位却越来越次要。《伊豆的舞女》中薰子是女主人公，《雪国》中的叶子已经是第二女主人公，而到了《千只鹤》中，雪子则是处于更次要的位置。雪子不多的几次出场也只是以一种被设计好了的相亲对象的身份出现的。代表美好纯真的女性与物品相关联，并以一种陪衬和服从的姿态出现，极大削弱了女性在两性情爱关系中的地位。这种趋势发展到晚期的《睡美人》和《一只胳膊》中，则演变成一种完全将女性作为物品戏弄和把玩的变态关系。《睡美人》中的女性形象被最大程度的弱化、异化和物化。在文中，我们不仅不知道江口五次玩弄的六位姑娘的姓名、身世、性格等基本情况，更无法了解她们从事这一行业的原因和苦衷。作品中对女性的描写完全是以一种男性的纯肉欲的视角来看待，男女两性情爱关系中感情的成分已经荡然无存。女性在这里已经不是作为人而存在,而是被当作一种可以肆意把玩的物品而存在。《一只胳膊》中甚至连完整存在的女性躯体都没有了,而只有一只被单独卸下来抱在怀中的女性的胳膊。至此女性在两性情爱关系中毫无地位可言,完全沦为男性的玩物。

三、变迁的原因

在川端康成反映两性情爱关系的小说中,两性间纯洁真挚的情感逐渐被情欲甚至变态欲望所取代。造成这种变迁的原因是复杂的,主要与作者自身的生活情感经历、日本文学传统的影响以及不同时期的日本社会发展等有关。

首先,从个人生活情感经历上来说,《伊豆的舞女》虽于 1926 年发表,但其创作素材却与川端 19 岁时汤岛旅行的经历分不开,与舞女之间的感情也正如川端自己所说:"它是我在人生中第一次遇到的爱情,也许就可以把它称作是我的初恋"[24]。这样的经历决定了《伊豆的舞女》中少男少女之间是纯洁而平等的关系;到了《雪国》创作期间,川端担任文艺春秋社创设芥川奖、直木奖评选委员,第一次评选,便与落选的太宰治之间发生了龃龉,并且是年出现反复发烧的症状。因此川端赴越后汤泽旅行,一方面可以看成是为其创作搜集素材,另一方面也同岛村一般,是一种派遣心中烦郁的散心之旅。在旅行途中,川端"在下榻的高半旅馆结识了一位十九岁妙龄的艺妓松荣",《雪国》的发端也正是从邂逅这个艺妓开始的。因此《雪国》中的人物在爱恋中掺杂着摇摆不定的态度,两性关系也蒙上了世俗的阴影;到了《千只鹤》中,川端经历了日本战败以及益友(横光利一)和良师(菊池宽)的先后辞世,产生了"第二次的孤儿感情",这种感情折射在作品中,便表现为颓废的基调,使得作品中两性情爱关系发生了很大的倾斜,"欲"大大超过了"情";而到了《睡美人》中,这种颓废便发展到了顶峰,男性非道德的欲望也达到了变态的地步,这与当时作者的身体状况是分不开的。晚年对药物依靠逐渐加剧的川端,其意识一直处于半清醒半沉睡的状态,表现在作品中就是身心衰老的男性对性的渴求,对女性肉体的肆意把玩,以及由此产生的无限妄想和狂乱追忆。在这里"性欲"完全压倒了"情",并在颓废和纵欲的基调下肆无忌惮地宣泄出来。

其次,从日本文学传统的影响来考虑,这种变迁的出现也并非是偶然的。日本文学在悠久的历史发展过程中,逐渐形成了具有自己特色的审美意识,即"物哀"传统。在《物哀与幽玄》中,叶渭渠先生将物哀的思想结构分为三个层次,其中第一个层次就是对人的感动,"以男女恋情的哀感最为突出"。受这一文学传统的影响,川端的小说对描写两性情爱关系十分看重,并且多以一种"哀"的基调来呈现。《伊豆的舞女》中主要呈现出男女相恋却最终离别的"哀",《雪国》中虽有了一些情欲的成分,但两性之间仍有着"情"的存在,并体现着一种"爱的徒劳"的哀感;与中国文学以文"明教化"的传统不同,日本文学不注重文学的道德教化作用,对情色性欲更是采取了一种纵容甚至享受的态度。逐渐沉迷于日本古典文学的川端也不可避免地受到了传统的影响,到了 20 世纪 40 年代他完全醉心于古典文学之后,其作品除了"哀"之外,"好色"方面也基本与日本古典文学相通了,《千只鹤》和《睡美人》便是如此。在《千只鹤》中,"欲"在两性情爱关系中占据了主导地位,并带有浓郁的非道德色彩;而《睡美人》则是其"好色"传统发展到顶峰的体现,作品中的人物完全沉浸在肉欲的满足之中,两性情爱关系只剩下"淫欲"的原始本能,"情"的成分荡然无存。

再次,从日本社会发展方面来看,这种变迁也具有历史的必然性。20 世纪早期的日本社会,"随着资本主义危机爆发,物价上涨,劳动人民生活迅速恶化",再加上如 1923 年的关东大地震等自然灾害,人民生活更是苦不堪言。《伊豆的舞女》中多次提到了人们的这种困境。而此时的作者受到了主张人道主义和理想主义、力求"调和"与"和谐"的白桦派思想的影响——这从"我"给老婆婆一个巨额般的五角钱银币茶钱,在行程中不时给荣吉一小包小包的钱等可以推测出来——因此,作品不仅真实反映了下层人民的苦难生活,也使得作品中的两性关系处于真挚纯洁的地位;《雪国》的创作正处于日本帝国主义侵华的疯狂年代,战争不可避免地带来的非道德因素和与之产生的消极颓废情绪也出现在作品中。由于日本法西斯日益加强对文艺界的镇压,很多作家被捕入狱或惨遭杀害,文艺界一片萧条和动乱。这种情况使得《雪国》中的人物充满着无路可走的悲哀和无奈,由此滋生的非道德因素也在人物身上得以体现,从而使得两性情爱关系出现了"欲"的成分,并开始和"情"共同影响着两性的情爱关系;《千只鹤》则是川端在日本战败后"全无完整的写作计划","随心所欲"地发表出来的。日本战败使得作者和大多数日本国民一样,"产生了一种虚脱感、摆脱军国主义桎梏的解放感和美军占领下的屈辱感"[25]。在 1948 年他还曾经出席旁听东京国际军事法庭最后一天对日本战犯的宣判,在旁听之后产生了一种愤恨和忧郁相交杂的矛盾心理。日本战败所带来的悲哀和忧愤,使其完全沉浸于日本古典文学之中并借以逃避,在写于 1947 年的《哀愁》中就多次提到"战败以后,我只能回归到日本自古以来的悲哀之中"[26],并在其作品《千只鹤》中得到了体现;到了 20 世纪五六十年代,一方面,随着战后日本经济的腾飞,人们有了"思淫欲"的物质基础,另一方面,人们想方设法追求经济利益的企图,又成为"睡美人俱乐部"这种色情机构得以出现的强大推动力。从传统角度来讲,日本人在"性"领域"不大讲伦理道德"[27],也没有诸多的关于"性享乐"的禁忌,对色情活动和黄色内容乐在其中,与此同时,日本文学"……与此前的文学相比较,一个明显不同的特征体现在对天皇制、民主主义、和平的态度,以及对性的表现上"[28],这种对"性"的追求也影响到了川端,《睡美人》的出现便是最好的证明。"睡美人"的存在以及老人对"睡美人"的肆意把玩,使得作品中欲望横流,两性情爱关系中"情"的成分丝毫不存,只剩下男性的"变态"性欲充斥其中。早期作品中纯真美好的感情在晚期以一种扭曲直至变态的形式呈现出来,两性情爱关系只剩下了变态的"欲"的成分,"无论艺术上如何标新立异,其小说的消极颓废倾向不可否认"[29]。

第三节　大江健三郎的《个人的体验》

一、从存在主义理论角度分析文本的人物

萨特说:"首先有人,人碰上自己,在世界上涌现出来——然后才能给自己下定义。如果人在存在主义者眼中是不能下定义的,那是因为在一开头人是什么都说不上的。他所以说得上是往后的事,那时候他就会是他认为的那种人了。所以,人性是没有的,因为没有上帝提供一个人的概念。人就是人,这不仅说他是自己认为的那样,而且也是他愿意成为的那样。人除了自己认为的那样以外,什么都不是。这就是存在主义的第一原则。"[30]在这里,萨特把存在分为"自在的存在"和"自为的存在",并把前者认为是"物"的存在,后者才是"人"的存在。根据这一理论,我们发现《个人的体验》中的"鸟""婴儿""菊比谷""火见子"等人物,都没有到达"自为存在"的层次,他们的困扰都停留在"自在存在"的阶段,即沉溺于存在的无意义性。只有"鸟"在小说最后通过艰难的斗争才达到"自为"的存在状态。

(一)"鸟"与"婴儿":存在就是存在

"自在存在"的第一个特征是"存在就是存在"。存在不具备任何先验的价值和意义。"婴儿"和"鸟"在文本中的存在是互相阐释的,通过"无缘无故"、没有先验目的诞生的"婴儿"的生与死,体现了为存在而存在的"鸟"无意义、无价值的存在。

"鸟"的生和"婴儿"的死一样没有意义。医院的电话告知"鸟","婴儿"带着残疾降生,"鸟"感觉到了茫然无措,慌张地跑去医院,焦急地问医生"已经死了吗"?他不敢接纳这个生命。在"鸟"看来,如果孩子死掉,他也许能得到有意义的生活。可婴儿活了下来,还带着残疾;"鸟"想逃脱这种不幸的境遇,在婴儿降生的几天里,"鸟"醉生梦死,体验到了死人一样的存在,即找不到任何意义的存在。对"鸟"来说,生和死只是"有人上场,有人下场,如此而已"。可见,在现实生活中,茫然存在的"鸟"只是作为一个存在物而存在的,他的存在和偶然来到这个世界上的婴儿同属于一种存在。

小说以刚刚降临这个世界、还没被赋予意义的"婴儿"的存在,体现了"鸟"所代表的那种无意义的、纯粹的存在。不具意义的"婴儿"是无理由无目的的存在,如小说中所描述,"在横亘数亿年的虚空的旷野上,一粒生命的种子发了芽"[31]。在作

品中,"鸟"犹如还未形成本质的"婴儿"一般,不具有存在的意义。他拥有的是没有目的、没有意义的存在,却不得不持续着虚无的生活。

(二)"鸟"与"菊比谷":存在是自在的

"自在的存在"的第二个特征是"存在是自在的"。它是无目的的存在、是无为的、无未来的存在。小说通过自我和他人眼中的"鸟"与"菊比谷"的描写,阐述了"鸟"与"菊比谷"的存在没有本质变化可言,其原因是自在的本质无法使过去、现在和将来产生意义。

自我眼里的"鸟"毫无变化可言。"鸟"是无名的外号,从 15 岁到 27 岁,他虽然发生了退学、工作、结婚、孩子出生、等待孩子死亡、把孩子送到堕胎医生等等重大事件,这个外号依然没有改变。他怀疑自己不得不以同样的容颜和身姿继续生活,又对现状抱有莫名的危机感,认定生活是毫无生机的,对此感到不安和焦虑。一开始他在脑中想象单人旅行去非洲,在"婴儿"诞生以后却担心着被"关进家庭的牢笼里"失去个人的自由。在孩子死去的假想里,他甚至要放弃社会和家庭,去追求以自我为中心的所谓自由的生活。

自我眼里的"菊比谷"是麻木而妥协的存在。少年时期的同性恋经验曾被他自视为无法言说的耻辱,但自从跟着"鸟"抓疯子却半途而废,被"鸟"狠狠羞辱后,"菊比谷"彻底成为同性恋者,明目张胆地开始混在同性恋酒吧,还当上了同性恋酒吧的老板。他不隐瞒自己的职业,也丝毫不觉得羞耻,甚至认为这无关他人,是他自己的选择。他以这种方式"解救"了自己。

他人眼里的"鸟"是堕落的存在。在"菊比谷"眼里,少年时期的"鸟"是无所畏惧的自由英雄形象;上了东京的学校以后,更是天之骄子。所以,当"菊比谷"见到久违的"鸟"时才迫不及待地询问"鸟"的外号,他认定"鸟"现在的外号不应该是"鸟"。因而当他知道分别七年的"鸟"绰号未变,甚至成为一个无法接受家庭、无法面对残疾婴儿的"鸟"时,感到非常惊讶和失望。

他人眼里的"菊比谷"本质上没有变化,以他人眼里的自我而存在。"鸟"与"菊比谷"抓疯子时,"鸟"无比勇敢,"菊比谷"则胆小怕事。现在,面对自己选择的生活,"菊比谷"没有去改变生活,而是接受了现状。少年时期的"菊比谷"曾经企图改变自己的存在,但现在的他已经放弃了选择。可以看出他对无法改变生活的无奈。

对"自在的存在"来说,时间是无意义的。无意义无价值存在的"鸟"如同行尸走肉,而"菊比谷"现在的存在也只是对生活的妥协;存在着却都不知道自己为何存在,也无法认识到存在的价值和意义。

（三）"鸟"与"火见子"：存在是是其所是

"自在的存在"的第三个特征是"存在是是其所是"。它不包含否定，是既成的，有存在才有虚无。"鸟"认为自己生活的意义在于非洲旅行，"火见子"认为多元宇宙是这个世界的本质。二者同病相怜，试图以自欺欺人的方式认知到自我的存在。

对"鸟"来说，非洲是在虚无的生活中唯一能带来快乐的存在，他企图通过去非洲旅行找到向往的生活。当他认知到残疾婴儿的存在会拖累自己一生时，他想让孩子死去。知道婴儿情况好转时，感觉到威胁的"鸟"又给婴儿办了出院，把婴儿送到不可靠的医生那里，继续等待着婴儿的死亡。到非洲旅行的幻想已经成为"鸟"逃避现实、沉溺自欺的场所，他把虚无的妄想当成了现实，而把现实当成虚无，试图在虚无中找到真实。

无计可施的"鸟"想通过醉酒来"顺利地离开这个世界"，而"火见子"的家是唯一可以在白天饮酒来逃避现实的场所。当"火见子"表明她相信多元宇宙论时，"鸟"欣喜万分，因为他终于能为自己做过的事情找到借口。如果"火见子"所说的多元宇宙能够成立，那样的话，"生存着的婴儿的世界正在运行"。等待婴儿死亡的"鸟"这样"修正自己的记忆"。在另一个宇宙没有这些麻烦，也不必因为婴儿而痛心。通过"火见子"的多元宇宙论，"鸟"减少了罪恶感。

"火见子"是"鸟"的大学同学。大学临近毕业时，她和一个研究生结了婚。一年之后丈夫自缢了。她没办法接受丈夫自杀的现实，更没办法摆脱巨大的痛苦。于是，她过着常人无法想象的生活。她的房间一团糟，就像她的思想一样时刻处在混乱的状态。她白日里总待在"光线暗淡的卧室"中，傍晚之后才出门。她精心设计着"多元宇宙"的假设，并告诉"鸟"，她的丈夫虽然已经从这个世界消失，但一直活在另一个世界，那里也有另一个"火见子"每天陪在丈夫身边。她以自己的行动企图证明多元宇宙论，并以此为支点，过着虚无的日常生活。

在荒谬的现代生活中，无目的的现代人找不到自己的存在，在非理想的存在中，人的存在是无意义、无价值的存在；无目的的存在，不会有未来，只能成为他人眼里的自己而无奈存在；自欺中的存在只能招来自暴自弃。人的存在只有通过"自主选择"才能获得真正的存在。

"火见子"的选择是逃避，是将自己的期望寄托在他者（无论是多元宇宙还是与"鸟"一起去非洲旅行）的存在；既然"火见子"放弃了创造自己意义的责任，她也就无法改变自己的存在本身。这样，她的生活就必然停留在自欺欺人这一状态。小说最后她和一少年男子结伴去非洲旅行。而鸟拒绝了与她一同前往非洲，勇敢地接回婴儿让婴儿接受手术，鸟对生活最终选择了"忍耐"。这并非对生活的妥协，而是认识生活、不再逃避生活；在对生活选择了"忍耐"的处理方式后，"鸟"就选择了

"接纳生活"的价值判断。这样，"鸟"就不再停留在"自在存在"的层次，而是赋予了自己的存在以意义；他就创造了自己的存在，上升到了"自为存在"的层次。他为自己创造了意义和价值。这种改变，正如小说结尾教授所言"你真的大变样了。……你已经和那个孩子气的外号'鸟'不相称了"[32]。

二、从存在主义理论角度分析文本的人道主义关怀

大江健三郎从萨特的存在主义出发，在《个人的体验》中构建了"治愈文学"小说主题。作品不仅表现了存在主义思想，还以超越存在主义的姿态提出了拯救的方法，即战斗的人道主义。存在主义可以分为两类，即"自在的存在"和"自为的存在"。大江健三郎对"自为的存在"更为倡导，认为这才是人的存在，人运用自己的主观能力去选择、去经历、去创造，最终的行为不仅是对个人尊严的捍卫也是对人类整体尊严的捍卫，一味逃避，则无法获得对自我精神的自救。

在《个人的体验》中，鸟面对怪物婴儿经历了由挣扎、绝望到共生与再生的过程。一开始，鸟想要通过逃脱婴儿这个今后会在生活上给他带来累赘的生命以获得个体存在的价值与意义，但是放弃生命本身这种不负责任的行为就表明放弃了对个人存在价值的追求。既然想要获得存在主义者积极的生活方式，那就"……必须为这个孩子的未来生活而努力工作"[33]。在小说的最后一句，鸟打算翻开那本巴尔干半岛小国的字典上，首先查一查"忍耐"这个词。这样的结尾表明了鸟已经做好了准备迎接后面更加痛苦、辛劳的生活。痛苦的抉择之后，鸟还要与孩子共同面对生活的不幸，这样的生活虽然有更多的挫折，但是给自己孩子生命的权力的同时，也为自己创造了生活与成长的机会，以此赋予生活意义。

大江健三郎的小说没有用一劳永逸的乐观的结尾表现人物的励志，而是鼓励人们在残酷的现实中保持一线希望，永远不要放弃尝试生命的机会。鸟在最后通过对自身生命个体责任的选择获得了新生，也获得了超越，他超越了个体的不幸，实现了自我的唤醒与提升。大江健三郎塑造的不仅是一个残疾的小生命如何被保全的故事，还通过对生命的重构和拯救激活了一个本来空虚的个体生命。其笔下的人物充满了人性的张力。每一个人都会面临死亡，有的陷入万劫不复的地狱，有的则矗立起永垂不朽的丰碑。鸟象征着处于中间的普通人，不求有大志，但也不要有大过。他拯救婴儿的动机是为了拯救自己，因此谈不上什么伟大，但是在与残疾儿共生的过程中他将会体会到生活的艰辛与苦难，这样的艰辛和苦难会提炼和纯净他的灵魂，让他的生命在苦难中得到升华。最后，鸟的孩子经诊断才知道所得的并非是脑疝，而是良性肿瘤。这表明人的理想的实现并非从宏大的诗篇中产生，而是存在于日常生活的琐碎中。从现实或者边缘中汲取力量，重新审视、反省、建构自己的理想就可以找到适合自己的积极向上的生活方式。在看似平庸的生活中，鸟弹奏出了生命的最强音。

　　大江健三郎以对残疾儿的书写作为自己写作的原点,通过主人公义无反顾地选择治疗残疾儿表现了他的共生的勇气,展现了个体在面对苦难时的选择对人类主观责任感的影响。小说以光明的结局表现了人性的超越,使人在精神上获得重生,进一步深化了作品的普世意义。

第四节　村上春树的《挪威的森林》

一、《挪威的森林》中的叙事时间

　　《挪威的森林》打破传统现实主义小说的理性叙事方式,采用的是非线性历时结构的时间处理方式,这种结构可以避免读者线形地看待事件的发展,要求读者在一系列动态、变化的事件中去发现、体验和感悟作品揭示的意义。毫无疑问,这是作者为了使作品看起来更为真实可信、更具有参差错落的层次感而采用的一个策略。

　　《挪威的森林》的故事发生在 1969 年,故事情节采用倒叙的手法,由第一人称的"我"来讲述。37 岁的"我"乘坐的飞机快要在德国汉堡机场着陆时,突然从机仓里传来背景音乐"挪威的森林"。这是由披头士乐队演唱的一首摇滚音乐,"我"曾经和已经自杀的直子在她养病的"阿美寮"中一同听过。一瞬间,"我"的思绪又回到了 18 年前:那是 1969 年的秋天,我即将迎来自己 20 岁的生日。

　　《挪威的森林》中的"我"有着双重身份,既是故事的叙述者又是故事的主人公。村上摒弃了第三人称的全知叙事视角,选择了第一人称这样的限制性视角来控制小说情节的流动。这样的视角很适合《挪威的森林》这样的以宣泄主观情绪为主的爱情小说。但是,使用第一人称的限制性视角的叙述方法,往往暗含着风险。那就是统领全篇的叙述者"我"和故事层面中的主人公"我"之间容易撞车,出现错位。在《挪威的森林》中,坐在波音飞机上的"我"和活动在 1969 年的年轻学生"我"之间就出现了这种分裂。作为叙事者的 37 岁的"我"对过去所怀有的感想会直接与故事中的"我"的感情重叠起来,让人难以区分。两个被阻隔了 18 年的"我"会在不经意间,突破时间壁垒自由地在文本中照面。作家虽然想要精心地缝合这种分裂,但这种裂痕还是会在不经意间显露出来,解构作家的努力。同样,这种情况也出现在两个女主人公直子和绿子的身上。直子生病去了京都的"阿美寮"后,留在东京的"我"百无聊赖。在这段日子里,"我"结识了同班同学绿子,两人关系逐渐亲密起来。绿子既然被设定为是"我"的同班同学,理所当然地,她与"我"及直子都应该是同一时代的人,共有同一时代的话语特征。但是,从围绕着绿子的诸多描写,完全可以判断出她其实是一个生活在 20 世纪 80 年代的少女。也就是说,绿子从 20 世纪 80 年代回溯到了 1969 年。在《挪威的森林》的第四章中写"我"去绿子家做客时，绿子在我面前一口气唱了好多首"以往流行过的民歌。……她唱了《柠檬树》《粉扑》《快划哟米歇尔》，一首接一首唱下去"[34]。但是，据日本学者的考证，这些西方民歌是在 20 世纪的 60 年代才渐渐进入日本，到了 1969 年才达到了鼎盛时期。从绿子弹唱这些民乐的 1969 年这一时间点来看的话，那些国外民乐绝非是很早之前流行过的了。这显然是站在《挪威的森林》执笔的 1987 年来说的，另外，绿子向"我"提出一道去吃比萨饼，去看色情电影等；无论是比萨饼还是所谓的色情电影都是进入 20 世纪 80 年代后才在日本出现的新鲜事物，在 1969 年这个时间点上是绝对不曾有过的。

在《挪威的森林》中，绿子并非是往来于 1969 年与 80 年代的人，她只是从 1980 年代回到了 1969 年，并一直生活在那里。她是作为自杀了的直子的转世再生形象而出现的。绿子延续了直子的生命。她是作为直子的互补形象出现在我们面前的，两人的性格有着鲜明的对比性。

在作品叙事的空间层面上，直子和绿子始终不曾见面，也未曾有过任何形式的交流。这种出场顺序的安排显然也包含了作家的良苦用心。也就是说，把绿子看作是直子的转世这一事实，单从时间上来看是成立的。更为重要的是，在"我"详尽地向绿子道出了自己和直子之间亲密而晦涩的关系后，绿子并没有对直子流露出丝毫的忌妒，而是表现出了极大的宽容。其原因很简单，绿子之所以能容许直子，不过是因为她们俩互为分身，同为一人的缘故罢了。

二、《挪威的森林》的叙事视角

叙事视角又称视点或叙事焦点，指的是叙述者采用的视点以及叙事者与故事的关系，"是作者叙述故事的方式和角度，并藉此向读者描绘人物、讲述事件和介绍背景等等"[35]。法国结构主义叙事学代表人物热奈特则用"聚焦"一词代替了视角与视点等说法，并且提出对聚焦模式的三项分类：无聚焦叙事、内聚焦叙事和外聚焦叙事。

《挪威的森林》采用了第二类聚焦模式：叙述者只说某个人物知道的情况，即叙述者等于人物。这是一种有限的视角，故事完全由一个或几个人物所见、所闻和所想构成，而作者极少出现。热奈特又把这类模式分为三个小类：固定式内聚焦，即叙事视点被固定于一个人物，小说从头到尾都从他的角度做出叙述；不定式内聚焦（转换式内聚焦），即有两个或两个以上焦点人物及多重式内聚焦，同一情景和事件被多次讲述，每一次都是从不同角度讲述的。《挪威的森林》的聚焦人物是"我"，而"我"是小说的男主人公渡边，"我"作为故事中的一个人物来叙述整部小说，是典型的固定式内聚焦叙事模式。

《挪威的森林》从头到尾都从"我"即主人公渡边的有限视角叙述，"我"只限于交代"我"的所见、所闻、所感和经历。"我"是这部小说故事情节的叙述者,但"我"并不等同于作者(虽然村上春树说过"这部小说具有极强的私人性")。作为一位熟悉喜爱现代小说叙事艺术的作家,采用这种叙事方法,恰恰能利用这种限制丰富《挪威的森林》的美学意义。

首先,运用第一人称内聚焦模式叙述具有得天独厚的优势,以主人公亲身经历的形式来讲述故事,这极大地增加了故事的可信度,赋予作品真实性和生动性,同时作者也易于深入人物内心世界描摹心理感受,展现过去事件对人物产生的影响。

其次,聚焦人物"我"是一个生活在高度发达的资本主义社会的大学生,很容易接受西方文化的影响,所以在这部小说里出现了大量不具备日常消费性的西方的摇滚乐名和稀奇古怪的洋酒名,这与庶民的生活拉开了相当的距离,但"我"和"我"的年轻朋友沉迷于这些西方的文化符码之中,并把它们当作商品消费是非常自然的。让"我"作为叙述者最大程度地切合了这部小说的叙事要求,又使"我"的形象变得更加生动。

第三,小说情节以第一人称"我"的出场开展:37岁的"我"在德国汉堡机场听到《挪威的森林》的背景音乐,"我"的思绪回到了18年前。这种第一人称回顾视角的叙述方法,使叙述者既可以具有"我"追忆往事(叙述自我)的眼光,同时又具有被追忆的"我"经历事件时(经验自我)的眼光。这两种眼光体现出"我"在不同时期对事件的不同看法与不同的认识程度,这不仅可以为自由支配时间提供方便,也增加了叙事的张力。

三、《挪威的森林》的生死观

村上春树对生和死有独特的美学思考。在村上看来,"死并非生的对立面,而作为生的一部分永存"[36]。换句话说,既然死不过是生的另一种形态,生与死之间的交通亦是可能的。无论是获得了真实的生,抑或是走向了实在的死,其实不过是分别获取了生这一观念的两种不同表现形态而已。死仍然可以被视为生的一种无声的延续。因为只要你曾经生过,这一事实本身是永恒的,只不过是死潜沉到了生的背面而已。既然生与死是浑然一体的,在生的层面上当然也无时无刻不包孕了死亡的气息。

"阿美寮"是一座位于京都郊外的、远离了尘世喧嚣的疗养所,直子就在那里养病。通往"阿美寮"的路途是遥远的,"阿美寮"本身也是怪异的。"若问奇妙在哪里,自是解释不好,总之第一个感觉就是这些建筑有些奇妙,它类似我们常常从力图情调健康地描绘非现实境界的画中得到的那种情感。……每一座建筑物都呈同样的外形,都涂同样的颜色,造型大致接近正方体,左右对称,门口很宽,窗口有好多个。……所有建筑物的前面都种植花草,修剪得井然有序。了无人影,窗口都挡着窗帘。"[37]虽然在"阿美寮"的入口处挂了一块牌子,上面写着:"阿美寮 非有关人员谢绝入内"[38]。但是,俗世的汽车可以开进来,年轻的主人公"我"能走到里面去,住在里面的玲子也能从中走出来。到了这里并不意味着就到了现世生命的末日,如果愿意的话还可以原路返回。生与死的世界像是一块盾的两个侧面,不可分割地毗邻着。

在"阿美寮"中疗养的直子患的并非是通常病理学意义上的疾病,她的病具有深刻的形而上学性,以至于她难以对人言诉自己的病症。她只是满含焦虑地在"我"的面前重复着无以言说的绝望和痛苦:"请你不要怨恨我,我是不健全的人,比你想的不健全的多,"[39]"我心里要比你想的混乱得多,黑乎乎、冷冰冰、乱糟糟,"[40]"我病的时间比你想的要长久得多,根也深得多,……要是和我牵扯在一起,会毁掉你的一生"。[41]在这篇小说中,直子与现世的隔膜主要是通过她无法与自己恋人达成性的交涉这一隐喻而曲折地表现出来的。被现世抛弃了的处在自闭和与他者隔绝状态中的直子曾期望借助"我"这个他者的力量来获得自我拯救,"你是必不可少的存在,你的意义就像根链条,把我们同外部世界连接起来的链条。"[42]但"我"不过是一个平庸的,缺少行动活力的学生。"我"连对当时席卷全国的学运都没有表示过任何兴趣。平时除了与东京大学的一个叫做永泽的人交往外,和其他人几乎没有什么来往。这样一个自我封闭、平庸无力的"我"注定是无法拯救孤独的直子的,直子最终去了彼岸世界。或许,《挪威的森林》之所以能打动人,就在于这凄恻的无助感了。他让我们依稀看到自己的平庸、无助和悲哀。

结语:日本现当代作家力图融会贯通近现代以来引进的西方文学成果,在消化吸收外来文学的同时拓构本土的文学发展,百年来涌现出一批融传统与现代、东方和西方于一体而又具有世界性声誉的优秀作家。我们在阅读、研究日本现当代文学时,当汲取其精华,这对促进我国当代文学的繁荣发展不无裨益。

【注释】

[1][2]《川端康成全集·第六卷·后记》,新潮社 1981—1984 版,第 390、388 页。

[3][4][5][6]川端康成:《雪国》,叶渭渠、唐月梅译,南海出版社 2013 年版,第 21、100、101、10 页。

[7]川端康成:《我在美丽的日本》,叶渭渠译,河北教育出版社 2002 版,第 245 - 246。

[8][9][10][11][12][13][14][15][16]川端康成:《雪国》,叶渭渠、唐月梅译,南海出版社 2013 年版,第 12、14、14、104 - 105、70、36、37、85、85 页。

[17]长谷川泉:《川端康成论》,李丹明译,三联书店 1989 年版,第 65 页。

[18]川端康成:《雪国》,叶渭渠、唐月梅译,南海出版社 2013 年版,第 67 页。

[19]《圣经·以赛亚书》6 章 5 - 7 节。

［20］川端康成：《雪国》，叶渭渠、唐月梅译，南海出版社 2013 年版，第 118、119 页。

［21］［22］川端康成：《伊豆的舞女》，叶渭渠译，天津人民出版社 2005 年版，第 6、17、18 页。

［23］叶渭渠：《二十一世纪文学泰斗——川端康成》，四川人民出版社 2003 年版，第 200 页。

［24］川端康成：《独影自命》，张跃华等译，广西师范大学出版社 2002 年版，第 14 页。

［25］叶渭渠：《二十一世纪文学泰斗——川端康成》，四川人民出版社 2003 年版，第 128 页。

［26］高慧勤主编：《川端康成十卷集》（第 10 卷），河北教育出版社 2000 年版，第 148 页。

［27］本尼迪可特：《菊与刀——日本文化的类型》，吕万和、熊达云、王智新译，商务印书馆 2001 年版，第 127 页。

［28］叶渭渠、唐月梅：《日本文学史——现代卷》，经济日报出版社 2000 年版，第 329 页。

［29］王刚："论川端康成小说'爱'的主题"，《日本研究》2003(4)，第 65 页。

［30］萨特：《存在主义是一种人道主义》，周煦良、汤永宽译，1988 年版，第 8 页。

［31］［32］［33］大江健三郎：《个人的体验》，王中忱译，金城出版社 2012 年版，第 43、231、230 页。

［34］村上春树：《挪威的森林》，林少华译，上海译文出版社，2001 年版，第 90 页。

［35］汪靖洋：《当代小说理论与技巧》，上海译文出版 1985 年版，第 488 页。

［36］［37］［38］［39］［40］［41］［42］村上春树：《挪威的森林》，林少华译，上海译文出版社，2001 年版，第 28、122、111、104、8、174、175、154 页。

【延伸阅读】

［1］叶渭渠等译：川端康成作品全集，南海出版公司 2013 年版。

［2］本尼迪可特：《菊与刀——日本文化的类型》，吕万和、熊达云、王智新译，商务印书馆 2001 年版。

［3］高慧勤主编：《川端康成十卷集》，河北教育出版社 2000 年版。

［4］川端康成：《独影自命》，张跃华等译，广西师范大学出版社 2002 年版。

［5］叶渭渠：《二十一世纪文学泰斗——川端康成》，四川人民出版社 2003 年版。

［6］叶渭、唐月梅：《日本文学史——现代卷》，经济日报出版社 2000 年版。

［7］叶渭渠等译：大江健三郎作品集，光明日报出版社 1995 年版。

［8］周煦良等译：存在主义是一种人道主义，上海译文出版社 2012 年版。

［9］林少华译：村上春树系列小说，上海译文出版社 2007 年版。

第十七章

早期中国文化研究与礼仪理论

【引言】
　　现今西方汉学界对早期中国文化的研究,已从传世经典转向礼仪。礼仪理论的核心内容是讲述文化如何承载与传承的问题。礼仪理论不再关注文本,而关注礼仪。礼仪理论为中国学者认识中国远古至先秦时期的早期文化打开了一个新的思路。

　　1814 年,法兰西大学首设"汉学"教席,这是西方学术界第一次将远东中国作为学术的研究对象。早期汉学将中国文化定义为静止的文化,先秦经传子史,尤其是儒家经典,被认为流传久远,持续影响到后世的政治体制、文化格局、思想性格,所以早期汉学将儒家经典等传世文献作为重点研究对象。欧洲最负盛名的早期汉学家,法国学者儒莲(Stanislas Julien,1797—1873)利用传世文献了解中国,而从未来过中国。1840 年代,西方传教士陆续来到中国,理雅各等人仍将中国经典《四书》《五经》的翻译当作学习中国文化的必备功课。汉学界颇有影响的《中国评论》撰文,认为要摆脱传教士"业余汉学家"的讥评,必须首先搜集并研读所有的儒家著作。一直以来,中国浩如烟海的传世文献一直是西方传教士及汉学家们了解中国不可绕过的高山滩涂,虽然难于跨越,却不得不尽心力而为之,许多功力深厚的汉学家首先便是功力卓绝的语言学家,其次才是一个文化研究者。

　　现今西方学者对早期中国文化(early China,指先秦)的解读,不再依赖于中国经典及其传注。先秦传世文献本身,一般被认为成书于汉代,在先秦甚至不存在。西方学者认为,在先秦,文本对文化的形成及传承,扮演的角色有限,文本只是礼仪表演的一个组成部分。所谓"礼仪"(ritual),包括"礼",也包括"仪",正确的"仪式"就是正确的"礼"本身,"礼仪"看重的是形式。依据考古发现,西方学者认为文本在其所处的礼仪环境中,不是一个主导的角色,相反,它是一个次要的、从属的角色,文本归属于一个严整有序的礼仪秩序,早期中国文化不能单纯由文本决定,而应从"礼仪"中来。

【思考】

1.礼仪理论中的"礼仪"对应的是英文单词 ritual,如何理解"礼仪理论"中的"礼"和"仪"的关系?

2.历来研究中国传统文化,必少不了阅读古代经典。但是西方认为中国先秦古经典的成书比常人想象的要晚,最早在汉代中国经典才成型。中国经典的文本在传统的文化研究中占很大比重。在西方礼仪理论中,中国经典的文本对于早期中国文化研究有何意义和价值,其地位和作用如何?

第一节　早期中国的"文":礼仪的外在符号

1960 年,美国学者沃芮寿已经对西方汉学从传统典籍认识东方文化的学术倾向表示不满,他指出在中国文献中,与西方"文化"(civilization)一词意义最近的词是"文","文"在中国含有若干义素,与后世所称"典籍文献"并不完全相同:与"平淡普通"相反,"文"意味着"修饰";与"口头"相对,"文"是书面性的;与"强制性"不同,"文"意味着"劝说式的";与"粗糙"相反,"文"代表着"精炼",等等。[1]沃芮寿没有列出"文"的几个义素的具体用例,但可以看出,他指出了"文"的书面性及其作为书面文字的修辞特点。西方学者此时对"文"的理解尚且还是"文"作为书面文字的特点,而此后西方学者理解的"文",不仅仅是书面文字,也包括口头语言,并变本加厉,将早期中国书面文本置于先秦口头文学盛行的"假设"语境中,文字文本在中国文化研究中的中心地位彻底瓦解。

随着西方学术界 1960 年以来口头文学研究的发展,在中国文学的研究领域,学者已普遍认为中国先秦是口头文学盛行的时期,这个时期即便有书面文本存在,也占次要地位,传统上归属于先秦的典籍一般经过了先秦时期的口头文学传播阶段,其成书一般迟至汉代独尊儒术、《五经》确立时期。所以,学者不再倾向通过汉代成书的儒家经典来研究早期中国文化,西方学者的早期中国文化研究出现一个拐点。探讨"文"及相关词语在先秦的特殊意义,成了西方学者探讨先秦文化的一个基点。

柯马丁着重研究了"文章"一词演变为"文献"之义前的"早期意义",认为"文章"的意义有一个历史演变的过程,东周时"文章"无一指向文本,秦汉之后,"文章"开始被认为是"文献",关于"文"的复合词也大量涌现,如文学、文采、文辞。书面文本成为中国文化的最高表现、中国文化由传世文献(书面文本)揭示的观念,从西汉末年的匡衡、扬雄等人开始,东汉初年"文"作为"书面文本"的意义得以强化。

与沃芮寿将早期中国的"文"界限于"文化"(civilization)不同,史嘉伯认为早期中国的"文",在英语中对应的语词是 Ritual("礼仪")(Schaberg,63)[2]。"文"包括文本,也不全是文本。对已有文献如《诗》《书》的记诵是"文",能够记诵这些传统文献的人可以称之为"文",礼仪中一个人、一个物件、一个祭祀牺牲的固定姿势,都可以称为"文",文化的遗产便在这些物件和礼仪的表演中得以展现。在这种语境里,那些即将成为儒家经典的文本(如《左传》中以口头形式流传的佚事)与那些已成为文化经典的书面文本的性质相同而且地位平等(Schaberg,58)。"文"包含文化再生产的所有要素:被记诵的书面文本、征引书面文本的人物言辞、以及从事记诵和演讲的人(Schaberg,65)。

《左传》中,晋献公命太子申生着偏衣,佩金玦出兵,从反面阐述服装和佩饰是一个人内心守礼与否的表现("衣,身之章也","佩,衷之旗也");《国语·鲁语》中楚公子围让二人执戈作开路先导,行使诸侯的礼仪,这一举动是公子围篡位之心的外化;《左传》中介子推说,言是身之文,己身将隐,亦不再重此外在之文(言辞);由此可见,外在的衣服、动作和言辞都能看到一个人的内在(Schaberg,63)。在这种礼仪文化中,外在是尤其重要的,对外在形式的准备把握能解释一切。"公众形象",也即统治者及其士大夫展露给他的臣民和别国君臣看的外在,处在无处可逃的监督之中,外在直接决定政治的成功失败。所谓的"公众形象"无不通过礼仪、行动、言语等表现(Schaberg,58),而"言语"(speech)这种口头文本是展现公众形象的一个重要途径,但也只是礼仪表演中的一部分。

柯马丁和史嘉伯对"文"及其相关词汇的考察,殊途同归,他们都认为,在早期中国文化中,作为文字、文化的最初源头的"文"是礼仪及其外在的符号,所有这些外在的符号,皆为早期中国文化的研究对象,由这些外在形式去推求早期中国文化的特点,便是现今西方学者东方文化研究中所惯用的符号学研究方法。

第二节　早期中国的文本与礼仪

早期中国的文本既不是现今所见的传世经典,它又是什么样? 既然早期中国的文化不由书面文本决定,那么,早期中国的"文本"在文化中充当的是什么角色?

柯马丁指出,众多的地下文物告诉人们早期中国"文本"是什么样的。早期中国文化的考古文献包括晚商以来十多万片甲骨,上千只青铜铭器,公元前五世纪的一万五千多枚刻写于玉石上的盟誓(侯马盟书),数千个战国及秦汉时期的管理、经济文献(如居延汉简),这中间包含了许多学科领域[3](Kern, Introduction, Ⅷ),它们身上有一个共同的特点:均为礼仪的重要组成部分,为礼仪所用,存在展示的空间。龟甲刻辞、青铜铭文、咒文,以及大量的涉及星象学、医学、占卜学以及驱魂术,都被用作礼仪实践。

至于现今所存的传世文献,如部分楚辞、秦代石刻、西汉祭祀诗,也都用作礼仪实践。《五经》、六艺及其附属物,在一定程度上由礼仪来定义并规范。《诗》中的韵语、《书》中的言辞，不仅是理想中"礼"的缩影，而且某些篇章能提供礼仪的详细描述。《易》本是一部占书，即一部礼仪实践之书，《春秋》也很有可能是与祖先的魂灵沟通的礼仪信息，在性质和功能上与早期青铜铭文有几分类似。《公羊传》和《谷梁传》中的阐释均起源于礼仪中高度形式化的阐释学，《左传》这一伟大的历史学著作是依据礼的原则来安排组织的。现已失传的五经之《乐》，也是礼仪音乐。早期中国文本，直至西汉早期，不管是传世文献，还是出土文物，都和礼仪有关（Kern，Introduction，X）。

宇文所安认为，中国文化总是对礼仪持正面的、肯定的观点："在中国没有出现过与礼法无关的、对人有驱策作用的道德诫令……那些崇信周礼的人相信，它适用于世界的每一个角落……但是，它面临的是一个没有希望将其付诸实施的世界。一些最为优秀的中国古代文学作品，就产生在墨守传统者们同现实功利世界的相撞之中。"

柯马丁认为，虽然中国文字的发源不是因为礼仪的需要，但是通过西周时期文本的展现形态看，中国传统选择、保留那些高度礼仪化的文本，而且，晚商及西周的精英们将珍贵的、不朽的甲骨、青铜器的使用限定在占卜和祭祀之上，这可以有力地说明文本的最初意义在于礼仪的表演（Kern，Introduction，X）。

礼仪文本不应仅仅关注文本文字本身，还应考虑到它的承载材料、文字分布、文字的饰物等物质条件。如甲方骨文将文字刻在显现神的灵迹的缝隙边，铭文被刻在宗教仪式所用的器物中。这些书写材料都很笨重而且昂贵，从实用角度讲，它们不及其他形式的器物，即便刻字，刻在外面也比刻在里面要简单易行得多。但是青铜、甲骨是权力（包括资源、劳力、技术、文化传统）的象征，它们在宗教礼仪中的运用，显现了人和神灵的成功交通（Kern，Introduction，XI）。至于《史墙盘》的文字呈蝴蝶状对称分布，曾侯乙墓的编钟上的铭文，内嵌黄金，楚帛书用曼荼罗的方式展示文字，伴以彩色的图画，以反映宇宙的内容。礼仪中，除了礼仪文本，还加入了许多非语言文字所能表达的礼仪的内容，无疑在文字之外加入了另一些方式的表达（Kern，Introduction，XIV）。

文本上的文字及其书写所呈现的美学风格直接出自礼仪表演的语境中。在这样的语境中，书面语言的表达、文字展示都是更大的综合体中的一部分，即都是礼仪表演的一部分。（Kern，Introduction，XIV）。一方面，文本给予礼仪以意义，另一方面，礼仪表演使文本正规化、神圣化。在早期中国文化的研究中，与其以文本为首要，不如以礼仪为中心。早期中国文化展示的最重要的方式是礼仪（Kern，Introduction，XII）。

史嘉伯认为，设想早期中国礼仪的场景，可以发现文本不占据中间地位。礼仪中极其昂贵的物质花费以及为使礼仪文本长久保存而选取的物质载体，绝不是毫无意义的。按将文本放置礼仪环境中，它只是礼仪的一部分，其他如物质消费、甲骨的选择都要考虑在内,这同样是考察中国文化的一部分。

在西方学者眼里,"文本"已突破其文字载体形式,早期中国的"文本"既包括书面文字形态的文本,也包括口头形态的文本(言辞)。史嘉伯对《左传》的言辞,即礼仪艺术情有独钟。《左传》极其关注激起百姓的想象和回忆的古代礼仪表演。臧僖伯谏鲁僖公观鱼、臧哀伯谏鲁桓公进郜鼎于鲁庙,二者都以长篇大论批评统治者没有将古已有的文化传统展示给公众看,而只有通过礼仪表演的正确展示,传统才能传承下去。礼物交换不当,就会传达不正确的礼仪(文化)。写下来的文本应该是展示礼仪的重要环节,一旦有误,也会贻误后人。鲁季武子为庆祝胜齐,将缴获的兵器制作了一口钟,并铭文其上,士大夫提出非议:铭文是为了让子孙后代铭记礼仪所许可的礼物、成就或军事事件,而鲁国在此事中的所作所为不过是炫耀,不值得庆祝(Schaberg,62)。礼物和礼器等所有用于礼仪表演的东西,都应依照原则、根据传统来制作,在很多情况下,这些东西本身就是代代相传,用以对抗周遭礼仪的变化,也用以保持传统的稳定。书面文本也是一件礼器,和其他物件一样,它有它的使用者:歌者,读者,征引者,口诵者,注释者,不一而足,它处在文本与使用、原初意义与应用个例、传统信仰及其后继发展的关系网中(Schaberg,64)。至于被征引的文本是非常特别的,它镶嵌在业已成型的言辞中,因为是古体,所以它们显示出原义与接受之间的距离,这样的距离只有通过礼仪的持续和好的言辞者方得以跨越(Schaberg,65)。

在这个礼仪体系中,"文本"之外的其他礼仪物品的作用不可低估。《左传》中楚子问鼎的情节,一个礼仪物件如"鼎",以神话的方式再现一段文化历史,禹的部族生活被铸造成物质化的礼器,充当了雅致的审美物品,出现在后人的祭祀中,任何观赏者都能感受鼎上的神怪带给人的恐惧,并被带入文化的传承之中(Schaberg,61)。所有和鼎相似的礼器都代表了一定的社会关系。

"文本"的其他附着属性亦不可忽视。麦克尔·林兰(Michael Nylan)认为,考古发现使人们的注意力转向文本在整个礼仪体系中的方位。在墓穴里面,文本有特殊的处理,或者被放在一个特殊的位置,以标示他们是礼仪物件。如马王堆,帛书被放在一个漆盒里,漆盒里同时还有长笛,成卷的竹简,贝壳以及树枝(贝壳和树枝被认为是驱除恶鬼或愤恨的仪式的道具)。秦始皇下令建石柱,这些石柱代表着向山神和海神宣告主权,并寻求山海之神的保护。另外,许多文本和那些礼仪物品上的铭辞一样,具有雷同的程式。有些文本上的地图和人口登记,具有重要的象征功能。为了更好地理解古代世界,我们需要去研究文本、礼仪地址,以及礼仪物品(Kern,p8)。

第三节　早期中国文本的研究与"礼仪理论"

礼仪理论倾向于将文本理解为礼仪的记录。宇文所安认为,《生民》表现了诗篇早期口头文学的特点,诗篇是礼仪表演中演唱,一切特点都和祭祀这一特定场合的表演有关,和表演无关的情节一概不详,如它不强调英雄人物的内心,而强调奇迹般的存活;它颇有兴趣地列举各种谷物的名称,那是口头文学用以传播知识的手段;它巨细无遗地描绘祭祀的场面,因为它百分之百地契合祭祀礼仪的表演。在初民社会中,过去同现实离得并不太远;父辈们和奉作神祇的祖先们就在近处徘徊。"在《生民》这首欢庆丰收节日的杰出的颂歌里,诵诗者首先叙述了后稷的传说、谷物丰登和周室的建立;诗歌是用我们今天可以视为表演性的演唱词结束的,用大声强调真实可信来使它真实可信。"[4] 柯马丁将礼仪理论运用到《诗经》研究中,认为《诗经·楚茨》记载了周代某一典礼上的各个环节,《楚茨》本身是一个带规范性质的表演文本。[5] 史嘉伯认为,最好的礼仪("文")是带修饰性的,与表演的标准相适应,但是《左传》中的礼仪,还包含了虚空的假象,和不适宜的表演,这是泛化的礼仪,广义上的"文"(Schaberg,p64)。

中国文化相较西方文化是一个特异体。如何理解中国文化的种种表现形式及其形式之下的内容,是现今西方学者努力追求的目标。自从 20 世纪 60 年代的形式主义批评盛行以来,西方学界一直盛行"形式"研究之风,"礼仪理论"亦为之推波助澜,形式之研究成为早期中国文化研究的一个重要方法和途径。

西方学者否定了中国学者对中国文化的自我期许,西方学者所描绘出的早期中国文化是否是中国文化自身? 我们所见的西方学者运用的多种研究理论,说到底,是他们现阶段认识中国文化的一个途径,是接触"神秘"的中国文化的工具。他们的理解,基于排斥中国本土的学术传统,目的在于建立西方的学术自我体系,这未免局限于西方视野。而要客观、公正地研究早期中国文化,需要一个更高、更远的世界观的观照,在学术全球化的今天,这个需求更显迫切。

结语:西方学者否定了中国学者对中国文化的自我期许,西方学者所描绘出的早期中国文化是否是中国文化自身? 我们所见的西方学者运用的多种研究理论,说到底,是他们现阶段认识中国文化的一个途径,是接触"神秘"的中国文化的工具。他们的理解,基于排斥中国本土的学术传统,目的在于建立西方的学术自我体系,这未免局限于西方视野。而要客观、公正地研究早期中国文化,需要一个更高、更远的世界观的观照,在学术全球化的今天,这个需求更显迫切。

【注释】

[1] Arthur Wright. The Study of Chinese Civilization,*Journal of the History of*

Ideas. Vol. 2(April. -Jun. ,1960)。

[2] Schaberg, David. *A Patterned Past*:*Form and Thought in Early Chinese Historiography*. Cambridge, MA:Harvard Universtiy Press,2001。

[3] Kern, Martin. *Text and Ritual in Early China*. Seattle :Universtiy of Washington Press,2005。

[4] 宇文所安:《追忆:中国古代文学中的往事再现》导论,郑学勤译,三联书店 2004 年版。

[5] Kern Martin. Shi Jing Songs as Performance Texts:A Case Study of Chu Ci (Thorny Caltrop),*Early China* 25(2009)。

【延伸阅读】

[1] 保罗·康纳顿:《社会如何记忆》,上海人民出版社,2001 年版。

[2] 宇文所安:《追忆:中国古典文学中的往事再现》,三联书店 2004 年版。

第十八章

《直斋书录解题》所见陈振孙之文学观

【引言】

目录学是一门具有悠久历史的传统学科。面对现代社会,它也在进行着自我调适,依然焕发着光彩。在传统学术的框架体系中,目录学被视为基础性的学科,是学者把握基本学术知识和典籍线索的重要手段。具体而言,目录学对于当今的文艺学学科又具有何种意义呢?

第一,目录学以辨章学术,考据源流为目标,因此可以为文艺学研究者理解学术史提供依据。一个目录文本,总是从某个角度和范围对之前的典籍和学术史进行了整理与叙述。在这种呈现中,也渗透着目录作者自身的学术观念和思想。通过目录文本,我们既可以了解此前的典籍史和学术史,也可以深入理解作者学术理念,感知目录文本生成的时代背景和学术环境。

第二,目录学可以展示历代典籍的基本情况,为文艺学研究者了解和寻找相关文本提供信息和线索。文艺学研究者在进行各自精专研究之前,应当对历代典籍有基本的了解,如此才能对自身研究所处的位置有所把握,同时也容易发现新的研究对象和学术增长点。

第三,中国目录学有"解题"的传统。目录学者会在相关书籍条目下,介绍作者的姓名、字号、生平,概述该书的主要内容和流传情况,其中便包含了众多文学史和文艺学史方面的材料,可以帮助我们考察作者的师承和交游,理解其思想概况及其生成环境,掌握相关文献资料,可以补充我们对于文学史和文艺学史的认知。

第四,目录学还有"专科目录"的传统。专科目录,根据某个学科自身的结构和逻辑,来对该领域的书籍进行分类和解析。其中便有"文学目录"和"艺术目录",它们对于文艺学研究者来说具有更为直接的指导作用和参考价值。姚名达《中国目录学史》便对此两门目录进行了简要的介绍。若余绍宋《书画书录解题》、钱基博《清代别集解题》、孙雄《同光两朝别集提要》、赵尊岳《词籍考》、孙楷第《中国通俗小说书目提要》、王国维《曲录》等等,都可以引领相关领域的研究。

第五，目录学者所撰写的某些解题，本身便具有文艺理论的性质，可以作为文艺学材料来看待和研究。优秀的目录学文本，常常是由博览古今和见识卓绝的学者所撰写。他们对作家的评论，对文集和具体篇目的批评，对文学史的分期和概括，对某些文学范畴的使用，对某些文学理念的认同和阐发等等，都是文艺学所应予以关注的。若将这些材料加以搜集、分类和整理，使之成为文艺学的研究对象，将会在一定程度上扩展文艺学自身的研究范围。

综上所述，目录学对文艺学具有重要的价值。一方面，文艺学应当以目录学作为研究的基础和参考之一，对文艺学相关的材料进行搜集和整理，同时着力进行文艺学目录的编制工作。

另一方面，我们也可以尝试用文艺学的视角和方法来审视过去的目录学文本，从中发掘稀见的和重要的文艺学史料，并进一步研究目录作者本人的文艺学观念。我们不应被现代的学科划分来限制自己的视野，而应该在学科互通中获取灵感，力求创见。

【思考】

1.目录学史上有哪些重要的目录学文本，对于我们寻找和了解古代文艺思想资料具有指引性的作用？

2.目录学史上有哪些重要的目录学文本，本身便包含了重要的文艺思想，值得深入研究，并能够为我们考察当时的文艺思想有所助益？

3.文艺学研究者应当如何借助和利用目录学，以拓展和深化文艺学本身？

陈振孙字伯玉，号直斋，安吉人，藏书极多，并仿《郡斋读书志》体例作《解题》。据《四库全书总目》，《解题》虽不标经、史、子、集之目，但实际上仍按四部分类，经部十类、史部十六类，子部二十类，集部七类，共五十三类。每书下载其卷数与作者，追溯该书流传历史和现存情况，评论作者人品，品鉴该书得失。它在宋时已颇为人所重。马端临《文献通考》以《郡斋读书志》和《直斋书录解题》二书为基础作《经籍考》。《总目》称"古书之不传于今者，得藉是以求其崖略；其传于今者，得藉是以辨其真伪，核其异同，亦考证之所必资，不可废也"[1]，非常看重《解题》的文献考证价值。卢文弨赏其持论正，甄综富，考订勤。张宗泰亦称其叙述诸书源流，州分布居，议论明切，为藏书家著录之准。周中孚《郑堂读书记》亦云："每种详其卷数、撰人，而品题其得失。体例与晁氏《读书志》极其相似，而考证亦皆允当。故《通考》即以晁氏书及是书辑为《经籍考》，而附益以旧说，遂成巨帙。考宋以前之典籍者，莫善于此矣。"[2]总体而言，陈振孙《直斋书录解题》，兼具文献学和学术史方面的价值，对于考察宋以前的典籍与学术，具有重要的参考意义。

陈振孙在总集类、别集类、诗集类、歌词类和文史类中,对此前的文学典籍进行了较为详细的著录和评论。今天所能见到的《解题》虽然是残缺的,但却仍然是我们考察此前文学史和文学理论史的重要依据。同时,陈振孙在各书的《解题》中,也记载了诸多文坛轶事和文体知识,对我们理解文学史也颇有益处。他还在其中寄寓了自己的文学理念和审美倾向,这本身也应当成为我们考察的对象。下面便重点考察《直斋书录解题》所呈现出来的陈振孙的文学观。

第一节　古文论:崇尚平正典雅,鄙弃晦涩怪异

陈振孙论古文,不喜艰涩怪异。古文传统中一直有刻意追求古异和奇怪一脉,樊宗师和孙樵是其代表,走向极致,便可能产生晦涩怪异的弊端。陈振孙对这种倾向表示不解和不满,认为古文应当力求平正通顺,有效地表情达意。

他在《樊宗师集》《绛守园池记注》解题中云:"韩文公为《墓志》,称《魁纪公》三十卷,《樊子》三十卷,诗文千馀篇,今所存才数篇耳,读之殆不可句。有王晟者,天圣中为绛倅,取其《园池记》章解而句释之,犹有不尽通者。孔子曰:'辞达而已矣',为文而晦涩若此,其湮没弗传也宜哉。"[3]樊宗师著述颇丰,但传世很少,陈振孙认为其文风格晦涩,是导致其湮没弗传的重要原因。

《孙樵集》解题云:"东坡常曰:'学韩愈而不至者为皇甫湜,学皇甫湜而不至者为孙樵。'"[4]他引用苏轼之言,以为确论。皇甫湜未得韩愈正脉而入于晦涩,孙樵师法皇甫湜却更不及皇甫湜。

陈振孙追溯宋代的古文,认为其渊源自宋初柳开,但是柳开等创始者的古文风格却偏于晦涩。《柳仲途集》解题云:"本朝为古文自开始,然其体艰涩。"[5]陈振孙虽然承认柳开对于宋代古文传统的开创之功,但是同时也不得不批判其故意追求艰涩文风的做法。这种文风,要等到欧阳修、苏轼等人崛起之后,才被革除。

宋祁为文,也以艰涩著称,《新唐书》中其所负责纂修的部分,亦存在艰涩的问题。陈振孙对此有所不满。《宋景文集》解题云:"景文未第时,为学于永阳僧舍,或问曰:'君好读何书?'答曰:'余最好《大诰》。'故景文为文谨严,至修《唐书》,其言艰,其思苦,盖亦有所自欤?"[6]陈振孙记载了宋祁最好《大诰》的轶事,并以此来追溯其文风的源头。《大诰》是《尚书》中的一篇,虽记录的是当时的口语,但在后人看来已经不免晦涩难懂。宋祁喜好《大诰》,或许是性格使然,但是模拟和效法《大诰》的语言,却也使得他自己的文章艰深隐晦,一般读者难以顺畅地阅读和欣赏。陈振孙认为这种做法得不偿失,并不合理。

高似孙为南宋著名学者,有《子略》《纬略》《剡录》等著作。陈振孙在《疏寮集》解题中评云:"其读书以隐僻为博,其作文以怪涩为奇,至有甚可笑者,就中诗犹可观也。"[7]陈振孙认为博学并非偏执于追求隐僻的知识,奇特也并非怪异和晦涩,高

似孙误以怪涩为奇，不是古文的正道。出于这种原因，他更欣赏高似孙的诗，而非其文。

可见，陈振孙自己偏好于更为平正通达、典丽和雅的风格。在宋代古文作家中，他更喜好欧阳修和苏轼。《六一居士集》解题云："本朝初为古文者，柳开、穆修，其后又二尹、二苏兄弟。欧公本以辞赋擅名场屋，既得韩文，刻意为之。虽皆在诸公后，而独出其上，遂为一代文宗。"[8]宋代古文虽以柳开、穆修等人为开端，但是直到欧阳修出，才革除宋初古文晦涩的弊病，追求平易畅达、纡徐典雅，形成宋代古文自身独特的风貌。陈振孙认同欧阳修的风格倾向，推其为"一代文宗"。陈振孙虽未直接评价苏轼，但是却大量引用和认可苏轼的文学批评，关注与苏轼有师承和交游关系的作者。其对苏轼的仰慕之情，溢于言表。

由此可见，陈振孙对唐宋古文有着全面的把握和深入的理解。他对宋代古文阶段的划分，对柳开创始之功的认定，对欧、苏古文的推崇，对晦涩怪异文风的批判，都与我们今天的古文观念非常接近，也说明其古文思想的平正通达。

第二节　骈文论：崇宋卑唐

论骈文，陈振孙充分肯定宋代骈文的整体成就，并反观唐人，认为其并非想象中的那么精美工致。在文学史上，李商隐以《无题》诗和骈文著称。陈振孙却对其骈文声誉提出质疑。《李义山集》《樊南甲乙集》解题云："商隐本为古文，令狐楚长于章奏，遂以授商隐。然以近世四六观之，当时以为工，今未见其工也。"[9]陈振孙指出李商隐的骈文虽然在当时获得了很好的评价，但与宋代骈文相比，却显得并不那么精致工巧。言下之意，宋代的骈文在精致工巧方面要胜过李商隐。

陈振孙的这种判断，依据的是他对骈文历史的整体观照。《浮溪集》解题云：

> 四六偶俪之文，起于齐、梁，历隋、唐之世，表、章、诏、诰多用之。然令狐楚、李商隐之流号为能者，殊不工也。本朝杨、刘诸名公犹未变唐体，至欧、苏，始以博学富文，为大篇长句，叙事达意，无艰难牵强之态，而王荆公尤深厚尔雅，俪语之工，昔所未有。绍圣后置词科，习者益众，格律精严，一字不苟措，若浮溪尤其集大成者也。[10]

陈振孙认为骈体起源于南朝齐、梁，隋、唐的表、章、诏、诰等文体都采用骈体的形式，骈文得以繁盛一时。但是在他看来，令狐楚、李商隐等人的骈文虽著称于世，却难称工致。宋初杨亿、刘筠等人也以骈文名世，但仍然延续着唐代骈文的风格。欧阳修和苏轼开始革新骈文，将广博的学识和繁复的文辞注入骈文之中，拓展了骈文的体制，发展出大篇长句的形态，强化了骈文在叙事达意方面的能力。陈振孙尤其欣赏王安石之骈文，认为其精美典雅是前所未有的。绍圣后设词科，对骈文的发展起了进一步的推动作用。格律精严，文辞典雅，是宋代骈文的基本特征。陈振孙最后指出汪藻是宋代骈文的集大成者。

陈振孙区分了"唐体"和"宋体"，认为宋代骈文不同于唐代骈文，而且在精美工致的层面上要超越于唐代。一方面，他认为宋体是唐体的革新，是一种更具有包容度和表现力的骈文形态。一方面，他也超越了"是古非今"、"贵远贱近"的批评意识，质疑传统的唐代骈文品评，明确地为宋代骈文争取更公正的评价和更高的历史地位。

第三节　唐宋诗论

陈振孙论唐诗，认可初唐沈佺期、宋之问对于唐代律诗的奠基之功，推崇盛唐诗和中唐诗，对晚唐诗则多有批评，对个别晚唐诗人也有所表彰。

《沈佺期集》解题云："自沈约以来，始以音韵、对偶为诗。至之问、佺期，益加靡丽。学者宗之，号为沈宋。唐律盖本于此。"[11]唐律始自沈佺期、宋之问，这种说法也往往被后人所接受。

对于李白、杜甫，陈振孙是非常推崇的，但他也喜好王维、韦应物清逸闲雅一路。《王右丞集》解题云："维诗清逸，追逼陶、谢。"[12]他认为王维诗清新野逸，延续了陶渊明和谢灵运的诗学脉络。《韦苏州集》解题云："诗律自沈、宋以后日益靡嫚，镂章刻句，揣合浮切，虽音韵谐婉，属对丽密，而闲雅平淡之气不存矣。独应物之诗，驰骤建安以还，得其风格云。"[13]陈振孙肯定沈佺期、宋之问对于唐代律诗的奠基和塑造之功，但同时也批评唐律中偏重音律排比和文辞雕琢的一路，认为诗歌更应注重表达作者闲雅平淡的情绪和性格。他欣赏韦应物超然物外，上接建安，淡泊和雅，气韵悠长。《柳宗元诗》解题云："子厚诗在唐与王摩诘、韦应物相上下，颇有陶、谢风气。"[14]陈振孙将柳宗元与王维、韦应物并观，同归于陶渊明、谢灵运的诗歌传统之中。他自觉地梳理出陶、谢、王、韦、柳的诗学脉络，予以极高的评价，由此也可以看出他自己的诗歌审美倾向，更偏重清新野逸、闲雅平淡。

陈振孙对晚唐诗评价整体不高。晚唐有许多"诗格"、"诗法"、"诗体"的诗话著作流传于世，讲求诗格的文辞、声律、格局和技巧。陈振孙对此类著作评价不高，并认为这种偏重文辞的倾向导致了晚唐诗风的卑下。《文章玄妙》解题云："言作诗声病、对偶之类。凡世所传诗格，大率相似。余尝书其末云：'论诗而若此，其复有诗矣。唐末诗格汗下，其一时名人，著论传后乃尔，欲求高尚，岂可得哉？'"[15]任藩此书，专重声病、对偶等声律修辞问题。陈振孙首先指出这类诗格著作在晚唐颇为流行，同时又认定声律和修辞并非诗歌最重要的因素，高超的人格和出众的境界才是诗人所应特别关注的重点。晚唐诗正是因为忽略了高尚人格对诗歌的主导作用，才走向了雕琢字句、排比声律，在总体上趋于琐屑卑下。

但陈振孙也从晚唐诗人中单独拎出杜牧和司空图来予以表彰。他们在诗中都表现出了自己独特而超迈的人格,不同于其他晚唐诗人的专重词句。《樊川集》解题云:"牧才高,俊迈不羁,其诗豪而艳,有气概,非晚唐人所能及也。"[16]他认为杜牧人格光明俊伟,豪迈率性,因而其诗也慷慨多气,具有明显的个人特征,超越晚唐诸多诗人。《一鸣集》解题云:"(司空图)诗格尤非晚唐诸子所可望也。其论诗以'梅止于酸,盐止于咸;咸酸之外,醇美乏焉',东坡尝以为名言。"[17]司空图论诗崇尚味外之味,象外之象,追求丰富绵长的韵味,其诗风也趋向平和淡雅,对后世有着较大的影响。陈振孙引用苏轼对于司空图诗论的赞赏,以为的论,同时认为司空图自身的诗风也超越晚唐诗人,独树一帜。

古文中有古怪一脉,唐诗中亦有此一脉。卢仝、刘叉,便是其中的代表人物。陈振孙在古文和诗歌方面保持着一贯的审美倾向,都厌弃怪异的风格。《卢仝集》解题云:"其诗古怪,而《女儿集》《小妇吟》《有所思》诸篇,辄妖媚艳冶。"[18]陈振孙指出卢仝诗除了古怪,还有妖媚艳冶的一面。这种细致的辨析,也值得论唐诗者关注。但"其诗古怪"的评价,也暗寓了陈振孙对卢仝诗格的不满。这种不满,在他对刘叉诗的评价中,体现得更为明显。《刘叉集》解题云:"其《冰柱》《雪车》二诗,狂怪诚出卢仝右,然岂风人之谓哉?"[19]刘叉之诗,在狂傲古怪方面,要更胜于卢仝。然而,陈振孙却指出其并非诗歌的正脉。

除此之外,陈振孙还提出了自己阅读唐诗的一些困惑和见解。《阴铿集》:"杜子美云:'李侯有佳句,往往似阴铿。'今考之,未见铿之所以似太白者。太白固未易似也,子美云尔,殆必有说。"[20]杜甫认为李白诗和阴铿诗具有一定的相似性,但陈振孙根据自己的阅读体验,觉得现存的阴铿诗与李白诗并没有太多的相似之处,因而颇感疑惑。然而他推崇杜甫诗,也信任杜甫对诗的判断,于是认定杜甫此论必定有其依据。他只是表明自己的感受,以供读者参考。晁公武《郡斋读书志》在《阴铿集》条下也提到此问题:"杜少陵尝赠李太白诗,有云:'李侯有佳句,往往似阴铿。'今观斯集,白盖过之远矣。甫之慎许,可乃如此。"[21]晁公武认为李白诗远在阴铿之上,不可言李白似阴铿,因而对杜甫之论表示不理解。陈振孙虽然也认同晁公武的观点,但认为杜甫此论自有其所指,后人不明其所指,也就不当过分质疑杜甫。

自宋以后,杜甫诗多为世人所推崇,但其文却颇受非议,常被引为"能诗不能文"的典型。陈振孙却提出了不同意见。《杜工部集》解题云:"世言子美诗集大成,而无韵者几不可读。然开、天以前文体大略皆如此。若《三大礼赋》,辞气壮伟,非唐初馀子所能及也。"[22]一方面,他认为开元、天宝以前的唐文都有雕琢破碎之病,不能以此来单单苛责杜甫。一方面,他又指出杜甫《三大礼赋》在文辞和气势方面都颇有可取之处,超越时人。杜甫并非不能为文,只是被时代潮流所裹挟而已。陈振孙试图纠正世人对杜甫文章的评价,维护杜甫的文坛地位。

于宋代诗人中,陈振孙颇为喜好和推崇欧阳修、梅尧臣、苏轼、陈师道、陈与义、陆游等人,而对江西派和晚唐派颇为有疵议。

《宛陵集》解题云:"圣俞为诗,古淡深远,有盛名于一时。近世少有喜者,或加毁訾,惟陆务观重之,此可为知者道也。自世竞宗江西,已看不入眼,况晚唐卑格方锢之时乎?杜少陵犹有窃议妄论者,其于宛陵何有?"[23]梅尧臣的古淡深远,著称于世,同时也是陈振孙嗜好和推崇的风格,但是在江西派和晚唐派流行之后,人们对其却颇有负面评价。唯独陆游看重梅尧臣,陈振孙引以为同道,并同时表达了对江西诗风和晚唐诗风的不满。从他的描述中,我们可以挖掘出梅尧臣在宋代的接受简史,感受陈振孙生活时代的诗学风尚。

陈师道被吕本中列于江西诗派之中,视为江西诗风的代表人物。陈振孙却挖掘出其不同于江西诗风的另外一面。《后山集、外集》:"江西宗派之说,出于吕本中居仁。前辈固有议其不然者矣。后山虽亲见豫章之诗,尽弃其学而学焉,然其造诣平淡,真趣自然,寔豫章之所缺也。"[24]他认为陈师道虽然师法黄庭坚,但是却有所独创和自得,并非完全沿袭黄庭坚的风格。陈师道平淡自然的风格,追求真趣的倾向,是陈振孙所欣赏的。江西宗派之说出于吕本中,陈振孙引用前辈的非议,指出其划归有不合理的地方,陈师道之诗并非江西诗风所能涵括,划入江西诗派难免削足适履。

对于南宋诗人,陈振孙最为推崇陆游和陈与义。《渭南集》《剑南诗稿、续稿》解题云:"游才甚高,幼为曾吉父所赏识。诗为中兴之冠,他文亦佳,而诗最富,至万余篇,古今未有,故文与诗别行。"[25]他视陆游诗为中兴之冠,认为其才力雄厚,诗作甚富。《简斋集》解题云:"崇、观间尚王氏经学,风雅几废绝,而去非独以诗鸣,中兴后遂显用。"[26]崇指崇宁(1102—1106),观指大观(1170—1110),皆为宋徽宗年号。此时王安石新经学盛行,诗学衰微。陈振孙欣赏陈与义不废诗歌,认为其在南宋时得到重用并非无因。

此外,陈振孙还喜欢以家学渊源论诗。《杜必简集》解题云:"唐初沈、宋以来,律诗始盛行,然未以平侧失眼为忌。审言诗虽不多,句律极严,无一失粘者,甫之家传有自来矣。然遂欲衡官屈、宋,则不可也。"[27]杜审言为杜甫的祖父,其诗格律精严,未有失粘之处。陈振孙认为杜甫诗歌之所以能取得如此巨大的成就,也与杜审言的影响有关。《伐檀集》解题云:"世所传'山魈水怪著薜荔'之诗,集中多此体。庭坚诗律,盖有自来也。"[28]黄庶为黄庭坚之父,陈振孙认为黄庭坚的诗风也受黄庶的影响。

在注释诗歌方面,陈振孙主张注其所知,阙其所不知,反对穿凿附会,强不知以为知。《注东坡集》解题云:"陆放翁为作序,颇言注之难。盖其一时事实,既非亲见,又无故老传闻,有不能尽知者。噫,岂独坡诗也哉!注杜诗者非不多,往往穿凿附会,皆臆决之过也。"[29]陈振孙认为由于时间和地域的限隔,后人想要完全了解前人诗歌的意旨,是非常困难的,因此在注释时只能根据已有的可靠文献进行适当解释,而不能凭空地揣摩诗人的原意,过度地阐述诗歌的内涵。

第四节　词论

《直斋书录解题》专列"歌词类",对此前的词集有较为详尽的搜罗和品评,对于我们了解词集情况,理解词史发展,把握陈氏自身的词学品味,都有助益。

《花间集》解题云:"此近世倚声填词之祖也。诗至晚唐、五季,气格备陋,千人一律,而长短句独精巧高丽,后世莫及,此事之不可晓者,放翁陆务观之言云尔。"[30]陈振孙指出《花间集》在词史上的重要地位,也可以帮助我们理解南宋人对于《花间集》的接受和评价。陈振孙又引用陆游的言论,点明晚唐五代之间诗学衰微与词学兴起的变化趋势和强烈对比,诱导读者对此问题进行关注和解释。

《乐章集》解题云:"其词格固不高,而音律谐婉,语意妥帖,承平气象形容曲尽,尤工于羁旅行役。若其人则不足道也。"[31]对于柳永,陈振孙一方面批评其人不足道,一方面而略其人而取其词;一方面批评其词格不高,喜写男女艳情,一方面又肯定其词谐声入律,造语达意,妥当贴切,在形容承平气象和描述羁旅行役方面,具有相当的特长。陈振孙较为细致地分析了柳永词的特征,较为公正地评价了柳永词的优劣,难能可贵,可以视为柳永词接受史上一个重要节点。

《东坡词》解题云:"集中《戚氏》,叙穆天子、西王母事,世不知所谓,李端叔跋详之。盖在中山燕席间有歌此阕者,坐客言调美而词不典,以请于公。公方观《山海经》,即叙其事为题,使妓再歌之,随其声填写,歌竟篇就,才点定五六字而已。端叔时在幕府目击,必不诬。或言非坡作,岂不见此跋耶?今坡词多有刊去此篇者。"[32]首先,陈振孙引用李端叔之跋,证明《戚氏》为苏轼所作,反驳言非坡作者与刊去此篇者,对《戚氏》的著作权问题和苏轼词集的整理,都有参考价值。其次,陈振孙指明苏轼《戚氏》词的创作环境和灵感来源,对于《戚氏》的主旨进行了揭示,可作"本事词"读。最后,陈振孙无意中向我们揭示了文人对民间词作的接受和再创作。先有词曲,客人们接受其音调旋律,鄙弃其词句意旨,因而请苏轼重新写词。苏轼倚声填词,使妓歌之,再点定数字。流行于民间的词,其风格与文人的品味有较大的距离。文人对民间词予以批评,加以改造,使之具有新的面貌,满足自己的审美趣味。苏轼创作《戚氏》的过程,实际上表明了文人词的一种产生动因和途径,也展示了民间词和文人词的交往互动。

《小山集》解题云:"其词在诸名胜中,独可追逼《花间》,高处或过之。"[33]陈振孙称赏晏几道之词几乎可以上继《花间集》。

《清真词》解题云:"多用唐人诗语櫽括入律,浑然天成。长调尤善铺叙,富赡精工,词人之甲乙也。"[34]陈振孙对周邦彦推崇备至,称之为"词人之甲乙",总结出其三个特征:一、引用和改造唐人诗句,浑然天成,无剽窃补缀的痕迹;二、善于铺叙,擅作长调;三、辞藻富赡,组织精巧,表达妥帖,符合声律。陈振孙较早地对周邦彦的词作特征进行了详细而精准的分析。从他对周邦彦的推崇,也可大致看出他自己对词的期待和要求。后人在评价周邦彦时,也常常是从这三方面着手的。可见,陈振孙在词学方面有着非常敏感而精细的感知能力。

《晁无咎词》解题云:"晁尝云今代词手,惟秦七、黄九,他人不能及也。然二公之词,亦自有不同。若晁无咎佳者,固未多逊也。"[35]陈振孙认同晁补之对于秦观词和黄庭坚词的推崇,但同时也认识到秦观词与黄庭坚词在风格上有所差异。这种差异,陈振孙虽未细说,但也可以引导读者对两者进行更为详尽的比较。他认为晁补之颇有佳词,可以媲美秦观、黄庭坚。由此可见,陈振孙对苏门词人都比较欣赏。

由于《直斋书录解题》在流传过程中有所亡佚,我们已看不到全本,"词曲类"部分的解题也相对简略,难以展示陈振孙词学观念的全貌。但是从以上的解题,我们也可以大致看出其审美倾向。他崇尚"高丽"的词风,讲求旨趣端正,辞藻华丽,表达雅致,修辞精巧,音律协调,显示出一种文人士大夫的词学品味。对于以苏轼为代表的文人词的兴起,他予以了包容和赞赏,视之为词的新兴面貌。

结语:陈振孙《直斋书录解题》对集部典籍搜集颇广,对其文本流传情况和内容特点进行了较为详细的评介。这当中蕴含着丰富的文艺学思想,涉及古文、骈文、诗与词等诸多文体,反映了当时文坛的文学思潮,对了解南宋以前的文学典籍和文学历史有着重要的指引作用,对把握陈振孙个人的文学思想也有直接的参考价值,对思考古代文学史和文体学问题具有相当的启示意义。

目录学为我们了解古代典籍提供基本的导引,同时当我们以文艺学眼光来审视具体的目录文本时,会发现诸多为我们所忽略的文学史事和文学思想。目录文本本身其实也是潜在的文艺学研究对象。目录学既可以为文艺学提供基础的文献学支撑,同时也可以拓宽文艺学的研究内容。两者的交互融合,或许可以为文艺学开辟新的天地。

【注释】

[1] (清)永瑢等:《四库全书总目》,中华书局 2008 年版,第 730 页。

[2] (清)周中孚:《郑堂读书记》,北京图书馆出版社 2007 年版,第 580 页。

[3] (宋)陈振孙撰,徐小蛮、顾美华点校:《直斋书录解题》,上海古籍出版社 2015 年版,第 480 页。

[4] 同上书,第 484 页。

[5] 同上书,第 489 页。

[6] 同上书,第 496 页。

[7] 同上书,第 608 页。

[8] 同上书,第 496 页。

［9］同上书，第 483 页。

［10］同上书，第 526 页。

［11］同上书，第 468 页。

［12］同上书，第 468 页。

［13］同上书，第 562 页。

［14］同上书，第 564 页。

［15］同上书，第 645 页。

［16］同上书，第 483 页。

［17］同上书，第 485 页。

［18］同上书，第 566 页。

［19］同上书，第 566 页。

［20］同上书，第 557 页。

［21］同上书，第 826 页。

［22］同上书，第 470 页。

［23］同上书，第 494 页。

［24］同上书，第 593 页。

［25］同上书，第 541 页。

［26］同上书，第 601 页。

［27］同上书，第 557 页。

［28］同上书，第 509 页。

［29］同上书，第 592 页。

［30］同上书，第 614 页。

［31］同上书，第 616 页。

［32］同上书，第 616－617 页。

［33］同上书，第 618 页。

［34］同上书，第 618 页。

［35］同上书，第 617 页。

【延伸阅读】

［1］［宋］晁公武撰、孙猛校证：《郡斋读书志校证》上海古籍出版社 2012 年版。

［2］［宋］陈振孙：《直斋书录解题》，上海古籍出版社 2015 年版。

［3］［清］永瑢等：《四库全书总目》，中华书局 2008 年版。

［4］［清］永瑢等：《四库全书简明目录》，华东师范大学出版社 2012 年版。

［5］王锦民：《古典目录与国学源流》，中华书局 2011 年版。

第十九章

古代文论研究中的几个热点话题

【引言】

"中华优秀传统文化是中华民族的'根'和'魂',是中华民族的突出优势,伟大复兴要以中华文化的繁荣为条件。中华优秀传统文化的丰富哲学思想、人文精神、教化思想、道德理念,也蕴藏着解决当代人类面临的难题的重要启示。"[1]中国古典文学是中华优秀传统文化的重要载体,中国古典文论亦然,甚至后者可能在优秀传统文化的呈现方面更具全面性和概括性。最初以"中国文学批评史"形态面世的中国古代文论学科,其奠基人之一的郭绍虞确立的学科指导思想就是"从文学批评史以印证文学史,以解决文学史的许多问题",作为本学科的主流方法,这一指导思想强调从历史发展的角度研究文学批评,强调文学批评和文学创作、文学思潮之间的内在联系,更强调观念的变迁及变迁背后的核心指导思想。中国古代文学批评史的研究旨在探寻历时性地保留在重要的批评著作中的文学观念、文学批评方法等内容,而这些就是今天所说的文学观念领域的中华优秀文化。

本章通过介绍古代文论学科的几个热点话题,企及进一步思考这一学科在中华优秀传统文化传承中应起的和能起的作用。

【思考】

1. "古代文论的学习不仅有助于我们更好地理解古代文学作品,也有助于我们结合对古代文学作品的理解,进一步认识古人的生存和审美智慧",你是否认同这一论断? 说说你的理由。

2. "古代文论的现代转换"这一命题是在什么样的学术语境中提出的? 你如何理解其中的"现代"一词?

3. 思考"中华美学精神"这一时代文化命题提出的意义。

4. 古代文论范畴中影响最大的是"意境",课余阅读王国维的《人间词话》和宗白华的《美学与意境》，思考"意境"的影响力所在。

5. 以《四库全书总目提要》为中心了解中国古代目录学的基础知识，思考"诗文评"和当下文学理论之间的关系。

第一节　古代文论研究的两个方向性命题

20 世纪末提出的"古代文论的现代转换"作为古代文论学科重要的方向性命题，是学术发展过程中主体的自觉性突破行为，近年来"中华美学精神"在新的时代语境下的提出，则是古代文论及相关学科的又一次外部发展机遇。

一、两个命题的提出

中国文论"失语症"[2]和"话语重建"问题自 20 世纪 90 年代中期开始讨论，之后的十多年间一直是文学理论界的一个热门话题。"古代文论的现代转换"这一命题就不妨视为"失语症"患者自己开给自己的药方。其基本主张就是认为中国古代文论话语，经过选择和转换应该也能够成为我们当下文学理论和批评的主要话语形式，如是就能缓解中国文学理论界、批评界对西方学术话语的过度依赖。命题的正式提出是在 1996 年举办的"中国古代文论的现代转化"学术研讨会上，会议初步明确了这一命题在文学理论界及古代文论研究领域的前沿地位。会后综述以《变则通 通则久》这一极富中国古代民间智慧的熟语作为主标题，从"转换的必然、难点与定位""转换的可能与设想、实例与前景"两个方面精赅介绍了学界的主要观点。[3]

1997 年和 1999 年相继召开的中国古代文论协会第十次、第十一次年会趁热打铁，进一步就这一命题的具体推进思路进行了深入讨论。之后国内包括古代文论、古代文学、古代美学思想史、比较文学的诸多学者，纷纷著文参与讨论，[4]使得这一命题越出古代文论学科，其热潮一直持续至今。对古代文论学科的研究而言，这一命题不啻是阶段性的指引方向。其持久的生命力，就宏观而言，是切中并延续了中国自近代以来的文化核心问题——中西方文化剪不断理还乱的关系；就微观而言，则是在对这一命题的具体讨论思考过程中，激发了中国传统学术方法的现代生命力。

"古代文论的现代转换"作为一个从古代文论学科发端，辐射至整个中国文学研究，尤其是文艺学研究领域的重要命题，其观念传播的发展过程可大致概括如下：首先是命题生成阶段，以学术研讨会专题讨论为主；其次是命题深入阶段，以各路学者撰文参与论争为主，最后阶段则是命题研究成果的呈现阶段。值得注意的成果主要有两种形式，一种是以专著形式出现的大致成熟的对有关命题的深入阐发[5],另一种则是在这一命题方向性指引下就具体的古代文论范畴进行现代转换的有效尝试[6]。

2014 年底,国家召开了文艺工作者座谈会,习近平指出:"中华优秀传统文化是中华民族的精神命脉,是涵养社会主义核心价值观的重要源泉,也是我们在世界文化激荡中站稳脚跟的坚实基础……要结合新的时代条件传承和弘扬中华优秀传统文化,传承和弘扬中华美学精神。"[7]学术界将之视为"中华美学精神"命题的明确提出。王一川、仲呈祥、张晶等就"中华美学精神"的含义所指、命题提出的时代历史语境、中华美学精神的具体载体等方面进行了深入的解读。[8]

传承与弘扬中华美学精神作为当下的国家意识形态话语,与社会主义核心价值观建设互为表里,与在世界舞台上讲好中国故事关系密切。落实到实践中就需要我们在相关学科专业研究的基础上,认真梳理总结中华美学的丰富资源,结合当下文化实践需要来实现创造性转化和创新性发展。其中自觉、系统的理论建设,是传承弘扬中华美学精神的重要课题。对于人文学科来说,理论的引领对于实践的发展具有价值和方法的双重意义。这样的引领性理论,可以从专业研究领域生成,如前所述的"古代文论的现代转换"之于古代文论、文学理论学科建设的意义;亦可以从国家意识形态层面获得,"中华美学精神"的传承和弘扬就是这样的方向性理论。一方面,古代文论中的具体理论话语资源可以说是中华美学精神的具体微观呈现,另一方面,传统的古代文论研究和当下话语实践的对接又需要一个摸索的过程。中华美学精神这一具有国家意识形态色彩的命题的提出,为包括古代文论在内的古代文化及美学研究提供了一个新的发展契机,也是时代历史语境对这些传统学问的新要求。

二、相关研究成果及进一步研究方向

"古代文论的现代转换"命题的提出最终目的是"新的理论形态"的诞生,命题提出初期,重要学术专著集中于对这一命题的深入阐释[9],对这一命题的方向做了比较清晰的廓清工作,起到了具体的方向性引领作用;中期以后,或是集中于中国古代文论中某一具体范畴的转换性考辨,或是集中于转换中的方法论问题,或是强调古代文论转换的现代语境,是这一命题的实践性工作[10]。

2015 年,朱立元撰文认为有必要重提并重新认识这个命题,他强调现代和古代两种文论传统都是我们当下文论建设需要面对的资源,并且两种文论传统深层还存在着一定的承继关系[11]。在肯定该命题的方向性引导作用的同时,他也提出就这一工作的继续进行而言,关键所在是对"现代"的理解,是对"古为今用"之"用"的理解,他"以动态演进的生成论视角对古代文论极为丰富、驳杂的范畴、概念的潜在体系要素加以发掘、梳理,将其理论化、层次化、体系化"的建议亦契合了新的历史条件下,在古代文论研究中进一步思考中华美学精神的时代话语。

中国古代文论精神与整个中华文化精神是一致的。从中国古代文论的形成与发展来看,中国古代的文论家更重要的身份是充满人文忧患意识的思想家,他们往往是站在时代前列与人生尖峰上来考察文学现象,回应文学与文化建设中出现的严峻问题,以之为目的建构自己的文学思想与美学理论。六朝时的刘勰是这样,中唐的韩柳亦然,晚清的梁启超更是。他们的研究启发我们:开掘中国古代文论的精神价值、美学价值,不仅要通过缜密的研究,揭示中国古代文论的精神内核,而且要依据当下建设社会主义文艺学、弘扬中华美学精神的需要,对古代文论的精神取向做出鉴别与价值判断,去粗存精,为我所用。袁济喜的团队是最早从精神价值的传承角度研究古代文论的[12]。

张利群对中国古代文艺批评的研究也是从价值论角度切入的,这个具体的切入视角是当下意识形态建设的关键词"核心价值观",他总结出中国古代文学批评以人文价值为核心,具体形成和谐、自然、心学三种价值取向,直指人与社会、人与自然、人与自我三种关系维度[13]。这种研究路径亦可为我们研究古代文论中蕴含的"中华美学精神"所借鉴。

在厘清中华美学精神内涵是基于核心价值观的美学核心价值这一基本认识的基础上,进一步的研究还需要厘清中华美学精神之魂魄所指的内容,即中华美学精神的核心价值构成。中华美学精神作为一个既具有开放性与包容性又不乏建构性与生成性的多维整体系统,背后蕴含丰富的价值体系,对它的认识需要一个过程。追随"中华美学精神"研究的时代性命题,是中国古代文论研究领域大有可为的前沿阵地。

第二节 古代文论中"范畴"研究的新声

自有中国古代文学批评这一学科起,"范畴"研究就是一个重点,朱自清先生《诗言志辨》一书持久的学术地位的建立,正是因为在学科建设最初,他就用个人的实践就中国文学批评史中若干重要概念进行了考其源流,辨其含义的细致工作。时至今日,古代文论研究领域的诸多具体工作仍是围绕着若干重要范畴进行的,但在新的学术语境、新的学术指导思想的引导下,传统的范畴研究也有程度不同的新推进,这首先就体现在古代文论范畴体系研究的推进上。

一、古代文论范畴体系研究的开展

范畴研究作为中国古代文论研究的传统重点,其积极意义至少有二:一是深化、细化中国古代文学批评史学科的基础性研究,使之能够建立在坚实的材料基础上;二是为当代文学理论批评的转型重建提供具体有效资源。基于这一认识,古代文论界在范畴研究领域,一向注重发掘中国古代文论中具有现实理论意义的范畴,同时不忽略对既有古代文论范畴的进一步深化研究。此外,在"古代文论的现代转化"这一方向性指引下,文论范畴研究的新发展首先就是在具体范畴研究基础上进行的理论范畴体系的研究。

早在上世纪 80 年代后期至 90 年代初期,就有学者从关键范畴的现有研究成果出发,对中国古代美学和古代文论体系的整体框架进行了思考,或是就逻辑起点、或是就中心范畴、或是就基本线索,提出了不少至今仍有影响的观念[14],形成了一些阶段性重要成果,如陈良运提出的中国诗学"言志""缘情""立象""创境""入神"的体系性构成[15];党圣元和汪涌豪主张的已成为学界基本共识的"潜体系"说,前者主要从思维方式立论,指出先秦哲学方法论为中国传统的理论思辨和分析方式奠定了基础,[16]。后者从"元范畴"着眼,拈出"道""气""兴""象""和"五个元范畴,认为它们对中国文论范畴体系形成具有本源性意义[17]。蒲震元则从学术史梳理入手,对 80 年代以来古代文论(古代美学)研究中从微观研究逐渐扩展到宏观考察,从概念、范畴的诠释逐渐拓展、深入到对思想体系的深层研究的理论取向进行了分析,指出通过对大量古代文艺现象与文论范畴的研究,由范畴研究向体系研究拓展,是一条切实可行之路[18]。

尽管对关键范畴的指认和与之有关的范畴体系的建构还有人言人殊之处,但对体系的探索往往突出了中国古代文论中那些最为本源、最为中心也最能体现审美规律的范畴却是不争的共识,同时对体系的探索也是在探求这些范畴之间的共生性或是发展性关系,亦可以说,对关键范畴和它们之间关系的指认就是体系研究的重点所在。在持续性的"古代文论的现代转换"的学科内部方向性指引和"中华美学精神"建构的外部时代语境驱动下,古代文论范畴体系的深入研究无疑还有继续深入的必要与空间,尤其是在其现代价值转换方面还有很多具体的工作可做。其中的关键问题还是对体系的理论指向的理解,不难看出倡导者所言的"潜体系"概念的问题所在,是其认识依据还是我们今天基于西方文论而来的文学理论知识构成,如是去构建范畴体系,还是有"以西释中"之嫌,这能够"基于本民族话语资源,衍伸和抽绎出能与世界文明接轨的精华部分"吗?并且西方美学的两次转向,即从本体论美学向认识论美学又向语言论美学的转向,其中有一个可供我们与之对话的统一整体吗?这些恐怕都还是这一研究具体执行过程中迄待解决的关键问题。

二、古代文论范畴研究的有序推进

古代文论领域的范畴研究作为基础性研究,其成果还是非常可观的,厘清这些成果的种类,对于我们进一步在此基础上辨析文论范畴背后的美学精神乃至价值体系,不无裨益。我们从哲学、美学、古代文论三个层面梳理古代文论范畴研究的主要成果。

1.哲学范畴研究先行

20世纪80年代以来,因为文化界领导人的倡导,范畴研究成为古代文化研究的一个热点。对范畴的系统研究首先就是从中国哲学、美学领域开始的,学术界率先关注的就是中国古代哲学领域的一些基本范畴:如带有本体论色彩的"道"、"气"、"理"等重要概念的含义及其发展演变,具备认识论意义的"类"、"故"、"理"三个范畴的逻辑发展,兼具认识论和价值论意义的"和"、"反"、"争"、"合"、"分"以及"分"和"合"的统一所体现的中国古代辩证法的发展过程,具有民族价值的"天人合一""知行合一""情景合一"三个命题之间逻辑体系关系的认识等,都是开一时风气之先的重要研究,这些成果的获得也是范畴研究的一个良好开端。20世纪80年代学术界基本完成了对中国哲学范畴的初步系统整理,张立文的《中国哲学逻辑结构论》《中国哲学范畴发展史》,张岱年的《中国古典哲学概念范畴要论》等专著是标志性成果,前两本著作突出了中国哲学范畴产生和发展的文化背景、中间环节及演变规律,长于历时性的清理;后者则共时性地区分了中国哲学范畴系统的基本概念,并将之分为三类:一是自然哲学的概念范畴,二是人生哲学的概念范畴,三是知识论的概念范畴。作为研究基点,哲学基本范畴的研究为后来的古代文论范畴研究提供了方法论和文化立足点的坚实基础。

2.美学范畴研究的多方向

哲学和美学范畴比文论范畴(文论可理解为西方所言的"文艺美学",是美学的一个主要分支)具有更大的包容性和更强的统摄性。一方面,古代文论中某些具有本体意义的范畴往往沿用哲学范畴,后者构成其哲学基础;另一方面,中国古代哲学和美学范畴本身往往就孕育着文论范畴,也可以说文论观念是一定的哲学观念在文学领域的具体呈现。但文学毕竟具有语言艺术的特殊性,因此文论范畴往往也会突破哲学范畴、美学范畴而在内涵上有所丰富。古代文论范畴研究正是要在这一点上深入挖掘,即既要发掘其哲学意味的共性,更要思考其美学意义的个性。

20世纪80年代以来,古代文论范畴研究往往与哲学范畴、美学范畴研究相交叉,与书法、绘画等艺术门类相结合,呈现出综合研究的态势。李泽厚、刘纲纪的《中国美学史》是这一研究方向下的代表性成果[19],叶朗的《中国美学史大纲》作为美学界较早也较为系统地研究中国美学史的著作,影响也颇大。[20]曾祖荫的《中国古代美学范畴》则独具特色[21],他以文艺特征为中心,共时性选取了六对范畴,即情理、形神、虚实、言意、意境、体性,以"说明艺术的内部规律,特别是着重说明艺术形象反映生活的特性","力图从文艺与生活的关系出发,揭示范畴的辩证性质和最基本的美学要求";周来祥的《中国美学主潮》力图抓住每个时代美学的总范畴和审美理想,作为历史发展的主要线索,着力点在揭示这些总范畴和审美理想的产生、发展、裂变、兴替的历史轨迹[22]。涂光社的《中国古代美学范畴发生论》着重从发生论的角度探溯中国古代美学范畴发生的原始轨迹,寻找中国美学范畴的民族特色及形成原因,是从发生学的角度对中国美学范畴进行的探源性研究[23]。这些美学领域的范畴研究与中国古代文论范畴研究不乏交叉之处,亦多少开阔了古代文论范畴研究的视野。

3. 古代文论范畴研究的独特性

古代文论具体范畴的研究自中国文学批评史学科兴起时,就是阐明文学观念变迁的研究重点。20 世纪上半期,古代文学批评史学科初建时期,学者们已经就诗文领域的关键范畴,如诗言志、六义、文笔等进行了颇为深入的探讨[24]。20 世纪 80 年代初期古代文论范畴研究则主要集中在意境、风骨等在中国古代文论中具有贯通性意义和民族性特色的范畴,随着专业研究的深入,研究者的目光开始更多地停留在那些更能体现古代文论审美意识、更富于民族特色的范畴上。代表性的研究成果就是"中国古典美学范畴丛书"的出版[25]。撮其要者,陈良运的《文与质、艺与道》考察阐释了中国美学史上具有纲领性意义的两对范畴。袁济喜的《和——中国古典审美理想》历时梳理了"和"这一集中体现中国古代文化精神的范畴的同时,又共时性区分了三种不同的"和":作为审美对象的"和"、作为审美心态的"和"、作为审美主客体关系的"和",他对"和"这一范畴所体现的协调个人与社会关系的价值取向的深入考察成为之后相关研究的一个主要思考基点。涂光社的《势与中国艺术》清理了"势"在两种领域的不同存在:先秦两汉子书中的"势"、传统诸艺中的"势",辨析其异同的同时对"势"所蕴含的艺术动力学意义进行了探索。蔡仲翔、曹顺庆的《自然、雄浑》,汪涌豪的《风骨》也各有特色,显示了当时古代文论学界在具体文论范畴研究上的特点,即既有综合整体的眼光又不乏具体概念的细致考辨。此外蒋述卓的论文《说"飞动"》,力图贯通文论、书论、画论等不同艺术领域,并结合艺术实践强调说明该范畴中贯穿着中华民族的生命意识与灵动、自由、和谐的精神,最能代表中国艺术精神[26]。

从不同角度切入对某一具体文论范畴的研究也是研究中的一个特点。这主要集中于中国古代文论中具有贯穿性意义的重要文论范畴,亦常常和古代文论中一些具体的研究领域构成交叉关系。以"文气"范畴的研究为例,钱仲联先生《释"气"》是从语言学入手的研究,对"气"进行了历时性的语言学考释,清理了该词由单词而推衍为复合词的复杂过程[27]。于民的《气化谐和——中国古典审美意识的独特发展》采用的是具有综合交叉性的研究方法,注意到了哲学和人体科学的气化论对该词审美意识特点的形成和发展具有重大影响,将研究重点放在原始的谐和气化一体到殷末西周的阴阳与五行说的形成这一段的历史考辨上,指出气化和谐,形成了早期系统的哲学和审美认识基础[28]。蒋述卓《说"文气"》则强调文化发生学观念,将"文气"论的来源追溯到原始人的宗教观和生命主义思想,他进一步结合音乐、绘画和书法理论,剖析"文气"论的多重内涵和美学精神,指出较之"风格"、"个性"这两个具有类似指涉意义的现代概念,"文气"具有更为丰富的内容[29]。这也说明,对古代文论关键范畴的研究并无单一的定论,古代文论范畴研究已经具备作相关的学术史梳理的基础。

另外值得一提的是文学思想史研究对范畴研究的启示,其中尤以罗宗强的经验最为突出,在写作《隋唐五代文学思想史》之前,他准备对一些常用范畴"考其原始,释其内涵,辨其演变",但他深入阅读资料后又发现,这些范畴的产生都和一定时期的创作风貌、文学思想潮流的演变密切相关,不弄清文学创作的历史发展,不弄清文学思想潮流的演变,就不可能确切解释这些概念的产生以及它们产生时的最初含义是什么。因此,他转向为中国文学史与文学思想史并重,以之为阐释重要范畴的基础。这也和蒋寅的感受异曲同工,他牢记其业师程千帆先生的教导,强调古代文论的研究一定要和古代文学史的研究互为表里。具体到古代文论范畴研究,就是不能忽视古代文学作品微观研究所具有的实证意义。

古代文论范畴研究中存在问题也是明显的,汪涌豪就认为"从外在构成看,主要范畴研究多,次要范畴研究少;诗文范畴研究多,而戏剧、小说范畴研究少。从内在质性上看,则狭义诠释多,广义综括少;具体例释多,条贯归纳少;单个专论多,体系探索少"。从这个意义上说,传统的中国古代文论范畴研究还有很大的空间。近年来,古代文论范畴研究已经注意到"趣"、"奇"、"逸"、"直致"等以往被忽视的次要范畴,随着古代文论基本文献的全面整理完成,范畴研究这一古代文论的传统研究领域也会萌生新意。

第三节　诗文评外的新材料及其意义

中国文学批评史作为古代文论的初始形态,学科初建是在 20 世纪初中国学术受西风影响的转型初期,即主要研究方法来自于对域外文学研究学术思想和方法的引进,研究的基础材料则主要是传统的诗文评,奠基之作陈中(钟)凡的《中国文学批评史》涉及材料就多是依据四库馆臣的《四库全书·集部诗文评提要》,集部分五大类:楚辞、别集、总集、诗文评和词曲,一般认为"诗文评"收录的就是我们今天所言的"文学理论和批评"方面的书籍,古代文论研究的重点材料也集中在这一类。杜书瀛《从"诗文评"到"文艺学"》[30]一书,对这一学科作学术史的清理,更是将"诗文评"视为今日学科建制的"文艺学"的前身。

学术界在肯定其不遗余力追寻中国文艺学"前现代"思想发展脉络的努力及其贡献的同时,也展开了热烈的学术讨论,讨论的焦点集中在"形态"和"对接"两个关

键问题上,主要的讨论问题可以概括为:

第一、"诗文评"能否概括并代表中国古代文学理论的全部?

第二、中国现代"文艺学"是不是就是从古代"诗文评"的逻辑中线性发展而来的?

一、作为中国古代文论主要载体的"诗文评"文献的系统整理

"《四库全书总目》代表了封建社会晚期正宗正统的学术思想,列于集部的诗文评类提要考辨较精微,评价颇公允,基本构成古典形态文学批评学术史的雏形,大致体现出当时诗文研究的学术水平。它既可以说是传统诗文评研究的集大成之作,也可视为现代形态的文学批评史学科形成的基础"[31]。这种观念和杜书瀛先生相若,都认为现代形态的文学批评史学科的构建固然离不开西方史学观念的影响,但中国固有的保留在历代史书中的艺文志等类别中的文学理论专著也是必不可少的资源,不能仅仅将其视为研究材料,其中还有中国传统治学方法,尤其是体现在史书分类变动中的观念变迁。

新时期以来资料考证的成就,特别是对《乐记》《诗格》和《二十四诗品》作者问题的考证新见,说明中国古代传统考据研究方法对于古代文论研究的重要性已经成为学界的共识。此外,与传统目录学有关的中国古代文体学研究的新发展亦是传统学术生命力的体现。

学术研究的基础性工作还是文献资料的系统整理,其成就体现为对不同文体、不同艺术门类资料的全局性考察与在全局性眼光下的具体文献整理。郭绍虞主编的《中国历代文论选》(四卷本)、陈良运主编的《中国历代文学论著选》,都是系统性的著作,多年作为大学中文系古代文论教学的基本参考资料,郭丹主编的《先秦两汉文论全编》《魏晋南北朝文论全编》则是近年出版的同类著作,体例与前述两书接近,但资料收集整理更为全面。就具体文类批评资料的整理而言,词学方面,有唐圭璋的《词话丛编》(1986)、张惠民的《宋代词学资料汇编》(1993);小说理论方面,有黄霖、韩同文的《中国历代小说论著选》(1982)、丁锡根的《中国历代小说序跋集》(1996);戏曲方面,有俞为民整理的《历代曲话汇编唐宋元编:新编中国古典戏曲论著集成》(2006)。这些著作对古代文论资料进行了分门别类的清理。吴文治主编的《宋诗话全编》十卷本(1998),共收录宋代诗话562家,集宋代诗话之大成,其中原已单独成书的就有170余种,另有近400家原无诗话辑本传世的诗论家都有辑本收入,是汇集宋代诗话资料最为完备的大型图书;《明诗话全编》(1997)几乎在同时编纂完成。清诗话数量尤多,目前已出版《清诗话》《清诗话续编》《清诗话三编》系列。

无论对"诗文评"与当下文艺学之间的关系如何认知,传统的"诗文评"材料的

整理都是古代文论学科建设的一个基础工作,也是其他方面研究展开的一个基础。值得注意的一点是,整理工作不能一味求"全",建立在一定研究基础上的择选工作更为重要。

二、在"诗文评"材料之外广泛涉猎古代文论更多的思想资源

古代文论"在传统和现代之间"的基本学科定位上的矛盾之处已有多人论及,党圣元的论述更有代表性,他指出:研究对象是传统古代文化,研究方法及学科建制却是现代的。确切地说最初的中国文学批评史学科的基本范式来自域外,是在"诗文评"这种传统基本范式遭遇危机时的现代转换,动力来自内部,其运作文化资源乃至方法却来自外部。他同时指出中国古典学术体系主要还是在四库的大框架下,缺乏西方人强烈的理论史意识,但学科初建期,忙于搭架子,忙于引进体系乃至改造体系的工作,主要的成果在"通史"的大量诞生,对学科建设功不可没的同时也引发负面效应——研究视野狭窄,多年未能超出早期通史框架所列出的条目,大量原始资料被搁置。另一方面,就是从"诗文评"这些原始材料来看,其思维及表达方式与现代以来形成的"古代文论"表述样式差异甚大。故而他针对古代文论研究中的三个突出问题:与文学史割裂、与广义的文学观念割裂、与具体的文化语境割裂,提出三个回归:回到学术史语境、回到文学史语境、回到价值论语境[32]。

回到学术史语境,首先就是要重视古代文论形成的哲学思想史语境,在文献搜罗上要由醇返杂,扩大搜罗范围,重视传统的"诗文评"之外的文献的收集、整理与诠释,在不同学科关系上,要尽量打通文史哲之间的深层关系。这也是本学科奠基人之一的郭绍虞所倡导的,朱自清也曾说"在浩如烟海的书籍中披沙拣金",强调不仅要重视那些为人所熟知的文论著作,还要从古代各种诗话、词话、乐论、论诗及别集和圈点评论,以及史书的文苑传或文学传序以及笔记小说中剔抉爬梳,提要钩玄。故此,一手材料的发掘整理夯实了他《中国文学批评史》的文献基础,造就了其恒久的生命力。拿《四库全书》的目录学来说,文学思想的整理亦不能局限于"诗文评",经部、子部中都不乏与之相关的思想。

回到文学史语境,具体来说就是要意识到古人文学思想不仅仅通过诗文直接之"评"来表达,诗文之"选""注"也是文学思想表达的主要途径,比如讲六朝文学思想对唐人的影响,首推《文选》。郭绍虞明确提出整理是批评、选择是批评,评价更是批评,当然作为批评的批评,即为批评确立标准和方法的文学批评,如《文心雕龙》之类著作的出现,就是批评的批评,更是文学批评趋向成熟的表现[33]。但仅仅关注作为理论的批评显然是不够的,这既不符合文学批评发展的历史事实,亦和郭绍虞、朱自清等学者治中国文学批评史的初衷不合,简单地说,中国文学批评史在他们就是寻求更完备的中国文学史叙述的副产品,旨在"从文学批评史以印证文学

史,以解决文学史上的许多问题"。蒋寅在《古代文论学科的回顾与前瞻》一文中,强调还是应回到文学史的语境:"古代文论都是就特定文学语境而发,与创作风气关系密切,不熟悉其所滋生的创作土壤,就很难理解其言说所指"。在阐述加强明清文论研究时认为:"地方志、族谱中存有大量的诗人传记和诗集序跋,尺牍集中存有大量的论诗文书札,也都可以搜集,加以汇编。""清代批评家不像明人那样喜欢大而化之地泛论历代诗文,他们更多地致力于对专门问题如文人传记考证、语词名物训释、声调格律研究、修辞技巧分析等,做持续、深入的研究。"[34]可见,古代文论研究的目光不应该仅仅盯在几部名著上,作为四部目录学上的"诗文评"亦不足以涵盖古代文论研究的全部。我们可以因时因地制宜,全面利用手头可见可用的具体材料,如本地最新出土的墓志等,从中寻找线索,进行文学观念思想的进一步考察。

回到价值论语境,在坚持"古为今用"思想的同时,需要有更为具体的问题指向,即客观辩证看待当下的文学价值观与古代文学理论思想之间的关系。尽量避免用今日的文学价值论所谓的"审美共识"去裁夺古代文论思想及其价值,尽可能客观全面地看待中国古代文论发展历史上文学价值观念的变化。回到价值论语境,一方面强调回到原初历史语境的客观性,以认识古代文学思想发展的真正面貌,另一方面强调当下的文学价值观也要有多元并存的一面。

这三个回归作为具体操作策略,对应的是宏观的"视界融合"观念。这一理论由伽达默尔提出,被视为当下能够恰当处理"过去"与"现在"之间的紧张关系,使传统得以延续,使现在的阐释行为获得有效性、合法性的关键所在。将之作为解决古代文论的学科困境的宏观方法,"以'视界融合'为前提,通过创造性的阐释,发掘传统文论的意涵,厘清其思维特征、基本范畴、形态乃至体系,同时通过必要的评估来彰显传统文论中所蕴含着的理论价值。'转化'的重点应该放在传统文论范畴体系的体认和建构方面,同时尝试运用传统文论概念范畴进行思维以及运用与理论批评实践,以激活之,或曰活化之,从而使其真正融合到当代文论话语系统中来,如此也就实现了'现代转化'的目的。"这无疑是富于启发性的主张。

结语:古代文论的学习不仅有助于专业领域的文艺学观念体系的建构,亦有可能见微知著,成为我们发掘古老的中华智慧的一个有效入口。

【注释】

[1] 习近平:《习近平总书记系列重要讲话读本》,学习出版社、人民出版社 2016 年版。

[2] 中国文艺理论界的"失语症"一般认为由曹顺庆最早提出,见曹顺庆、李思屈 《重建中国文论话语的基本路径及其方法》,原载《文艺研究》1996 年第 2 期, 收入《中国文学批评史学术档案》,第 264 - 279 页。武汉大学出版社 2012

年版。

［3］会议由中国中外文艺理论协会、社科院文研所和陕西师大中文系联合举办,会议具体内容参见屈雅君发表于《文学评论》1997 年第 1 期的综述,值得注意的是之后就这一命题的研究综述数量还不少,有代表性的还有王泽庆发表于《东方学刊》2007 年第 1 期的《"中国古代文论的现代转换"十年巡礼》等,足见这一命题在学科内部的影响力。

［4］代表性的著作有:童庆炳《中国古代文论的现代意义》、代迅《断裂与延续——中国古代文论现代转换问题》、顾祖钊、郭淑云《中西文艺理论融合的尝试——兼论中国古代文论的现代转换问题》。

［5］代表性的著作有:程相占《文心三角文艺美学——中国古代文心论的现代转化》、谭帆《传统文艺思想的现代阐释》、杨玉华《文化转型与中国古代文论的嬗变》、樊美筠《中国传统美学的当代阐释》、周昌忠《中国传统文化的现代性转型》等。

［6］举其要者,有曹顺庆、蒋寅、陈洪、朱立元、罗宗强、蒲震元、蔡钟翔、张少康、王志耕、南帆、蒋述卓等,不少学者之前并非专治古代文论研究。

［7］习近平:《习近平总书记在文艺工作座谈会上的重要讲话学习读本》,学习出版社 2015 年版,28 - 29 页。

［8］http://culture. people. com. cn/n/2014/1226/c172318-26278787. html,北大艺术学院院长王一川:对中华美学精神的几点思考;仲呈祥:《传承和弘扬中华美学精神》,《求是》2014 年第 23 期;仲呈祥,金雅:《中华美学精神:理论与实践》,中国艺术报 2015 年 9 月 9 日第 3 版;张晶:《试论中华美学精神的基本特质》,《江西师范大学学报》2015 年第 3 期。

［9］最初钱中文主编的《中国古代文论的现代转换》一书可作为这类成果的代表,后期则有李建中《中国文论:说什么与怎么说》作为代表。

［10］这一命题在学术界广泛传播之后,古代文论领域的范畴研究几乎都受到了这一观念的影响,比较典型的有古风对"诗言志"命题的系列研究。

［11］朱立元:《关于中国古代文论现代转换的再思考》,《中国社会科学》2015 年第 4 期。

［12］课题研究主要成果收入袁济喜《中国古代文论精神》,山西教育出版社 2005 年版。

［13］张利群:《文学批评核心价值体系研究》,广西师范大学出版社 2015 年版,92 - 105 页。

［14］如周来祥认为中国古典美学是以"和谐"美为逻辑起点的美学体系;皮朝纲则把"味"与"意象"看作是具有基础性质的中心范畴,认为古代文艺美学体系可以之为中心建构;成立在《中国美学的"元范畴"》一文中提出"元范畴"概念,

认为"象"与"兴"可视为中国古典美学的两个元范畴,它们之间的相互联系构成了中国美学范畴体系化研究的历史与逻辑的统一起点;周来祥认为"和谐"是古代美学基本范畴,吴调公认为文学美最重要的范畴是"意境",作为中国文学美学史的一根纵轴,文学美学史的建构应以"意境"范畴为核心。

[15] 陈良运:《中国诗学体系论》,中国社会科学出版社 1992 年版。

[16] 党圣元:《中国古代文论的范畴和体系》,《文学评论》1997 年第 1 期。

[17] 汪涌豪:《范畴论》,复旦大学出版社 1999 年第 1 版,修订本更名为《中国文学批评范畴及体系》于 2007 年出版。

[18] 蒲震元:《从范畴研究到体系研究》,《文艺研究》1997 年第 2 期。

[19] 李泽厚,刘纲纪:《中国美学史》,中国社会科学出版社 1984 年版。该书提出要从现代科学发展的高度对中国美学的一些基本概念、范畴进行科学分析,并尽可能用现代语言予以表述,以准确地阐明其在美学理论上的实际含义,这是其方法论上的开创之见。

[20] 叶朗:《中国美学史大纲》,上海人民出版社 1985 年版。该书立论基点是强调中国美学的民族特色,涉及从先秦到近代的美学大家,包括诗歌美学范畴、书画美学范畴、小说美学范畴、园林美学范畴等诸多美学领域,是从范畴入手对整个中国美学史的初步整理,作者之前出版的《中国小说美学》一书影响更为深远。

[21] 曾祖荫:《中国古代美学范畴》,华中工学院出版社 1986 年版。

[22] 周来祥:《中国美学主潮》,山东大学出版社 1992 年版。

[23] 涂光社:《中国古代美学范畴发生论》,人民教育出版社 1999 年版。

[24] 朱自清:《朱自清说诗》,上海古籍出版社 1998 年版。

[25] "中国古典美学范畴丛书"由蔡钟翔等主编,最初由中国人民大学出版社出版,后来进一步扩张为"中国美学范畴丛书",由百花洲文艺出版社出版,作为一项宏伟的学术工程,对古代文论范畴研究影响甚大。

[26] 蒋述卓《说飞动》,《文学遗产》1992 年第 5 期。

[27] 钱仲联:《释"气"》,《古代文学理论研究(第五辑)》,上海古籍出版社 1981 年。

[28] 于民:《气化谐和——中国古典审美意识的独特发展》,东北师范大学出版社 1990 年版。

[29] 蒋述卓:《说"文气"》,《中国文学研究》1995 年第 4 期。

[30] 杜书瀛:《从"诗文评"到"文艺学"》,中国社会科学出版社 2013 年版。

[31] 吴承学:《论〈四库全书总目〉在诗文评研究史上的贡献》《文学评论》1998 年第 6 期。

[32] 党圣元:《在传统与现代之间——古代文论的现代遭际》,山东教育出版社 2009 年版。

［33］郭绍虞:《中国文学批评史》,上海古籍出版社 1979 年版,绪论第 1－2 页。

［34］蒋寅:《古代文论研究的回顾与前瞻》,《文学遗产》2008 年第 1 期。

【延伸阅读】

［1］龚鹏程:《有文化的文学课》,中华书局 2015 年版。

［2］钱中文主编:《中国古代文论的现代转换》,陕西师范大学出版社 1997 年版。

［3］童庆炳:《文化诗学:理论与实践》,北京大学出版社 2015 年版。

［4］袁济喜:《中国古代文论精神》,山西教育出版社 2005 年版。

［5］党圣元:《在传统与现代之间——古代文论的现代遭际》,山东教育出版社 2011 年版。

［6］杜书瀛:《从"诗文评"到"文艺学"》,中国社会科学出版社 2013 年版。

第二十章

法兰克福学派与中国现代文化研究诸多问题的生成

【引言】

　　作为现当代最负盛名的文化批判学派，法兰克福学派的文化批判理论对中国的文化研究影响颇深。虽然国内学界对法兰克福学派与马克思主义理论之间的关系存在一些争议，但都承认在对资本主义异化进行彻底批判这一根本的立场上，法兰克福学派无疑继承了马克思主义的批判立场。

　　在我们看来，法兰克福学派的真正影响在于他们将马克思主义的政治经济学批判延伸到文化批判的领域，而这种转换契合了现代哲学向文化哲学转换的趋势，也因此使法克福学派文化批判理论成为中国现代文化研究开展的一个中介。正是因为如此，我们有必要从法兰克福学派这个与现代各种文化研究理论有着千丝万缕联系的理论体系出发，从其思想发展的辩证历史轨迹，来揭示出现代精神领域被更新以及被终止的成分。

　　我们在这里围绕法兰克福学派于中国文化哲学研究的建立、文化生产理论、文化工业批判这些部分的介绍，不仅仅是为了挖掘出法兰克福学派文化批判理论对现代人具有启示性的东西，更主要的也是为了还原中国现代文化各个研究脉络是如何展开的。这也是我们寄希望于一种创造性的文化阐释，通过法兰克福学派来把握中国现代文化发展脉络的原因。

　　文化生产理论，无疑是法兰克福学派一个纲领性的概念。对于本雅明这个法兰克福学派的理论引领者来讲，文化生产理论在其思想的星丛中居于一个非常重要的地位，当然也就在法兰克福学派中占据非常重要的地位。从本雅明自身来讲，他以这样一个概念，实现了其思想中神秘主义与马克思主义思想的融合，而这种融合只是为了探索现代性的秘密，但是对于法兰克福学派其他人来讲，这个概念则既实现了他们与正统马克思主义的联结，又打通了其与各种现代性的联系，也因此文化生产作为一个现代性生成向度上所呈现出的辩证意象，成为法兰克福学派其他人反思批判自始至终需要关注的视域。

围绕文化生产概念而形成的思想的星丛,影响了法兰克福学派其他的人,但与本雅明将文化生产视为现代性进口不同,在法兰克福学派其他人那里,本雅明这一充满希望的思想星丛又被纳入到马克思主义的批判视野当中,以文化工业这种异化的形式呈现出来。在如何理解现代文化这一问题上,阿多诺等人更多的回归了马克思主义(或者说是卢卡奇)异化(物化)的立场,将文化生产的大规模工业化归结为启蒙所造就的同一性强制,也因此铸就了《启蒙辩证法》这本集现代性批判之大成的著作。从其批判的广度上来讲,这本书可视为法兰克福学派对西方文化进行全面性批判的尝试,相较于海德格尔借助希腊哲学和基督教哲学来实现对这一问题的关照,《启蒙辩证法》的深刻性则通过将同时代各种激进思想杂糅在一起来实现。

【思考】

1. 工业时代纯粹的文化艺术是否存在?你有什么看法?
2. 启蒙与理性的关系是什么?
3. 对法兰克福学派的文化工业批判与纳粹极权主义的关联性,你有什么思考?
4. 对文化工业与文化观念的再生产,你有什么看法和观点?

第一节   法兰克福学派与中国的马克思主义研究

将法兰克福学派视为中国现代文化的语境抑或是背景,倒不是说他们的文化理论体系奠定了什么框架建立了什么文化研究的指导原则,而是说,他们就现代文化所提出的各种命题,做出的回答成为中国现代学人思考现代文化属性的参照。当然在这个问题上中西方还是存在着一些差别,法兰克福学派之于西方文化语境而言,其身份大抵可称得上是一个启蒙主义精神的现代践行者,但法兰克福学派之于中国现代文化的语境则要重要得多,也复杂得多。从其在中国语境中所造成的阐释效果来看,法兰克福学派几可算得上是现代文化体系的开创者和导引者,在某种意义上说其奠定了中国现代性话语的致思路径似乎也并不为过,但说由其批判反思所形成的话语结构对中国文化研究的话语言说方向不断起着牵引作用似乎更为准确。这种论断大抵会引起比较大的争议,但就其实际的影响来看,也并非是夸大其词。究其根由则应归结为法兰克福学派提出问题以及解决问题的方式对中国现代性话语的生成及走向至关重要。

一、中国理论界围绕法兰克福学派所产生的争论

陈学明和王凤才在《西方马克思主义前沿问题二十讲》中将包括法兰克福学派在内的西方马克思主义研究语境设定在这样的三个方面,"如何在马克思主义发展史的语境中来认识西方马克思主义"、"如何在现代西方哲学的语境中来认识西方马克思主义"以及"如何在后现代主义的语境中来认识西方马克思主义"[1]。应该说这三个语境的设定基本上涵括了中国现代文化研究的基本框架结构。而我们在这里由这三个框架结构也引申出这样一些问题:首先是如何改变中国马克思主义的话语存在方式;其次是西马对中国现代文化研究的介入方式。而要回答这些问题,则又必须进行一个学术影响史的追溯,方能看清楚其中的复杂变化。而这个学术的影响史可以分为这样两个方面:一是学术发展史的学统之争[2],表现为法兰克福学派为正统理论接受的过程;另一个更为则是影响之争,也就是法兰克福学派为中国现代文化决定那些论题和论域。我们在这里首先来看一下学统之争。21世纪的第一个十年,自徐崇温"填补空缺"的《"西方马克思主义"》[3]将法兰克福学派引入到中国之后,对于西马(当然包括法兰克福学派)是否属于马克思主义的体系,中国学界一直争论不休。从后来的发展来看,将其不断翻出来,有时是纯粹的学理之争,但更多的时候,则是出于政治的目的,当然前一个目的与后一个目的,由于时间的推延以及有意无意地遮遮掩掩,越发呈现出相互交错的状态,也使这一问题在一个什么样的维度上展开,到后来越发看不清楚。

在国内,江天骥的《法兰克福学派—社会批判理论》是一部较早研究和汇编法兰克福学派作品的专著,可谓引风气之先。按照作者的说法,这本书收集了该学派前期和后期"最重要的代表人物"马尔库塞和哈贝马斯的作品[4]。李忠尚的《"新马克思主义"析要》虽然将法兰克福学派纳入"新马克思主义"的范畴,但仍然认为法兰克福学派的辩证法是一种"否定客观辩证法的一种主观辩证法"[5]。奚广庆等人主编的《西方马克思主义词典》虽然也指出法兰克福学派是西方马克思主义中持续最长以及影响最大的一个学派。但依然基于传统认识判定西方马克思主义是一种"非马克思主义思潮"。[6]这些论断更多地关注法兰克福学派与马克思主义的关系研究,在唯心唯物上做出自己的辨析。随着时间的推移,这种研究方式不断地遭受侵蚀以至于被推到学术研究的对立面。

随着西马研究的不断深化,对法兰克福学派所持的这种否定态度也在不断发生变化,经历了一个从批判向接受转变的过程。而这一转变过程的独特性在于,否定和肯定各方的针锋相对,客观上推动着中国学界对法兰克福学派的评价逐渐由意识形态层面向学术研究层面转移。欧力同、张伟的《法兰克福学派研究》认为"法兰克福学派在某些问题上恢复和坚持了马克思主义的一些原初观点"[7]。俞吾金、

陈学民等编着的《国外马克思主义哲学流派新编》将法兰克福学派纳入西方马克思主义人本主义的流派之中,肯定其是致力于对资本主义彻底否定的西方学术流派[8]。陈学民《二十世纪哲学经典文本——西方马克思主义卷》认为在马克思主义的哲学流派中最富代表性的当属"西方马克思主义"哲学[9]。他们直接将法兰克福学派视为马克思主义的观点,在某种意义上可以视为中国学界在学理上对法兰克福学学派的一次彻底正名。衣俊卿在《20世纪的新马克思主义》中明确地将"西方马克思主义"视为马克思主义在20世纪发展出来的新形式[10],并且认为各种马克思主义流派之间要"进行平等性对话"。王凤才的《追寻马克思—走进西方马克思主义》将法兰克福学派的研究作为了"这本书的研究重点"[11]。其标题也显示,中国学界基本上已不再将包括法兰克福学派在内的"西方马克思主义"视为马克思主义的异端邪说了。

张一兵的《无调式的辩证想象——阿多诺的〈否定的辩证法〉的文本学解读》是对"阿多诺反思统一性逻辑、重构批判性辩证法的力作《否定辩证法》的文本学研究成果"[12]。而他的学生张亮的《'崩溃的逻辑'的历史建构——阿多诺早中期哲学思想的文本学解读》与张一兵上述的研究形成了一种呼应,这两本书可说是在张一兵"当前西方马克思主义的深度研究的真正入口是脚踏实地的文本学解读"[13]这种研究方法的一种实践。从实际的学术影响来看,他们倡导"回到马克思",这在国内也引起了不小的争议,因为根据现代性经验,以解构性的历史学来倡导重建一种历史性,往往都无疾而终。所有的"回到"都给人一种永远回不去的隐忧,更遑论这里也暗指了前人在马克思主义研究路径的偏离。而且他们这里的研究借助于阿多诺颇为引起争议的否定辩证法来开始这种回归,难免会使人产生各种疑虑。

二、法兰克福学派与中国学界西方学术视野的修正

原本是一个有着保守主义以及精神贵族气息的学派,现今却成为了解构主义者的精神偶像,本身就呈现出现代性语境的复杂性。虽然后来福柯以及德里达所从事的差异性研究路径似乎与阿多诺一脉相承,但以这么一个激进的形象来推动中国马克思主义研究完成超越,似乎也为自己的实践人为地增加了一些难度。虽说法兰克福学派包含着许多非常有用的理论资源,但由这个学派的内在理论,来撬动中国原有的意识形态体系,其结局大概也只能类似于阿多诺等人以批判的姿态来撬动整个西方文化的传统。更何况,中国的马克思主义研究基本上不存在什么现实的批判力量,如果细究这种隔山打牛的学术研究方式形成的原因以及实际所造成的影响,着实会使人觉得无奈与可惜。但从学术研究的逻辑上来看,这种新的研究路径尝试,也侧面反映了,在西马研究的推动下,中国学界也尝试以新的视角对以往马克思主义的研究展开反思。

从文化接受史的角度来分析,一个理论体系为什么会被接受以及会以什么特定的方式接受,本身就牵扯着各种各样的因素,而在中国现实的语境中间,因为历史和现实的双重因素影响,这一问题便更加的复杂,文化权力问题,正统马克思主义的影响,西方文化的大规模传入所导致的文化背景的变化,中国学人原有的马克思主义语境,都成为决定这个学说能否顺利进入中国学界视域的条件。虽然在一种理想的接受状态下,我们应该持一种中立客观的态度评判所面对的对象,但根深蒂固的意识形态的偏见往往阻止了对自身学术理论的反思,也就阻止了我们对于学术体系把握的高度,而这也反过来置我们的文化发展于不利的地位,最明显的事例便是,当我们还在为"马克思只是被霍克海默一笔带过,并没有作为引发灵感的源泉,而只是作为了像奥古斯特·科姆特和马克思·韦伯许多社会学经典作家中的一个而已"[14]愤愤不已时,却没有看到苏联解体之后,谁还将曾经的种种理论纠结放在心上,苏联的马克思主义研究一度为政治而生,也正因为这种过于的单一性反过来也伤害到了学术研究自有的规律。

近代以来,西方的文化大量涌入中国,中国近现代文化发展的历史实际上也就是西方文化进入中国的历史。而这一客观文化事实之所以对我们这里的命题具有意义,是因为存在着这样一个疑虑,我们先前的理论积淀似乎已经使我们具备了一定的理论分析能力,使我们对各种外来的文化思潮有了一定的免疫力。但实际的情况却是,每当西方发生了些什么,在我们的文化土壤上也就会出现相应的观念萌芽,当我们对这一切又开始思考时,我们总是按照别人已经展开的线索去展开自己的研究。这既表现在对这些人物的著作的翻译序列上,也表现在中国学界对于法兰克福学派关注重心的转移上。中国学界前期将马尔库塞和哈贝马斯视为法兰克福学派的代表人物,中期则是对阿多诺用力甚勤,更晚近,本雅明的研究则形成了一股热潮。之所以会产生这样的阐释路径,无疑与我们既无法发现自己的又无法自由阐述现有的学术问题有关。再加之意识形态对于学术研究的阻碍,也导致了我们的学术研究总是处于一种错位的状态。

当然如果我们从黑格尔、马克思以及法兰克福学派这样一个研究序列上来审视,也可以将这种错位视为现代文化哲学转向所导致的一个结果。这个转向使原本按照严格逻辑所推导出的结论,都归于一个现代性的话语场中,其最本质的揭示不再坚持获得一个终极性的结论,相反,更准确地说,其表现形式越发成为一种寓言或者叫神启。这一点突出性地表现在法兰克福学派研究的阐释变迁上,如果说法兰克福学派早期致力于证明存在着一个黑格尔所说的世界精神的进程,这个进程最终将导向未来的共产主义社会,本雅明却以一种略显悲观的历史辩证法揭示了这一论断的荒谬性。而越到后期,他们的理论创新和他们的激情仿佛总在挽悼那被错失的东西,正像阿多诺所感叹的那样,"哲学之所以现在还存在,正在于所有实现的机会都错过了"[15]。但作为后来人,我们其实也知道,这个机会之所以会错过,更主要的原因在于人类其实并不知道这个使命到底是启蒙主义,还是更为久远的人文主义,又或是现代已经逐渐平息下来的共产主义? 也因此,法兰克福学派之于中国学界的语焉不详与其说是提供了一个清晰的逻辑框架,还不如说是于现代性的各种纷杂中提供了一条可能性的致思路径。

三、法兰克福学派与中国文化哲学的建立

随着这种研究视野的扩展和融合,一种混杂性的"文化"视野成为现代学术研究的一股潮流。诚实而言,法兰克福学派对于这种社会文化学的构建居功至伟,尤其是当我们将其与文化人类学进行区分时,但他们的基于马克思主义而进行的研究则更为可贵,这也使中国学界很快就意识到了这种文化学转向的价值。这主要表现在对法兰克福学派的文化学意义上解读。陈学明和王凤才的《西方马克思主义前沿问题二十讲》将法兰克福学派作为全书的结尾,来探讨西方马克思主义的发展前景[16],在某种意义上可以说将法兰克福学派的理论发展视为了西方马克思主义发展的主流。衣俊卿、尹树广等人的《20世纪的文化批判—对西方马克思主义的深层解读》[17]在某种意义上也是法兰克福学派思想的一个展开,体现了中国学界对法兰克福学派阐释的中国化努力。而这种努力还体现在试图从"文化"这一本体论的概念来对人类历史的发展做出一种新的阐释方式。

应该说这种努力把握到了法兰克福学派研究中的一种趋向,这就是在后现代性的否定之中如何构建现代性文化的脉络和图谱。刘北城的《本雅明思想的肖像》既是一本关于本雅明的传记,也对本雅明的一些主要思想进行了介绍和评述[18]。这本书以时间为线索,介绍了本雅明的生平以及各个时期的主要思想,为人们勾勒出本雅明所处时代文化的基本轮廓。杨小滨的《否定美学》一书依靠占有材料的优势,对本雅明、阿多诺和马尔库塞的理论进行了文艺学以及文化理论的阐述,由于其在阐述法兰克福学派理论的时候立足于与其他现代主义理论以及传统马克思主义理论之间的区别,因此该论述为法兰克福学派的中国研究提供了不少有益的启示[19]。郭军、曹雷雨编的《论瓦尔特·本雅明——现代性、寓言和语言的种子》收集了一批西方学者对本雅明学术思想的经典论述。在该书的前言处,郭军对于本雅明研究的领域以及思想的本质进行了非常精彩的阐释。在其看来本雅明论述中所包含的悖论性风格正是现实语境的真实展现,其中所包含的希望和绝望的悖论,体现出一种建构和解构的双向运作机制,在这种充满悖论的运作机制下,现代和后现代的文化语境最终会找到自己的思想归宿,这就是人类将用更加人道和合理的社会组织形式完成对资本主义历史的替代[20]。马驰在《新马克思主义文论》中对"文化生产"、"异化"以及"新感性"的研究[21],尤战生的《流行的代价——法兰克福学派大众文化批判理论研究》关注对大众文化的研究[22],赵勇的《整合与颠覆:大

众文化的辩证法》认为法兰克福学派的大众文化理论存在着两种模式和两套话语：阿多诺的文化工业批判理论构想了一种"整合"模式，本雅明的大众文化理论建立了一套"颠覆"模式。[23]以上的解读都体现了将法兰克福学派理论进行文化性阐释的趋向。这种解读的方式体现出中国的研究者逐渐以法兰克福学派制造出来的"问题逻辑"来反思中国当代文化的发展问题。

最近一段时间，阿多诺研究在中国学界颇为流行，应该说这是中国当下法兰克福学派研究上一个非常显著的特征。之所以会产生这样的现象，除了中国人传统的美学兴趣之外，也与阿多诺的学说有着较强的体系性有关。除了上述张一兵和张亮之外，其他一些可见于孙斌《守护夜空的星座——美学问题史中的 T. M. 阿多诺》，赵千帆的《从哲学到美学——阿多诺摹拟概念研究》，李韬《非总体的星丛——阿多诺〈美学理论〉的文本学解读》，赵海峰的《阿多诺的"否定辩证法"研究》，吴友军《批判的人学——对阿多诺〈否定辩证法〉本质理解》[24]。这些作品或者专注于对阿多诺"否定辩证法"的阐释或者专注于对"美学理论"的研究。这些研究除了对原始材料的梳理以及阐释语境的还原之外，实际上又怀抱着构建一种对现代性总体性认识框架的抱负，这种抱负也与中国现代所遭遇的现代性的话语背景有关。

热衷革命是法兰克福学派给人最直观的印象。联系到犹太人在近现代世上的种种作为。很难不使人联想到一种气质禀赋。特奥多尔·莱辛 1924 年曾经这样说过："人们通常都认为，作为有着阿赫斯维·埃拉历史的犹太人，是天生的革命和激进的思想的承载者。"[25]。在一段时间，很多人从革命的角度来探讨中国文化传统与马克思主义的关系，却很少分析这个宿命的文化内涵。从犹太人的遭遇来看，一个坚持自身独立性的民族，在其最容易被融合的时代，被标记上异类的标签。人类文化的奇特和诡异在于，一个精神共同体在漫长的岁月中为自己和人类的未来增添了多少的不确定因素。周围环境对于这个文化的态度无疑也是一个令人担心的问题（卡夫卡的洞穴）。这种漫长历史的积淀以及与西方文化对峙的局面很容易使人想到中国在近代史上的遭遇。如果说由于与所处的陌生环境的紧张关系，难免会使犹太人滋生对于前途命运的担忧，《启蒙辩证法》的确是出于这种担心所写就的书：这是对犹太人在高度危险下的情况下在哲学上的自我保护。[26]而这一切的担忧并没有阻止悲剧的发生，预言于是变成了悲剧的事前路演，显现了文化与人类命运的奇妙关系。历史的吊诡看来也不仅仅出现在中国，这也难免使人回想起本雅明的《历史哲学论纲》。张志扬的《创伤记忆》《渎神的节日》虽只是一场悲剧之后的创伤反映，所依据的思辨虽带有明显的德国哲学风格，但其思想的根苗不能不追溯到二战后犹太人对于自己命运的反思。

从法兰克福学派的文化研究经历上来看，我们总是喜欢将其视为一个欧洲文化的守护者，但是，从这一点来看，他们对于以大众文化为代表的现代文化批判，实际上包含着传统失败之后，他们在找寻一种新的文化形式，社会自身的发展不断在改造着他们，他们在文化上也属于失落传统的一代，他们对于大众文化的批判，虽然包含着非常深刻的马克思主义门派的见解，但在他们的理论中包含着希腊以来的人文主义与马克思主义以及犹太教的救世思想的统一，这种统一集中地反映了这一群体的知识分子对于这个时代所承担的责任。现在的中国和彼时的德国无疑都面临着相同的传统文化问题。在中国积极恢复文化道统的背景下，法兰克福学派如何处理与欧洲文化传统的关系似也可作为一种借鉴。这当然是因为中国传统自“五四”之后，其意义价值几经颠覆。然就其现有的重建路径而言，似乎少有置身于一条完整思想体系的反思和内省。

从以上论述可知，法兰克福学派之于中国现代语境的生成有着非常重要的意义。不论这种影响是来自于对法兰克福学派思想的否定，还是来自于对这个流派思想的称赞。从现在来看，都与当代中国文化研究的相关方面产生着千丝万缕的联系，也正是出于这样的原因，我们需要置身于法兰克福学派理论构建的历史语境中，反思他们在面对现实理论问题时所找出的解决办法，从而为今天的文化研究找到一个思考的参照系。而这便需要我们不断地回到思想出发的地方，一次次的思考是什么使这一切成为现实，这其实正像张旭东对杰姆逊所做出的解读那样：“在这场斗争中，人们不得不一次又一次地与自己的主观性决裂，而去接受严酷的现实法则，但却一次又一次地被来自主观和环境的假象所包围而回到这场斗争的起点”[27]这在某种意义上也是中国学人一段感同身受的自白书。也使我们有必要对法兰克福学派在西方语境中的价值做一些梳理。

第二节　文化生产与现代性的建立

虽然现代性反思的虚无主义已深深浸入一切的思想活动之中，不论我们是把自己和外界当作幻象还是当作实在，总有东西被开启着，也总有东西消失着，而这种开启和消失又迫使我们进入“思”的境遇中，反思这一切存在和消失的意义。这就像人类发展的历史上所经历的无数次“古今之争”一样，向后人昭示着衰败和再生的轮回。也因此在一种形而上学的意义上揭示着人的存在的可能性和历史发展的可能性，这也是我们从文化生产切入法兰克福学派文化批判理论的原因所在。这个本雅明提出的概念，以一种索隐的方式成为其思想迷宫外示人以方向的路标，之所以如此，可能要归于他在《机械复制时代的艺术作品·序言》中已显露出雄心壮志：在一个社会生产方式发生变化时代，许多过时的文化艺术观念被扫除了，但是这也为预言般的为将来的社会设想出一套文化的观念提出了要求。[28]

虽然从本雅明学术发展的历史来看，他在《浪漫主义批评》中已有了对文化生产的阐述，但于 1934 年所写的《作者作为生产者》一文还是被公认为这个概念的滥觞之地。正像一切天才性的发现一样，本雅明所构建的这个话语范式，迅速的为他的志同道合者们所抓住，由此开启了法兰克福学派文化批评的体系。

一、文化生产与现代性

现代性概念的出现，按照哈贝马斯的说法，起源于黑格尔。他做出这种判断的根据是基于黑格尔曾经声称每一个号称现代的历史都存在一个自我理解的问题，也因此可以将黑格尔的现代概念把握为历史及其观念辩证变动的产物。这种指认似乎又有将我们拉回到历史和逻辑的思考框架之中，这个去除了黑格尔绝对唯心主义之后被留下来作为反思对象的历史结构即使在今天来看依然具有思辨的价值。然而基于对黑格尔思想框架一体性的顾虑，我们倾向于回避对黑格尔这个思想结构做形而上的回答，而把福柯对现代性的界定作为黑格尔这个二元对立命题的一个另辟蹊径的回答，福柯对现代性曾做过这样的界定："现代性是一种态度而不是历史的一个时期，"它可以是"一些人所做的自愿选择，一种思考和感觉的方式，一种行动、行为的方式"[29]。

二、历史意象的重建与现代性的缘起

在本雅明的研究视野之内，现代性的概念是以对波德莱尔这个人物的分析进行展开的。在《资本主义时代的抒情诗人》以及《波德莱尔的几个母题》中，现代性以一种意象的方式得以呈现。从西方文化史上来讲，是波德莱尔将现代性拉出了历史之流，他曾对现代性做了如下的规定："这种过渡的、短暂的、其变化如此频繁的成分，你们没有权利蔑视和忽略。如果取消它，你们势必要跌进一种抽象的、不可确定的美的虚无之中，这种美就像原罪之前的唯一的女人的那种美一样。"[30]这半是威胁半是告诫的论断，揭示了一种新的"美学形式"的诞生，他要求人们从曾经虚幻的美的想象中挣脱出来，诚实地面对现代中那些转瞬即逝的东西，因为在他看来，就艺术作品的创作而言，它是受制于现代性的瞬间的，作品唯有不断地浸入到这个瞬间之中才会获得永恒的意义。为此他还对发现和接受这种美时所呈现出的"震惊"这种心理机制进行了探讨。揭示了这种审美机制对于现代人挣脱现实的凡俗和僵化所起到的作用。这是波德莱尔的创作中所呈现出来的美学特征，而波德莱尔之于本雅明在于使他真正找到了一个进入现代性的进口。也正是在这样的意义上，现代性不再只是一个物理的时间概念，同时也成为人们面对现实的一种方式。

在本雅明这里，对现代性的分析是由一系列美的意象（意念）来完成的。这些意象有波德莱尔本人，波德莱尔笔下那些人群中标新立异的种类，波德莱尔生活过以及在其笔下描画过的巴黎，本雅明对之莫名迷恋的巴黎拱廊街，以及他模仿波德莱尔或者普鲁斯特要使其向人们显示出现代性印记的柏林。他在《发达资本主义时代的抒情诗人》中这样探讨普鲁斯特的创作："如果普鲁斯特这样迫不及待地回到这个主题（在他的作品中表现为复得的时间），我们不能说它在谈什么神秘。不如说，这正是他技巧的特征；他运用这种技巧反复不断地围绕美的概念建筑他的回忆和思考，在此，美的概念简而言之就是艺术的'奥妙的一面'"。

本雅明对波德莱尔作为现代性进口的指认在其他人那里得到了深刻的共鸣，卡林内斯库就认为波德莱尔之于现代性的意义就在于，现代性不再充当从历史中划分出现代的标准，现代性在一种意义上是阐释性的。而在哈贝马斯看来，波德莱尔非凡的直觉使他能够通过现代艺术看到现实的瞬间和历史的永恒中所存在的辩证统一，从而使"现代"成为"历史"，他这样评价波德莱尔对现代性的发现："通过现实性和永恒性的直接接触，现代尽管仍在老化，但走出了浅薄。根据波德莱尔的理解，现代旨在证明瞬间是未来的可靠历史。"[31]

在本雅明对现代性的研究中，不能不关注他对一个城市意象的迷恋，这个历史的意象就是巴黎的"拱廊街研究"。这个"拱廊街研究"堪称本雅明最为雄心壮志的研究，这个研究同其他研究一样，只是留下了一个未完成稿，除了断简残篇式的摘引，或许只能从《十九世纪的巴黎》中一窥这个研究的风貌。本雅明在这里对拱廊街这个 19 世纪的物象进行的研究，一方面是在揭示现代生活方式从 19 世纪的源起，另一个方面还包含着追踪这种现代化事件是如何沿着它有章可循的遗迹对现代人发生影响，这可以视为对波德莱尔研究的一个唯物主义的补充。

从后来的研究成果来看，由于这个研究项目太过庞大，或者在我们看来，由于本雅明想要揭示的现代性根源的变动不定，所以本雅明在研究的过程中无限推迟了对这个问题的最终解决，直到离开人间，对这个问题的总体性的研究的框架也始终没有建立起来，这对现代主义和后现代主义来讲无疑是一个巨大的损失。假使他能在这个问题上做出比现在来讲更进一步的推进，"后现代主义"可能在后来会有一个更可靠的反思根基。

三、现代性衰败与拯救的可能

自启蒙主义之后，也正是这种理性的可理解的过程，使历史呈现出不断进步的结论。力图把历史看作是一种可理解的理性过程。但在本雅明看来，真实的历史却是一个不断衰败的历史，这是一个"历史弥留之际的面容，是僵死的原始的大地景象。关于历史的一切，从一开始就是不适时宜的、悲哀的、不成功的一切，都在那面容上一或在骸髅头上表现出来。"而正是这样的一个历史向人们提出了关于人类生存的本质问题，就像他所说的："正是这种形式才最明显地……提出了人类生存的本质这个谜一样的问题"。[32]面对这样的历史，本雅明要求人们"把历史解作耶稣在现世的受难……",因为只有这样才能真正地意识到人类生存的辩证法"其重要性仅仅在于其没落的不同阶段,意义越是重要,就越是屈从于死亡,因为死亡划出了最深邃的物质自然与意义之间参差不齐的分界线"。[33]

本雅明解析出了现代性中衰败的成分。从现代性中见出衰败可算得上是本雅明思想中的一个特别之处。这点固然与本雅明对"巴洛克悲剧"的研究有关,但现代性的衰败则具有自己特征,并不同于他在巴洛克悲剧的讨论中对衰败的揭示。本雅明对巴洛克时代悲剧内涵的揭示,表现出他对历史进行救赎的努力,而对现代性意象的建构,则表明他对现实进行救赎的努力。如果说现代性意象的建构体现出他对现代性的创造的话,那么这个创造在某种意义上是在对这个现代性衰败本质的发掘,这在他的《德国悲剧的起源》研究中表现得最为明显。

在《德国悲剧的起源》中,本雅明重新发掘出"寓言"这个概念,通过这个概念他重申了自己对于艺术能够呈现真理这一信念的信心。本雅明通过对巴洛克的悲苦剧的历史性研究,重新建构起了一个对于历史的阐释视角,这个阐释视角就是一种寓言式的观察历史的方式,因为在本雅明看来这种寓言式的观察方法正是"对作为世界的苦难的历史所做的世俗解释,它的重要性仅仅在于世界衰微的各个时代"。[34]这个衰微时代所沉积下来的所有废墟,通过寓言这种形式一方面得到展示,另一个方面则又意味着救赎的来临。从本雅明在这里对巴洛克寓言形式的发掘,我们也可以看到些许他后来在《历史哲学论纲》中对历史的理解。

面对这种现代性的衰败,以什么样的方式来对其进行拯救也成为现代性的一个问题。这也是本雅明为什么关注英雄的原因。在本雅明看来,只有英雄才具有一种在现代主义中生存的素质,因此"与戈蒂叶不同,波德莱尔在这个时代里找不到任何他喜欢的事物;他又同勒孔特·德·利尔不同,他也不会欺骗自己。他不像雨果或拉马丁那样具有人道主义理想,叵他义没能像魏尔仑那样转而投身丁宗教信仰。由于他对任何事情都确信不疑,他便自己想出来一种又一种的新形式。游手好闲者,流氓无赖,执拗子弟以及拾垃圾者,所有这些都是他的众多角色。由于现代英雄根本不是英雄,他又扮演起英雄来"。[35]在现代性的衰败面前树立一个英雄的形象,为生活在这个衰败世界上的其他人提供一个模板,从而为人类战胜这个衰败的现实提供一条可资借鉴的途径。

四、在现代性中重建光晕的经验

光晕(Aura)是一个本雅明理论中的重要概念。对这个概念怎样来理解,不仅涉及对本雅明思想的理解问题,另一个方面也涉及对现代性怎样理解的问题。在一般的翻译中,将光晕翻译成"灵韵",像刘象愚便将其视为一种包孕在艺术作品中的韵味、意境,揭示的是内涵在文学和文化之中一种意念。[36]然而在我们看来,本雅明的光晕不仅指文化结构之中涌动的审美体验，还指文化在历史的进程中被阐释被固化的一种"神话"形态。从本雅明的相关论述上来看，他更多是从这后一个方面来使用光晕这个概念的。

当传统的整体性已经丧失，现代性的一切断裂性存在彷徨无助的时候，本雅明试图用"光晕"昭示未来的可能性。在这里，光晕成为人类从历史的经验中必须要尊重的法则，成为人类最后可以凭借的手段。本雅明曾讲：光晕的经验基于从人类关系中的普遍反映向无生命或自然的客体与人之间的关系的转换。我们正在看的某人，或感到被人看着的某人，会同样地看我们。感觉我们所看的对象意味着赋予它反过来看我们的能力。[37]这也是他为什么对光晕如此关注的原因，这个光晕赋予了人具体的人生的经验，体现出人对自然的记忆。在本雅明的眼里，自启蒙主义以来被看作线性发展的历史过程实际上就是一个空洞的时间概念，而与之相对的则是另一种包含着弥赛亚事件的历史观念，"它是坐落在被此时此刻的存在所充满的时间里的"。[38]所以过去和现实之间构成了一种"超现实主义"的关系，而正是这种"超现实主义"的关系则使过去和现实之间充斥了一个个标志着历史本质的弥赛亚事件。

当光晕不再是一种传统留给我们的幻象，而是事物之中未被揭示出来的一种真理意蕴的时候，最终这种神秘的光晕，成为他探视现实对象的一种途径，它能使破损的现实分解出真理的意蕴。历史地存在通过这种分解，散落成沉思的星群，构成了理解现实的途径。这也使我们对现代性的各种变异的形式有了更深的理解。现代性一方面催生了新的艺术形式和新的观念，另一方面又毁灭了传统的艺术形式和艺术观念。自启蒙之后，理性和科学主义的兴盛使传统文化中的宗教和神秘主义的观念受到了强烈的冲击，现代性作为我们认知的时空框架制造出各种进步的幻象，这种进步的幻象否定过去，肯定现实，即使在现如今受到了多方面的质疑，但仍然以一种机械进化论的方式表述着现代人的历史观念。也因此，光晕又体现为一种对人类曾经与自然和谐相处的追忆，体现为人类对自己经验的总体的记忆，这种记忆虽在历史的发展中会发生各种变形，但这些形态成为人类对自身界定的基础。

五、文化生产与现代性的反思

文化生产作为本雅明思想上的一个灵感瞬间，它建构起一个对现代性进行反思的星座，而且这种构建不单单是对本雅明思想的指示的意义，更重要的是他开启了一条文化思考的可能性途径。这种可能性的途径可以在一种思想概念的分解性中来加以把握，正像本雅明所描述的那样："通过一方面分解为无形态、无主体的世界，另一方面分解为逃避了所有的自然秩序、即正义的世界，在本雅明的著述中，一切构成人类的中间世界的事物都消解了：动力、发展、自由"[39]人、客观世界、艺术在其分解的状态下，从而具有了重塑的可能。在某种程度上这种分解性作为了本雅明实施自己爆破现代性目标的工具。

自 20 世纪 50 年代以来，本雅明的思想所产生的影响在不断发酵着，究其原因，矗立在法兰克福学派面前的诸多问题，在他这里似乎都或多或少的得到关注和阐释。这些问题大致可以按照康德所建构的框架分为三个部分。在纯粹思辨的领域，他对传统主体理性的超越无疑暗合了近代哲学"理性反思"的潮流。在实践理性的领域，他从犹太神学那里发展过来的历史观，对启蒙主义以来的线性历史观造成了很大的冲击。在审美领域，他的贡献尤其显著，他对现代性审美经验的发掘，无论从什么样的角度来看，都具有开创性的意义。对比国内外学界在本雅明研究上所体现出来的丰富性，我们这里的归纳，似乎有挂一漏万之嫌。但无论是国内的学者还是国外的学者，在谈到本雅明的学术理论时，也总是莫衷一是，难以把握其思想的清晰路线，这也造成了对其解释的多样性。但在我们看来，本雅明实现自己学术理想的方式虽不可复制，几无章可循，但恰恰是这种不可复制、无章可循给后来者无限想象的空间。从他之后的学术发展来看，单不说他对阿多诺、马尔库塞有直接的影响，在福柯这个离经叛道者的身上，我们也能看到本雅明思想的影子。我们在这里所进行的文化生产的建构，也算是在这种崇高的学术探索精神的感召下的一种跋涉。因为写作者的自身学识所限，这里的阐释似乎只能成为一个学术的姿态。但正像作者在本雅明以及他那个时代的其他人身上所看到的那样，一种人文主义理想的坚持才是人类文化发展的希望所在，这可以算得上是我们在本雅明身上所得出的一个关于文化的本质性结论。

或许从影响来看，本雅明对现代性衰败本质的解释刺激了后现代主义的兴起，但本雅明对现实的否定指向在某种程度上是指向过去的，而不是指向未来的。也就是说它的存在总是作为过往向现代伸展的介质。而后现代主义则极力想摆脱一切本质主义的观念，这也使他们归于虚无主义。对后现代的虚无主义的反思也告诫我们，割裂传统和历史的联系去建构一个崭新的历史，实践上不可能，逻辑上也不可能。

纵观本雅明的思想，其思想最本质的核心是执着于从现实的碎片中发现人类历史的秘密，而后现代主义走在虚无主义边缘的办法，就是认真地窥视现代主义中隐藏的秘密，正像利奥塔所宣称的："一部作品要成为现代的，它必须先成为后现代的。按照这样的理解，后现代主义并不是将要湮没现代主义，它本身便是一种初期状态的现代主义，这种状态总是不断显现的。"[40]这恰好与本雅明的思想构成了一致。从本雅明一生的研究来看，他所追求目标便是在传统的体验方式已经趋于残破的时代找到艺术和理性最合理的表现方式，从而最大可能地揭示现代性已经坠落尘世这一历史事实。当他将衰败和再生视为一种历史的辩证法时，他对一切苦难以及衰败的揭示同时也包含着一种拯救的渴望。从后来的影响来看,本雅明这种衰败和再生的历史辩证法,对同样以解构为要务的后现代主义来讲,的确具有思想启迪的作用。

一般将马克思批判理论看作社会经济学批判,而将法兰克福学派视为一种文化意识的批判,两者的差异和对立在马克思主义的研究史上始终是争论的焦点。本雅明研究的贡献在于,他的文化研究以辩证唯物主义的名义,介于政治经济批判与文化意识批判之间,他的研究可以说既在社会存在中寻找文化意识批判的可能,又将文化意识的批判植根于历史和社会的发展之中。他之所以能够实现这种批判的可能,正在于他的理论所体现出来的创造性,他先天的直观能力使他有可能在语言、文本、世界和历史的阐释之间建构出一种直观的批评范式,从而使他的阐释既是审美的,又是实践的;既是艺术的,又是政治的。正可谓"艺术不能表现革命,它只能通过另一种媒介,即一种美学形式来召唤革命。在这种美学形式中,政治内容成为元政治的,由艺术的内在要求所决定。"[41]

文化生产创造性的阐释曾经为文化的现代性阐释开启了门径,引导着一系列现代性的反思,我们寄希望于这样的阐释开掘出新的文化的创造性力量。在我们看来,文化生产也正是在一种反思的意义上成为现代文化的一个进口。它虽脱胎于马克思主义,但是它以其特有的辩证性揭示了文化在这个时代所应具有的内在精神。它既是现实的,同时又包含着过去以及未来,这使它总是朝向着人类文化中永恒的东西。也因此本雅明这个马克思主义的文化生产概念又带有了其思想所特有的神秘的内涵。文化生产这一开创性概念的出现,对于法兰克福学派的文化研究来讲,成为这个时代最贴切的命名,或许这个概念本身直接受到马克思本人论述的影响,或者也与卢卡奇的论述有着一定的关系,但文化生产这个概念,在本雅明这里,却成为接入一个崭新时代的一个进口,就这个进口而言,不仅由此开启了法兰克福学派文化本体论的维度,更在于这个概念的出现,为法兰克福学派面对即将来到的一个文化时代,也就是我们所称之为现代主义的时代建立起一种姿态,这个姿态在某种意义上既是进入现代性的方式,又是从现代性中跳脱的方式,也因此我们可以将文化生产视为一个星座,其自身所散发出来的意旨以及环绕在这个意旨之外的光晕,可以视为现代性的表征。

哈贝马斯将本雅明视为了现代性研究的先驱之一,认为他把从波德莱尔那里得来的审美经验回转到了历史语境中间,从而使关于现代性的时间意识得到了复兴[42]。哈贝马斯在这里对本雅明学说所进行的揭示,恰也可以在本文对本雅明文化生产概念所具有的意涵的阐释上得到证明。文化生产作为现代性的动力,构成了现代性自我理解的重要一环。从这样的意义上来看,文化生产既是一个历史时间性概念,同时也成为进入现代性的一个入口。也因此,文化生产在本雅明这里不仅是一个历史进程的标记,同时他还体现为这个进程本身,于是这种对文化界定的方式,改变了传统认识论对文化的形而上学的设计,重构出一个崭新的历史侧面。最终这个侧面在意识哲学的反思中,将反思的虚无化做了启明,也因此作为文化生产根基的审美经验以及在文化生产实践中生成的审美经验,便构成了这个时代可以重新开始的起点。

第三节　法兰克福学派与文化工业批判

追根溯源来讲,文化工业这个概念出现于 1942 年霍克海默和阿多诺合写的《启蒙辩证法》这本书中,这本书由"启蒙的概念"和其他几篇附录组成,在被构建的话语体系中,阿多诺用文化工业来指称大众文化,也就是用一种控制性和奴役性的概念来指称现实的流行文化。但从法兰克福学派的文化批判理论的逻辑来看,启蒙辩证法与文化工业之间构成相互阐释关系,决定了文化工业有着自己的理论场域,也因此在我们看来文化工业并不是大众文化的别称,而是一个独立的概念,在整个法兰克福学派的文化研究中起着承上启下的作用。

从法兰克福学派理论的发展来讲,从文化生产向文化工业的转换不仅只是研究论题的改变,此外还涉及研究方法的转换。如果说本雅明的研究方法是直觉的、表象化的,那么阿多诺的文化工业理论则充满了黑格尔般的纯粹思辨。从文化工业的产生语境来看,文化工业概念直接成为"启蒙辩证法"的产物,这也使这本书在某种意义上可以看作是对尼采历史虚无主义反思的一种延伸。中间又直接受到了本雅明《历史哲学论纲》的启发。这两种影响交汇在一起,坚定了霍克海默和阿多诺将西方理性发展的历史指认为是一个异化历史的信念。

从实际的效果来看,它直接开启了现代文化批判的潮流,文化工业就像文化生产以及大众文化一样成为我们现代对文化本质进行思考所必须借用的术语,也就是说,无论我们是否接受它对现代文化属性的界定,它已经成为现代文化为自己设定的一条认识自己的路径。从现代文化存在的生态来看,文化工业实际上已经成为我们对现代性进行命名的一种主要手段。这在某种程度上也决定了我们必须对文化工业本身进行思考。

一、法兰克福学派与纳粹极权主义

在 1932 年霍克海默当上社会研究所所长的时候,他原本为研究所制定了一个严格的社会政治经济学的研究计划,但后来,研究所的研究方向基本上都转向了对纳粹的研究上来,正像他后来所描述的那样:"必须抨击希特勒和法西斯主义——可以说这是我们共同拥有的一个信念,正是这一信念把我们团结到了一起。我们都觉得有一种使命,包括所有的秘书,所有参加研究所并在那里工作的人,这个使命确实使我们产生了忠诚和一体的感情。"[43]从法兰克福学派发展史来看,其后来之所以成为西方一个显赫的学派,与他们对于纳粹极权主义的研究是分不开的。在"社会研究所"搬迁到美国之前法兰克福学派对于纳粹极权主义已经有所涉及,这主要体现为霍克海默和马尔库塞的一些发表的著作,后期马尔库塞在此问题上又加以了深化。[44]将原本是对纳粹极权主义的研究延伸到对现实一切社会形态的批判,这也使得极权主义这种政治现象的批判与文化工业的批判相互交织在了一起,这种研究从霍克海默、阿多诺两人早期的研究到后来马尔库塞、弗洛姆以及哈贝马斯,可以说贯穿了法兰克福学派的历史,通过法兰克福学派的努力,极权主义这个概念不仅成为一个政治性的概念,同时也成为一个内涵丰富的文化概念。

法兰克福学派的研究证明纳粹极权主义既是一个古代命题,也是一个现代命题,它并没有在反封建的启蒙声浪中悄然退去,反倒依附在现代民主制度的各种形式上,完成着对民主原则的篡改。极权主义的现代性历史表明了它具有自我形变的能力。正是极权主义呈现出的复杂性,深化了法兰克福学派对于人类文化、历史以及政治的思考,成为一系列具有创见的思考的契机,他们将纳粹极权主义不仅视为一种独特的政治形式,而且视为了人类文化中一个绵延不断的基因。也因此纳粹极权主义一方面证明了本雅明对历史循环论的揭示,另一个方面则为现代政治学的思考提供了一个更为复杂的文化思考的背景。正像我们在后来看到的,在某种程度上对极权主义的思考可以说是马尔库塞激进的文化革命和哈贝马斯交往理论的一个诱因,如何防止其循环重现不是一个可有可无的努力,而是人类必然面对的非常时刻。因为人类20世纪的经验已经证明,纳粹极权主义不仅毒化人类的历史,同时也毒化人心。

对纳粹极权主义问题的提出,减弱了法兰克福学派批判的乌托邦色彩,使其批判找到了现实的立脚点,也使他们对于西方文化同一性强制的指责获得了支撑的历史语境。伊格尔顿在相关的评述中认为阿多诺对于极权主义过于敏感,正在于他没有注意到对于纳粹极权主义的思考,启蒙的重新神话,理性的同一性,文化的工业化在法兰克福学派的理论体系中间有着内在的联系。这种联系性也深刻地揭示出,对极权主义这个现象的探讨重点不是念念不忘这一段历史,而是对这一段历史中包含的永恒经验进行发掘,作用于人类未来的历史,这在某种程度上也是法兰克福学派对这一社会现象孜孜以求的价值所在。从法兰克福学派所处的年代来看,纳粹极权主义成为人类生存的一个大的障碍。启蒙主义关于人的理性、独立、自主的界定被纳粹极权主义彻底击碎。法兰克福学派对于极权主义反思的深刻之处在于揭示了人类为何在一个特定的时间段以及特定的意识形态背景下使自身处于生存的悖论状态,这个问题本身又是与现代性思人的路径相一致的,海德格尔与纳粹的关系在另一方面证实了这种联系。正像福柯所指出的那样,在现代社会中,权力效应"沿着一个渐进的细微渠道流通,它抵达了个人本身、抵达了他们的身体、

他们的姿态、他们的全部日常行为".[45]

从法兰克福学派来看,"社会研究所"早在法兰克福大学期间就对纳粹极权主义问题进行了研究。马尔库塞在《极权主义国家观中的反自由主义的斗争》中将极权主义归结为普救主义、自然主义、政治存在主义可说是在极权主义的研究上有着非常深远的影响,在某种意义上他奠定了对极权主义进行社会人类学研究的总体框架。他之后又将这种研究延伸到对所有极权主义形式的研究,表现出对于纳粹极权主义的高度警觉。像后来霍克海默的《独裁国家》、阿多诺的《权威和家庭的研究》《权力主义人格》等都对纳粹极权主义在社会层面和文化层面的表现进行了深入细致的研究,从而使极权主义反思成为现代文化中一个非常重要的组成部分,而防止这种纳粹极权主义文化的再次出现成为现代反思的一项主要任务。《权力主义人格》首次对民主社会的自我侵蚀的倾向做出了经验性的、社会心理学史的分析,他揭示出,个人具有哪些气质特征才"尤其容易接受反民主的宣传"[46]。

从其表象上来看,纳粹极权主义往往以一种国家恐怖主义的形式表现出对人们自由的剥夺,而这种剥夺常常又披着科学与真理的外衣,这就深刻地揭示出现代极权主义不只是一个文化史上的特例,它可以从西方的整个文化体系中找到其根源。在法兰克福学派以及其他对纳粹极权反思的知识分子看来。纳粹极权主义既利用知识又漠视知识,既将神话装扮成科学,又拒绝对神话进行科学论证,从而使科学变成了神话。而对极权主义展开的形而上学探讨,使这个问题更加复杂。在论述现代极权主义的哲学的基础时,阿多诺同一性哲学理论的构建可以视为对二者之间联系的深刻揭示。阿多诺将这一切归咎到现代哲学以黑格尔为代表的总体性哲学上,在他看来黑格尔的逻辑学范畴:呈现出这样的体系性,而"这种哲学的体系概念高耸在一种纯粹科学的系统学之上,这种系统学要求有秩序地组织和表达思想,要求各专业学科有一种一致的结构".[47]纳粹极权主义借助于科学的化约和精简,将传统进行剪裁,这样一来,纳粹极权主义可以在传统文化中找到它的模型,从而废除掣肘其行为的传统伦理,从而使纳粹极权主义表现出前所未有的冷酷无情。

纳粹极权主义不仅借助于科学还借助于人类文化中的神话形式来为自己服务。在这种神话的光辉照耀下,国家、民族、领袖、血统都成为崇拜的对象,然后再通过宣传将这些意象巧妙地与自己的统治结合起来,从而使自己变成为国家和民族的保护神,对自己的国民也就具有了至高无上的发号施令的权利。纳粹极权主义神话自身的目的一方面是为了满足自己心理需要,另一个方面则也迷失在神话的权利之中,将自身与神话联结起来,追求各种永生的渴望。为此法西斯主义者不惜催动民众中最为原始的情感,挑起一个民族对另一民族,一个群体对另一群体的仇恨,并且将这种仇恨视为通向真理的途径。所以纳粹极权主义总是对宗教怀着深刻的憎恶,因为宗教一方面妨害了他成为一切人的家园。另一个方面宗教的伦理妨害了他们肆无忌惮的迫害自己臆想出来的敌人。也因此,为了应对传统中一切善的因子,纳粹极权主义将自己装扮为一种浪漫主义形象,将自己塑造为历史进步的化身,但却又以各种的手段将神话唤醒,来为纳粹极权主义的统治服务,这在某种程度上也是纳粹极权主义相似于以往封建主义政权的地方。

启蒙主义之后的纳粹极权主义在与政治的关系上也表现出来新颖的特点。虽然在本质上纳粹极权主义是神权政治,但是它常常以科学真理自居,把神话和宗教视为自己的敌人,这种欺骗性手法的目的在于使自己装扮成进步的样子,从而以进步的名义来对国民实施专制的统治。纳粹极权主义在政治上的独特之处在于,将自己装扮成全民的政府,其统治的利益不是为了自己和某一个阶层,而是为了更为神圣的国家民族甚至全人类的利益,这也使纳粹极权主义在与政治的关系上呈现出新的特点。他们一方面将政治关系视为了人存在的本质,号召人们积极参与现实的政治活动,另一方面又拥有绝对的权力来剥夺社会的某一个个人以及群体参与政治生活。纳粹极权主义的政治生活只能圈定在一种计划好的范围之内,它绝对不允许民众的政治活动危及对自己政权合法性的质疑,这种绝对的权力最终也腐化了极权主义政体,即使其总是以一种纯粹的民粹主义和清教徒主义作为自己的护身符,但仍然无法阻止整个统治阶层的腐败。

法兰克福学派用自己的研究证明了,纳粹极权主义存在的原因中包含着深刻的心理学上的根源,也正是这种心理上的内在原因,从而使这种极权主义有着顽强的复制能力。所以阿多诺在《弗洛伊德理论与法西斯的宣传模式》确认了弗洛姆在《逃避自由》中得出的结论:社会群体的受虐性格使施虐者的性格得到满足。在他们看来,之所以极权主义能够在 20 世纪大行其事,很重要的一个方面也在于人们自身对自由的逃避,弗洛姆将其解释为人们无法忍受现代所带给人们的孤独,所以内心深处有一种渴望受到保护的需要。在其他人看来,批判纳粹极权主义之于人类心灵的危害在于它毒化人的心灵,在这样的体制之下,不但奴隶在不断的复制着,而且极权主义者也在复制着,这些极权主义者以统治和奴役其他的人为乐,从而使社会完全陷入了反道德的状态。

二、同一性与文化工业

在法兰克福学派看来,在现实中被表述为纳粹极权主义的,在精神领域就表现为一种同一性,这种现实向精神领域的过渡,体现出法兰克福学派的辩证法特征。从阿多诺本人来讲,他对社会各种同一性现象的批判,与他的成长经历有着莫大的关系,也正是因为这样的原因,"自 20 世纪 40 年代起,他就在以革新性的社会科学方法研究这种随大流的同一性"。[48]这也不禁会使我们思考这样的问题:知识分子的独立和清高对于理论的构建来说有着什么样的意义。因为从我们一般的印象来说,学术似乎总是与社会客观现实紧密相连,更何况在很长一段时间里,社会批判理论被当作了客观真理本身。现在又回来说法兰克福学派的批判理论又源自于自身的喜好,非同一性哲学的论述在阿多诺的理论中占据如此显要的地位,与其自身经历有着紧密的联系。应该说,强烈的主观性是阿多诺理论的一个主要特征,这在某种程度上也可说是法兰克福学派哲学的一个特点。问题的关键在于,指明这一明显的事实是否就取消了法兰克福学派理论的客观性。从现有的研究来看,还没有那种研究只凭借这一点就彻底否定了法兰克福学派的价值。而在我们看来,虽然法兰克福学派的哲学体现出超验思辨的色彩,但是他们这里的超验思辨在更大的程度上是对现实的抽象,可以比较形象的将他们的这种研究方法比作一只眼看哲学一只眼看现实世界。

这在某种程度上也可以从阿多诺对于海德格尔的态度上体现出来,因为阿多诺对海德格尔在纳粹时期的事情不依不饶,于是也招致了海德格尔几个著名的弟子的强烈反感。阿伦特将本雅明悲惨遭遇的部分原因归结于阿多诺的不作为,虽说根本原因在于因本雅明自杀所带来的悲伤和怨恨,但从另一个方面来看,难免没有学派对立的原因。伽达默尔更是将阿多诺创建的"否定辩证法"视为一种失败的哲学尝试,甚至多少有些不怀善意地揣测阿多诺是在与海德格尔所取得哲学成就相对抗,这在他们看来多少有些自不量力。诚实来讲,法兰克福学派的学术创建,究其总体而言,虽然涉及的范围非常广泛,但相对于海德格尔的原生性的创建来讲,其学术的分量似乎给人等而下之的感觉。当然我们应该看到,在做这种比较之前,法兰克福学派就处于非常不利的地位,我们知道,法兰克福学派诸人虽以马克思主义的学术继承人自居,但正统马克思主义不承认其马克思主义学派的身份,而在西方学术界他们依然只是一个异端,也正是因为这样的原因,就使阿多诺在于海德格尔的竞争中处于劣势地位。除此之外,阿多诺的学术最终还是根源于解决从历史和现实本身而来的各种问题。而从海德格尔的存在主义来看,虽然也关联着现实世界的生存处境这一论题,但是其思想的背景一个被建立在从希腊哲学而来的各种存在概念,另一个则被建立在由基尔凯郭尔所开创的神学存在主义。而反观法兰克福学派,这个后来被冠之以文化哲学的批判哲学,虽然在本雅明这里凸显出了这一派理论的以赛亚思想,但是长期以来,这一思想总是被一种凌厉的社会批判外表所掩盖,而这种现实性的过盛,也就使法兰克福学派在学术的比较上处于劣势地位。这些所有的因素交织在一起也使现代哲学对"否定辩证法"的评价陷入更加复杂的语境中间。但从实际的影响力来看,法兰克福学派诸人对于美国社会文化的贡献,对于提升自身的学术分量增添了巨大的砝码。

三、理性与工具理性

法兰克福学派关于工具理性的探讨主要受马克斯·韦伯的影响。为此法兰克福学派还在 20 世纪 60 年代挑起了一场关于马克斯·韦伯的大辩论,这场辩论的输赢到现在似乎也难以分出来,但从这场辩论来看,马克斯·韦伯对于法兰克福学派的影响是多方面的,这种影响最直接的体现在马克斯·韦伯将社会哲学的范畴作为了自己的研究目标。对于马克斯·韦伯这个以建立一门社会哲学为目标的人来讲,其思想的路径不仅是社会学的,同时也是哲学的,在某种意义上,他学术的成就正建立在这两个学科的嫁接上,这使他在对社会形式的研究中,不仅将社会的发展视为技术普遍应用的结果,而且将资本主义的发展视为一个总体化的过程,是由相应的宗教制度、法律制度和政治制度一起建立起来的。马克斯·韦伯在关注社会发展的物质结构因素的同时,始终想为现代社会的发展做出某种价值判断。马克斯·韦伯在对资本主义的研究中充分重视了社会发展与文化观念之间的联系,这也是他后来引起巨大争议的原因。

从后来的解释来看,马克斯·韦伯的思想被分成了两大部分,一个部分是探讨社会的制度结构问题,另一个部分是探讨文化观念对社会的作用问题,对这个问题的争执,一方面涉及马克斯·韦伯具体观点的辨析问题,另一个方面来讲,这种分歧实际上是柏拉图两分思维模式的延续。其中还要涉及黑格尔关于历史发展与逻辑判断的关系问题。从黑格尔到马克思再到马克斯·韦伯,社会学研究的重心不断地发生迁移,从后来争论的焦点来看,似乎还在讨论是否应该将那个形而上学的层次加以保留的问题。如果说黑格尔是从观念走向社会,那么马克思则在批判的意义上将黑格尔所说的观念以历史规律的形式保留在了他对于资本主义商品运动的探讨中,只是他在这里借用的思想资源到底是一种完全的创新,还是一个对传统乌托邦的借用,也是现在马克思研究中一个富于争议性的命题。从这一点来讲,马克斯·韦伯虽然得出了自启蒙以来社会发展源于社会全面技术化的论断,但他的讨论中总是兼顾着对于文化观念的讨论,也就是说,他在强调技术发展对人观念的影响之外,还强调了马克思所说的上层建筑对社会发展的影响,也就是他说的社会的"祛魅化"过程对社会文化所造成的影响。马克斯·韦伯对资本主义社会的这种综合性研究方式,对于自觉继承马克思对资本主义的经济批判同时又对文化问题分外敏感的法兰克福学派来讲,借用起来无疑就显得轻车熟路。

马克斯·韦伯曾在《学术和政治》这本书里描述了工具理性控制世界的后果,"我们这个时代,因为它所独有的理性化和理智化,最主要的是世界已被除魅,它的命运便是,那些终极的、最高贵的价值,已从公共生活中销声匿迹,它们或者遁入神秘生活的超验领域,或者走进了个人之间直接的私人交往的友爱之中。"[49] 从这其中我们不难看出那内心深处的惋惜之情。也因此,对待马克斯·韦伯理论就像不能将马克思理论简化为经济决定论那样,将其简化为技术决定论,更何况马克斯·韦伯在将技术还原为工具理性的时候,呼吁以价值理性作为一种防范机制来防止人类坠入到技术的铁笼之中。但这种对价值理性的召唤,并不意味着对工具理性的排斥,因为工具理性毕竟是一个基于社会历史发展而形成的概念,也就是马克斯·韦伯所说的现代社会"祛魅化"这一现代化过程,这个概念可作为马克斯·韦伯在沟通哲学和社会学这两大领域的中介,这在某种意义上可以视为黑格尔那个辩证逻辑最终要扬弃的概念,最终使价值理性和工具理性和谐相处。然而这个历史的终极目标却并不能从社会的发展中见出来,这也是为什么马克斯·韦伯持一种悲观性发展观的缘由。

马克斯·韦伯为了研究的便利将理性拆解为工具理性和价值也意味原本浑然一体的理性概念得到了拆解,这对于需要借用新的理论资源来强化对资本主义批评的法兰克福学派来讲可谓是影响深远。沿着马克斯·韦伯所开启的这个概念,他们也将自己的批判切入到"社会哲学"的内部,哈贝马斯在《交往行动理论》中说:"意见和行动的合理性就是哲学研讨的传统论题。甚至可以说,哲学思想就是源自对体现在认识、语言和行动中的理性的反思。理性构成了哲学的基本论题。……如果说哲学的各种学说之间有什么共同之处的话,那就在于他们都试图通过解释自身的理性经验,对世界的存在或同一性进行思考。"[50]哈贝马在这里对理性问题的关注,应该说与法兰克福学派对这个概念的关注有着直接的关系。

从法兰克福学派内部来看,他们对理性的态度既有着一致性,又体现着差异性。一派应以阿多诺和马尔库塞为代表。他们在一种批判的意义上,将启蒙主义之后所建构起来的理性视为一种工具理性,而这个工具理性本质的特征就是表现为对一切差异性压抑,从而取消了现实存在物的独有特性:"对于启蒙来讲,那种不能还原为数,最终不能归一的事物必然是幻想;现代实证主义像取消文学一样将它一笔勾销。一体性是从巴门尼德直到罗素的口号。他们主张将众神和特性一起摧毁"。[51]在阿多诺看来,这种压抑性得以实现的原因,在于人无论是作为一个个体存在还是在精神上,都被强制性的纳入一个整体之中。而这个整体从其存在本身以及其社会作用来看,都使阿多诺产生了各种各样的疑虑。"当今社会受生产过程的操纵,而生产过程在现代社会延续至今的阶段上依然独立化,自行扭曲了其人性的可能性,作为无主体的整体将人贬低为它的附属物,而他本应当成全人的本质,并借此而得到推进。……因此他将黑格尔《精神现象学》的名言颠倒过来看,对黑格尔来说,当然是联系世界整体来说,"整体是真实的,而整体只有靠自我完善的本质的发展,才成为整体"。而阿多诺只关心社会整体,对他来说,'整体是不真实的'"。[52]

另一派则以本雅明与哈贝马斯为代表。本雅明虽然注意到了工具理性的压抑性问题,但他的研究却又包含着超越于这个理性的内涵,这也是他为什么会对重建人类的经验如此关注的原因。哈贝马斯在对待理性的态度上问题上,又重新回归了启蒙主义。他将现代性所出现的问题视为理性的未完成性,这也是他为什么要将工具理性发展为交往理性的原因。法兰克福学派在理性和工具理性上所出现的争端,一方面继承了马克斯·韦伯在这个问题上的思考,另一个方面则强化了工具理性的批判。在我们看来,法兰克福学派理论的创新之处与所出现的问题都是由这个理性问题的所引出的。

四、同一性哲学与否定辩证法

从同一性哲学批判的思想渊源来看,本雅明所建构的辩证历史观以及马克斯·韦伯所界定的工具理性概念,成为霍克海默和阿多诺建构自己的批判理论的思想源泉。以"神话已是启蒙,而启蒙却变成了神话"这一历史发展悖论为出发点,霍克海默和阿多诺在理性和神话之间所建立起的辩证法,一面借用了黑格尔的辩证法图示,另一各方面又使自己的论证带有了尼采谱系学性的身影。这种方法论上所表现出来的混杂,使他们的整个论证过程显得如此的晦涩。但正像我们所看到的那样,"启蒙的辩证法"在这种历史的以及逻辑的分辨中毋庸置疑地得到指认。柏拉图之后形而上学的历史被指认为是一部如何控制人以及如何控制自然地历史。这种研究在启蒙主义时代达到了登峰造极的状态。正像阿多诺他们所说的:"在启蒙意识里,人们想要在自然中学到的便是如何利用它来全面的统治自然和他人。"[53]也因此从古至今,哲学发展的历史就是一部"同一性哲学"发展的历史。理性转变为工具理性在霍克海默和阿多诺这里就得到了彻底的指认,如何才能破除这种同一性的工具理性的强制,也成为了法兰克福学派尤其是阿多诺所研究的目标。

霍克海默和阿多诺在"启蒙的概念"一节中完成了对"同一性哲学"指认之外。又将这种指认发展到了对资本主义世界一切文化生产的指认,文化工业变成了这种压抑性工具理性的外化,它成为异化理性扬弃自身的手段。最终阿多诺按照黑格尔的逻辑将精神和存在统一在客体化的异化之中,这个统一性的指向与批判的要求之间构成了一种悖论关系,也因此,寻找否定性客体,客体的否定性便成为法兰克福学派到后现代主义哲学所追求的目标。他们没有像福柯那样对理性形成的历史进行发掘,只是通过理性已完成对自然的彻底征服这一事实,便认定启蒙的历史是一个同一性哲学不断得到强化的历史。

文化工业与理性的同一性除了相互证明之外,二者还在历史的时间性中迷失了自己。法兰克福学派虽说对文化工业的批判始终与资本主义制度结合起来进行批判,但他们对理性的构建往往模糊了这种批判的历史性,使文化工业本身成为理性同一性的产物。这种内在的矛盾性始终存在于法兰克福的批判理论中,对文化的普遍性批判以及对现实具体的批判总是存在着某种对立性。从某种意义上来讲,文化工业也就是以这种启蒙理性统治自然的精神,不断强化着对大众的全面操纵,从而使整个社会和历史都被纳入到了异化的秩序中。于是"个体自由创作真正艺术的可能性是相当不现实的,因为个体受到其务必适应的市场的支配。"[54]

法兰克福的批判理论在初始坚持的是马克思主义的经济学批判的路径,也因此社会批判理论开始原本更多地探讨经济基础的变化问题。从方法论上来讲,社会批判理论从一开始便希望与以黑格尔为代表的辩证法做出区分,出于对形而上学的警惕,他们将社会批判理论视为一个对现实不断批判的理论体系,这也是他们不断追求否定的原因,如此一来,这使他们的批判理论和否定辩证法又体现出他们所宣称的同一性来,这也使否定性辩证法更多地体现为一种态度,而不是一种逻辑,如果这种崩溃的逻辑称得上是一种逻辑的话。也因此否定辩证法往往并不体现为客体自身的逻辑,而是体现为主体自身的逻辑,体现出对社会和历史总体性研究的态势。但由于同一性和文化工业视角的切入,使社会批判理论的实践性问题越发突出,社会批判理论所凭借的理论已经逐渐失去了其理论的批判力。

这在阿多诺看来,也是为什么现在要以否定辩证法来替代社会批判理论的原因。如果说以上所说的原因,还只是就其理论实际操作的程序以及虽然它们都有着明确的实践的指向,但否定辩证法得以成立不仅源自于现实本身蕴含着一种否定的逻辑,而且也与黑格尔哲学本身蕴含着这种否定的逻辑有着直接的关系,因为在阿多诺看来:"黑格尔的唯心主义在形而上学与认识论上的基本假定是,个别的东西,即个别存在物或个别概念,是由否定建构起来的,因为它作为个别的东西,脱离了它作为因素而隶属于其中的整体。这就是说,它否定性的关联着整体。而当它将自身埋解为整体的部分或被理解为整体的部分时,它又受到了否定"。[55]正是基于黑格尔哲学中所蕴含的这两层否定逻辑,在阿多诺看来,一种否定的辩证法的建立才成为必然。在这里我们可以看到,用否定辩证法来贯穿黑格尔哲学,这的确是阿多诺在哲学上的一种创建。如何理解这种创造性解读的合理性,在我们看来,还是应该看到阿多诺哲学理论的一个显著特征,这就是,使其哲学逻辑得以贯穿的依然是哲学所应肩负的现实使命,正像阿多诺在《否定辩证法》序言中所宣称的:哲学之所以现在还存在,正在于所有实现的机会都错过了。[56]这句话中包含的失落和希望实际贯穿于《否定辩证法》这本书中,作为一个哲学传统问题,"否定辩证法"要在黑格尔终结的地方重新开始。

这也是为什么,虽然阿多诺对于黑格尔哲学所体现出的同一性和压抑性持有一种尖锐的批判态度,但阿多诺毕竟深受黑格尔辩证法思想的影响,基于这种辩证法思想,他认为黑格尔对于整体性的强调对于消解个体自主性的幻想具有积极的意义,"他认为无论是黑格尔的社会模式,还是马克思的社会主义意识,均已陈腐过时。……但是,阿多诺在《黑格尔研究》中对黑格尔表示谅解,说黑格尔的看法毕竟彻底清除了个体自主性的幻想,而启蒙运动的哲学,尤其是康德哲学好在滋生这种幻想"。[57]正如我们上面所说,阿多诺在上面将整体型视为一种压抑性,而在这里又将个体性视为一种虚幻,如何认识阿多诺哲学中的虚无主义倾向,也关系着怎么认识阿多诺的哲学以及法兰克福学派的理论的一个关键点。应该说,对于现代哲学中的虚无主义倾向,阿多诺有着清醒的认识,也正是因为这样的原因,他在整体主义和个体性上所采取的否定主义态度,更多应被视为是对于社会现象的一种批评,而不应在哲学上进行相互否定。与此同时,我们也应该看到,阿多诺对自己表述上的悖论处境也有着清楚的认识,这也是为什么他还会说:"只要个体的、自由的自主性与社会整体取得和解这一许诺未能兑现——只有线条一直的人类才能做到这一点——,那么我们就像阿多诺与马克斯确定的那样,还生活在史前时期"。[58]

否定之否定如何不仅在逻辑上而且在实践上都是"否定性"而不是肯定性的,成为了阿多诺孜孜以求的目标,然而没有肯定的否定无论是从形式逻辑还是辩证逻辑而言,都存在着难以克服的矛盾,也就注定在理论和实践上受到了挫败。"否定辩证法"在法兰克福学派的研究中被视为了一种无用之物,简单的被忽略了。但是必然看到同一性哲学、文化工业、社会批判理论、否定辩证法在阿多诺这里具有理论的连续性,对否定辩证法这一解决途径的否定也必然会涉及对其他思考前提的反思问题。现代性反思所得出的结论,也证明这种前逻辑的实践理性重建也未尝不是人类面对这种悖论的一种方式。除了瞻望恐怖、抗拒恐怖、用不打折扣的否定意识牢牢把握更为美好事物的可能性,再没有什么美景和慰藉可言了。这就是为阿多诺所有理论著述和审美著述奠定基础的核心动机。……阿多诺的这种理论和实践的倾向,人们或赞同或拒绝地称之为否定观,而它的意义无非就是,通过对现存否定性现象予以特定的否定,与现致命如何克服这些否定现象。特定的否定是能够给陷入重重危机的个人带来慰藉的最后机制。[59]

五、同一性与文化工业的再生产机制

阿多诺说过这样一句话:"人们想要从自然界学到的东西,乃是去利用自然界以便完全地支配它以及其他人"。[60]在这句充满了"主奴辩证法"的句子里,阿多诺揭示了人类历史中隐含的悖论性,在这句明显受到黑格尔影响的话里,阿多诺不仅表达了对现实,而且是对历史的深刻的忧虑。在同一性哲学那里使同一性得以延续的思维形式,而在现实的世界则完全依附在了文化工业的身上,文化工业成为同一性的形式,从马克斯·韦伯对工具理性的定性,卢卡奇对物化机制的揭示,法兰克福学派在批判的过程中,建构了一种文化和意识形态的再生产机制。这种再生产机制是从马克斯那里总体上移植过来的,从而完成了对现代社会的指认。但人们往往只是看到了文化工业的同质性与单一性的特点,并没有看到造成这种同质性的原因在于文化工业的加工机制,文化工业概念从文化生产的概念中而来,解释了现代社会文化与生产之间的亲缘关系,正是这种生产的现实条件造就了现代文化的异化。正像阿多诺在谈到这种文化时,这样说"文化工业培养他的牺牲品在划归他做精神用的空闲时间里不愿用脑,而感觉器官被到处弥漫的流行曲调弄得麻木不仁。"[61]社会也因此陷入了瘫痪的状态。

在法兰克福学派看来,现代文化承担着统一社会大众的意识形态的功能,认为它对社会统治阶级的意识起了一种强化作用。阿多诺说:"……对意识形态的自由选择也就变成了选择同一种意识形态的自由,女孩子应允带有强制色彩的约会方式,人们在通电话或最亲密的情况下的反应,人们在交谈中对词语的选择,甚至人们的整个内心生活,都已经被蹩脚的深层心理学分了类,这种心理学证明,人们试图想让自己变成一个灵敏的仪器,甚至从情感上来讲,也要接近与文化工业确立起来的模型"[62]。对阿多诺来说,文化工业强行灌输给人类的关于秩序的各种概念,始终是一个维护现实的概念。这个概念不能给人们新的体验和审美的感受,它所起到的作用就是操纵人民的思想和心理,将超越现实社会制度的反叛性意识进行弱化,从而通过培植一种顺从的意识来巩固现存的社会秩序。为此他很形象的将这一幅现代文化的图景描画为"整个世界都得通过文化工业这个过滤器。"[63]

现代文化的同一性形式是由娱乐构建起来的,正像阿多诺所说:"文化工业对消费者的影响是通过娱乐建立起来的"[64]他们在《启蒙辩证法》中曾对流行文化中的"娱乐消遣性"进行了严厉的批判:"快乐意味着点头称是。然而,要想做到这一点,就需要与总体的社会进程隔离开来,需要使自己变得麻木不仁,需要无情地抛弃对所有作品,甚至是那些索然无味的作品的必要苛求,从而在作品的界线之内来反思整体。快乐意味着什么都不想,忘却一切忧伤。根本上说,这是一种孤立无助的状态。其实,快乐也是一种逃避,但并非如人们认为那样,是对残酷现实的逃避,而是要逃避最后一丝反抗观念。娱乐所承诺的自由,不过是摆脱了思想和否定作用的自由。"[65]娱乐在表面上是大众在休闲时间的一种放松,而实际上,"晚期资本主义的娱乐是劳动的延伸。人们追求它是为了从机械劳动中解脱出来,养精蓄锐以便再次投入劳动。"[66]也因此,整个资本主义社会也就在这种娱乐中存活了下来。面对这种状况,霍克海默和阿多诺还是不忘对人们提出警告:"文化工业……实际上,所有的诺言都不过是一种幻觉:它能够确定的就是,它永远也不会达到这一点,食客总归得对菜单感到满意吧。面对所有光彩照人的名字和形象所吊起来的胃口,最终不过是对这个充满压抑的日常世界的赞颂罢了,而它正是人们想要竭力摆脱的世界。"[67]

在法兰克福学派的思想发展史上,从社会批判理论向否定辩证法的转换也是一个需要着重关注的问题。从否定辩证法的建构过程来看,阿多诺将社会批判理论中最主要的核心思想"否定性"专门提出来,《否定的辩证法》在某种程度上可以说是《启蒙辩证法》的发展延伸。阿多诺《否定的辩证法》序言中开始就表明自己的宗旨:"否定的辩证法是一个蔑视传统的词组。早在柏拉图的时候,辩证法就意味着通过否定来达成某种肯定的东西;'否定之否定'的思想形象后来变成了一个简明的术语。本书试图使辩证法摆脱这些肯定性,同时又不减少它的确定性。"[68]但从后来的理论发展来看,阿多诺执着于这种同一性的批判,最终意识到了自己建构着一种崩溃的逻辑,从而在无穷的否定中又坠入了形而上的迷思,这也是文化工业批判最终会乞灵于审美和感性的原因,问题在于如何突破这种文化工业的再生产机制,因为当"理性作为一种体系而盛行"时,它去除了一切对自身限制,从而使一切客观性"服从一个同一性的公理"[69]这也使一种否定的形式出现于阿多诺的哲学体系中。这个在创建社会批判理论时已被提出的概念,在其批判的意义上上升为一种本体论的东西。虽然对于阿多诺采用这样一种方法来解决他所面对的各种异化现象,有很大的争议,但是从其思想的渊源来看,阿多诺的否定辩证法是深植于他对西方文化的总体批判的,可以这样说,一个总体的异化的世界为他的否定辩证法的创建提供了前提的条件。这在某种意义上也是理解法兰克福学派的一条基本的方法。

从尼采到法兰克福学派,从启蒙的辩证法到《启蒙辩证法》,全面的历史虚无主义终于找到了自己的立足点,在尼采那里,需要为历史全面负责的形而上学,而同一性的批判似乎又是尼采彻底怀疑主义的一种表达方式。正像马克斯·韦伯在《新教伦理与资本主义精神》中所宣称:"没有人知道将来是谁在这铁笼里生活;没有人知道在这惊人的大发展的终点,会不会又有全新的先知出现;没人知道会不会有一个老观念和旧思想的伟大再生;如果不会,那么会不会在某种骤发的妄自尊大情绪掩饰下产生一种机械的麻木僵化呢,也没人知道。因为完全可以这样来评说这个文化发展的最后阶段:'专家没有灵魂,纵欲者没有心肝;这个废物幻想着它自己已达到了前所未有的文明程度'"。[70]韦伯在这里对现代文化描述,似乎预见到了文化工业的命运。

结语:应该说我们上面对于法兰克福学派文化理论的介绍,有以中国视角来理解这一学派思想以至于反哺这一思想的倾向。在这样的解读方式下,法兰克福学派的理论就带有了太多中国式的经验。但这只是由法兰克福学派所引起的现代性话题的一部分,因为我们能够看到,中国的学人在批判、救赎、启蒙等问题上,与法兰克福学派这些激进的创立者们也产生了巨大的共鸣,这种共鸣当然一方面源自于对这个学术体系的推崇,但更为关键性的原因,则源于中国学人在理想和现实之间的巨大失落,如果说构建一个理想的社会分析视野是中国学人自觉不自觉的使命的话,那么由现实与理想之间所构成的悖论,虽则构成了中国现代话语的一种动力机制,但在另一个方面上,也成为中国现代话语呈现出巨大残缺与空白的主因。

这也是为什么人们总是重复着阿多诺的那句名言:一度过时的哲学仍然保持着生命,只因为当时错失了实现它的时机。

从逻辑的构建上来讲,以彻底否定的方式来面对人们所身处的这个世界,又难免授人以"崩溃逻辑"之嫌。然而在我们看来,如果需要对法兰克福学派的批判的绝对否定主义进行转换的话,则需要建立一个更大的历史辩证视野,也就是并不将其视为一种彻底的否定,而是视其为一种思想的清理和回归,从而重建了一种思想的纯粹性,但如果将法兰克福学派文化批判纳入文化反思的视角,那在启蒙进程中已彻底虚无化的主体、客体、自然、理性等概念又在一种悖论性(抑或辩证性的基础上)恢复了重构的可能。

【注释】

[1] 陈学明,王凤才:《西方马克思主义前沿问题二十讲》,复旦大学出版社 2008 年版,目录。

[2] 虽然曾经一度中国学界在对待西方马克思主义的时候,常常表现为不由分说地批评,但如果对中国的西马语境进行分析的话,会发现这个问题远比实际呈现的面貌复杂得多。首先中国人对西马的兴趣其实很大程度上是因为马克思主义在中国所占的统治性地位,这应该是其产生影响的政治原因。其次当我们将其政治化解读时,也就偏离了西马研究之于中国马克思主义研究的学术价值。在我们看来,这个悖论性语境影响着中国现代文化研究的进度和深度。原因是当我们无法从这个悖论性语境中挣脱出来时,实际上也就堵住了我们在这个问题上辩证之路,也就是说,长期以来,在这个问题上,我们既忘了自己的研究初衷,也忘了给这个问题寻找一个出路,这在我们看来,这是中国研究中一个非常明显的问题。

[3] 徐崇温:《西方马克思主义》,天津人民出版社 1982 版,前言第 1 页。

[4] 江天骥:《法兰克福学派—批判的社会理论》,上海人民出版社 1981 年版,前言。

[5] 李忠尚:《"新马克思主义"析要》,中国人民大学出版社 1987 年版,第 188 页。

[6] 奚广庆等:《西方马克思主义辞典》,中国经济出版社 1992 年版,前言第 1 页,正文第 275 页。

[7] 欧力同,张伟:《法兰克福学派研究》,重庆出版社 1990 年版,前言第 2 页。

[8] 俞吾金,陈学民等:《国外马克思主义哲学流派新编》,复旦大学出版社 2002 年版,第 127、130 页。

[9] 陈学明:《二十世纪哲学经典文本——西方马克思主义卷》,复旦大学出版社 1999 年版,第 2 页。

[10] 衣俊卿:《20 世纪的新马克思主义》,中央编译出版社 2001 年版,引言。

[11] 王凤才:《追寻马克思—走进西方马克思主义》,山东大学出版社 2004 年版,前言第 2 页。

[12] 张一兵:《无调式的辩证想象——阿多诺的〈否定的辩证法〉的文本学解读》,三联书店 2001 年版,序言第 2 页。

[13] 张亮:《"崩溃的逻辑"的历史建构——阿多诺早中期哲学思想的文本学解读》,中央编译出版社 2003 年版,前言。

[14] 洛伦茨·耶格尔:《阿多诺:一部政治传记》,陈晓春译,上海人民出版社 2007 年第 1 版,第 66 页。

[15] 洛伦茨·耶格尔:《阿多诺:一部政治传记》,陈晓春译,上海人民出版社 2007 年第 1 版,第 137 页。

[16] 陈学明,王凤才:《西方马克思主义前沿问题二十讲》,复旦大学出版社 2008 年版,第 308 页。

[17] 衣俊卿,尹树广等:《20 世纪的文化批判—对西方马克思主义的深层解读》,中央编译出版社 2003 年版,序言。

[18] 刘北城:《本雅明思想的肖像》,上海人民出版社 1998 年版,前言第 9 页。

[19] 杨小滨:《否定美学》,三联书店 1999 年版,前言第 3 页。

[20] 郭军,曹雷雨:《论瓦尔特·本雅明——现代性、寓言和语言的种子》,吉林人民出版社 2003 年版,序言。

[21] 马驰:《新马克思主义文论》,山东教育出版社 2001 年版,中篇部分。

[22] 尤战生:《流行的代价——法兰克福学派大众文化批判理论研究》,山东大学出版社 2006 年版,第 1 页。

[23] 赵勇:《整合与颠覆:大众文化的辩证法》,北京大学出版社 2005 年版,导言及第 5 章。

[24] 以上可见中国博士学位论文全文数据库(CDMD)。

[25] 洛伦茨·耶格尔:《阿多诺:一部政治传记》,陈晓春译,上海人民出版社 2007 年第 1 版,第 61 页。

[26] 同上,第 167 页。

[27] 杰姆逊:《晚期资本主义的文化逻辑》,张旭东编、陈清侨等译,三联书店 2008 年版,序言第 3 页。

[28] 本雅明:《启迪》,张东旭、王斑译,三联书店 2008 年版,第 232 页。

[29] 福柯:《福柯集》,杜小真编选,上海远东出版社 2003 年版,第 534 页。

[30] 波德莱尔:《波德莱尔美学论文选》,郭宏安译,人民文学出版社 1987 年版,第 485 页。

[31] 哈贝马斯:《现代性的哲学话语》,郭国良、陆汉臻译,译林出版社 2004 年版,第 10－11 页。

[32] 本雅明:《德国悲剧的起源》,陈永国译,文化艺术出版社 2001 年版,第 136 页。

[33] 同上,第 137 页。

[34] Benjamin,The origin of German Tragic Drama,John Osborne,NLB,1977, p.166。

[35] 本雅明:《发达资本主义时代的抒情诗人》,张旭东等译,三联书店 1992 年版,第 101 页。

[36] 本雅明:《本雅明文选》,陈永国等编,中国社会科学出版社 1999 年版,第 29 页。

[37] 本雅明:《启迪》,王斑、张东旭译,三联书店 2008 年版,第 207 页。

[38] 同上,第 273 页。

[39] 阿多诺:《本雅明文集导言——论本雅明》,郭军、曹雷雨编,吉林人民出版社 2003 年版,第 124 页。

[40] Jean-FrancoisLyotark. What is Postmodernism? Wook Dong Kim,ed,Post-modemism,Saoul:Hanshin,1991,p.278.另见[法]弗朗索瓦·利奥塔:《后现代状况》,岛子译,湖南美术出版社 1996 年版,第 207 页。

[41] Herbert Marcuse,Counterrevolution and Revolt,Boston,1972,p.103 - 104。

[42] 哈贝马斯:《现代性的哲学话语》,郭国良、陆汉臻译,译林出版社 2004 年版,第 12 - 15 页。

[43] Martin Jay,The Dialectical Imagination. London:University of California Press,1996,p.143。

[44] 1943 年,美国犹太人协会拨出一笔资金来研究法西斯主义个反犹运动,阿多诺、埃尔泽·弗伦克尔·布伦瑞克、丹尼尔·J·莱温松和 R·内维特桑福特共同写了《人的独裁》一书,这些调查研究"是以假设为依据的,即个人的政治、经济和社会的信念通常构成一个广博的、相关联的,同时由一种'心性'和'精神'维系在一起的思维模式,而这一思维模式表达了个人性格结构中不为人所知的特性"。

[45] MichelFoucalt,Colin Gordoned,Power/Knowledge,Brighton,1980,p.151。

[46] 阿多诺:《否定辩证法》,张峰译,重庆出版社 1993 年版,第 9 页。

[47] 同上,第 23 - 24 页。

[48] 格尔哈特·施威蓬豪依塞尔:《阿多诺》,中国人民大学出版社 2008 年版,第 2 页。

[49] 哈贝马斯:《交往行动理论》(第一卷),曹卫东译,上海人民出版社 2004 年版,第 1 页。

[50] 马克斯·韦伯:《学术与政治》,冯克利译,三联书店 1998 年版,第 48 页。

[51] 霍克海默,阿多诺:《启蒙辩证法》,渠敬东、曹卫东译,上海人民出版社 2003 年版,第 119 页。

[52] 同上,第 39 页。

[53] 霍克海默,阿多诺:《启蒙辩证法》,渠敬东、曹卫东译,上海人民出版社 2003 年版,第 4 页。

[54] 阿多诺:《美学理论》,王柯平译,四川人民出版社 1998 年版,第 353 页。

[55] 洛伦茨·耶格尔:《阿多诺:一部政治传记》,陈晓春译,上海人民出版社 2007 年第 1 版,第 33 页。

[56] 阿多诺:《否定辩证法》,张峰译,重庆出版社 1993 年版,第 381 页。

[57] 同上,第 37 页。

[58] 洛伦茨·耶格尔:《阿多诺:一部政治传记》,陈晓春译,上海人民出版社 2007 年第 1 版,第 38 页。

[59] 同上,第 32 页。

[60] 霍克海默,阿多诺:《启蒙辩证法》,渠敬东、曹卫东译,上海人民出版社 2003 年版,第 2 页。

[61] AndrewArato and Eike Gebhard,On the Fetish Character in Music and the Regression of Listening,The Essential Frankfurt School Reader,edited byt, New York:Urizen,1978,p. 285－286。

[62] 霍克海默,阿多诺:《启蒙辩证法》,渠敬东、曹卫东译,上海人民出版社 2003 年版,第 117 页。

[63] 同上,第 152 页。

[64] 同上,第 161 页。

[65] 同上,第 153 页。

[66] 同上。

[67] 同上,第 156 页。

[68] 阿多诺:《否定辩证法》,张峰,重庆出版社 1993 年版,序言。

[69] 同上,第 20 页。

[70] 马克斯·韦伯:《新教伦理与资本主义精神》,彭强、黄晓京译,陕西师范大学出版社 2002 年版,第 176－177 页。

【延伸阅读】

[1] 本雅明:《本雅明文选》,陈永国等编,中国社会科学出版社 1999 年版。

[2] 本雅明:《发达资本主义时代的抒情诗人》,张旭东等译,三联书店 1992 年版。

[3] 霍克海默,阿多诺:《启蒙辩证法》,渠敬东、曹卫东译,上海人民出版社 2003 年版。

后 记

本教材是西安交通大学"十三五"规划立项教材,由西安交通大学人文社会科学学院中文系全体教师合力设计与编撰而成。现将各位撰稿人所承担的章节说明如下:

李慧:负责第四章、第五章、第十三章的撰写,并负责教材体例设计、统稿、终审等工作

罗军凤:负责第一章、第八章、第十七章的撰写

黎荔:负责第十一章、第十二章的撰写

吴小侠:负责第九章、第十五章的撰写

张勇:负责第十章的撰写

张弓长:负责第二章的撰写

李红:负责第十六章的撰写

刘彦彦:负责第七章的撰写

姚明今:负责第二十章的撰写

翟扬莉:负责第十九章的撰写

王瑶:负责第十四章的撰写

许浩然:负责第六章的撰写

刘祥:负责第三章的撰写

王学强:负责第十八章的撰写

本教材在编撰过程中得到西安交通大学教务处及人文社会科学学院的支持,在出版过程中得到西安交通大学出版社的支持,我们在此一并致谢。还要感谢副编审周冀、编辑牛瑞鑫为本书出版付出的心血。

李 慧

2017 年 11 月 17 日